사주명리학 핵심

■ 저자 : 도관 박흥식

周易, 命理, 奇門, 六壬, 儒, 佛, 仙 研究家
저서 : 四柱命理學의 核心
作名解名
奇門遁甲玉鏡
四柱大成
六爻大典

■ **(054) 634-1383**

사주명리학 핵심

1판 1쇄 발행일 ｜ 1996년 10월 1일
1판 5쇄 발행일 ｜ 2019년 2월 16일

발행처 ｜ 삼한출판사
발행인 ｜ 김충호
지은이 ｜ 박흥식

등록일 ｜ 1975년 10월 18일
등록번호 ｜ 제13-47호

서울·동대문구 신설동 103-6호 아세아빌딩 201호
대표전화 (02) 2231-4460
팩시밀리 (02) 2231-4461

값 39,000원
ISBN 89-7460-044-7   03800

신비한 동양철학 · 19

사주명리학 핵심

박흥식 편저

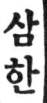

四柱推命學의 기원은 고대 중국에서 발전되었으며 수천 년의 오랜 기간을 통해 많은 성현과 학자들이 연구하여 규명해 왔다.

대표적인 인물로는 戰國시대에 珞琭子, 鬼谷子가 유명하였고, 漢나라 때에는 董仲舒, 司馬李, 嚴君平, 東方朔 등이 유명하였고, 三國시대에는 諸葛孔明, 菅輅, 晋有郭, 璞北濟, 有魏定 등이 유명하였고, 唐나라 때에는 司馬季, 李淳風, 袁天罡, 一行禪師 李虛中, 宋나라 때에는 麻衣仙, 陳希夷, 邵康節, 邵伯溫 등이 유명하였고, 그후에는 劉伯溫, 牛思晦, 牛思繼, 高處士, 劉湛然, 富壽子, 泰然子, 朱清靈子 등이 유명하였다.

唐나라 때 李虛中은 사주팔자 중 年干을 중심으로 해서 五行의 生剋을 알아보는 법을 완성하였다.

宋나라 때에 徐公升(子平)이 사주 추명학을 체계를 세워 淵海子平이라는 책을 세상에 공포하였는데 日主위주로 年月日時를 대조하여 生剋旺相休囚制化로 사람의 길흉화복과 육친의 운 등을 알아보는 법을 만들었다.

그후 明나라 때 神峰 張楠 선생이 일보 전진하여 命理正宗을 만들었고, 劉伯溫이 滴天髓를 만들었고, 萬育吾가 三命通會를 만들었고, 作者 未詳인 窮通寶鑑을 余春臺가 만들어내는 등 운명학상 큰 발전을 하였으며 근대의 易賢으로는 沈孝瞻, 韋千里, 袁樹珊, 徐樂吾, 陣素庵, 任鐵樵, 白惠文, 龔稚川 선생 등이 유명하다.

최근 우리나라의 大家로는 全在學, 朴在玩, 李錫暎 선생이 유명하다. 사주 추명학이 언제 누구에 의해 우리나라에 전해졌는지 자세히 알 수 없으니 중국과 인접한 지형적인 영향일 것이다.

본서는 잡다한 설명을 배제하고 命理學者에게 도움이 될 비법들만을 모아서 엮었기 때문에 초심자가 이해하기에 다소 어려운 부분도 있을 것이다. 기초를 튼튼히 한 다음 정독하신다면 이해가 될 것이다.

神殺만 늘어놓고 운명을 감정하는 사이비가 되지 말고 身强 身弱을 가리고 寒暖燥濕과 旺相休囚死를 살피고 用神과 格局을 정한 다음에 神殺을 대입하여 五行을 通変 판단하길 바란다. 복잡다단한 현대 생활에서 불확실한 내일은 과연 어떻게 될까? 누구나 궁금한 문제일 것이다. 해답은 오직 사주 명리학만이 제시해줄 것이다.

본서를 읽는 여러분께서 아무쪼록 避凶趨吉하시길 바랍니다. 그리고 본서의 출판을 쾌히 승낙하여 주신 金冲鎬 사장님께 깊은 감사를 드립니다. 끝으로 江湖諸賢의 많은 지도 편달을 바라면서 序합니다.

1996년 8월 朴 興植

차 례

第一章

1. 五行論

無極과 太極에서 陰陽이 생겨나서 만물을 형성하니 五行이 생겨났다. 五行이란 金·木·水·火·土를 말하며 金은 쇠요, 木은 나무이며, 水는 물이고, 火는 불이며, 土는 흙이다.

五行 간에도 서로 相生 相剋 작용을 하니 五行相生이란 金은 물을 맑게 하는 바 암석 사이로 물이 흐름에 물이 맑아지므로 金生水하고, 木은 水가 아니면 生長할 수 없으므로 水生木하고, 火는 木이 아니면 발할 수 없으므로 木生火하고, 土는 불을 받음으로써 질이 강해지므로 火生土하고, 金은 土의 압력에 의하여 강해지므로 土生金한다.

그러므로 金生水, 水生木, 木生火, 火生土, 土生金이라고 한다.

五行 相剋이란 金이 목을 折伐하므로 金剋木하고, 木이 土를 뚫고 들어가기 때문에 木剋土하고, 土는 물을 막기 때문에 土剋水하고, 水가 불을 끄기 때문에 水剋火하고, 火가 金을 녹이기 때문에 火剋金한다.

그러므로 金剋木, 木剋土, 土剋水, 水剋火, 火剋金이라고 한다.

五行에도 方角과 季節이 있으니 木은 東과 봄이요, 火는 南과 여름이요, 金은 西와 가을을 뜻하고, 水는 北과 겨울을 뜻하며, 土는 중앙과 四季 辰未戌丑月을 뜻한다.

하늘을 상징하는 天干은 甲·乙·丙·丁·戊·己·庚·辛·壬·癸를 말하며

열 가지이므로 十天干 또는 十干이라고 한다.

땅을 상징하는 地支는 子·丑·寅·卯·辰·巳·午·未·申·酉·戌·亥를 말하며 열두 가지이므로 十二地支 또는 十二支라고 한다.

十干과 十二支에도 陰陽이 있으니 甲丙戊 庚壬은 陽干이요, 乙·丁·己·辛·癸는 陰干이다. 子·寅·辰·午·申·戌은 陽支이며, 丑·卯·巳·未·酉·亥는 陰支이다.

十二支에 배속한 동물이 있으니 子는 쥐요, 丑은 소다. 寅은 호랑이요, 卯는 토끼이다. 辰은 용이요, 巳는 뱀이다. 午는 말이요, 未는 양이다. 申은 원숭이요, 酉는 닭이다. 戌은 개요, 亥는 돼지인 것이다.

六十甲子란 十 天干과 十二 地支를 陽干과 陽支, 陰干과 陰支끼리 순서대로 조립하면 干支 기둥이 총 60개가 되므로 六十甲子라고 부른다.

十干과 十二支에도 五行이 있으니 甲·乙·寅·卯는 木이요, 丙·丁·巳·午는 火요, 戊·己·辰·戌·丑·未는 土요, 庚·辛·申·酉는 金이요, 壬·癸·亥·子는 水이다.

十干과 十二支에는 先天後天數가 있다.

先天數는 甲·己·子·午는 9요, 乙·庚·丑·未는 8이요, 丙·辛·寅·申은 7이요, 丁·壬·卯·酉는 6이며, 戊·癸·辰·戌은 5요, 巳·亥는 4이다.

後天數는 子는 1이요, 丑은 10이며, 寅은 3이요, 卯는 8이다. 辰은 5요, 巳는 2이며, 午는 7이며, 未는 10이다. 申은 9요, 酉는 4이며, 戌은 5요, 亥는 6이다.

1, 2, 3, 4, 5는 天地生數요, 6, 7, 8, 9, 10은 天地成數이며 총합 수가 55요, 五行數 5를 빼면 50수가 된다. 이 50수에서 太極數 1을 빼면 나머지 49수가 남는다.

이 49수가 곧 大衍數인 것이다.

● 五行生剋制化宜忌論

1. 金이 土의 生함을 받으나 土가 많으면 金이 매몰된다.
2. 土가 火의 生함을 받으나 火가 많으면 흙이 열로 인하여 못쓴다.
3. 火가 木의 生함을 받으나 木이 많으면 불이 꺼진다.
4. 木이 水의 生함을 받으나 물이 많으면 떠내려간다.
5. 水가 金의 生함을 받으나 金이 많으면 물이 탁해진다.
6. 金이 水를 生하나 물이 너무 많으면 金이 물에 가라앉는다.
7. 水가 木을 生하나 木이 너무 많으면 물이 말라버린다.
8. 木이 火를 生하나 불이 너무 많으면 나무가 타버린다.
9. 火가 土를 生하나 흙이 너무 많으면 불이 꺼진다.
10. 土가 金을 生하나 金이 너무 많으면 土가 못쓰게 된다.
11. 金이 木을 剋하나 木이 매우 강하면 金이 일그러져 마모된다.
12. 木이 土를 剋하나 흙이 많으면 木이 꺾어진다.
13. 土가 水를 剋하나 물이 많으면 흙이 무너져 흐트러진다.
14. 水가 火를 剋하나 불이 강하면 물이 말라버린다.
15. 火가 金을 剋하나 金이 강하면 불이 꺼진다.
16. 金이 약한데 왕성한 불을 만나면 金이 녹아버린다.
17. 火가 약한데 왕성한 물을 만나면 불이 꺼진다.
18. 水가 약한데 왕성한 土를 만나면 물이 흙에 흡수되어 버린다.
19. 土가 약한데 왕성한 木을 만나면 흙이 무너진다.
20. 木이 약한데 강한 金을 만나면 나무가 꺾어지거나 쪼개진다.
21. 金이 왕성한데 水를 만나면 강함을 설기하여 좋다.
22. 水가 왕성한데 木을 만나면 세력을 설기하여 좋다.
23. 木이 강한데 火를 만나면 활력에 通明으로 이롭다.

24. 火가 왕성한데 土를 만나면 열기를 통제한다.

25. 土가 왕성한데 金을 만나면 좋은 전답이 된다.

26. 金이 왕성할 때 火를 만나면 좋은 물품이 이루어진다.

27. 火가 왕성할 때 水를 만나면 조화를 형성 旣濟의 공을 얻는다.

28. 水가 왕성하여 물결쳐 흐를 때 土를 만나면 연못, 저수지, 댐 등을 이루어 공을 얻는다.

29. 土가 왕성한데 木을 만나면 소통의 공이 된다.

30. 木이 왕성한데 金을 만나면 좋은 재목으로 이루어진다.

2. 十干論

1. 甲木論

甲은 陽氣가 안으로 잠재해 있는데 밖으론 오히려 陰氣에 쌓여 있어 草木이 비로소 껍질이 터져서 밖으로 나오는 것을 뜻한다.

甲木은 結實木이요, 우뢰[雷]도 된다. 우뢰라는 것은 陽氣가 터져 나오는 것이다.

甲日에 生한 자는 봄을 만나는 것을 좋아하고, 가을로 가는 것을 기뻐하지 않는다.

甲木은 春에 立座하니 甲木이 솟을 때에 땅이 갈라지는 소리가 있다. 그러므로 甲은 雷에 屬하고 하늘[亥]이 갈라져 雷聲을 發하고 비가 오며 (癸) 번개[寅]가 땅에 떨어져 땅을 가르니 봄이 오고 甲木이 지상에 솟았다고 본다. 甲木이 祿旺하는 春節에 그러므로 비로소 耕田하지 않는가? 뇌성이 그치는 申月에는 絶이 된다. 고로 甲木은 丙, 癸와 辰土를 기뻐한다.

木이 春節에 태어나면 반드시 편안하고 장수한다.

丙火로 照養하고 辰丑에 根하여 養育되면 吉하다. 申酉戌月 이후에는 이미 나무가 여물었으니 庚丁으로 다듬어 棟梁之材로 쓴다. 戊土가 透出하면 高山之木으로 고독하고 己土가 투출하면 禾穀에 속하니 富는 하나

成材로는 못쓴다.

己土는 甲을 合하여 甲이 本分을 망각하여 財物에만 눈이 어두웠기 때문에 貴는 못하고 돈만 아는 사람이다. 辰丑을 쓴다.

壬水가 나오면 多病하고 辛金이 있으면 不富不貴요, 丁火가 있으면 善良, 無恩, 夭壽한다. 壬水는 바닷물이요, 밭(辰丑土)에 바닷물이 모여들면 木根이 썩는다. 辛金이 있으면 丙火를 合하여 養氣를 못 받고 丁火가 있으면 밭에 불을 놓았으니 농사를 망치고, 壬水가 있으면 황달병이요, 丁火가 있으면 시들어 죽기도 한다. 그러나 冬寒節에는 오히려 丁火와 戊土를 쓴다.

乙木이 있으면 多敗·亡身·狂氣·神經衰弱으로 龍頭蛇尾格이다. 乙은 덩굴로 甲木을 감고 조이니 광기가 있고 乙은 꽃이니 女難과 多敗 亡身하는 것이다. 丙火와 癸水는 隔在되어야 한다. 나무는 해[丙]를 보아야 照養하여 건실 되는데 癸水 비가 오면 해[丙火]가 구름에 가리어 甲木이 시들고 천둥에 상하기 쉽기 때문이다.

甲木은 壬辛을 忌한다. 辰土는 大格이요, 丑土는 淸高格이다. 子未가 있으면 진흙이요, 戌土가 破土다.

2. 乙木論

乙은 꽃나무 芝蘭이다. 乙은 陽氣가 과하여 方正함을 얻지 못하여 모양이 구불 구불한 것이니 만물이 껍질에서 나와 뻗어나갈 때를 뜻한다.

消長의 이치로 말하면 장성함으로부터 衰老하여 死絶에 이르기까지이다. 날은 따뜻하고 바람은 화하여 초목이 어우러져 점점 봄기운이 무르익는 것이다.

乙木은 바람[風]이 된다. 木에서 바람이 스스로 生하기 때문이다. 乙木은

甲木의 枝葉으로 活木이라 風을 만나면 흔들려 사람이 이것을 보고 바람을 볼 수 있다. 그래서 乙은 風에 속하고 午에 장생하고 巳에 沐浴한다. 그래서 午月에 茂盛하여 산림을 이룬다.

乙이 盛하면 風이 일고 風이 盛하면 나무가 부러지니 甲木이 乙을 만나면 해로운 바 있다. 고로 乙은 甲을 기뻐하고 丙火·癸水를 또한 사랑한다.

枝葉이 庚辛을 만나면 여물고 단풍들어 아름다운 것은 乙庚이 有情之合이 되는 연고이며 亥는 死地가 되는 바 잎이 떨어져 씨[核]로 들어간 때문이다.

乙巳에 生하거나 建綠을 띠고 生 한자는 가을을 만나면 大吉하다. 가을엔 金이 왕하니 化할 수도 있으며 從할 수도 있다. 또 뿌리가 강한 木은 날카로운 金이 아니면 자르고 깎을 수 없다.

乙이 亥를 만나면 잎이 떨어져 기운이 뿌리로 돌아가니 반드시 죽는다. 丙火로 向陽시켜 꽃이 만발함을 要하고, 癸水는 辰中癸水 丑中癸水만으로 족하다.

丙火와 癸水는 격재되어야 한다. 甲木에 감기면 향양 될 수 있으나 丙火가 없으면 꽃을 이루지 못한다. 丙火를 봄에는 正·二·三·四·五·六月이 좋다.

壬水가 있으면 多病하고 癸水가 있으면 문밖으로 奔走한다. 꽃이 壬水에 씻기면 초라하고 시들며, 冬節의 壬癸水는 氷雪로 변하니 이때에는 戊土와 丁火가 필요하다. 夏節 丁火는 乙이 타고 메말라 命이 짧다.

庚辛金이 있으면 妻子가 불량하고 女命은 多病하고, 孤貧하며, 夫와 子의 인연이 박하다. 혹은 요절하기도 한다. 辛金은 乙을 베고 丙火를 合去하며 꽃이 시들기 때문이다.

乙木이 七·八·九·十月에 출생하여 庚金을 보면 단풍이 들어 온 천지가 오색으로 아름답다. 三·四·五·六月의 乙木이 庚金을 보면 감고 오를 甲

木이 冲을 맞아 허무하고 庚金이 서리로 변하여 작물을 망친다.

戊土가 있으면 夫가 없고 고산의 풀로 家貧하고 命은 길다.

己土가 있으면 야생화니 男命은 紅燈街에 왕래하는 유랑자요, 女命은 많은 남자와 상대하게 된다. 丑에 앉으면 妾室이요, 辰土에 앉으면 小富다.

乙日主가 申酉戌月에 출생하면 국화꽃이니 가을에 벌과 나비는 없고 쉬파리와 풍뎅이만 꼬이니 몹쓸 남자만 꼬여 몸과 마음만 상한다. 丙火가 天干에 나오면 밖에 핀 꽃이니 밖으로 돌아다니며 고생이 많다.

3. 丙火論

丙火는 불꽃이요, 태양이다. 文明의 상도 된다.

丙은 陽火요, 태양의 정기라 東[寅]에서 生하여 西方[酉]에서 기울어지니 寅에 長生되고 酉에서 死한다고 정하였다.

丙이 여름[午月]에 왕성한 것은 南方의 離宮에 살기를 좋아하기 때문이니 戊土[山]와 癸水[雨]를 꺼리는 것이다.

火는 인류의 문명을 열어준 母像인 바 地上의 만물이 丙火를 떠나서 생존할 수 없고 발달할 수도 없다. 丙日이 丑時를 얻으며 己丑인 바 논밭에 작물을 풍성히 하고 丑에 金庫(財庫)를 두어 부영하기 때문이다.

丙日生이 丑時가 되면 태양이 지상으로 나오는 상이라 上格이 된다. 대개 丙日은 겨울이나 여름에 生하는 것이 봄이나 가을에 生하는 것만 못하니 봄에는 화창하여 만물을 생육시키는 공이 있고, 가을에는 만물을 건조시키는 공이 있으나 겨울은 陰하여 침침하고, 여름은 더워서 찌는 듯하다. 戊土와 辛金을 기한다. 壬水가 있으면 甲乙木을 照養 결실하는 덕이 있어 吉하나 甲乙木이 없으면 관직에서 물러나는 노후에는 허망하고 공이 없다. 왜냐하면 丙火는 만물을 생육하는 태양인데 甲木이 없으면 늙어서 자식이 없듯이 추수할 곡식이 없는 격이다.

甲木과 壬水가 있으면 大富요, 乙壬은 小富이나 乙은 손실이 많다. 辰丑土에 甲乙을 두어야 한다. 申酉戌月에 놓으면 不勞所得으로 욕됨이 있다.

寅午戌, 巳午未에 놓으면 炎上格으로 貴는 되나 단명하고 노후에 허망하다. 丙火가 또 있으면 질투와 시기함이 많고, 日主가 약하여 丁火에 의지하면 치사하고 부끄럽다. 戊土가 나오면 게으르고 己土가 나오면 부지런하나 공이 없다.

庚金이 있으면 巡撫家라 辛金이 있으면 家破不成이요, 辛金은 丙火와 合하여 甲木을 안 기른다. 癸水가 있으면 무능 구설이요, 욕될 뿐이다. 계수가 있으면 무능한 태양이요, 힘이 없고 구름 낀 날씨라고 농민들이 욕을 한다.

丙火가 甲木을 키워 결실이 좋은 데 甲寅·甲辰이 吉하고 甲午·甲子는 평하고 甲申은 헛것이다. 乙木도 正·二·三·四·五·六月 乙木이라야 吉하고 亥子丑은 不吉하다. 丙火가 辛金과 합되면 본분을 잃은 것이다.

4. 丁火論

丁은 강한 것이니 만물이 장정을 이루는 것이다.

丁火는 별이 된다. 하늘에 해가 지면 별이 나타나는 것과 같다. 별은 밤이 되어야 찬란한 빛이 나고 陰火 등불은 어두워야 휘황한 빛이 난다.

丁火는 陰火로 丙火가 死하는 酉에서 生한다. 時로 보면 酉時는 해(丙)가 西山으로 기울어진 때요, 이미 천지가 어두운 때이니 '별'로 配對하였다. 또 丁火는 燈燭火라 한 것도 어두울 때 빛을 내기 때문이다.

命에 丙火와 같이 있으면 그 존재가 보이지 않아 쓸모가 없이 된다. 낮에 별을 볼 수 없으며 낮에 등을 켜고 다닌다면 모름지기 미친 사람이라 할 것이다. 丁火는 時節로는 가을, 겨울에 나기를 좋아하니 추워야 불을 찾아 많은 사람들이 그를 애호하기 때문이다. 또 밤에 나야 좋은 바 어두워야 휘황하기 때문이다.

丁巳日이 父母妻子를 剋하는 경우가 많은 것은 비겁이 있어 財星(父·妻)을 극멸하고, 巳中戊土가 祿旺하며 官星(자식)을 剋破하기 때문이다. 丁日이 亥時에 生하면 오래도록 부귀한다고 하였다. 무릇 丁日生은 밤에 나고 가을에 나는 것을 기뻐하니 밤과 가을에는 별이 유난히 빛나기 때문이다. 또 신약한 것을 기뻐하니 돌 속에 丁火를 감추고 있는 것과 같아서 비록 물 속에 있는 돌이라도 즉시 취하여 부딪치면 스스로 불이 번쩍거림과 같다.

甲木으로 나를 도와 庚金을 녹이고 주조함이 제일의 본분이다. 甲木은 있고, 庚金이 없으면 가난한 선비에 불과하다. 甲木이 없고 庚金만 있으면 용감하나 어질고 지혜롭지 못해 敗家한다.

乙을 보면 庚金과 합하여 허사로 돌아가고 丙火를 보면 무력하니 辛金을 들이면 지혜롭다. 癸水로 丙火를 제하면 상하면서도 용감하다.

戊土를 보면 家産을 파하고 妻子가 불손하다. 己土를 보면 事敗不成이 되고 무능하며 원망만 있을 뿐이다. 辛酉를 보면 處處破敗하고 하나도 이룸이 없다. 壬水를 보면 입으로만 忠을 할 뿐 음란하여 家敗 財敗한다. 丁火는 庚金을 단련 담금질하여 甲木을 잘라 재목을 만드는 경우와 갑목으로 불을 피워 庚金을 기물로 만드는 두 가지 경우가 있다.

辛 또는 酉가 있으면 玉을 불에 녹이는 자(금은, 시계, 컴퓨터, 전기 기술, 미용사)

丁火가 남이 번 돈을 탐하여 붙들면 자기 스스로 태워버리는 격이니 고생이 많다. 丁火가 壬水를 보면 색을 탐하여 丁火의 본분을 잃고 庚金을 안 녹인다. 丁火가 신약한데 壬水가 강하다면 腹上死한다. 丁火가 癸水를 보고 天干에 甲木이 안 나오면 驛馬 발동으로 돌아다니거나 안경을 쓴다.

5. 戊土論

戊土는 높고 건전하여 火氣가 섞였고 만물이 무성하다는 뜻이다. 戊土는 노을(霞)이 된다. 일정한 氣가 없이 四季에 붙어 있으며 火에 의하여 生한다.

戊土는 丙火와 함께 寅(東方)에 출현하고, 西方에 해(丙)가 기울어질 때 해가 멸하면 土가 되니, 노을[霞]로 보고 地上에서는 山이 된다. 東에서 해가 솟을 때 노을이 생기고[羅紋], 山이 보이며 서로 넘어갈 때 저녁 노을과 西山이 보여 이렇게 정하였다.

만약 이때인 노을 무렵에 비[癸]가 내린다면 오색찬란한 무지개가 반대편에 생기리니 陰(癸), 陽(丙戊)이 맞서기를 좋아하는 때문이요, 命이 戊日에 癸를 만났다면 인물이 준수하고 格이 貴에 들면 문명을 열고 천하를 아름답게 할 귀명이 될 것이다. 戊午를 天上火라 한 뜻도 노을이 하늘을 붉게 태우는 모양을 나타낸 것이다.

戊日에 生하고 사주에 水氣를 띄었으면 上格이 되나니 노을과 물이 서로 비쳐서 문채를 이루기 때문이다. 더욱 묘한 것은 년간, 월간에 癸水를 보는 것이니 癸水는 빗물이라 비가 온 뒤에 노을이 나타나 선명함을 보이기 때문이다. 戊土는 돌산으로 庚辛金을 꺼린다.

甲丙癸를 봄이 제일격인데 丙癸는 떨어져 있어야 한다. 辰丑에 根하여 沃土가 되어야 名利가 구전하다. 辰巳午未火土가 重重하면 가색격이 되어 棟樑之木이 양생될 大地이다.

癸水만 있고 甲丙이 없으면 평생 孤貧할 뿐 아니라 가내에 우환이 끊이지 않는다. 丁火가 天干에 투출하면 불붙은 산이다. 비록 甲癸가 있어 고관이 되나 성가가 어렵고 평생에 결실이 없다.

丙火만 있으면 甲癸가 없다 할지라도 초·중년에 쓰임이 있으나 교사나 학자일 뿐이요, 사십 이후에 고빈하다. 庚辛金이 있으면 배우자가 不美하고 자손의 근심이 끊이지 않는다. 甲은 戊의 자식인데 庚辛金은 서리요, 甲이 서리를 맞아 불미하며 女命 역시 남편이 서리를 맞았다. 고로 兩者가 잘 될 수 없고 근심이 끊이지 않는다.

壬水가 있으면 평생 돈 근심이 떠나지 않고 多事하다. 또한 奔破 될 뿐이다. 丁이 있어 壬水를 合하면 天惠가 있어 편하나 고독하다. 乙丙을 같이 보면 수려한 덕으로 예술가로 成家하나 고생이 된다.

地支에 진술이 있으면 충동되고 丑未 또한 충동되면 파란곡절이 끊이지 않아 심신이 불안하다. 戊土山이 辰戌丑未가 있으면 산이 흔들리고 지진이 난 격이니 만사불성이다.

6. 己土論

己土는 비습하여 水氣가 섞였다. 己는 일어난다, 기록한다는 뜻도 되니 만물이 형체를 갖추어 기록하여 식별할 수 있는 뜻이다.

己는 土라 하나 天에서는 '구름'이 된다. 이는 雲(己)과 雷(甲)가 合하여 雨가 되어 땅으로 내려오는 때문이다.

丁火와 함께 酉에 생하고 午에 祿하니 여름에 작물을 생육하는 공이 있는 연고이다. 甲을 보아 合하는데 乙을 보면 꺼리는 것도 구름(己)이 모여 우뢰와 만나 비를 내리려는 데 바람(乙)이 불면 구름이 흩어져 소용이 없어지기 때문이다. 그러므로 己土는 乙木을 꺼리는 바이다.

己日生 命主는 酉에 앉아 있거나 봄에 출생하거나 甲을 보면 귀하고 乙을 보는 것은 불가하니 乙은 바람이라 구름이 하늘에 오를 때에 바람을 만

나면 흩어지기 때문이다. 己土는 庚辛金을 꺼린다. 甲丙癸가 있으면 大富大貴요, 丙癸는 격재되어야 한다. 乙丙이 있으면 貴는 하나 富는 없다. 地支에 辰丑이 있어 冲됨이 길하다.

庚辛金이 있으면 부귀가 어렵고 저사가 안심치 못하고 夫子가 다 성실치 못하다. 壬水가 있으면 奔破하고, 질병이 끊이지 않는다. 戊土가 있으면 危厄이 있고 孤貧하다. 己土가 또 있으면 순량하나 무덕하다. 丁火가 있으면 원망이 많고 고빈함이 떠나지 않는다. 甲乙木을 丙火로 양육하여 곡식을 만들 경우 지지에 冲이 있어야 다경다작의 利가 있다. 壬水는 홍수를 만난 격이니 장마를 만나면 땅을 치고 통곡한들 무슨 소용이 있으랴. 癸水는 甘雨요, 저절로 내리니 편하다. 天干에 金이 나오면 흉하고 地支에 약간 있으면 무관하다. 庚辛金이 天干에 투출되지 않고 巳午未月生이라면 稼穡格이 된다.

7. 庚金論

庚은 변경한다는 뜻이니 强硬하여 肅殺하는 氣가 있어 만물이 생장을 멈추고 완성된 것이다. 庚金은 달이 된다. 庚金이 子水에 있는 것을 달이 물결에 잠겨 있다고 하며 初三日에 초승달이 庚方에 나타나니 庚과 月은 위치가 같은 것이라서 달이라고 한다.

庚은 天에서 달에 比하였으니 초삼일에 달이 庚方에 보이고 子를 보면 庚이 잠기는 바, 달이 호수에 잠기며 朝水가 달에 応하는 것으로도 이해할 수 있다.

庚日이 乙巳字가 있으면 가을 生은 上命이니 가을에 청풍이 불어 월광이 빛나고 겨울 生은 모든 사람이 두려워하는 바, 겨울밤에 月白하여 바람 불면 감히 밖에 나가기를 꺼리는 때문이다.

春夏에 庚日을 얻으면 광채가 약하고 흐린 날이 많아 사람이 게으르고 맺고 끊임에 분명치 못한 사람이 되는 것을 보아도 월광이 춘하에 광채가 희미한 탓이다. 또 庚이 丁을 기뻐하는 것은 달 주변에 一点의 샛별같이 보인다면 그 풍치가 아름답지 않겠는가?

庚日에 출생한 자가 사주에 乙이나 己가 있으면 月白風淸이라 하여 貴格이 되는 것이니 가을 生이 上格이고, 겨울 生은 次格이나 春夏月은 취할 것이 못된다. 甲丁으로 金을 녹여 成鑄함을 제일 貴로 한다. 壬水를 生하여 水의 원천이 되면 二貴가 된다.

己土가 나오면 들판에 흩어진 돌로써 쓸모가 없고 적선하여도 공이 없다. 戊土가 나오면 고독하고 寒儒이거나 우둔한 사람이다. 丙火를 보면 壬이 있어야 淸貴하고 癸를 보면 부끄러운 바가 일생을 떠나지 않는다. 庚金이 있으면 好鬪, 好色할 뿐이요, 辛金을 보면 손재가 끊이지 않고 壬을 더하면 恩封이 있다.

庚金이 身旺하여 水를 發하는 경우, 甲丁으로 金을 녹여 器物을 만드는 경우 癸水가 天干에 나와 있으면 게으르고 쓸모가 없다. 왜냐하면 癸水는 하늘에서 저절로 내리는 비로 자연을 기다리는 격으로 때만 기다리고 있으니 일을 안 하게 된다.

8. 辛金論

辛은 청량한 기운이 있는 고로 새로워진다는 뜻이다.

만물이 열매가 성숙되면 새로운 맛이 생긴다. 가을에는 만물이 말라 떨어지고 결실되어 숙연히 바뀌고 새로워진다.

辛金은 서리가 된다. 辛은 天道에서 霜으로 하였으니 酉는 辛의 祿地가 되어 서리 내리는 八月 節이면 草木이 물들어 낙엽되어 떨어진다. 이는 서리를 맞은 緣由이며 신이 해(丙)를 보면 녹아 물로 化하는 이치가 여기에 있다. 辛日主가 亥를 보면 浴地이나 丙火를 보면 合化하여 血日을 바꾸니 貴할 것인 바 辛金은 동절을 기뻐한다.

辛日에 生한 자가 卯에 앉아 있고, 乙이 天干에 나오지 않았으면 大富하게 되고 亥에 앉아 있고 丙火가 天干에 나오면 貴하게 된다.

辛金은 戊土와 癸水를 꺼린다. 辛金은 첫째, 壬水로 씻어야 광채가 있고 둘째, 丙火가 멀리 비춰야 하고 셋째, 壬甲이 있으면 富는 하나 貴는 어렵다.

丁火가 있으면 성격이 난폭하고 단명이다. 戊土가 있으면 묻히기 때문에 무용지물이 된다. 己土가 있으면 땅에 떨어진 玉이니 小富는 하나 貴가 어렵다. 乙木이 있으면 색난이 있고 破財한다. 癸水가 있으면 게으르고 치사하고 간사하다. 乙木이나 卯가 있으면 사치하고 花柳之童이다. 甲木이 있으면 저절로 귀찮지 않을 정도로 돈이 들어온다.

辛金이 乙을 보면 나쁜 것은 辛金 칼로 乙木 꽃을 자르는 때문이다. 辛金이 甲木을 보면 왜 돈이 잘 들어오느냐 하면 甲木은 財인데 辛金은 칼이니 통나무 甲木을 베려니 간지럼만 주는 것과 같이 돈이 감당 못한다는 것이다.

甲木이 꼭 필요함은 戊土가 辛金을 매몰함을 剋破하고 壬水를 흙물로 만들지 못하게 하는 무기가 된다.

9. 壬水論

壬은 맡긴다(任). 임신한다(姙)는 뜻이다.

이 때에는 陽氣가 엉겨 대지가 얼어붙어 전혀 생기가 없는 듯하나 내면으론 陽氣가 始生하여 땅 속에는 온화한 기운이 생기고 낮시간이 점점 길어져가니 이리하여 봄에 겉으로 드러날 陽氣가 잉태되는 것이다.

壬水는 가을 이슬이 된다. 壬은 天에서 秋露가 되니 水屬이요, 辛에서 生이 되니 이슬로 본다. 이슬은 木에 닿으면 스며 흘러들어 木을 生하니 木이 쉬지 않고 자라게 하려면 丙火가 있어야 溫水 生光하여 樂이 될 것이다.

또 丁火가 있으면 金을 단련하여 玉水가 나올 것이니 壬水는 丁火를 기뻐한다. 壬日이 가을에 生하여 丁火를 보게 되면 가장 현달하게 되나니 丁은 별이 되고 壬은 이슬이 되어 찌는 기운을 씻어 버리고 찬란하게 빛나기 때문이다. 壬水는 丁火를 꺼린다. 甲丙이 있어 甲木을 양육하면 덕망가요, 부자가 된다. 丙火가 있어 열매나무를 결실시키면 부자가 자연히 하늘에서 스스로 온다. 乙木은 꽃이니 꽃이 바닷물에 피지 못하고 떠내려가니 꽃은 여자요, 사치니 사치하고, 치사하고, 노후에 가난하다.

戊土로 제방을 쌓아 가물 때 논밭에 물을 댄다면 유용하다. 戊丙甲이 있으면 신왕해야 부귀한다. 己土는 壬水에 풀리어서 壬水가 흐린 물이 되니 추하고 재산을 탕진한다. 丁火가 있으면 甲木을 기르지 않는다. 왜냐하면 壬이 丁을 보면 본분을 버리고 음란하다. 極 身弱하면 情死 또는 腹上死하는 수도 있다.

庚辛金이 나타나면 학자는 되나 성공하지는 못한다.

10. 癸水論

癸는 헤아린다(揆度)는 뜻이요, 雨露요, 봄비가 된다.

癸水는 봄비에 比하였으니 癸水는 春夏에 나와야 그 功德이 있다. 申이 오면 死하고 卯에 生하는 것은 봄이 되면 단비가 와서 만물이 新生하기 때문이다. 辰龍宮을 지나 비나 내리고 겨울은 氣旺하여 얼어붙고 눈이 될 것이니 不吉하고 丙火와 목이 함께 있기를 기뻐한다.

地에서는 水脈이다. 癸卯日에 生한 사람이 己土가 天干에 나와 있으면 구름이 비를 내리는 형상이라 그 사람은 반드시 경제적 수완이 있는 사람이다. 丙火로 甲木을 길러 결실을 하면 富한다.

辛金은 地支에 있어야 하고 丑辰이 地支에 있으면 배우자가 吉利하고 평생 편안하다. 庚辛金이 天干에 투출하면 甲木 열매 나무가 서리를 맞으니 곡식이 여물지 못하니 한탄만 한다.

己土가 있으면 유명무실하다. 乙이 있으면 아름다운 德이 있고, 秋月生이 乙과 庚이 있다면 단풍이 들어 오색찬란하고 세상이 아름다울 것이다. 戊土가 있으면 외롭고 淸高할 것이다. 丁火가 있으면 활인하는 팔자이나 명이 짧고, 冬月 癸水도 丁火가 있으면 活人之命이다. 乙木은 깨끗하고 淸貴하나 노후에 슬프고 가난하다. 甲丙中 一字만 있어도 中格은 된다.

癸水가 三·四·五·六月에 출생하면 부자되는 사람이 많다. 癸水가 戊土를 꺼리는 것은 戊癸가 合이 되면 갑목을 안 기르고 바위산에 외로운 격이다.

3. 十二地支論

1. 子

孕字에서 취하였다. 북방 坎宮에 거하는 자요, 事象의 시초로 開物, 만유의 태초 시원의 의미를 지니고 있다.

그의 체가 한냉하고 습하기 때문에 온난함을 원하고 그 형상이 어둡고 낮기 때문에 밝고 오르길 좋아한다. 그러나 의중에만 있고 실행이 어렵다. 그러므로 子字가 있는 사람은 속으로 생각만 있고 실천력이 약하다.

고독하고 슬프기도 하여 비관적이다. 지혜롭기는 해도 표현력이 약하다. 빈한함을 스스로 위안하고 깊은 명상에 잠긴다.

子는 子時, 씨앗, 정자, 난자, 자궁, 임신, 창조적 사색, 세탁, 목욕, 상하수도, 농업용 관개수 강하, 文曲星, 二十八宿의 女虛危, 점성의 寶瓶宮, 팔문의 休門, 雨露, 霜雪, 霧霞, 음료수, 기름, 술, 된장, 간장, 미생물, 어류, 해초류, 原子, 먹, 잉크, 지하실, 변소, 바다, 항구, 양어장, 산부인과, 소아과 의원, 전자제품, 탁아소, 홍등가, 미용실, 이발관 등의 뜻을 지니고 있다.

六壬에서는 神后이다.

2. 丑

紐字에서 취하였다. 동북 艮宮에 거하는 자요, 事象은 준비요, 뛰어오르려고 움츠린 뜻이 있다.

그의 체가 한냉하고 얼음이 얼고 질기고 굳기 때문에 따뜻하기를 원하고 밝음의 소식은 있으나 아직 어둡고 밝아오길 기다리는 사람처럼 급하고 고독하고 고집이 있다. 좋은 지략과 두뇌로 계획은 갖고 있으나 남에게 주지 않는 비밀주의자라 할 수 있다.

수전노, 구두쇠, 쓰레기, 무기 창고, 은행, 세무서, 丑時, 巨門星, 二十八宿의 斗牛, 六壬의 大吉, 점성의 磨蝎宮, 견우 직녀성, 주방, 마루, 각종 창고, 차고, 정류장, 절, 교회, 농장, 언덕, 채소밭, 산소, 팔문의 生門, 자물쇠, 열쇠, 방앗간, 철근, 반지, 보석, 광산, 주차장, 고궁, 세관, 증권회사, 보험, 군부대, 건재 골재상, 유리, 사기그릇, 복덕방, 중개업, 결혼 상담소, 전당포, 겟놀이, 과수원 등의 의미를 지니고 있다.

3. 寅

東字 또는 演字에서 취하였다. 동북 艮宮에 거하고 있다. 사상은 완성이요, 뛰어오르는 형상이다.

그의 체가 이미 열이 있고 굳고 커서 이미 자랑스럽고 환하게 밝은 모습이다. 만유사물의 시발과 개척, 일어섬과 상승의 기세를 갖고 있으며 우두머리, 신장, 발전의 상을 나타내고 진취적이요, 맹진성이요, 강권적이요, 양기가 충만하였다.

寅이 있는 사람은 매사에 자신감이 차 있고 과신하여 패하는 일이 많다. 재기 불능이 되니 그의 맹진이 얼마나 허망함을 알 것이다.

九星의 巨門星, 二十八宿의 箕尾, 占星의 人馬宮, 三台星, 바람, 우뢰, 불빛, 青龍之象, 八門의 生門, 六壬의 功曹, 주방, 보일러실, 발전실, 서재, 책상, 오락실, 방송실, 산림, 가로수, 기둥, 계곡, 도로, 교량, 목재소, 학교, 학원, 터미널, 통신소, 우체국, 극장, 서점, 섬유질, 양복점, 의상실, 산신당, 신문사, 문화회관, 법원, 국회, 서적, 신문, 옷, 안테나, 동상, 탑, 연료, 전주, 화로 등의 의미를 지니고 있다.

4. 卯

柳字 또는 卯子에서 취하였다. 정동 震宮에 거하고 있다. 支店, 포용의 의미가 있으며 一이 二로 분할, 분리, 전향하는 기가 있어서 새로움과 새로운 만남의 연속이다.

또 속성속패의 의미가 있고 자만심이 넘쳐 남을 능멸하는 기가 있으니 그의 경박함이 가증스럽다. 풍류미, 송곳, 많은 변화 등을 내포하고 있다.

주로 섬유질, 토목 건축, 九星의 貪狼星, 二十八宿의 氐房心, 점성의 天蝎宮, 八門의 傷門, 六壬의 太沖, 정문, 들보, 서까래, 목재, 화초, 재목, 초목, 산림, 초원, 화원, 과수원, 정원, 종묘원, 농장, 임업 시험장, 현관, 장롱, 묘목, 창문, 옷장, 상자, 가구, 책상, 낚시대, 종이, 편물, 재봉, 공예품, 의복, 피아노, 오르간, 교량, 가로수, 제재소, 제사공장, 방직 제지공장, 양복점, 완구점, 인쇄소, 레코드, 지팡이, 완구점, 손잡이 등의 의미가 있다.

5. 辰

震字에서 취하였다. 동남 巽宮에 거하고 있다. 納水의 庫가 있는 곳이다. 만물을 기르는 덕을 갖추었으나 자신을 지키기 위한 수비와 투쟁의 氣意

가 있다. 의욕과 활기가 꽉 차 있다. 그러므로 辰이 있는 사람은 욕심이 많고 남녀를 막론하고 먹는 것을 보면 음식을 탐하고 색을 보면 색을 탐한다. 즐겁게 놀기도 잘 하지만 싸움도 잘 한다. 무엇에나 욕심이 과다하여 어떤 때는 우둔한 짓을 잘 한다. 그의 무분별함이 한탄스럽다.

辰은 九星으로는 伏吟星인 輔弼, 二十八宿의 角亢, 점성의 天秤宮, 八門의 杜門, 六壬의 천강, 성질은 기상변화, 지붕, 장판, 물탱크, 냉장고, 이불장, 돌, 언덕, 연못, 평원, 전원, 염전, 뚝, 항만, 부두, 수산시장, 하천, 양어장, 법원, 형무소, 군부대, 사찰, 교회, 여관, 비행장, 경찰서, 보호실, 바윗돌, 골재, 생선 해물, 병풍, 도자기, 선풍기, 비행기, 부채, 논수산청, 세관, 보관창고, 물통, 그릇, 자궁, 생식기, 꽃밭, 투쟁, 씹는 것, 과욕, 모여듬 등의 뜻을 지니고 있다.

6. 巳

起字에서 취하였다. 다시 일어난다는 의미가 있다. 동남 巽宮에 거하는 자요, 事象은 끝과 새것의 출발이요, 지점이다. 음양의 교체점이라 과거와 미래의 분기점이요, 교체점이다. 네거리 광장과 같다. 갈림길의 모이는 곳이라 하겠다.

巳字가 있는 사람은 항상 변화가 있다. 또 변화되는 일과 관계가 된다. 뱀이 허물을 벗는 것도 변화의 하나가 아니겠는가. 吉凶禍福의 갈림길이다. 그러므로 어수선하고 소란스럽다. 일시에 이 字가 있으면 처자와 이별하거나 불화하고 운로에서 만나면 직업과 환경과 배우자까지도 바뀐다.

九星의 伏吟星인 補弼, 二十八宿의 翼軫, 점성의 雙女宮, 八門의 杜門, 六壬의 太乙, 태양, 광선, 가스, 연료, 석유, 화약, 화공약품, 주방, 보일러실, 공장지대, 공업도시, 제련소, 화학공장, 철강공장, 고무, 공장, 주유소, 번화가, 극장, 염색공장, 전화국, 전화상, 사진관, 현상소, 그림방, 백화점, 미장원, 양품점, 화로, 솥, 폭발물, 물감, 타일, 활자, 레이저광선, X선, 방사선, 미용재료, 다리미, 형광등, 전등, 연탄, 동전 등의 의미를 지니고 있다.

7. 午

矢에서 취하였다. 정남 離宮에 거하고 있다. 새로운 출발과 장대하고 높이 솟아오르는 의미가 있어 만물이 다시 성장된다. 마치 죽순의 마디가 다시 이어져 올라가는 형상이다. 본래 있는 것에 새로 접목 붙이는 것과 같다.

그러므로 午가 있는 사람은 새것에 민감하고 새소식, 새유행에 바꾼다. 月支에 午가 있는 사람은 그 부모가 복합적이다. 日支에 午가 있으면 배우자가 복합적이고 時支에 午가 있는 사람은 다중적이다.

또한 午는 미완성이란 뜻이 있어서 부족함에 대한 보충도 되기 때문에 日支에 있으면 그 배우자가 不成되니 패하고 時支에 있으면 자식을 패한다. 六親法으로 볼 때는 만약 午가 財星이라면 처재가 복합다중적이고 官星이라면 자식이 복합다중적이다.

火는 봉화대와 통하니 봉화대에는 불길한 소식을 전하는 옛날의 통신 방법으로 사용하던 곳이다. 고로 새일, 새소식과 연관이 있다.

九星의 廉貞星, 中女, 二十八宿의 柳星張, 점성의 獅子宮, 팔문의 景門, 육임의 勝光. 성질은 태양열, 광명, 청명, 별빛, 달빛, 총총한 별, 정오.

의미는 여름, 현관, 붉음, 열, 이별, 서재, 번화가, 극장, 문화관, 경마장, 백화점, 학교, 예식장, 서화점, 간판업소, 염색공장, 언론기관, 출판업소, 보도기관, 광고업소, 화장품 공장, 조명기구 공장, 전기용품 공장, 안경점, 사진관, X선, 방사선, 레이저 무기, 연료 공장, 안과, 정신과, 양품, 명함, 훈장,

휘장, 볼펜, 전화, TV, 액세서리, 화초, 모자, 학용품, 무용품, 필름, 이혼장, 잡지, 설계도, 기록장의 뜻을 지니고 있다.

8. 未

味字에서 취하였다. 서남 坤宮에 거하고 있다.

未가 있는 사람은 먹기를 즐기며 화합하고 사귀기를 즐긴다. 그러므로 교우 관계가 넓고 일에 전문가적인 기질을 발휘하지만 항상 부족한 것 같아서 무엇이든 긁어모으는 氣가 있다. 전진보다는 안정을, 투쟁보다는 화해를 하려 한다. 의심이 많다.

九星의 祿存星, 二十八宿의 井鬼, 점성의 巨蟹宮, 天廚星, 八門의 死門, 육임의 小吉, 주방, 정원, 용마루, 장독대, 인삼밭, 과수원, 목장, 농장, 전원, 전답, 찬장, 언덕, 공동묘지, 시멘트, 석회석, 다방, 요정, 음식점, 식품점, 연회장, 방직 공장, 토건, 양복점, 사찰, 교회, 제방, 교량, 청과시장, 살롱, 바, 정육점, 아리송함, 석재, 골재, 토기, 음식물, 과일, 식품, 주류, 간장, 된장, 포목, 털실, 혼수품 등의 의미를 지니고 있다.

9. 申

坤 또는 神에서 취하였다. 서남 坤宮에 거한다.

水를 생하니 그 몸이 차고 굳다. 그러기 때문에 덥기를 원하게 되고 木火를 부러워한다. 성품이 우직하고 단순하지만 불만스러워지면 포악스러워진다. 소란스러운 도로, 군병, 병기, 도검, 침, 의사, 무당, 종교, 신 등과 관계가 있다. 그러므로 申이 있는 사람은 사람됨이 순수하고 과감하며 남을 잘 돕는다. 그러나 빗나가면 포악한 행동도 하고 항상 고독과 슬픔이 있으니 일에 열중하도록 노력해야 한다. 또 공연히 길을 헤매는 사람이 되기도 쉬우니 주의하길 바란다.

九星은 祿存星, 二十八宿의 觜參, 점성은 陰陽雙子宮, 天錢星, 八門은 死門, 육임은 傳送, 전화, 통신, 복도, 수도, 차고, 차량, 철도, 철교, 천근, 도로, 터널, 여행사, 역, 정류장, 관광 회사, 주차장, 비단 공장, 은행, 조선소, 차바퀴 공장, 은행, 조폐 공장, 해로, 수로, 항로, 행군부대, 전차부대, 야전군 사령부, 비행기, 공항, 항공사, 신당, 하천, 승강기, 사찰, 세차장, 종이 돈, 무기, 금은 동전, 비단류, 포목, 수도관, 전선, 細長之物, 기계류, 영구차, 칼날, 절단기, 중기, 농기구, 정화조, 신청 서류 등의 뜻을 지니고 있다.

10. 酉

繡字에서 취하였다. 정서 兌宮에 거한다. 事象은 정지, 수습의 의미가 있다. 버릴 것은 버리고 취할 것은 따로 구분하여 따로 묶어 둔다는 뜻이다.

그 체가 냉하고 형이 날카로우며 맺고 끊음이 분명하니 냉철하다. 또 타산적인 氣가 강하다. 애정 면에서도 실리주의가 된다. 냉정하고 까다롭다. 성격이 너무 타산적이므로 거만하고 냉정하게 보여서 외로워진다. 받기만 좋아하고 주기를 싫어하니 미움받고 소외되기 쉽고 또 자신만이 깨끗하고 값진 자로 자처하여 남을 얕보고 천시하기 때문에 고독해진다.

九星은 破軍星, 二十八宿의 胃昴畢, 占星의 金牛宮, 天文星, 八門의 驚門, 六壬의 從魁, 후문, 창공, 화장실, 보석상자, 찬장, 은행, 금은, 시계 반지, 철공장, 기계상, 부속품상, 귀금속, 장신구, 칼날, 총탄, 고추장, 된장, 술, 식혜, 모든 발효식품, 군부대, 유리, 거울, 이발기구, 의약기구, 양조장, 장유공장, 침구원, 악기점, 술집, 닭고기 전문식당, 식료품상, 조미료 판매점, 탁구장, 볼링, 당구장, 야구경기장, 기원, 음료수, 세균 검사소, 균배양소, 산부인

과, 바늘, 침, 마취약, 금속 기계, 창문, 새알, 세균, 비행기 전선 등의 뜻을
지니고 있다.

11. 戌

絨字에서 취하였다. 서북 乾宮에 거한다.

만물이 생장을 끝내고 쇠멸한 곳이며 火를 감싸 안았다. 음과 양이 休囚
또는 사멸된 상태를 말한다. 그러므로 命中에 戌이 있는 사람은 제반사에
적극성이 없고 자여자약하다. 졸기를 잘하고 때문에 타인이 강제성을 띠고
건드리면 크게 노하여 싸우기도 잘 한다. 또 수비의 뜻도 있어서 남을 의심
하며 자신을 감추고 문을 잘 잠근다. 뿐만 아니라 불로소득 하는 것을 좋아
하고 헛된 욕심을 부리기도 하니 유의해야 한다.

九星은 武曲星, 二十八宿의 奎婁, 占星은 白羊宮, 河魁星, 八門은 開門,
六壬은 河魁, 天門, 고산준령, 山石, 기암절벽, 두뇌, 대륙, 옛무덤, 고적지,
동굴, 관광지, 광산, 공동묘지, 광산, 성곽, 담, 변소, 굴뚝, 부엌, 田宅, 사찰,
교회, 학교, 학원, 국회, 도서관, 회의장, 법원, 경찰서, 형무소, 정보부, 안보
기구, 감사원, 계엄사, 방위사령부, 과학기술처, 토기, 운동장, 극장, 장례식
장, 여관, 금은 보석 시계점, 골동품점, 서점, 문방구, 통계청, 사법부, 도자
기, 화로, 보온 밥솥, 저울, 자, 전자계산기, 금은 보석상, 비석, 곡식류, 분뇨,
도서, 경전, 온도계, 주판, 컴퓨터, 기계류, 전화, TV, 표구, 진공관, 안경렌
즈, 가방, 반도체 등이 뜻이 있다.

12. 亥

垓 또는 核字에서 취하였다. 서북 乾宮에 거하고 있다. 어둡고 어두우며

차갑고 죽은 상태의 核으로 돌아가 잠자고 있는 모습이다. 먼지, 오물, 헌 것들의 의미도 있다.

이를 수렴해보면 命中에 亥가 있는 사람은 깊이 생각에 잠기기를 좋아하고 슬픈 명상 속에 살기를 즐긴다. 또 헌것을 소중히 여기고 그러기 때문에 亥가 財星이라면 헌 여자를 처로 삼게 되며 또 일의 시발과 종결짓는 일에 관여하게 된다. 또 性情이 겉으로 냉정하지만 내심은 온화하고 다정하다. 그러나 한번 노하면 생사결단을 내리는 투쟁심이 있으니 주의를 해야 한다.

九星은 武曲星, 二十八宿는 室壁, 占星은 雙女(魚)宮에 속한다. 天, 父, 태양, 변소, 내실, 하수구, 수도, 취사장, 세면장, 지하실, 암실, 장독대, 해양, 강하, 연못, 해수욕장, 어장, 염전, 양어장, 댐, 저수지, 수력 발전소, 수원지, 등대, 온천, 산부인과, 소방서, 섬유 공장, 사창가, 탁아소, 소아과 병원, 종묘원, 양조장, 스케이트장, 수영장, 바닷물, 음료수, 생선, 해초, 어류, 포목, 커튼, 섬유류, 털실, 필묵, 완구, 세탁기, 군함, 배, 상선, 어선, 기차, 전차, 비누 등의 의미가 있다.

六壬에서는 登明에 속한다.

4. 五行配屬表

分類＼五行	木	火	土	金	水
天 干	甲 乙	丙 丁	戊 己	庚 辛	壬 癸
地 支	寅 卯	巳 午	辰戌丑未	申 酉	亥 子
方 位	東	南	中央	西	北
季 節	春	夏	四季	秋	冬
五 常	仁	禮	信	義	智
五 色	靑	赤	黃	白	黑
五 味	酸	苦	甘	辛	鹹
五 臟	肝	心(心包)	脾	肺	腎
五 塵	色	聲	香	味	觸
五 金	金	銀	銅	鐵	錫
五 聲	角, 呼	徵, 歌	宮, 笑	商, 呻	羽, 哭
五 音	牙, 가카	舌, 나다라타	喉, 아하	齒, 사자차	唇, 마바파
生 成 數	三, 八	二, 七	五, 六	四, 九	一, 六
數 理	一 二	三 四	五 六	七 八	九 十
五 振	握	動	噦	咳	嘔
五 則	規	繩	準	矩	量
五 族	父	女	祖	母	子
五 敎	儒	基	易	仙	佛

五嶽	泰山	衡山	崇山	華山	恒山
五作	伸	跳	滯	沈	流
五心	慧	理	通	靈	覺
五態	柔	氣	軟	固	液
五蟲	介毛	羽	毛	裸	鱗
五果	李	杏	棗	桃	栗
五穀	麥	黍	稷	稻	豆
五實	核	結	肉	殼	濡
五政	發散	明曜	安靜	勁肅	流動
五畜	犬羊	馬	牛	鷄	豕
五化	生榮	蕃茂	齊修	宣明	咸整
五想	仁	愛	厚	肅	淫
五覺	三觸	視	臭	痛	聽
五養	筋	血	肉	皮毛	骨髓
五物	草木	熱光	山田	金石	江海
九星	三碧, 四綠	九紫	二黑, 五黃八白	六白, 七赤	一白
五空間	左	上, 前	中	右	下, 後
五事	貌 敎育	視 事業	思 營農 宗敎	言 軍人 革命	聽 法官
五徵	旱	熱	風	雨	寒
五帝	太昊, 靑帝	炎帝, 赤帝	黃帝	少昊, 白帝	顓頊, 黑帝
五用	用恭撝肅	用明撝哲	用睿撝聖	用從撝藝	用聽撝謀

八卦	震 巽	離	艮 坤	兌 乾	坎
色素	靑 碧	赤 紫	黃 絳	白 栗	黑 綠
五星	木, 歲	火, 熒惑	土, 鎭	金, 太白	水, 辰
五格	曲直	炎上	稼穡	從革	潤下
六神	靑龍	朱雀	句陳, 螣蛇	白虎	玄武
氣象	風	晴	曇	雷	雨
五官	目	舌	口	鼻	耳
六腑	膽	小腸, 三焦	胃	大腸	膀胱
五身	頭頸	肩心	腹脇	臍股	脛足
五靈	魂	神	意	魄	精
五志	憂	喜	思	悲	恐
五動	進	昇	留	退	降
五樣	推	擧	止	引	押
五力	入力, 電力	記憶, 火力	制禦, 引力	出力, 磁力	演算, 水力
五凶	狂	焦	怠	予, 取	僭
五液	涕	淚	汗	唾	涎
動物	獸類	鳥類	人類	魚類	貝類
五體	肩	胸	足	頭	腹
五象	縱	炎	平	垂	臥
五意	喜	樂	慾	怒	哀
五心	喜悅	多辯	蹇滯	急速	陰凶
五福	壽	康寧	富	終命	好德

三平五氣	敷 和	升 明	備 化	審 平	靜 順
五行不及	委 和	伏 明	卑 濫	從 革	涸 流
五行太過	發 生	赫 曦	敦 阜	堅 成	流 演
五 邪	風	熱	燥 濕	冷	寒
五 情	仁 慈	明 朗	重 厚	勇 斷	憂 愁
五 形	一. 屈伸	△. 上	○. 殖	□. 革	◯. 下
五 臭	朽	焦	香	腥	羶
五 職	文 官	藝 術	農 土	武 官	水 業
氣 候	風 和	暑 熱	調	凉	寒
五 神	勾 芒	祝 融	后 土	農 收	玄 冥
五 時	生	養	該	煞	藏
五 氣	生, 愛	旺, 剛	鈍, 寬	殺, 肅	死, 柔
五 葬	林 葬	火 葬	土 葬	野 葬	水 葬
五 菜	韭	薤	葵	蔥	藿
一 日	朝	晝	中 天	夕	夜

● 六十甲子 納音五行과 空亡 早見表

甲子	海中金	甲戌	山頭火	甲申	泉中水	甲午	沙中金	甲辰	覆燈火	甲寅	大溪水
乙丑		乙亥		乙酉		乙未		乙巳		乙卯	
丙寅	爐中火	丙子	澗下水	丙戌	屋上土	丙申	山下火	丙午	天河水	丙辰	沙中土
丁卯		丁丑		丁亥		丁酉		丁未		丁巳	
戊辰	大林木	戊寅	城頭土	戊子	霹靂火	戊戌	平地木	戊申	大驛土	戊午	天上火
己巳		己卯		己丑		己亥		己酉		己未	
庚午	路傍土	庚辰	白鑞金	庚寅	松柏木	庚子	壁上土	庚戌	釵釧金	庚申	石榴木
辛未		辛巳		辛卯		辛丑		辛亥		辛酉	
壬申	劍鋒金	壬午	楊柳木	壬辰	長流水	壬寅	金箔金	壬子	桑柘木	壬戌	大海水
癸酉		癸未		癸巳		癸卯		癸丑		癸亥	
戌亥가 空亡		申酉가 空亡		午未가 空亡		辰巳가 空亡		寅卯가 空亡		子丑이 空亡	

사주 명리학의 핵심

● 月干支早見表

節 名 / 陰曆	年 干	甲己年	乙庚年	丙辛年	丁壬年	戊癸年
正 月	立 春	丙寅	戊寅	庚寅	壬寅	甲寅
二 月	驚 蟄	丁卯	己卯	辛卯	癸卯	乙卯
三 月	清 明	戊辰	庚辰	壬辰	甲辰	丙辰
四 月	立 夏	己巳	辛巳	癸巳	乙巳	丁巳
五 月	芒 種	庚午	壬午	甲午	丙午	戊午
六 月	小 暑	辛未	癸未	乙未	丁未	己未
七 月	立 秋	壬申	甲申	丙申	戊申	庚申
八 月	白 露	癸酉	乙酉	丁酉	己酉	辛酉
九 月	寒 露	甲戌	丙戌	戊戌	庚戌	壬戌
十 月	立 冬	乙亥	丁亥	己亥	辛亥	癸亥
十一月	大 雪	丙子	戊子	庚子	壬子	甲子
十二月	小 寒	丁丑	己丑	辛丑	癸丑	乙丑

● 時干支早見表

日干 / 時間	甲己日	乙庚日	丙辛日	丁壬日	戊癸日
子時 午後 11時부터 午前 1時까지	甲子	丙子	戊子	庚子	壬子
丑時 午後 1時부터 午前 3時까지	乙丑	丁丑	己丑	辛丑	癸丑
寅時 午前 3時부터 午前 5時까지	丙寅	戊寅	庚寅	壬寅	甲寅
卯時 午前 5時부터 午前 7時까지	丁卯	己卯	辛卯	癸卯	乙卯
辰時 午前 7時부터 午前 9時까지	戊辰	庚辰	壬辰	甲辰	丙辰
巳時 午前 9時부터 午前 11時까지	己巳	辛巳	癸巳	乙巳	丁巳
午時 午前 11時부터 午後 1時까지	庚午	壬午	甲午	丙午	戊午
未時 午後 1時부터 午後 3時까지	辛未	癸未	乙未	丁未	己未
申時 午後 3時부터 午後 5時까지	壬申	甲申	丙申	戊申	庚申
酉時 午後 5時부터 午後 7時까지	癸酉	乙酉	丁酉	己酉	辛酉
戌時 午後 7時부터 午後 9時까지	甲戌	丙戌	戊戌	庚戌	壬戌
亥時 午後 9時부터 午後 11時까지	乙亥	丁亥	己亥	辛亥	癸亥

● 地支藏干 分野表

期間 地支	餘氣	中氣	正氣
子	● 壬 10日	※	癸 20日
丑	癸 9日	辛 3日	己 18日
寅	戊 7日	丙 7日	甲 16日
卯	● 甲 10日	※	乙 20日
辰	乙 9日	癸 3日	戊 18日
巳	戊 5日	庚 9日	丙 16日
午	● 丙 10日	己 9日	丁 11日
未	丁 9日	乙 3日	己 18日
申	戊己 10日	壬 3日	庚 17日
酉	● 庚 10日	※	辛 20日
戌	辛 9日	丁 3日	戊 18日
亥	● 戊 7日	甲 5日	壬 18日

위의 支藏干은 子平眞詮에 의거하였으며 ●表의 지장간은 잘 쓰지 않는다.

5. 四柱를 정하는 법

● 年柱를 정하는 법

年柱는 자기 生年의 干支를 말한다. 즉 甲子年에 태어났으면 甲子가 年柱이고, 乙丑年에 태어났으면 乙丑이 年柱가 된다.

年의 분계점은 正月 初一日이 아니라 立春節이 드는 月·日·時刻을 분계점으로 삼는다.

예를 들어, 壬辰年 음력 1월 9일 巳時生이라면 壬辰年生이 아니고 辛卯年生이다. 왜냐하면 1월 10일 오전 5시 54분에 立春이 入節되었기 때문이다. 또 癸卯年 음력 12월 25일 丑時生이라면 癸卯年生이 아니고 甲辰年生이다. 왜냐하면 12월 22일 오전 4시 5분에 立春이 入節되었기 때문이다.

癸酉年 음력 12월 24일 申時生이라면 癸酉年生이 아니라 甲戌年生이 된다. 왜냐하면 12월 24일 오전 10시 43분에 立春이 入節되었기 때문이다.

● 月柱를 정하는 법

月柱는 生月의 干支로 정하는데 每月의 初一日부터 그 달의 月建을 쓰는 것이 아니라 그 生月의 月節入을 보아 生日 生時가 그 月節入의 日時刻

부터 후이면 그 生月의 干支 月建을 月柱로 세우고 그 月節入의 전에 출생하였으면 前月의 干支 月建을 月柱로 삼는 것이다. 年干이 合하여 변한 五行을 生하는 陽干에서 寅月이 시작되는 것으로 셈한다.

예를 들어 甲己年生이면 甲己合土가 되니 이 土를 生하는 陽干이 丙이므로 丙寅月부터 시작하면 된다. 가령 乙庚年生이며 巳月生이라면 乙庚合金이 되니 이 金을 生하는 陽干이 戊이므로 戊寅, 己卯, 庚辰, 辛巳에 닿으니 辛巳가 月柱가 된다.

甲己之年에는 丙寅頭요, 乙庚之年에는 戊寅頭요, 丙辛之年에는 庚寅頭에서 月建이 시작된다. 예를 들어 二月節入이 2월 10일 오후 2시 35분인데 2월 10일 오후 1시에 출생하였다면 二月節入 전이므로 前月인 正月의 干支 月建을 月柱로 삼는다. 그리고 十月節入이 9월 21일 오전 10시 57분인데 9월 21일 오후 2시에 태어났다면 十月節入 이후이므로 十月을 月柱로 삼는다.

● 日柱를 정하는 법

출생한 날의 干支를 日柱로 정한다. 年柱가 바뀌거나 月柱가 바뀌어도 日柱는 그대로 출생한 날을 사용한다. 다만 日辰은 오늘 밤 11시부터 내일 새벽 1시까지를 子時로 정한다. 가령 5日(甲子日) 오후 11시 35분에 출생하였다면 5일 干支인 甲子日이 日柱가 되는 것이 아니라 다음 날인 乙丑日이 日柱가 되는 것이 원칙이나 오후 11시부터 12시까지는 甲子日 夜子時가 되어 甲子日 丙子時라고 하여 日辰이 변하지 않고 시간만 다음 날의 子時를 쓰고, 12시부터 새벽 1시까지는 乙丑日 明子時로 삼는 것이 타당하다고 하는 학자가 많다.

夜子時, 明子時에 관하여 많은 연구와 실제 경험이 필요하다고 본다. 본인은 夜子時, 明子時說을 인정하고 싶지 않다. 왜냐하면 오후 11시부터 오전 1시 사이가 子時인 그것은 만고불변의 철리인 것이요, 진리이기 때문이다. 다만 국가와 지역에 따른 시차가 있을 뿐이다. 우리나라의 표준시는 동경 127도 30분인데 현행 시각은 일본의 동경 135도 시각을 사용하고 있으므로 약 30분 정도의 시차가 생기므로 30분 정도 늦추어 봄이 마땅하다. 낮 12시이면 실제 시각은 11시 30분이 되는 것이다. 그러므로 우리나라의 표준시각인 동경 127도 30분에 의한 시각을 사용하여야 이러한 모순이 없을 것이다.

현행 동경 135도 시각을 쓰는 상황에서 보면 오후 11시 30분부터 오전 1시 30분까지 子時인 셈이다. 丁卯年 十二月 十八日 辰時生이 있다면 四柱 기둥은 다음과 같다.

庚	庚	甲	戊
辰	寅	寅	辰
時	**日**	**月**	**年**

立春이 十二月 十七日 오후 11時 43分에 入節하였으므로 丁卯年이 아니라 戊辰年이다. 立春節 이후인지라 丑月生이 아니고 寅月生이 되었다. 戊癸之年은 甲寅頭라 甲寅이 月柱가 되었다. 18日은 庚寅日이다.

● 時柱를 정하는 법

甲日이나 己日에 태어난 사람은 甲子時부터 시작하여 生時까지 干支 순으로 진행한다. 乙日이나 庚日에 태어난 사람은 丙子時부터 시작하여 生時까지 干支 순으로 순행한다. 가령 丙日이나 辛日에 태어난 사람이 子時

사주 명리학의 핵심

에 태어났다면 戊子時가 된다. 日干이 合하여 변한 五行을 剋하는 陽干에서 子時가 시작되는 것으로 셈한다.

예를 들어 乙庚日生이면 乙庚合金이 되니 이 金을 剋하는 陽干이 丙이므로 丙子時부터 시작하면 된다. 가령 戊癸日 申時에 태어났다면 戊癸合火가 되니 이 火를 剋하는 陽干이 壬이므로 壬子, 癸丑, 甲寅, 乙卯, 丙辰, 丁巳, 戊午, 己未, 庚申에 닿으니 庚申時가 된다. 甲己夜半 甲子時요, 乙庚夜半 丙子時요, 丙辛夜半 戊子時요, 丁壬夜半 庚子時요, 戊癸夜半 壬子時가 되는 것이다. 庚戌年 五月 初四日 巳時生이 있다면 四柱 네 기둥은 다음과 같다.

丁	戊	壬	庚
巳	午	午	戌
時	**日**	**月**	**年**

庚戌年에 출생하였으므로 年柱 干支는 庚戌이요, 五月節候인 芒種入節 이후에 태어났으므로 壬午가 月柱가 되었고 4일은 戊午日이므로 戊午가 日柱인 것이요, 巳時生이라. 戊癸夜半 壬子時니 丁巳時가 된다.

● 섬머타임 실시 기간표

1948년(戊子年) 5月 31日(陰曆 4月 23日) 子正부터 9月 12日(陰曆 8月 1日) 子正까지
1949년(己丑年) 4月 1日(陰曆 3月 3日) 子正부터 9月 23日(陰曆 8月 2日) 子正까지
1950년(庚寅年) 4月 1日(陰曆 2月 14日) 子正부터 9月 23日(陰曆 8月 12日) 子正까지
1951년(辛卯年) 5月 6日(陰曆 4月 1日) 子正부터 9月 8日(陰曆 8月 8日) 子正까지
1952년(壬辰年)과 1953年(癸巳年)에도 실시되었으나 정확한 자료가 없다.
1954년(甲午年) 3月 21日(陰曆 2月 17日) 子正부터 9月 7日(陰曆 8月 11日) 子正까지
1955년(乙未年) 5月 5日(陰曆 3月 14日) 子正부터 9月 21日(陰曆 8月 6日) 子正까지
1956년(丙申年) 5月 20日(陰曆 4月 11日) 子正부터 9月 29日(陰曆 8月 25日) 子正까지
1957년(丁酉年) 5月 5日(陰曆 4月 6日) 子正부터 9月 21日(陰曆 8月 28日) 子正까지
1958년(戊戌年) 5月 4日(陰曆 3月 16日) 子正부터 9月 20日(陰曆 8月 28日) 子正까지
1959년(己亥年) 5月 4日(陰曆 3月 27日) 子正부터 9月 19日(陰曆 8月 17日) 子正까지
1960년(庚子年) 5月 1日(陰曆 4月 6日) 子正부터 9月 17日(陰曆 7月 27日) 子正까지
1987년(丁卯年) 5月 10日(陰曆 4月 13日) 02時부터 10月 11日(陰曆 8月 19日) 02時까지 ※ 02시를 03시로 사용함
1988년(戊辰年) 5月 8日(陰曆 3月 23日) 02時부터 10月 9日(陰曆 8月 29日) 02時까지 ※ 02시를 03시로 사용했음

● 出生時 知法

男命은 父生年을 보고, 女命은 母生年을 보십시오.

子 時 生	
父生年	母生年
甲乙丙丁戊己	子丑寅卯辰巳

丑 時 生	
父生年	母生年
庚辛壬癸甲乙	午未申酉戌亥

寅 時 生	
父生年	母生年
丙丁戊己庚辛	子丑寅卯辰巳

卯 時 生	
父生年	母生年
壬癸甲乙丙丁	午未申酉戌亥

辰 時 生	
父生年	母生年
戊己庚辛壬癸	子丑寅卯辰巳

巳 時 生	
父生年	母生年
甲乙丙丁戊己	午未申酉戌亥

午 時 生	
父生年	母生年
庚辛壬癸甲乙	子丑寅卯辰巳

未 時 生	
父生年	母生年
丙丁戊己庚辛	午未申酉戌亥

申 時 生	
父生年	母生年
壬癸甲乙丙丁	子丑寅卯辰巳

酉 時 生	
父生年	母生年
戊己庚辛壬癸	午未申酉戌亥

戌 時 生	
父生年	母生年
甲乙丙丁戊己	子丑寅卯辰巳

亥 時 生	
父生年	母生年
庚辛壬癸甲乙	午未申酉戌亥

子·寅·辰·午·申·戌時生은 父先亡하고 丑·卯·巳·未·酉·亥時生은 母先亡한다.

子·午·卯·酉時生은 반듯하게 누워서 잠을 자는 습관이 있다. 寅·申·巳·亥時生은 옆으로 잠을 자는 습관이 있다. 辰·戌·丑·未時生은 엎드려 잠을 자는 버릇이 있으나 크면 수그려 자는 습관이 있다.

子·午·卯·酉時生은 가마가 한복판에 위치하고 있다. 寅·申·巳·亥時生은 가마가 중심에서 옆으로 비탈진 곳에 있다. 辰, 戌, 未, 丑時生은 가마가 두 개인 사람이 많고 한 개일 때는 중심에서 비탈진 곳에 있고, 두 개일 때는 머리의 한복판에 같이 있거나 또는 한 개는 앞이마쪽에 있고 한 개는 뒤목덜미쪽에 있다.

寅·卯·辰時生은 동쪽으로 머리를 두고 출생한다. 巳·午·未時生은 남쪽으로 머리를 두고 출생한다. 申·酉·戌時生은 서쪽으로 머리를 두고 출생한다. 亥·子·丑時生은 북쪽으로 머리를 두고 반듯하게 출생한다. 子·午·卯·酉時生은 울음소리가 가늘고 높으며 급하게 운다.

寅·申·巳·亥時生은 얼굴이 크고 입이 크며 울음소리도 크다. 辰·戌·丑·未時生은 울음소리가 느리다. 寅·申·巳·亥月 子·午·卯·酉時生과 子·午·卯·酉月 辰·戌·丑·未時生과 辰·戌·丑·未月 寅·申·巳·亥時生은 쌍가마가 있다.

子時生은 얼굴이 길고, 丑時生은 얼굴이 둥글고 턱이 둥글며 얼굴이 두툼하고 신체가 풍만하다. 寅時生은 얼굴이 길고 귀가 크며 얼굴이 넓고 입이 크다. 卯時生은 얼굴이 길고 좁으며 턱이 뾰족하다. 辰時生은 얼굴이 둥글고 크고 넓고 풍만하다. 巳時生은 얼굴이 길고 키가 크다. 午時生은 얼굴이 길다. 未時生은 얼굴이 넓고 두텁고 신체가 풍만하다. 酉時生은 얼굴이 길고 턱이 뾰족하다. 戌時生은 얼굴이 넓고 두터우며 신체가 풍만하다. 亥時生은 얼굴이 길고 키가 크다. 申時生은 얼굴이 넓고 크다.

6. 合 論

● 天干合

干合이라고도 하며 마치 남녀가 서로 다른 환경에서 자라다가 부부로서 一家를 이루어 또다른 가정을 만들어냄과 흡사하다.

甲己合은 中正之合이라고도 하며 도량이 넓고 자기 분수를 지킨다. 순리를 따르므로 남과 다투지 않고 주위로부터 존경을 받는다. 命造에 火가 있고 격의 구성이 좋으면 출중한 명이다. 생월이 寅卯月이면 매사 노력해도 성공을 거두기 어렵다. 간혹 처신도 제대로 못하면서 奸計만 능한 자도 있다.

甲日生이 己가 있어 合이 되는 자는 신의는 있으나 지혜가 부족하다. 己日生이 甲이 있어 合이 되는 사람은 신의가 없으며 음성이 탁하고 코가 낮은 편이다. 십중팔구는 이복형제가 있다. 甲己合이 있고 지지에 刑이 있으면 팔, 어깨, 다리에 질병이 있다. 乙庚合은 仁義之合이라고도 하며 강건, 불굴, 과감, 강직, 용맹하여 다소 지나침이 있다. 그러나 인의가 두텁다. 偏官이나 死絕과 同柱하면 용감해도 천한 경향이 있다. 生月이 四庫가 되면 가문이 번영하고, 火局이 되면 의식주 문제로 분주한 명이다.

乙日生이 庚과 合되면 예의를 잘 안 지키며 결단성이 부족하다.

庚日生이 乙과 合하면 자비심이 없으면서도 가식적으로 의로운 척한다. 치아가 튼튼한 편이다. 乙庚合이 되고 지지에 金이 왕하면 男命은 인격과 권위가 있고, 女命은 미모이다. 丙辛合은 威嚴之合이라고도 하며 위세가 당당하나 편굴하며 변덕이 심하고 잔인하고 색정이 강하다. 명조에 편관이 있음을 좋아한다.

명조에 辛이나 土가 겹쳐 있으면 빈천하다. 丙日生이 辛과 合되면 지혜는 뛰어나나 예의가 없고 사기와 모략을 잘한다.

辛日生이 丙과 合되면 체격도 작고 야망과 포부도 없는 사람이다. 丙辛合이 있고 甲辰이 있으면 매우 좋다. 金이 왕하면 행복의 명이다. 辰·戌·丑·未月生은 고심이 많고 또 土가 있으면 빈천한 명이다. 丁壬合은 仁壽之合이라고도 하며 아첨하고 정에 흐르기 쉽다. 색욕을 탐하며 고결하지 못하다. 명조 중에 偏官이나 桃花가 있으면 색정으로 인해 파가한다. 女命은 음란하고 만혼을 하거나 나이 많은 사람에게 시집간다. 일생 중 전반이 좋으면 후반이 나쁘고, 전반이 나쁘면 후반이 길운이 되고 月支가 寅卯가 되면 상당한 발달을 한다.

丁日生이 壬과 合되면 키가 크고 날씬한 사람이며 몸이 마르고 소심하며 질투심이 강하다. 壬日生이 丁과 合되면 몸집이 크고 부지런한데 신의가 없고 편굴하며 화를 잘 낸다. 丁壬合이 있고 그 밑에 沐浴이 있으면 첩 등에서 출생한 사생아이다. 女命이면 사생아를 낳거나 남편이 외도가 심하다. 戊癸合은 無情之合이라고도 하며 용모는 아름다우나 정이 없고 사치함을 좋아한다. 색욕에 빠질 우려가 많으며, 男命은 독신 주의를 고집하는 자가 있고 女命은 미남에 인연이 있다. 月支가 火局이 되면 대귀의 명이다. 명조 중에 木이 있으면 의식이 풍족하다. 명조에 水가 많으면 傷剋奔波의 명이다.

戊日生이 癸와 合되면 다정한 듯하나 내심은 정이 없고 얼굴은 붉은 편

이며 총명하다. 癸日生이 戊와 합되면 지능이 낮고 질투심이 많다. 시작은
잘해도 끝맺음을 못하는 용두사미격이다. 남자는 늙은 여자에, 여자는 늙
은 남자에게 시집가는 경향이 있다. 戊癸合에 火가 왕하고 寅이나 卯가 있
으면 행복의 명이다. 명조 중에 水가 많거나 行運에서 그러하면 奔波의 명
이다.

● 地支合

支合 또는 六合이라고도 하며 男命이 合多면 사교적이어서 외교적인 수
완이 뛰어나서 좋으나 女命은 끼가 있다.

吉神이 합이 되면 길함이 배가 되고 凶神이 합이 되면 흉함이 배가 된다.
支合은 空亡, 刑, 冲, 破, 害를 해소하나 그 역량은 떨어진다.

年과 月의 支合은 父子有親하고 조업 계승이 이뤄진다. 장남이 아니라도
가권을 상속할 명이다. 年과 日의 支合은 배우자가 시부모와 화합 원만의
가정이 이뤄진다. 日과 時의 支合은 노후가 행복하고 자식과 화합하므로
같이 살아도 좋다. 年과 時의 支合이나 月과 時의 支合은 遙合이기 때문에
작용력이 약하므로 중요시 하지 않는다.

寅亥合에 있어서 日支가 寅이고 亥가 있어 합이 되면 복이 두텁고, 日支
가 亥이고 寅이 있어 합이 되면 복이 가볍다. 卯戌合에 있어서 日支가 卯
이고 戌의 합이 있으면 복이 후하고, 戌日이 卯의 합이 있으면 복이 가볍
다. 子丑合에 있어서 日支가 丑이고 子의 합이 있으면 복이 후하고, 日支
子이고 丑의 합이 있으면 복이 가볍다. 辰酉合에 있어서 日支가 酉이고 辰
의 합이 있으면 복이 두텁고, 日支가 辰이고 酉의 합이 있으면 복이 가볍
다.

巳申合이 있으면 구설시비의 일이 있다. 日支가 申이고 巳의 합이 있으

면 복이 후하고 日支가 巳이고 申의 슴이 있으면 복이 경하다. 午未슴에 있어서 日支가 未이고 午의 슴이 있으면 길하고, 日支가 午이고 未의 슴이 있으면 복이 가볍다.

● 三 合

三合은 동일한 五行의 속성이 長生, 帝旺, 墓 등이 슴하여 局勢를 나타내는 것을 말한다.

다수인이 결합하여 사회 공동 생활을 영위해나가는 조직, 단체 결성 등이 三合에 해당되며 슴하면 슴할수록 세력이 확장되어 더욱 공고해진다. 三合은 각자가 분리되어 있을 때는 독자적 개성이 지배하나 三合을 이루면 개성은 三合局勢에 동화귀의하게 한다.

寅午戌이 합하면 火局이 되며 炎上이다. 정신문화, 화학공업, 연료, 색소, 예술, 火器, 법, 화려한 홍등가, 禮度, 학문의 전당, 문화관, 언론기관 등에 해당된다.

申子辰이 합하면 水局이 되며 潤下이다. 액체물질, 수자원, 해안, 어망, 江河, 상하수도, 댐, 저수지, 수력발전소, 원자력, 전자제품, 견직, 섬유물, 線 등에 해당된다.

巳酉丑이 합하면 金局이 되며 從革이다. 고체물질, 금속자원, 금은보석, 철, 기계류, 무기, 화폐, 현금, 전기제품, 폭발물 저장소 등에 해당된다.

亥卯未가 합하면 木局이 되며 曲直이다. 식물성 자원, 목재, 토목건축, 섬유질, 영농, 종묘, 製絲, 방직, 가구, 목장, 펄프, 건축자재 등에 해당된다.

日支와 行運이 연결되어 三合이 되면 혼인이 성사되거나 타인과의 공동 협조할 일이 많이 발생한다. 명조에 三合이 있는 자는 육친 골육간에 화목하고 친선함이 남다르다. 용모가 수려하고 총명하고 정직하며 원만한 인격자이다. 吉神이 三合되면 더욱 吉이 되고, 凶神이 三合되면 더욱 흉이 된다. 建祿이 三合과 연결되면 名望과 복이 있고 의외의 횡재한다. 食神이 三合과 연결되면 의식주가 풍족하고 식도락가이다. 正官, 印綬, 天乙貴人이 三合과 연결되면 복이 많고 귀인의 도움을 받는다.

三合이 되면서 元辰, 刑, 害가 있으면 무례하고 말은 선하게 하나 행동은 그렇지 못하고 음성은 탁하다. 合한 가운데 冲을 만나면 破局이 된다.

咸池가 合을 이루면 간악, 사통하거나 불량, 음란한 행동을 저지른다. 官符와 合하면 형옥, 송사, 비방, 시비 등을 잘 일으킨다. 合에는 緊合, 隔合, 遠合을 가까이 가져옴으로 喜하는 경우와 合함으로 좋아지는 경우와 나빠지는 경우를 잘 살펴야 한다. 近合은 길흉 간에 중하고 원합과 격합은 길흉 간에 길흉력이 가벼워진다.

● 暗 合

暗合이 있으면 사람이 더욱 사교적이고 치밀하고 조직적이다. 忌神을 合해서 吉로 바꾸면 길하고 吉神을 合해서 凶으로 바꾸면 흉하다.

閑神을 暗合하여 吉神으로도 되고 凶神으로도 된다. 年月日時 地支의 人元司事로 暗合을 형성하는 것이다. 寅午가 있으면 甲己合土가 되고 子巳가 있으면 戊癸合火가 되고, 卯申이 있으면 乙庚合金이 되고 亥午가 있으면 丁壬合木이 되고, 寅丑이 있으면 다만 丑이 開庫되었을 때 甲己合土, 丙辛合水, 戊癸合火가 된다.

● 六神早見表

六神 ＼ 日干	甲日	乙日	丙日	丁日	戊日	己日	庚日	辛日	壬日	癸日
比肩	甲寅	乙卯	丙巳	丁午	戊辰戌	己丑未	庚申	辛酉	壬亥	癸子
劫財	乙卯	甲寅	丁午	丙巳	己丑未	戊辰戌	辛酉	庚申	癸子	壬亥
食神	丙巳	丁午	戊辰戌	己丑未	庚申	辛酉	壬亥	癸子	甲寅	乙卯
傷官	丁午	丙巳	己丑未	戊辰戌	辛酉	庚申	癸子	壬亥	乙卯	甲寅
偏財	戊辰戌	己丑未	庚申	辛酉	壬亥	癸子	甲寅	乙卯	丙巳	丁午
正財	己丑未	戊辰戌	辛酉	庚申	癸子	壬亥	乙卯	甲寅	丁午	丙巳
偏官	庚申	辛酉	壬亥	癸子	甲寅	乙卯	丙巳	丁午	戊辰戌	己丑未
正官	辛酉	庚申	癸子	壬亥	乙卯	甲寅	丁午	丙巳	己丑未	戊辰戌
偏印	壬亥	癸子	甲寅	乙卯	丙巳	丁午	戊辰戌	己丑未	庚申	辛酉
印綬	癸子	壬亥	乙卯	甲寅	丁午	丙巳	己丑未	戊辰戌	辛酉	庚申

사주 명리학의 핵심

● 六神의 配屬表

比肩	男	형제자매, 며느리, 사촌, 처의 외간 남자, 친구, 동료, 고모부, 처남의 아들, 자매의 시아버지, 조카
	女	형제자매, 친구, 이복형제, 남편의 첩, 동서, 시아버지, 시아버지의 형제, 조카
劫財	男	형제자매, 친구, 이복형제, 며느리, 처의 외간 남자, 고조모, 딸의 시어머니, 처남의 딸, 자매의 시아버지, 조카
	女	형제자매, 친구, 이복형제, 남편의 첩, 시아버지, 동서, 시아버지의 형제자매, 아들의 장인, 조카, 며느리
食神	男	손자, 장모, 사위, 증조부, 조모, 외조부, 생질, 생질녀, 장인, 조카
	女	아들, 딸, 조카, 증조부, 편조모, 손부, 사위의 아버지, 손자의 첩, 시누이의 남편, 손자
傷官	男	조모, 손녀, 외조부, 첩의 어머니, 증손부, 사위, 생질, 외숙모, 딸의 시동기
	女	아들, 딸, 조모, 조카, 외손부, 시누이의 남편, 손자
偏財	男	아버지, 첩, 첩의 형제, 아버지의 형제자매, 형제의 재혼처, 애인, 고손자, 형수, 제수, 외사촌, 자매의 시어머니
	女	아버지, 아버지의 형제, 자매의 시어머니, 외손자, 며느리의 어머니, 시어머니, 오빠의 첩, 오빠 첩의 오빠, 시외숙, 증손녀, 증손자
正財	男	아내, 어머니의 외간 남자, 숙부, 고모, 이모부, 형수, 제수, 고손녀, 자매의 시어머니
	女	시어머니, 편시어머니, 어머니의 외간 남자, 아버지의 형제자매, 이모부, 외손녀, 증손녀, 증손자, 시조부, 시이모, 오빠의 처첩
偏官	男	아들, 딸, 외조모, 증조부의 재혼처, 매부, 조카, 질녀, 고조부, 딸의 시아버지
	女	재혼 남편, 외간 남자, 정부, 남편, 남편의 형제자매, 형부, 증조모, 며느리, 아들의 첩, 며느리의 오빠
正官	男	딸, 아들, 손부, 첩의 딸, 증조모, 외조모, 매부, 조카, 질녀
	女	남편, 증조모, 형부, 제부, 사위의 모친, 자부의 형제자매, 며느리, 시동생, 시누이, 손부
偏印	男	계모, 이모, 유모, 서모, 숙모, 어머니, 조부, 처남의 처, 외삼촌, 증손자, 외손자, 며느리의 어머니
	女	계모, 이모, 유모, 서모, 숙모, 어머니, 조부, 외삼촌, 사위, 손자, 시외조부, 시조모, 사위의 형제
印綬	男	어머니, 이모, 장인, 외손녀, 증손녀, 조부의 자매, 백모, 숙모, 고손부, 처남의 처, 며느리의 편모, 외숙부, 조부
	女	어머니, 백모, 숙모, 조부의 자매, 외숙부, 종조부, 손녀, 대고모, 사위의 여동생, 사촌형제

사주 명리학의 핵심

7. 神殺論

● 神殺早見表

神殺＼年·日支	子	丑	寅	卯	辰	巳	午	未	申	酉	戌	亥
劍鋒	戊子	己丑	甲寅	乙卯	戊辰	丁巳	丙午	己未	庚申	辛酉	戊戌	癸亥
大禍殺	丙丁	甲乙	壬癸	庚辛	丙丁	甲乙	壬癸	庚辛	丙丁	甲乙	壬癸	庚辛
旌旗	戊午	戊午	癸酉	癸酉	癸酉	癸卯	癸卯	癸卯	戊子	戊子	戊子	戊午
孤神	寅	寅	巳	巳	巳	申	申	申	亥	亥	亥	寅
寡宿	戌	戌	丑	丑	丑	辰	辰	辰	未	未	未	戌
喪門	寅	卯	辰	巳	午	未	申	酉	戌	亥	子	丑
弔客	戌	亥	子	丑	寅	卯	辰	巳	午	未	申	酉
勾神	卯	辰	巳	午	未	申	酉	戌	亥	子	丑	寅
絞神	酉	戌	亥	子	丑	寅	卯	辰	巳	午	未	申
病符	亥	子	丑	寅	卯	辰	巳	午	未	申	酉	戌
飛符	辰	巳	午	未	申	酉	戌	亥	子	丑	寅	卯
鬼門關殺	酉	午	未	申	亥	戌	丑	寅	卯	子	巳	辰
怨嗔	未	午	酉	申	亥	戌	丑	子	卯	寅	巳	辰
福德	酉	戌	亥	子	丑	寅	卯	辰	巳	午	未	申
歲合	丑	子	亥	戌	酉	申	未	午	巳	辰	卯	寅

年·日支 神殺	子	丑	寅	卯	辰	巳	午	未	申	酉	戌	亥
天厄	未	申	酉	戌	亥	子	丑	寅	卯	辰	巳	午
隔角	寅	卯	辰	巳	午	未	申	酉	戌	亥	子	丑
披頭	辰	卯	寅	丑	子	亥	戌	酉	申	未	午	巳
天刑	未	申	酉	戌	亥	子	丑	寅	卯	辰	巳	午
黃旛	辰	丑	戌	未	辰	丑	戌	未	辰	丑	戌	未
指背	申	巳	寅	亥	申	巳	寅	亥	申	巳	寅	亥
天空	丑	寅	卯	辰	巳	午	未	申	酉	戌	亥	子
辛暴	卯	辰	巳	午	未	申	酉	戌	亥	子	丑	寅
天哭	午	巳	辰	卯	寅	丑	子	亥	戌	酉	申	未
將軍箭	申	巳	酉	戌	辰	未	卯	子	午	寅	丑	亥
天狗殺	戌	亥	子	丑	寅	卯	辰	巳	午	未	申	酉
破碎	巳	丑	酉	巳	丑	酉	巳	丑	酉	巳	丑	酉
天耗	申	戌	子	寅	辰	午	申	戌	子	寅	辰	午
地耗	巳	未	酉	亥	丑	卯	巳	未	酉	亥	丑	卯
豹尾	戌	未	辰	丑	戌	未	辰	丑	戌	未	辰	丑
陰殺	丑	戌	未	辰	丑	戌	未	辰	丑	戌	未	辰
太陽	丑	寅	卯	辰	巳	午	未	申	酉	戌	亥	子
吞陷	戌	寅	丑	戌	辰	卯	寅	寅	戌	戌	寅	寅
血刃殺	戌	酉	申	未	午	巳	辰	卯	寅	丑	子	亥

年·日支 神殺	子	丑	寅	卯	辰	巳	午	未	申	酉	戌	亥
紅鸞殺	卯	寅	丑	子	亥	戌	酉	申	未	午	巳	辰
五鬼殺	酉戌	丑午	卯辰	子丑	酉戌	丑午	卯辰	子丑	酉戌	丑午	卯辰	子丑
太白殺	巳	丑	酉	巳	丑	酉	巳	丑	酉	巳	丑	酉
官刑殺	卯	戌	巳	子	午	丑	寅	酉	未	亥	辰	申
天獄殺	甲日時	乙日時	丙日時	丁日時	戊日時	己日時	庚日時	辛日時	壬日時	癸日時	甲日時	乙日時
天狼殺	卯日時	辰日時	巳日時	午日時	未日時	申日時	酉日時	戌日時	亥日時	子日時	丑日時	寅日時
自結殺	寅日時	卯日時	辰日時	巳日時	午日時	未日時	申日時	酉日時	戌日時	亥日時	子日時	丑日時
結項殺	壬子時	辛酉時	庚午時	乙卯時	壬子時	辛酉時	庚午時	乙卯時	壬子時	辛酉時	庚午時	乙卯時
曲背殺	卯酉時	辰戌時	巳亥時	子午時	丑未時	寅申時	卯酉時	辰戌時	巳亥時	子午時	丑未時	寅申時
聾啞殺	酉時	午時	卯時	子時	酉時	午時	卯時	子時	酉時	午時	卯時	子時
斧劈殺	巳	丑	酉	巳	丑	酉	巳	丑	酉	巳	丑	酉
短命殺	巳	寅	辰	未	巳	寅	辰	未	巳	寅	辰	未
暴敗殺	夏	秋	冬	冬	夏	夏	冬	春	秋	秋	春	春

사주 명리학의 핵심

年·日支 神殺		子	丑	寅	卯	辰	巳	午	未	申	酉	戌	亥
重婚殺		四月	五月	六月	七月	八月	九月	十月	十一月	十二月	一月	二月	三月
再嫁殺		五月	六月	七月	八月	九月	十月	十一月	十二月	一月	二月	三月	四月
絶房殺		十一月	二月	七月	十一月	二月	七月	十一月	二月	七月	十一月	二月	七月
骨破碎	男	二月	三月	十月	五月	十二月	一月	八月	九月	四月	十一月	六月	七月
	女	六月	四月	三月	一月	六月	四月	三月	一月	六月	四月	三月	一月
鐵掃帚	男	一月	六月	四月	二月	一月	六月	四月	二月	一月	六月	四月	二月
	女	十二月	九月	七月	八月	十二月	九月	七月	八月	十二月	九月	七月	八月
卷舌殺		酉日	戌日	亥日	子日	丑日	寅日	卯日	辰日	巳日	午日	未日	申日
解神		戌未	酉未	申	未申	午未	巳酉	辰戌	卯戌	寅亥	子亥	子午	亥午
和尙關		辰戌 丑未	子午 卯酉	寅申 巳亥	辰戌 丑未	子午 卯酉	寅申 巳亥	辰戌 丑未	子午 卯酉	寅申 巳亥	辰戌 丑未	子午 卯酉	寅申 巳亥
五鬼關殺		辰	巳	午	未	申	酉	戌	亥	子	丑	寅	卯

年·日支 神殺	子	丑	寅	卯	辰	巳	午	未	申	酉	戌	亥
短命關	巳	寅	辰	未	巳	寅	辰	未	巳	寅	辰	未
天狗關	戌	亥	子	丑	寅	卯	辰	巳	午	未	申	酉
天弔關	巳午	子卯	辰午	午申	巳午	子卯	辰午	午申	子卯	辰午	午申	
湯火關	午	未	寅	午	未	寅	午	未	寅	午	未	寅
撞命關	巳	未	巳	子	午	午	丑	丑	午	亥	未	亥
埋兒關	丑	卯	申	丑	卯	申	丑	卯	申	丑	卯	申
天無殺	※	※	四·八·十月	※	※	一·五·九月	※	※	二·六·十二月	※	※	三·七·十一月

月支 神殺	寅	卯	辰	巳	午	未	申	酉	戌	亥	子	丑
斷橋關殺	寅	卯	申	丑	戌	酉	辰	巳	午	未	亥	子
急脚殺	亥子	亥子	亥子	卯未	卯未	卯未	寅戌	寅戌	寅戌	丑辰	丑辰	丑辰
天轉殺	乙卯日	乙卯日	乙卯日	丙午日	丙午日	丙午日	辛酉日	辛酉日	辛酉日	壬子日	壬子日	壬子日
地轉殺	辛卯日	辛卯日	辛卯日	戊午日	戊午日	戊午日	癸酉日	癸酉日	癸酉日	丙子日	丙子日	丙子日
天喜神	未	午	巳	辰	卯	寅	丑	子	亥	戌	酉	申
血支	戌	亥	子	丑	寅	卯	辰	巳	午	未	申	酉
天德貴人	丁	申	壬	辛	亥	甲	癸	寅	丙	乙	巳	庚
月德貴人	丙	甲	壬	庚	丙	甲	壬	庚	丙	甲	壬	庚
天德合	壬	巳	丁	丙	寅	己	戊	亥	辛	庚	申	乙
月德合	辛	己	丁	乙	辛	己	丁	乙	辛	己	丁	乙
皇恩大赦	戊	丑	寅	巳	酉	卯	子	午	亥	辰	申	未
紅鸞星	丑	子	亥	戌	酉	申	未	午	巳	辰	卯	寅
天醫星	丑	寅	卯	辰	巳	午	未	申	酉	戌	亥	子
血刃	丑	未	寅	申	卯	酉	辰	戌	巳	亥	午	子
蹇脚殺	寅	卯	申	丑	戌	酉	辰	巳	午	未	亥	子

月支 / 神殺	寅	卯	辰	巳	午	未	申	酉	戌	亥	子	丑
浴盆關殺	辰	辰	辰	未	未	未	戌	戌	戌	丑	丑	丑
長命星	亥	戌	酉	申	未	午	巳	辰	卯	寅	丑	子
短命星	巳	辰	卯	寅	丑	子	亥	戌	酉	申	未	午
盲人殺	酉	酉	酉	辰	辰	辰	未	未	未	戌	戌	戌
眼盲殺	申	申	申	未	未	未	寅	寅	寅	丑	丑	丑
直難關殺	午	午	未	未	酉戌	酉戌	巳申	巳申	寅卯	寅卯	辰酉	辰酉
深水殺	寅申時	寅申時	寅申時	未時	未時	未時	酉時	酉時	酉時	丑時	丑時	丑時
金鎖關殺	申時	酉時	戌時	亥時	子時	丑時	申時	酉時	戌時	亥時	子時	丑時
夜啼殺	午	午	午	酉	酉	酉	子	子	子	卯	卯	卯
夜啼關	寅	未	酉	寅	未	酉	寅	未	酉	寅	未	酉
天赦星	戊寅日	戊寅日	戊寅日	甲午日	甲午日	甲午日	戊申日	戊申日	戊申日	甲子日	甲子日	甲子日
進神	甲子日	甲子日	甲子日	甲午日	甲午日	甲午日	己卯日	己卯日	己卯日	己酉日	己酉日	己酉日
四季關殺	丑巳	丑巳	丑巳	辰申	辰申	辰申	未亥	未亥	未亥	寅戌	寅戌	寅戌

月支 神殺	寅	卯	辰	巳	午	未	申	酉	戌	亥	子	丑
無情關殺	子 寅 酉	子 寅 酉	子 寅 酉	巳 戌 亥	巳 戌 亥	巳 戌 亥	丑 申	丑 申	丑 申	子 午	子 午	子 午
四柱關殺	巳 亥 時	辰 戌 時	卯 酉 時	寅 申 時	丑 未 時	子 午 時	巳 亥 時	辰 戌 時	卯 酉 時	寅 申 時	丑 未 時	子 午 時
水火關殺	未 戌 時	未 戌 時	未 戌 時	丑 辰 時	丑 辰 時	丑 辰 時	丑 戌 時	丑 戌 時	未 辰 時	未 辰 時	未 辰 時	未 辰 時
閻王關殺	丑 未	丑 未	丑 未	辰 戌	辰 戌	辰 戌	子 午	子 午	子 午	卯 酉	卯 酉	卯 酉
水穴關	未 戌	未 戌	未 戌	丑 辰	丑 辰	丑 辰	酉	酉	酉	丑	丑	丑
白虎關	申 酉	申 酉	子 戌	丑卯	*	丑卯	*	卯	*	卯	*	*
下情殺	子丑 寅酉	子丑 寅酉	子丑 寅酉	巳 戌 亥	巳 戌 亥	巳 戌 亥	丑 申	丑 申	丑 申	子 午	子 午	子 午
將軍箭	辰 酉 戌	辰 酉 戌	辰 酉 戌	子 卯 未	子 卯 未	子 卯 未	丑 寅 午	丑 寅 午	丑 寅 午	巳 申 亥	巳 申 亥	巳 申 亥
百日關	辰 戌 丑 未	寅 申 巳 亥	子 午 卯 酉	辰 戌 丑 未	寅 申 巳 亥	子 午 卯 酉	辰 戌 丑 未	寅 申 巳 亥	子 午 卯 酉	辰 戌 丑 未	寅 申 巳 亥	子 午 卯 酉

日干\神殺	甲	乙	丙	丁	戊	己	庚	辛	壬	癸
太極貴人	子午	子午	卯酉	卯酉	辰戌丑未	辰戌丑未	寅亥	寅亥	巳申	巳申
天乙貴人	丑未	子申	亥酉	亥酉	丑未	子申	丑未	寅午	巳卯	巳卯
福星貴人	寅	丑亥	子戌	酉	申	未	午	巳	辰	卯
文昌貴人	巳	午	申	酉	申	酉	亥	子	寅	卯
天官貴人	未	辰	巳	酉	戌	卯	亥	申	寅	午
天廚貴人	巳	午	巳	午	申	酉	亥	子	寅	卯
文曲貴人	亥	子	寅	卯	寅	卯	巳	午	申	酉
官貴學館	巳	巳	申	申	亥	亥	寅	寅	申	申
學堂貴人	亥	午	寅	酉	寅	酉	巳	子	申	卯
金輿祿	辰	巳	未	申	未	申	戌	亥	丑	寅
暗祿	亥	戌	申	未	申	未	巳	辰	寅	丑
國印	戌	亥	丑	寅	丑	寅	辰	巳	未	申
紅艷殺	午	午	寅	未	辰	辰	戌	酉	子申	申
羊刃	卯	辰	午	未	午	未	酉	戌	子	丑
飛刃	酉	戌	子	丑	子	丑	卯	辰	午	未
流霞殺	酉	戌	未	申	巳	午	辰	卯	亥	寅

日干 神殺	甲	乙	丙	丁	戊	己	庚	辛	壬	癸
落井關殺	巳	子	申	戌	卯	巳	子	申	戌	卯
垣城	亥	午	寅	酉	寅	酉	巳	子	申	卯
雷公關殺	丑午	午丑	子	子	戌未	戌未	寅	寅	酉亥	亥酉
截路空亡	申酉時	午未時	辰巳時	寅卯時	子丑時	申酉時	午未時	辰巳時	寅卯時	子丑時
夾祿	丑卯	寅辰	辰午	巳未	辰午	巳未	未酉	申戌	戌子	丑亥
千日殺	辰午	辰午	申酉	申酉	巳戌	巳戌	寅	寅	丑亥酉	丑亥酉
天祿	寅	卯	巳	午	巳	午	申	酉	亥	子
財庫貴人	辰	辰	丑	丑	丑	丑	未	未	戌	戌
日德	寅	申	巳	亥	巳	寅	申	巳	亥	巳
日醫	卯	亥	丑	未	巳	卯	亥	丑	未	巳
白虎關殺	酉	酉	子	子	午	午	卯	卯	午	午
鐵蛇關殺	辰	辰	未申	未申	寅	寅	戌	戌	丑	丑
腦關殺	※	戌	※	※	戌	※	寅	寅	子酉	子酉
斷腸關	午未	午未	辰巳	辰巳	※	※	寅	寅	丑	丑

日干 神殺	甲	乙	丙	丁	戊	己	庚	辛	壬	癸
鷄飛關	巳酉丑	子	子	子	子	巳酉丑	亥卯未	寅午戌	寅午戌	寅午戌
取命關	申子辰	申子辰	申子辰	申子辰	亥卯未	亥卯未	亥卯未	寅午戌	寅午戌	寅午戌

生年納音 神殺	木性	火性	土性	金性	水性
干學日	己亥	丙寅	戊申	辛巳	甲申
鬼限日	乙卯	丁丑	己亥	庚午	癸酉
女錯日	丁丑	丙午 丁未 戊申	※	辛酉 辛卯	癸巳 癸亥
財庫日	丙辰	乙丑	壬辰	癸未	甲戌
正桃華日	卯亥	午戌	午戌	巳酉	子申
正綬日	癸未	甲戌	丙辰	乙丑	壬辰
妨害日	子丑	寅卯	酉戌	午未	酉戌
鐵蛇白虎關	辰酉	子未申	丑寅午	卯戌	丑寅午

有室殺	甲午, 乙巳, 丁巳, 戊辰, 庚辰, 丙戌, 壬戌, 乙亥, 辛亥, 戊子, 壬午, 辛卯, 丁酉日
小室殺	戊辰, 丙辰, 癸巳, 乙巳, 壬午, 甲戌, 庚戌, 己亥, 癸亥, 丙子, 庚午, 己卯, 乙酉日
畫象殺	寅申巳亥日生이 四柱에 또 寅申巳亥가 있는 사람 子午卯酉日生이 四柱에 또 子午卯酉가 있는 사람 辰戌丑未日生이 四柱에 또 辰戌丑未가 있는 사람 上記 해당자로서 四字中에 三字나 四字가 있는 자
陽情殺	丁丑, 己丑, 甲寅, 壬寅, 辛未, 癸未, 甲申, 戊申日
陰情殺	丁丑, 乙丑, 庚寅, 壬寅, 己未, 辛未, 丙申, 壬申日
交祿星	甲申生은 庚寅日, 庚寅生은 甲申日 丙子生은 癸巳日, 癸巳生은 丙子日 戊子生은 癸巳日, 癸巳生은 戊子日 辛卯生은 乙酉日, 乙酉生은 辛卯日
曲脚殺	乙巳, 乙丑, 己丑, 己巳日에 出生한 사람이 이곳에 冲이나 刑을 맞으면 해당된다.
血貧殺	春月生이 戌日이나 戌時生, 夏月生이 丑日未時 또는 未日 丑時生
懸針殺	甲午, 甲申, 辛卯, 辛未日時生
八風日	亥子丑月에는 甲寅, 甲戌日, 寅卯辰月에는 丁丑, 丁巳日 巳午未月에는 甲辰, 甲申日, 申酉戌月에는 丁未, 丁亥日
四廢日	亥子丑月에는 丙午, 丁巳日, 寅卯辰月에는 庚申, 辛酉日 巳午未月에는 壬子, 癸亥日, 申酉戌月에는 甲寅, 乙卯日
棒杖殺	甲戌, 戊辰, 戊寅, 庚午, 庚辰日
九醜殺	戊子, 戊午, 壬子, 壬午, 丁巳, 丁卯, 己酉, 己卯, 辛酉, 辛卯日

十 惡 大 敗 殺	甲辰日, 乙巳日, 丙申日, 丁亥日, 戊戌日, 己丑日 庚辰日, 辛巳日, 壬申日, 癸亥日
生 離 死 別 殺	甲寅日, 乙卯日, 丙午日, 丁巳日, 戊辰日, 戊戌日 己丑日, 己未日, 庚申日, 辛酉日, 壬子日, 癸亥日
孤 鸞 殺	甲寅日, 乙巳日, 丙午日, 丁巳日, 戊申日, 戊午日 己酉日, 辛亥日, 壬子日
陽 差 殺	丙子日時生, 丙午日時生, 戊寅日時生 戊申日時生, 壬辰日時生, 壬戌日時生
陰 錯 殺	丁丑, 丁未, 辛卯, 辛酉, 癸巳, 癸亥日時生
平 頭 殺	甲子, 甲辰, 甲寅, 丙辰, 丙戌, 丙寅日
天 羅 地 網	丙丁日은 戌亥가 天羅, 壬癸日은 辰巳가 地網
退 神	丁丑日, 壬辰日, 丁未日, 壬戌日
疑 妻 殺	甲午, 乙巳, 丁巳, 乙亥, 辛亥, 丙戌, 壬戌, 戊辰, 庚辰日
魁 罡	庚辰, 庚戌, 壬辰, 壬戌, 戊戌日
四 大 空 亡	甲子旬中 壬申, 癸酉日, 甲午旬中 壬寅, 癸卯日 甲寅旬中 庚申, 辛酉日, 甲申旬中 庚寅, 辛卯日
交 神	丙子日, 辛卯日, 丙午日, 辛酉日
陰 陽 殺	女子는 戊午日, 男子는 丙子日
湯 火 殺	甲午, 甲寅, 乙丑, 丙寅, 丙午, 丁丑, 戊寅 戊午, 庚午, 庚寅, 辛丑, 壬午, 壬寅, 癸丑日
六 秀 星	丙午, 丁未, 戊子, 己丑, 戊午, 己未日生
孤 虛 殺	甲子旬中은 辰巳, 甲戌旬中은 寅卯, 甲申旬中은 子丑 甲午旬中은 戌亥, 甲辰旬中은 申酉, 甲寅旬中은 午未
福 神	甲寅, 戊辰, 戊寅, 戊子, 癸酉日
淫 浴 殺	甲寅, 乙卯, 丁未, 戊戌, 己未, 庚申, 辛卯, 癸丑日

1. 天乙貴人

지혜 총명하고 의기 활달하여 세인의 존경을 받으며 관록과 의식이 유여하다는 최고의 喜神이다.

천을귀인이 帝旺, 長生되면 길하고 刑, 冲, 空亡, 衰, 病, 死, 葬되면 불길하다. 천을귀인이 官星이 되면 옥당 급제하고, 食神이 되면 의식이 풍족하다. 천을귀인이 있고 合된 사람은 그의 이름이 사해에 떨치고 승승장구한다.

천을귀인이 正官, 印綬, 驛馬, 長生, 帝旺, 建祿에 해당하고 合을 이루고 있으면 평생 복록이 넘친다. 月日에 천을귀인이 있으면 극히 귀한 사람이 되고, 日時에 있으면 그 복력이 더욱 배가 된다. 국제 경기에서 입상한다. 魁罡과 同柱하면 사리에 밝아 세인의 존경을 받으며 쾌활하고 용기가 있는 남아이다.

천을귀인이 있는 柱가 干合이나 支合되면 인품이 후덕하고 사회의 신용을 얻고 존경을 받으며 대발달하며 한평생 형벌의 난과 도난 등 재앙을 만나지 않는다.

年支에 있고 刑, 冲, 破, 害가 없으면 조상 덕이 많고, 月支에 있고 刑, 冲되지 않으면 총명한 사람으로서 현명한 배우자를 만난다. 時支에 있고 刑, 冲, 破가 없으면 자녀가 귀하게 되고 자손 덕이 있다. 年天干에서 日支를 봐서 천을귀인이 되면 현처의 내조를 얻고 女命도 貴夫를 만난다.

2. 天福貴人

인품이 후덕하고 활달 정직하여 만인의 존경을 받으며 부귀공명을 누리며 일생 행복하게 살게 되는 吉神이다.

군인, 관리, 공무원 등 공직자는 승진 기회가 빠르고 자연히 지위 향상이 빠르고 경제적으로도 윤택하게 된다.

천복귀인이 부모, 형제, 부부, 자녀 중 해당 육친에 임하면 그 가족이 일생 행복히게 잘 살게 된다. 만약 천복귀인이 空亡, 刑, 冲, 破를 만나면 도리어 인덕이 없고 손재 실패를 자주한다.

3. 天官貴人

관직으로 입신출세한다는 吉星이다.

사주에 임하고 貴格이 되면 고관대작과 명진사해하게 된다. 문장도 잘하고 부귀를 누린다.

천관귀인이 刑, 冲, 空亡되면 도리어 관재, 구설, 형액을 당하게 된다. 時上에 천관귀인이 있는 것은 지극히 좋다.

4. 天廚貴人

천주귀인은 福德神이라 수복이 쌍전하고 명리가 건전하며 관직을 한다면 재무관, 은행계 요직을 많이 차지한다.

正官이나 印綬에 천주귀인이 있으면 관직으로 출세하고 의식주를 주관하는 일을 맡게 되면 대부대귀하게 된다. 재복이 많아서 평생 동안 생활에 곤궁하는 일이 없다. 미식가로서 요리를 잘 만들거나 요리가로 명성을 얻는다.

천주귀인이 비록 길하나 刑, 冲, 空亡, 死絕되면 복력이 줄어진다.

5. 福星貴人

스스로 덕망을 갖춰서 크게 성공하며 재정적으로도 언제나 유복하다. 壽福을 의미하는 吉星으로 사주에 있으면 뭇사람의 흠앙을 받으며 식록이 풍족하여 名利가 따르는 데 時支에 있으면 제일 좋고, 日支에 있으면 次吉하다.

6. 太極貴人

제3자의 물질적 원조를 얻으며 평생 동안 곤란을 겪지 않는다. 생각지도 않던 복이 들어오는 횡재수도 있다. 사회적 지위가 높아지는 등 성공의 기회를 잡으며 반드시 두각을 나타내는 吉星이다.

사주에 태극귀인이 있고 격국이 순청하면 입신 출세하게 되며 고관이 된다. 육친에 태극귀인이 임하면 해당자가 입신 출세하는 수도 있다. 선천적으로 복록이 후하고 주위로부터 협력이 많아 일생 동안 고생을 모르고 살게 되는 길성이다.

年支에 있으면 공무 계통 복이 많다. 태극귀인이 空亡, 刑, 冲, 死絶되면 하는 것 없이 徒食하고 뭇사람의 지탄을 받는다.

7. 文曲貴人

문학, 예술 방면에 특출한 재능을 갖추며 음악이나 미술로 명성을 얻으며 연구심이 강하고 학문이 깊으며 사후에 더욱 평가된다. 지혜 총명하고 위인이 준수하고 사주의 격이 순청한 사람은 재상이 된다. 육친에 문곡귀인이 임하면 해당자는 입신 양명한다.

空亡, 刑, 冲, 死, 絶되면 길한 작용을 못한다.

8. 文昌貴人

위인이 지혜 총명하고 문채가 있고 풍류와 학문을 즐긴다. 사주가 순청하고 生旺되면 당대에 최고의 문장으로 뭇사람의 존경을 받게 된다.

사회적으로 명성을 얻으며 생전에 부귀하고 사후에는 문장이다. 예술이나 학술 방면에 재능이 뛰어나고 연구, 발명, 창조 등의 업에서 크게 발전한다. 문창귀인이 合이나 刑冲을 만나면 가난한 선비에 불과하다.

9. 學堂貴人

위인이 지혜 총명하며 문장이 뛰어나고 관록도 좋으나 교직 생활에 종사하는 사람이 많다.

月이나 時支에 있는 것이 제일 좋다. 문장에 특성을 살리면 선생, 학자, 논설가로 명망을 얻으며 학문에 능하여 박사, 대학교수 등이 많다.

사주가 淸하면 부귀하고 氣가 濁하면 평상인이다. 신약하고 刑, 冲, 破, 害, 空亡되면 아무런 도움이 되지 못한다.

10. 官貴學館

뭇사람의 선망의 대상이 된다.

위인이 지혜 총명하고 학문이 뛰어나 교육자가 되는 수가 많다. 관운이 좋아 남보다 먼저 승진하고 또 스카웃 대상이 되기도 하는 관직에서의 출세하는 길성이다.

空亡, 刑, 冲, 死, 絶되면 그 작용을 못한다.

11. 金輿星

두뇌 회전이 빠르고 영리하고 정교하여 사회에 기여하거나 지위가 향상된다. 冲이나 空亡되면 吉意가 소멸된다.

위인이 온후유순하며 절의와 절도가 있고 음덕의 특성이 있어 자연의 행운을 받을 암시가 있어 세인의 도움을 받으며 또 좋은 인연의 특성으로 남녀 공히 훌륭한 배우자를 만나고, 남자는 발명의 재간과 미덕이 있고 처가의 도움을 받는다. 여자는 대체로 미모이고 항상 면모에 화애한 기가 있다.

특히 日時에 있으면 시종 일생이 편안하고 자손 번창하며 친근자의 도움을 받는다. 흔히 皇族 사주에 많이 있으며 금여는 금수레, 꽃가마, 고급 승용차에 해당된다.

12. 紅艷殺

남녀 모두 미인이다.

女命에 있으면 낭만적인 성격이 농후하고 음란 부정하다. 고로 사사로 정을 통하여 남편을 두고 정부를 따라 달아나는 경우도 많다. 웃음과 색을 파는 화류계인에게 많다.

13. 天 祿

正祿, 혹은 建祿이라고도 하며 관록, 식록, 의록이 풍부함을 말하는데 사주에서 吉星과 同柱하면 복록이 왕성하고 크게 출세하나 凶星과 同柱하면 나쁘게 된다.

14. 暗 祿

숨어 있는 吉星이라 어려울 때 용하게도 남의 보이지 않는 도움이 있어 위기를 모면하는 행운을 갖고 있다.

항상 재물이 끊이지 않고 금전이 떨어졌다 해도 의외의 돈이 생기고 또는 타인이 모르는 재록이 따르고 성질도 온후하고 영리하다.

15. 羊刃殺

양인은 국권, 권력, 무력이라 형벌을 맡은 악살로써 강렬, 폭력, 성급, 상신, 수술을 나타낸다.

인생 행로에 파란이 있고 쓸데없는 강렬과 고집, 폭력, 시비, 피살, 타살 등으로 官刑을 살게 된다. 무기에 의한 악사나 교통사고로 죽는 수가 많다.

이 살이 때로는 불세출의 괴걸, 열사, 열녀, 여걸, 투사 등의 위인도 나온다. 특히 군인, 경찰, 형법관, 의사, 간호사, 식육점, 식당으로 출세하는 사람이 많다.

殺刃兩停이면 지위가 王侯에 이른다. 身强한데 양인이 또 있으면 재화가 닥친다. 年柱가 양인이면 조업을 파하거나 은혜를 배반하는 수가 있다. 月柱가 양인이면 성정이 편중하므로 편굴하고 괴팍해지거나 속을 잘못 쓰는 수가 있다. 日柱가 양인이고 時에 偏印이 있으면 그 처가 난산의 액이 두렵고, 時柱가 양인이면 처자식을 극해하고 만년에 재화를 초래한다.

劫財와 羊刃이 同柱하면 조부모와 동거할 수 없고 표면으로는 겸양하고 부드럽고 和해보여도 자비심이 없고 성정이 혹렬하고 가정도 심히 적막한 경우가 있다.

正財와 羊刃이 同柱하면 재물이 파멸될 우려가 있고 가정도 몰락하고 사회 생활에 있어서 명예상 오욕을 받을 염려가 있다.

羊刃과 劫財, 傷官이 同柱자는 만년에 재화가 발생, 실직으로 곤궁하거나 辛苦한다.

羊刃과 印綬가 同柱하면 비록 공명은 성취하나 병약, 신약으로 辛苦한다. 羊刃이 三合會局을 이루면 항상 고향을 떠나 살며 타향 멀리 떠돌아다닌다.

양인살이 3개 이상 있으면 강한 작용을 못하고 도리어 온후유순하다. 농아인이 되는 수도 있다. 양인살이 많은 사람은 상부, 상처, 부부 이별, 사업 실패, 재물 손실이 항상 따른다.

16. 飛刃殺

무슨 일에나 열중하면서도 싫증을 잘 낸다. 그래서 모험을 좋아하다가도 실패도 잘 하고 또 요행수로 일시적 성공도 잘 하는데 오래가지 못하는 게 흠이다.

도박성, 투기성의 기질이 많으며 외유내강하고 급진적인 성향이다.

17. 七 殺

干冲이라고도 하며, 生年 七殺은 조실부모 및 본인 또한 횡액, 불구, 단명, 질병으로 고생한다.

生月 七殺은 형제 및 부모 급변사고로 불구, 단명, 횡액, 횡액수, 고생 발생하고 生日 七殺은 본인이 급변사고로 비명, 횡액, 불구, 고질병 밤낮 약

으로 살며 단명한다. 生時 七殺은 자녀가 급변사고로 비명, 횡사, 불구, 고질병, 병신이 된다.

七殺은 人命 최대 흉악살로 불구, 병신, 비명, 횡액을 당한다는 악살이다. 부모, 형제, 부부, 자녀궁에 봐서 해당자는 흉액을 당한다.

甲庚冲은 신경통, 광증, 두통, 눈병, 중풍, 복부, 혈압, 쇠붙이에 싱처, 코, 지라, 간병, 손재수가 있고 乙辛冲은 신경통, 하초, 간장, 담병, 목병, 두통, 가슴통, 치통, 관절염, 사기수가 있다. 丙壬冲은 대장, 폐병, 심장, 중풍, 안질, 간담, 하초, 마음의 병, 혈압, 주색으로 인한 敗가 있다.

丁癸冲은 심장, 중풍, 안질, 열병, 소장, 신경성, 신병, 쇠붙이에 상처, 물불로 인한 액이 있다. 戊甲冲은 위장, 적혈, 적담, 피부, 척추, 늑막염, 신병, 관액, 송사 등이 있다. 己乙冲은 비장, 중풍, 늑막염, 복막염, 장부, 복부, 하체 상함, 관형액이 있다.

庚丙冲은 마음병, 두통, 안질, 귓병, 입병, 코, 폐, 사지, 대장, 화재, 손 절단이 있다. 辛丁冲은 신경병, 폐렴, 요통, 다리병, 수족발생, 화재, 金傷, 신병, 당뇨 등이 있다. 壬戊冲은 미친 병, 두통, 신장, 방광, 혈액, 간암, 복부, 정갱이, 문서 손실 등이 있다. 癸己冲은 신장, 중풍, 간암, 눈병, 복부, 설사, 급병, 신병, 문서 손재 등이 있다.

18. 流霞殺

다정다감하여 외정을 즐기는 수도 있고 연예계나 화류계에 나가는 자도 있고 끼가 있다. 남자는 타향에서 객사를 당하고 여자는 産亡한다는 흉살이다. 그리고 피나는 노력으로 모은 재물이 안개처럼 사라진다.

19. 天掃殺

男命에 있으면 3번 이상 아내를 맞이한다는 살이다.

20. 落井關殺

물에 빠져 죽거나 죽을 고비를 넘기게 된다는 살이다.
7·8·9세 때에 가장 주의해야 한다. 바닷물, 강물, 웅덩이, 도랑, 맨홀,
인분통, 정화조, 구덩이 조심해야 된다. 어른도 주의해야 한다.

21. 急脚殺

소아마비, 혹은 크게 다치거나 골절 또는 수술, 신경통으로 고생하게 되
며 이빨이 상하거나 빠지고, 육친으로 보아 해당자는 다리에 이상이 생긴
다.

22. 白虎關殺

몸에 붉은 점이 있거나 아니면 몸에 큰 상처를 입는다. 주로 수술받은
상처가 있게 되며 교통사고 등도 주의해야 한다.

23. 千日關殺

생후 천 일이 되기 전에 경풍과 젖을 잘 토하고 잔질이 떠나지 않고 심하
면 사망도 한다.

24. 雷公關殺

벼락을 맞는다는 살이다. 지금은 주로 전기 감전사고, 화재, 연탄가스 중독, 엘피가스나 도시가스 폭발사고, 교통사고로 많이 죽는다.

25. 鐵蛇關殺

마마, 홍역, 콜레라 등의 돌림병이나 전염병을 앓다가 생명을 잃는 수가 많다. 어른이 되어서는 쇠에 크게 다치거나 몸에 칼로 수술해 본다. 짐승에게 액을 당하는 수도 있다.

26. 紅鸞星

남자는 용모 준수하고 명랑 쾌활하고, 여자는 용모가 아름답고 심성이 온후하다. 남자는 여자가, 여자는 남자가 많이 따라 골치가 아프다. 악성 질병도 잘 치유된다.

27. 桃花殺

남녀를 불문하고 호색가이며 풍류를 좋아하는데 주색으로 패가망신하는 수가 많다.

도화가 官星이면 처갓집 덕으로 부자가 되거나 처의 내조로 인해 벼슬한다. 도화가 財의 祿地가 되면 첩으로 인해 부자가 된다. 도화가 印綬가 되면 후처 장모님을 모셔봄이 있다. 도화가 三刑을 만나면 화류병에 걸린다.

女命에 도화와 建祿이 同柱하면 양귀비의 미모가 된다. 日支에 도화가 있으면 미모이면서 청수하다. 풍류를 좋아하고 호색 다음하며 연애 결혼을 한다. 도화와 驛馬가 동주하면 간부와 타향으로 도망간다.

男命에 偏財가 도화가 되고, 도화가 驛馬와 同柱하면 첩을 데리고 타향으로 떠난다. 도화 坐下가 生旺하면 용모가 아름답고 주색에 빠져 환락을 쫓다가 가업을 돌보지 않고 끝내는 敗財 파가로 망신한다. 도화 坐下가 死絕되면 언행이 교활하고 방탕에 휩쓸리거나 忘恩, 배신을 좋아해서 가업을 소홀히 한다.

도화와 羊刃이 日時에 同柱하면 학문, 예술에 재능이 뛰어나 타의 선망의 대상이 되나 몸이 허약하거나 질병으로 辛苦한다. 도화와 沐浴에 進神이 同柱하면 용모 자태가 매우 아름다워 절세 미인이 되나 호색가이다. 도화에 七殺이 있으면 창녀, 기생, 연예인이고 男命도 연예인이 되는 사람이 있다.

28. 孤神殺

孤辰이라고도 하며 홀아비살이다.

동분서주하고 男命에 있으면 부부 생이별하거나 상처한다. 고신살이 있고 華蓋가 있으면 고독한 신세라 중이 될 팔자다.

특히 고신살이 月日에 있고 華蓋가 日時에 있으면 객지를 떠돌아다니거나 중, 목사 등 성직자의 명이다. 驛馬와 同柱하면 주색에 방탕하여 타향에 유리한다. 고신이 時에서 空亡을 만나면 소년시절 노고가 많은 사람이다. 고신이 時에 있으면 처자식이 불초하다.

29. 寡宿殺

과부살이다. 女命에 있으면 부부 생이사별한다.

과숙살이 華蓋와 同柱하면 독신으로 늙거나 중 될 팔자다. 육친의 덕이 없으며 時에 과숙살이 있으면 자식 덕이 없다. 과숙이 驛馬와 同柱면 주색에 방탕하여 타향에 유리한다. 과숙이 時에서 空亡을 만나면 소년시절 노고가 많은 사람이다.

30. 喪門殺

상가집에 가서 상문살을 많이 당하고 특히 재수없고 우환, 질병, 사고가 있다. 집안에 상을 당한다는 살이며 柱中에 상문살이 있는 데 다시 상문살이 오면 상복 입는다.

31. 弔客殺

상가집에 갔다오면 자주 신음신음 아프다. 부모나 친척의 상을 당한다는 살이다. 상문, 조객 일에 상가집에 가지 마라. 사주에 조객살이 있는데 조객살년을 만나면 상복수가 있다.

32. 劫 殺

급변, 재난, 사고의 악살이다.

본인은 물론 부모, 형제, 부부, 자녀 중 해당 가족도 천재지변이나 급변사고, 교통사고, 화재, 수재, 낙상, 관재 구설, 불구, 단명횡액, 조실부모, 형제

급사, 상부, 상처, 재산 실패, 손재, 도난, 사기 등을 당한다는 흉살이다.

겁살과 天乙貴人이 同柱하면 자연히 위엄을 갖추며 교묘하게 일을 꾸미길 잘 한다. 吉星과 함께 있으면 총명 민첩하고 才智가 넘친다. 官殺과 同柱하면 불시에 재화가 닥치며 死傷의 액이 있다.

겁살이 있으면 건강이 허약하며 특히 위장병으로 辛苦한다. 술을 자제치 않을 경우에는 남의 따돌림을 자초하여 신용을 잃는다. 이비인후 질환에 잘 걸리며 심한 경우 농아가 되기도 한다.

33. 驛馬殺

동분서주 돌아다닌다는 살이다. 타향 생활, 해외 출입이 빈다하다. 이동, 변동의 살이다.

吉神에 해당하면 활동력이 많고, 비약적으로 발전하고, 凶神에 해당하면 일생풍파가 많고 식소사번으로 분주다사하고 역마가 生旺하고 財星과 同柱하면 일찍부터 재물을 모으고 임기응변의 재주가 있고 외교에 능하며 운수사업으로 성공한다. 고향을 떠나 살고 이사를 많이 한다.

역마살이 刑, 冲되면 교통사고를 많이 당하고 또 고향 떠나 객사한다. 역마가 日柱와 相合되면 房外나 車中에서 출생하고 아니면 병원에서 출생한다. 육친 중 해당자는 역마살 작용을 받는다. 역마가 있고 大運에 역마 운이 와서 吉神에 해당하면 영전하게 되고 合運에도 발전한다.

역마가 七殺과 동궁이면 타향에 가서 고생한다. 역마가 偏印이나 劫財와 같이 있으면 인격이 떨어지고 동분서주한다. 역마와 食神이 함께 있고 健旺하면 복력이 두텁다. 老年과 初年의 역마 운은 불리하다. 역마가 病符와 함께 있으면 병으로 놀라고, 官符와 같이 있으면 官事로 인하여 놀란다. 大運, 歲運, 月運이 모두 역마를 冲하는 운이 오면 자동차, 오토바이, 비행기,

선박으로 인한 재액이 발생하나 通關神이 있으면 액을 면한다. 時支가 역마면 해외 이민, 해외 직장 등 해외에 장기간 거주하게 되고, 流年 역마운에는 이사, 이동, 계급, 직위의 변동, 원행, 해외 출입 등이 있다.

34. 地 殺

지상 이변, 이사, 이전, 전직, 여행, 소폭적 이동 작용을 한다. 年支, 日支가 지살이면 초년에 풍상이 많고, 일찍 고향을 떠나 동서 사방으로 돌아다니면서 살게 된다.

지살이 吉神에 해당하면 외교관, 기술자, 여행사, 조종사로 해외 만리 이국 땅을 많이 밟고 산다. 이민 가서 사는 사람도 많다.

지살이 凶神에 해당하면 행상인, 기술자, 운전기사 등으로 고향 떠나, 가족 떠나, 객지 생활하게 된다. 지살이 임한 육친도 객지 생활을 하게 된다.

35. 句神殺

句神殺이 중첩하고 三刑殺이 있으면 형액을 자주 당한다. 구신살과 絞神殺이 年日에서 相冲이나 三刑되면 부부 생이사별, 작첩, 정부 문제로 가정 파탄 오기 쉽다. 歲運에서 만나면 손재, 구설, 관재가 따른다.

36. 絞神殺

句神殺과 작용이 비슷하며 목매어 죽은 귀신이 있어 백사가 난망하다. 가정 불화, 몸을 다침이 있다. 歲運에서 만나면 본인이나 해당 육친 부모, 형제, 부부, 자녀 중에 재액을 많이 당하고 상신 손재한다.

37. 血刃殺

일생 중에 예리한 쇠붙이나 칼, 유리, 기타 사고로 몸을 크게 다쳐 피를 많이 흘리고 남의 피를 수혈 받아본다. 수술을 해본다는 뜻이다.

38. 絶房殺

부부 간에 생이사별하고 홀로 빈방을 지킨다는 살이다. 때로는 서로 불화하여 서로 별거 생활하거나 아니면 남자가 첩을 얻어 따로 사는 경우도 많다. 또는 피치 못한 사정으로 인해 2~3년 또는 1~2년, 혹은 여러 해 떨어져 산다.

39. 骨破碎

남자는 결혼 후에 처가가 쇠망하고, 여자는 시가가 몰락 패망하게 된다는 흉살이다.

40. 鐵掃帚

남자는 처가가 패망하고, 여자는 시가가 쇠망한다는 흉살이다.

41. 將 星

주체 의식이 강하고 출세 성공한다. 무관으로 출세 권력을 누린다. 문무 겸전하고 祿이 중하고 官이 높다.

장성이 偏官이나 羊刃과 同柱하면 인간 생살지권을 잡는다. 장성과 財星이 同柱하면 국가 재정을 장악한다. 女命에 장성이 있으면 내주장하고 살거나 혼자 독수공방하게 된다. 성격이 남자 성격이라서 잘 산다. 남자가 無氣하고 空亡되면 복을 감하고, 여자가 身弱하면 유복하다. 남자가 生旺하고 吉星을 만나면 발복하고, 여자가 生旺太過하면 빈천하고 과부를 면치 못한다.

42. 災 殺

囚獄殺이라고도 하며 형무소 생활이나 천재지변, 급변사고, 불구, 단명, 횡액을 당한다는 흉살이다.

군인이나 경찰, 법관, 형무관, 검찰, 세관원은 승진 출세한다. 사주에 수옥살이 있는데 歲運에 또 만나면 관재 구설과 사고 수술 및 질병으로 고생하게 된다.

女命에 官星이 수옥살이 되면 남편이 형을 받게도 된다. 다른 육친도 이 살에 걸리면 官刑을 살게 되거나 사고, 수술 등을 겪는다.

43. 華蓋殺

종교적 활동과 문장과 예술적 소질이 있고 학술이 뛰어나며 신앙심이 강하고 근면하다. 지혜 총명하며, 화개와 印綬가 同柱하면 대학자가 된다. 화개가 空亡을 만나면 총명하나 중이나 성직자가 된다. 화개가 刑冲을 만나면 문화사업으로 동분서주한다. 화개가 年支와 日支에 함께 있으면 목에 胎줄을 걸고 난다.

44. 怨嗔殺

元辰이라고도 하며 미워하고 원망하는 살로 부모 불친하고 형제 불화하고 부부 생이사별, 자녀 불순, 불효, 무자하게 되고 기타 실패, 불구, 단명, 질병, 수술, 색난 등으로 일생에 불행스럽게 살아간다는 최대 흉악살이다.

특히 부부궁에 권태가 잘 생기고 성생활이 맞지 않아 외도를 많이 하거나 남자는 첩을 얻으며, 여자는 정부를 두고 사는 수가 많다. 별거 생활도 해본다.

여자 사주에 원진살이 있으면 목소리가 크고 성품이 탁하며, 천한 사람과 사통을 하고 불효, 불순한 자식을 두게 된다. 傷官과 원진이 同柱하면 겉과 속이 다르고 독설에 남의 흉을 잘 보고 간사한 독종이 되기 쉽다.

子未가 있으면 이별, 횡액, 원한, 산액, 고독, 자녀 고충, 무자, 색난, 사업 실패 등이 있고, 丑午가 있으면 이별, 횡액, 고독, 산액, 유산, 자녀 실패, 정신병, 무자, 색난, 사업 실패가 있다.

寅酉가 있으면 신병, 수족 상해, 불구, 단명, 부부 이별, 색난, 사업 실패가 있고, 卯申이 있으면 질병, 수족 상해, 수술, 불구, 단명, 부부 이별, 색난, 실패가 있으며 辰亥가 있으면 독립, 질병, 수술, 도난, 액운, 원망, 고독, 이별, 자녀 고충, 실패가 있다.

巳戌이 있으면 질병, 화액, 고독, 이별, 자녀 실패, 손재 등이 있다. 특히 종교가, 운명철학가, 무당, 박수, 약사, 신경성 질환자 등에서 많이 보인다.

45. 相沖殺

가장 강렬한 흉살로 횡포, 망은, 상부, 상처, 이별, 파가, 시비, 관재, 구설,

교통액, 충돌사고, 병고, 불구, 단명, 손재, 실패, 배신 등을 초래하는 흉살이다.

부모궁 상충은 조실부모하거나 부모 무덕하고 혹자는 남의 부모를 모셔 본다. 형제궁 상충은 형세 무心, 불화하고 各居 타향한다. 부부궁 상충은 상부, 상처, 이별하거나 두 집 생활 및 원망하며 산다. 자녀궁 상충은 자녀 불순, 불효, 불구, 단명, 횡액, 무자하게 된다.

子午가 있으면 심장, 방광, 신장, 생식기, 폐, 지라, 눈, 수술, 손재, 실패, 불안, 초조, 항상 일신이 불안하며 타향 생활을 오래한다. 甲庚日生이 子午 冲이 있으면 타향 생활을 한다. 水道, 水利, 문화, 정신과 관계가 있다.

丑未가 있으면 비장, 위장, 피부병, 내장, 맹장, 수족 부상, 수술, 손재, 실패, 매사가 많이 막힌다. 형제가 각각 다른 마음이 있고 재산으로 다투기 쉽다. 丑未冲은 田宅, 토지매매사, 영농, 토목공사와 관계가 있다.

寅申이 있으면 신경, 간장, 두통, 광증, 폐장, 골절, 위장, 축농증, 당뇨, 충돌, 색난, 파패, 다정다감하여 애정이 많고 남녀가 구설수가 많거나 쟁투한다. 寅申冲은 도로, 교통, 희소식, 흉한 소식, 편지, 전달, 원행과 관계가 있다.

卯酉가 있으면 신경, 담낭, 두통, 폐장, 대장, 수족 불구, 간장, 간암, 주체, 당뇨, 말초신경 질병, 손재, 실패, 귀신이 침입, 친한 사람을 배반하고 근심 걱정이 많고 부부가 불화하며 골육이 참상한다. 卯酉冲은 門戶갱신의 일, 이동, 가문 변화와 관계가 있다. 진술이 있으면 비장, 위장, 위암, 심장, 피부질환, 복부, 신장, 당뇨, 불치병, 불안, 초조, 배우자를 잃고 고독하다. 辰戌은 冲함으로 吉慶事가 발생하는 수도 있다. 辰戌冲은 田宅, 토지, 소송, 투쟁, 시비와 관계가 있다.

巳亥가 있으면 미친병, 두통, 심장, 소장, 신장, 눈병, 방광, 혈압, 술병, 요통, 대소변, 가슴답답, 쓸데없이 남의 걱정을 잘 한다. 반복이 많고 가벼운 것이 중하게 되고 구한 후에 손해를 본다. 巳亥冲은 연료, 폭발, 海事, 이동, 원행과 관계가 있다.

年支와 月支가 冲되면 조업을 파하고 생가를 떠난다. 年支와 日支가 冲되면 배우자와 부모가 불화한다. 月支와 時支의 冲이나 年支와 時支가 冲되면 성격이 광폭하거나 오랜 병환을 앓는다. 月支를 冲하면 부모와 동거하지 못한다. 日支와 時支가 冲되면 배우자와 자식을 극한다. 干同支冲이 되면 조업을 파하고 항상 마음이 편치 못하다.

女命이 日支와 時支에 辰戌冲이 있으면 고독한 명이다. 女命이 干合이 있고 日支가 冲되면 고생이 많다. 喜神은 冲되면 凶이 되고 凶神은 冲이 되면 吉이 된다. 命造中에 冲이 겹쳐 있으면 어릴 때 고생이 많고 매사 초기 단계에는 고난이 많다. 구하는 것이 없으면 평생 빈한하다. 命造中에 空亡, 冲, 元辰이 모두 있으면 빈천한 명이다.

丙午日生이 行運에서 壬子를 만나고, 丁巳日生이 癸亥를 만나면 天冲地冲이 되어 각종 재난이 발생하고 냉증으로 인한 각종 질병이 발생한다.

乙卯日生이 辛酉와 天冲地冲이 되면 종교에 관여하고, 辛酉日生이 乙卯가 있으면 종교 성직자가 되더라도 언젠가는 환속하게 된다. 命造 中에 刑, 冲, 破, 害가 겹쳐 있으면 軍으로 진출하는 게 좋고, 辛日生이 戊土가 있으면 군인으로서 크게 출세한다.

46. 天無殺

늘 온몸이 나른하고 기력이 없으며 머리가 아프며 양어깨가 무질하게 아프고 가슴이 답답하고 때로는 손발이 저리기도 하고 따끔따끔하다. 심하면 눈알이 빠지는 듯 아프다. 병원에 가보아도 병명이 없고 신경성 병이라고

하니 약효가 없다.

주로 이런 사람은 무당, 박수, 점술가, 승려, 독신 생활을 많이 한다.

47. 相破殺

평생 손재와 실패가 따라다니고 교통사고와 가정풍파가 쉴새없이 연속된다.

年支를 파하면 양친과 일찍 相別하기 쉽다. 부모 조상의 덕이 없고 타향살이 한다. 月支를 파하면 변동이 심하고 형제지간에 불화한다. 日支를 파하면 일신이 고립하고 부부의 인연이 박약하고 풍파가 있다. 時支를 파하면 자손의 연이 박하고 만년에 고독하다.

子酉가 있으면 폐렴, 요통, 골수염, 요도염, 성병, 팔다리, 신경통, 생리통 등이 있고, 불륜 관계가 있으며 부모형제의 사이가 안 좋고 부부지간 무정하고 자식이 불초한다. 술이나 물과 연관된 직업을 가진다.

丑辰이 있으면 맹장염, 피부질환, 대장, 소장, 비장, 위장병, 복막염, 傷齒 등의 질환이 발생하고 관재구설과 질병이 많고 인덕이 적고 자기 스스로 화를 자초한다. 축대 붕괴, 조경, 토지 다툼, 경지 정리, 택지 수리 등이 있다.

寅亥가 있으면 위장병, 방광염, 담석증, 정신질환, 두통, 당뇨, 신경통, 마비증, 불안초조, 손재, 실패, 산신기도 등이 있다.

卯午가 있으면 위장병, 간장, 색맹, 담석증 등의 질병이 발생한다. 유흥오락과 색정으로 인한 명예실추가 있고 사업은 실패가 잦다.

巳申이 있으면 소장, 대장, 삼초, 심장병, 냉증 등의 질환이 생긴다. 처음에 슴도 도중에 불화, 관재, 구설, 시비, 가정파탄, 파산 손재, 매사 장애 등이 있다.

戊未가 있으면 신경질환, 척추, 요통, 신경통, 마비증, 좌골신경통 등의 질병이 발생한다. 골육상쟁하여 구설시비 또한 주위 사람과 상호간에서 오는 배신, 시기, 질투, 손재, 관액, 등의 일이 일어난다.

48. 下情殺

하정살은 동정심이 많고 감정과 인정에 약하다는 살이다. 자기도 바쁘면서 남의 어려움을 보면 발벗고 나서는 폐단이 있다.

49. 短命殺

어려서 밤에 잘 울고 자주 놀래고 잔병이 많고 일찍 죽는 수도 있다.

50. 斧劈殺

도끼나 칼, 쇠붙이에 크게 다치게 된다는 살이다. 그리고 일생 동안 손재와 실패수가 많다.

51. 三刑殺

형액, 관재, 액란을 초래하는 흉살로 관재, 구설, 송사 등의 예측치 못한 일이 돌발하고 가정풍파 및 병고, 산액, 파탄, 부부 생이사별 등의 액난을 당하는 흉살이다.

사주가 길하고 刑殺이 있으면 군경, 검찰, 판사, 변호사, 검사, 교도관으로 입신출세하여 위진만리 名振四海하게 된다. 때로는 의사, 약사, 간호사,

식육점, 식당업 등의 활인업을 하는 사람도 많다.

　寅巳申三刑은 자기 세력만 믿고 거세게 나가다가 큰 화를 입으며 死絶되면 소아마비에 걸리기 쉽고 교활, 간사, 비굴하며 남자는 어리석고 여자는 고독하다. 丑戌未三刑은 은혜를 원수로 갚거나 불의를 예사로 저지르며 냉정, 친구가 적고, 비밀 폭로, 불량, 산액이 있고 부부 생이사별수가 있다. 子卯相刑은 예의가 없고 건방지며 타인에게 불쾌감을 준다. 성병을 한두 번 걸려보며 여자는 냉정, 자궁수술 수가 있고 甲乙日柱가 子卯刑殺되면 음부에 털이 없다. 辰辰, 午午, 酉酉, 亥亥, 自刑殺은 스스로 화를 초래하는 형국으로 잘난 체하고 자기 주장을 내세우다가 적을 불러들이며 의타심이 강하고, 매사에 용두사미 격이요, 지능부족 및 불구되기 쉽다.

　三刑으로 인한 질병은 심신장애, 뇌신경 이상질환, 심장판막질환, 늑막염, 골수염, 좌골신경통 등이 있다. 三刑과 羊刃이 있고 日干을 극하면 劍難이 있다. 陽을 刑하면 남자에게 화가 발생하고, 陰을 刑하면 여자에게 화가 일어난다.

　寅巳가 있으면 쟁투, 세력의 갈등, 경쟁, 시비, 忘恩, 배신, 골육무정, 刑厄, 송사 등이 발생한다. 소장, 三焦, 편도선, 독극물 중독, 교통사고, 고질병 등이 발생한다.

　巳申이 있으면 은인이 적으로 변하고 長幼가 불순하고 실패, 불화, 반목, 시비 등이 일어나고, 소장, 삼초, 대장의 질병과 寒熱 등이 발생한다.

　丑戌이 있으면 배신, 불신, 투쟁, 가정암투 및 관재, 구설, 손재, 실패요, 여자는 부부 불화, 고독, 이별하고 배신당할 수 있다. 심신장애, 신경계통, 뇌신경계 이상질환, 심장판막증, 신장, 위장병 등이 있다.

　戌未가 있으면 丑戌刑과 비슷하며 손재 실패 및 비장, 위장병, 좌골신경통, 폐막염 등이 발생한다. 子卯가 있으면 패륜, 불륜, 무례, 간통, 색정 사건, 변태성욕, 간음 등의 일로 관재구설, 음독자살, 성병, 자궁병, 간장질병 등이 있다.

辰辰이 있으면 법원, 검찰청, 천재지변, 억압, 구속, 관액, 실형언도, 구설, 시비, 당뇨병, 위장, 피부병, 붕괴, 보관, 냉동 등이 있다. 午午가 있으면 폭발, 불에 타서 죽음, 가스 폭발, 본드나 부탄가스 흡입, 익사, 자살, 자해행위, 충돌, 교통사고, 화재, 화상 등이 있다. 酉酉가 있으면 억압, 억제, 自傷, 수술, 상해, 칼이나 유리 등의 물체에 다쳐본다. 위장, 간장병, 수족부상, 기관지병, 술주정이 발생한다. 亥亥가 있으면 혈액, 요도, 당뇨병, 고혈압, 어업, 농작물, 水災, 청소업, 세탁업, 폭풍, 풍랑, 침수 등이 있다.

52. 天德貴人

모든 흉살을 제거하고 좋게 하는 길신이다.

吉한즉 더욱 길하고 흉한 사주는 흉이 반감해진다. 그러나 천덕귀인이 刑, 沖, 空亡되면 천덕의 길한 작용을 못한다.

천덕귀인이 官星에 임하면 관운과 자손 운이 좋다. 천덕이 印綬에 임하면 부모 조상의 덕이 높아 이름을 얻는다. 천덕귀인이 財星에 임하면 현모양처를 얻을 수 있고 재운이 좋다. 천덕귀인이 食傷에 임하면 의식과 복록이 좋다. 천덕이 日干에 임하면 조상 덕이 있고, 月柱에 임하면 부모형제의 덕이 있다.

53. 月德貴人

天德貴人에 버금가는 吉星으로 吉神과 함께 있으면 복력이 증가해서 예상보다 웃도는 대발전을 본다. 그러나 만약 凶星과 함께 있으면 도리어 행폭해진다.

54. 四柱關殺

일생에 한 번 높은 데서 떨어져 크게 다치거나 불구 단명하게 된다는 흉살이다.

55. 水火關殺

물에 빠져보거나 화상을 입어 보거나 화재를 당한다는 흉살이다.

56. 金鎖關殺

어려서 쇠나 자물쇠 동전 등을 가지고 놀다가 변을 당하며 커서는 무단히 형법을 범하고 옥살이를 하게 된다는 흉살이다. 금쇄관살은 자물쇠를 열고 도둑질을 하던가 도둑을 잡는 사람이던가 자물쇠, 보관, 감금 등을 의미한다.

57. 白虎大殺

최대 흉악살이다.

주로 급변, 재난, 사고, 교통사고, 피살, 타살, 자살, 총살, 옥사, 객사, 횡사, 수술사, 産亡, 혈압, 중풍, 낙상, 미친개에게 물리거나 소뿔에 부딪침 등의 혈광사로 비참하게 죽음을 당한다는 살이다.

백호대살이 空亡을 만나면 불구, 병신이 되거나 폭력, 데모, 투쟁, 관형을 살게 된다. 사주가 길하고 백호대살이 되면 무과에 급제하여 위진만리하게 되며 생살권을 잡는다. 四柱에 백호대살이 있고 平吉하면 군인, 경찰, 형법관으로 출세한다. 凡人은 운전사, 광산업, 축산업, 식육점, 식당업 등을 많이 한다. 日柱에 백호대살이 있는 자는 축산업을 절대로 하지 말아야 한다.

年柱에 백호대살이 있으면 조부모 흉사, 생사이별, 불구나 단명, 신병으로 고생, 피 흘리고 사망하는 수도 있다.

月柱에 있으면 부모형제 생사이별, 흉사하고 불구 단명, 신병, 조난, 총사 등 피흘리고 사망한다. 日柱에 있으면 부부는 생사이별 아니면 본인이 불구, 단명하며 어린 시절부터 여러 가지 장애가 많다. 時柱에 있으면 자손액살 무자하거나 유산이나 낙태가 많고 만일 有子하면 불구 단명, 횡사, 횡액이 있다.

甲辰白虎가 있으면 조실부모, 부친객사, 부부 생이사별, 처 음독, 고독, 당뇨병, 신병이 있다. 乙未白虎가 있으면 조실부모, 부부 생이사별, 고독, 처 음독, 신병이 있게 된다. 丙戌白虎가 있으면 부부 풍파이별, 자궁액살, 신액, 무자, 자궁 수술수가 있다. 丁丑白虎가 있으면 부부 풍파이별, 자궁액살, 산액, 무자, 자궁 수술액이 있다. 戊辰白虎가 있으면 부부 생이사별, 자식액살, 수술, 산액, 유산, 낙태수가 있다. 壬戌白虎나 癸丑白虎가 있으면 고집과 자존심이 세면서도 마음이 약한 면도 있다. 부부 생이사별 및 객사, 횡사, 자녀 불구, 단명, 자궁수술, 무자하는 수도 있다. 丁未와 甲戌도 白虎 殺 작용을 한다. 比劫白虎면 동기간이 흉액을 당하고, 偏財白虎면 부친의 사업 실패나 부친, 처첩의 패망 흉사함이 있고, 官星白虎면 남편에게 흉사 단명이 있고 女命이 食傷白虎면 자식이 흉하다. 印星白虎면 모친, 이모, 조부, 계모 등이 흉액이 있다. 財星白虎면 처, 아버지, 처남, 처제가 흉하다. 男命이 食傷白虎면 조모나 손자가 흉액을 당한다고 보면 된다.

58. 魁罡殺

모든 길 · 흉살 중에서 극에서 극단으로 작용하는데 길하면 대부, 대귀, 엄격 총명하고 흉하면 황폭, 살생, 극빈, 재앙이 강렬하게 작용한다. 권세, 권력직으로 출세, 고집이 태강, 여자는 활동 여성, 여장부이다. 괴강살이 슴 되면 작용력이 약하다.

남자의 괴강은 일반적으로 그 성질이 총명 지혜롭고 결백하며 또한 편벽 되지 않고 용단과 과감성이 있어 남아다운 기상으로 고귀하게 출세하는 사 람도 많다.

여자의 괴강은 일반적으로 용모는 아름다우나 그 성질은 남자같이 고집 이 세어서 내주장하기 때문에 남편과 참다운 화합을 할 수 없어 이혼하거 나 과부가 됨이 많다.

여자는 대체적으로 부부 해로하는 자가 드물고 남편이 급변사고나 교통 사고 납치, 구속, 흉액, 흉사를 당함이 있거나 부군이 무책임하게 가출하여 가정을 돌보지 않거나 또는 직업이 없이 건달 생활하고, 여자가 벌어먹고 살게 된다. 때로는 깡패조직에 들어가 싸움질이나 하고 유흥가에서 여자들 을 대상으로 등치고 기대어 산다.

59. 有室殺

처를 두고 첩을 본다는 살이다. 두 집 생활하는 남자가 많다.

60. 夜啼殺

아기 때 낮이 되면 자고 밤이 되면 깨어 잠을 자지 않고 울어대는 살.

61. 深水殺

깊은 물에 빠져 본다는 살이다. 배 타는 것을 주의하라.

62. 陰錯殺

상부, 상처, 부부 불화, 이별, 처갓집이나 외갓집이 망한다는 살로 출생일에 있으면 외갓집이 쇠망하고, 時에 있으면 처갓집이 쇠한다. 외삼촌이 외롭고, 처남이 고독하다고 한다.

63. 陽差殺

부부 간에 풍파가 많고 결혼에 어려움이 많다. 상부, 상처, 이별이 있기 쉽고 生日에 있으면 외가가 몰락하거나 고독하고 生時에 있으면 처가가 고독하거나 몰락한다.

64. 平頭殺

무당, 점술가가 되기도 하며, 羊刃과 同柱하면 살생을 해보거나 스스로 몸을 자해해보는 경우가 있다. 도축업, 식육점, 식당업 등에 종사하는 사람이 많다.

65. 死符殺

사부살이 명조에 있으면 吉神이 도와주지 않는 고로 관액, 시비, 구설 및 질병이 따르고 신음하다가 생명을 잃는다.

66. 病符殺

질병이 많이 따르고 잔병이 많다. 年運에서 만나도 그 해에는 질병이 많이 따른다.

67. 空 亡

헛된 것, 빈 것, 망한 것, 없어지는 것, 고독한 것을 뜻한다. 흉살이 空亡되면 길하게 된다. 吉星, 吉神이 空亡되면 흉작용을 한다.

年支가 空亡이면 조부모의 基地가 미약했으며 조상의 음덕이 부족하고 어린 시절 자란 형편이 불우했다. 조상을 받들지 않는다. 선대의 묘가 파손된다. 중년 전에 편친과 생사별하거나 고향을 떠나게 된다. 노력은 하나 뜻을 이루지 못하여 일생 동안 고생을 간간이 하게 되는 사람이 많게 된다. 조업이나 유산이 없다.

月支가 空亡이면 부모형제가 무력하고 중년에 풍파가 많이 있다. 부모의 덕이 없다. 고향을 떠나간다. 형제 발전 없다. 고독, 독신, 자수성가, 타향살이 하늘을 바라보고 원망한다. 형제 인연이 박하고 부모 운도 불리하여 일찍 부모형제와 생이별이나 사별을 하게 되는 사람도 있게 된다. 형제자매와 사이가 좋지 않거나 멀리 떨어져 살고 생가에서 살지 못한다.

日支가 空亡이면 생가를 떠나 다른 집에서 자라게 되는 수가 많고, 본인이 현달하지 못하다. 남자는 현처를 만나기가 어렵고 또한 처를 다스리지 못하니 가정이 불안정하게 되고, 여자 역시 남편과 불화 불목하게 되며 남녀를 막론하고 부부에 액운이 있으며 가정 생활에 파란이 따르게 된다. 무위도식하는 자가 많으며 부부 생사이별수가 있다. 처는 가풍 같은 것은 아랑곳없이 자기 생각대로 한다. 女命은 좋은 남편에 인연이 없고, 주책을 떠는 남편에 인연이 있다.

時支가 空亡이면 집요하고 야망은 커도 성공이 안 된다. 華蓋와 同柱하면 자식 복이 박하다. 자식을 두기 어려우며 두어도 힘을 얻지 못한다. 불초하거나 해가 있게 된다. 자식이 무력하고 말년에 불우하며 죽을 때 棺이 없는 형상이다. 여자는 대개가 친정이 無後하기 쉽고 고독하게 되는 수가 많다. 남자는 처자 무덕하다. 入胎月이 空亡이면 동분서주하고 일찍 고향을 떠나 살게 되며 부모중 한 분을 일찍 이별을 하는 사람이 많다.

年柱에서 보아 月日時 三位 空亡, 혹은 日柱에서 보아 年月時 三位 空亡이면 다른 사람의 도움으로 복을 얻거나 양자로 가서 행복해지거나 九流術業을 가지는 사람도 있게 된다.

比肩, 劫財가 空亡이면 형제자매가 없거나 있어도 무력하고 개운하지 못하여 정의가 없다. 형제무덕, 형제가 없거나 있어도 그 수가 줄어든다. 比肩空亡이면 형제와 친구, 동료가 빈약하다. 劫財空亡이면 형제동기간 우애 없다.

食神, 傷官이 空亡이면 전진하는 일이 자주 막힌다. 발전성이 없고 종내 가서 좌절된다. 食神空亡이면 남자는 활동이 막히고 실직을 자주하며 재능을 발휘하기 어렵고 의록, 식록이 부족하고 건강도 좋지 않고 장수하지 못하고 대개 단명하다. 女命은 자녀 복이 박하다. 대발전에 뜻이 없다. 가난하지 않으면 대개가 단명하며 식후에 잘 체한다. 傷官이 空亡이면 고아가 되기 쉽고 혼담에도 구설이 따른다. 주로 첫 딸을 두며 종교계로 진출한다. 여성은 독자의 운명이다. 자녀 복이 박하고 남편을 극하지 않는다. 사치하지 않는다.

官星이 空亡이면 명리를 원치 않는다. 男命은 자식과 인연이 박하다. 女

命은 남편 덕이 없고 심하면 부군과 생사이별 아니면 부군 횡액수가 있다.

偏官이 空亡이면 일반적으로 길이 되지만 직위는 높지 않다. 떠돌이 생활을 많이 하고, 남자는 벼슬 운이 약하고 女命은 혼사가 늦어지거나 남편 운이 없다. 관리는 직위가 낮고 변동이 심하게 되고 이사도 자주하게 된다.

正官이 空亡이면 명리는 기대할 수 없고 직위가 낮고 불안정하다. 남명은 자식 복이 박하고 여명은 혼사가 늦거나 남편 덕이 없다.

財星이 空亡이면 재물로 인한 어려움이 많다. 재물에 욕심이 없고 허황하다. 게으르고 무능력하며 낙천적이다. 부친 불구, 무력, 쇠약, 병약하고 시어머니가 쇠약하다. 처를 상하거나 처궁무덕, 병약, 불구 쇠약하다. 偏財가 空亡이면 남자는 직업과 재복이 없고 처 덕이 없다. 正財가 空亡이면 재물 욕심이 없고 남자는 극처하고 늦게 결혼한다.

印星이 空亡이면 조별모친, 모친무덕, 학문 중단수가 있다. 의술, 자선사업에 흥미를 가진다. 타인에게 원조를 구하지 않는다. 偏印 空亡이면 일반적으로 길이 된다. 아버지 형제에 대한 인연은 박하다. 편업에는 적당하지 못하고 교육계나 배움에는 중단되고 身弱者에게는 흉함이 많고 사회적으로 인정받기 힘든다. 印綬 空亡이면 남녀 간에 부모 덕이 없고 학교를 중단하며 집을 자주 옮기고 도움을 받지 못하는 사람이며 부모와 인연이 박하고 학문으로 대성할 수 없다. 인격이 떨어지고 가정이 원만하지 못하고 부부는 해로하지 못한다.

孤辰, 寡宿이 空亡되면 어린 시절에 노고가 많다. 驛馬 空亡이면 직장과 주거를 전전한다. 桃花 空亡이면 재물이 더욱 흩어진다. 三奇, 學堂, 華蓋가 空亡이면 총명하고 학자로서 대성하게 된다. 六害, 咸池, 羊刃이 空亡이면 성질은 난폭하고 흉명이다. 여성은 색정으로 개가하며 남자는 신병으로 고생이 많다. 建祿 空亡이면 평지 파란 곡절이 많고 복이 적으며 만년은 빈명이 된다. 노년에도 역시 쓸쓸하게 고생을 많이 하게 된다.

生, 旺 空亡이면 도량은 넓으나 실속은 없어 외화내빈이다. 死, 絶 空亡이면 평생 변화기복이 심하다. 劫殺 空亡이면 교활하고 열등하며 용기는 있는 듯 하나 만용에 지나지 않는다. 亡身 空亡이면 평생 동안 심신이 부정하고 방랑생활을 하게 된다. 사주 모두가 空亡되면 타향에 발달한다. 空亡이 合되면 총명하다. 命造 中에 甲寅과 癸丑이 있고 無氣하고 空亡되면 승도의 명이다. 年柱와 日柱가 互換 空亡이 되고 冲, 破, 羊刃 등이 있고 日干을 극함이 있으면 男命은 신체가 허약하고 女命은 색정이 깊다. 祿馬나 貴人이 空亡이면 인격이 떨어진다. 命造의 干合, 支合, 三合이 空亡되면 有閑人이다. 辰戌丑未 중에서 財星이 되고 空亡이면 의식주에 곤란이 있다.

68. 結項殺

목매어 죽는다는 살이다. 심신이 괴롭고 딱한 처치에 놓였을 때에 순간적인 오판으로 목을 매어 죽거나 기타 자살 행위를 하게 된다.

69. 天耗殺

歲運으로 주로 보는 데 사주 일지에 있고 또 천모살 년을 만나면 외적인 문제, 즉 가정 밖의 모든 마음먹었던 일이 무너지고 허사가 된다.

70. 地耗殺

세운으로 주로 보는 데 지모살 년을 만나면 내적인 문제, 즉 가정 내의 모든 마음먹었던 일이 무너지고 또 허사가 된다.

71. 鬼門關殺

정신 이상이나 신경병에 걸린다는 흉살이다. 변태성에 걸린다. 남자 사주 일지로 여자 사주 일지에 대조하여 귀문관살이 되면 여자가 정신 이상에 걸린다. 여자 일주로 남자 일수가 귀문관살이 되면 남자가 징신 이상에 걸린다. 때로는 혈압으로 본인이나 부부가 죽는 수도 많다.

72. 聾啞殺

귀먹고 벙어리 된다는 살이다. 농아가 되지 않으면 귀나 입에 이상이 있다. 부부 두 사람 다 농아 살이 있으면 벙어리 자식을 낳게 된다.

73. 暴敗殺

남자는 부부궁이 불길하고 여자는 친가가 불길하다. 여자가 사주에 폭패살이 있으면 출가 후 남자의 가정이 점점 쇠망한다고 한다.

74. 重婚殺

남녀 막론하고 초혼 부부 실패하고 두세 번 재혼하게 되는 흉살이다.

75. 再嫁殺

출가 후 남편과 생이사별하거나 남편의 버림을 받아 다시 다른 곳으로 시집간다는 살이다.

76. 福 神

지혜와 인품이 고상하고 복록이 무진하다.

77. 淫浴殺

존친 및 처자와 인연이 박하든가 고생이 많다. 男命은 배우궁이 중도실패요, 女命은 부모연이 박하고 남녀 간에 생시에 있으면 자녀의 신상 문제로 고생이 많다.

78. 天羅地網

남명은 만사가 여의치 못하고 금전 운이 박하며 여명은 남편연이 변하든가 자식 복이 없다. 남녀 간에 감금, 구속, 관재, 구설, 시비, 송사를 당해보기 쉽고 교도관, 경찰, 군인, 수사관, 법관, 종교인, 약사, 간호사, 역술인 등의 직업을 갖는 경우가 많다.

79. 辛 暴

불의의 재앙이 생긴다. 항상 불안함을 가진다. 폭발물 사고가 있다.

80. 飛 符

사주에 이살이 있는데 吉神의 相扶가 없으면 평생 관재가 있다. 도박을 하면 속패 파가한다.

81. 披 頭

사주에 惡星과 同宮이면 골육의 인연이 박하다. 직업이 낮고 인격이 떨어진다.

82. 天 刑

신체불구 및 신액이 있다. 사주에 있는데 歲運에 오면 친족 골육의 刑角이 생한다.

83. 陰 殺

주색으로 패가 또는 음독도 해본다. 사주에 있는데 年月運에 오면 暗으로 財貨를 失한다.

84. 太 陽

얼굴색이 검고 붉으며 재난이 없다. 모든 흉한 재액을 푼다.

85. 天 厄

신체불구 및 지병을 갖고 있다. 七殺과 同宮에 있으면 재액을 면치 못한다.

86. 歲 合

목적을 순조롭게 달성시킨다.

87. 劍 鋒

총이나 칼로 몸을 다쳐본다. 사주에 羊刃이 있고 검봉살을 띠면 악화를 主司한다.

88. 福 德

여행 중에 기쁜 일이 많고 복록이 후하다. 집을 새로 짓던가 이사하는 기쁨이 있다.

89. 將軍箭

단명 또는 양자의 명이다. 상가집, 장례식, 무덤 등을 꺼려야 한다. 상문 살이 침입하기 쉽기 때문이다.

90. 破 軍(碎)

파재 또는 형사 문제가 발생된다.

91. 黃 旛

만사가 여의치 못하고 모든 일이 혼미하다.

92. 指 背

배신을 당해본다. 남녀 모두 질투심이 강하다.

93. 天 空

실속이 없다. 吉星 吉神 强所는 이를 꺼리고 七殺 기타 흉신이 모인 곳은 喜한다.

94. 皇恩大赦

황은대사는 군왕의 은총을 받는다는 길성으로 관재나 관형을 당하여도 요행히 특사를 받는다는 길성이다. 과거나 고시에 합격하고 군왕의 은총으로 크게 벼슬하게 되며 길하다.

95. 天喜星

설명은 황은대사와 비슷하니 황은대사 항목을 참조하라.
천희성은 직업상 활인사업이 좋다.

96. 天醫星

活人을 하는 의사, 간호사, 약사, 종교인, 운명점술가, 침구사 등에 종사하면 좋다.

97. 長命星

장수한다는 길성이다. 잔질이 적고 죽을 고비를 몇 번씩 당하여도 죽지 않고 살아난다.

98. 短命星

단명한다는 흉살이다. 비명, 횡액, 불구, 질병, 수술로 일찍 죽는다는 흉살이다.

99. 盲人殺

장님이 되거나 시력이 나쁘거나 눈에 이상이 있게 된다. 부부 사주에 둘 다 맹인살이 있으면 봉사나 눈이 나쁜 자식을 둔다.

100. 眼盲殺

맹인살과 같다. 장님이 되거나 시력이 나쁘거나 눈에 이상이 생겨 안경을 쓰거나 또는 자녀에게 이상이 있다.

101. 蹇脚殺

다리를 절거나 절단되었거나 신경통을 앓거나 이상이 있다.

102. 直難關殺

小兒 時에 예리한 쇠붙이에 크게 다치게 된다는 살이다.

103. 無情關殺

어려서 부모 중 한 분을 이별하고 편친 슬하에서 자라게 되거나 두 아버지, 두 어머니를 섬기게 된다.

104. 官符殺

인덕이 없고 고독, 빈곤하다. 日이나 時에 범하면 평생 관재가 많다. 羊刃殺과 같이 있으면 형벌을 받게 되고, 空亡이 되면 진실되지 못하고 실성한 소리를 잘하여 妄語殺이라고도 한다.

105. 天火殺

사주에 寅午戌 火局을 이루고 天干에 丙丁이 투출하였으며 柱中에 한점의 水가 없어야 해당되며 年運에서도 火氣가 生旺하는 곳을 만나면 火災를 조심해야 한다.

106. 天轉殺

봄에는 변치 않으나 여름에는 변업하기 쉽고, 가을, 겨울에는 아침에 우루고 저녁에 파한다. 일정한 업에 종사치 못하고 이일 저일 여기저기서 일하게 된다는 살로 한가지 일을 꾸준히 밀고나가면 불행하고 실패하며 금전이 안개처럼 사라진다는 흉살이다.

107. 地轉殺

단명 요사한다. 금전은 버는 것보다 쓸 일이 많아 허비하고 자연히 금전이 잘 모이지 않으며 직업에 장래성이 없으며 불의의 地變이나 실패, 전업, 재난을 당한다.

108. 三災殺

삼재란 天災, 人災, 地災를 말하며 3년간 재수가 없고 하는 일이 막히고 천재지변과 인간으로 인한 손재와 실패 유혹과 사기, 관재와 구설, 시비와 상해 등에 걸려 고생한다.

天災에는 수해, 한해, 설해, 냉해, 풍해, 낙뢰, 전기, 전염병 등이 있고, 地災에는 지진, 화재, 붕괴, 급변사고, 교통사고, 낙상, 토지, 가옥, 대지 문서, 구설시비 관재, 매매상의 손해, 산사태 등이 있고, 人災에는 관재, 구설, 시비, 형액, 도난, 손재, 실패, 실직, 좌천, 질병, 수술, 구타, 사망, 학업 실패, 낙방, 부부 파탄 등이 있다.

109. 呑陷殺

각종 재난 재액이 따른다. 巳午未申戌亥子生은 傷身의 액이요. 寅卯生은 고향을 멀리 떠나 살고, 酉生은 처가 도망가고, 辰生은 水厄을 조심해야 된다. 옥살이도 해본다.

110. 五鬼殺

남녀 막론하고 질병이 따르고 부부 사이에 空房 수가 따른다. 귀신이 잘 따르고 또 잘 침해한다. 육친으로 보아 해당자도 귀신이 잘 붙는다.

111. 自結殺

목을 매거나 음독, 총칼, 혹은 달리는 차량에 뛰어든다는 흉살이다.

112. 太白殺

사주에 있으면 고독 빈천하고 단명하다.

113. 官刑殺

官刑을 살게 된다는 흉신이다.

114. 天獄殺

옥살이를 하게 된다는 흉살이다. 육친 중 해당자도 옥살이.

115. 天狼殺

자식을 앞세운다는 흉살이다. 자식을 기르기 어렵고 또는 다 큰 자식이라도 언젠가는 부모보다 먼저 이 세상을 하직한다는 흉살이다.

116. 湯火殺

뜨거운 물이나 불에 데어서 큰 상처를 입거나, 혹은 화재나 연탄가스, 부탄이나 엘피가스 등으로 죽는다. 어떤 사람은 농약, 싸이나, 청산가리, 마약 등의 독약을 마신다. 총탄에 죽거나 상처를 입는 사람도 있다.

117. 曲背殺

꼽추가 되거나 척추를 다쳐 수술을 받거나 허리를 앓게 된다.

118. 小室殺

소실 생활을 하게 된다는 살이다. 십 세 이상 연상자와 결혼하거나 재취로 시집을 가면 이 살을 면한다. 처녀 총각이 결혼하면 생이사별한다는 흉살이다.

119. 陽情殺

男戀殺이라고도 하며 아내 모르게, 남 모르게 여자 애인을 숨겨 놓고 살거나 아니면 바람을 많이 피운다. 주로 춤바람 나며 관재, 구설, 망신당할 수가 있다.

120. 陰情殺

女戀殺이라고도 하며 남편 몰래, 남모르게 애인을 숨겨 놓고 살거나 아니면 바람을 많이 피운다. 주로 춤바람 나고 불륜 관계로 구설, 망신, 관액을 당한다.

121. 十惡大敗殺

인간 관계의 실패, 부부 이별, 재물의 실패 등 인패, 재패를 하게 된다. 만일 吉神이 도와주면 약간 길하다. 아기 낳고 살다가도 정부와 함께 달아나는 수가 있다.

122. 孤鸞殺

寡鵠殺 또는 呻吟殺이라고도 하며 자식 2~3남매 낳은 뒤에 상부하게 된다는 흉살이다.

대체로 초년 부부 생사이별하고 이삼차 재가하여 보아도 남편 덕은 별로 없다. 차라리 신세타령 하면서 홀로 고생스럽게 사는 게 마음 편할지 모르겠다. 부부궁은 원만치 못하여 생사이별하거나 부군이 무능력하여 부득이 자신이 생활 전선 사회로 뛰어야 되며, 고집이 세고 자기 주장을 내세우며 특히 辛亥日, 己酉日生女는 자식을 낳은 후부터 남편 운이 패망에 들게 된다.

123. 隔角殺

고독하고 팔이나 다리를 상하며 血光을 보게 된다. 日時에 있으면 처자식에 해롭고, 胎月에 있으면 부모를 해롭게 한다.
격각살은 육친의 덕이 없다.

124. 天赦日

일생 동안 우환이 적으며 온갖 재해를 구원해 준다는 吉神이다.

125. 曲脚殺

乙巳 · 乙丑 · 己巳 · 己丑日에 태어난 사람이 이곳에 刑冲을 맞으면 손이나 발에 결함이 있게 된다.

126. 陰陽殺

丙子日에 태어나면 미녀와 결혼하고 여자가 戊午日에 태어나면 미남과 결혼한다. 또 이들은 평생 동안 대인 관계에서 미남과 미녀와 접촉이 많은데 다만 도화살이나 원진살이 붙으면 행실이 음란하다.

127. 豹尾殺

破財하고 구설이 많다.

128. 解神

중이 될 팔자다. 속인으로 살면 늘 구설이 분분하다.

129. 龍德

평생 귀인의 도움이 끊이지 않는다. 그러나 생활에 풍파가 많다. 龍神기도를 하면 많은 효험을 받는다.

130. 天哭殺

의지할 곳 없는 고아의 명이다. 하늘을 쳐다보면서 신세를 한탄하며 운다고 하는 살이다. 사주에 있으면서 行運에 오면 孝服의 근심이 일어난다.

131. 畵象殺

마음이 허약하여 공포 영화나 무서운 그림 또는 무서운 말만 들어도 놀래기를 잘 한다.

132. 卷舌殺

재산 풍파가 많고 걱정하는 일이 많다.

133. 交祿星

재주가 비범하고 능수능란하여 재주꾼으로 통한다.

134. 六秀星

얼굴도 잘 생겼지만 재주도 뛰어난 사람이다.

135. 進神星

자기 고집이 강하여 기어코 성공을 거두는 사람이다. 그러나 진신성이 刑, 冲, 空亡이 되면 작용을 못한다.

136. 埋兒殺

아기 죽은 귀신이 붙어다녀 백사가 되는 일이 없고 헛고생만 한다.

137. 截路空亡

사람이 길을 가던 중 홍수를 만나 더 나아갈 수도 없고 건널 수도 없는 진퇴양난의 처지에 있음을 뜻하는 데 사주 중에 있으면 평생토록 고생이 많고 불길하다.

138. 四大空亡

이 살을 범하면 단명히거나 빈힌하다. 징애가 많고 고생이 많다.

139. 孤虛殺

남녀 막론하고 난폭 방탕 음란해서 부부 간에 권태가 생겨 일생 동안 부부 생활을 지속하지 못하고 중간에 무단 기출 및 상부, 상처, 이혼, 이별하고 독수공방하게 된다.

140. 血支

위장병을 조심하고 복부의 건강에 유의하라. 교통사고, 傷身 등 급변 재화를 주의해야 한다.

141. 天德合

모든 재앙이 침범치 못한다. 凶禍도 능히 해소하며 吉로 변화시킨다.

142. 月德合

天德合과 작용이 비슷하며, 命造에 있으면 흉화도 吉로 변해진다.

143. 夾祿

겉보기와는 달리 항상 內福豊厚의 덕이 있으며 친척, 친구나 타인의 도움을 많이 받고 재산이 풍부하며 편안한 여생을 보낸다.

144. 九 醜

주색에 빠져 가사를 망각하고, 아무 데나 추행을 범하여 형벌을 받게 된다는 흉신이다.

145. 日 德

福德日이라고도 하며 이날에 태어난 자는 身旺을 좋아하고 사주에 복덕이 중복되면 좋고 신왕 운이 오면 발복되고 만사 여의하다.

146. 懸針殺

생김새나 성격이 바늘과 같으니 성격이 무도하고 예리하며 관재나 재액사고를 자주 당한다. 의약업, 기술업, 침술업, 역술업, 종교인 등의 직업을 갖는 경우가 많다. 羊刃과 同柱하면 도살업, 식육점에 종사한다.

147. 國 印

결재하는 권한의 도장이라는 뜻으로 권리를 뜻한다. 흉함은 화하고 길함을 더한다. 天月二德과 같은 효과가 있다. 공무원, 국가가 인정하는 사람이 된다.

148. 唐 符

凶을 化하고 吉을 더한다. 天月德, 國印과 같은 효과가 있나.

149. 血貧殺

하혈을 자주 하거나 혈변도 보게 되고, 폐가 약한 사람은 피를 토하기도
한다.

150. 退 神

나아가면 어려움이 생기고 물러나면 吉利를 얻는 神이다. 此日生은 物에
屈託하지 않고 기분이 협쾌한 성질이다. 모든 것이 進하여 불리하고 退하
여 의외의 安立을 얻는다.

151. 八風日

此日生은 주색의 난이 있다. 이것이 지나쳐서 몸을 그르치게 한다.

152. 四廢日

변화, 변전이 많고 장애가 많으며 모든 일이 어긋남이 많고 따라서 생활

상 걱정이 그치지 않는다. 시작은 있어도 마침이 없는 형상이다. 다만 명조에서 印綬의 도움이 있으면 흉은 면한다.

153. 干學日

학문과 기술에 빼어난 재능을 가지고 학문과 기능을 좋아하는 총명한 사람이다.

154. 鬼限日

용모와 자태가 연령 이상으로 늙어 보이고 때로는 백발인이 많고 안면에도 주름살이 많다.

155. 女錯日

女命만 보는 살로 육친 골육에 인연이 박하고 어릴 때에 사별하거나 타가에 양육을 받거나 하여 심하면 천애의 고독이 있다.

156. 財庫日

빈가에 태어나더라도 점진적으로 향상 발전하여 일대 부귀를 얻는 날이다. 여자도 財를 얻고 행복하다.

157. 正挑華日

남녀 모두 색정이 깊고 타에 각종의 有爲의 재능은 구비하여도 색정으로 신용을 떨어뜨리고 때로는 몸을 그르치는 일이 있다.

158. 正綬日

政官界에 이름을 날리는 덕분이 있다. 독립 自營者의 경우는 사업이 상당히 발전하고 사회적 명예를 받는다.

159. 飛廉殺

남자는 流浪의 命이고 여자는 화류계에 활동하던가 또는 신체 불구자이다.

160. 妨害日

남녀 모두 부부연에 지장이 있기 쉽고 조그마한 일에 파경의 근심이 있게 된다. 때로는 일찍 사별할 수 있고 장기간 독신으로 지내기 쉽다.

161. 棒杖殺

신상에 상해부상, 타박을 당하며 매맞는다는 살로, 울 일이 많이 있게 된다.

162. 天狗殺

자녀와 인연이 희박하다.

163. 大禍殺

전쟁이나 쟁투로 인하여 재액을 입는다.

164. 旌 旗

誅戮을 당하기 쉽다. 生時에 있고 악살이 겹치면 惡死한다. 하급인에게
이 살이 있으면 동분서주하는 팔자다.

小 兒 關 殺

앞에 기록한 신살과 중복된 것도 있음을 밝혀둔다.

1. 和尙關

아이가 어릴 적에는 사찰이나 사당에 데리고 가지 말라.

2. 鬼門關

여행이나 사찰, 사당, 묘지에 가지 말라. 신경쇠약, 정신질환이 있게 되고 무당, 박수, 중이 되기도 한다.

3. 短命關

피부에 기생충을 주의할 것. 소아경기 주의, 비명횡사, 유괴, 타살, 조난, 낙상, 교통사고로 단명하기 쉽다. 어릴 적을 잘 지나더라도 오십을 넘기 어렵다.

4. 五鬼關

산소나 장례식에 가지 말 것. 허깨비, 사귀, 요정, 귀신에 홀리기 쉬우며 가정에 재액이 많다.

5. 天狗關

피를 보기 쉽다. 수술, 파편, 교통사고 등의 재액을 당하기 쉽다.

6. 天弔關

부모의 상을 일찍 당하기 쉽다. 울 일이 발생하고 답답한 일들이 생긴다.

7. 撞命關

병약하여 양육하기 어렵다. 소아 경기가 발작되기 쉽다.

8. 埋兒關

어릴 적에 땅에 묻힌다는 살이다. 장례식을 보지 말고 묘지나 죽은 사람을 보지 말라.

9. 四柱關

가마, 인력거, 각종 차량, 말, 당나귀를 타지 말라. 부모 곁을 잠시 떠나 있으면 액이 약해진다.

10. 四季關

때때로 감기에 잘 걸린다. 계절성 유행병을 주의하라. 일생 질병이 떠날 날이 없다.

11. 閻王關

불교의식의 장례식을 보지 말라. 특히 오래된 부처나 미륵에 가지 말라.

12. 夜啼關

출생 후 밤만 되면 까닭없이 많이 우니 부모 애간장이 탄다. 일생을 통해 볼 때 슬픈 일들이 자주 발생한다.

13. 水穴關

하천, 호수, 연못, 샘, 뱀 등을 가까이 말며 물가에 사는 것도 위험하다.

14. 白虎關

교통사고나 불의의 사고를 주의하라. 홍역이나 마마에도 각별 주의하라.

15. 將軍箭(關)

묘지나 장례식장, 사람 죽은 곳에 함부로 가지 말라. 특히 장군의 사당에 가지 말라.

16. 急脚關

가옥을 고치지 말 것. 소아마비나 수족 절단, 갈비뼈, 신경통, 치통 등이 발생하기 쉽다.

17. 百日關

출생 후 100일 내에는 외출을 하지 말 것. 바깥 밝은 것을 보면 불리하다. 특히 출생 후 100일째 되는 날에는 아기를 안고 절대로 밖에 나가지 말라.

18. 斷橋關

배를 타지 말고 외나무 다리, 돌다리를 건너지 말 것. 물에 빠지거나 몸을 다치기 쉬우니 불구, 수족 절단, 소아마비 등을 조심하라.

19. 浴盆關殺

출생 후 初湯에 주의 할 것. 목욕탕이나 찬물, 수영장, 우물 등에 주의하라.

20. 水火關殺

끓는 물이나 기름에 의해 재액을 입기 쉬우니 물가나 각종 기름을 주의
하라.

21. 深水關

칠월 칠석일에는 사방을 향하여 절을 하지 말라. 치료하기 힘든 병이 발
생키 쉽다. 청명절 제사와 칠석 제사에 참석하지 말라.

22. 金鎖關殺

금은, 보석, 반지, 팔찌, 목걸이, 동전, 자물쇠, 쇠붙이, 못, 바늘 등을 주의
하라.

23. 腦關殺

뇌막염이나 소아마비를 주의하고, 신체가 기형으로 되기 쉬우니 주의하
라.

24. 鷄飛關殺

살생을 하지 말 것이며 살생된 것을 보지도 말라. 살생을 보면 살이 침입
하여 신음신음 앓다가 죽기 쉽다.

25. 落井關殺

하천, 호수, 우물 등에 가까이 말라. 물에 빠져 생명을 잃기 쉽다.

26. 千日關殺

3년간은 가정부, 식모, 보모, 유모 등 남의 손에 아기를 키우지 말라. 남의 집에 가서 맷돌질도 하지 말라.

27. 雷公關殺

우뢰가 치는 날에는 높은 곳에 올라가지 말라. 벼락맞을 우려가 있다. 우뢰가 칠 때에는 외출을 삼가야 한다.

28. 斷腸關殺

도살장 근처에 가지 말라. 창자가 꼬이거나 끊기며 위험하다.

29. 取命關殺

절, 사당, 묘지, 하천에 가까이 말라. 잡귀가 씌우게 되기 쉽다.

30. 鐵蛇關殺

습진, 소아마비, 전염병, 특히 마마, 천연두를 주의하고 예방주사를 놓아주라.

31. 無情關殺

아비 없이 편모를 모시게 되거나 두 부모를 모시는 사주다.

사주에 土가 많으면 재산이 많으므로 부귀영화를 누린다. 사주에 火가 많으면 신체가 허약하고 병이 떨어질 날이 없다. 사주에 木이 많으면 온순하며 체모가 단정하여 여자처럼 생긴다. 사주에 金이 많으면 두뇌가 명석하며 총명하다. 사주에 水가 많으면 음란하므로 바람을 피운다.

사주에 土가 없으면 항상 집이 없으므로 셋방살이를 면키 어려우며 게으르다. 사주에 火가 없으면 신체 허약으로 결혼을 실패하고 여러 번 반복한다. 사주에 木이 없으면 근본이 없으므로 의식주에 곤란을 겪는다. 사주에 金이 없으면 항상 고독하며 사람과의 유대가 이뤄지지 않는다. 사주에 水가 없으면 신체의 건강이 나빠서 부부 이별하며 타향살이를 한다.

사주에 三子가 月日時에 있으면 재혼을 하게 된다. 사주에 三丑이 있으면 네 차례나 결혼하게 된다. 사주에 三寅이 있으면 경제적으로는 윤택하지만 고독을 면치 못한다. 사주에 三卯가 있으면 단명하거나 악사한다. 흉한 일이 많다. 사주에 三辰이 있으면 나는 귀하게 되지만 처를 극하게 된다. 사주에 三巳가 있으면 중간에 자손을 잃게 된다. 사주에 三午가 있으면 남자는 아내를 극한다. 사주에 三未가 있으면 남녀 다같이 공방살이를 하게 된다. 半世나 처가 없고 몸에 암내가 난다.

사주에 三申이 있으면 남녀 다같이 무능하고 무덕하다. 사주에 三酉가 있으면 피를 보는 일이 있게 되며 몸에 흉터가 있기 쉽고 공망수를 면치 못하고 고집이 세다. 사주에 三戌이 있으면 의리있고 용감하며 잠귀가 밝으나 시끄럽다. 사주에 三亥가 있으면 고독하고 흥망성쇠의 파란곡절이 많으며 얼굴이 검은 자가 많다. 사주에 三甲이 있으면 관직과 직업 운이 좋다. 三丙이 있으면 여자는 출산하면서 난산을 하게 된다. 三丁이 있으면 악한 일이 많고 악사하거나 수족을 상하게 된다. 三戊가 있으면 고향을 떠나 객지에서 살게 된다. 三己가 있으면 부모형제가 일찍 헤어져 살게 된다. 三庚이 있으면 부자의 명이라 잘 살게 된다. 二辛이나 二壬이 있으되 日柱와 相連이 되면 門外에서 낳는 배다른 자식을 둔다. 三壬이 있으면 부귀가 장구하다. 三癸가 있는데 地支의 어디든지 亥字가 있으면 火災를 조심해야 된다.

十二 神殺表

年支(日支) 十二神殺	寅 午 戌	申 子 辰	亥 卯 未	巳 酉 丑
劫 殺	亥	巳	申	寅
災 殺(囚獄殺)	子	午	酉	卯
天 殺	丑	未	戌	辰
地 殺	寅	申	亥	巳
年 殺(桃花殺)	卯	酉	子	午
月 殺(枯草殺)	辰	戌	丑	未
亡 身(神) 殺	巳	亥	寅	申
將 星	午	子	卯	酉
攀 鞍	未	丑	辰	戌
驛 馬 殺	申	寅	巳	亥
六 害 殺	酉	卯	午	子
華 蓋 殺	戌	辰	未	丑

十二 神殺

君位	劫殺	逆謀 主動者, 魁首, 大耗殺, 日支면 旌旗殺, 時支면 英雄殺, 허가없이 지은 건물, 고쳐야 할 곳, 破産, 부숴버릴 곳, 劫殺맞은 행위, 비겁한 행위, 파괴 예정지, 말썽될 물건, 남들이 탐내는 곳, 금융업, 임대업
	災殺	逆謀 同助者, 行動員, 囚獄殺, 白虎殺, 背逆殺, 나쁜 사람, 의료도구, 봉해놓은 봉창, 모든 재앙, 말썽있는 재산, 떠나갈 재산, 불투명한 창문, 설계업, 투기업
	天殺	上帝, 帝王, 君王, 統治者, 高官, 성당, 교회, 사찰, 국기 게양대, 예배드리는 방위, 부처님, 하늘보고 탄식하는 殺, 밤하늘의 별, 교육업, 종교업
	地殺	上帝用 가마, 君王의 가마, 高官의 자동차, 外務大臣, 鏡臺, 문화적인 시설물, 대문, 현관, 신발 벗는 곳, 눈물, 땅, 소원하는 땅, 방문, 문턱, 뜨락, 둥근 물건, 산책로, 유흥업, 생산업
臣位	年殺	侍女, 桃花殺, 咸池, 沐浴殺, 소변보는 곳, 청소함 두는 곳, 매일 걸레질하는 곳, 강변, 붕 떠다니는 殺 갔다가 돌아온다. 화장실, 깨끗하고 조용한 장소, 걸레, 보관업, 위생업
	月殺	장애물, 경계선, 苦草殺, 苦哀殺, 內堂마님, 침대, 스탠드, 이부자리, 이불 넣는 장롱, 첩, 사창가, 이성의 파란 상징, 유흥업, 보안등, 형광등, 스위치, 재혼, 바람둥이, 여관, 야시상, 건설업
	亡身	激戰地, 敗戰者, 임금의 親戚, 목욕탕, 화장실, 창고, 간이 화장실, 심신 망신, 부정한 재물이 들어온다. 전망대, 違法, 부당한 행위, 이성간 불륜, 수집상, 접객업
	將星	忠臣, 將帥, 內務長官, 最高權威者, 보일러 연료탱크, 부엌, 베란다, 장독대, 공무원, 조용하고 순한 직장, 文官, 조용한 곳, 도둑 침입로, 중간 도매업, 중개업
民位	攀鞍	鐵甲衣, 內侍, 希望殺, 金가마, 등의자, 옷 걸어두는 곳, 금고, 보석함, 장롱 두는 곳, 방석, 시장, 파출소, 士大夫가정 표시, 귀중품 둔 곳, 부속상, 의류상, 장신구
	驛馬	移動馬, 外務, 文公長官, 戰車, 자가용, 모든 通信文, 無線, 전축, 텔레비전, 라디오, 녹음기, 水道, 車庫, 자동차, 기차, 비행기, 정기 간행물 놓아두는 곳, 門工場, 消防路, 우편물, 도매업, 청부업, 돌아다니는 것
	六害	馬夫, 守門丈, 문지기, 六厄, 심부름꾼, 작은 門, 下水口, 자전거 놓아두는 곳, 피흘리는 비극, 뾰족하고 돌출된 곳, 악한자, 운수업, 충돌이 심한 작은 것
	華蓋	參謀, 고문관, 승려, 박사, 사찰, 성당, 교회, 학교, 武官 벼슬, 예술작품 걸어두는 곳, 좀 강한 직장, 시험장, 舞蹈館, 화장실, 오락실, 古物業, 점술업

8. 四柱의 十二 神殺論

年劫殺 : 조상 패망, 조업 계승 못함, 유년기에 죽을 고비, 타향 팔자, 재산
파탄 많다. 先代祖 비명횡사.

月劫殺 : 부모형제 이산, 고독, 객지 생활, 조실부모, 형제, 친척 정이 없다.
부모형제, 친척 간에 불구나 단명, 횡사 조심, 성격이 불같고 밀
어붙이는 기질, 19세 23세 大厄 조심, 관액도 주의하라.

日劫殺 : 부부지간 생사이별 아니면 남자는 첩을 둘 수 있고 본인은 질병
으로 고생한다. 타향이 대길. 불구, 폐질, 三妻를 얻을 운. 육친
무덕하고 인덕이 없으며 파란곡절이 많다.

時劫殺 : 자식이 귀하고 방탕, 불구, 자식이 두렵고 자녀 단명하기 쉽다.
노상횡액, 자손 끊김, 조별부모, 生이나 冠帶면 名振高位 된다.
처자식을 극한다.

年災殺 : 조상 패망, 조상 중에 옥살이, 관재구설 아니면 질병, 부모형제
무덕, 급질횡사, 혈광사.

月災殺 : 육친 무덕, 상처, 질병 고생, 旺이면 복이 많다. 실물수와 官厄이
자주있다. 부모형제 간 비명횡사 아니면 객사로 사망, 노상 횡액
이 있어 교통 사고나 강탈을 당해보기도 한다.

日災殺 : 상처, 관재, 실물, 일평생 불안전하고 파란곡절이 많고, 부부지간 비명횡사와 혈광사가 두렵다. 夫運이 불길하고 재물을 실패한다. 몸에 잔병이 많고 자손과의 연이 희박하다.

時災殺 : 자식 덕이 부족하고 비명횡사와 혈광사가 두렵다. 고생, 자식, 노비 흩어짐, 흉터, 胎면 功名하고 출세하지만 평생 재산은 없을 운이다. 풍파가 많고 구설이 분분하다.

年天殺 : 부선망, 고독, 정신적 지주가 없다. 타향 객지에서 고생, 선친 때 비명횡사, 生이나 帝旺이면 만사대길하다.

月天殺 : 심장병이나 간병이 있다. 부모형제 덕이 없다. 처음은 곤하나 뒤에는 길하다. 19세 27세에 重病 조심하라. 부모형제는 급질, 괴질, 비명횡사 위태하다. 항상 건강이 좋지 않고 예고 없는 일이 많이 발생한다.

日天殺 : 부친 무덕, 친척 무덕, 구설, 부부 금슬은 좋다. 부부의 죽음사는 비명횡사할 수로다. 冠帶가 同宮이면 자손영화, 天德貴人이 있으면 백사대길, 고향 떠나 고생하다가 말년에 부유해짐.

時天殺 : 落傷당할 팔자, 苦學大成한다. 자식은 병 많다. 자식은 효도한다 할지라도 자식의 죽음사는 감옥 형액할 수로다. 재산은 넉넉하다.

年地殺 : 일찍 타향살이, 부모 등진다. 고생, 조실부모, 先代祖 객사, 中後 대길, 자수성가.

月地殺 : 祖業은 간 데 없고 자수성공 팔자, 부모 망하고 질병, 두 부모 섬긴다. 兩母팔자, 혹은 早別, 中後 成家, 부모형제는 客死故가 있게 된다. 양자 또는 재가한 어머니의 소생이 많다.

日地殺 : 부부 금슬 반감되니 이별수, 부부 이별사는 타향 魂鬼, 문장력 才藝 출중, 晩年에 질병주의 이사를 자주하며 산다.

時地殺 : 말년 부귀 재물은 있다. 사방에 먹을 것이로되 애지중지 기른 자식 타향 객사할 수 있다. 年殺이 있으면 눈병자가 된다. 시력이 나쁘고 돌아다니기를 좋아한다.

年年殺 : 조부모 외도, 유년기 풍족, 귀염받고 자람, 부부다정, 선조 도화병으로 사망, 沐浴이면 대실패, 冠帶나 帝旺이면 횡재, 空亡이면 상처.

月年殺 : 부모형제가 화류병에 걸려 사망함이 두렵다. 부모 색정에 빠짐, 어려서 연애, 첩 있을 팔자, 沐浴이면 부모 早死함, 육친이 무덕하고 인덕이 없다. 모친이 채취나 소실로 시집왔다.

日年殺 : 부부 변화 등 만사가 불길하다. 부부 이별 운, 혹은 무자, 財福은 많다. 주색을 밝힌다.

時年殺 : 분주, 늦바람, 부부의 변동과 자손이 화류계에 접근한다. 大人은 등과하고 小人은 우산 쓰고 밭을 갈 팔자이므로 고향을 떠나라. 주색과 풍류를 즐기며 산다.

年月殺 : 조상 중에 스님 있었다. 神佛을 모심, 가내 전통 불안, 관재 구설, 胎이면 風病 온다. 丙戌生은 횡액, 되는 일이 없다. 先亡 조상은 굶주린 영혼이다.

月月殺 : 이쪽 저쪽 머리를 써도 되는 일이 거의 없다. 부모형제 죽음은 걸인의 영혼이다. 부모 스님 神佛을 좋아함, 조실부모하며 조업실패, 官厄 많이 있다. 타향살이, 사찰 생활 경험.

日月殺 : 신기 있고 질병, 부부풍파, 처자 불길, 혹은 상처한다. 주색 주의, 간질이 있고 허약하며 박력이 없다.

時月殺 : 入山귀의, 여자주의, 敗多운, 絶이 있으면 風病와서 병신 되기 쉽다. 효자자식 거의 없고 자식 근심하다 보면 객사자식 영혼귀다. 풍파가 많다.

사주 명리학의 핵심

年亡神 : 조부모님 후처나 첩살이, 서자 출신, 帶旺이면 百厄 소멸, 長生이면 귀인 많이 있다. 일찍 타향 고생, 선대의 유업은 광풍에 몰락하고 객사하기 쉽다.

月亡神 : 자당님이 후처나 첩살이, 부모형제 온전하지 못하고 여러 번 변동수와 객사혼이 왕래하니 집안이 불안하다. 長生이면 귀인이다. 三刑殺이 있으면 刑厄이 있다. 감옥에 가 본다.

日亡神 : 부부지간 이별하고 또 다시 바꿔지며 잡객 귀신 왕래하여 배우인연이 많다. 처궁이 불미, 만혼이 좋다. 落傷주의, 정신이 혼탁하니 신경질 주의하라.

時亡神 : 재산탕진, 자식연애, 말년에 한탄할 일이 많고 괴이한 일이 많은 반면에 청춘귀가 왕래하니 가정이 불안하다. 고독하며 外實하게 보이지만 內虛, 中後 태평, 자립 성공하게 되지만 첩을 거느리거나 여자로 망신당해 보는 일 있다.

年將星 : 조상에 상위 권력가, 帝旺이면 執權, 萬里有聲이다. 군인 길, 沐浴이면 손재 많다. 선대 조상은 전사함이 분명하다.

月將星 : 부모가 권력가, 형제 덕이 없다. 文武가 뛰어나서 손에 兵權을 잡지만 부모형제는 전쟁터에서 총사했다. 魁夫, 어질고 영화 있다. 司法官으로 진출하면 생사여탈권을 잡는다.

日將星 : 자신이 권력가, 관록이나 사업 대성, 잘못되면 깡패 해결사, 비록 명예는 있다 하나 흉중에 근심이 있고 부부지간에 별거 이별한다. 처덕이 크다.

時將星 : 대인은 祿을 더할 것이요, 소인은 길할 것이나 자식이 나라에 충성하며 권력가이다. 말년 끗발 있다. 문무 겸비하며 특출하므로 소년에 등과한다.

年攀鞍 : 조상이 참모급 벼슬, 관록대길, 辰生이면 官厄있고 횡액도 있

다. 조상과 부모의 덕으로 일평생 영화를 누림, 선산의 덕이 있다.

月攀鞍 : 부모가 참모급 벼슬, 도처에 이름이 드날리며 관운이 많고 부모 형제와 안락화목하리라. 관직이 아니면 평생 고생한다. 자손 영화가 있다. 인품이 중후하고 존대를 받는다.

日攀鞍 : 처궁이 좋다. 부자도 가난도 아니니 부부지간 금슬이 좋고 안락하다. 天乙貴人 있으면 소년 등과한다. 성질이 유순하다. 丑戌生은 부부궁에 액이 있다.

時攀鞍 : 40세 내외에 대액이 있다. 富者. 앞뒤로 처첩이니 자식이 많은 격이라 말년에 평탄하리라. 天乙貴人이 있으면 자손으로 인한 영화 있다. 華蓋殺과 함께 있으면 기술자로 대성한다.

年驛馬 : 咸池에 冲이면 타관 객사, 空亡이면 거주 불안, 부모 근심 많고 무덕하다. 상처하는 수도 있다. 고향 땅을 이별, 타향 땅에 살 팔자, 선친의 죽음사는 객사다.

月驛馬 : 성품이 순수 온후하여 官으로 성공한다. 그러나 관록과 富를 일으키지 못하면 허송세월, 사업으로 득재하나 부모형제 원혼신은 객사고가 분명하다. 兩妻 팔자이다. 객지풍파, 초년고생.

日驛馬 : 본 배필은 이별하고 양손에 술병 들고 슬퍼하는 객사, 영혼 달랠 길이 막연하다. 처궁에 풍파 장사로 재물 얻는다. 금슬이 안 좋다. 兩母팔자이며 재혼 팔자이다. 풍류와 돌아다니는 것을 좋아한다. 고로 가끔 이성 문제, 염문을 풍긴다.

時驛馬 : 분주, 풍파 많다. 長生이나 冠帶가 사주에 같이 있으면 大官 대성하여 출세한다. 兩房에 자식 낳아 경사는 좋다마는 타향에서 나를 찾으니 청춘 객사귀가 분명하다. 정신적 안정이 어렵다.

年六害 : 조부 때 패망, 태어나면서부터 건강 약함. 冠帶나 帝旺이면 대길

하다. 양자로 입양될 팔자. 선대에는 신앙을 경시하여 신앙의 벌로 사망하였다.

月六害 : 부모가 쇠퇴. 큰집에 가난한 사람, 조실부모 급독한 성격, 부부 이별도 주의하라. 타인으로 인하여 해를 입으며 골육이 정이 없고 신앙으로 인하여 해를 입으며 골육이 정이 없어 신앙으로 중생제도할 팔자이다. 강한 말투로 사람을 억압시키는 기질이 있다.

日六害 : 자기 대에 가산 탕진, 중이 되지 않으면 무당 보살이 될 팔자요, 부부지간에 산을 두고 살 팔자다. 파탄 많다. 기술직이 길하다. 財力이 떨어지고 막히는 일이 많다.

時六害 : 일 번거롭고 막힌다. 형제가 드물다. 사찰에 몸을 의지하고 신에게 의탁할 운이다. 기도하라. 자손들이 신앙에 몸을 바칠 것이요, 말년에 행운과 가운이 번창하리라. 소득 없는 일로 분주다사하게 보내지만 늦게는 여유가 있다.

年華蓋 : 총명, 재주, 고독, 조상 때 학자, 도덕 군자, 조상의 업은 어디로 가고 일찍 타향살이하며 곤고하게 살아간다. 攀鞍이 同柱면 소년등과. 印綬가 있으면 貴子 두며 영화 있다.

月華蓋 : 부모궁에 고생이 있다. 형제궁에 덕이 없으며 차남이라도 장남 행세를 하고 가문을 빛내야 한다. 자수성가, 상업대성, 혹은 예술이 대길하다. 풍파 많으며 일찍 고향을 떠난다.

日華蓋 : 처궁이 없어지니 본처와 이별한다. 沐浴이면 喪配한다. 선대조는 佛道의 집안이요, 중이 된 조상이 있다. 상업이나 관직이 좋다. 재주가 뛰어나 팔방미인과 같다.

時華蓋 : 40 이후 50 후에는 경영하는 바 성공이요, 도처에 이름이 있다. 문필, 문학, 예술, 재주도 있다. 驛馬가 있으면 부자되며, 羊刃이 있으면 출세한다.

9. 十二運星論

● 六十二運星 早見表

日 干 十二 運星	甲 日	乙 日	丙 日	丁 日	戊 日	己 日	庚 日	辛 日	壬 日	癸 日
絶(胞)	申	酉	亥	子	亥	子	寅	卯	巳	午
胎	酉	申	子	亥	子	亥	卯	寅	午	巳
養	戌	未	丑	戌	丑	戌	辰	丑	未	辰
長生	亥	午	寅	酉	寅	酉	巳	子	申	卯
沐浴	子	巳	卯	申	卯	申	午	亥	酉	寅
冠帶	丑	辰	辰	未	辰	未	未	戌	戌	丑
建祿(臨官)	寅	卯	巳	午	巳	午	申	酉	亥	子
帝旺	卯	寅	午	巳	午	巳	酉	申	子	亥
衰	辰	丑	未	辰	未	辰	戌	未	丑	戌
病	巳	子	申	卯	申	卯	亥	午	寅	酉
死	午	亥	酉	寅	酉	寅	子	巳	卯	申
墓(葬)	未	戌	戌	丑	戌	丑	丑	辰	辰	未

● 四柱의 十二運星訣

年絶 : 조상 음덕이 부족하여 조업을 파하고 타향살이 하게 되며 부모 덕이 없다. 선대는 양자 또는 庶系가 되기 쉽다.

月絶 : 성장 과정에서 고생이 많고 부모형제와 인연이 없는 사람이다. 매사 손실이 많다. 대인 관계가 원만하지 못하여 사회 생활을 하는데 고립되기 쉽다.

日絶 : 부모인연이 약하다. 주관이 없어 남의 꼬임에 잘 빠진다. 장남이라도 타향살이하게 된다. 색에 잘 빠져 화를 당하기 쉽다. 배우자 연이 박하다. 甲申일생, 辛卯일생 여자는 성질이 급하고 부부궁이 나쁘며 춤과 노래를 즐긴다.

時絶 : 자식연이 박하다. 자식이 처음에는 똑똑해도 나중에는 학업 중단이 되고 자식으로 인해 근심이 있다.

年胎 : 조상은 발전하였으며 부모는 어렸을 때 변화가 많았었다. 조상의 마음이 원만해서 별탈 없이 살아가나 자신은 유년 시절 고생이 많고 늙어서는 가족 때문에 고민을 할 수 있다.

月胎 : 직업 변화가 많고 계획과 행동 방침이 자주 바뀐다. 집안의 운기가 약해 자신이 대성하기 어려우니 매사를 굳게 밀고 나가라. 고독하다. 부모 대에 이사 자주 했다. 형제 수가 적다.

日胎 : 어릴 때 허약하고 고생이 많았으나 중년 이후부터는 건강해진다. 육친에 대한 인연이 박하고 직업을 자주 바꾼다. 여자는 시어머니와 갈등이 심하다. 자식 때문에 고민할 일이 생긴다. 여성 중 三胎가 있으면 심중이 적막하다. 丙子일생 乙亥일생 여자는 가정 불화가 많다.

時胎 : 자식이 부모의 업을 이어받지 못한다. 아들보다 딸을 많이 두게

된다. 여자는 남편이나 시부모 풍파가 많다. 늙어서 친척의 괴로움을 끼친다.

年養 : 아버지가 양자이었거나 자신이 양자로 가거나 일찍 분가하여 독립생활을 한다. 타부모를 모셔본다.

月養 : 중년에 여색으로 재난을 자초한다. 어릴 때부터 타향살이하게 된다. 주색잡기로 가산을 탕진하기 쉽다.

日養 : 어릴 때 생모가 아닌 사람에게 양육을 받는 수가 있다. 남자는 호색하여 재혼할 가능성이 많다. 남난과 여난도 있으며 사교에도 능하여 팔방미인이다. 庚辰일생 여자는 남편 운이 좋지 않다.

時養 : 늙어서 자식의 효양을 받는다. 자녀 인연이 없어 무자인 사람도 있다. 설사 인연이 있어도 별거할 수 있다. 여자는 대체로 길한 편이다.

年長生 : 윗대가 좋았고 복록이 증진하고 만년에 길운이 온다. 그러나 冲, 刑, 破, 空亡이 되면 복이 감소한다.

月長生 : 부모 형제가 발달하고 인덕이 있고 윗사람을 잘 모신다.

日長生 : 현처를 얻으며 부부 금슬이 좋고 장자가 아니더라도 부모의 혜택을 많이 받는다. 언행이 온순하다. 수명이 길며 부모형제와 화목하고 타인과도 형제처럼 친하게 지낸다. 남녀 불문하고 戊寅 丁酉生은 박복하다. 丙寅일생, 壬寅일생 여자는 남편 덕이 없어 신세를 한탄하게 된다.

時長生 : 귀자를 두게 되며 말년이 발복하여 더욱 행복하다. 대개 자녀가 효도를 한다.

年沐浴 : 윗대에서 주색 방탕하여 파가하거나 빈한 한 경우가 많다. 부부도 젊은 시절에 이별수가 있다. 印綬가 沐浴이면 어머니가 풍류인, 여자는 正偏官이 목욕이면 기생이나 첩이 되어 바람둥이 남

편에게 시집간다.

月沐浴 : 끈기가 없어 용두사미 격이다. 어머니가 재가하거나 이복형제가 있거니 長子를 손실하게 된다. 배우자와의 생이사별이 있다. 남자형제 주색잡기, 아버지가 好色일 수 있다.

日沐浴 : 사교적이긴 하나 부모 덕이 없이 어린 시절부터 고생이 많다. 주색풍파를 조심해야 한다. 타향살이 하며 부모와의 인연이 없어 생이별 할 수도 있다. 甲子일 辛亥일생은 고집이 세며 부부 이별수. 乙巳일생 남자는 덕망이 있고 존경을 받으나 금전을 치부하면 병신되기 쉽다.

時沐浴 : 자식 문제로 고민이 많고 말년에 고독하게 지낸다. 처자가 무정하다. 처궁에 변화가 있는 수도 있다. 자녀가 바람을 피우기도 한다.

年冠帶 : 가문이 좋고 유복하며 유산을 물려받고 일찍 출세한다. 중년에 부부 인연이 바뀔 악운이나 노년기에 재혼하는 경우가 있다.

月冠帶 : 고집이 세고 집념이 강하며 출세와 명예를 위한 일이라면 물불을 가리지 않는다. 사회적으로 출세하나 가정적으로는 화목치 못한 일이 자주 생긴다. 40세 후로는 복을 이룬다.

日冠帶 : 형제 간에 우의가 좋고 준재로서 공명을 얻으나 애정이 순탄치 못하고 주소 변동이 잦다. 자녀가 총명하고 영리하여 만년에 행복이 찾아온다. 壬戌일생, 癸丑일생 여자는 고집이 세고 남편이 바뀔 수 있다. 패션디자인을 하면 좋다.

時冠帶 : 자식이 발복 영달하여 그 덕을 받는다. 재능이 뛰어나고 人望을 얻는다. 늙어서 재혼 수가 있다.

年建祿 : 윗대가 번창했거나 부친이 자수성가하였다. 만년에 행복하다. 초년에도 순탄한 가정을 지니게 된다.

月建祿 : 자립심이 강하고 고집이 있다. 형제는 자수성가한다. 여자는 맞 벌이하거나 혼자서 가정 경제를 책임진다. 부모가 대성공하여 유산을 받을 수도 있고 자신은 중년에 발전한다.

日建祿 : 독립심이 강하고 건전한 사상으로 성공하지만 애정 문제에는 애 로가 많다. 남자는 장남 역할을 하는 수가 있고 여자는 남편이 첩을 보거나 혼자되기 쉽고 생활 전선에서 고생한다. 재물이 있 으면 처가 흉하게 되고 재물이 없으면 처가 장수한다.

時建祿 : 자식이 발전하고 말년이 행복하다. 자녀가 입신출세한다.

年帝旺 : 윗대는 부귀 명문가이다. 본인은 자비심이 많다. 선조가 부자이 거나 高官者이며 자기는 자신감이 많다.

月帝旺 : 고집이 세고 독립심이 강하며 수완이 좋아 선두자가 된다. 부모 형제와는 인연이 박하다. 장중엄격한 심성을 가졌고 장대한 것 을 좋아한다. 남의 밑에 있는 것을 싫어한다.

日帝旺 : 부모와 배우자 인연이 박하고 고향을 떠나게 된다. 지나치게 강 한 성격으로 인해 흉함도 있을 수 있으며 타향살이하게 된다. 戊 午·丙午·丁巳·壬子·己巳·癸亥일생은 부부관계가 변하거나 이별 또는 과부가 되기 쉽다. 帝旺이 重하면 배우자에게 해롭고 반드시 피해를 입는다.

時帝旺 : 자식이 발달하여 가문을 빛내거나, 혹은 失子하든지 질병으로 고생할 때가 있다. 말년이 좋고 학문 분야에서 명성을 얻을 수 있다.

年衰 : 선대 점차 쇠퇴했고 가정에서는 성실해도 사회적으로 두각을 나타 내기 어렵다. 만년 운이 불길하고 부모 덕이 없다. 가산이 쇠하고 가운이 기울어질 때 내가 태어났다.

月衰 : 부모형제 덕이 없으며 청년기에 발전이 없으며 남의 형편을 보아

주다 금전 손실을 당한다. 마음이 약하여 타인에게 피해를 입을 수 있으니 주의하라 가산탕진하기 쉬우니라.

日衰 : 경제 관념이 강하고 차분하고 조용한 편이다. 보증 등을 조심하라. 현모양처형이다. 부모 운이 없어서 타향살이한다. 꾐에 빠진다. 甲辰·乙丑·庚戌·辛未일생은 부부 해로하기 어렵다. 박력과 줏대가 없다. 시부모를 잘 모시지 못한다.

時衰 : 자녀 덕이 약하고 자녀로 인하여 근심 걱정이 있고 말년에 고독하거나 고생이 있다. 불초자식 있다.

年病 : 선대가 빈곤하였고 부모가 병약하거나 자신이 어릴 때 질병으로 고생한다. 그렇지 않으면 만년에 가사로 심통하거나 병약해진다.

月病 : 부모형제 중 누군가가 없거나 청년기에 운이 좋지 못하고 병이 많거나 집안 일로 어려움이 따른다. 겉으로는 태연하지만 속으로는 근심 걱정이 많고 비관도 잘하며 결단력과 실천력이 부족하다.

日病 : 다정다감하지만 어릴 때는 병약하고, 성장 후에는 부모 덕과 배우자 덕이 박하다. 큰 병에 잘 걸리고 조실부모하거나 부모 곁을 일찍 떠난다. 陽日干은 진취성이 있으나 성질이 급하다. 陰日干은 활발치 못한다. 형제의 의가 좋지 않고 힘이 되기 어렵다. 戊申·壬寅·丙申·癸酉日生 女는 고독한 경우가 많다.

時病 : 자식으로 인한 근심 걱정이 많고 말년이 좋지 않다. 자손이 병약하다. 여자는 남편에게 버림받는다.

年死 : 先代가 빈천하였거나 병약했다. 부모와 인연이 박하여 곁을 떠나 타향살이 한다.

月死 : 부모형제와 인연이 박하고 고독하다. 머리는 좋으나 활동력이 부족하다.

日死 : 큰 병으로 고생하거나 유산을 물려받기 어렵다. 처의 신병이 있

사주 명리학의 핵심

거나 처 연이 박하며 자식 얻기가 어렵고 근심이 많다. 부부 운이 좋지 않다. 乙亥日·庚子日生 女는 남편과 이별하거나 자식 얻기가 어렵다.

時死 : 자식 연이 박하고 괴로움이 따르니 만년이 좋지 않다. 자식이 용기가 없다.

年墓 : 선조의 묘를 잘 돌봄으로써 혜택이 따르고 장남이 아니라도 선조의 묘를 잘 돌본다.

月墓 : 육친무덕하고 매사 손실이 많다. 타인으로 인해 손해를 보는 수가 있다. 月과 日이 沖되면 부잣집에 태어나서 재록이 풍부하다. 좋은 운이 늦게 오며 장자가 아니라도 묘를 돌본다.

日墓 : 부모, 형제, 배우자 연이 박하고 고향을 떠나 살게 된다. 가난하게 태어나면 중년 이후부터 발전이 있게 된다. 부잣집에서 태어난 사람은 중년 이후 쇠퇴. 己丑일생 여자는 말주변이 없고 낯가림을 잘한다. 丁丑·壬辰일생 여자는 부부 연이 박하거나 남편으로 인하여 근심걱정이 많다.

時墓 : 신체가 허약하고 자식으로 인한 걱정이 많다. 어려서 질병으로 고생하는 수가 있고, 만년에 외롭게 된다.

● 六神의 十二 運星論

比肩·劫財絶 : 형제의 덕이 없다. 형제의 인정이 없고 미약하다.

食神絶 : 의식주에 곤란을 겪고 활동력도 약하다. 여자는 자식 덕이 없고 자녀 갖기가 어렵다. 있어도 훌륭한 자녀가 못된다. 남자는 복록, 인기, 인덕이 두절된다.

偏財・正財絶 : 재물로 인한 애로가 많다. 처의 질병 또는 이별 등의 애로
　　　　　　　 가 많다. 빈곤.

偏官・正官絶 : 여자는 남편 복이 박하다. 남자는 자식 복이 박하다. 직위
　　　　　　　 가 보잘깃없고 명예를 얻기가 어렵다. 남자는 직업 운이
　　　　　　　 약하고 구직난을 겪는다.

偏印・印綬絶 : 부모 덕이 없다. 어머니와 인연이 희박하다. 공부에 취미가
　　　　　　　 없고 학업 운이 나쁘다. 문서 분실도 있어 본다.

比肩・劫財胎 : 형제나 동료로부터 도움이 되어 발전의 기틀을 세운다.

食神胎 : 의식주가 윤택해진다. 처가 잉태하게 된다.

偏財・正財胎 : 의식주 생활 향상, 재산이 늘어간다. 처가 잉태하게 된다.

偏官・正官胎 : 직무상 발전이 있다. 자녀 임신 소식이 있다. 직장 승진.

偏印・印綬胎 : 학문 연구 생활에 발전과 진전이 따른다.

比肩・劫財養 : 형제들이 온순 선량하고 이복형제가 있다.

食神養 : 의식주에 관한 가축사육 성공, 세균 효소 배양 등으로 생활이 적
　　　　 합하고 처가나 장모의 배려가 따른다.

傷官養 : 조모 슬하에서 양육되기 쉽다. 부모 무덕.

偏財・正財養 : 재물 운이 풍족하지는 못하나 좋아진다. 異父나 타 곳에서
　　　　　　　 자란다. 二妻에 마음 있다. 여자로 인한 구설 조심.

偏官・正官養 : 명리가 별로 높지 않으나 직업 운이 좋다. 자식이 대체로
　　　　　　　 양호하다.

偏印養 : 계모 슬하에서 자라는 수가 있다. 이복형제가 있다.

比肩・劫財長生 : 형제의 덕을 본다. 혹 양자가 되거나 이복형제가 있을 수
　　　　　　　　 도 있다.

食神長生 : 의식주가 풍성하고 가업이 번창한다.

偏・正財長生 : 거부가 된다.

偏·正官長生 : 영예스러운 직위에 오르며 남자는 현명한 자녀를 두며 여
　　　　　　자는 남편 덕이 크다.

偏印長生 : 인기와 예능 기술로써 이름이 난다.

印綬長生 : 문필로써 이름을 얻는다.

比·劫沐浴 : 형제자매 등이 주색에 탐닉한다. 그로 인하여 가업을 탕진하
　　　　　기 쉽다.

食·傷沐浴 : 잘 되면 연예계 예술계에서 이름 나고 못되면 화류계로 흐르
　　　　　기 쉽다. 부잣집에서 태어나도 파산 수라, 대인 관계 불리, 고
　　　　　독, 곤고.

偏·正財沐浴 : 돈을 버는 것보다 쓰는데 더 적극적이다. 가산 탕진의 위험
　　　　　　이 따르고 투기를 피해야 한다.

印綬沐浴 : 어머니가 방탕하다.

比·劫冠帶 : 타인의 도움이 있다. 청년기에는 여유 있는 생활.

食神冠帶 : 남자는 사업확장 또는 승진이 평탄하고 여자는 자녀가 발달한
　　　　　다.

傷官冠帶 : 지능발달, 사람이 총명하다. 남자는 직장을 잃게 되고 여자는
　　　　　남편과 이별, 질병 또는 남편 하는 일에 장애가 따른다.

偏·正財冠帶 : 재물은 풍족해지거나 처가 고집이 세고 가권을 잡는다.

偏·正官冠帶 : 각종 시험 운이 좋고 관직에 나아가면 승진이 잘 되고 중
　　　　　　용된다. 傷官 對宮은 삭탈관직, 직장 잃게 된다.

偏印冠帶 : 技藝 방면에 발전이 있고 타인으로부터 사기를 당하기 쉽고 도
　　　　　난, 실물 또는 배신이 따르며 여자는 자식 문제로 걱정이 많다.

比劫建祿 : 형제 발전하고 배경이 좋다.

食神建祿 : 의식주가 풍족하고 직장 생활에 발전이 양호하다.

偏·正財建祿 : 재물이 풍족하고 직장 생활에 발전이 있다. 남자는 처로 인

하여 재물을 얻는다.

偏・正官建祿 : 직장 생활을 함에 간부급이 되어 부하를 많이 두게 된다. 남자는 자식이 현출하고 여자는 남편 덕이 크다.

偏・正印建祿 : 부모의 덕이 좋다. 어머니가 발달, 학문에 이름을 얻는다.

比・劫帝旺 : 너무 지나쳐서 나 자신이 상하지 않으면 남을 상하게 한다.

食神帝旺 : 경제활동과 기업을 운영하든가 의약업이나 식품업으로 성공한다.

傷官帝旺 : 나 자신을 상하게 하지 않으면 남을 상하게 한다.

偏・正財帝旺 : 재물이 모일 때까지 다 모여서 나가기 쉽다. 부잣집에 생하여 잘 산다. 누이같은 처에 지배당하거나 처가살이 한다.

偏・正官帝旺 : 권위직이나 생살지권을 갖는다.

偏・正印帝旺 : 재혼모를 따라 異父를 섬기거나 양부 밑에서 성장하여 지도자가 된다.

比・劫衰 : 형제 덕이 없고 쇠퇴한다. 배경 세력이 퇴조한다. 선조 몰락, 조업이 없다.

食神衰 : 활동이 저조하고 지능이 낮고 사고력이 감퇴된다. 건강 상태도 쇠락에 접어든다. 부모 대에 재산 손재가 많다.

偏・正財衰 : 가업이 쇠퇴하여 재물이 흩어진다.

偏・正官衰 : 지위가 낮고 가문이 번성하지 못하며 자식이 유약하다. 직업운 나쁘고 보잘것없다. 남편이 저조.

偏・正印衰 : 어릴 때 모친과 이별, 고독, 부모 덕 없으나 자력으로 삶을 영위해감.

比・劫病 : 형제자매에 질병이 있고 배경이 미약하다. 선대가 병약하다.

食神病 : 병에 잘 걸리며 식도 또는 소화기계의 질병이 있다.

偏・正財病 : 처가 질병으로 고생하거나 재물이 흩어진다. 재산 모으기가 힘들다.

偏·正官病 : 신분이나 직업이 미천하다. 男命은 자식에게 질병이 있고 女命은 남편에게 질병이 있거나 지위가 미천하다.

偏·正印病 : 어머니가 병약하거나 생이사별, 부모 덕이 없다. 학업 운이 나쁘다. 부모의 유산이 있어도 못 지킨다.

比·劫死 : 형제자매의 발전이 없고 지지멸렬하다. 어려움을 겪는다.

食神死 : 의식주 생활에 어려움이 많고 財貨가 줄어든다.

偏·正財死 : 재물에 어려움이 많다. 재물 덕이 없고 도산된다.

偏·正官死 : 직위가 낮고 名利는 구할 수 없다. 여명은 남편과 생이별이나 사별하게 된다.

偏·正印死 : 부모 덕이 없다. 어머니와 생사별, 재액으로 곤고하며 복록이 없다. 건강에 애로.

比·劫墓 : 형제자매가 편안하게 잘 있으나 간혹 감옥에 들어가든가 사별하는 수가 있다.

食神墓 : 재물을 잘 모으나 요절하기도 한다. 재산 모을 줄만 알고 써보지도 못한 채 죽는 경우가 있다.

傷官墓 : 技藝로써 명성을 날리나 요절하기도 한다. 학문과 예술로 명성.

偏·正財墓 : 재산을 모으기만 하고 쓸 줄 모르는 수전노이다. 의처증이 생긴다. 처의 질액으로 상처수도 따른다. 창고 재물 쌓는다. 현금 축재.

偏·正官墓 : 직위와 명리는 기대할 바 못된다. 여자는 남편과 생이사별수 있다. 남자는 처와 생사별거수.

偏·正印墓 : 조상의 정기를 받으며 윗사람으로부터 혜택을 입는다. 어머니의 우환, 모친과 생사이별, 의지박약, 게으르다.

● 納音 十二運表

納音五行 / 納音十二運	木性	火性	土性	金性	水性
自 生	己亥	丙寅	戊申	辛巳	甲申
自 敗	壬子	丁卯	己酉	甲午	乙酉
自 冠	癸丑	甲辰	丙戌	乙未	壬戌
自 臨	庚寅	乙巳	丁亥	壬申	癸亥
自 旺	辛卯	戊午	庚子	癸酉	丙子
自 衰	戊辰	己未	辛丑	庚戌	丁丑
自 病	己巳	丙申	戊寅	辛亥	甲寅
自 死	壬午	丁酉	己卯	甲子	乙卯
自 墓	癸未	甲戌	丙辰	乙丑	壬辰
自 絶	庚申	乙亥	丁巳	壬寅	癸巳
自 胎	辛酉	戊子	庚午	癸卯	丙午
自 養	戊戌	己丑	辛未	庚辰	丁未

● 生日의 納音 十二運表 解說

1) 自生은 長生과 같다

이성적인 인격자로서 덕망이 있으므로 자연히 향상 발전한다. 명랑하고 온화하며 일 처리에 있어서는 민첩하고 진취적이다. 평안하고 건강 장수한다.

2) 自浴은 自敗라고도 하며 沐浴과 같다

도중에 태만하게 되기 쉽다. 일진일퇴의 운기로서 운명에 파란이 있다. 매사 시작은 잘하나 끝맺음이 흐지부지하고 경솔한 행동으로 실패가 많다. 주색으로 인한 해가 있다. 노력한 만큼 효과가 오르지 않는다.

3) 自冠은 冠帶와 같다

성격이 원만하고 교제의 명수이므로 인망이 있다. 선견지명이 있고 인품이 높고 만사가 원만하다. 대인 관계가 양호하며 활동적이다.

4) 自官은 自臨이라고도 하며 建祿과 같다

온후하고 원만한 인품이 있다. 명랑하며 품성이 바르고 인정이 많다. 총명하고 부귀한 운이다. 말은 원만함을 강조하나 내심은 다소 강한 편이고 매우 활동적이다.

5) 自旺은 帝旺과 같다

인내심이 강하고 자아가 강하다. 자기의 주장을 끝까지 밀고 나가는 고집으로 인하여 자신과 남에게 해가 되기도 한다. 최강 운으로 자아를 좀 억제하는 편이 좋다.

6) 自衰는 衰와 같다

온후하지만 모든 일에 소극적이다. 분수를 알고 진취적인 기상은 있으나 과욕은 부리지 않는다. 그러나 시기심과 의심이 있고 공상가가 많다.

7) 自病은 病과 같다

동정심이 많고 남을 위해 노력을 많이 한다. 조용한 생활을 좋아하며 예술을 애호한다. 어려움이 닥쳐도 괴롭게 생각하지 않는다. 의리와 인정이 있고 분수를 지킬 줄 안다. 질투심이 강하다.

8) 自死는 死와 같다

아주 총명한데 갈피를 잡지 못하는 일이 많고 쓸데없는 근심으로 말미암아 고생이 많다. 지혜가 있고 학문, 기술, 예술의 길로 나아감이 좋을 것이다. 정이 있고 유순하나 신경과민이 염려된다.

9) 自墓는 墓와 같다

내향적이며 약간 편협하다. 재운이 있으므로 자신의 단점을 억제하고 노력하면 성공한다. 검소하고 내실을 단단히 다지며 매사 원만하다.

10) 自絶은 絶과 같다

성격이 차가운 편이며 집착심이 부족하고 남의 말은 잘 안 듣고 자기 말만 많이 하며 정서가 불안정하다. 경거망동에 빠지기 쉽다. 그러나 마음먹기에 따라서는 차츰 신장할 수 있을 것이다.

11) 自胎는 胎와 같다

온화하고 자비심이 있으며 의협적이고 관대하다. 그러나 처음과 끝이 일치되지 않는다. 신생혼을 가지고 있으므로 호기심 연구심이 왕성하다. 의리와 인정이 두텁고 인간미가 풍부하나 기가 변하기 쉬운 것이 결점이다. 남과 자식에 대한 동정심과 애정이 깊다.

12) 自養은 養과 같다

의뢰심이 적고 모든 실력주의의 진면목을 보여주는 사람이 많으며 상당한 발전 운을 가지고 있다. 매사 원만하여 자기보다는 남의 이익을 먼저 생각하므로 윗사람은 물론 아랫사람으로부터 존경을 받는다.

第二章

1. 各種 八字論

1. 고향을 떠나 산다

 ① 년이나 일에 地殺이 든 자. ② 일과 월이 相冲 또는 相刑된 자. ③ 월이 空亡된 자.

2. 선조 제사에 무성의하다

 ① 일이 생년을 剋한 자. ② 년과 일이 冲刑되거나 空亡된 자.

3. 부모 형제 간에 불화하다

 ① 일과 월이 冲이나 剋된 자. ② 일과 월이 相刑 또는 怨嗔된 자.

4. 조부께서 흉사한다

 ① 편인이 刑이나 害된 자. ② 편인이 白虎大殺을 만난 자.

5. 조모가 흉사한다

 ① 상관이 冲刑된 자. ② 상관이 白虎大殺을 만난 자.

6. 증조모가 흉사한다

 ① 정관이 刑剋된 자. ② 정관이 白虎大殺된 자.

7. 부친이 횡사한다

① 甲辰日生, 乙未日生. ② 편재가 白虎大殺을 만난 자.

8. 백부, 숙부, 고모 흉사한다

① 정재가 白虎大殺을 만난 자.

9. 모친이 흉사한다. 모친이 불구나 잔질

① 인수가 白虎大殺을 만난 자. ② 인수가 刑된 자. ③ 인수가 설기가 심하거나 剋을 많이 받은 자.

10. 숙모, 백모가 흉사한다

① 편인이 白虎大殺 만난 자. ② 편인이 刑冲되거나 설기가 심하고 剋된 자.

11. 모친이 재취로 시집왔거나 소실로 온다

① 월지에 桃花나 亡身殺이 임한 자. ② 인수가 인수의 관성과 暗合한 자. ③인수가 財와 日支와 暗合한 자.

12. 다른 어머니 모셔본다

① 인수를 많이 만난 자. ② 편인과 인수가 혼합된 자.

13. 다른 부모 밥 먹어본다

① 日坐 재성이 타주의 財와 聯合한 자.

14. 형제, 자매 간에 흉사있다

① 比劫이 凶殺을 만난 자. ② 비견, 겁재에 白虎大殺이 임한 자. ③ 월이 冲되거나 比劫이 冲을 만나고 官殺이 왕한 자.

15. 외삼촌이 고독하다

① 생일에 陽差殺이나 陰錯殺을 놓은 자.

16. 처남이 고독하거나 쇠몰한다

① 생시에 陰錯殺이나 陽差殺을 놓은 자.

17. 조모 또는 장모 두 분 모셔본다

① 상관, 식신을 많이 만난 자.

18. 장모를 봉양함이 있어본다

① 일지에 財를 놓고 다시 타주에 상관이나 식신이 있어서 일지와 合한 자. ② 일지에 상관, 식신을 놓고 다시 타주에 財가 있어서 일지와 合한 자. ③ 일이나 시에 桃花印綬가 놓여있는 자.

19. 배 다른 형제자매 있다

① 일지에 비견, 겁재가 주중에서 비견, 겁재를 만나 合하는 자. ② 일간과 合化하여 그 자가 비견, 겁재 되는 자.

20. 고부 간에 의가 나쁘다

① 印은 적고 財가 많은 자. ② 財는 적고 印이 왕한 자. ③ 일과 월이 冲이나 怨嗔된 자. ④ 柱中에 財와 印이 쟁투를 하는 자.

21. 시어머니와 의가 나쁘다

① 비견, 겁재가 태왕한 자. ② 인수가 태왕한 자. ③ 財가 많고 身弱한데 財가 官殺을 생하는 자.

22. 해외에 출입한다

① 사주 중에 驛馬를 놓은 자. ② 地殺이 중중한 자. ③ 亥子年月 甲乙壬

癸日生.

23. 노상횡액 있다

① 癸巳, 癸丑, 癸未일생인이 甲寅시에 태어난 자. ② 驛馬 또는 地殺이 일지를 刑한 자. ③ 驛馬 또는 地殺이 財殺局을 이룬 자. ④ 驛馬 또는 地 殺로 傷官태왕을 이룬 자.

24. 화상 또는 음독 있어본다

① 丑·寅·午일생. ② 寅일생이 巳, 申을 만난 자. ③ 午일생이 辰, 午, 丑을 만난 자. ④ 丑일생이 午, 未, 戌을 만난 자. ⑤ 戊寅일생이 寅을 많이 만난 자. ⑥ 戊子일생이 寅, 巳, 申을 만난 자.

25. 감금 당해 본다

① 일지가 刑을 만난 자. ② 사주에 囚獄殺을 만난 자. ③ 일이 羅網殺(辰 戌巳亥)과 연결된 자. ④ 巳亥일생이 巳亥(羅網)를 만난 자.

26. 수족에 이상이 있다

① 일이나 시에 急脚殺이 있는 자. ② 일이나 시에 斷橋關殺이 있는 자. ③ 年月辰酉에 戊午일생자. ④ 戊일생이 년월일에 寅巳申이 다 있는 자.

27. 정신 이상 있어본다

① 사주에 鬼門關殺이 있는 자. ② 木火일주가 심히 약한 자.

28. 눈에 이상 있다

① 秋月生이 乙丑일, 乙酉일, 甲戌일에 출생하고 다시 주중에 財나 官殺 을 만나거나 상관이 심한 자. ② 丙申·丙子·丙辰·丙戌일생이 다시 辛 壬을 만남에 財殺이 왕한 자. ③ 亥子月 戊己일생이 다시 財殺을 많이 만 나 일주가 심히 약해진 자. ④ 주중에 丁巳를 놓고 金水 태왕자 또는 甲木

일생이 지나치게 메마른 자.

29. 수액 있다

① 일이나 시에 落井關殺 놓은 자. ② 甲乙일생이 水星이 汪洋한 자. ③ 戊己일생인이 金水 또는 財殺이 태왕한 자.

30. 애처가이다

① 일지나 시지에 喜神이 있는 자. ② 財星格이 양호하거나, 재성이 희신이 되는 자.

31. 처가 미인이다

① 재성이 희신이 되고 桃花殺과 同柱한 자. ② 傷官生財格이나 食神生財格이 正官을 보고 수기 유통이 잘되는 자.

32. 처덕으로 출세한다

① 재성과 건록과 도화살이 동주한 자. ② 재성이 희신인 자.

33. 농사꾼 팔자다

① 사주에 土가 生旺한 자. ② 사주에 土가 많고 泄氣가 심한 자.

34. 장사꾼 팔자다

① 사주에 財가 많고 驛馬에 해당되고 冲을 맞은 자. ② 재가 왕하고 역마인 자.

35. 치질 또는 맹장염 앓아본다

① 寅·卯·巳·午·未월생人이 庚寅·庚午·庚戌日生 자. ② 寅·卯·巳·午·未월생人이 辛巳·辛卯·辛未日生 자. ③ 庚辛日 出生者가 柱中에서 木火를 많이 만난 자.

36. 비위가 약하다

① 戊己일생이 金水木을 많이 만난 자. ② 戊己가 柱中에서 財殺을 많이 만난 자. ③ 寅·巳·午·未·戌월생인이 戊己日에 출생하고 火土를 많이 만난 자.

37. 기침, 천식이 있어 본다

① 寅·午·戌·巳·未월생인이 甲寅·甲午·甲戌·乙巳·乙未日에 출생한 자. ② 寅·卯·巳·午·未월생인이 庚寅·庚午·庚戌·辛巳·辛卯·辛未日에 출생한 자. ③ 壬癸일생인이 지지에 火局을 놓은 자. ④ 亥子丑月생인이 壬申·壬子·壬寅·乙亥·乙卯日에 출생하고 다시 水木이 응결한 자.

38. 성병 앓아 본다

① 壬癸일생이 火土를 많이 만난 자. ② 도화가 刑을 만난 자. ③ 곤랑도화를 만난 자.

39. 늦도록 잠자리에 오줌 싼다

① 秋·冬月 壬·癸·庚·辛日生이 다시 水金을 만난 자. ② 壬癸일생이 지지에 火局하고 다시 水火를 만난 자.

40. 나팔관 임신 있어 보는 여자

① 丙丁일생인이 辰·戌·丑·未月에 출생하고 土를 많이 만난 자. ② 기타의 日辰이 식식, 상관이 왕한데 刑冲을 맞은 자.

41. 선천적으로 머리가 좋다

① 일지나 시지에 戌이나 亥가 있고 天乙貴人이 된 자.

42. 공처가이다

① 재성이 태왕한 자. ② 재성이 혼잡되고 태왕한데 이때 편재보다 정재가 더 왕한 자.

43. 아내가 비만형이다

① 관살이 왕한 자. ② 식신, 상관이 왕한 자.

44. 아내가 홀쭉하다

① 관성이 약하거나 없는 자. ② 재성이 아주 약한 자.

45. 어린 여자를 좋아한다

① 子, 午, 卯, 酉 중에서 어느 하나가 財星인 자. ② 시주에 도화살이 있는 자. ③ 인수와 재성이 刑이 되는 자. ④ 土日生으로서 身旺한 자.

46. 남편이 도박을 즐긴다

① 인성이 많고 재성이 없는 자. ② 비견이나 겁재가 많고 식신 상관이 없는 자.

47. 교원 생활 해본다

① 월에 인수를 만난 자. ② 春夏月 甲乙日生. ③ 申酉月 戊己日生. ④ 冬月 金水日生. ⑤ 酉月 丁丑日生. ⑥ 戌月 壬癸日生. ⑦ 寅月 戊己日生이 柱中에 인수가 투출된 자. ⑧ 亥月 丁亥, 丁卯 丁未日生. ⑨ 申月 甲日生. ⑩ 甲申日生이 柱中에서 인수가 투출된 자.

48. 경찰관 해본다

① 생일 기준으로 刑을 만난 자. ② 사주 중에 囚獄殺을 만난 자. ③ 辰戌 巳亥일생인이 주중에 다시 辰戌巳亥 字中 一字 이상 만난 자.

49. 의약업 해본다

① 夏月生인이 辛日에 출생하고 또 다시 시간에 壬辰時나 戊戌時生者. ② 寅日生人이 月이나 時에 巳나 申을 만난 자. ③ 申日生人이 月이나 時에 巳나 寅을 만난 자. ④ 巳일생인이 月이나 時에 申이나 寅을 만난 자. ⑤ 寅巳午未戌월생인이 庚寅·庚午·庚戌日에 출생한 자. ⑥ 卯月 甲子日生. ⑦ 亥子丑月 壬辰日生. ⑧ 丁未日生이 月이나 時에 庚戌을 만난 자 또는 甲戌일생, 戊戌일생 자. ⑨ 甲乙丙戊己일생인이 월지, 혹은 시지에 戌이나 亥를 만난 자. ⑩ 巳午未戌亥월생이 壬午일이나 癸未일생 자. ⑪ 寅卯巳午未월생인이 甲乙일에 출생한 자. ⑫ 亥子丑월생인이 辛丑·辛未·辛亥日에 출생한 자. ⑬ 사주 중에 卯酉, 酉戌, 卯戌, 卯酉戌을 만난 자.

50. 남편이 의처증세 있다

① 관성이 많으면서 합이 많은 자. ② 일지의 관성이 暗合되는 자.

51. 재정 공무원 해본다

① 사주에서 생일과 財가 합하여 재가 왕한 자. ② 官庫와 일주가 합한 자. ③ 관과 재와 일주가 三合한 자, 관과 재가 同臨하여 일주와 합하거나 일주와 관이 동림하고 타에 재를 합한 자, 從財한 자, 일주와 재가 동림하고 타에 관이 합한 자.

52. 기생 직업 가져본다

① 乙日生이 時干에 상관이 있고 다시 亥子丑月이나 巳午未月에 출생하고 또다시 사주의 官이 왕하거나 상관이 왕하여 관성이 상하거나 왕하여 고르지 않는 자. ② 관살이 태왕한데 상관, 식신이 부족한 자. ③ 관이 심히 약한데 상관, 식신이 태왕한 자. ④ 壬癸일생인이 주중에 水星이 태왕한 자. ⑤ 관성이 미약한 자.

53. 법조계에 나간다

① 丙일생이 柱中에서 庚을 만나거나 庚일생이 丙을 만난 자. ② 甲乙壬癸일생이 戌亥일이나 戌亥시에 태어난 자. ③ 丁일이나 己일생이 지지에 財 또는 官으로 格을 이룬 자. ④ 壬子일생인이 子가 重한 자나 庚子일생이 子가 거듭 있는 자. ⑤ 丁巳일생이 巳를 거듭 만난 자. ⑥ 癸亥일생이 亥를 거듭 본 자, 辛亥일생이 亥를 거듭 본 자.

54. 외교관으로 나가 본다

① 역마나 지살에 官이나 印이 임한 자. ② 역마 지살을 놓고 印綬局 또는 官局을 이루고 그 자가 일지와 합해서 들어오면 외교관, 통역관, 대사관, 영사관, 외무부, 해외문서 취급자가 된다.

55. 식당, 여관, 카바레, 다방, 바, 살롱, 양조장 해본다

① 壬申 · 壬子 · 壬辰 · 庚申 · 庚子 · 庚辰日 출생자. ② 戊申 · 戊子일생인이 食傷生財를 이루거나 또는 지지에 직접 財局을 이룬 자. ③ 己丑 · 己卯일생인이 지지에 財局 아니면 殺局을 이룬 자. ④ 丙申 · 丙子 · 丙辰일생인이 지지에 財나 殺局을 이룬 자. ⑤ 壬癸일생이 지지에 食神局이나 傷官局 또는 財局을 이룬 자. ⑥ 傷官生財 또는 食神生財格을 이룬 자.

56. 항공계에 진출한다

① 생년으로 기준, 혹은 일진으로 기준하여 寅驛馬나 巳驛馬가 있는 자와 寅地殺이나 巳地殺이 있는 자.

57. 본처와 해로 못한다

① 시간에 상관이 있거나 생일지와 생시지가 相冲되거나 시간에 편재성을 놓은 자와 柱中에 인수가 태왕하거나 비견 겁재가 왕한 자. ② 癸年 壬月 戊己일생이나 壬年 癸月 戊己일생자. ③ 干與支同에 출생하고 다시 柱

中에 比劫이 왕한 자. ④ 시에 空亡을 만난 자나 일과 시에 羊刃이 중첩한 자. ⑤ 생일과 생시가 刑이나 怨嗔, 혹은 일이나 생시에 孤嗔殺을 만난 자.

58. 재취나 작첩 해본다

① 支藏된 재성이 타주의 財와 合한 자. ② 戊己일생이 지지에 寅午戌巳未字中 二字 이상을 만난 자. ③ 亥子丑월생이 甲乙壬癸일에 출생한 자. ④ 생일이나 생시에 桃花殺이 임하여 있는 자.

59. 국제 이성에 交情이 있다

① 남자 명조에서 驛馬나 地殺에 財가 임하여 日柱와 合한 자. ② 여자 명조에서 역마나 지살에 官이 임하여 일주와 合한 자.

60. 본남편과 해로 못한다

① 상관은 태왕한데 官이 부족한 자. ② 官殺은 태왕한데 制함이 부족한 자. ③ 金淸水凉에 土燥炎한 자. ④ 孤鸞殺이나 寡宿殺을 놓은 자.

61. 편방살이 해보거나 그늘진 생활을 해본다

① 乙巳·辛巳·癸巳·癸未·丁亥·己亥·甲申·丙子·戊寅·己卯·庚午·壬午·庚戌·壬戌日生 女.

62. 재취나 나이 많은 남자에게 시집간다. 아니면 年下의 남편과 산다

① 壬癸日·戊子·丙申·庚戌·甲戌·庚申·辛酉日生.

63. 남편이 납치되거나 무책임하다

① 庚辰·庚戌·壬辰·壬戌·戊戌日生.

64. 夫君 凶死한다

① 壬戌·癸丑日生이 刑이나 冲을 만난 자. ② 官星이 심히 약한 여명이

冲刑을 만났거나 官星이 극을 많이 당하고 있는 자. ③ 白虎大殺이 임한 관성이 지지에 刑이나 冲을 만난 자. ④ 백호대살을 거듭 만나거나 백호대살이 地支字와 同合되어 있는 자. ⑤ 백호 대살이 심히 왕하거나 약하여진 자.

65. 夫君이 익사한다

① 戊己일생이 木이 약하고 水가 많은 자. ② 甲乙일생이 金이 약하고 水가 많은 자. ③ 壬癸일생이 土가 약하고 水가 많은 자. ④ 丙丁일생이 水가 冲刑되거나 백호대살 된 자. ⑤ 庚辛일생이 관성이 약한데 水殺이 왕하여 火관성을 치는 자.

66. 小室 겪어본다

① 사주가 身旺한데 官이 쇠한 격. ② 陰陽差錯生日女. ③ 干與支同한데 또다시 겁재가 많은 자. ④ 사주에 官이 쇠한데 상관이 왕한 자.

67. 애 낳고 살다가도 가출한다

① 乙巳일생이 柱中에서 庚이나 辛을 만난 자. ② 丁亥일생이 주중에서 壬이나 癸를 만난 자. ③ 己亥일생이 주중에서 甲이나 乙을 만난 자. ④ 辛巳일생이 주중에서 丙이나 丁을 만난 자. ⑤ 癸巳일생이 주중에서 戊나 己를 만난 자.

68. 무자하기 쉬운 남자

① 時上에 官殺이 있는데 또다시 殺이 왕한 자. ② 시상에 상관이 있는데 또다시 상관이 중한 자. ③ 자손궁이 空亡이나 刑된 자, 혹은 관살이 심히 약한 자.

69. 처녀가 애기 밴다

① 사주에 食傷과 官星이 같은 자리에 있어 日主에 임하였거나 아니면

관성과 식신이 함께 임하여 日主에 합하여 들어오는 자. ② 官 따로 食傷
따로 日主 따로 있으나 삼자가 전부 연합하여 들어오는 경우 또는 식신 일
주 아니면 관 일주가 각각 官을 합하고 식신을 합하여 오는 경우.

70. 무자하기 쉬운 여자

① 일시에 인수나 편인이 있는 자. ② 일시의 상관이 刑·沖·空亡된 자.
③ 상관이 심히 약하거나 심히 왕한 자. ④ 丙午日 壬辰時에 출생하고 상관
을 많이 만난 자. ⑤ 卯日 酉時生이나 酉日 卯時生.

71. 불구자식 두는 남자

① 관살이 상관을 많이 만난 자. ② 관살이나 시간에 空亡·沖·刑·急
脚殺, 斷橋關殺을 놓은 자.

72. 불구자식 두는 여자

① 傷食이 印星이나 刑을 만난 자. ② 상관이나 식신에 급각살이나 단교
관살이 임한 자.

73. 자손 흉사함이 있는 남자

① 己未일생인이 丑戌을 만난 자. ② 월이나 시에 丙戌이 있고 甲乙일에
생한 자. ③ 관살이 刑을 만나고 傷官,食神이 많은 자. ④ 官星에 백호대살
이나 沖·刑이 놓인 자.

74. 자손 흉사함이 있는 여자

① 상관이나 식신에 백호대살 임한 자. ② 상관, 식신에 刑殺이 임한 자.
③ 상관, 식신이 土星이면서 水를 많이 만난 자.

75. 자식이 수액 있는 남자

① 庚辰日 庚辰時 출생자. ② 壬癸水가 왕한데 土殺이 약한 자.

76. 屋外에서 출생되었다

① 역마나 지살이 일이나 시에 있어 合한 자. ② 역마나 지살이 년월에 있어 日主에 합한 자.

77. 총각이 得子했다

① 財와 官이 같은 궁에 임하여 日主에 합한 자. ② 財와 官이 각각 따로 있는데 日主에 합하여 있는 자.

78. 혼혈아를 得한다

① 사주에 역마가 있고 역마에 官殺이 임하였고 그곳이나 다른 곳에 財가 있어 日主에 합한 자. ② 寅, 申, 巳, 亥가 일간의 財官이 되어 일지에 합한 자.

79. 小室에 得子한다

① 사주 중에 단 하나의 官 또는 둘 정도의 쇠한 官이 주중에서 이중 이상으로 제압을 받고 있는 자. ② 일지에 암장된 官을 놓고 다시 他柱 지지에 관살과 합하고 다시 사주 천간에서 관이나 殺이나 一字 이상을 놓은 자.

80. 처가 흉사한다

① 甲寅, 甲申일생이 巳가 있는 자, 乙巳일생이 寅이나 申이 있는 자, 丙寅일생이 巳나 申이 있는 자, 丙申일생이 巳나 寅이 있는 자, 丁巳일생이 申이나 寅이 있는 자, 戊寅일생이 申이 있는 자, 戊申일생이 巳나 寅이 있는 자, 己巳일생이 申이 있는 자, 己卯일생이 子가 있는 자, 庚寅일생이 巳나 申이 있는 자, 辛巳일생이 寅이 있는 자, 辛卯일생이 子가 있는 자, 壬寅일생이 申이나 巳가 있는 자, 壬申일생이 寅이나 巳가 있는 자, 癸巳일생이 寅이나 申이 있는 자 등이 다시 주중에서 비견이나 겁재가 태왕하여 財를 극하거나 또는 財가 심히 偏依旺한 자. ② 庚申일생이 寅時를 만난 자. ③

甲辰日·乙未日生人이 財나 비견, 겁재가 많은 자, 日主 對 사주 財星에 백호대살이 임하고 또다시 比肩劫 또는 財星이 많은 자. ④ 丑日 午時 또는 午日 丑時生이 각자의 天干字로 財星이 겸하여 있는 자.

81. 종교 신앙 있다

① 寅巳午未申酉戌月生人이 戊己日에 출생한 자. ② 亥子丑月生人이 庚辛日에 출생한 자. ③ 寅卯巳午未亥子丑月生人이 甲乙日에 출생한 자. ④ 申酉戌亥子丑月生人이 壬癸日에 출생한 자. ⑤ 甲寅·甲午·甲戌·戊寅·戊午·戊戌日에 출생자가 주중에서 巳午未戌亥字中 一字 이상을 만난 자. ⑥ 乙巳·乙未·乙亥·己巳·己未·己亥日生人이 다시 주중에서 巳午未戌亥字中 一字 이상을 만난 자. ⑦ 丙丁日生이 寅卯辰에 출생한 자. ⑧ 亥月生人이 丙寅·丁卯·丁未日에 출생한 자. ⑨ 壬申·壬辰·壬子日生이 年月時中에 金水가 응결하여 있는 자.

82. 惡妻를 만난다

① 生月 財殺에 또다시 時에 있어 사주가 身弱財殺時.

生年月	戊己辰戌丑未	庚辛申酉	庚辛申酉	壬癸亥子	壬癸亥子	甲乙寅卯	甲乙寅卯	丙丁巳午	丙丁巳午	戊己辰戌丑未
生日	甲	乙	丙	丁	戊	己	庚	辛	壬	癸
生時	戊辰庚午	己卯辛巳	庚寅壬辰	辛丑癸卯	壬子壬戌甲寅	癸酉乙丑乙亥	甲申丙子丙戌	乙未丁酉	丙午戊申	丁巳己未

83. 내 주장 한다

① 身弱하고 財星이 왕한 자.

84. 처와 다툼이 심하다

① 일주가 元辰이 된 자. ② 日支가 冲, 刑, 害가 된 자. ③ 財星과 일주와 冲, 刑, 尅이 되는 자. ④ 食傷이 혼합된 자.

85. 의처증이 있다

① 財星이 劫財의 尅받음이 심한 자. ② 재성이 暗合된 자. ③재성이 合이 많은 자.

86. 임신된 후 남편이 미워진다

① 식신에 편관이 있거나, 상관에 정관이 있으면서 재성이 없는 자.

87. 남편이 애주가이다

① 火日生에 水의 官星이 있고 財星이 刑된 자.

88. 남편이 수술 받아 본다

① 官殺이 羊刃과 同柱된 자. ② 官殺이 冲, 刑된 자.

89. 중이 되어 본다

① 일주나 월주에 華蓋가 있고 生旺한 자. ② 印綬가 孤神,寡宿殺에 해당하는 자. ③ 印綬가 華蓋殺에 해당되고 空亡을 맞은 자. ④ 印綬가 화개살이면서 絶이 된 자. ⑤ 사주에 화개살이 많은 자.

2. 二十 八宿日生의 吉凶

1. 角日生 : 壯年時에 妻子의 勞苦가 많게 되고 晩年에 이르러 만사 여의
   하다.
2. 亢日生 : 복록이 적고 늙어감에 따라 흉하다. 만약 사치하지 않고 和平
   을 지니는 자는 늙어서 영화를 얻는다.
3. 氐日生 : 복록이 풍후하다. 願望은 여의하다. 늙을수록 영화한다.
4. 房日生 : 威德과 복록이 있다. 少年 때는 길하나 늙어서는 불길하다. 덕
   행을 닦아야 한다.
5. 心日生 : 화재나 도난을 만나게 된다. 다만 복록은 풍후하며 마음처럼
   여의하다.
6. 尾日生 : 복록은 있으나 다만 火難과 失財의 우려가 있으니 신중하게
   주의해야 한다.
7. 箕日生 : 주소가 不定하다. 늙어서 재앙이 있다. 憐憫으로 타인을 애호
   하는 마음이 있으면 재액은 면한다.
8. 斗日生 : 박복한 사람에 속하나 다만 재능은 있다. 착하고 어질게 남을
   사랑하면 복을 얻는다.
9. 牛日生 : 복록은 있으나 단명에 속한다. 장수한다면 반드시 가난하리라.
10. 女日生 : 박복하고 남과 쟁론을 좋아하므로 가족에게 누를 끼치는 禍를

야기한다. 근신하고 作善해야 한다.

11. 虛日生 : 박복하고 남과 쟁투를 좋아하므로 화를 야기한다. 만사에 신중히 주의하라.

12. 危日生 : 희망을 달성할 수 있다. 길 또한 도리어 흉할 수 있다. 주의하라.

13. 室日生 : 少年시에는 좋지 않으나 늙어서는 괜찮다. 여행 중에 왕왕 失物의 우려가 있으니 주의해야 한다.

14. 壁日生 : 일생에 병이 많고 단명하다. 다만 마음을 바로 하고 사람을 사랑하고 음식을 잘 절제하면 장수할 수 있다.

15. 奎日生 : 장수하나 늙어서 흉이 많다. 다만 몸을 삼가고 사람을 불쌍히 여긴다면 흉은 피할 수 있다.

16. 婁日生 : 少年시에는 비록 흉이 있으나 늙어서는 복록이 있다. 만약 방탕한다면 빈궁한 명으로 변한다.

17. 胃日生 : 少年시에는 병약함이 많으며 모든 일이 여의치 못하다. 다만 노후에는 다 順適하다.

18. 昴日生 : 少年시에 노고가 많으나 노후에는 행복이 많다. 모든 일이 다 順適하다.

19. 畢日生 : 일생에 복록을 얻지 못하며 願望은 이루기 어렵다. 일마다 근신하고 정직하게 善을 행하면 도리어 복을 얻게 된다.

20. 觜日生 : 일생 주소가 不定하고 늙어서 흉해진다. 만약 慈善心이 있어서 陰德을 베푸는 자는 도리어 평안 행복하게 된다.

21. 參日生 : 일생 복록, 장수를 보전할 수 있다. 만사 마음같이 여의하다. 만약 교만하면 반드시 破敗한다.

22. 井日生 : 일생 妻子의 인연이 박하다. 다만 노년에 만사 여의하다. 가난한 자에게 희사하면 갚음이 있다.

23. 鬼日生 : 少年時 勞心이 많다. 다만 노후에는 여의하다.
24. 柳日生 : 일생 복록이 있다. 다만 남과 쟁투를 좋아하므로 모름지기 근신하여야 한다.
25. 星日生 : 多福하고 만사여의하다. 다만 노후에는 勞心이 많다.
26. 張日生 : 立身, 振作, 願望 달성할 수 있다. 또 官緣이 있어 得祿의 징조가 있다.
27. 翼日生 : 일생 가난이 많다. 가난하지 않으면 요절하므로 몸을 닦고 善을 행하면 하늘이 반드시 복을 준다.
28. 軫日生 : 일생 복이 많다. 늙을수록 두터운 복을 얻는다.

● 二十 八宿 早見表

日 辰 ＼ 曜 日	月	火	水	木	金	土	日
申子辰日	畢	翼	箕	奎	鬼	氐	虛
巳酉丑日	危	觜	軫	斗	婁	柳	房
寅午戌日	心	室	參	角	牛	胃	星
亥卯未日	張	尾	壁	井	亢	女	昴

3. 祖業論

1) 年上에 財官이 有氣하면 田園이 阡陌이 된다.

2) 年上에 正財가 투출하고 격을 이루면 집에 萬金을 두고 산다.

3) 年上에 財가 투출하고 月上에 官이 투출하여 지지에 日柱貴人方을 만나면 높은 벼슬을 하는 귀한 사람이 된다.

4) 日柱가 旺하고 年月에 財와 印綬가 有氣하면 일세에 편안하다.

5) 年이 月令을 沖하면 조상과 고향을 버리거나 조업이 전혀 없다.

6) 日柱가 왕하고 歲祿을 만나거나, 혹 建祿을 만나면 家道가 빈한하다.

7) 日柱가 왕하고 年月殺印相生에 食神을 만나서 조화해야만 寒門의 貴客이 되며, 身弱하고 年月에 財神이 太旺하면 겉치레만 좋은 가난한 사람이다.

8) 身弱하고 年月에 官殺이 혼잡하면 씻어버린 듯 가난하다.

9) 사주지지에 寅申巳亥가 많이 보이면 명문출신 사주이다.

10) 지지에 子午卯酉가 함께 나타나 있거나, 혹 三刑이면 正派의 가문이 아니다.

11) 年干이 帝旺, 養, 長生을 만났으면 명문가에 태어난 자손이고, 年干이 衰, 病, 死의 위에 있으면 조상이 빈한하다.

12) 年干이 祿地에 있거나 養, 生에 있으면 조상이 장수한다.

13) 年과 月에 正財, 正官, 印綬 등이 모두 갖춰 있으면 조상이 부귀하다.

14) 年柱에 食神·傷官·華蓋殺이 있으면 조모가 부처님을 섬긴다. 年柱에 吉神이 있으면 조상이 부유하다. 年柱에 凶神이 있으면 조상이 빈한하다. 年月에 官이나 印綬가 있고 冲, 破가 되지 않으면 조상이 청고하다.

15) 年柱에 劫財, 羊刃이 있거나 偏印 또는 傷官이 있으면 조상이 빈천했다. 年干이 死, 墓, 絶, 冲 등을 만나면 조상이 빈한 가문에서 태어났다. 사주에 偏印이 있고 刑, 冲되거나 白虎大殺되면 조부가 횡액을 당한다.

16) 庚辛日生이 丑戌을 만나면 조부가 소나 개에 의해 부상을 당한다. 戌偏印이 白虎인데 刑, 冲이 되면 조부가 개에게 물린다.

17) 年月에 官星과 印綬가 있고, 刑, 冲되면 조업을 탕진한다. 偏印이 桃花와 합하면 조부가 풍류객이다.

18) 傷官이 沐浴과 합하면 조모가 부정하고, 食傷이 거듭 있으면 두 조모를 섬기게 된다.

4. 父母論

1) 戌丑未時에 生하면 부모를 극한다.

2) 劫殺, 亡神, 元辰, 羊刃에 해당하면 부모를 극한다.

3) 日時에 모두 亡神이 있으면 부모를 극한다.

4) 偏財가 生時에 建祿이 되어 歸祿이면 부모가 발달한다.

5) 偏財가 沐浴을 만나면 아버지는 풍류인이거나 苦勞한다.

6) 父星이 墓를 만나면 부친이 먼저 죽는다.

7) 劫財가 많으면 부친을 早別한다.

8) 偏官, 羊刃이 生月에 있으면 父는 있어도 母가 없다.

9) 生月에 財가 있고, 時에 劫財가 있으면 父는 盛하여도 자손은 劣하다.

10) 사주 중에 印綬가 없고 偏印과 偏財가 있으면 正母에 생사별하든가 재가한다고 본다. 母가 있어도 義母이다.

11) 偏財가 왕하면 父는 장수한다. 比劫이 많으면 부친을 早別한다.

12) 印綬가 有氣하면 母는 장수한다. 財旺하고 印綬를 破하면 母를 早別한다.

13) 年月上에 財星과 印綬가 兩旺하면 부모가 모두 훌륭하다.

14) 年上에 食神과 傷官이 偏財를 생하고 印綬가 破함이 없으면 부모가 자수성가 한다.

15) 年月에 財官이 得令하고 貴人星을 만나면 그의 父는 반드시 귀한 사람이다.

16) 月建의 印綬가 月德을 싸고 있으면 어머니가 현명하다.

17) 月干에 偏財가 得祿하면 부모가 훌륭하다.

18) 월건에 인수가 得祿하면 어머니의 역할이 크다.

19) 用神恩神이 月建의 干支에 임하면 반드시 부모의 숨은 덕으로 성공한다.

20) 天月二德이 財印에 임하면 부모가 반드시 현명하며 또 적선의 가문이다.

21) 年月의 財星이 敗地, 즉 死絶地에 임하고 印綬가 파하면 부모가 일찍 죽는다.

22) 化하되 假化가 되면 姓을 모르는 고아가 된다.

23) 年月의 財星이 無氣하고 印綬가 無力하면 부모가 빈한하다.

24) 年月의 干支에 陰陽反背하면 반드시 과부나 계모의 자식이 된다.

25) 劫財가 月干上에 임하면 부친이 몰락이나 타락하고 傷官이 月支에 있으면 모친 역시 병이 많다.

26) 財星이 劫財에게 극되면 부친이 일찍 죽고 印綬가 傷官에게 극을 받거나 沖을 만나거나 財星이 印綬를 파극하면 母先亡한다.

27) 月支에 偏財가 있고 天干에 劫財가 투출하면 부친이 일생 빈곤하다.

28) 月建과 日支가 相沖하면 母子가 불화한다.

29) 財星이 死絶地에 임하고 生扶를 얻더라도 三刑을 만나면 부친이 낭탕하여 패가하고 年月이 空亡이면 홀로 떨어져 외롭고 고통스럽게 지낸다.

30) 年月이 沖을 만나면 부모가 빈한하고 화목하지 못하다.

31) 日干이 太旺하거나 太弱하고 청고하여 의지할 곳이 없으면 僧道에 귀

의하는 사주이다.

32) 月德이 印綬를 만나면 모친의 마음이 본래 어질다.

33) 天德이 財星을 만나면 부모가 뭇사람을 구제한다.

34) 生年과 生月이 서로 합하면 집안이 화목하다. 日干이나 月上에 印綬吉神, 財吉神, 正官吉神 등을 만나면 부모의 음덕이 있게 된다.

35) 財星이 長生에 있으면 부친이 장수하고, 印綬가 長生에 있으면 모친이 장수한다. 財星에 羊刃이 있으면 부친의 성품이 강하고, 印綬星에 羊刃이 있으면 모친의 성품이 강하다. 偏財星이 食神을 만나면 부친이 장수한다.

36) 印綬와 華蓋가 함께 있으면 모친이 부처님을 믿고 養生, 帝旺과 같이 있으면 모친이 현숙하다. 印綬가 用神인 자는 모친이 어질고 자비롭다. 印綬와 官星이 같이 있으면 부모, 조상이 장수한다. 印綬가 空亡을 만나고 偏印이 있으면 어려서 모친을 잃고, 印綬가 刑, 沖되면 모친이 수술을 받거나 잔병이 많다. 印綬가 태왕하고 偏財가 약하면 일찍 부친을 잃고 印綬가 白虎殺을 만나면 모친이 횡액 당하고, 偏印에 白虎가 임하면 숙모, 이모가 횡액을 당한다.

37) 財多印弱이면 부친은 강하나 모친은 허약하고 印旺財弱이면 모친은 강하나 부친이 허약하다. 財旺印弱이면 모친이 고질병이 있거나 모친을 극한다.

　　偏財가 比劫을 많이 만나면 부친이 단명하고, 偏財가 白虎를 만나면 부친이 흉사하고, 偏財가 殺地에 임하면 부친이 객사하고, 偏財가 驛馬와 刑, 沖되면 부친이 교통사고를 당한다. 正財星이 白虎를 만나면 숙모, 고모가 흉사하고, 偏財, 正財가 日支와 합하면 이복 숙부나 고모가 있고 正財와 比劫이 暗合하면 고모가 바람난다.

38) 月에 吉神을 만나고 초년 운이 양호하면 부모의 사랑을 받고 月에 凶

神을 만나고 초년 운이 불리하면 부모 덕이 없다.

財星吉神에 月의 劫財를 만나거나 官殺吉神에 月의 傷官을 만나거나 印綬吉神에 月의 財星을 만나면 부모 덕이 없다. 財星吉神에 比劫이 극하거나 月의 財星이나 食神이 忌神에 해당되면 부모의 유산이 없다.

39) 比劫이 吉神인 사주에 月의 官殺을 만나거나 食神吉神에 月의 印星을 만나면 부모가 빈천하고 부모 덕이 없다. 生年과 生日이 天冲地冲되면 가정이 불화하고 年과 日이 冲, 刑되면 조상의 제사에 성의가 없고, 日干이 年干을 극하던지 日支가 年支를 극해도 조상의 제사에 성의가 없다.

40) 月支에 桃花나 亡身殺이 임하면 후처의 몸에서 태어나고, 偏財가 墓, 絶에 있고 비겁이 많으면 유복자로 태어난다.

41) 日支와 月支가 刑, 冲되거나 財와 印綬가 상극하면 모친과 아내가 불화하여 싸움이 많거나 그로 인하여 자살 소동이나 가출 사건이 일어난다.

42) 財星이 連坐하고 日支와 합하면 다른 부모에게서 태어나고, 月支에 養, 生이 있으면 다른 부모에게서 양육이 된다.

5. 兄弟論

1) 日干이 月令의 氣에 통하면 형제 간에 화목하다.

2) 乙木이 약한데 甲木을 附合하면 長兄의 힘을 얻고 乙木이 강한데 甲木을 附合하면 형제의 정감이 냉담하다.

3) 寒丁이 丙火를 만나면 형제가 서로 친하게 지내며 만약 三奇를 만나면 형제가 모두 귀하게 된다.

4) 己土가 薄하고 戊土를 만나면 형제가 마음을 같이하여 가문을 떨친다.

5) 辛金이 庚金을 만나 水가 빛나면 외국에까지 문장을 떨친다.

6) 壬水가 약하고 癸水의 도움을 얻거나 癸水가 약하고 壬水의 도움을 얻으면 꽃봉오리가 가지런히 영롱하게 빛나는 격이다.

7) 比肩과 劫財가 천간에 투출하고 坐庫에 통근하면 중도에 손상됨이 없지만, 比肩과 劫財가 원천이 없으면 중도에서 요절한다.

8) 印綬와 偏印이 함께 왕성하면 형제는 많지만 이복형제가 많다.

9) 日干이 坐庫에 통근하지 않으면 형제가 많지 않다.

10) 日柱가 왕하고 比肩, 劫財가 과중하면 외로이 떨어져 사는 고독한 사주이다.

11) 日柱가 中和되어 生扶를 얻으면 형제가 三·四名이 된다.

12) 從, 化, 眞, 假를 분별하기 어려운 사주는 과부나 계모의 형제가 있다.

사주 명리학의 핵심

13) 眞從과 眞化는 戊癸 외에는 주로 형제가 凋零한다.

14) 財星이 輕하고, 劫財에게 극을 받으면 가문의 형제가 망한다.

15) 羊刃이 冲을 만나면 형제가 暴亡한다.

16) 印綬가 輕하고 劫財가 왕하면 형제가 불목한다.

17) 劫財가 食神과 化하고 秀氣를 破하면 형제로 인하여 가문이 기울어진
다.

18) 比劫이 吉神이고 建祿과 같이 있으면 형제가 부귀하고, 比劫吉神에 長
生이 함께 있으면 형제가 건강 장수한다.
比劫과 왕한 殺이 相冲되면 동기간이 원한으로 죽고 比劫이 驛馬刑冲
되면 형제 간에 차 사고를 당하고 比劫이 空亡되고 白虎殺을 만나면
동기간이 흉사하고 比劫星이 殺地에 임하면 형제 간이 객사한다.

19) 比劫星에 官星이 없으면 자매가 공방살이 하고 比劫이 財에 임하면 형
제지간이 재혼하고 比劫이 桃花와 같이 있으면 형제지간이 풍류가가
되고, 比劫이 驛馬와 같이 있으면 형제지간이 멀리 가고, 比劫에 急脚
殺이 있으면 동기간이 다리를 절거나 팔다리 다쳐보고 이빨이 빠진다.

20) 月에 印綬, 比肩이 있고, 養, 生, 帝旺 등이 있으면 형제가 많고, 殺旺하
고 食神이 없으며 羊刃과 合殺하거나 殺旺하고 인수가 없으며 羊刃과
合殺하거나 比肩劫財가 用神인데 길신이면 형제의 도움을 받게 된다.
月과 日이 相合하면 형제 간에 우애가 있다.

21) 殺旺하고 食神이 약한데 比劫이 殺과 대적하거나 印綬가 약한데 財를
만나고 比劫이 財를 견제하거나 比劫이 적당하게 있으면 형제 덕이 있
다.

22) 印綬와 比劫이 혼합하고 日月支가 합하면 이복형제가 많게 된다. 月中
에 官殺이 있고 死, 絶, 墓, 病 등에 해당되면 형제가 고독하다. 生月과
生日이 刑, 冲을 만나면 형제 간이 우애가 없게 된다.

23) 比劫星이 官과 합하면 자매가 부정하다. 官殺白虎에 傷官이 많으면 매부가 흉사한다. 比劫에 食傷이 많으면 자매가 과부된다.

24) 財星이 空亡 되고 白虎를 만나면 형수, 제수가 흉사하고, 土가 比劫인데 金水가 많으면 형제 간이 익사한다. 比劫이 自刑되면 동기간이 음독한다.

25) 月에 官殺이 當權하면 형제가 손상을 당한다. 殺重하고 身弱인데 이를 制化하지 못하면 형제가 재액을 당한다. 殺을 억제함이 지나치고, 比劫이 食神을 도우면 형제 덕이 없다.

26) 財가 약하고 劫財가 거듭 있으며 印綬가 傷官을 억제하면 형제지간에 서로 싸운다. 財官이 약하고 劫財와 羊刃이 많거나 劫財가 羊刃에 임하면 형제의 성격이 포악하여 불화한다.

6. 夫妻論

1) 正財가 쇠하고 偏財가 왕하면 첩이 있다.

2) 財星이 空亡, 死, 絶되거나 比劫이 많으면 妻妾을 극한다.

3) 財星이 生旺에 거하고 日이 衰, 絶, 死, 墓에 거하면 처첩에 속임을 당하거나 재가한다.

4) 妻妾星이 生旺, 祿馬貴人의 地에 坐하고 食神 또는 傷官이 있고 財星을 生하면 妻妾은 부유하던지 미모이고 賢良하다고 본다. 만약 刑, 害, 剋殺, 羊刃, 死絶, 冲, 敗의 地에 거하면 처첩은 빈약하거나 醜婦를 면치 못한다. 혹은 産厄이 있던가 또는 힘이 되기 어렵다. 그러나 生旺馬의 地에 座하여도 刑冲破害가 되면 처첩은 장수하여도 빈곤하다. 만약 富하면 단명한다고 본다.

5) 辛酉의 干支가 日과 時에 있으면 妻子를 극할 뿐 아니라 六親九族이 좋지 않다.

6) 命造에 羊刃이 많으면 남녀 모두의 인연이 바뀌기 쉽다.

7) 妻星이 失時하면 중도에 이별할 수이다.

8) 日時가 支冲되면 妻子에 고충이 있다.

9) 女命이 財官이 旺相하면 富하고 貴夫를 만난다.

10) 日時가 支冲되거나 日月이 支冲되면 부부가 불화한다.

11) 正財, 偏財에 合이 많으면 妻妾의 수가 많고 또 淫命이다.

12) 女命이 印綬가 왕하고 官星이 衰하면 夫權을 빼앗는다.

13) 偏財가 중첩되면 처를 사랑하지 않고 첩을 사랑한다.

14) 比肩이 중첩되고 많으년 남녀 모두 혼인이 더디다.

15) 女命이 食神이 많고 官星이 衰히면 大運은 쇠하고 자식은 빌딜한다.

16) 財星이 강하고 劫財가 겹쳐 있으면 처첩은 사욕을 가진다.

17) 日時 傷官이 破盡되면 不義의 재물을 얻는다.

18) 男命이 日支에 比劫이 있으면 처를 상한다.

19) 年干에서 보아 日에 官星 또는 印綬가 있으면 처는 夫權을 빼앗는다.

20) 生日에 華蓋를 띠면 처는 부정하던가 또는 처를 극한다.

21) 生日에 驛馬가 있으면 처가 약하던가 또는 처가 게으르다.

22) 辛酉日生은 剋妻하던가 女命은 剋夫한다.

23) 癸巳日生은 夫妻 모두 질병이 있던지 아니면 주색 荒淫에 흐르기 쉽다.

24) 年과 日이 동일 干支면 剋妻한다. 만약 同年의 처를 취하면 면한다.

25) 日時가 刑, 冲, 破, 害가 되면 모두 부부 간 苦情이 생기기 쉽다.

26) 正財가 있고 劫財가 있던가 三合하여 劫財가 되면 剋妻하던가 처는 不正하다.

27) 財星이 沐浴 桃花에 임하면 처첩은 私通의 뜻이 있다.

28) 日支나 月支에 財가 있으면 처의 내조가 있다.

29) 偏財가 왕하면 첩은 처에 이긴다. 財가 많고 身弱하면 처는 夫를 이긴다.

30) 日座 空亡은 처첩이 없거나 힘이 없다. 孤鸞日 또는 陽差, 陰錯日은 剋妻하거나 친족과 불화한다.

31) 羊刃이 겹쳐 있으면 극처하고 重婚을 면치 못한다.

32) 女命이 傷官을 범하면 夫와 조속히 생사별한다.

사주 명리학의 핵심

33) 女命의 官殺 混雜은 반드시 淫賤하다. 男命이 正財 偏財가 交集하면 부부 간 불화하다.
34) 처의 正位가 약하고 偏財가 있으면 반드시 극처한다.
35) 사주에 天干에 比肩, 劫財가 많으면 처첩을 극한다.
36) 財星과 貴人이 모두 生旺하면 美妻이다.
37) 比劫이 많고 身旺하고 財星이 없으면 부부 全美는 얻지 못한다.
38) 日에 財官이 있으면 처는 賢貴하고 夫에 내조의 効가 있다. 그러나 月支 元命의 喜忌에 따라 변화한다.
39) 女命은 日支가 傷官이 되면 심히 좋지 않다. 그러나 月支 正財格이면 도리어 내조의 効가 있다.

7. 妻宮論

1) 正財가 암장되고 偏財가 투출하면 첩이 처의 권한을 빼앗는다.

2) 財神이 殺을 대동하면 투기하는 아내를 둔다.

3) 殺이 財星 위에 임하면 아내를 두려워한다.

4) 偏財가 貴星을 대동하면 처첩이 집안을 일으킨다.

5) 日柱가 戊申, 壬戌, 庚寅이면 아내가 專權한다.

6) 日支와 時支의 財星이 傷官, 羊刃, 七殺, 魁罡, 華蓋를 대동하면 아내의
   성품은 반드시 졸강하다.

7) 壬午 · 癸巳日生은 처로 인하여 치부한다. 명조에 따라서 다르다.

8) 財星이 祿을 얻으면 그의 아내는 반드시 현명하다.

9) 辛卯 · 乙卯日生은 부부가 불화하고 丙子 · 壬午日生은 부부가 반목한
   다.

10) 壬癸日生이 만약 財星이 왕하고 日柱가 劫財를 만나서 세력이 均敵하
    면 부부가 불화한다.

11) 甲乙日干이 申酉에 임하거나, 혹 庚辛日干이 寅卯에 임하면 부부가 팽
    팽히 대립한다.

12) 兩戊土가 一癸水를 합하면 재가한 여자와 결혼한다. 歲運을 만나도 마
    찬가지이다.

13) 日干兩癸가 戊土와 合하면, 혹 重婚하거나 사위를 집에 들인다.

14) 日支正財가 月德에 임하면 아내가 현명하며 念佛한다.

15) 日支正財가 文昌星을 대동하면 文淑하고 현명한 아내를 얻는다.

16) 日時地支에 財官이 함께 아름다우면 그의 처는 공손하며 어질다.

17) 日時地支에 正財가 得祿하면 物과 身을 윤택하게 하여 체격이 좋고 마음이 넓다.

18) 正財가 天乙貴人을 만나면 처가가 貴門이고, 正財가 月令에 通根하면 처갓집이 부자이다. 正財가 극을 받아 困하면 처가가 빈곤하다. 正財가 刑沖을 입어 劫殺에 임하면 처가가 천하다.

19) 日柱가 通根하여 坐庫하면 그의 아내는 현숙하고 통근하여 坐庫하지 않으면 그의 처는 庸頑하다.

20) 正財가 困地에 임하면 처의 병으로 근심이 많고 즐거움이 적다.

21) 時上의 劫財가 正財를 억누르고 日支 財가 無氣하면 상처하게 된다.

22) 羊刃, 比肩, 劫財가 時에 있고 日柱가 왕하면 두세 번 장가가도 모두 현숙하지 못한 아내를 만난다.

23) 日支와 時支가 子午나 卯酉相沖을 만나면 부부 간에 해로가 어렵다.

24) 日支가 寅申巳亥 중에 하나이고 沖을 만나면 아내가 반드시 극제한다. 재취해야 어진 아내를 만난다.

25) 身弱하고 財旺하면 아내가 어질지 못하고, 財가 羊刃을 만나면 아내가 장수하기 어렵다.

26) 日支와 時支의 三刑이 桃花를 대동하면 아내가 외간 남자를 둔다.

27) 사주지지의 正財가 祿을 얻어 桃花를 만나면 부부의 금슬이 좋다.

28) 財를 탐하고 印綬를 破하면 처로 인하여 파가한다.

29) 殺旺하고 身輕한데 財星이 七殺을 생하면 여색으로 인하여 일찍 죽는다.

30) 日支의 財星이 吉神이면 처복과 재복이 좋다. 日支에 正財가 있으면
처의 내조가 많다. 日支에 食神이 있고 命造 내에 偏印이 없으면 처의
신체가 비대하고 도량도 넓다. 日支財星에 天德이나 月德이 있으면 처
가 자비심이 많다. 日支 財가 將星이면 부귀한 명문의 숙녀를 얻는다.
日支가 印綬이면 처가 현숙하고, 身弱사주의 日支에 偏印이 있어도 역
시 처가 현숙하다. 日支 比肩에 身弱사주는 처가 능숙하게 내조한다.

31) 財星이 吉神이거나 日支가 吉神이면 현처를 얻어 내조가 있다. 財星이
長生에 임하면 그 처가 장수하고 財와 建綠 桃花가 있으면 첩으로 인
해 부자가 된다.

32) 食傷生財하거나 印綬가 거듭되는 財를 用神하면 처복과 재복이 있다.
財가 약한 殺을 돕거나 財가 거듭되는 劫財를 用神하면 현숙한 미인의
처를 얻는다.

33) 比劫이 왕하고 財弱한데 食傷이 있을 경우 현처를 만나면 동락하나 악
처를 얻으면 이별한다. 比劫이 왕하고 食傷만 있고 財가 없을 경우 추
한 처를 얻으면 해로하나 미녀를 얻으면 극처한다. 月支에 正財가 있으
면 명문가의 여자를 얻는다. 日支에 正官이 있고 吉神이면 처의 용모
가 고상하고 온후한 숙녀를 얻는다. 官星에 桃花가 있으면 처로 인하여
벼슬한다.

34) 身旺 사주에 財星이 祿이 되면 용모가 단정하고 성격도 온후한 처를
얻는다. 身旺사주의 時柱에 財官을 만나면 현처를 얻고 귀자를 두게
된다.

35) 財에 驛馬가 임하면 외국여성과 연애하고, 地殺이 財와 합하면 국제
결혼하게 된다. 日支 財가 忌神이면 처로 인해 패가하고 財星이나 日
支가 忌神이면 처덕이 없다. 偏財가 거듭 있으면 첩을 사랑하여 본처
와 헤어진다. 偏財만 홀로 있으면 첩을 얻는다.

36) 吉神인 財가 作合하면 처가 바람을 피우고, 正財가 冲破되면 처녀에게 인연 없다. 財星이 干合하고 沐浴, 桃花가 함께 있으면 처가 부정한다. 사주에 劫財가 많으면 화류계 여성을 본처로 삼는다.

37) 二柱에 劫財이면 혼담에 장애가 많고, 身旺한 사주에 日支가 羊刃이면 처가 낭비가 심하다. 財多身弱한 사주는 공처가 또는 작첩하거나 재혼한다. 身弱財多하고 時에 財官을 만나면 처가 어질지 못하다.

38) 殺重하고 身弱한데 財가 殺을 생해주면 악처가 두렵고 처첩으로 인해 화를 일으킨다. 殺重한데 인수를 용신으로 하는데 財星이 印綬를 파괴하거나 食傷을 用神으로 하는데 財星이 방해하면 처가 어질지 못하여 처로 인해 화를 일으켜 자신이 상한다.

39) 偏印이 왕하면 처의 몸집이 작고 偏印이 食神을 파극하면 처가 병이 많다. 日支에 偏官이 있으면 처의 성격이 횡포하고 다시 相冲을 만나면 처가 항상 병이 많다.

40) 財 중에 암장된 官이 있고 이를 冲하면 胎中에 이별한다. 官을 冲하고 財와 합하거나 官을 刑하고 財와 합하면 유산 후에 이별한다. 身旺한데 時에 偏財가 있으면 처를 학대한다.

41) 時에 七殺 또는 偏財가 있고 身弱한데 財殺이 왕하면 부부 싸움으로 인해 처가 음독자살한다. 財星이 약하고 官殺이 왕하면 자식을 낳은 후에 처를 상한다. 財星이 白虎살이고 官殺太旺하면 처첩이 분만 중에 사망한다. 干與支同이고 比劫이 많으면 상처가 상첩한다.

42) 日과 時에 元辰殺이나 鬼門關殺이 있으면 부부 간에 불화하고 변태성이 발작한다. 生日과 生時가 相冲하면 재혼하게 되고, 時에 偏財가 있어도 역시 재혼한다. 日支空亡은 독수공방하게 된다. 日支偏財가 있으면 두 집 사위 노릇을 하게 된다.

43) 日時에 沐浴殺이 있으면 처첩을 두게 된다. 日時에 亡身殺과 桃花殺

및 劫財가 있으면 처가 야반도주한다. 時에 桃花가 있으면 화류계 여성과 정을 맺는다. 生月, 生日에 財와 桃花가 있게 되면 부녀가 간통한다.

44) 比劫이 대왕한데 桃花에 임하면 처첩으로 인하여 패가한다. 桃花살이 刑을 만나면 화류계에 몸담거나 성병에 걸려보고, 殺重하고 桃花가 刑沖되면 간통하다가 봉변을 당한다. 日支, 月支에 元辰이 있고 相沖하거나 從財格에 印綬가 투출하면 고부 간에 싸움이 많다.

45) 甲辰日 · 乙未日生이 財多하고, 比劫이 왕하면 처첩이 음독한다. 甲寅日生이 巳申을 만나거나 甲申일생이 巳申을 만나거나 財多身弱 또는 身旺財弱하면 처첩 중에서 흉사한다.

46) 丙戌日生이 秋月生이면 처첩 중에 음독하게 되고 丙戌日生이 丑未가 있으면 처첩이 흉사하고 丙寅日生이 巳申을 만나면 처첩이 자살하고, 丙午日生에 丁酉時, 丁未日生에 春夏月生, 丙午日生에 春夏月生은 처가 도망간다. 丙午日生과 戊午日生은 처와 이별하고, 日支와 時支가 刑殺을 만나도 이별한다.

47) 丁丑日生이 身弱한데 秋月生이거나 丁丑日生이 未戌을 만나면 처첩이 비명횡사한다. 丁未日生과 戊午日生은 二妻 三妾을 거느린다.

48) 戊己日生에 子, 未가 전부 있으면 처첩이 분만 중에 죽고, 戊己日生에 壬戌이 있고, 財多身弱하거나 身旺하면 처가 산액이 있다. 戊寅, 戊午, 戊戌, 己巳, 己未日生이 寅巳를 만나거나 午未戌과 戊己日生에 地支火局이 되면 미인이 많이 따른다.

49) 丑日生에 午時生과 午日生에 丑時生은 처가 음독하고, 寅卯辰生이 巳를 만나거나 巳午未生이 申을 만나면 상처함이 많고, 申酉戌生이 亥를 만나거나 亥子丑生이 寅을 만나면 처가 도망가고, 比劫이 왕하고 財가 약하면 처가 의심이 많고, 財星驛馬가 刑沖을 만나면 처가 횡액이나

교통사고액을 당한다. 庚寅日生, 庚申日生이 巳申을 만나고 財多身弱하면 처첩이 자살한다.

50) 壬癸日生이 冬月生은 색난이 있게 되고, 암장 된 財가 合을 하고 財殺이 태왕하면 情死 괴변하게 된다. 壬申日生에 壬寅時生은 처가 장님이거나 흉사한다. 壬癸日生에 子未가 전부 있으면 처가 분만 중에 죽고, 壬寅日生이 巳申을 만나고 財多身弱하면 처첩이 자살하고, 癸未日生에 水가 많고 다시 比劫을 만나면 처가 분만 중에 죽는다.

8. 夫宮論

1) 日支에 印綬가 用神이면 남편이 현명하고, 日支에 食神이 用神이면 남편의 체격이 비대하고 이해심이 있고 너그럽다. 官星用神이면 남편 덕이 있다.

2) 사주가 身旺하고 財가 官을 생하면 남편이 부귀하다. 用神이 왕하면 남편 덕이 있고, 身旺사주에 官星이 투출하여 祿이 붙으면 남편이 부귀하다.

3) 從殺格 사주는 남편에게 순종하여 부흥하고, 身旺하고 官旺하면 여자도 貴格이 되고, 財官이 장애를 받지 않고 아름다우면 남편 덕이 있다.

4) 官星이 天德, 月德이 붙으면 남편이 자비롭고, 日支官星에 官星이 用神이면 남편이 미남이고 또 돈후하고 정직한 남편을 얻고, 印綬用神에 祿이 있으면 남편의 체격이 건장하다.

5) 身弱사주에 日支가 比肩이면 남편이 다재다능하고 官殺이 貴人과 同柱하면 남편이 미남이다. 棄命從殺格은 명문가 출신의 남편이요, 官星에 祿이 붙은 자는 남편의 체격이 건장하다.

6) 官星이 長生에 있는 자는 남편이 학식이 풍부하고 財滋弱殺格은 결혼 후에 남편이 부귀하다. 戊午日生은 남편이 멋쟁이다. 그러나 자칫하면 과부가 된다. 用神이 쇠약하면 남편 덕이 없고, 用神이 作合하여 忌神

으로 변하면 남편에게 정부가 있고, 官星이 하나만 있고 미약하면 미혼으로 지내고 그렇지 않으면 청상과부가 된다.

7) 偏官과 桃花殺이 同柱하면 남편이 바람을 피운다. 官星을 억제함이 태과한 사주는 남편이 가난한 집안 출신이요, 官星이 沖破되면 남편의 신체가 허약하다. 또 日支가 沖破되면 남편이 허약하고 多病하다.

8) 比劫이 太旺하면 남편이 바람을 피우고, 日支偏官 偏官用神은 남편의 성격이 까다롭다. 사주에 官星이 없으면 청춘에 성욕을 그리워하고, 사주에 官殺이 혼잡하면 호색다음하다.

9) 官殺이 태왕한데 官殺을 제제함이 부족하면 화류계에 몸을 담고, 比劫이 태왕하여 官殺과 合하면 한 남자를 두고 두 여인이 싸운다. 官殺이 쇠약하고 比劫이 合하면 친구의 소실이 남편을 빼앗는다. 官星과 食神이 모두 沖破되면 남편의 자녀가 등을 돌리고, 食傷太旺하면 과부가 된다. 그러나 中和가 잘 되면 면할 수도 있다.

10) 財가 印綬를 破한 사주는 출가 후에 친정이 패가하고, 官殺이 혼합하면 재혼하거나 간부가 있게 된다. 財가 많아 偏官을 생하면 남편 덕이 없으며 돈을 벌어 남편을 주고도 배신당한다.

11) 多財多官에 官星이 투출하면 여러 남자를 사귀어 돈을 주고도 배신당한다. 食傷이 왕하고 官이 약한 자는 애기를 낳으면 남편과 이별하고, 食神, 官星 모두 空亡되면 자식과 남편이 단명한다. 사주에 貴人과 합함이 많으면 여러 남자를 사귀어 본다.

12) 食神, 傷官, 官殺이 혼잡하면 부부 불화하고 官星과 傷官이 서로 싸우면 좋은 남편과 이별한다. 戊子日生은 老郎을 섬기고, 傷官太旺에 官不足하면 남편이 그립게 되고, 一行得氣格 사주는 독수공방하게 되고 日干이 支를 극하면 남편 위에 군림한다.

13) 사주에 水가 많고 태왕하면 술집 기생이 되고, 時支 모두가 傷官이면

기생, 술집여자, 접대부가 된다. 官印星이 함께 있어 合身하면 스승 또는 교주의 사랑을 받고 사주가 陰八通이나 陽八通으로 되면 부부 사이가 냉냉하고, 日支 偏官 사주는 정실 자리를 지키기 어렵다.

14) 官殺이 혼잡하여 官星이 暗合하면 情死하거나 자살기도 한다. 官星이 墓庫에 들면 남편이 주고, 官星이 殺地에 임하고 刑冲되면 남편이 횡액을 당한다. 官星에 斷橋關殺이 있거나 傷官이 많으면 남편이 뼈를 다친다. 관성에 급각살이 있고 상관이 많으면 남편이 다리불구자가 된다.

15) 官星이 驛馬에 囚獄殺을 만나면 남편이 감금이나 납치당하고, 驛馬官星이 刑冲을 만나면 남편이 교통 사고를 당한다. 地藏干의 官星과 合하고 官殺이 나타나 있으면 남편에게 의처증이 있게 된다.

16) 사주에 子午卯酉가 모두 있으면 풍류가나 화류계가 되고, 寅申巳亥가 모두 있어도 화류계에 몸을 두고 辰戌丑未가 모두 있으면 정부를 두고 음란하다. 관살에 귀문관살이 임하면 남편이 정신 이상이 된다.

17) 日과 時에 辰戌이 相冲되면 독수공방하게 되고 寅巳申日이 刑冲을 만나거나 丑戌未日이 刑冲을 만나면 부부 간에 불화하여 자살기도를 하게 되고, 丑日이 午를 만나거나 午日에 丑을 만나도 부부 간에 불화하여 음독자살을 기도한다.

18) 生日, 生時가 空亡되면 독수공방하게 되고, 生日, 生時, 寡宿殺도 독수공방하게 된다. 官星이 地殺驛馬에 日主와 합하면 외국으로 시집가거나 국제 결혼하게 된다. 驛馬官星 合身자와 地殺 驛馬 合身자는 여행 또는 차내에서 연애하게 된다.

19) 甲乙日生에 水多하고 金이 침수되거나 戊己日生에 水多하고 木이 물에 뜨면 남편이 익사하고, 壬癸日生이 水旺하여 土가 흘러내리면 남편이 술에 취하여 익사한다.

20) 甲乙日生에 水가 많으면 金官星이 침수되니 남편이 술에 빠져 허송세월한다. 甲乙日生이 寅申刑冲을 만나면 남자가 마약이나 알코올중독자가 되고, 庚戌·庚辰·壬辰·壬戌日生은 출가 후에 남편이 패재, 횡액 납치당한다.

21) 乙巳·辛巳·癸巳·丁亥·己亥日生에 관성이 투출하면 외간 남자와 통정하여 달아나기 쉽고, 乙巳·辛巳·癸巳·丁亥·己亥日生이 暗官과 합하면 남편에게 의처증이 있게 된다. 乙巳·辛巳·癸巳·丁亥·己亥·丙子·戊子·甲申日生은 첩노릇을 하게 된다.

22) 丙子·丁丑·戊寅·丙午·丁未·戊申·辛卯·壬辰·癸巳·辛酉·壬戌·癸亥日生은 남편이 풍류객이 된다. 甲寅·甲午·乙未·丙午·丁巳·丁未·戊申·己酉·庚申·庚子·辛亥日生은 독수공방하거나 과부가 된다. 丙申·丙子·丙辰·丁丑·丁亥일생이 冬月生과 庚辛日生이 冬月生은 독수공방하게 된다.

23) 乙日生이 夏月生이며 庚을 만나 乙庚合金하면 자손으로 인해 남편과 이별하고, 丁日生이 秋月生으로 壬을 만나 丁壬合木하면 시어머니로 인해 이혼하게 된다. 癸日生이 冬月生이고 戊를 만나 戊癸合火하면 형제자매의 방해가 많다. 金日生의 火官星에 水多면 남편의 시력이 약해져 못보게 되기 쉽다.

24) 壬癸日生은 늙은 사람에게 시집가고 壬寅·癸卯일생은 부부 간에 불화가 심하다. 壬子·癸亥·壬申·癸酉日生이 秋冬月生이면 성적인 불만으로 한 남자만 섬기지 못한다.

25) 辛日生이 辰戌·丑未月生으로 丙을 만나 丙辛合水하면 친정 어머니가 방해한다.

9. 子息論

1) 官殺混雜하고 三刑을 띠고 財星이 없으면 私生兒이다.

2) 食神을 冲하면 어릴 적에 젖이 부족하다.

3) 壬子時, 乙酉時에 생하면 私生兒가 많다.

4) 女命이 印星이 많으면 만년에 자식이 없다. 印綬가 많으면 자식을 상한다. 만약 財를 만나면 편안하다. 偏印이 많으면 我子는 반드시 絶한다.

5) 男命이 傷官이 많으면 子를 잃는다. 生時에 羊刃 傷官이 같이 있으면 만년에 子와 이별한다.

6) 偏官,偏印,偏財가 겹쳐 있으면 私生兒이다.

7) 日에 羊刃이 있고 時에 偏印이 있으면 처첩은 반드시 산액이 있다.

8) 官星이 강하고 財가 왕하면 자손은 번영한다.

9) 官星이 生旺하면 자식을 일찍 가진다.

10) 女命이 食神이 많고 官星이 輕하면 남편은 쇠하고 자식은 영화한다.

11) 生時에 華蓋가 있으면 고독하거나 극자한다.

12) 女命이 사주 중에 陽干支가 많으면 남아를 낳고 陰干支가 많으면 여아를 낳는다. 사주 중 全陽이면 도리어 여아를 낳고 純陰이면 남아를 낳는다.

13) 사주에 子息星이 없으면 子星이 왕하는 운에 子緣이 있다. 子星이 休囚면 休, 囚, 衰, 絶, 運에는 損子한다.

14) 자식의 유무 다소를 알려면 子星이 되는 干에서 時支의 十二運을 보고 판단한다. ㉠ 死이면 만년에 子가 없다. ㉡ 墓이면 子가 있어도 인연이 박하다. ㉢ 絶이나 胎이면 一人이다. ㉣ 養이면 三人中 一人을 缺한다. ㉤ 長生이면 四·五子이다. ㉥ 沐浴이면 二人이다. ㉦ 冠帶나 建祿이면 三人이다. ㉧ 帝旺이면 五人이다. ㉨ 衰이면 二人이다. ㉩ 病이면 一人이다.

15) 申日 亥時나 巳日 庚時는 子孫이 絶한다. 사주 중 傷官이 왕하여 반드시 初子는 없어진다.

16) 時干이 通根하고 通庫하면 반드시 똑똑한 자식을 둔다.

17) 時上의 官이 墓地에 들면 끝내 자식이 없다.

18) 官星이 有氣하고 三合을 만나면 七·九名의 자식을 둔다.

19) 身과 殺이 왕하고 食神을 만나면 자식이 다섯에 이른다.

20) 하나의 食神이 청고하면 자식은 셋에 이른다.

21) 日時의 干支가 殺印相生하면 반드시 귀한 자식을 둔다.

22) 身旺하고 殺이 얕은데 제 극이 지나치면 자식이 용렬하다.

23) 日支에 財星이 있고 時支에 劫財를 만나면 父子가 같이 패망한다.

24) 時干의 官星이 貴星을 만나면 자식으로 하여금 가문을 다스린다.

25) 官殺이 通根하지 못하고 日柱가 왕하면 자식을 기르기 어렵고 日柱가 약하면 용렬한 사주이다.

26) 金水官殺이 時上에 있고 桃花殺을 대동하면 화류계의 여식을 둔다.

27) 日時의 지지가 相冲을 만나면 子嗣의복을 누리기가 어렵다.

28) 官殺이 四庫에 감추어져 있으면 편방의 자식을 둔다.

29) 正官이 時上에 있고 月令에 통근하면 관직에 머무는 자식을 둔다.

30) 傷官이 傷盡하면 食神, 傷官이 자식이 된다. 傷官이 太旺하고 身弱하면 印綬로 자식을 삼는다. 印綬가 태왕하고 傷官을 만나면 財가 자식이 된다. 傷官이 旺하고 身强하며 食神 투출하지 않으면 타인의 자식을 양육한다. 傷官이 살과 冲을 만나면 자식의 육신이 온전치 못하다.

31) 신왕하고 殺과 羊刃이 時에 있어 暗合하민 封侯의 자식을 눈다.

32) 지지에 辰戌丑未를 제외한 三刑六冲이 있고 殺과 羊刃이 時支에 임하면 자식이 패가한다.

33) 天德과 月德이 官殺에 임하면 자식이 집을 일으키고 자선사업을 한다.

34) 時上에 하나의 殺이 있으면 늦게 자식 하나를 둔다.

35) 男女命에 偏印과 印綬가 중첩하면 자식을 극한다. 혹은 있더라도 죽는다.

10. 男命의 子息論

1) 正偏官이 吉神이면 자식 덕이 있고, 忌神이면 자식 덕이 없다. 時上에 偏官이 忌神이면 자녀의 성격이 포악하고 몸집이 크며 불량하다. 身旺 사주에 官殺旺하면 자녀가 어질고 효순하다.

2) 官殺旺한데 이를 제재함이 없으면 불효자식을 두게 되고 身弱사주에 時에 比劫이 있으면 자손 덕이 있고, 官殺이 약하고 傷官이 왕하면 아들을 두기 어렵다.

3) 食神이 得位하면 자손 대에 발복하고 印綬星이 得位하면 증손 대에 발복한다. 官星을 기준하여 時가 생왕하면 자녀가 많고 발복한다. 身旺사주에 官星이 祿이 되면 貴子를 두고 日時가 相生하면 자녀가 효도하고, 日과 時가 相沖되면 불효자식을 두게 된다.

4) 乙日生에 甲申時生, 丙日生에 己亥時生, 丁日生에 庚子時生은 貴子를 둔다. 時柱에 羊刃이 있고 忌神이면 자식의 몸집은 크나 불량하다.

5) 殺을 制剋함이 태과하면 자녀의 키가 작고 身弱사주에 時에 七殺이 있으면 늦게 자녀를 둔다. 官殺이 거듭 제극을 받으면 소실 몸에서 득자한다.

6) 官殺이 死, 絶, 墓, 病에 있으면 일찍 두는 자식은 키우기 어렵고, 官殺이 거듭 극을 받고 刑殺을 받으면 양자를 두게 된다. 財官星이 空亡이

되면 기도해야 득자하고, 財官이 同臨하여 合日하면 총각 시절에 득자하고, 偏正官이 혼잡하면 여러 번 처를 얻어 득자한다.

7) 官殺弱에 傷官旺이면 財官運에 득자하고, 時傷官 또는 時空亡은 아들을 두기 어렵고, 官星驛馬에 合日하거나 地殺官이 合日하면 외국 여자에게서 아들을 둔다.

8) 傷官과 官殺이 서로 만나면 자식이 불구자가 된다. 時에 空亡을 만나거나 刑冲을 만나면 일찍 둔 자식은 사별한다. 日時에 官殺驛馬 또는 地殺刑冲은 아들 하나는 실종된다.

9) 土에 火가 많아서 메마르거나 水多木浮나 金寒水冷한데 조후가 없는 사주는 자식이 없다. 殺을 제극함이 태과하고 다시 刑殺을 만나거나 時에 斷橋關殺이나 急脚殺이 있으면 자녀가 소아마비나 수족에 이상이 있게 된다.

10) 偏印, 印綬가 중첩하면 아들의 장모가 두 분이요, 比劫이 중첩하면 딸의 시모가 두 분이다. 官星이 쇠약하고 傷官이 왕하면 아들은 없고 손자가 있으며 食神이 쇠약한데 偏印이 왕하면 손자 대에 패망한다.

11) 比劫이 혼합하면 아들이 재혼하고, 食傷官이 혼합하면 딸이 재가한다. 陰官殺이 作合하면 딸이 바람나고 陽官殺이 作合하면 아들이 바람난다.

12) 甲乙日生의 月時에 辰戌이 있으면 자녀가 흉사하고 乙未日生에 辛巳時生은 자녀 중에 실종되고, 木日生이 水多하면 자녀가 수액을 당하고, 戊己日生에 水多木浮하거나 庚辰日生에 庚辰時生도 자녀 중에 익사한다. 壬癸日生에 水가 많고 土가 흐르면 자녀 중에 수액이 있다.

13) 己未日에 甲戌時生은 자녀 중에 자살 있고, 庚日生이 丙丁官殺이 있고 사주에 水局을 이루거나, 혹 壬癸를 만나면 눈먼 아들을 두게 되고, 壬日生에 土가 있고 木이 많으면 자녀 중에 벙어리가 있게 된다. 己未日

生이 年時에 丑戌이 있어도 자녀가 자살한다.

14) 庚寅日生에 戊寅時生, 辛丑日生에 辛卯時生은 소실이나 재취에서 득
   자한다. 申子辰年生에 戊日戊時生과 寅午戌年生에 辰日辰時生은 자
   녀 중에 다리불구자가 있게 되고 巳酉丑年生에 未日未時生과 亥卯未
   年生에 丑日時生도 자녀 중에 절름발이가 있게 된다.

11. 女命의 子息論

1) 食傷이 吉神이면 자손 덕이 있고, 凶神이면 자식 덕이 없다. 사주가 너무 燥濕하면 자식이 없고, 身旺에 食傷이 투출하여 祿이 있으면 자녀가 귀하게 되고, 身旺에 食傷이 왕하면 자식 복이 많다.

2) 身弱에 官印相生되면 자식을 두게 되고, 身旺에 官과 食傷이 고루 왕하면 良夫貴子를 둔다. 傷官이 왕하고 官星이 약하면 출산 후에 남편과 이별하고, 官과 食神이 많으면 씨가 다른 자식을 둔다.

3) 身旺財旺이면 자식이 많고 다능하며 身旺에 官殺이 왕하면 자식이 많고 어질다. 官을 冲하고 食神과 合하면 남편 덕은 없으나 자식 덕은 있다.

4) 官星이 食神과 合하여 모두 冲破되면 남편과 자식이 모두 죽고, 食상을 冲하고 官과 合하면 남편 덕은 있으나 자식 덕이 없고, 食傷에 天德, 月德이 있으면 자녀가 어질고, 身旺에 食傷用財는 자손이 많으며 귀하게 되고, 食傷生財해도 자손이 많고 부귀한다.

5) 食傷이 囚獄殺에 刑되면 자녀가 구속 당해보고 食傷이 白虎殺되면 자녀가 흉사하고, 食傷이 刑, 冲, 空亡되고 時가 急脚殺이 되면 소아마비 자식을 두고 食傷이 혼합하면 양자를 들이고, 食神이 偏印을 만나면 자녀가 질병에 걸려 불구가 된다.

6) 身旺에 印綬가 있고 財가 없거나 印綬는 있고 官星이 없으면 자식을 두기 어렵고 身弱에 印綬가 없거나 印綬가 있고 財旺하거나 身弱에 殺旺하고 印綬가 없으면 자손이 없다.

7) 食神이 刑冲되면 아기의 젖이 부족하거나 유방종기병을 앓아 보고, 身弱한데 食傷, 財, 殺이 있으면 산전, 산후에 병을 얻고, 日時에 印綬나 偏印이 있거나 時가 空亡되면 무자하기 쉽다.

8) 印綬가 食神을 극하고 時가 空亡이거나 사주에 전부 食神이면 무자한다. 食傷이 刑冲되면 유산하다 득병하고 자궁외 임신으로 자궁수술을 하게 되고, 日干이 약하고 食傷이 태왕하면 자연 유산하게 된다.

9) 官星과 食神이 同臨하고 日干과 官이 合身하면 혼전에 임신하여 애를 낳거나 인공유산하거나 과부라면 애인으로 임신한다. 印綬星이 食傷과 刑冲되면 친정가서 初産하지 말라 애기가 죽기 쉽다. 甲乙日生에 火食傷이 水多하면 자녀의 시력이 약해진다.

10) 사주에 亥가 3개 있으면 亥가 雙魚宮이라 하여 아들 쌍동이를 낳고, 巳가 3개 있으면 巳가 雙女宮이라 하여 딸 쌍동이를 낳는다. 日時에 寅申冲이나 卯酉冲은 무자하게 되고, 陰日生에 巳·酉時生은 딸을 連生한다.

11) 食傷과 印綬가 同臨하여 合身하면 사위집에 얹혀 살거나 데릴사위하고, 陽食傷이 作合하면 아들이 바람나고 陰官殺이 作合하면 며느리가 바람 피우고, 陰食傷이 作合하면 딸자식이 연애하고 印綬星이 作合하면 사위가 바람 핀다.

12) 偏印과 印綬가 혼합하면 딸자식이 재가하고 印綬弱에 財旺이면 딸자식이 과부되고 食傷弱에 印綬旺이면 며느리가 과부되고, 比劫弱에 官殺旺이면 며느리의 모친이 과부이다.

12. 學科論

둘째 大運이 寅, 卯, 辰이면 교육계, 법률계, 경제계, 인문계열이 적합하고 巳, 午, 未이면 토목, 생물학, 외교 연예계가 적합하고, 申, 酉, 戌이면 공학, 생산 가공분야가 적합하고 亥, 子, 丑이면 의술, 정보, 수송, 전자, 언론 보도 등이 적합하다.

둘째 大運이 子, 酉, 申, 亥, 丑, 戌이면 理科에 卯, 午, 寅, 巳, 辰, 未는 文科에 적합하다. 子, 午, 卯, 酉는 수학, 컴퓨터, 기능방면에 寅申巳亥는 과학, 물리학, 의학에 辰, 戌, 丑, 未는 어학, 사회, 예체능에 巳酉丑, 申子辰은 이과, 공과, 亥卯未, 寅午戌은 文科가 적합하다.

魁罡이나 白虎運에는 지방학교 및 특수학교에 가게 된다. 白虎·魁罡·羊刃·偏官·刑·冲·破·害·孤寡殺 등이 많은 命造는 의무, 무관이 적합하고, 寅戌巳申은 금융이 적당하다. 官殺이 혼잡한 자는 대학을 졸업하기 어렵다. 食神이 통근하여 坐庫하지 않으면 대학의 학업을 마치기가 어렵다.

天干 七殺이 식신 앞에 있으면 대학을 졸업하기 어렵다. 예를 들어 殺이 년월에 있고 食神이 時柱에 있다거나 殺이 년에 있고 食神이 월에 있으면 살이 식신 앞에 있다고 본다. 食神이 월건의 絶地이면 대학을 졸업하기 어렵다. 食神이 梟神를 만나면 대학을 졸업하기 어렵다. 方局이 破를 입거나

從格 化格이 不眞하면 대학을 졸업하기 어렵다. 殺이 강하여 印綬가 없으면 신체가 너무 약하고 대학을 졸업 못할 뿐만 아니라 수명도 짧다.

13. 職業論

1) 絶은 교육가, 작가, 철학가, 종교인, 사색가, 연구가.

2) 胎는 산부인과, 소아과, 아동 보호소, 탁아소, 꽃집, 종묘재배, 농장, 교육 사업.

3) 養은 양어장, 양로원, 탁아소, 사육장, 요양소, 양자 양성소, 각종 양육장.

4) 長生은 학자, 발명가, 개척자, 특허자, 창조자, 사장, 박사, 석사, 관리직, 기획, 설계, 입법, 중책 수임자, 운영담당자.

5) 沐浴은 유흥업, 극장, 주류업, 술집, 배우, 가수, 흥행업, 이발사, 미용사, 목욕업, 소방서원, 악사, 수영선수.

6) 冠帶는 실업자, 관리, 고관, 사업가, 군인, 경찰, 판검사, 학자, 종교인.

7) 建綠은 공직자, 고급 공무원, 중견 간부, 지휘관, 봉급자, 높은 지위, 심복부하, 금융, 무역업.

8) 帝旺은 군인, 의사, 법관, 재단사, 도살업자, 요리사, 이발사, 미용사, 정치가.

9) 衰는 교원, 연구가, 사색가, 발명가, 금융업, 고리 대금업자.

10) 病은 작가, 교원, 철학자, 참모급, 연구직종, 설계, 발명, 기술자, 기사.

11) 死는 학자, 종교인, 발명가, 문예인, 연구가, 설계자, 발명가, 기획 조정

관, 효자, 효부.

12) 墓는 종교인, 철학자, 점술인, 장의사, 전당포, 학자, 미술가, 창고업, 관리업, 회계사, 계리사, 은행원, 보관업.

13) 建綠格은 행정직 계통, 관직, 공직, 분점, 대리점, 납품업, 독립적 사업.

14) 羊刀格은 무관, 수관기관, 경찰, 기사, 운동선수, 체육인, 기술자, 고기 장사, 도살업, 칼장수, 이발사, 재단사, 철공소, 미싱사, 전기 기술자, 증권업, 유흥업, 요식업.

15) 食神格은 교육 문화, 기술업, 생산가공, 서비스업, 도매상, 식료품상, 은행, 주식, 미술, 농업.

16) 傷官格은 선생, 교육계통, 감상, 예능, 기술직, 수리업, 경쟁적 사업, 변호사, 대변인, 골동품, 고물상, 철학가.

17) 偏財格은 상업, 청부사업, 생산업, 의약업, 장사, 사업가, 금융, 재정, 세무관리직, 무역, 건축업, 정치, 역술인.

18) 正財格은 재정공무원, 경리, 은행원, 세무원, 공업 회계사, 물품관리, 창고 관리직, 건축 자재업, 운수업, 각종 도매업, 상업.

19) 偏官格은 군인, 경찰, 변호사, 헌병, 안기부, 검찰, 청부사업, 건축업, 조선업, 수금업, 깡패, 무관, 법조계, 정치인.

20) 正官格은 공무원, 군인, 경찰, 법조계, 회사원, 입찰업, 지배인, 목재상, 주단포목, 양품점, 잡화점, 위탁, 도매업.

21) 偏印格은 의약업, 역술, 점술, 철학자, 배우, 교육자, 학자, 요리업, 여관업, 이발, 유흥업, 유모업, 인기 사업.

22) 正印格은 교육, 언론, 문화 기획, 선생, 의학, 정치학, 국문학, 예술, 의사, 학원, 종교인, 저술가, 미술, 생산학.

23) 比肩이 왕하면 공직, 직장인, 기자, 운명가, 외무원, 상업.

24) 比肩이 많으면 자유업, 의사, 변호사, 철학, 技工, 전당포.

25) 劫財가 왕하면 양어장, 농업, 축산업.

26) 劫財가 많으면 직장인, 노동자, 독립적인 사업.

27) 食神이 왕하면 상사업가, 식당, 문방구, 약국, 선생, 교수, 봉급자.

28) 食神이 많으면 물장사, 상사업, 학자, 식당, 선생.

29) 傷官이 왕하면 예술적인 사업가, 하자, 서예하원, 변호사, 이발사, 화가, 목공, 흥행사, 문방구, 야당인, 물장사, 식당, 점술가, 학원 선생, 교수.

30) 傷官이 많으면 야당인, 무허가 식당, 무허가 건축업, 고물상, 전당포, 점술가.

31) 偏財가 왕하면 투기업, 중개업, 증권업, 상사업.

32) 偏財가 많으면 상사업, 채소 과일상, 도박꾼, 개인 사업.

33) 正財가 왕하면 상사업, 공직, 회사원, 재무부 산하 공무원, 은행원, 경리사업.

34) 正財가 많으면 철따라 상사업, 시골장 따라 행업.

35) 偏官이 왕하면 민원 업무자, 검사, 판사, 경찰관, 군인, 교도관, 무관직, 큰 회사의 감사관.

36) 偏官이 많으면 협객, 열사, 무관직, 관광지나 유원지 관리인.

37) 正官이 왕하면 역술인, 직장인, 노동직, 행상, 외무원, 공직, 보험 회사원, 기술계, 학계.

38) 偏印이 왕하면 비사교적인 사업가, 의사, 기사, 운명가, 상사업, 상업.

39) 偏印이 많으면 독자적인 업, 문학예술, 수산업, 양돈, 양어장, 역술인, 출판사, 책 저자, 특수 농작.

40) 印綬가 왕하면 상사업, 공직, 사립학교 선생, 교수, 직장인, 사업.

41) 인수가 많으면 학원, 경영, 지점, 지사 경업.

42) 官印相生이면 정치, 법률.

43) 正官이 淸粹하면 정치, 법률.

44) 傷食吐秀나 文昌星을 띠면 문학, 서화, 조각.

45) 傷官傷盡이나 有殺有刃이면 군인, 무사.

46) 殺印傷生이면 軍事, 외과의사.

47) 比劫이 成群이면 자유직업.

48) 財官이 並美하면 재정, 실업가.

49) 傷食生財나 身財兩停이면 무역업.

50) 財官이 유력하고 日主가 朗健이면 자립위주.

51) 會合이 많으면 內向의 일이요, 刑沖이 많으면 外向의 일이 마땅하다.

52) 身旺하고 財輕이면 공업가.

53) 女命 辰戌日生은 타자수가 많다.

54) 辰戌日生이 月支가 驛馬이면 운전기사나 차량계통 직업.

55) 辰戌日生이 月支가 印綬면 인쇄업, 출판업.

56) 辰戌日生이 月支가 偏官이면 역술업, 출판업.

57) 水用神이면 수산업, 운수업, 외근직, 술집, 음식업, 외교.

58) 火用神이면 주유소, 연탄업, 주물공장, 플라스틱 제조 판매, 대민 봉사직, 공업, 식당업.

59) 木用神이면 목재상, 농림업, 사회사업, 교육사업.

60) 金用神이면 공업기사, 철물, 금속, 금은방, 금리업, 기계 제조 판매, 차량 운전, 정비, 빠이롯트.

61) 土用神이면 농업, 축산, 토목사업, 도자기업, 부동산 매매업, 삼림, 식산, 종교인.

62) 比劫用神이면 의사, 律師, 회계사, 교사, 전교사, 운명 철학가, 자유직업.

63) 傷官用神이면 서화가, 조각, 음악, 배우.

64) 財用神이면 商務, 금융, 재정.

65) 正財用神이면 상공업.

66) 偏財用神이면 월급장이, 금융계, 청부업, 중개업, 해외무역.

67) 正官用神이면 공직, 정치, 법률, 경찰계통, 법관, 정탐, 신문기자.

68) 偏官用神이면 무관, 군사, 외과의사, 정부, 건축, 소선, 중개업, 직업운
   동원, 광산업, 刻板.

69) 偏印用神이면 의사, 기술자, 철학가, 예술가.

70) 印綬用神이면 언론계, 문학, 문예, 교육, 학계, 설계, 비서, 생산직, 약
   제사, 서양의약.

71) 食神格은 학자, 교육자, 傷官格은 흥행사, 예술가.

72) 日干이 太弱이나 太旺하면 고용직.

73) 日干이 왕하고 用神이 왕하면 개인 사업.

74) 水火가 많으면 무역업.

75) 木星이 食神이나 財면 가구업, 임산 조림.

76) 庚辛日이 왕하고 寅卯月生이면 전기업.

77) 火星이 식신이나 財가 되면 전기업.

78) 甲乙日生이 亥子月生이면서 丙丁巳午를 만나면 전기업, 전파상, 소리
   사.

79) 사주에 土星이 食神이나 財가 되면 미곡상, 토지, 농업, 건축, 토목, 토
   석.

80) 金星이 食神이나 財면 철공업, 금은방, 광산업.

81) 水星이 食神이나 財면 식당, 여관, 다방, 양조업, 무역업.

82) 둘째 大運이 比肩, 食神, 正財, 正官, 印綬이면 공직자, 월급자.

83) 둘째 大運이 劫財, 傷官, 偏財, 偏官, 偏印이면 독자적인 업.

84) 둘째 大運이나 月支가 辰戌丑未이면 온갖 기술과 재주가 있다해도 직

업을 잘 바꾸며 끈기가 부족하다.

85) 大運이 卯木이면 농업, 야채 재배, 화훼농사.

86) 甲戌 · 丙戌 · 戊戌 · 庚戌 · 壬辰日生은 화학, 과학, 기술자, 공업가.

87) 丙日 日德에 木印綬는 목공, 목수직.

88) 丙辰 · 丙戌 · 丁丑 · 丁酉日主는 印綬나 財星을 만나면 인쇄업, 문구업, 서예가, 복사기, 타자기, 컴퓨터 제조 판매.

89) 傷官格에 印綬가 왕하면 문예, 예술, 배우, 가수, 소설가, 서예가, 화가.

90) 火星이 財면 주유소.

91) 丑戌未가 있으면 군인, 사법관.

92) 大運이 食傷이면 물장수하게 되고, 食傷에 文昌星이 놓이면 문방구, 책방, 독서실.

93) 申亥 驛馬에 地殺財는 수산업.

94) 寅巳 驛馬에 地殺財는 항공업.

95) 食神生財나 食神合財, 또는 壬日의 火財는 식당업.

96) 寅巳申이 있으면 사법관, 의사, 선생, 교육가, 은행가, 이발사, 운전수, 약사, 재단사, 식육점, 약사.

97) 庚申 · 庚子 · 庚辰生이 申亥子日, 庚寅生이 申亥子日, 壬申 · 壬子 · 壬辰生이 辛亥日, 己亥日生은 무역업, 양조업.

98) 華蓋殺이 있으면 예술업, 종교 성직자, 역술가, 점술가, 신자.

99) 官印이 地殺이나 驛馬는 통역관.

100) 丙日에 庚이 있거나 庚日에 丙을 만나면 경찰, 검찰.

101) 丁日이나 巳日生에 財官格은 법관.

102) 丁巳日에 巳가 많으면 판사, 검사.

103) 丙午日에 午가 많으면 법관.

104) 傷食이 財를 만나면 商務, 금융, 재정.

105) 甲乙日生에 戌亥時나 壬癸日生에 戌亥時는 법관.

106) 庚子日 壬子日生에 子가 많거나, 申亥日生에 亥가 많거나 癸亥日生에 亥가 많으면 검찰총장.

107) 年月日時에 印綬가 나란히 있고, 格局이 맑으면 대학교수, 학장, 총장.

108) 白虎大殺이 사주에 있던지 大運에 나타나면 짐술, 사냥꾼, 도살업, 목축업, 운수업, 기술업.

109) 羊刃殺이 명조에 있으면 군인, 경찰, 운동가, 의사, 식육점, 주물공장, 대장간, 재단사, 이발사, 미싱사, 목수, 침술, 제재업, 검사, 미용사. 명조에 戌亥未가 있으면 점술사, 신자.

110) 命造에 戌亥가 있으면 역술업, 점술업, 신실한 신자.

111) 財가 驛馬나 地殺인 女命은 양재, 양품, 제화, 양말, 운수업.

112) 驛馬 地殺에 食神이나 財가 合身하면 해외영업, 무역회사.

113) 寅巳 驛馬나 地殺에 亡身殺은 스튜어디스.

114) 驛馬 地殺에 財官印은 관광버스 안내양.

115) 官殺이 왕한데 억제함이 부족하면 술집 접대부.

116) 官星이 없거나 약한 官星을 억제함이 太過하면 여승.

117) 傷官格에 印綬가 있는 女命은 문학, 예술, 가수, 배우, 무용가, 소설가, 서예가.

118) 木火通明사주나 火土日主에 辰戌丑未月生은 음악.

119) 壬子·癸丑·癸亥日生에 水가 많으면 무용가.

120) 印綬에 華蓋가 임한 女命은 미술, 서예, 조각.

121) 印綬에 日德이 있는 女命은 편물업, 피복장사.

122) 偏印, 印綬가 있는 女命은 수예, 미싱, 편물, 의류업.

123) 甲乙日生에 土가 약한 女命은 주단, 포목장사.

124) 甲乙日生에 金이 약한 女命은 양은식기, 금속제품.

125) 甲乙日生에 土가 用神인 여명은 피복장사, 지업사.

126) 甲乙日生에 印綬가 왕한 여명은 서점, 문구점.

127) 乙日에 丙子時生은 여선생, 기생.

128) 丙丁日生에 金이 약하면 금은, 양은장사.

129) 丙丁日生에 水가 부족한 여명은 수산물, 해물장사.

130) 丙辰·丙戌·丁丑·丁酉日生 여명이 印綬가 있으면 출판업, 인쇄, 서점, 문구점.

131) 丙辰日生에 財殺이 왕하면 식당업.

132) 丙子日生에 財殺이 왕한 여명은 다방, 술집.

133) 戊己日生에 印綬가 있으면 양장점.

134) 戊己日生에 巳나 寅이 있으면 전화국 교환원.

135) 戊子日生에 金水가 많으면 물장사.

136) 月支가 木이면 목공업직, 火면 전기공업직, 土면 토건 공업직, 金이면 기계공업직, 水면 수산공업직.

137) 己丑生에 財殺이 왕하면 식당, 식품업.

138) 己卯日生에 水木이 왕하면 음료, 식품, 청과상.

139) 己酉日生에 財가 있는 자는 식당, 己亥日生은 다방.

140) 庚辰·庚戌日生에 財나 印綬가 있으면 인쇄업, 문구업, 타자업.

141) 庚辛日生 春夏生은 화가.

142) 庚辛日生에 火가 약하면 미장원.

143) 庚辛日生이 巳나 寅이 있으면 전화 교환양.

144) 庚申·庚子·庚辰·辛亥日生은 식당, 다방, 주점.

145) 壬申·壬子·庚辰日生은 식당업.

146) 壬癸日生에 水가 많고 官이 약하면 술집 접대부.

147) 正官은 文官, 行政이요, 偏官은 武官, 法官이다. 印綬는 內務요, 偏印

은 外務다.

148) 傷食格은 기술자, 사업가요, 傷食淸格은 문학대가이니 임금도 섬기지 않는 그 뜻이 고상한 자이다. 사주가 淸하고 왕하면 문학가요, 흐리면 기술자다.

149) 傷官格이 淸하면 大人이요, 흐리면 小人이다. 財星이 없고 어ㅡ러지면 흐림이고, 財星이 있고 순수하면 맑다고 한다.

150) 관직에서 木은 次官格, 火는 크면 大使格 작으면 領事級, 土는 內務秘書, 高官大爵, 金은 法曹界, 水는 地方長官, 九流術業

151) 身弱하고 殺强하면 木工, 土工, 石工이다.

152) 身旺하고 殺弱하면 행상인, 주문원, 외판원.

153) 官殺이 制化가 없고 孤辰, 과숙살에 華蓋가 있으면 승도.

154) 金水를 喜하는 자는 器材, 금융사업, 제빙, 냉장, 어로, 항해가 적합하고, 木火를 喜하는 자는 목재, 가구.

155) 火土를 喜하는 자는 벽돌, 기와, 유리, 자기, 연료가 적합하고, 土金을 喜하는 자는 금광, 동광, 석광 등이 적합하다.

● 木

목재, 목재소, 가구, 목수, 薪炭, 竹材, 제지, 펄프, 지물상, 섬유, 직물 관계, 목기, 漆器, 돗자리, 화문석, 발, 목공예, 농촌, 산림업, 축산업, 과수원, 야채상, 과일상, 옷가게, 편물, 양복점, 완구점, 토목건축업, 건재상, 화원, 한약방, 약제사, 의약 관계, 침구, 지압, 마사지 등 치료 관계, 사회 사업, 교수, 교사 등 교육 관계, 학교, 서점, 피아노 기술자, 행정과 관계 있는 국가, 지방공무원, 승려, 司祭, 神官, 목사 등 종교 관계, 역술인, 점술사, 무당, 박수 등 기도 관계.

● 火

불, 온열기구, 석유, 가스, 휘발유, 가솔린, 주유소, 연료, 연탄상, 에너지, 주물공장, 인화물질, 화공약품, 염료공장, 사진, 필름, 전기, 전자기구, 전자상회, 전기제품 일체, 그림, 조각 등 미술 공예 관계, 광고업, 소리, 노래, 가곡, 가요, 악기 등의 음악 관계, 서화, 골동 관계, 화장품, 양품, 소품, 미장원, 이용, 미용, 화장 등 미용 관계 재료, 고무제품, 안경, 렌즈, 연극, 영화, 연예인, 배우, 극단, 신문, 잡지, 서적, 집필, 편집, 언론, 문학, 어학, 인쇄업, 服飾, 고급의류, 디자인, 재봉, 장식품, 사치품, 액세서리상, 변호사, 법무사 등 법률 관계, 이학, 화학 관계.

● 土

농업, 산림, 식산, 목축 관계, 양잠, 養禽, 토목 관계, 건축자재, 흙, 토석, 자갈, 벽돌, 기와, 타일, 도자기, 스레트, 시멘트, 광산 관계, 미장이, 운동기구, 문방구, 표구상, 부동산, 집, 소개소, 종교인, 승려, 목사, 역학자, 무녀, 통계담당, 용역회사, 측량사, 변호사, 예술인.

● 金

금, 은, 동, 철 등 금속 일체와 관계 있는 직업, 기계, 시계, 총포류, 도검류, 주물, 대장간, 철공장, 광산, 쇠붙이, 철재, 철물점, 금은방, 자동차, 비행기, 수도관, 보일러, 설비, 도로 관계, 정밀 기계류, 기계상, 부품상, 자동차 판매업, 기계 기능공, 정비, 이발 기구, 유리 거울점, 운동 기구점, 당구장, 볼링장, 운전 기사, 비행사, 은행, 금융, 유가증권 관계, 전당포, 장의 제사

관계, 군인, 경찰, 경비원.

● 水

수산, 어업, 양어장, 해수욕장, 생선어물 가게, 낚시 가게, 어구 관계, 선원, 船具 관계, 배, 군함, 수력 관계, 생선, 건어물, 해초류, 스케이트장, 수영장, 염전, 간장, 된장, 차, 커피, 맥주, 주스, 사이다, 콜라 등 음료 관계, 음식점, 요정, 레스토랑 등 요식업, 다방, 카페, 주점, 카바레 등 물장사, 유흥업 일체, 포장마차, 관광업, 여관, 여인숙, 호텔, 모텔, 콘도, 목욕탕, 온천지대, 탁아소, 창녀, 기생, 마담, 외근, 외교, 외판, 섭외 관계 등 대인 관계를 주로 하는 업, 내기, 노름, 도박, 갬블적인 요소를 지닌 일거리.

14. 疾病論

木은 肝臟이요, 金은 肺臟이요, 水는 腎臟이요, 火는 心臟이요, 土는 脾臟이다.

사주 命造에 木이 太過 또는 不及하면 간장에 반드시 병이 있게 된다. 다른 五行도 같은 이치로 보라. 질병은 어느 오행이 많거나 休囚衰弱하면 병이 발생하는데 십중팔구는 극하게 되어 病源이 된다.

甲乙은 頭面이요, 丙丁은 眼目이요, 戊己는 脾胃肚腹이요, 庚辛은 筋骨四肢요, 壬癸는 腎臟, 血液이다. 어떤 오행이든 왕하면 분을 넘치고, 혹은 극을 받으면 질환이 발생한다. 十干은 안색을 나타내는데 甲乙木은 靑碧. 丙丁火는 赤紫, 戊己는 黃紅, 庚辛은 白淡色. 壬癸는 黑綠이다. 日時 天干을 상하면 반드시 안면, 혹은 두부에 고장이 있다. 地支를 파손하면 신체의 어딘가에 결함이 있다. 五陽은 腑로 甲丙戊庚壬을 보고, 五陰은 臟으로 乙丁己辛癸를 본다.

오행이 和치 않고 태과, 혹은 불급하여 질병을 發한다. 丙丁巳午 南은 上部病이요, 壬癸亥子 北은 下部病이요, 甲乙寅卯 東은 左部病이요, 庚辛申酉 西는 右部病이요, 戊己辰戌丑未는 中部病이다.

天干의 질병 소속은 甲은 膽, 乙은 肝, 丙은 小腸, 丁은 心, 戊는 脇, 己는 腹, 庚은 臍, 辛은 股, 壬은 脛, 癸는 足에 해당된다.

地支의 질병 소속은 子는 膀胱, 陰이요, 丑은 胞肚脾, 脚이요, 寅은 膽, 髮, 手, 腿요, 卯는 十指, 肝, 辰은 肩, 胸, 膊이요, 巳는 面, 咽, 齒, 尻, 肛, 肩이요, 午는 眼目, 頭요, 未는 胃脘, 膈, 脊梁, 肩이요, 申은 大腸, 經絡, 肺, 膊이요, 酉는 精血, 小腸, 脇이요, 戌은 命門, 腿踝, 足이요, 亥는 頭, 腎囊, 脚에 해당된다.

1) 甲木日干은 지지가 靜함을 喜하고 만약에 刑冲이나 歲運의 전투를 만나면 필연코 多病한다.

2) 甲木이 秋生이면 從殺이라고 하는데 大運 및 小運에 未字를 만나면 필히 병을 앓는다.

3) 甲木이 夏生이면 火繳木焚하며 歲運에 火土를 만나면 肝經의 病을 앓는다.

4) 甲木이 冬生하고 木이 물에 뜨고 歲運에 金水를 만나면 胃肺에 병이 있다.

5) 乙木이 質弱하면 秋冬에 생함을 꺼리며 지지에 申酉가 있으면 火烘을 기뻐한다. 金이 곤하면 폐에 병이 있고 土가 습하면 위에 병이 있다.

6) 丙火는 지극한 陽으로 그 성격이 支剛하다. 만약 秋冬에 생하여 身이 敗地에 임하면 방광에 병이 있다.

7) 丙辛은 淫合이다. 春夏에 생하고 歲運에 水晦를 만나면 병이 소장에 있다.

8) 丁火가 봄에 생하여 木이 허하거나 丁火가 冬에 생하고 癸庚에 相困하고 西方運을 만나면 肝腎에 병이 있다.

9) 丁火가 가을에 생하고 土가 박하며 기가 약한데 만약 濕木을 만나면 痰膈에 병이 있다.

10) 戊土日干은 靜과 潤을 기뻐한다. 生財하면 體胖하고 火多면 병이 된다. 殺旺하여 천간에 투출하면 십중팔구는 병에 걸리고 火炎하고 土燥하

면 천연두 병이 두렵다. 戊土의 병은 肝脾에 많으며 濕溫의 병은 봄에
생긴다.

11) 己土는 燥함을 기뻐하나 火多는 무방하다. 濕土의 병은 심장에 있다.

12) 가을에 생하여 金旺하고 氣虛하고 脾가 寒하다. 병은 앓으나 위험하지
는 않으며, 五中三은 약간의 병을 앓는다.

13) 己土가 봄에 생하면 土氣가 박약하니 木多하고 殺旺하면 폐병을 물리
치기 어렵다.

14) 庚金의 병은 대장에 많다. 여름의 불꽃이 염염하고 庚金이 극을 받는데
만약 水의 구제가 없으면 폐병으로 요절한다.

15) 庚金은 굳세지만 支冲을 꺼린다. 가을에 생하여 冲을 만나면 불량하고
五行의 구제가 없으면 六根이 상해한다.

16) 庚金이 冬에 생하고 傷官이 乘權하며 南方運을 행하면 眼病이 肝에 있
다.

17) 辛金이 夏火와 상극하면 血分에 병이 있고 가을에 辛金이 劫財가 왕하
고 戊土가 투출하여 身强하고 癸運을 만나면 두 눈을 잃게 된다. 辛金
이 겨울에 생하면 火를 기뻐하고 土가 濕하면 脾가 한랭한다.

18) 辛丙이 相合하면 단비가 촉촉이 내리는 것과 같다. 요컨대 丁癸를 보면
병과 재앙이 많으니 辛金의 병은 소장에 있다.

19) 壬水가 己土와 相混하면 痰濕의 병이 두렵다. 春生이고 氣弱하며 火土
가 相困하여 死絶運을 만나면 心腎에 병이 있다. 夏生이고 從財하면
심장이 비록 약하지만 병이라고는 할 수 없다. 秋生이면 몸이 뚱뚱하
고 溫濕의 병이 두렵고 冬生이면 氣寒하여 火의 단련을 기뻐한다. 丁
壬化木하면 春眞에 從化한다. 秋生이고 戊를 보면 心腎에 병이 있다.

20) 癸水는 至陰이다. 夏至에는 氣弱하니 만약 戊己가 보이면 피를 토하는
병을 앓는다. 春秋 두 계절에 木多하면 기가 허하고 火多하면 신장이

허하다. 從化가 不眞하면 신경에 병이 있고 秋生이고 木이 결여되면 小神에 일을 맡긴다.

21) 至陰의 癸水는 평생에 병이 적으나 婦命이 火燥하면 血分에 병이 있다.

22) 질병의 경중을 논하겠다. 病神이 有力하면 重病이요, 병신이 무력하면 輕病이요, 起病의 年, 月, 日이 병신을 生助하면 중병이요, 기병의 년, 월, 일이 병신을 剋洩하면 경병이요, 日干이 약하고 虛症이면 낫는 시시가 비교적 더디다. 일간이 강하고 實症이면 낫는 시기가 비교적 빠르다. 일종의 病神이 일종의 병이 되고, 양종의 병신이 양종의 병이 된다.

23) 辰戌丑未大運에서는 문둥병, 정신병, 마비질환이 발생할 우려가 있고, 子午卯酉運에서는 내과병이 발생하며 寅申巳亥運에서는 외과 질환인 수술 및 물리치료 질환이 발생한다. 官運에서는 전염성 질환이 생기기 쉽다.

24) 木日主는 肝經, 風疾로 별세하기 쉽고, 火日主가 임종할 때는 심장마비, 혈압이다. 土日主가 세상 뜰 때는 脾胃, 浮氣요. 庚辛日主가 세상을 뜰 때는 혈압, 급병, 피를 토함이 많고 壬癸日生이 임종할 때는 신장염, 浮氣로 인함이 많다.

● 五行 虛實 疾病論

甲 寅	實	담석증, 담낭염, 좌골신경통, 관절염, 빈혈, 후두통, 늑간 신경통, 발목을 잘 삠.
	虛	담낭, 담석, 신경통, 관절염, 편두통. 황달, 눈동자가 노랗다. 현기증.
乙 卯	實	전두통, 간염, 간경화, 근육통, 신경과민, 불면증, 위산과다, 동맥경화, 기미, 죽은깨, 눈충혈, 얼굴색 창색, 임와사증, 경기, 반신불수, 알코올 중독.
	虛	정신질환, 간질, 근육경련, 전·반신불수, 전신무력증, 요통, 생리불순, 백내장, 색맹, 야맹, 안질병, 빈혈, 뇌혈전.
丙 午	實	인후, 편도선염, 관절, 근육, 류머티즘, 신경쇠약, 생리불순, 생리통, 소화불량, 소장계 질환, 부종.
	虛	생리불순, 생리통, 인후, 편도선, 어깨 결림, 목덜미가 뻐끈한 증세.
丁 巳	實	호흡기 곤란, 동맥경화, 고·저혈압, 협심증, 심장판막증, 변비, 설사, 갈증이 심함, 몸에 열이 많다.
	虛	야뇨증, 오줌소태, 저혈압, 동상, 난시, 난청, 귀울림, 몽정, 잘 놀라거나 경기, 요통, 하지 무력증, 가슴 뛰고 두근거림, 소변빈다, 어혈, 자궁냉증, 백회가 아픔.
戊 辰 戊	實	위하수, 위궤양, 위무력증, 위확장, 급체, 변비, 위암, 치통, 잇몸 질환.
	虛	소화불량, 위경련, 위염, 복통, 변비, 피부가 거침, 곽란, 포식.
己 丑 未	實	관절염, 췌장염, 피부병, 위경련, 맹장염, 배가 차다, 잠이 많다, 다식, 화농성 질환.
	虛	위산과다, 식욕부진, 변비, 설사, 경기, 신경질환, 불면증, 살이 잘 찌거나 잘 빠진다.
庚 申	實	무릎관절염, 치통, 불면증, 전두통, 신경과민, 불면증, 감기, 코막힘, 견갑통, 변비, 장염, 피로증.
	虛	혈변, 하혈, 이질, 설사, 치질, 복부 무력감.
辛 酉	實	기관지염, 천식, 인후, 비염, 축농증, 요통.
	虛	편두통, 인후, 신경과민, 갑상선질환, 폐결핵, 피부병, 얼굴색 창백, 연주창, 체증, 의욕감퇴.

壬子	實	임질, 매독, 디스코, 관절염, 좌골신경통, 요도염, 방광염, 안구충혈, 소변불통, 심통, 화농성 질환, 요척통.
	虛	생식기 질환, 냉대하증, 고환염, 치질, 야뇨증, 자궁내막염, 오줌소태, 요척통.
癸亥	實	자궁냉증, 대하증, 하혈, 고환염, 귀울림, 딸꾹질, 신결석, 신장염, 신결핵, 오줌소태, 불인증.
	虛	요통, 신경통, 두통, 골수염, 골막염, 치통, 반·전신분수, 정력감퇴, 생리불순, 생리통.

● 男命 疾病論

1) 甲乙일생이 태강하거나 태약하면 간장병에 걸린다.

2) 甲乙일생이 金이 많으면 신경통에 걸린다.

3) 甲寅·甲午·甲戌·乙巳·乙未일생이 寅·巳·午·戌월생이면 기침, 천식에 걸린다.

4) 甲乙일 亥·子·丑월생은 중풍, 술독, 체증, 코막힘이 있어 본다.

5) 甲乙일에 金水가 냉하면 소변을 자주 보고 자주 마렵다.

6) 甲乙일생에 木이 형충되면 목매어 죽는다.

7) 甲乙일생에 水가 많으면 水厄이나 水災를 당한다.

8) 丙丁일생이 신약하면 신경쇠약에 걸린다.

9) 丙丁일생이 火氣가 부족하면 심장병에 걸린다.

10) 丙丁일생이 水가 많으면 시력이 약해진다.

11) 丙丁일생이 태약하면 간질병에 걸리기 쉽다.

12) 丙丁일생이 水가 없으면 목과 입이 마르고 수면 부족과 소화불량증에 걸린다.

13) 戊己일생이 신약한데 형충을 만나면 위장수술을 하게 된다.

14) 戊己일생이 신약한데 金水木이 많으면 脾胃가 약해진다.

15) 戊己일생이 水가 왕하여 土가 흘러내리면 水厄이 있다.

16) 戊己일생이 신약하면 변비, 설사, 당뇨병 등에 걸린다.

17) 戊己일생이 건조하면 피부병에 걸리니 두드러기, 알레르기, 식중독이 생긴다.

18) 庚辛일생이 신약하면 폐병, 기침병에 걸린다.

19) 庚辛일생이 金木이 상극하는 사주는 골절 당하게 된다.

20) 庚寅・庚午・庚戌・辛卯・辛巳・辛未일생이 春夏月에 태어나면 치질이나 맹장염에 걸린다.

21) 庚辛日이 冬月生이면 중풍, 주독, 체증, 동상, 水厄 등이 있다.

22) 庚辛일생이 火가 왕하면 천식, 기침, 血疾, 눈앓이, 치질, 변비 등에 걸린다.

23) 壬癸日主가 태왕한데 사주 중에 丁巳를 만나면 시력이 약해진다.

24) 癸丑・癸巳・癸未일생이 甲寅시에 출생하면 노상 횡사, 교통사고, 부상 등을 당한다.

25) 壬癸일생이 지지에 火局을 놓으면 눈뜬 장님인 당달 봉사, 야맹증, 기관지염 등을 앓게 된다.

26) 壬癸일생이 春冬月에 태어나고 사주에 火가 없으면 풍질, 기침, 귀머거리가 된다.

27) 壬癸일생이 火土가 많으면 치질, 임질, 코맹맹이에 걸린다.

28) 壬癸日主가 약하면 치질, 임질, 당뇨병에 걸린다.

29) 사주에 桃花殺이 형충되거나 沐浴殺이 형충되면 화류계 병에 걸린다. 임질, 매독 주의하라.

30) 正月 寅日生, 二月 卯日生, 三月 申日生, 四月 丑日生, 五月 戌日生, 六月 酉日生은 다리질환에 걸리게 된다.

31) 寅午丑일이 형충을 만나면 화재, 화상을 당해 본다.

32) 식신이 형충되거나, 財星이 형충되면 기생충이 많이 있다.

● 女命 疾病論

1) 甲乙일생이 土金이 많으면 간장질환 앓아본다.

2) 甲乙일생이 火를 많이 만나면 천식이 있게 된다.

3) 甲乙일 秋月生은 편도선염, 두통, 골통이 빈번하다.

4) 甲乙일생 夏月生은 편도선염 앓게 된다.

5) 甲乙일이 약하고 木이 형충되면 간암수술 받아본다.

6) 甲乙일생 寅卯辰巳月生은 와사풍이 두렵다.

7) 丙丁일생이 金水가 많거나 木火가 왕하면 심장병.

8) 丙丁일생이 亥子丑月에 나거나 水가 많으면 현기증.

9) 丙丁일생이 秋冬月에 나거나 水가 많으면 시력이 나빠진다.

10) 丙丁일생 春夏월생은 신경통, 신경질, 현기증 있게 된다.

11) 戊己일생이 水木이 많으면 脾胃가 약하다.

12) 戊己日이 약하고 土가 형충되면 위암에 주의하라.

13) 戊己일에 春冬월생은 월경불순, 냉증 있다.

14) 戊己일생이 지지에 土가 刑되면 축농증에 걸린다.

15) 己亥·己卯·己酉일생이 약하면 神이 들렸다는 말을 듣는다.

16) 己亥일생이 신약하면 비명횡사가 두렵다.

17) 庚辛일에 春夏월생은 기관지병, 생리통, 코피 난다.

18) 庚辛일에 寅·卯·巳·午·未월생은 월경불순 건조하다.

19) 庚辛일에 春冬월생은 대하증에 월경불순이다.

20) 庚辛일생이 木火가 왕하며 局을 이룬 자는 고혈압과 치질, 맹장 주의하라.

21) 庚일생이 신약한데 지지에 刑이 되면 맹장수술을 받아본다.

22) 辛일생이 신약한데 지지에 刑이 되면 폐병 조심.

23) 辛일에 寅卯夏월생은 신경쇠약, 사지근골 통증 있다.

24) 壬癸일생이 火土가 왕하면 신장이나 자궁에 병이 있다.

25) 壬癸일생이 火土局이 있으면 치질, 임질, 당뇨병이다.

26) 壬癸일에 辰戌丑未월생은 월경불순과 코막힘 있다.

27) 壬癸일에 春秋冬월생은 월경불순, 대하증이 있다.

28) 壬癸일에 春冬월생이 사주에 辰巳가 있으면 와사풍에 걸린다.

29) 壬寅·壬午·壬戌일생이 火土가 왕하면 기관지 계통의 병에 걸린다.

30) 壬일생이 신약한데 刑이나 도화살을 만나면 방광염을 앓아본다.

31) 食神, 傷官에 刑沖을 만나면 자궁암이 염려된다. 또한 유방암도 주의해 야 한다.

32) 食神, 傷官이 太旺하여 身弱한 자는 애기 낳고 병을 얻는다.

33) 食神, 傷官이 태왕한데 刑沖을 만나면 나팔관에 임신한다.

34) 食神, 傷官이 刑沖되면 자궁수술 받아본다. 그리고 처녀 시절 발육할 때 유방이 작아진다.

35) 食神, 官星이 함께 合身하고 刑沖을 만나면 불의로 잉태하여 유산하다 가 병을 얻어 위험하다.

15. 壽夭論

1) 月, 日이 生旺하고 時上이 死絶되면 수명은 45세를 넘지 못한다.

2) 月, 日이 死絶하고 時上이 生旺되면 30세 전에 죽는다.

3) 命造에 生旺이 많고 殺을 범치 않으면 질병이 적고 종말이 좋으며 一念之間에 죽는다. 死絶이 많고 刑殺을 띠면 초췌 고난의 災患이나 오랫동안 병에 신음하고 세월이 많이 흘러도 치유되지 않는 병에 걸린다.

4) 노인이 生旺 行運 중에 죽음은 긴병에 고생하다가 죽는다.

5) 命造에 亡神, 大耗가 중첩하면 死體가 없어진다.

6) 天干이 生旺하고 損剋치 않으면 장수한다.

7) 천간이 敗死하여도 이것을 도와주면 장수한다.

8) 천간이 敗死하고 剋賊하면 단명한다.

9) 천간이 生旺하고 명조에 파극이 많으면 일찍 죽는다. 命造에 印綬의 뿌리가 튼튼하면 上壽한다. 팔자가 均停하여도 장수한다.

10) 身旺한 鬼絶의 命은 破하여도 장수한다.

11) 요절하는 命은 四大 空亡을 만난 것. 즉 명조에 納音 空亡이 겹치고 다시 大運 流年에 納音 空亡을 띠면 그 運 중에 요절한다.

12) 명조에 長生이 많으면 장수한다. 納音 十二運이왕하여도 명이 길고 剋制가 많으면 명이 짧다.

13) 死絶의 氣는 조속히 발달하여도 일찍 죽는다. 만약 旺地에 乘하면 福壽가 증가한다.

14) 生時의 힘을 얻으면 만년에 발복 장수한다.

15) 丙申日生이 명조 천간에 壬癸水가 많으면 단명한다.

16) 食神이 명랑하면 壽가 길고 만약 倒食을 만나면 신변상에 좋지 않다. 그러나 偏財가 와서 도와주면 생기를 얻는다. 즉 병에 걸려도 쉽게 죽지는 않는다.

17) 五行이 生旺하면 壽가 높고 旺鬼가 剋身하면 단명한다. 또 財祿이 無氣하면 가난하지 않으면 단명한다.

18) 命造에 七冲이 겹치면 衝天殺이라고 하는데 生日對 時는 단명하고 生年對月은 傷한다.

19) 生日 生年과 生日 生時의 七冲이 겹치면 13세 이내에 명이 끝난다.

20) 短命殺을 띠고 凶殺이 있고 行運에 다시 孤辰 寡宿 등이 오면 喪事가 발생한다.

21) 急脚殺이 大歲運에 다시 만나면 鬼鄕에 든다하여 孝服을 입는다.

22) 本命地支의 前支를 만나면 截命殺이라 하는데 大運, 歲運과 三重이 되면 흉사하고 兩重하면 신체에 부상을 입는다. 本命이란 生日地支를 말한다.

23) 本命地支의 後支를 만나면 推命殺이라 하는데 二三 겹치면 중년까지 죽는다.

24) 命造에 空亡이 三, 四位 있는데 大運과 年運이 동시에 공망이 되는 운에 죽기 쉽다.

25) 木日生이 金의 극이 심하면 傷官이 겹치는 운에 위태롭고, 木日生이 命造가 水旺한데 水旺한 운을 만나면 타향에서 죽거나 물에 빠져 죽는다.

26) 日貴日·日德日生은 冲하는 운이 오면 위태롭다.

27) 金日生이 行運에서 傷官과 偏印이 겹쳐오면 위태롭다.

28) 水日生이 왕한데 강한 傷官運이 오면 불의의 사고로 상하거나 죽는다.

29) 日支와 大運의 干支가 같고 地支가 冲刑되면 중병을 앓거나 죽는다.

30) 命造내에 冲剋의 선두가 없는 것. 凶神이 있어도 合, 制, 化가 되는 것.
忌神이 冲, 空亡, 合 등이 되는 것. 用喜神이 大運과 상극되지 않는 것.
體用의 균형이 맞는 것. 身旺하고 大運에서 冲剋을 심지 않은 것. 寒熱
燥濕이 中和를 이룬 것 등의 사주는 장수 할 수 있다.

31) 命造내에 五行 구성상 어느 한편으로 치우친 것. 매우 身弱한 것. 刑冲
破害가 겹쳐 있는데 구하는 것이 없는 것. 身弱한데 食傷이 태과하거
나 설기가 심한 것. 초·중년의 대운과 相剋, 相冲이 심한 것. 寒熱燥濕
이 어느 한쪽으로 치우친 忌神이 무리를 지어 강한 것. 體用의 균형이
많이 기울어진 것.
冲吉을 冲하지 않고 合吉을 합하지 않는 것. 冲凶을 冲한 것. 合凶을
합한 것, 身弱한데 印星이 있어도 財星의 극을 받은 것. 從格도 아니면
서 매우 신약한데 印綬가 중첩한 것. 官殺이 태과하여 日干을 극함이
심한 것 등의 사주는 단명하기 쉽다.

32) 命造 내에 羊刃이 겹쳐 있고 冲이 되는 것. 冲刑이 중첩 한 것. 魁罡이
여러 개 있는 것. 羊刃과 傷官이 同柱하고 흉작용 되는 것. 태과한 오행
을 冲剋하는 것 등은 흉사, 악사하기 쉽다.

33) 驛馬와 羊刃이 同柱하고 사주가 불량하면 객사나 타향에서 죽는다. 桃
花, 沐浴, 羊刃, 偏官이 중첩한 命은 색정건으로 흉사한다. 月支 偏官이
冲이 되면 불측의 재난과 병으로 인하여 죽는다.

34) 食神格이 명조에 印星이 많은데 강한 偏印運이 오면 傷官格에 강한 印
綬運이 오면, 偏財格에 강한 比肩運이 오면, 正財格에 강한 劫財運이

오면, 偏官格에 강한 食神運이 오면, 正官格에 강한 傷官格이 오면, 偏印格에 강한 偏財運이 오면, 印綬格에 강한 正財運이 오면 身弱官旺한데 강한 偏官運이 오면, 官殺이 忌神인데 강한 官殺混雜運이 오면, 殺印格인데 강한 財星運이 오면, 食神制殺格인데 강한 偏印運이 오면 强旺格은 日干이 매우 약하게 되는 운이나 交運期가 오면 從格이 日干이 강해지는 운이 오면 羊刃格은 合이나 冲운이 오면, 全支가 羊刃인데 正財運이 오면 생명이 위태롭다.

第三章

1. 女命通法

1. 渭涇篇에 말하기를 사주에서 驛馬를 둘 만나면 母家가 황량하다.

2. 婦人總訣에 말하기를 年上에 傷官이 있으면 주로 病을 띠고 태어난다.

3. 婦人總訣에 말하기를 命造에 辰은 있고, 戌이 없는 자는 외롭고, 戌은 있고 辰이 없는 자는 祿을 띤다.

4. 渭涇篇에 말하기를 孤辰이 冲을 對하면 夫家를 敗할까 두렵다.

5. 婦人總訣에 말하기를 時와 日孤辰이 冲되면 그 禍가 무궁하다.

6. 崖泉賦에 말하기를 癸日生 女命이 命造에 亥酉가 있으면 교제가 繁忙하다.

7. 官은 없고 합이 있는 자는 만혼을 한다.

8. 辛日 卯時生은 자식이 적고 더디다.

9. 渭涇篇에 말하기를 印綬格이 食神은 없고 官殺이 있으면 외롭다.

10. 渭涇篇에 말하기를 孤神이 印星에 坐한 자는 여승이 된다.

11. 渭涇篇에 말하기를 女命이 三刑을 띠면 주로 자식에게 해롭다.

12. 命造에 많은 官이 합을 띤 자는 감정이 혼란하여 트러블을 잘한다.

13. 渭涇篇에 말하길 比劫의 뿌리가 重한 자는 後妻로 갈까 두렵다.

14. 命造가 純陰純陽이면 자식을 妨害한다.

15. 三干이 一干과 합을 하면 용모가 절세미인이다.

16. 月傷官이 羊刃과 중첩되면 타인에게 의지하여 생계의 방도를 연구한
    다.

17. 日坐가 羊刃인데 또 羊刃을 보면 고독하다.

18. 官星과 天乙貴人이 대부분인 자는 이름난 여인이 된다.

19. 辛亥日·甲寅日·戊申日·丁巳日生의 女命은 감정이 혼란하니 트러블
    을 일으킨다.

20. 驛馬와 天乙貴人이 同柱하면 일생에 변천이 많다.

21. 比劫이 桃花에 坐하면 심히 불량하다.

22. 會合이 과다하면 사교가 심히 바쁘다.

23. 官殺이 혼잡하고 地支에 합을 띠면 女命은 상서롭지 못하다.

24. 桃花가 夫星에 坐하였는데 또다시 桃花를 보는 것을 꺼린다.

25. 日과 月의 干支가 합이 된 자는 혼인에 혼란 트러블이 있게 된다.

26. 官星이 當令한데 또 傷官格을 겸한 자는 흉하다.

27. 女命에 驛馬가 冲을 만난 자는 말이 많고 변심한다.

28. 子午卯酉나 寅申巳亥 또는 辰戌丑未를 다 갖춘 자는 좋지 않다.

29. 女命에 陽日主는 日支가 羊刃에 坐하는 것을 꺼린다. 즉 丙午日·壬子
    日·戊午日生의 女命은 성격이 지나치게 의연하다.

30. 女命에 둘이 하나를 합하는 것을 꺼린다. 주로 감정에 곤란이 있다.

31. 子午卯酉日이 子午卯酉時를 만나면 좋지 않다.

32. 女命이 生年과 生日의 간지가 서로 같은 자는 좋지 않다.

33. 女命의 井欄叉格은 좋지 않다.

34. 女命에 冲刑이 있는 것은 좋지 않다.

35. 壬癸日生이 地支에 申子辰을 다 갖춘 자는 심성이 不定하다.

36. 女命이 魁罡格인 것은 좋지 않다. 바로 庚戌日·庚辰日·壬辰日·戊戌
    日生은 지혜 총명하고 練達함이 뛰어나다. 그러나 신변은 늘 복잡하고

고생이 끊이지 않는다. 정신적인 번민이 많아 편할 날이 적다.

37. 比劫이 同柱하고 天干에 중첩된 자는 남편을 다투게 된다.

38. 女命에 夫星인 官殺이 없는 깃을 꺼린다.

39. 比肩이 空亡에 坐하면 남편에 불리하다.

40. 自坐 偏印이면 감정상 트러블이 있다.

41. 偏印, 傷官, 羊刃을 아울러 보면 혼인이 더디다.

42. 年이 財이고 月이 印인 女命은 母家가 해롭다.

43. 劫財, 傷官, 羊刃을 아울러 보면 혼인이 좋지 않다.

44. 天干에 偏印이 아울러 있으면 주로 만혼한다.

45. 正印이 過多한 女命은 어머니에 해롭다.

46. 月令에 正印이 專位에 坐하면 長子에게 해로움이 있다.

47. 正印, 七殺, 羊刃을 다 갖춘 女命은 예술, 문예에 재질이 있다.

48. 偏財가 七殺과 同柱하면 父의 祿이 박하다.

49. 官殺을 天干에서 아울러 보면 阻折을 많이 본다.

50. 正官이 正官에 坐하면 晩婚하는 것이 길하다.

51. 偏財가 比肩에 坐하면 아버지가 타향에 가서 산다.

52. 正官이 傷官에 坐하면 손해가 많다.

53. 命造에 七殺이 네 개이면 타향에서 成婚한다.

54. 女命은 七殺 支에 三刑을 만나는 것을 크게 꺼린다.

55. 財星이 當令하면 女命은 자식이 늦다.

56. 官殺이 혼잡되고 地支에 桃花가 합이 되면 불길하다.

57. 食神이 羊刃에 坐하면 직업여성의 명이다.

58. 亥子를 거듭 만나면 부모에 불리하다.

59. 女命에 正官 桃花 同柱이면 복록을 자랑한다.

60. 天干에 三奇가 있는 자는 아름다운 명이다.

61. 七殺을 제어하는 자가 없으면 불길하다.

62. 財星이 劫財나 刑을 만나면 재물을 모으는 데 지장이 있다.

63. 金神이 羊刃格을 겸하면 시비가 심히 많다.

64. 먼저 冲하고 뒤에 合하면 일생 시비가 심히 많다.

65. 羊刃, 冲, 刑을 다 갖춘 자는 뜻밖의 재앙을 방비해야 된다.

66. 桃花는 三合과 六合을 가장 꺼린다.

67. 庚辛日 未申子月生이 命造에 丙丁이 없으면 몸은 약하고 병이 있어 단명하기 쉽다.

太過之害

● 比劫太過

1. 성질이 편벽되어 동기간 불목한다.
2. 재정상 궁핍하며 낭비벽으로 인하여 빈천하다.
3. 부부 이별의 위험이 있고 자기중심적이며 고집불통이다.
4. 女命은 첫 자식을 잃든지 산액으로 고생해본다.
5. 부모형제와 이별하기 쉽다.

● 食傷太過

1. 신체 건강이 심히 해를 받고 궂은 일이 많고 헛수고를 많이 한다.
2. 남녀 모두 자녀 연에 혜택을 받기 어렵다.
3. 男命은 上位가 되기 어렵다.
4. 女命은 剋夫하고 헤어질 근심이 있고 색정상 음란하다.

● 財星太過

1. 겉보기엔 화려하고 아름다운 것 같으나 안으로는 괴롭다.
2. 처가 家權을 유지하고 夫는 권위를 떨치지 못한다.
3. 財를 不得하고 도리어 財的인 재액을 받는다.
4. 욕심으로 망한다.

5. 여명은 자식 연이 박하고, 남명은 자녀의 심신이 유약하다.
6. 남녀 모두 親緣이 박하고 손윗사람의 도움은 기대키 어렵다.

● 官星太過

1. 정신 활력이 결핍하고 박력이 부족하며 융통성이 없고 활동이 편협하다.
2. 건강이 좋지 못하며 사회적으로도 발전을 못한다.
3. 남명은 사업이 과중하여 오래도록 지속키 어렵다.
4. 여명은 남편을 가리는데 세월을 허비하던가 夫緣에 이변이 있고 과부로 지내는 일이 있다.

● 印星太過

1. 정신기력이 약하고 게으르며 의존심리가 강하고 어리석다.
2. 親緣이 박하고 후원자의 원조도 바랄 수 없다.
3. 남녀 모두 자녀 연이 박하거나 귀하여 노후를 고독하게 지내게 된다.
4. 남녀 모두 배우자 인연에 苦情이 있기 쉽다.

● 六神의 作合

作合 \ 男女	男 命	女 命
比肩의 作合 劫財의 作合	자매가 부정 있다. 형제자매가 바람 핀다.	자매가 부정 있나. 시아버지가 바람 피우며 풍류 가이다. 형제자매가 바람 핀다.
食神의 作合	장모님이 풍류가이다. 손녀가 연애한다.	자식이 연애한다.
傷官의 作合	조모님이 연애한다. 손녀가 연애한다.	자식이 연애한다.
偏財의 作合	아버지 형제가 바람 핀다. 자수성가한다.	외손자 외손녀가 연애한다.
正財의 作合	고모가 바람 핀다.	외손자 외손녀가 바람 핀다.
偏官의 作合 正官의 作合	자식이 연애한다.	시누이가 재혼한다. 며느리가 바람을 핀다.
偏印의 作合	조부가 바람을 피웠다. 외손녀가 연애한다.	사위가 바람난다. 손녀가 연애한다.
印綬의 作合	어머니가 연애한다. 외손녀가 연애한다.	사위가 바람피운다. 손녀가 연애한다. 어머니가 연애한다.

사주 명리학의 핵심

● 六神의 混雜

六神＼男女	男 命	女 命
比肩, 劫財의 混雜	자식이 바람나거나 재혼한다. 색다른 형제자매가 있다.	남편이 바람을 피우거나 첩을 둔다. 두 여인이 같은 남편으로 싸운다. 이색 형제자매가 있게 된다.
食神, 傷官의 混雜	딸이 재가한다. 조모님이 두 분이다.	사위가 바람, 작첩하게 된다. 남의 자식 기르거나 두 집에 가서 애를 낳는다.
偏財, 正財의 混雜	여자 문제로 염문이 많다. 바람나거나 첩을 본다. 첩을 2~3명을 거느릴 수 있다. 아버지의 형제 가운데 색다른 형제가 있다. 月과 日에 혼합되면 태어난 곳과 자란 곳이 다르다.	자부의 모친이 두 분이다. 시모를 둘 모신다. 시아버지가 바람 작첩하게 된다. 아버지의 형제 가운데 이색 형제가 있다. 月과 日에 혼잡되면 태어난 곳과 자란 곳이 다르다.
偏官, 正官의 混雜	사위가 바람나거나 첩을 얻는다. 배 다른 자식을 둔다. 소실에게서 자식을 본다. 평소 생활상 고심이 있다. 신변에 항상 이동의 뜻이 있고 주거 변동도 많다. 心意가 不定하고 浮薄에 흐르기 쉽다. 직업상 迷가 생기고 직업을 변경하는 일이 있다. 장남으로 태어나도 상속상에 지장이 생기기 쉽다. 열심히 근무해도 고위직에 오르기 어렵다.	딸의 시모가 두 분이다. 作夫하게 된다. 첩이 되기도 한다. 바람을 핀다. 평소 생활상에 고심이 있다. 남편의 신변에 迷하기 쉽다. 正妻가 되어도 緣談에 苦情이 있기 쉽다. 자기에게 삼각 관계가 일어나거나 남편에게 이런 일이 있어 苦勞한다. 재혼하는 일이 있다. 과부가 되기 쉽다. 이성을 접하는 기회가 많고 조행상 풍문을 만나기 쉽다. 이 남자 저 남자 고르기에 세월을 보내고 독신 생활한다.
偏印, 印綬의 混雜	아들의 장모가 두 분이다. 모친이 둘 이상이거나 서모를 봉양한다. 그렇지 않으면 편모 슬하에서 자란다.	딸이 바람, 작부, 재가한다. 어머니가 둘 이상이거나 서모를 봉양한다. 그렇지 않으면 편모 슬하에서 자란다.

● 身强한 팔자가 抑制가 있으면

1) 천성이 명백하다.

2) 활달하고 도량이 크다.

3) 순물(順物)함으로써 움직인다.

4) 일을 만나 능단(能斷)하다.

5) 항상 즐겁고 기쁘다.

6) 베풀기를 좋아한다.

7) 정이 많고 의(義)도 많다.

8) 두려워하지 않고 의심치 않는다.

● 身强한 팔자가 억제가 없으면

1) 잔폭하고 싸움을 좋아한다.

2) 성정(性情)이 무상하다.

3) 스스로 검속(檢束)치 않는다.

4) 위망(危亡)을 돌아보지 않는다.

5) 악에 당(党)하여 선(善)을 모욕한다.

6) 강함을 지니고 약함을 업신여긴다.

● 身弱한 팔자가 扶함이 있으면

1) 검소하고 절약하는 마음이 생긴다.

2) 포시(佈施)를 잊지 않는다.

3) 기(機)가 깊고 생각함이 치밀하다.

4) 합(合)하고 만남이 적다.

5) 예절에 구애된다.

6) 언행이 상고(相顧)한다.

7) 의모(儀貌)를 가지런히 꾸민다.

● 身弱한 팔자가 扶함이 없으면

1) 음탕 사악하고 허위가 있다.

2) 주저하고 집요하다.

3) 기이한 것을 자랑한다.

4) 그릇됨이 많고 옳음이 적다.

5) 무력하고 게으르다.

6) 작사(作事)가 무단하다.

2. 性情論

分類＼生日	木日 (甲乙)	火日 (丙丁)	土日 (戊己)	金日 (庚辛)	水日 (壬癸)
旺 相	仁慈敏厚 心懷惻隱	好事華飾 實學欠乏	忠孝至誠 厚重可貴	譽高義重 臨事果決	智高量遠 計深慮密
太 過	計慮繁亂 襟懷瑣碎	執性暴躁 朝歡多泣	執而不返 蔽塞不明	有勇無謀 多慾損剛	是非好動 飄蕩多淫
不 及	執性太柔 治事無規	小有辯才 大事無決	不得衆情 不通事理	思深決少 善惡不够	反覆不常 膽大無略
木 多	柔懦泛交 多學不實	聰明志懦 好辯是非	用爽柔信 曲直黨情	辨分曲直 利害兼資	流而不止 奢儉失中
火 多	馳騁聰明 明知故犯	明外昏內 不可速達	外明少斷 好禮口惠	口才伶利 好禮寡義	崇禮貪饕 深慮多憂
土 多	取檢自信 言必鑑人	立用沉密 利害敢爲	重厚藏密 守信容物	口儉心慈 多處嫌疑	沉潛窒塞 內利外鈍
金 多	剛而無斷 動思靜悔	禮義失中 直而招謗	信而好義 剛而多躁	剛直尙勇 見義必爲	好義不實 賦性靈强
水 多	漂流不定 言行相違	爲德不終 巧而忘禮	貪功好進 愛惡無義	計慮不勝 或是或非	小巧多權 苗而不秀

● 日柱에 依한 性格

甲乙日柱

기세가 中和를 이루고 있으면 정직 온화하며 남을 생각하는 바가 있으며 남에게 베푸는 것을 아끼지 않는다. 배합에 결함이나 太過, 혹은 不及해 있으면 고집쟁이. 사물에 집착하고 자기 본위며 질투가 많다.

丙丁日柱

기세가 中和를 이루고 命造가 적당한 배합을 얻고 있으면 언행에 있어 예의가 바르며 신속하다. 성미는 급하나 겸허하고 신중하며 총명하다. 배합에 결함이 있으면 언어에 성실미가 없고 예의가 무디고 난폭하며 거칠다.

戊己日柱

사주의 배합이 좋게 이뤄져 있으면 중후하고 침착하며 언행이 경솔하지가 않다. 성실하며 神佛을 존경하고 충실하게 생각하는 심성을 지닌다. 배합에 결함이 있으면 완고하고 언행이 함께 우둔하다. 신뢰를 저버리는 일이 많으며 사람들로부터 환영을 받지 못한다. 또한 日干이 過旺하면 완고 일관으로 충고와 주위에 귀를 기울이지 않으며 스스로 곤란함을 불러들인다. 배합이 過弱하면 허식에 찬 사람으로 말이 교묘해서 일관성이 없다.

庚辛日柱

기세가 中和하고 사주의 배합이 좋게 이루어져 있으면 기성이 강하고 의지가 굳으며 용기와 결단력이 풍부하다. 명쾌한 성격으로 정의감이 강하고 의리심이 굳다. 남을 잘 돌보기도 한다. 太過, 혹은 不及하면 용감하지만 맹목적이며 결단력이 모자라고 동정심이 적으며 박정하다. 욕심이 많으며 무척 현실적인 사람이다.

壬癸日柱

기세가 中和하고 사주의 배합이 좋게 이루어져 있으면 기억력이 뛰어나고 총명하며 기지가 풍부하다. 모발은 짙으며 호색하지만 계획성이 있어서 사물의 처리가 뛰어나다. 太過, 혹은 不及하면 껴안은 일은 거의 실현되지 않고 생각과 행동은 거의 일정하지 않으며 전전하는 생활을 보낸다. 多淫하며 겁쟁이다.

3. 日柱論

甲 子

강직, 온순하고 담백, 온화, 옛것을 좋아한다. 자존심이 강하고 지기 싫어하며 창의력이 좋고 감정과 색정에 빠질 우려가 있다. 군자다운 성품이며 여성은 고집이 세다. 조실부모하기 쉽다.

甲子辰年에는 신상에 변동 있어 해외, 이사, 전출입, 공부, 전근, 적직 등이 발생하고 午年에는 화재나 관재수 있으며 酉年에는 이성으로 고민이 있고 卯년에는 수술수나 관재, 송사 사고가 염려된다. 甲은 나무요, 子는 물이니 나무가 물 위에 둥둥 뜨는 격이니 이동 변동이 잦다 하겠다.

乙 丑

성품이 온순 인자하고 조용하고 청고함을 좋아한다. 건강이 좋지 않고 학문, 예술, 종교를 좋아한다. 소심하고 배짱이 없다. 처를 아낀다. 항상 바쁘고 노력은 하나 고집으로 망할 수다. 남편의 외도로 고통을 받거나 헤어지는 위험도 있다.

巳酉丑年에는 변화 있고 午年에는 이성이 따르나 오래가지 못하며 未戌년에는 관재, 송사, 복통, 수술이나 비밀이 노출된다. 身旺자는 蓄財.

丙 寅

동방에 태양이 솟는 따뜻한 기운이다. 포부가 크고 허영심이 있고 꾸미고 멋을 내는 특성, 실속이 없다. 재물 낭비가 있고 부부궁이 좋지는 않다. 성품은 급하고 강하다. 지혜롭고 학문을 숭상한다. 자신의 잘못에 대하여 반성할 줄 안다. 고향을 떠나야 성공한다.

寅午戌年에는 신상에 변화 수. 원행이나 이동, 이사, 전근이 있으며 巳申년에는 교통사고, 관재, 수술, 화재 등 재앙이 발생하고 卯年에는 이성이 따른다.

丁 卯

예술, 철학, 공상, 신비적인 특성, 성격이 까다롭다. 구두쇠 기질, 비현실적이고 재복이 부족, 온화하다. 조용한 것, 깨끗한 것을 좋아한다. 재물의 손실이 많고 항상 궁박하다. 신경성 노이로제 있고 배우자를 불신한다. 명랑하면서도 수심이 많고 강하면서도 약하다.

亥卯未年에는 신상에 변화 있고 子酉년에는 재액을 주의해야 되고 戌年에는 상하가 동화한다. 교육, 의약, 연예, 철학, 농림이 적합.

戊 辰

똑똑하고 안정되어 있으며 어디 가나 쓸모가 있다. 핵심적 인물, 남의 일도 보아주고 덕망이 있어 사람이 잘 따른다. 고집이 지나치게 강하여 女命에 꺼린다. 부부 간에 이별하는 수도 있다. 소박한 기질이 있으나 총명치 못한 기질도 있다. 일생 중 한두 번 대수술을 겪기 쉽다. 주로 비장이나 위장에 탈이 생긴다.

申子辰年에는 변화 있고 해외 여행, 이사, 이동수가 있고 戌년에는 복통, 수술이 염려요, 酉年에는 이성이 따르고 亥年에는 신경과민이 있고 午年에는 화재나 화상을 주의해야 한다.

己 巳

겸손 성실한 편이나 공상이 많고 神佛을 숭상하며 학문과 책을 좋아한다. 소심한 편이고 나서기를 싫어하며 소극적으로 처신한다. 안정된 생활을 원하며 독립심이 강하다. 대중적이고 유연하며 완고하다. 지적이고 교양적이며 덕성이 풍부하다.

巳酉丑年에는 여행, 이사수가 있고 자손에 경사요, 申亥年에는 재앙이 발생하니 수액, 차액, 수술, 송사 등을 주의해야 되고 戌年에는 신경과민에 실물수가 있다.

庚 午

겉으로 큰소리 치고 허풍과 과장이 있다. 일에 장담을 잘하며 위협을 주나 일에 임하면 뒷감당을 못하고 포기하거나 좌절하는 수가 많다. 인정은 있으나 실행력이 부족하고 이중 성격적인 면이 있어 주변 사람을 불안하게 하여 지탄을 받는다. 처의 인연이 바뀌거나 외도로 인한 풍파가 있다. 단순하면서도 고상하고 공격형이다. 六親과 인연이 박약하다. 질병은 폐, 기관지, 치질, 맹장, 생리통, 기침이 염려다.

辛 未

조용하고 고집이 세며 부끄러움이 많고 예술의 재능이 풍부하다. 까다롭고 자존심이 강하다. 재주는 있으나 남이 알아주지 않고 단순하면서도 갈등이 있고 이기적이다. 이해성이 부족하고 자기의 주장을 굽히길 싫어한다. 부부궁은 부실하다. 건강은 폐, 기관지가 약하다.

亥卯未年에는 신상에 변화 있고 丑戌年에는 송사, 수술 복통이 따르나戌年에는 재수는 있다. 子年에는 이성이 따르나 인연이 길지 못하다.

壬 申

차갑고 냉정하며 건강이 안 좋아 음식에 탈이 나고 돈을 잘 쓰며 항상적자 생활을 하고 스스로 일을 조급히 저질러 손해를 본다. 착하고 인자한면도 있다. 지칠 줄 모르는 끈기가 있다. 아집이 강한 것이 결점이다. 지적이고 무드파다. 위장이 안 좋다. 외교관, 교육계, 종교, 철학, 의사, 행정, 운수업이 적합하다.

申子辰年에는 원행이나 변화 있고 寅巳年에는 차액, 수술, 송사 등이 발생하며 卯年에는 신경이 예민하고 수하를 조심하라.

癸 酉

음주를 즐기는 편이며 여명은 늙은 서방을 만나거나 재취에 인연이 있고첩살이하는 수도 많다. 귀염을 받으며 혼자 조용히 어떤 일에 몰두한다. 공상을 잘하며 남을 의심한다. 이중적 성격이 있고 끈기가 부족하다. 시기심이 많고 호색하다. 위장이나 신장에서 병을 얻기 쉽다. 父先亡하기 쉽다. 곤경에 처하면 즉시 새로운 길을 개척해 나간다.

甲 戌

난폭하고 일을 잘 저지른다. 호쾌한 성품, 직선적이고 때 지난 일에 손대며 일에 장애가 많다. 남의 일에 적극적이고 희생 봉사심이 강하다. 허영심이 많고 남자는 주색 풍류기가 있다. 재물을 가벼이 여기고 이중 생활하는 자도 있다. 욕심이 많고 예지력이 있고 두뇌 회전이 빠르다.

寅午戌年에는 신상에 변화 원행수가 있고 丑辰年에는 복통, 수술, 관재, 사고를 주의하고 卯年에는 이성에게 배신이 있거나 손재수요, 子年에는 송사요, 일생 중 庚辰年을 가장 주의해야 한다.

乙 亥

인자, 청고하고 학문 예술을 숭상, 기획 창의력이 능하나 재복이 부족하다. 생각은 깊으나 열매가 없고 결단력 실행력이 부족하고 끈기와 배짱이 부족하다. 父先亡하거나 이복형제 있기 쉽다. 여명은 친정에 가서 初産하지 말라. 그리고 산후 조리를 잘하라. 정치, 외교, 문교, 행정, 문화, 조림, 농장이 적합하다.

亥卯未年에는 환경에 변화요, 未年에는 이혼이 염려되고 子년에는 이성이 따른다.

丙 子

단정수려하나 인물은 팔방미인이 많다. 마음이 소심해서 만일 일에 실패하면 좌절감이 따르는 수가 있다. 비교적 평온한 가정 생활자가 많으나 月이나 時에 子나 卯가 있으면 풍파 겪는다. 원칙주의자이고 합리주의자이다. 허황된 것을 믿지 않고 분명한 것을 좋아한다.

申子辰年에는 신상에 변동이요, 해외출입이나 이사 있고 午年에는 관재나 화재를 주의해야 하며 卯年에는 화류병에 수술수요, 酉年에는 이성으로 고민할 수가 있다.

丁 丑

외유내강하고 내심 강렬한 기상과 정신력이 있다. 생활력이 강하다. 여자는 남편을 먹여 살린다. 부지런하나 경솔하다. 지혜가 많고 침착 냉정한 편이다. 박력이 다소 부족하나 원만한 성격이어서 대인 관계는 좋다. 남명은 현모양처를 만나기 쉬우나 여명은 남편과 생사이별수가 있어서 고독한 경향이다. 화재나 화상으로 혼나 보거나 세상을 비관으로 음독하기 쉬우니 비관하지 말라.

戊 寅

겉으로 강한 듯하나 내심 검약하고 좌절 포기가 많다. 뒷감당 못할 일에 큰소리만 친다. 항상 괴롭히고 방해하는 사람이 따른다. 격하고 난폭한 일면도 있으나 내심이 약하여 일 처리가 어렵다. 고집이 대단한 자가 많다. 부부궁은 아옹다옹 싸우는 경향이고 위장병, 요통, 신장병에 약하다.

寅午戌년에는 신상에 변화 있고 巳申年에는 차액, 수술, 송사, 관재를 주의하라. 기둥서방을 조심.

己 卯

소심하고 마음이 약하여 마음이 자주 흔들려 변덕이 많고 남에게 의지하며 비굴할 정도로 겸손하다. 남의 앞에서 자기 주장을 펴지 못한다. 때로는 완고한 고집이 있고 융통성이 없는 일면도 있으나 사교술이 좋고 변덕이 많으며 남을 멸시하는 기질도 있으며 지구력이 부족하다.

亥卯未年에는 변화가 있고 부부의 합함과 헤어짐도 당년에 일어나며 酉年에는 사고나 관재수요, 子年에는 수술이나 화류병을 주의하라.

庚 辰

의협심이 강하고 허풍과 과장이 있다. 일에 장담을 잘하며 약자를 도와준다. 여명은 거의 부부 이별이 있거나 사회 활동을 한다. 몹시 강한 반면 약한 일면도 있다. 고집이 세기도 하고 결벽증과 침울한 기질도 있다. 풍습과 폐, 대장에 조심하라.

申子辰年에는 신상에 변화가 있고, 戌年에는 관재나 부부에 이상이 있고 亥년에는 신경과민이요, 酉年에는 이성으로 인하여 손재가 따른다.

辛 巳

女命은 남편 운이 좋고 멋을 잘 내는 편이다. 단정하고 품위 있는 것을 좋아하며 자제심이 강하다. 성품이 강렬한 편은 못된다. 판단력이 빠르고 성급하다. 착실하고 합리적이며 정직하나 결벽증이 있다. 건강은 대장, 맹장, 치질, 폐, 기관지, 빈혈 등에 주의하고 교통사고도 주의하라.

巳酉丑年에는 신상에 변화가 있으며 결과는 불리하다. 寅申亥年에는 차액, 관재, 수술, 화재 등을 주의하고 戌年에는 신경전이요, 午年에는 이성이 따른다.

壬 午

의식 걱정이 없으며 돈을 많이 만져보고 자유롭게 살며 타산적이고 꾀를 부리며 건강은 안 좋다. 사람과 재물을 잘 다룬다. 재물복은 있어도 돈 쓰기를 아까워한다. 온화하고 덕성스러운 편이며 지혜가 많다. 身弱하면 주체성이 부족하고 財星多면 여색을 좋아한다.

寅午戌年에는 환경 변화에 해외 출입이나 이사수가 있고 子年에는 관재, 사고, 수술수요, 丑年에는 화재나 신경예민, 비관 등이 발생하고 卯년에는 이성을 우뢰처럼 만났다가 번개처럼 헤어지니 마음만 상하도.

癸 未

나약하고 실패가 많으며 남에게 이용당하고 겁이 많아 기회를 놓치고 女命은 고집이나 외간남자로 인하여 이혼하기 쉬우며 재취로 가면 좋다. 움츠리고 사는 타입이다. 순한 듯 하나 고집이 세고 때로는 난폭한 면도 있다. 남자는 의처증으로 가정 생활이 깨지기 쉽다. 일에 있어 속단하고 경망스러움은 금물이요, 건강은 신장, 방광, 당뇨에 주의하라.

亥卯未年에는 신상에 변화 있고, 丑戌年에는 비밀이 노출되고 관재, 사고, 복통, 수술 등이 발생하고 子年에는 이성을 만난다 해도 오래가지 않는다. 午年에는 이성의 합이요, 길한 인연이 되겠고, 寅年에는 신경전이다.

甲 申

불구자나 신체가 허약한 경우가 많으나 체구가 작으면 무관하다. 남을 무시하고 재주를 과시하여 배신과 실패를 당하기 쉽다. 부드러운 면이 부족하고 무뚝뚝한 면이 강하고 융통성이 적다. 배우자로부터의 괴로움이 있고, 궁지에 몰리는 수가 있다. 두통, 근육통, 골통 등에 주의하고, 간과 쓸개가 허약하기 쉽다. 여자는 남자 인연에 애로가 있을까 두려우니 처신을 잘하라.

寅巳年에는 교통사고나 관재, 수술 등에 주의하라. 卯年에는 세상을 비관하고 신경질이다.

乙 酉

깔끔하고 단정하다. 유순하고 소심하나 가끔 고집을 부린다. 눈치 빠르고 사교술도 좋으나 생활 안정이 안 된다. 身旺하면 다소 무뚝뚝하고 身弱하면 교활한 면도 있다. 질병이 있거나 신경과민, 남에게 의지하여 사는 수가 많다. 외로운 마음 떠나지 않는다. 두통, 골통, 간과 쓸개, 대장염, 치질, 간경화 등에 주의하라.

巳酉丑年에는 변화수. 원행, 이사, 전근 등이 일어나며 卯年에는 관재, 사고 주의하고 부부궁이 흔들리고 친우 또는 경쟁자의 방해로 되는 것이 없으며 손재에 도난 실물수요, 子年에는 신경쇠약이 두렵다.

丙 戌

체격은 좋은 편, 낙천적이며 쓸데없는 일을 저지른다. 유흥을 즐기거나 그런 직업에 종사한다. 운동에 소질이 있으며 흥분을 잘하고 경솔한 편이며 배우자의 체격이 약하다. 논리적보다는 기분파요, 즉흥적이고 감정적이며 충동적인 면이 강하다. 이마는 넓고 어학, 웅변, 발명에 소질이 있다. 혈압, 중풍, 당뇨, 시력에 주의하고 과음하지 말라.

寅午戌年에는 변화가 있으니 원행, 이동, 이사수요, 丑辰年에는 관재, 송사, 배신, 사고, 수술, 복통 등을 주의하고 巳年에는 신경병 주의 卯年에는 이성이 따르니 그 정이 오래 간다.

丁 亥

대체로 용모가 잘난 사람이 많고 겁이 많고 소심하다. 특히 어둠에 대한 공포가 있고 밤눈이 어두우며 여자는 남편 덕 좋고 가끔 염세적인 생각을 해본다. 늘 질병이 따른다. 논리적이고 합리적인 성품의 소유자로서 인정이 많으며 깔끔하다. 외유내강하고 변덕이 있으며 싫증을 빨리 낸다. 심장과 시력이 약하며 정부를 둘까 염려로다.

亥卯未年에는 신상에 변화 있고, 巳年에는 차액, 관재, 사고, 도난, 배신이나 부부 함께 액을 당할 수요, 辰年에는 신경 예민에 금전의 지출도 심하다.

戊 子

부지런하고 매사를 이롭게 처리한다. 금전 운이 좋고 재산관리 잘하며 중개 역할에 유능하다. 주색에 빠질 염려가 있다. 어린 시절에는 허약하나 중년 이후에는 건강하다. 다소 인색한 경향이고 머리 회전이 느리고 고집도 강하다. 돈놀이에 주의하라. 건강은 비위와 요통에 병이 오며 시력이 약하다.

申子辰年에는 이성이 따르고 해외 출입하거나 백년가약을 맺으며 금전운도 있고 午年에는 관재나 화재를 주의하고 酉年에는 이성으로 인항 고심이 있고 卯年에는 수술이 염려된다.

己 丑

온화 착실하고 검소하며 묵묵히 자기 일을 해내며 겸손, 빈틈이 없다. 남의 뒷바라지 잘하고 살림꾼, 희생적으로 산다. 꾸준히 견디는 힘이 있다. 표면에 나서기를 좋아하지 않는다. 부부궁은 부실하다. 학업은 도중하차하기 쉽고 잔병에 잘 걸리고 여성은 생리통으로 고생한다. 고집과 자존심으로 인하여 부부가 헤어지기 쉬우니 주의하라.

巳酉丑年에는 신상의 변화요, 여행, 이사수가 있고 未戌年에는 위경련, 수술, 송사, 화재를 주의하고, 午年에는 신경쇠약에 처첩이나 부모의 걱정까지 생긴다.

庚 寅

통솔력 좋고 호탕하며 풍류를 즐기고 다분히 정치적인 활동에 적합하다. 대개 허리나 관절이 아픈 병이 있고 심하면 중풍도 있다. 억지를 부려서 관철하는 특성이 있다. 튀기는 천성이며 신경질적인 반응이나 강력한 기질이 짙다. 치질, 맹장, 대장, 기침에도 유의하라. 이마가 넓으며 눈에서는 광채가 나고 조루증이 있기 쉽다.

寅午戌年에는 변화 있고 巳申年에는 차액, 수술, 송사, 배신, 손재가 있고 卯年에는 이성이 따르고 돈도 생긴다.

辛 卯

날카로운 성격이며, 맺고 끊는 것이 분명하고 처세는 분명한 편이다. 너무 선을 긋고 깐깐하여 주위 사람들이 싫어한다. 인자심을 기르면 좋다. 담백한 편이고 정의로운 성격이다. 財星이 많으면 호색한다. 돈을 버는 데는 일가견이 있으나 융통성이 없고 자손 덕도 부족하다. 외간 여자 조심하고 여자는 재취나 소실이 제격이요, 돈을 버나 본인을 위해서는 한푼도 써 보지 못하니 아쉬운 일이다. 풍습, 기관지, 폐 등에 주의하라.

亥卯未年에는 신상 변화요, 酉年에는 사고, 관재, 수족, 부부 풍파에 주의, 子年에는 고난.

壬 辰

속이 깊으며 생각이 많고 곤경에 처하면 염세 생각을 많이 한다. 女命은 재혼, 재취 등을 하나 행복한 생활은 아니다. 침착한 듯 하나 불굴의 정신이 강하고 고집성이 심하다. 두뇌가 좋고, 간혹 엉뚱한 일을 일으키고 자존심은 강하여 자기가 최고라고 자랑한다. 자립정신이 강하고 박력은 있으나 속전속결에 지구력이 약한 것이 흠이다. 풍습과 당뇨, 비뇨기에 주의하라.

申子辰年에는 변화가 있고 물조심하라. 戌年에는 관재, 송사, 사고, 복통, 改宗 등이 있고, 亥年에는 실물이나 신경병이 있다.

癸 巳

계산에 빠르고 실속을 차리며 치밀한 장부정리 잘하고 내부 관리 잘한
다. 남자는 처덕을 보며 가정적이고 내성적인 성격. 인정은 있으나 날카로
운 면도 있다. 신장과 방광, 시력과 청각에 장애가 있기 쉽다. 공부는 도중
하차요. 女命은 이성으로 인한 고민이 떠나지 않는다. 巳酉丑年에는 변화
있으나 결과는 불리하고 寅申亥年에는 차액, 수술, 관재, 송사 등이 발생하
고, 戌年에는 신경 쇠약이 두렵고 午年에는 이성 교제가 있는데 결과는 괜
찮다.

甲 午

영리하고 재주가 있으며 수단이 좋다. 오만심, 비평, 멋내고 꾸미는 일에
유능하다. 자기 표현 능력이 좋고 상대방을 꺾어 누르는 특성과 학문, 예술,
기술 방면에 유능하다. 명랑하고 언변이 좋으며 행동이 경쾌하다. 사교술
은 좋으나 남을 얕보는 습관도 있다. 女命은 대부분 부부궁이 파경에 이른
다. 화상, 흉터, 간담에 주의하고, 재물은 모이지 않는다.

寅午戌年에는 변화 있고 여행하며, 子年에는 송사, 관재, 사고가 발생하
며, 丑年에는 신경이 예민하고 심하면 신경질환도 염려된다.

乙 未

단정하고 명쾌한 성품, 치밀하고 섬세한 일에 유능하고 타산적이다. 살
림살이나 일처리 능력이 탁월하다. 독약 등에 중독되는 수가 있다. 온건하
고 합리적인 면을 중시하는 기질이다. 남자는 아내가 음독자살 비관이 있

기 쉬우니 주의하라. 부친이 횡액을 다하기 쉽다. 여명은 남편궁이 부실이나 자손에 대한 애착은 많다.

亥卯未年에는 신상에 변화가 있고 子年에는 이성이요, 丑戌年에는 사고, 복통, 改宗 등이 있고 寅年에는 신경이 예민하다.

丙 申

검약하고 노력은 많으나 공이 적다. 건강이 좋지 않으며 시력도 약하다. 일의 끈기가 부족하다. 어질고 착실하나 허영심과 낭비심이 있다. 급하고 시원시원하나 강렬한 특성이 있어서 남과 대립하기 쉽다. 건강은 심장이나 시력이 약하고 혈압에 주의하라. 꿈을 현실화시키려 하고 직감력으로 현실을 잡게 되며 매사 고집스럽다.

申子辰年에 변화 있고 寅巳年에는 차액, 관재, 수술, 사고 등이 발생하며, 酉年에는 이성이 따르고 午年에는 친구로 인한 송사가 있다.

丁 酉

명쾌한 성격, 금전 운이 좋고 발랄하다. 복이 있고 의식주가 편안하다. 돈도 잘 버나 쓰기도 잘하며 대인 관계를 많이 갖는 편이고 단순한 성격이다. 섬세한 면이 있는 반면 대담성도 있고, 예능이 뛰어나고 합리적인 사람이다. 맹장, 간담, 치질, 시력에 주의하라.

巳酉丑年에는 변화가 있는데 결과는 좋다. 원근 여행에 분주다사 하고 인간 경사에 재수 또한 좋으니 임의대로 행할 것이며, 卯年에는 관재, 송사, 사고 등과 고부 간 불화로 손재가 있고 하루도 평안치 못하다.

사주 명리학의 핵심

戊 戌

마음은 항상 바쁘면서 의식은 충만하고 기운이 왕성하여 자기 주장이 강하다. 여자는 집안을 이끌고 사회 활동을 하는 사람이 많고 남의 일을 잘 처리해 준다. 투지가 왕성하다. 장사 수완이 좋고 투기 운이 있어 재물과 명예를 얻게 되나 고집이 세며 게으르거나 욕심이 많고 편벽된 사람이다. 부부궁에 파란이 있기 쉽고, 신장, 방광, 당뇨, 혈압에 주의하라.

寅午戌年에는 변화 있고 辰丑年에는 양화가 발생하며, 子年에는 여자로 인하여 송사요, 卯年에는 이성이 따르는데 여자는 연하의 남자가 될 것이다.

己 亥

지나친 고집과 허욕이 있고, 꾸준히 저축하여 재산을 모으고 소유욕이 남보다 강하여 추리력과 상상력이 좋아 선견지명이 있다. 비위가 약하고 요통으로 고생하여 시력과 심장에 주의하고 재물 운은 좋은 편이다. 처를 잘 다스리고 실속을 차리며 현실적이고 부지런하다. 부모 형제와 인연이 박하다. 모선망이요, 형제는 고독하며, 재정, 외교, 외국 무역, 운수, 식품, 각종 액세서리, 하위직 공무원 등이 적합하고 일평생 교통액을 주의하라.

庚 子

결단력이 좋고 일처리는 잘하나 상대방을 꺾어 누르려는 성격이 강하여 가끔 시비, 구설이 따르고 손재주도 좋은 편이며 여자는 남편 덕이 없는 경우가 많거나 돈벌이에 나서는 수가 많다. 자존심이 강하며 일에 몰두도 잘하고 싫증도 쉽게 낸다. 여성은 콧대가 센 편이다. 초혼 실패가 많은 데 늦게 결혼하면 모면하는 수도 있다. 하초, 기관지, 대장, 치질, 변비, 설사 등에 주의하고 특히 여성은 냉증이 있기 쉽고 산후 조리를 잘 해야 된다.

申子辰年에 변화 있고, 午年에는 되는 일이 없으며, 卯年에는 수술, 송사가 발생한다.

辛 丑

깐깐하고 고집이 세며 깔끔하다. 지기 싫고 자기 마음에 들어야만 움직이는 성품이다. 재운은 좋지 않으나 재능은 많은 편이다. 부부 운은 별로 좋지 않다. 강한 기질이 있으나 내성적이기 때문에 겉으로 표출되지 않고 말수가 적고 구두쇠 기질이 있으며 잠이 많고 게으른 면이 있다. 기관지가 나쁘고 이곳 저곳 아프며 허리도 약하다.

巳酉丑年에는 변동이 있으니 여행, 이사, 전근 등이 발생하고, 未戌年에는 사고, 수술, 송사, 복통 등이 염려되며, 午年에는 이성으로 신경 쓸 일이 있고 화재를 주의하라.

壬 寅

식록이 좋고 음식에 인연 있어 먹고 즐긴다. 착하고 남을 도와주며, 女命은 자녀 잘 낳고 잘 기르며 마음도 너그럽다. 명랑하고 능동적이며 박력이 있다. 경제적으로 풍요로운 자가 많고 성격은 온순하며 조용하다. 간혹 남편과 틈이 생겨 이별하는 사람도 있다. 폐가 약하고 사고가 잘 나며 흉터 생기기 쉽다.

寅午戌年에는 변화가 있고, 좋은 일이 있으며, 巳申年에는 차액, 사고, 송사, 화재, 수술 등 재앙에 주의하고 卯年에는 이성이 따르게 된다.

癸 卯

음식 솜씨가 좋아 스스로 음식을 만들어 먹는 취미가 있고 조용하게 담소하는 것을 좋아하고 예술, 문학 등에 소질이 있다. 인정 많고 봉사 정신이 있는 순수한 편이며 춤과 노래도 좋아한다. 女命은 늙은 신랑이나 年下의 남편과 사는 팔자가 되기 쉽다. 과음하면 늙어서 중풍이요, 여성은 산후풍이나 생리통을 앓기 쉽다.

亥卯未年에는 자손 가출에 변화가 있으며, 子年에는 화류병에 송사, 사고, 수술이요, 酉年에는 타인에 의한 변화나 숨통 막히는 운세다.

甲 辰

침착하고 사려가 깊으나 강한 면과 고집성이 있다. 격한 기질과 성격을 가졌다. 신앙심이 두텁고 남에게 지기 싫어한다. 호탕하고 명쾌한 성격 理財 능력이 뛰어나고 풍류를 좋아한다. 대범하고 통솔력과 융통성이 있다. 배우자를 잘 다스린다. 디스크, 관절염, 중풍에 주의하라. 부친이 횡사하기 쉽고, 처첩이 횡액을 당하기 쉽다.

庚戌年에는 上下가 이탈되고 관재, 누명, 감금, 협박, 사고, 이별, 부도 등 걷잡을 수 없는 일이 연쇄적으로 발생한다.

乙 巳

용모가 준수하고 멋을 부린다. 사치와 허영심이 있다. 여자는 소실살이

하는 수가 있고 남편에 불만, 처에 불만, 변덕이 심하고 외간 남자, 외간 여자와 정을 통한다. 늘 색정의 이성 문제가 많다. 재주 있고 약삭빠르고 말재간이 능하고 눈치가 빠르다. 한쪽 부모와 일찍 헤어지고 늘 두통이 있고 간담이 허약하고 정신 분열이 염려된다. 신경성으로 인한 고통이 있고 神佛에 의지하는 자가 많다.

丙 午

명랑 쾌활하고 적극적이며 언변이 유능하고 자기표현이 좋고 나서기 좋아하며 화려한 성격, 개방적이고 부지런히 활동하는 타입이다. 고독하나 일에서 기쁨을 갖게 되고 처리 능력이 뛰어나 여성도 일을 잘한다. 급한 성격이며 화가 나면 펄펄 뛰나 곧 사그라진다. 건강하나 폐, 비뇨기, 눈 건강에 주의하라.

官으로는 교육, 무관 사업으로는 섬유, 전자가 적합하고 초혼은 불길하고 상부, 상처, 생이사별하기 쉽다. 사회적으로는 대인 관계가 원만하나 가정적으로는 불화함이 결점이다.

丁 未

저력 있는 독설가로 비판력이 크다. 고독하며 선량하고 복잡한 것을 싫어한다. 온순하면서 줏대는 강하다. 언변이 뛰어난 반면 조용한 성격도 있으므로 나서기를 좋아하지 않으며, 대인 관계는 비교적 좋은 편이며 대화를 즐기며 부지런하고 비밀이 없다. 父先亡 팔자요, 몸에 흉터나 수술 경험 있어보고 신앙심이 두터우며 성욕이 강하여 여러 여자 건드린다. 식품, 이·미용, 전자, 다방, 술집에 인연이 있고 외갓집이 쇠하기 쉽다.

亥卯未年에는 변화가 있고, 丑戌年에는 관재, 사고, 복통, 술주정, 비관, 손아랫사람은 물론 본인의 자손에도 괴변이 있다.

戊 申

편안하고 안정된 생활, 식복이 따르고 대화를 즐기며 친절한 편이다. 식성이 좋으며 상대방을 꺾어 누르는 특성이 있다. 느긋하게 세월을 보내며 마지막 처리를 잘하고 사람을 잘 지키는 역할을 갖는다. 고집이 세고 느린 듯하나 실제는 급한 면도 있다. 모임 등에 참가하기를 좋아한다. 몸에 흉터가 있거나 비위, 요통, 풍질, 혈압, 대장, 방광, 신장, 결석 등에 주의하라. 처덕이 있고 애처가요, 가정적이며 女命은 불감증이 염려된다.

己 酉

황무지를 개척하는 노력가이다. 서민적이면서 부지런하여 말년에 평화를 갖는다. 상냥하고 친절하며 잔소리가 많다. 대화를 즐기고 음식을 잘하는 편이며 너무 치밀하고 세밀한 것이 흠이다. 착실하고 온순하며 대인 관계가 좋고 매사를 순리적으로 처리한다. 위하수가 약하고 요통이 있고 간장에 주의하라. 처덕은 좋으나 여난이 염려된다.

巳酉丑年에 변화 있고 卯年에는 좌불안석에 사고나 관재를 주의하고 子年에는 신경과민이요, 寅年에는 남에게 원한을 사지 말아야 한다.

庚 戌

대장부다운 기질에 정의감이 투철하다. 어려운 일을 남에게 떠맡기며 남의 일로 분주하고 힘을 과시하며 자기를 희생하여 큰 공을 세우며 전진력이 있다. 엄격하고 총명하며 과격한 일면도 있다.

특히 刑沖이 있으면 난폭하고 앞뒤도 모른다. 여성은 고집이 세고 남편에게 버림받거나 구타당하며 파경에 이르는 수도 있다. 군경, 법조계, 식육점, 도살업, 의약, 화공, 전자, 기술업 등이 적합하다. 간담, 시력, 혈압, 당뇨, 대장, 치질, 맹장 등에서 병이 오고 애기 낳을 때 제왕절개 하는 여성이 많다.

辛 亥

얼굴 피부가 맑고 깨끗하며 구설이 따르고 여자는 남편을 극하여 고독한 운명이 되기 쉽다. 비교적 착실하고 똑똑하다. 사람을 피하는 편이며 명예를 중히 여긴다. 재복은 있으나 스스로 차 버린다. 官으로는 재정, 교육, 법정, 외국 기관 입신이 적합하고 사업으로는 식품가공, 수예, 무역, 문필가, 서예가, 기술자, 유흥업이 적당하다. 건강은 기관지, 폐, 신경성 질환, 감기, 기침 등에 주의하라. 처궁은 좋으나 작첩은 면하기 어려우며, 매사에 극으로 치닫기 쉬우며 냉질로 생리불순이요, 복통까지 발생한다.

壬 子

속이 깊고 이해심과 포용력이 있다. 활발한 성격에 돈 잘 쓰고 부부 이별수가 있으며 물장사, 유흥업, 운수업에 많이 나가고 지략이 뛰어나다. 대중적이면서 방랑성이 강하다. 육친과 인연이 박하며 고집이 세다. 늦게 결혼하는 것이 좋고, 조혼은 실패하기 쉽고 이혼율이 높다. 수액, 신장, 방광, 안질, 혈압, 중풍 등에 주의하고 官으로는 사법, 군인, 의사. 사업으로는 식품,

여관, 어업, 술집, 다방, 목욕탕, 운수업, 전기업, 생선가게 등이 좋다. 사람됨이, 도량이 광대하고 만인에 평등하나 성질이 났다 하면 물, 불을 가리지 않는다.

癸 丑

소심하고 소극적이며 공상이 많고 총명하고 활발하다. 학문에 열중하면 길하게 되나 그렇지 못하면 의타심이 있어서 일에 주저하는 성격이 된다. 독설가로 남과 조화가 잘 안 되고 지나치게 완고하다. 고집이 세어 부부지간에는 간혹 이별이 있을 수 있다. 준법정신이 좋고 지구력은 있으나 숨은 근심이 많고 세상을 비관함이 흠이요, 화상이나 화재를 주의하라. 父先亡에 二母格이요, 건강은 냉한에서 병이 오니 보온에 주력하고 풍습, 혈압, 위장병, 신장, 방광, 수액 등을 조심하고, 가출하는 일이 없어야 된다.

甲 寅

강인하고 배짱이 좋으며 자비심이 있으면서 독립과 자아심이 강하다. 두뇌가 총명하고 통솔력이 있으며 영웅심과 투지력이 왕성하다. 부부 이별하기 쉽고 손재가 따른다. 굳세고 화끈한 기질이며 융통성이 부족하다. 정의로우나 독선적이고 고집스러워서 대인 관계에서 충돌하기 쉽다. 부모와는 뜻이 맞지 않고 건강하나 위산과다, 신경성 위장병, 기관지, 화상, 교통사고 등을 주의하라. 교육, 외교, 신문 방송, 연구 기관이 좋고, 사업은 문화, 기공, 의약, 목재, 섬유, 전자 등이 적합하다. 巳申年에는 수술, 사고, 관재를 주의하라.

乙 卯

식록이 좋고 안정되고 성실한 생활을 한다. 치밀하고 분명한 성격, 외유내강하고 대쪽같은 성품이며 일의 끝맺음을 잘하는 타입이다. 인정이 많고 합리적인 면이 강하다. 부부 간에 생이사별하기 쉽고 건강은 임파선 결핵, 습진, 풍질, 위산과다, 신경통 등에 주의하라. 官은 교육, 행정, 사업은 의약, 목재, 조림, 약초, 디자이너, 서화가, 이발사, 화원 등이 적합하다.

亥卯未年에는 신상에 변화가 있고, 원행, 이사수요, 酉年에는 관재, 사고, 재앙이 이르고 子年에는 수술이요, 申年에는 신경성 질환 주의.

丙 辰

진실하고 착한 마음이 있고 체격은 좋은 편이며 낙천적이고 유흥을 즐긴다. 비밀이 없고 적극적인 면이 있고 대화를 즐긴다. 일에 장애가 많고 좌절이 따른다. 침착한 면과 끈기 있는 면이 있고 고독 운도 있다. 母先亡에 二母格이요, 건강은 혈압, 시력, 당뇨, 습진에 주의하고 官은 교육, 재정이 적합하고 사업은 식품, 육림, 종교, 토산품, 기공업이 좋다. 처를 사랑하나 여난이 있기 쉽고 女命은 부부 이별수가 있어 본다.

丑戌年에는 매사를 주의하여야 되며 인간의 배신을 당하기 쉽다.

丁 巳

정신력이 강하다. 눈빛이 강렬하다. 집요하게 파고드는 성격이며 화가 나면 강렬한 성격이 드러난다. 자아가 강하고 신경질적이다. 남의 의견을 받아들일 줄 모르고 자기 주장만을 내세우는 편협성이다. 부부궁은 생이사별하기 쉽다.

巳酉丑年에는 변화에 해외 출입, 이사수가 있고 寅申亥年에는 관재, 교통사고, 수술 가정불안이 있으며 午年에는 이성이나 금전 손해가 있고 戌年에는 신경쇠약에 잔질이나 본의 아니게 남에게 원망을 들을까 염려된다. 변비, 치질, 심장, 시력에 주의.

戊 午

성급한 성격, 허영이 있고 배짱이 두둑해지기 싫은 성격에 인덕은 좋은 편이고 덕망이 있으며 단순 저돌형이다. 술을 잘 마시고 실수도 한다. 편식에 혈압, 당뇨, 비뇨기, 피부, 변비, 외상, 수술 흉터, 위장 질환에 주의하라. 부부궁은 해로하기 힘이 든다. 官으로는 군인, 교육이 좋고 사업은 의약, 문화, 종교계, 법조, 정보, 근로자, 도살업이 적격이다. 자식연이 박하다.

寅午戌年에는 변화가 있고, 子年에는 사고, 송사나 비밀 탄로가 나고 건강도 좋지 못하다. 丑年에는 부부 간에 파란이 염려된다.

己 未

야무지고 빈틈이 없으며 외유내강의 성격으로 겉으로 나약해 보이나 일에 임하면 양보하지 않고 끈질기며 어려움을 극복 인내로 버텨낸다. 온순하고 순진하며 착실하고 매사를 꼼꼼히 처리하나 소심한 것이 결점이다. 父先亡이며 형제로 인한 고심이 있다. 官으로는 교육계나 재정계가 적합하고 사업으로는 종교, 부동산, 농업, 섬유업, 지업사 등이 적합하다. 사주가 천격이면 화류계로 나아간다. 부부궁은 파란이 중중하다. 건강은 간담 허약, 비뇨기 질환, 소화기, 피부질환에 주의하라. 丑戌年에는 수술, 사고, 시비, 구설이 두렵다.

庚 申

잠잠하다가도 공격적인 군인형이다. 배짱 좋고 결단력이 빠르며 강한 성품에 투쟁을 좋아하고 주위가 시끄럽고 돈이 잘 모이지 않으며 마음이 담백하여 타인의 총애를 받는다. 불굴의 정신이 있고 급한 편이며 양보심과 융통성이 결여되었다. 부부궁은 해로하기 어렵다. 官으로는 군인, 교육, 감독직이 적합하고 사업으로는 관광, 운수, 식품, 철재, 서점, 문방구, 음식업에 적합하다. 건강은 간담, 치질, 맹장, 변비, 설사, 기침 등에 주의하라.

申子辰年에는 변화가 있고 寅巳年에는 관재, 사고, 수술, 차액 등이 있으니 주의하라.

辛 酉

깔끔하고 지기 싫은 성격에 고집이 센 편이고 실속을 차리며 기분에 따라 돈을 잘 쓴다. 단순한 것이 흠이고 몸이 빠르며 똘똘하다는 평을 듣는다. 자신의 속마음을 잘 드러내지 않으며 참을성이 있으면서 급한 일면도 지니고 있다. 부부궁은 이별하기 쉽다. 官으로는 행정, 사법, 문화부, 보사부, 철도청 등이 적합하고 사업으로는 금은, 비철금속, 의약이 적당하다. 건강은 냉증, 간담, 폐장, 치질, 맹장, 대장에 주의하라.

巳酉丑年에는 변화가 있고 卯年에는 차액, 관재, 부부 이탈 등이 염려되고, 子年에는 신경예민에 불면증이 두렵다.

壬 戌

활발한 성품에 활동적이고 꾀가 많으며 겉으로 큰소리 치나 좌절이 따르고 강약이 교차되며 노력보다 공과가 적다. 어떠한 환경에서도 두각을 나타내게 되나 파란이 많다. 고집이 세고 자존심이 강하고 사교적이나 자신의 주장을 너무 내세우는 것이 흠이다. 부부궁은 해로하기 힘이 든다. 건강은 결석, 당뇨, 혈압, 방광, 신장계통, 타박상 등을 주의하라.

寅午戌年에는 이성이 따르며 매사가 순조롭고, 卯年에는 연애하는 운이며, 丑辰年에는 관재, 사고, 복통 등을 주의하고 비밀이 노출되니 행동에 세심한 주의를 해야 한다.

癸 亥

매사에 침착하며 외모는 얌전하나 속마음의 성격은 개방적이고 활달하며 유능하다. 겉으로 무능한 척하면서 내면적으로는 최종 이익을 노리는 일면이 있다. 사주가 탁하면 거짓말 잘하고 풍류를 즐긴다. 부부궁은 평안치 못하리라. 건강은 시력, 위장, 요통, 각기 등에 주의하라. 외교, 법정, 교육, 항해사, 운전사, 부동산 중개업, 유흥업, 오락업이 적합하고, 사주가 귀격인 자는 판검사, 의사, 외교관이 되기도 한다.

亥卯未年은 변화수요, 巳年은 사고, 관재, 시비, 이별 등이 염려된다.

4. 格局論

● 格局早見表

日干\ 正八格	甲	乙	丙	丁	戊	己	庚	辛	壬	癸
正官格	(酉)戌丑月 天干透辛	巳申月 透庚	(子)辰丑月 透癸	申亥月 透壬	(卯)辰未月 透乙	寅亥月 透甲	午未戌月 透丁	寅巳月 透丙	午未丑月 透己	寅辰巳申戌月 透戊
正財格	午未丑月 天干透己	寅辰巳申戌月 透戊	(酉)戌丑月 透辛	巳申月 透庚	(子)辰丑月 透癸	申亥月 透壬	(卯)辰未月 透乙	寅亥月 透甲	午未戌月 透丁	寅巳月 透丙
偏財格	辰巳戌申月 天干透戊	午未丑月 透己	申月 透庚	(酉)戌丑月 透辛	申亥月 透壬	子辰丑月 透癸	寅亥月 透甲	(卯)辰未月 透乙	寅巳月 透丙	午未戌月 透丁
正印格	(子)辰丑月 天干透癸	(亥)申月 透壬	(卯)辰未月 透乙	寅亥月 透甲	(午)未戌月 透丁	寅巳月 透丙	午未丑月 透己	寅辰巳戌月 透戊	(酉)戌丑月 透辛	巳申月 透庚
偏印格	亥申月 天干透壬	(子)辰丑月 透癸	寅亥月 透甲	(卯)辰未月 透乙	寅巳月 透丙	未戌月 透丁	寅辰巳戌月 透戊	午未丑月 透己	巳申月 透庚	(酉)戌丑月 透辛
食神格	巳月 天干透丙	午未戌月 透丁	寅辰巳申戌月 透戊	未丑月 透己	申月 透庚	酉戌丑月 透辛	亥月 透壬	(子)辰丑月 透癸	寅月 透甲	(卯)辰未月 透乙
七殺格	巳申月 天干透庚	(酉)戌丑月 透辛	申亥月 透壬	(子)辰丑月 透癸	寅亥月 透甲	(卯)辰未月 透乙	寅巳月 透丙	午未戌月 透丁	寅辰巳戌月 透戊	午未丑月 透己
傷官格	午未戌月 天干透丁	寅巳月 透丙	(午)未丑月 透己	寅辰巳申戌月 透戊	(酉)戌丑月 透辛	巳申月 透庚	(子)辰丑月 透癸	申亥月 透壬	(卯)辰未月 透乙	寅(亥)月 透甲

( )표는 不透干이라도 取格이 可하다.

269

正官格	日干弱	財星重	用比劫印	印比運吉	財官運凶
		食傷多	用印	官印運吉	傷財運凶
		官殺重	用印	印比運吉	財官七殺運凶
	日干强	劫比多	用官	財官運吉	印比運凶
		印星多	用財	財食運吉	印比運凶
		傷食多	用財	財官運吉	比劫運凶

偏正財格	日干弱	傷食多	用印	印比運吉	傷財運凶
		財星重	用比劫	劫比運吉	食傷財鄉運凶
		官殺多	用印	印比運吉	財官七殺運凶
	日干强	劫比重	用傷食官殺	官殺・傷食運吉	比印運 凶
		印星多	用財	傷財運吉	印比官殺運凶

偏正印格	日干弱	官殺多	用印	印比運吉	財官運凶
		傷食多	用印	印比運吉	傷食財鄉運凶
		財星多	用比劫	劫比運吉	傷食財鄉運凶
	日干强	比劫重	用官殺食傷	傷食官殺運吉	劫比印鄉運凶
		印星重	用財	傷食財鄉運吉	官印比劫運凶
		財星多	用官殺	官印運吉	傷財運凶

食神格	日干弱	官殺多	用印	印比運吉	財官殺運凶
		財星多	用比劫	印比運吉	傷財官殺運凶
		傷食重	用印	官印運吉	傷食財鄉運凶
	日干强	印星多	用財	傷食財鄉運吉	印比運凶
		劫比重	用食神	傷食財鄉運吉	印比運凶
		財星多	用官殺	官殺財鄉運吉	印比運凶

傷官格	日干弱	財星多	用比劫	印比運吉	財官殺運凶
		官殺多	用印	印比運吉	財官七殺運凶
		傷食重	用印	官印運吉	傷食運凶
	日干强	比劫多	用七殺	七殺財鄉運吉	印比運凶
		印星多	用財	傷食財鄉運吉	印比運凶

七殺格	日干弱	財星多	用比劫	印比運吉	傷財運凶
		傷食多	用印	官印運吉	傷食財運凶
		官殺重	用印	印比運吉	財官運凶
	日干强	比劫多	用七殺	財殺運吉	印比運凶
		印星多	用財	財傷運吉	官印比劫運凶
		官殺重	用傷食	傷食運吉	官印運凶

曲直仁壽格	用木	甲·乙日干, 春月生, 寅·卯月生, 支全亥卯未木局 或 寅卯辰 東方支全	忌字破局 天干：庚辛 地支：申酉	水木火 吉	金 凶

炎上格	用火	丙·丁日干, 夏月生, 巳寅午戌月生 支全寅午戌火局 或 巳午未南方支全	忌字破局 天干：壬癸 地支：亥子	木火土 吉	水 凶

從革格	用金	庚·辛日干, 秋月生, 申酉月生, 最貴, 支全巳酉丑金局 或 申酉戌西方支全	忌字破局 天干：丙丁 地支：午未	土金水 吉	火 凶

潤下格	用水	壬·癸日干, 冬月生, 亥子辰月生 支全申子辰水局 或 亥子丑北方 支全	忌字破局 天干 : 戊己 地支 : 戌未	金水木 吉	土 凶

稼穡格	用土	戊·己日干, 土用月生, 辰戌丑未月生, 支全辰戌丑未 或 四柱純土	忌字破局 天干 : 甲乙 地支 : 寅卯	火土金 吉	木 凶

			喜	忌	吉運	凶運
從財格	用財	日柱無根　無印扶身 滿局皆財　身衰至弱 日柱衰弱　不能任財 財旺而多　是從財格	傷官 食神	印星 比肩 劫財	傷食 官殺	印比

一旬三位四位格	年月日時의 干支가 同一旬中에 있는 것

五星拱水格	命中五行이 完全하고 地支에 子와 寅이 있는 것

			喜	忌	吉運	凶運
從殺格 **(從官格)**	用七殺 (用正官)	日柱無根　無印扶身 滿局官殺　身衰至弱 日柱衰弱　不能任殺 官殺旺多　是從殺格	財星	印星 比肩 劫財	財殺	印比

從兒格	用傷官食神	日柱無根 滿局傷食 日柱至弱 無印扶身	傷官食身 旺而且多 地支會局 不能任洩	喜	忌	吉運	凶運
				財星 比劫	印星 官殺	傷食 財鄉	官殺 印綬

從旺格	用比肩劫財	四柱皆比劫 從其旺神 無官殺之制 有印星之生 是旺之極	喜	忌	吉運	凶運
			印星 比劫	官殺 財星	印綬 比劫	財官

從强格	用印綬比劫	四柱印綬重重 比肩劫財亦多 日柱又不失令 無財·官·殺 印綬强	喜	忌	吉運	凶運
			印星 比劫	食傷 財星 官星	印 比劫	財官 傷食

化土格	甲日己時, 甲日己月, 己日甲時, 己日甲月 辰戌丑未月生 無木性干支	火土金 吉	木 凶

化金格	乙日庚時, 乙日庚月, 庚日乙時, 庚日乙月 巳酉丑申月生 無火性干支	土金水 吉	火 凶

化水格	丙日辛時, 丙日辛月, 辛日丙時, 辛日丙月 申子辰亥月生 無土性干支	金水木 吉	土 凶

化木格	丁日壬時, 丁日壬月, 壬日丁時, 壬日丁月 亥卯未寅月生　無金性干支	水木火 吉	金 凶

化火格	戊日癸時, 戊日癸月, 癸日戊時, 癸日戊月 寅午戌巳月生　無水性干支	木火土 吉	水 凶

月刃格 (羊刃格)	甲日 卯月 丙日 午月 戊日 午月 庚日 酉月 壬日 子月	財星多	用官殺	財官運 吉	印・比運 凶
		官殺多	用財	傷食財鄕 吉	印・比運 凶
		傷食多	用財	傷食財鄕運 吉	印・比運 凶
		劫,比多	用官殺	財官運 吉	印・比・傷食運 凶
		印綬多	用財	傷食財鄕 吉	印・比運 凶
		滿盤財官 傷食	用印	印・比運 吉	財・官・傷食運 凶

建祿格	甲日 寅月 乙日 卯月 丙日 巳月 丁日 午月 戊日 巳月 己日 午月 庚日 申月 辛日 酉月 壬日 亥月 癸日 子月	財星多	身弱	用比・劫	印・比運 吉	財・官運凶
			身強	用官殺, 無官殺 則 用傷食	財官運 吉, 用傷食 則 財官, 食傷運 吉	印・比運凶
		官殺多	身弱	用印	印・比運 吉	財・官運凶
			身強	用財	傷食財鄕 吉	印・比運凶
		傷食多	身弱	用印	印・比運 吉	傷食財鄕凶
			身強	用財	傷食財鄕 吉	印・官運凶
		比劫多		用官殺	財・官運 吉	印・比運凶
		印綬多		用財	傷食財鄕 吉	印・比運凶

兩神成象格 (蝴蝶双飛格)	水木相生格	水木各占二干二支	水木火運 吉	土金運 凶
	木火相生格	木火各占二干二支	木火土運 吉	金水運 凶
	火土相生格	火土各占二干二支	火土金運 吉	水木運 凶
	土金相生格	土金各占二干二支	土金水運 吉	木火運 凶
	金水相生格	金水各占二干二支	金水木運 吉	火土運 凶
	木土相成格	木土各占二干二支	火水土運 吉	金木運 凶
	土水相成格	土水各占二干二支	火金水運 吉	木土運 凶
	水火相成格	水火各占二干二支	木火金運 吉	土水運 凶
	火金相成格	火金各占二干二支	木土金運 吉	水火運 凶
	金木相成格	金木各占二干二支	木土水運 吉	火金運 凶

一旬包裏格	旬中首干支와 尾干支가 年時에 있고 月과 日에 同一旬中 干支가 있는 것

兩干連珠格	兩干連支不雜	名利俱全

天元一氣格	四天干同一者	日柱가 旺則 財星運 傷食運이 吉 日柱가 弱則 不吉

支辰一氣格	四地支同一者	天干과 地支가 通根하고 有情하면 吉

干支同體格 一氣生成格 鳳凰池格	四柱同一干支者	四甲戌	四乙酉	四丙申	四丁未	四戊午	四己巳	四庚辰	四辛卯	四壬寅	四壬子	四癸亥
		南方火運吉	金水運凶	金木運吉	水運凶 火土運吉 東西運吉	火土運吉	火土運吉	相冲運凶 土金運吉	壬辛運凶 短命	火運大吉	刑冲大凶 不具장님聾啞	南方火運死亡 水木運吉

四位 純全格	四正格	支全子午卯酉者	男命 大吉, 女命 孤獨, 流浪
	四生格	支全寅申巳亥者	男命 大富大貴, 女命 居處不安定
	四庫格	支全辰戌丑未者	男命 大貴之格, 女命 醜行 大忌

暗冲格	庚日柱 申子辰水局, 全冲 寅午戌火局	忌·破字 寅午戌

暗冲格 (冲官格)	飛天祿馬格 (倒冲祿馬格)	庚子日主 子多冲午 無官殺	傷食運 吉	官星運, 丑運 凶
		壬子日主 子多冲午 無官殺	傷食運 吉	官星運, 丑運 凶
		辛亥日主 亥多冲巳 無官殺	傷食運 吉	官星運, 寅運 凶
		癸亥日主 亥多冲巳 無官殺	傷食運 吉	官星運, 寅運 凶
		丙午日主 午多冲子 無官殺	傷食運 吉	官星運, 未, 癸, 子 凶
		丁巳日主 巳多冲亥 無官殺	傷食運 吉	官星運, 寅, 壬 凶

暗合格	合官格	甲辰日主 辰多合酉	正官 凶
		戊戌日主 戌多合卯	正官 凶
		癸卯日主 卯多合戌	正官 凶
		癸酉日主 酉多合辰	正官 凶
	合祿格	戊日主 庚申時生	官星, 印星, 丙, 丁 凶
		癸日主 庚申時生	官星, 印星, 丙, 丁 凶

六甲趨乾格	甲日主多亥·亥子丑方合	官殺·財星·寅·巳 凶

日德格	甲寅日, 戊辰日, 丙辰日, 壬戌日	身旺 喜	刑·冲, 破害, 財官, 空亡, 魁罡 凶

日德秀氣格	丙子日, 壬子日, 辛酉日, 丁酉日	天干有乙字 支會巳酉丑	刑·冲 凶
拱貴格	甲寅日 甲子時, 壬辰日 壬寅時, 乙未日 乙酉時, 戊申日 戊午時, 辛丑日 辛卯時	官殺, 冲刑, 丑 天乙貴人, 塡實 忌	
夾拱格 (拱財格)	甲寅日 甲子時 無丑, 乙卯日 辛巳時 無午 (子寅辰)　　　　　　(未巳卯) 甲午日 壬申時 無未, 癸酉日 癸亥時 無戌 (午申戌)　　　　　　(丑亥酉)	財星, 刑冲 破殺 塡實 忌	
專印格	癸酉日, 癸卯日, 癸亥日, 癸丑日 庚申時生	金水運 吉	戊己丙巳午寅 不吉
福德格	乙巳日, 乙酉日, 乙丑日, 丁巳日, 丁酉日, 丁丑日, 己巳日, 己酉日, 己丑日, 辛巳日, 辛酉日, 辛丑日, 癸巳日, 癸酉日, 癸丑日. 支會巳酉丑金局	忌 刑·冲 破 寅午戌火局	
拱祿格	丁巳日主 柱中有丁未 無午字, 己未日主 柱中有己巳 無午字, 戊辰日主 柱中有戊午 無巳字, 癸丑日主 柱中有癸亥 無子字, 癸亥日主 柱中有癸丑 無子字	忌 七殺 塡實	
金神格	甲日生 己日生 巳酉丑時生	火運 大發達	水運 不發達
魁罡格	壬辰日, 庚辰日, 戊戌日, 庚戌日 四柱 辰戌	喜 身旺運	忌　　　財 刑·冲, 破, 官殺
天干順食格 (天干順位格)	年, 月, 日, 時 天干字 順序相生	吉 日主旺	

專食合祿格	戊日 庚申時生	秋冬月生 吉 亦 金水運 吉 甲丙寅卯 不吉, 逢亥子禍 發生

刑合格	癸酉日, 癸卯日, 癸亥日 甲寅時生	空亡·酉·丑 吉	戊己庚申午戌亥 凶

六乙鼠貴格	乙未日, 乙亥日 丙子時生	子亥卯月 吉	庚辛申酉丑, 寅午戌 凶　　　忌

歸祿格 (日祿歸時格)	甲日 寅時, 乙日 卯時 丙日 巳時, 丁日 午時 戊日 巳時, 己日 午時 庚日 申時, 辛日 酉時 壬日 亥時, 癸日 子時	柱中에 無官殺이어야 成立한다. (六忌) 1.忌 冲·刑 2.忌 合 3.忌 食神·偏印 4.忌 正官 5.忌 比肩 6.忌年日同干支	用神은 建祿格에 準한다.

子遙巳格	甲子日主 甲子時生	寅卯亥子壬癸 吉	官殺 庚辛申酉丑午 凶

丑遙巳格	辛丑日主·癸丑日主 丑多不見子	辛丑日主 丙丁巳午 凶 癸丑日主 戊己丁巳 凶

壬騎龍背格	壬辰日　多辰者　極貴 壬辰日　多寅者　巨富 壬寅日　多辰者　身貴福薄	南方財官運 乙丁戊己 忌

六陰朝陽格	辛亥日, 辛丑日, 辛酉日 戊子時生	西方運 最吉 東方西北運 吉	南方丙丁卯未丑午 忌

井欄叉格	庚申日, 庚子日, 庚辰日 支會申子辰水局 財官印不用時	東方運 吉	南北運 凶 寅午戌冲破 丙丁·戊己 忌

句陳得位格	戊寅日, 戊子日, 戊申日, 戊辰日 支會申子辰水局 己亥日, 己卯日, 己未日 支會亥卯未木局	忌 刑·冲·七殺旺 喜 身旺

玄武當權格	壬寅日, 壬午日, 壬戌日, 癸未日, 癸丑日, 癸巳日 支會寅午戌火局 或得 辰戌丑未官星	刑, 冲, 破, 身弱 申子辰水局 不吉

六壬趨艮格	壬日主 多寅 (壬寅·壬辰日 逢 壬寅時) 無官星	喜 身旺	刑·冲·破·害·官星 塡實 忌

傷官帶殺格	甲乙日 支全寅午戌 有庚辛者	身旺鄉運 吉, 財星 忌, 得中和則 貴命

歲德扶殺格	年干有七殺 例> 甲日主가 逢 庚午	祖上榮貴

歲德扶財格	年干有財星 例> 甲日主가 逢 戊己年	財星有氣면 祖上의 遺産 得, 身弱은 虛妄

五行俱足格	年柱 月柱 日柱 時柱 胎元 干支納音五行 俱足金木水火土

時墓格		甲乙日	丙丁日	戊己日	庚辛日	壬癸日	刑沖破害吉
	自身庫	未	戌	辰	丑	辰	
	財 庫	辰	丑	辰	未	戌	
	官 庫	丑	辰	戌	戌	辰	
	印綬庫	辰	未	戌	辰	丑	
	食神庫	戌	辰	丑	辰	未	

日貴格	癸卯日·癸巳日 晝貴, 丁酉日·丁亥日 夜貴	刑·沖·空亡·魁罡 忌

倒沖格	丙日 午多 四柱中無官星(壬癸亥子)合	火運 吉	水金運 凶
	丁日 巳多 四柱中無壬亥巳合	火運 吉	壬, 亥, 巳, 辰, 刑, 沖 凶

天關地軸格	戌亥 未申 調和四柱, 戌亥中 一字 未申中 一字

財官雙美格	癸巳日生 壬午日生	身旺 喜, 官殺·空亡 忌, 秋冬生 大吉 春夏生 忌, 夏月生亥卯未木局 忌, 壬癸水 通根於 水原則 吉

子午雙包格	子二位 午二位, 子二位 午一位, 子一位 午二位

官殺混雜格	正偏官混合

財滋弱殺格	官殺弱時 財以生助		財星 吉
殺重用印格	官殺多時 印星以洩官殺之氣運		印星用
食傷制殺格	不身弱 官殺旺時 食傷以洩官殺之氣運	食傷運 吉	財官運 凶
食傷用印格	四柱食傷多時 印星以扶日主 抑制食傷		印星 吉
食傷生財格	日主强 財星弱 有食傷	食傷 大運 吉	偏印運 破財 印星・比劫運 凶
食傷用食傷格	印星比劫重疊	食傷運 吉	財官殺運 不吉
專財格	甲乙日 己巳時, 丙丁日 申酉時, 戊己日 亥子時, 庚日 寅卯時, 壬癸日 巳午時 時上財格	財官旺運 吉	比劫運 凶
交祿格	祿交叉 甲申日 庚寅, 庚寅日 甲申, 辛卯日 乙酉, 乙酉日 辛卯		
乙巳鼠貴格	乙日 丙子時 無庚辛申酉	丙・子運 吉 亥子多最 吉	庚辛申酉午 凶
日刃格	戊午日, 丙午日, 壬子日	喜 偏官七殺	忌 刑, 沖, 破, 害, 會合

祿馬交馳格	命造에 驛馬가 있고 이 驛馬에 對하여 建祿이 되는 干이 있는 것 年月은 보지 않고 日時를 妙로 함 <例> 丙○○○ ○巳○卯	移動多收財 積富	冲, 破, 空亡 最忌

祿元三合格	五陽干의 日이 地支三合하야 官 또는 財局이 되는 것

龍鳳三台格	三丁一癸, 三庚一丙

龍虎包承格	地支間傳으로 暗으로 寅과 辰을 夾하는 것 例> ○○○○ ○巳卯丑 辰寅 夾夾	登高位, 富貴 高名

六壬移換格	甲子日 庚午刻, 壬子日 丙午刻, 丙子日 壬午刻 庚子日 甲午刻, 庚午日 丙子刻, 癸亥日 丁巳刻

胞胎格	甲申日, 庚寅日, 癸巳日, 丁亥日

羊擊猪蛇格	辛未日, 癸未日生으로 命中 未가 三位 있음을 要한다.	命中 酉丑字는 貴 塡實, 刑, 冲은 破格

卯未遙巳格	辛卯日 · 癸卯日 · 辛未日 · 癸未日生 命中卯字 三位以上要, 命中未字 三位以上要	巳의 塡實 大忌

棣尊聯芳格	年月과 日時天干이 同一한 것 兩干不雜格과 비슷함	
白虎恃勢格	庚午日, 庚寅日, 庚戌日, 辛巳日, 辛卯日, 辛未日	
天地德合格, **(德合双怨格)**	生日 干支 上下가 隣干支와 干合地合이 되는 것	
內陽外陰格	年과 時의 納音五行이 金水, 日과 月은 火水가 되는 것	妙
拔茅連茹格	天干이 年에서 順이 되고 地支가 年에서 順으로 된 것	祖業繼承, 父子敬愛, 子孫繼承
朱雀秉風格	丙子日・丁亥日・丙申日・ 丙辰日・丁酉日・丁丑日生	火와 水는 水火旣濟, 火와 金은 金鑄印으로 兩者之勢力이 均整하면 必히 好命富貴之命
青龍伏形格	甲申日・甲戌日・乙巳日・ 乙酉日・乙丑日生	他에 無傷官則好命 地支가 刑冲하면 破格
生處聚生格	生日이 長生日에 生하고 命中에 印綬가 있고 日支에 引하야 生旺한 것	不勞而富貴
土局潤下格	戊申日・戊子日・戊辰日生으로 地支에 申子辰三合水局이 있는 것	身旺則 富貴命, 身弱則 百事不如意, 肢體不自由 或 眼目 惡瘡 膿血 水火運吉

四時攝聚格	甲寅日 丙寅日, 丁巳日 辛巳日, 庚申日 甲申日, 壬申日 戊申日, 癸亥日 乙亥日은 각각 寅攝聚, 巳攝聚, 申攝聚, 申攝聚, 亥攝聚	吉福, 淸明 賢達之命
四時乘旺格	日干 또는 時上이 月令에 通한 것 <例> 乙甲〇〇 〇〇寅〇	精神 明瞭, 日時 모두 得月令則 壽長 富貴之命
四柱暗帶格	年月 月日 日時 間傳이 되어 暗帶하는 것 <例> 〇甲丙〇 〇子寅〇	乙丑暗帶
三朋格	日干과 同一天干이 三位가 있는 것	命中財官强則, 必富貴命 他劫刃多, 身過旺則, 三朋相和反逆
三奇眞貴格	命中에 三奇가 完全하고 命中에 財官印이 具備되어 破가 없는 것	聰明好學, 節操道義厚, 神童所聞, 不勞爲富貴, 安處에 在하고 名聞天下
殺刃格	月支에 羊刃을 보고 偏官이 있는 命造	
歲德正官格 年上正官格	生年干支에 正官이 있는 것	男子 立身之神, 年柱에 有하고 破가없고 命局에 對해 喜神則 良家出生發達, 靑年中出世必家權 相續, 차남출생인, 爲家名 相續人 女命은 良家出生 出嫁於良夫
貴人黃樞格 (四墓格)	天干에 戊・己 二個가 있고 地支는 辰戌丑未가 完全 具備된 命造	大貴大富得素質, 反面下格終末不好, 執着心强 執拗人 子女緣薄, 其中年少黃泉客 특히 女命은 有醜行之人 注意

飛財格	日干과 月干이 같고, 日支와 時支가 같으면서 對宮의 財星을 冲하는 것	身旺하고 刑剋이 없으면 巨富를 得한다.

破財格	命造에 財, 官, 印이 없고 生日 地支에서 破가 되어 財가 되는 것	財, 官運 發達 冲, 刑運 不則之災難 起

八專祿旺格	甲寅日·乙卯日生은 寅月 또는 亥卯未 木局 庚申日·辛酉日生은 申月 또는 巳酉丑 金局 聰明 健康·好酒色, 長壽, 官殺混雜 不吉, 冲刑되면 疾病不絶苦生, 命造에 財星, 官, 印, 食神이 없으면 孤獨之命 僧侶, 神父, 修女

冲祿格	命造에 建祿이 없고 日干에서 보아 建祿이 되는 地支를 冲하는 地支가 二位가 있는 것

干合支刑格	日干은 隣干과 干合하고 地支에 支刑이 있는 것 <예> ○甲己○ ○子卯○	酒色을 過度로 好함 輕則病, 重則 破家

虎牛奔巳格	辛癸二日生이 地支에 丑寅二字가 있고 地支에 巳申이 없는 것	成功 立建 富貴 兩全

5. 用神法

用神法에는 格局用神, 抑扶用神, 病藥用神, 調候用神, 通關用神, 專旺用神, 四象用神 등이 있는데 하루 이틀에 터득하기 어려우며 수많은 命理書와 오랜 세월 씨름하면서 수많은 사람의 운명을 감정하면서 체험적 경륜을 쌓아야 한다.

● 身强四柱

㉮ 日主가 强할 때 印綬가 많을 시는 財가 용신이고, 比劫이 많을 시는 官이 용신이며 財官이 없고 食傷이 있을 시는 食傷이 용신이다.

㉯ 신강사주에 日主가 왕하고 官殺이 강하면 官이 용신이다.

㉰ 신강사주에 日主가 왕하고 官殺이 輕한데 財가 있으면 財가 용신이다.

㉱ 신강사주에 日主가 왕하고 印綬가 많으면 財가 용신이다.

㉲ 신강사주에 日主가 왕하고 比劫이 많고 財星이 없거나 無力하면 食傷이 용신이다.

㉳ 身旺할 때에 比肩이 과다할 때는 偏官을 용신으로 하는 것이 좋고, 劫財가 과다할 때는 正官으로 용신한다.

㉴ 身旺할 때에 印綬가 많으면 正財가 용신이고 偏印이 많을 때는 偏財가

용신이다.

㉒ 身强이면 食傷, 財星, 官星이 용신이다.

㉓ 日主가 旺하고 官이 輕한데 印星이 중하면 財용신이다.

㉔ 日主가 太旺하면 食傷用이고, 極旺하면 印綬用이다.

● 身弱四柱

㉮ 日主가 弱할 때 官殺이 旺하고 印綬가 있으면 印綬가 용신이다.

㉯ 日主가 弱할 때 食傷이 旺하고 印綬가 있으면 印綬가 용신이다.

㉰ 日主가 弱할 때 財星이 旺하면 比劫이 용신이다.

㉱ 身弱할 때에 傷官이 많을 때는 印綬가 용신이고 食神이 과다할 때는 偏印이 용신이다.

㉲ 財가 많은 身弱 사주는 正財가 많을 때는 劫財가 용신이고, 偏財가 많을 때는 比肩이 용신이다.

㉳ 身弱이면 印星과 比劫이 용신이다.

㉴ 日主가 극쇠하면 泄氣하는 神이 용신이다.

㉵ 日干이 太弱한데 天干에 印星이 한 개가 있다면 食傷이 용신이다.

㉶ 日主가 太衰하고 印星이 없으면 官이 용신이다.

㉷ 日主가 太弱하면 官殺이 용신이고, 極弱하면 食傷이 용신이다.

● 其 他

㉮ 日主와 官殺이 비슷하면 食傷이 用神이고 日主와 財星이 비슷하면 印比가 용신이다.

㉯ 四柱에 合神은 있으나 用神이 없으면 化合神이 用神이다.

● 通關用神

㉠ 比劫과 財星이 대립시는 食傷이 용신이다.

㉡ 財星과 印星이 대치시는 官星이 용신이다.

㉢ 印星과 食傷이 교차시는 肩劫으로 용신한다.

㉣ 官星과 食傷이 대등시는 財星이 용신이다.

㉤ 比劫과 官星이 균등시는 印星이 용신이다.

㉥ 金木이 싸우는 데는 水가 통관용신이다.

㉦ 水土가 싸우는 데는 金이 통관용신이다.

㉧ 木土가 싸우는 데는 火가 통관용신이다.

㉨ 水火가 싸우는 데는 木이 통관용신이다.

㉩ 火金이 싸우는 데는 土가 통관용신이다.

● 專旺用神

㉠ 全 比劫일 때는 比劫이 용신이다.

㉡ 全 食傷일 때는 食傷이 용신이다.

㉢ 全 偏正財일 때는 財星이 용신이다.

㉣ 全 偏正官일 때는 官星이 용신이다.

㉤ 全 偏印綬일 때는 印星이 용신이다.

㉥ 全 木일 때는 水木火가 용신이다.

㉦ 全 火일 때는 木火土가 용신이다.

㉧ 전 土일 때는 火土金이 용신이다.

㉨ 全 金일 때는 土金水가 용신이다.

㉩ 全 水일 때는 金水木이 용신이다.

● 四時喜忌表

喜忌 四時	喜	忌
甲乙日 春月	十 金 火	木 水
甲乙日 夏月	水 土 金	火 木
甲乙日 秋月	火 土 水	金 木
甲乙日 冬月	火 土 金	水 木
丙丁日 春月	金 水 土	木 火
丙丁日 夏月	金 水 土	火 木
丙丁日 秋月	木 火 水	金 土
丙丁日 冬月	木 火 土	水 金
戊己日 春月	火 土 金	水 木
戊己日 夏月	水 金 木	火 土
戊己日 秋月	土 火 木	金 水
戊己日 冬月	火 土 木	金 水
庚辛日 春月	土 火 金	木 水
庚辛日 夏月	土 金 水	火 木
庚辛日 秋月	水 火 木	金 土
庚辛日 冬月	火 土 金	水 木
壬癸日 春月	土 火 木	水 金
壬癸日 夏月	水 金 土	火 木
壬癸日 秋月	火 木 土	水 金
壬癸日 冬月	火 土 木	水 金

● 日主와 月令과의 喜忌表

月支＼日干	甲		乙		丙		丁		戊		己		庚		辛		壬		癸	
	吉	凶	吉	凶	吉	凶	吉	凶	吉	凶	吉	凶	吉	凶	吉	凶	吉	凶	吉	凶
子月	火土金	水木	火	水木	木火	金	水火	金	火土	金水	火木	水金	火土金	水木	火金土	木火	土木火	水金	木火土	水金
丑月	火	水	火	水	木火	金土	水金土火	水	火木	金水	火木	金水	水	火木	火木	土	木火	水金	木火	水金
寅月	火土金	木	火土金	木	土金水	木火	金土	木火	火土	木水	木土	木水	火土金	木水	土金	木火	金水	木火土	金水	木火土
卯月	金火土	木水	火土金	木水	土金水	木火	金土	木火	火土	木水	木土	木水	火土金	木水	土金	木火	金水	木火土	金水	木火土
辰月	金火	木水	水	木	土金	水木	水	土金	火	木	金	木水	金水	木	金	水	金水	木火土	金水	木火土
巳月	水木	火土	水木	火土	水金	火木	水金	火	金水	火土	金水	火土	水	火	木金	火水	金水	火木	金水	火土木
午月	水木	火土	水木	火土	水金	火木	水金	火木	金水	火土	水金土	火土	水	火	金水	火	金水	火木土	金水	火土木
未月	水木	金土	水木	火土	水金	火	木	土	金水木	火土木	金水	火土木	土	木火	土火	金水	金水	火木土	金水	火土木
申月	木火水	金土	木火水	金土	木火	金土	木火	金水	火土	金水	火土	金水	水木	金土	木火	金土	木火	金水	木火	金水
酉月	木火水	金土	木火水	金土	木火	金土	木火	金土	火土	金水	火土	金水	水木	金土	木火	金土	木火	金水	木火	金水
戌月	木水	土金	木水	土金	木	土金	木	土金	土金水	火木	土金水	火木	火土	金水	木土	金水	金水	土火	金水	土火
亥月	火土金	水木	火	水木	木火	金	水火	金	火土	水金	火木	水金	火土金	水木	水木	土金	木火土	水金	木火土	水金

余春臺氏 調候用神表

● 甲木喜用提要

月令＼用神	調候用神	用神補佐	略解
正月	丙	癸	調和氣候爲要, 丙火爲主, 癸水爲佐.
二月	庚	丙丁戊己	陽刃架煞, 專用庚金, 以戊己滋煞爲佐. 無庚用丙丁洩秀, 不取制煞.
三月	庚	丁壬	用庚金必須 丁火制之, 爲傷官制煞. 無庚用壬.
四月	癸	丁庚	調和氣候, 癸水爲主. 原局氣潤, 庚丁爲用.
五月	癸	丁庚	木性虛焦, 癸爲主要, 無癸用丁, 亦宜 運行北地. 木盛先庚, 庚盛先丁.
六月	癸	庚丁	上半月同五月用癸. 下半月用庚丁.
七月	庚	丁壬	傷官制煞, 無丁用壬, 富而不貴.
八月	庚	丁丙	用丁制煞, 用丙調候, 丁丙並用爲佐.
九月	庚	甲丁壬癸	土旺者用甲木, 木旺者用庚金, 丁壬癸爲佐.
十月	庚	丁丙戊	用庚金, 取丁火制之, 丙火調候, 水旺用戊.
十一月	丁	庚丙	木性生寒, 丁先庚後, 丙火爲佐, 必須支見巳寅, 方爲貴格.
十二月	丁	庚丙	丁火必不可少, 通根巳寅, 甲木爲助. 用庚劈甲引丁.

● 乙木喜用提要

月令用神	調候用神	用神補佐	略 解
正 月	丙	癸	取丙火解寒, 略取癸水滋潤, 不宜困丙, 火多用癸.
二 月	丙	癸	以癸滋木, 以丙洩秀, 不宜見金.
三 月	癸	丙 戊	若支成水局, 取戊爲佐.
四 月	癸	※	月令丙火得祿, 專用癸水, 調候爲急.
五 月	癸	丙	上半月專用癸水, 下半月丙癸並用.
六 月	癸	丙	潤土滋木, 喜用癸水, 柱多金水, 先用丙火. 夏月壬癸, 切忌戊己雜亂.
七 月	丙	癸 己	月垣庚金司令, 取丙火制之, 或癸水化之. 不論用丙用癸, 皆己土爲佐.
八 月	癸	丙 丁	上半月癸先丙後, 下半月丙先癸後, 無癸用壬. 支成金局, 又宜用丁.
九 月	癸	辛	以金發水之源. 見甲, 名藤蘿繫甲.
十 月	丙	戊	乙木向陽, 專取丙火. 水多以戊爲佐.
十 一 月	丙	※	寒木向陽, 專取丙火, 忌見癸水.
十 二 月	丙	※	寒谷回春, 專用丙火.

● 丙火喜用提要

月令＼用神	調候 用神	用神 補佐	略 解
正 月	壬	庚	壬水爲用, 庚金發水之源爲佐.
二 月	壬	己	專用壬水, 水多用戊制之, 身弱用 印化之.
三 月	壬	甲	專用壬水, 土重以甲爲佐.
四 月	壬	庚 癸	以庚爲佐, 忌戊制壬. 無壬用癸.
五 月	壬	庚	壬庚以通根申宮爲妙.
六 月	壬	庚	以庚爲佐.
七 月	壬	戊	壬水通根申宮, 壬多必取戊制.
八 月	壬	癸	四柱多丙, 一壬高透爲奇. 無壬用癸
九 月	甲	壬	忌土晦光, 先取甲疏土, 次用壬水.
十 月	甲	戊 庚 壬	月垣壬水秉令, 水旺用甲木化之, 身煞兩旺, 用戊制之. 火旺用壬, 木旺宜庚.
十 一 月	壬	戊 己	氣進二陽, 丙火弱中復强, 用壬水, 用戊制之. 無戊用己.
十 二 月	壬	甲	喜壬爲用, 土多不可少甲.

● 丁火喜用提要

月令＼用神	調候用神	用神補佐	略解
正 月	甲	庚	用庚金劈甲引丁.
二 月	庚	甲	以庚去乙, 以甲引丁.
三 月	甲	庚	用甲木引丁制土, 次看庚金. 木盛用庚, 水盛用戊.
四 月	甲	庚	取甲引丁, 甲多又取庚爲先.
五 月	壬	庚 癸	火多以庚壬兩透爲貴. 無壬用癸, 爲獨煞當權.
六 月	甲	壬 庚	以甲木化壬引丁爲用, 用甲不能無庚, 取庚爲佐.
七 月	甲	庚 丙 戊	取庚劈甲, 無甲用乙. 用丙暖金晒甲, 無庚甲而用乙者, 見丙爲枯草引燈. 水旺用戊. ※ 七,八月 同一
八 月	甲	庚 丙 戊	
九 月	甲	庚 戊	一派戊土無甲, 爲傷官傷盡.
十 月	甲	庚	
十 一 月	甲	庚	庚金劈甲引丁, 甲木爲尊, 庚金爲佐, 戊癸權宜酌用. ※ 十, 十一, 十二月 同一
十 二 月	甲	庚	

● 戊土喜用提要

月令 \ 用神	調候 用神	用神 補佐	略　　解
正 月	丙	甲 癸	無丙照暖, 戊土不生, 無甲疏劈, 戊土不靈. 無癸滋潤, 萬物不長, 先丙, 次甲, 次癸.
二 月	丙	甲 癸	
三 月	甲	丙 癸	戊土司令, 先用甲疏, 次丙, 次癸.
四 月	甲	丙 癸	戊土建祿, 先用甲疏劈, 次取丙癸.
五 月	壬	甲 丙	調候爲急, 先用壬水, 次取甲木, 丙火配用.
六 月	癸	丙 甲	調候爲急, 癸不可缺, 丙火配用, 土重不能無甲.
七 月	丙	癸 甲	寒氣漸增, 先用丙火. 水多. 用甲洩之.
八 月	丙	癸	賴丙照暖, 喜水滋潤.
九 月	甲	丙 癸	戊土當權, 先用甲木, 次取丙火. 見金, 先用癸水, 後取丙火
十 月	甲	丙	非甲不靈, 非丙不暖.
十 一 月	丙	甲	丙火爲尙, 甲木爲佐.
十 二 月	丙	甲	

● 己土喜用提要

月令＼用神	調候用神	用神補佐	略　解
正月	丙	庚甲	取丙解寒, 忌見壬水, 如水多, 須以戊土爲佐. 土多用甲, 甲多用庚.
二月	甲	癸丙	用甲忌與己土合化, 次用癸水潤之.
三月	丙	癸甲	先丙後癸, 土暖而潤, 隨用甲疏.
四月	癸	丙	調候不能無癸, 土潤不能無丙. ※ 四・五・六月 同一
五月	癸	丙	
六月	癸	丙	
七月	丙	癸	丙火溫土, 癸水潤土, 七月庚金司權, 丙能制金, 癸以洩金.
八月	丙	癸	取辛輔癸.
九月	甲	丙癸	九月土盛, 宜甲木疏之, 次用丙癸.
十月	丙	甲戊	三冬己土, 非丙暖不生, 初冬壬旺 取戊土制之, 土多 取甲木疏之.
十一月	丙	甲戊	三冬己土, 非丙暖不生. 壬水太旺, 取戊土制之, 土多, 取甲木疏之. ※ 十・十一・十二月 同一
十二月	丙	甲戊	

● 庚金喜用提要

月令\用神	調候用神	用神補佐	略解
正月	戊	甲 壬 丙 丁	用丙煖庚性, 慮土重埋金, 須甲疏洩. 火多用土, 支成火局用壬.
二月	丁	甲 庚丙	庚金暗强, 專用丁火, 借甲引丁, 用庚劈甲. 無丁用丙.
三月	甲	丁 壬癸	頑金宜丁, 旺土用甲, 不用庚劈. 支火宜癸, 干火宜壬.
四月	壬	戊 丙丁	丙不鎔金, 惟喜壬制, 次取戊土, 丙火爲佐. 支成金局, 變弱爲强, 須用丁火.
五月	壬	癸	專用壬水, 癸次之, 須支見庚辛爲助. 無壬癸, 用戊己洩火之氣.
六月	丁	甲	若支會土局, 甲先丁後
七月	丁	甲	專用丁火, 甲木引丁.
八月	丁	甲 丙	用丁甲煅金, 兼用丙火調候.
九月	甲	壬	土厚先用甲疏, 次用壬洗. 忌見己土濁壬.
十月	丁	丙	水冷金寒愛丙丁, 甲木輔丁
十一月	丁	甲 丙	仍取丁甲, 次取丙火照暖, 一派金水, 不入和暖之鄕, 孤貧.
十二月	丙	丁 甲	丙丁須臨寅巳午未戌支, 方爲有力. ※ 十一・十二月 同一

● 辛金喜用提要

月令 \ 用神	調候用神	用神補佐	略解
正 月	己	壬 庚	辛金失令, 取己土爲生身之本, 欲得辛金發用, 全賴壬水之功. 壬己並用, 以庚爲助.
二 月	壬	甲	與正月同
三 月	壬	甲	若見丙火合辛, 須有癸制丙, 支見亥子申, 爲貴.
四 月	壬	甲 癸	壬水洗淘, 兼有調候之用, 更有甲木制戊, 一清澈底.
五 月	壬	己 癸	己無壬不濕, 辛無己不生, 故壬己並用. 無壬用癸.
六 月	壬	庚 甲	先用壬水, 取庚爲佐, 忌戊出, 得甲制之, 方吉.
七 月	壬	甲 戊	壬水爲尊, 甲戊酌用. 不可用癸水.
八 月	壬	甲	壬水淘洗, 如見戊己, 須甲制土, 支成金局無壬須用丁火.
九 月	壬	甲	九月辛金, 火土爲病, 水木爲藥.
十 月	壬	丙	先壬後丙, 名金白水淸, 餘皆酌用.
十 一 月	丙	戊 壬 甲	冬月辛金, 不能缺丙火溫暖, 餘皆酌用.
十 二 月	丙	壬 戊 己	同上, 丙先壬後, 戊己次之, 總之, 丙火不可少也.

● 壬水喜用提要

用神 月令	調候 用神	用神 補佐	略　　解
正　月	庚	丙　戊	無比劫者, 不必用戊, 專用庚金, 以丙爲佐. 如比劫多, 又宜制之, 一戊出, 名一將當關, 群邪自伏.
二　月	戊	辛　庚	三春壬水絶地, 取庚辛發水之源. 水多用戊.
三　月	甲	庚	甲疏季上, 次取庚金發水源, 金多須丙制之爲妙.
四　月	壬	辛庚癸	壬水弱極, 取庚辛爲源, 壬癸比助.
五　月	癸	庚　辛	取庚爲源, 取癸爲佐. 無庚用辛.
六　月	辛	甲	以辛金發水源, 甲木疏土.
七　月	戊	丁	取丁火佐戊制庚, 戊土通根辰戌, 丁火通根午戌, 方可爲用.
八　月	甲	庚	無甲, 用金發水之源, 名獨水犯庚辛, 體全之義.
九　月	甲	丙	以甲制戊中戊土. 丙火爲佐.
十　月	戊	丙　庚	如甲出制戊, 須以庚金爲救.
十一月	戊	丙	水旺宜戊, 調候宜丙, 丙戊必須兼用.
十二月	丙	丁　甲	上半月專用丙火, 下半月用丁, 甲木爲佐.

사주 명리학의 핵심

● 癸水喜用提要

月令 \ 用神	調候用神	用神補佐	略 解
正 月	辛	丙	用辛生癸水, 無辛用庚, 丙不可少.
二 月	庚	辛	乙木司令, 專用庚金, 辛金次之.
三 月	丙	辛 甲	上半月專用丙火, 下半月雖用丙火, 辛甲爲佐.
四 月	辛	※	無辛用庚.
五 月	庚	辛 壬 癸	庚辛爲生身之本, 但丁火司權, 金難敵火, 宜兼用比劫, 方得庚辛之用.
六 月	庚	辛 壬 癸	上半月金神衰弱, 火氣炎熱, 宜比劫帮身, 同五月. 下半月無比劫亦可.
七 月	丁	※	庚金得祿, 必丁火制金爲用, 丁火以通根午戌未爲妙.
八 月	辛	丙	辛金爲用, 丙火佐之, 名水暖金溫, 須隔位同透, 爲妙.
九 月	辛	甲 壬 癸	專用辛金, 忌戊土, 要比劫滋甲. 制戊爲妙.
十 月	庚	辛 戊 丁	亥中甲木長生, 洩散元神, 宜用庚辛. 水多用戊. 金多用丁.
十 一 月	丙	辛	丙火解凍, 辛金滋扶.
十 二 月	丙	丁	丙火解凍, 通根寅巳午未戌, 方妙, 癸巳會党, 年透丁火, 名雪後燈光, 夜生者貴. 支成火局, 又宜用庚辛.

● 金氏 用神表

日干 月支	甲	乙	丙	丁	戊
子	逆運으로 行함을 기뻐하고, 午未運을 꺼린다.	逆運으로 行함을 喜한다.	逆運에는 몸이 약하고 병이 많다.	東方運을 喜하고 西方運은 꺼린다.	東과 西 大運을 꺼린다.
丑	東西運을 喜하고 午未運은 忌한다.	西와 東運을 喜한다.	西方運은 아름답고, 東南運은 差하다.	命造에 土가 많은 것을 두려워 하고 南方運은 꺼린다.	命造에 財官이 없으면 일생을 한갓 애만 쓴다.
寅	※	財格은 順行運을 喜하는데 財가 없으면 가난하다.	西方運 晩年에는 발달한다.	西方運은 꺼린다.	申巳運을 가장 꺼린다.
卯	順逆運다 申酉는 喜하지 않는다.	火金運에는 빈손으로도 成家한다.	水가 없는 자는 喜하다.	官殺混雜을 크게 꺼린다.	南方運에는 돈을 많이 벌게 되고 西運은 흉하다.
辰	東과 南의 地는 喜하지 않는다.	申酉運은 좋으나 戌運은 흉하다.	水木이 有根함을 喜하고 아니면 불통이다.	戌亥運中에 損壽하게 된다.	東南運을 喜한다.
巳	午未申運에는 몸이 약하다.	東方運을 喜하고 乙木이 無根이면 喜하다.	※	順運은 중년에 불리하다.	東北으로 逆行하면 길하고 順行하면 不濟하다.
午	財運을 喜하고 西方運은 꺼린다.	逆行大運을 喜한다.	子運은 喜하지 않는다.	命造에 水가 없는 자는 명이 짧다.	官殺이 重重함을 喜한다.
未	木運을 喜하고 오직 體弱을 두려워한다.	順行運은 흉하고 逆行은 길하다.	홀로 官을 얻으면 귀하게 된다.	命造에 金이 없으면 一世가 빈곤하다.	逆行 東方運을 喜한다.
申	逆運에는 體弱을 방비하라.	西北運을 크게 꺼리고 逆行은 길하다.	水運에는 傷身體弱하다.	大運은 逆行을 喜하고, 중년에 발달한다.	逆行에는 火地에 通泰한다.
酉	逆運 午未의 地에는 질병을 예방하여야 한다.	南運에는 吉祥하다.	比劫運에는 몸이 약하다.	官殺을 꺼리지 않으나 火運을 만나면 逆을 喜한다.	子卯運을 크게 꺼린다.
戌	命造에 亥未가 있으면 逆運에 발달한다.	초년에는 질병이 있으나 중년에는 비로소 발전한다.	順運을 喜하고 官殺이 重重함을 꺼린다.	東과 南運을 喜한다.	財殺이 重重하면 吉祥이다.
亥	午未運 중에는 몸이 약하다.	※	※	官殺이 混雜한 자는 명이 짧다.	卯辰 大運을 꺼린다.

301

日干 月支	己	庚	辛	壬	癸
子	運이 寅卯에 들면 일찍 潤霽한다.	午運에 壽에 重傷이 있다.	火가 없으면 平常人이다.	火土가 투출치 않으면 一世가 헛일이 된다.	逆行 西方運은 불길하다.
丑	比肩運을 크게 꺼린다.	四柱에 火가 없으면 不美하다.	※	財格을 이룸을 가장 좋아한다.	西南運에는 壽가 不齊하다.
寅	南運은 아름다우나 逆運에는 수명이 짧다.	※	日主가 無根이면 順行運에는 주로 일찍 죽는다.	南方運을 喜한다.	申運에는 壽에 해롭다.
卯	逆運이면 주로 壽가 온전치 못하다.	※	土는 喜하나 西方運은 喜하지 않는다.	順運에는 比하나 逆運에는 길하다.	申酉 西方運에는 壽에 해롭다.
辰	順運을 喜하나 逆運에는 몸이 약하고 질병이 있다.	※	七殺이 투출되면 아름답게 된다.	木運을 喜한다.	火運에는 재액이 많다.
巳	順行運에 入함을 喜한다.	※	子運을 喜하지 않는다.	壬日主가 無根인 자는 병으로 일찍 죽는다.	西方運은 흉하다.
午	官이 輕하면 逆運에는 아름답다.	日主가 無根인 것을 꺼리고 子運도 꺼린다.	日主가 無根이면 從殺이 된다.	日主가 無根이면 棄命從財가 된다.	日主가 無根이면 申運에 드는 것을 꺼린다.
未	殺旺이면 중년에 발달한다.	土가 重하면 수명이 길기 어렵다.	比劫運이면 대략 敗한다.	印運을 喜하지 않는다.	東木運에 드는 것을 喜한다.
申	寅卯運을 크게 꺼리고 重하면 傷身커나 夭한다.	官殺이 없는 자는 불량하다.	※	卯運을 크게 꺼리며 흉하다.	命造에 火가 없으면 마침내 쓸모없는 일이다.
酉	殺이 없으면 높이 될 수 없다.	※	水運의 地支를 꺼린다.	官殺이 없으면 火運을 꺼린다.	逆運에는 비교적 아름답다.
戌	단지 冲刑을 꺼린다.	丁이 투출하였으면 冲運이 길하다.	比劫運을 喜하지 않는다.	木運을 喜하지 않는다.	逆運이 年干에 투출되면 재액이 있다.
亥	※	日主가 有根이면 甲運에 발달한다.	火가 없는 자는 흉하다.	命造에 財가 없으면 平常의 명이다.	※

● 萬育吾氏 十二月支喜忌表

月支＼日干	甲乙	丙丁	戊己	庚辛	壬癸
子	官印이 노출됨을 喜하고 日坐 財傷印과 財傷印運을 꺼린다.	月令은 冬至를 지나야 하고 身旺하고 合이 있음을 喜한다.	羊刃에 坐하여 比肩이 투출됨을 꺼린다.	庚日 丙時 巳時와 辛日 丁時午時는 比劫運을 꺼린다.	壬日 戊時 巳時나 癸日 己時 午時는 正官運을 꺼린다.
丑	官星이 투간되면 冲을 두려워하고 官星이 투출하지 않으면 冲을 要한다.	羊刃과 比肩을 꺼리고, 다만 申酉丑日은 宜하다.	羊刃과 比肩을 꺼린다.	다만 時上七殺丙丁午時를 喜하고 正官運을 꺼린다.	官印透干 冲을 喜하고, 印伏財傷을 꺼린다.
寅	다만 時上七殺 庚辛申酉時를 喜하고 正官이 混됨을 꺼린다.	官印이 노출됨을 喜하고 財가 노출되거나 財運은 꺼린다.	戊日은 正官을 꺼리고, 己日은 七殺을 꺼린다.	羊刃과 比劫이 투출됨을 꺼린다.	壬日은 戊時巳時를 喜하고, 癸日은 巳時午時를 喜한다.
卯	時上七殺을 喜하고, 正官運을 꺼린다.	財星이 노출됨을 꺼린다.	戊日은 七殺을 꺼리고, 己日은 正官을 꺼린다.	寅卯日을 喜하고 劫에 坐하였는데 比가 노출됨을 꺼린다.	坐하여 財가 노출됨을 喜하고 劫財와 正官을 꺼린다.
辰	印局이 印이 노출되면 冲을 要하고 印이 노출되지 않으면 冲을 꺼린다.	官星이 노출됨을 喜하는데 冲을 要한다. 官이 노출되지 않으면 冲을 꺼린다.	財星이 노출됨을 좋아하는데 노출되면 冲을 要한다. 財가 노출되지 않으면 冲을 꺼린다.	比劫을 꺼린다.	다만 時上七殺을 喜하고, 正官을 꺼린다.
巳	모름지기 巳午日이어야 하고, 比劫羊刃을 꺼린다.	財가 노출되지 않으면 장수한다. 正官과 劫財를 꺼린다.	印이 노출됨을 要하고 官을 喜하며 傷官을 꺼린다.	庚辛日은 七殺은 꺼리지 않으나 나머지는 다 꺼린다.	壬日은 官을 꺼리고, 癸日은 殺을 꺼린다.
午	財가 투출됨을 喜하고, 比劫과 羊刃은 꺼린다.	財 및 時上七殺을 喜한다.	官이 투출됨을 喜하고, 財가 투출됨은 꺼린다.	庚日은 七殺을 꺼리고, 辛日은 正官을 꺼린다.	다만 身旺을 喜하고, 比劫을 꺼리진 않는다.
未	官殺混雜을 크게 꺼린다.	印이 노출되면 冲을 요하지 않고, 印이 노출되지 않으면 冲을 요한다.	官이 노출되면 冲을 요하지 않고, 官이 노출되지 않으면 冲을 요한다.	財가 노출되면 冲을 요하지 않고, 재가 노출되지 않으면 冲을 요한다. 比劫羊刃을 꺼린다.	官이 투출되고 財가 노출됨을 喜하고 七殺傷官을 꺼린다.

申	甲日은 羊刃을 꺼리지 않지만 乙日은 劫財를 꺼린다.	劫財가 身을 扶助함을 꺼린다.	財가 透干됨을 喜하고, 正官은 꺼린다.	時上七殺은 기뻐하나 官殺混雜은 꺼린다.	官印이 투간됨은 喜하나, 財運은 꺼린다.
酉	甲日은 七殺을 꺼리나, 乙日은 正官을 꺼린다.	比肩, 劫財, 羊刃을 꺼린다.	財가 투출됨을 기뻐하고, 劫財는 꺼린다.	官殺을 喜한다.	印이 노출되고 官이 투출됨을 기뻐하고, 財運은 꺼린다.
戌	財가 透干되지 않음을 꺼리고 比劫, 羊刃運도 꺼린다.	다만 時上에서 取格함이 마땅하다.	印이 伏되어 노출되지 않음을 꺼리고, 傷官을 꺼린다.	七殺과 傷官을 꺼린다.	劫財와 羊刃을 꺼린다.
亥	官과 印이 노출됨을 기뻐하고 財運을 꺼린다.	丙日은 正官을 꺼리고, 丁日은 七殺을 꺼린다.	比劫運, 羊刃運을 꺼린다.	時上에서 取格함이 마땅하다.	官殺混雜을 꺼린다.

● 徐揚氏 用神과 體弱多病

日干 / 月支	甲乙	丙丁	戊己	庚辛	壬癸
寅	丙丁戊己 火土가 각각 一支 다 투출하면 부귀한다. 丙이나 丁이 투출하고 土가 투출하지 않으면 평상의 명이다.	甲乙庚辛 金木이 각각 一支에 투출하면 부유하면서 礼를 좋아한다. 水局 官殺은 명이 짧다.	丙丁 印星이 투출하면 귀하게 된다. 壬癸財局과 甲乙官殺局은 다 無用이다.	官殺이 투간하면 혼인이 아름답지 못하다. 印이 있으면 食傷도 해롭지 않다.	財局이 가장 아름답고 官殺局은 좋아하지 않는다.
卯	水의 印格이 투출하는 것은 無用이다. 殺印相生은 요절한다. 寅月과 같다.	寅月과 같다. 水官殺을 기뻐하지 않는다.	위장병이 있게 된다. 財局은 忌하고 印格은 喜한다.	印格은 喜하며 官殺局은 貧夭하게 된다.	官殺格은 길하고 財格은 시비가 많다. 印局은 無用이다.
辰	火土成格食傷生財를 좋아한다.	寅卯月과 같다.	官殺局은 夭疾하고, 印局을 喜한다.	卯月과 같다.	卯月과 같다.
巳	印局은 남녀혼인이 불길하다. 다만 사업은 좋다. 官殺局은 시비가 많다.	官殺이 왕하면 夭疾한다. 財局은 아름답다.	官殺局은 疾이 많고, 印局과 財局은 고루 길하다.	印局은 吉祥하고 官殺局은 疾이 있다. 殺印相生은 길하고 食傷은 孤貧하다.	金水가 없는 자는 夭疾하고, 홀로 水局을 쓰고 金을 띤 자는 孤剋한다.
午	夜生으로 印局은 대길하고 食傷局은 疾이 많다. 財와 印局은 부귀한다.	食神制殺은 대길하고 傷官佩印 역시 길하다.	財局은 大富하고 官殺局은 총명하다. 印은 旺함은 꺼린다.	巳月과 같다.	官殺局은 吉祥하고, 財旺자도 길하다. 印局은 주로 외롭다.
未	午月과 비슷하다.	午月과 비슷하다.	午月과 비슷하다.	午月과 비슷하다.	午月과 비슷하다.
申	食傷局은 不喜하고 官殺局은 平常이며 殺印相生 財局은 다 길하다.	官殺局은 부귀하고, 財局印綬은 다 길하다.	홀로 財局을 좋아한다.	홀로 食傷生財를 좋아하고, 水火가 없으면 다 夭疾한다.	財局은 無用이고 財旺은 도리어 패한다. 官殺印局은 다 길하다.
酉	食傷局은 貧疾하고 夜生은 오히려 좋고 官殺局은 길하다.	印局을 가장 좋아한다. 財局이 印이 없으면 화가 생긴다. 官殺이 중중함을 크게 꺼린다.	食傷局은 부유하면서도 장수한다. 佩印이면 더욱 좋다. 財局은 平常이다.	申月과 비슷하다.	食傷佩印이면 유명해지고, 홀로 印局이면 도리어 나쁘다.

戌	酉月과 비슷하다.	酉月과 비슷하다.	홀로 印局을 喜한다.	夜生은 길하게 되고, 晝生은 少利하다. 財局은 無用하며, 나머지는 좋다.	酉月과 비슷하다.
亥	食傷生財를 가장 좋아하고, 官殺局은 골육이 參商한다. 殺印相生은 길하다.	官殺局이 印이 없는 자는 흉하고, 印이 있으면 귀하게 된다. 食傷局은 無用이다.	홀로 印局을 기뻐한다. 食傷生財는 이에 孤寒한 사람이 된다.	晝生 官殺局은 크게 꺼린다. 홀로 夜生 印局을 좋아한다.	홀로 財局을 좋아하고, 食傷局은 無用이다.
子	食傷生財를 가장 기뻐하고, 印이 왕하면 夭疾한다.	亥月과 비슷하다.	財局인 자는 夭疾하고, 官殺局은 無用이고 다만 印局은 좋다.	殺印二局을 喜하고, 官殺이 없는 자는 가난하거나 일찍 죽는다.	亥月과 비슷하다.
丑	子月과 비슷하다.	食傷局인 자는 주로 頭面에 疾이 있게 된다.	子月과 비슷하다. 食傷局은 貧疾하다.	子月과 비슷하다. 丑月에는 財局을 써도 된다.	子月과 비슷하다. 오직 食神制殺인 자는 귀하게 된다.

사주 명리학의 핵심

● 女命取用大法

1. 日主强하고 傷食多면 用財
2. 日主强에 傷食多하고 無財면 用印
3. 日主强에 傷食多하고 無財無印이면 用傷食
4. 日主强에 官殺多하면 用傷食
5. 日主强에 官殺多하고 無傷食이면 用財
6. 日主强에 官殺多하고 無傷食 無財면 用官殺
7. 日主强에 財多하면 用官殺
8. 日主强에 財多하고 無官殺이면 用傷食
9. 日主强에 財多하고 無官殺 無傷食이면 用財
10. 日主强에 印多하면 用財
11. 日主强에 印多하고 無財면 用官殺
12. 日主强에 印多하고 無財 無官殺이면 用傷食
13. 日主强에 比劫多면 用 官殺
14. 日主强에 比劫多하고 無官殺이면 用傷食
15. 日主强에 比劫多하고 無官殺 無傷食이면 用財
16. 日主弱에 傷食多하면 用印
17. 日主弱에 傷食多하고 無印이면 用財
18. 日主弱에 傷食多하고 無印無財면 用比劫
19. 日主弱에 官殺多하면 用印
20. 日主弱에 官殺多하고 無印이면 用傷食
21. 日主弱에 官殺多하고 無印無傷食이면 用比劫
22. 日主弱에 財多면 用比劫
23. 日主弱에 財多하고 無比劫이면 用官殺

24. 日主弱에 財多하고 無比劫 無官殺이면 用印
25. 日主弱에 印多면 用財
26. 日主弱에 印多하고 無財면 用比劫
27. 日主弱에 印多하고 無比劫 無財면 用官殺

● 甲 乙 日

月	寅	卯	辰	巳	午	未	申	酉	戌	亥	子	丑
食傷生財	最佳格局	最佳格局	最佳格局	※	體弱多病	體弱有疾	無用之局	貧困	貧困疾之局	最佳之局	最佳之局	最佳之局
財格	※	※	較佳	※	佳局	佳局	佳局	※	※	※	※	※
印格	無用之格	無用之格	※	婚姻不佳	最佳格局	最佳格局	※	※	※	※	體弱多病	體弱多病
殺印相生	夭壽或多疾	夭壽或多疾	※	※	※	※	佳局	※	※	佳局	※	※
官殺局	平常	佳局	※	是非多	※	※	※		最佳之局	最佳之局	六親稀少	※
傷官佩印	※	※	※	※	※	※	※	※	※	※	※	※

● 丙 丁 日

月	寅	卯	辰	巳	午	未	申	酉	戌	亥	子	丑
食傷生財	※	※	※	※	※	※	※	※	※	無用之局	無用之局	主有頭面之疾
財格	※	※	※	最佳格局	※	※	佳局	無印因財引禍	無印因財引禍	※	※	※
印格	※	※	※	※	※	※	佳局	最佳之局	最佳之局	※	※	※
殺印相生	富而有禮	最佳之格局	最佳之格局	※	※	※	※	※	※	※	※	※
官殺局	體弱夭疾	體弱夭疾	體弱之局	體弱之局	※	※	最佳之格局	是非之局	是非之局	無印凶有印貴	無印凶有印貴	※
傷官佩印	※	※	※	※	最佳之格局	最佳格局	※	※	※	※	※	※

● 戊 己 日

月	寅	卯	辰	巳	午	未	申	酉	戌	亥	子	丑
食傷生財	※	※	※	※	※	※	※	富而有壽	※	孤寒之格	※	貧困孤疾
財格	無用之局	無用之局	※	佳局	大富之局	大富之格	獨喜財格	平常	※	※	多疾夭病	無用之格
印格	最佳格局	最佳格局	最佳格局	佳局	無用之局	無用之局	※	平常	獨喜印局	獨喜印局	獨宜印格	最宜印格
殺印相生	※	※	※	※	※	※	※	※	※	※	※	※
官殺局	無用之局	※	體弱或夭疾	體弱多疾	聰明有智	聰明有智	※	※	※	※	無用之局	無用之格
傷官佩印	※	※	※	※	※	※	※	※	※	※	※	※

사주 명리학의 핵심

● 庚 辛 日

月	寅	卯	辰	巳	午	未	申	酉	戌	亥	子	丑
食傷生財	無用之局	※	※	孤貧辛勞	孤貧辛勞	無用之格	最喜此格	最喜此格	※	※	※	※
財格	※	※	※	※	※	※	※	※	無用之格局	※	※	佳局
印格	※	獨喜印格	獨喜印格	最佳格局	最佳格局	佳局	※	※	※	獨喜夜生	※	※
殺印相生	※	※	※	佳局	佳局	佳局	※	※	※	※	佳局	佳局
官殺局	婚姻不佳	不貪則多病	不貪則多病	體弱多病	體弱多疾	身體有疾	※	※	※	忌晝生	佳局	佳局
傷官佩印	無用之局	※	※	※	※	※	※	※	※	※	※	※

● 壬 癸 日

月	寅	卯	辰	巳	午	未	申	酉	戌	亥	子	丑
食傷生財	※	※	※	※	※	※	※	※	※	食傷格無用	食傷格無用	食神制殺貴
財格	最佳格局	是非頗多	是非甚多	※	體弱多疾	體弱有疾	財局無用	※	※	最佳格局	最佳格局	佳局
印格	※	印格無用	印格無用	無印者夭	親屬孤單	親屬孤單	佳局	印局無用	印局無用	※	※	※
殺印相生	※	※	※	※	※	※	※	※	※	※	※	※
官殺局	官殺局無用	最佳格局	最佳格局	※	最佳格局	最佳格局	佳局	※	※	※	※	※
傷官佩印	※	※	※	※	※	※	※	最佳格局	最佳格局	※	※	※

● 日柱와 月柱와의 喜神表

月＼日	甲乙	丙丁	戊己	庚辛	壬癸	月＼日	甲乙	丙丁	戊己	庚辛	壬癸
甲子	金	木火	土火	土火	水火	己丑	火	木	金	火	火金
甲寅	金	水	火	火	金	己卯	火	土	火	木	金水
甲辰	水	水木	金	火水	水金	己巳	水	土	金	土	金
甲午	水土	土	金	土	水	己未	水土	木	金	水木	金
甲申	土	火	火	水	土	己酉	土	火	火	水	土
甲戌	火	木	木金	木火	金	己亥	金	木火	火土	土	木火
乙丑	火	木	金	火	火金	庚子	金	木火	土火	土火	木火
乙卯	火	土	火	木	金水	庚寅	金	水	火	火	金
乙巳	水	土	金	土	金	庚辰	水	水木	金	火水	水金
乙未	水土	木	金	水木	金	庚午	水土	土	金	土	水
乙酉	土	火	火	水	土	庚申	土	火	火	水	土
乙亥	金	木火	火土	土	木火	庚戌	火	木	木金	木火	金
丙子	金	木火	土火	土金	木火	辛丑	火	木	金	火	火金
丙寅	金	水	火	火	金	辛卯	火	土	火	木	金水
丙辰	水	水木	金	火水	水金	辛巳	水	土	金	土	金
丙午	水	土	金	土	水	辛未	水土	木	金	水木	金
丙申	土	火	火	水	土	辛酉	土	火	火	水	土
丙戌	火	木	木	木	金	辛亥	金	木火	火土	土	木火
丁丑	火	木	金	火	火金	壬子	金	木火	土火	土火	木火
丁卯	火	土	火	木	金水	壬寅	金	水	火	火	金
丁巳	水	土	金	土	金	壬辰	水	水木	金	火水	水金
丁未	水土	木	金	水木	金	壬午	水土	土	金	土	水
丁酉	土	火	火	水	土	壬申	土	火	火	水	土
丁亥	金	木火	火土	土	木火	壬戌	火	木	木金	木火	金
戊子	金	木火	土火	土火	木火	癸丑	火	木	金	火	火金
戊寅	金	土	火	火	金	癸卯	火	土	火	土	金水
戊辰	水	水木	金	火水	水金	癸巳	水	土	金	土	金
戊午	土水	土	金	土	水	癸未	水土	木	金	水木	金
戊申	土	火	火	水	土	癸酉	土	火	火	水	土
戊戌	火	木	木金	木火	金	癸亥	金	木火	火土	土	木火

사주 명리학의 핵심

● 月에 依한 用神法

正·二月	金이 用神이다. 忌神인 火가 있으면 水가 補助이다. 故로 金과 水가 用神이요, 水가 있으면 土가 補助用神이고 金과 土가 用神이 된다.
四·五月	水가 用神이다. 忌神인 土가 있으면 土를 剋하는 甲이 補助用神이다. 故로 水와 木이 用神이다. 만약 忌神인 土가 없고 木이 있으면 水가 用神작용을 못하기에 木을 剋하는 金이 補助用神된다. 이때는 金과 水가 用神이다.
七·八月	火가 用神이다. 忌神인 水가 있으면 水를 剋하는 土가 補助用神이다. 故로 火土가 用神이다. 만약 忌神인 水가 없고 土가 있으면 火가 用神작용을 못하기에 土를 剋하는 甲이 補助用神이 된다. 이때는 火와 木이 用神된다.
十·十一月	土가 用神이다. 忌神인 木이 있으면 木을 剋하는 金이 補助用神이다. 故로 金과 土가 用神이다. 만약 忌神인 木이 없고 金이 있으면 土가 用神작용을 못하기에 金을 剋하는 火가 補助用神이다. 이럴 때는 土와 火가 用神이다.
三·六·九·十二月	木이 用神이다. 忌神인 金이 있으면 金을 剋하는 火가 補助用神이다. 故로 木과 火가 用神이다. 만약 忌神인 金이 없고 火가 있으면 木이 用神작용을 할 수가 없으니 火를 剋하는 水가 補助用神이다. 이럴 때는 木과 水가 用神된다.

● 用神의 實例

1) 丙 甲 辛 癸
   寅 申 酉 未

중국의 안휘성 주석을 역임한 劉鎭華의 명조로서 丙辛이 合을 하고 官이 왕하여 通根하므로 官이 많으면 殺과 같다고 했다. 게다가 日干도 失令했다. 그러므로 丙火로써 官을 制하니 丙火가 用神이다.

2) 戊 庚 癸 戊
　 寅 寅 亥 子

중국의 實業家 洗冠生의 명조로서 戊癸가 相合하고 癸水가 통근하였다. 水木이 많아서 설기가 태중하다. 그러므로 戊土로서 扶身을 하고 傷食을 制하니 戊土가 用神이다.

3) 己 壬 丙 丁
　 酉 寅 午 亥

중국의 외교부장을 역임한 伍朝樞의 명조로서 財旺하고 身弱하다. 月令의 午中 己土가 時干에 투출하여 財官이 兩旺하므로 신약하다. 고로 印을 用하고 官은 不用한다. 印으로서 日元壬水를 도우니 酉가 用神이다.

4) 戊 丙 癸 丁
　 子 申 丑 卯

중국의 蔡孑民의 명조로서 丑中의 癸水 관성이 투출하고 子中이 會局하여 癸水를 도우니 水旺하고 火弱해졌다. 고로 劫財를 用하여 身을 도우니 丁火가 用神이다.

5) 丙 丁 丁 癸
　 午 卯 巳 巳

중국의 교통부장을 역임한 朱家驊의 명조로서 日元이 태왕하여 年上의 癸水로 日元을 억제하니 癸水가 用神이다.

6) 乙 壬 壬 丙
　 巳 申 辰 子

중국의 재정부장을 역임한 王克敏의 명조로서 日元이 태왕하다. 辰中의 乙木여기가 時干에 투간되어 日元을 설기하여 빼어나서 누르는 뜻이 있으니 乙木이 用神이다.

사주 명리학의 핵심

7) 乙 系 丁 己
   卯 丑 丑 卯

중국의 行政院長을 역임한 譚延闓의 명조로서 月令 七殺이 투간하였다.
고로 식신을 취하여 殺을 제어하니 乙木이 用神이다. 용신 역시 태강하므
로 억제하는 힘이 있다.

8) 庚 丙 己 戊
   寅 子 未 戌

중국의 合肥 李先生의 명조로서 丙火가 未月에 생하여 시에 寅木을 만나
고 子水官星이 印을 생하니 日元이 약하면서도 약하지 않다. 月令에 己土
상관이 투출하고 土가 넷이나 있어 설기가 태중하므로 財를 用하여 傷食을
설기시켜 태강함을 억제시키니 庚金이 用神이다.

9) 乙 壬 乙 己
   巳 子 亥 巳

중국의 내각총리를 역임한 周自齊의 명조로서 年上의 己土가 乙木에게
극되고 巳火 역시 亥水에게 충되니 신왕하고 氣寒하다. 時支 巳火 역시 미
약하므로 상관을 用하여 財를 생하여 약한 자를 도우니 乙木이 用神이다.

10) 戊 己 甲 戊
    辰 巳 子 戌

중국의 合肥 李先生의 명조로서 月令 편재가 當令하였다. 比劫이 爭財하
니 病이 되었다. 甲木官星을 用하여 겁재를 제어하니 甲이 用神이다. 대개
겁재를 제어하므로써 財를 보호하는 것이다. 調候로 논할 경우 巳中 丙火
를 취하여 11월 寒氣를 火暖케 하니 火運에는 반드시 發榮한다고 본다.

11) 甲 丁 己 壬
　　辰 丑 酉 戌

중국의 南潯 劉澂如의 명조로서 月令에 財가 왕하여 官을 생한다. 그런데 己土 식신이 壬水官을 損하니 病이 되었다. 고로 甲木으로 病인 己土를 제거하니 甲木이 용신이 된다. 甲寅, 乙卯運에 대부귀하였다.

12) 甲 辛 癸 壬
　　午 丑 丑 辰

중국의 遜淸王 湘綺의 명조로서 金寒水冷하고 땅이 얼어 버렸다. 고로 時支 午火를 用하여 언 땅을 풀리게 조화하니 午火가 용신이다.

13) 乙 己 丁 壬
　　亥 卯 未 寅

중국의 외교총장을 역임한 伍廷芳의 명조로서 丁壬合木, 寅亥合木, 亥卯未合木으로서 氣가 木에 편중되었다. 때문에 왕세를 따라야 하니 木이 용신인 것이다.

14) 己 丁 丙 丁
　　酉 酉 午 酉

중국의 名 會計師 江萬平의 명조로서 火金이 相戰하고 있어서 土로 用하여 通關시키니 富格이 되었다. 土가 없다면 金도 用할 수 없다. 己土가 용신이다.

15) 乙 甲 庚 癸
　　亥 寅 申 亥

중국의 陸建章의 명조로서 金木이 相戰하고 있어 水를 취하여 통관시키니 殺이 印을 생하고 印이 己身을 생하니 殺印相生하게 되므로 水가 용신이다.

16) 戊 丁 甲 戊
   申 卯 寅 辰

중국의 국민 정부 林主席의 명조로서 月令의 寅中甲木이 투출하고 寅卯辰 木局을 구비하여 인수가 태왕하여졌다. 고로 財를 취하여 印을 損케 하니 申金이 用神이다.

17) 丙 甲 乙 癸
   寅 戌 丑 巳

小寒節 甲木은 얼어죽기 직전에 놓여 있는데 다행히 時干에 丙火 태양이 寅에 長生하고 寅中의 甲과 丙이 兩透하며 천간에서 水生木, 木生火하니 吉이다. 丙火가 用神이다. 이 명조는 중국 공산당을 세운 毛澤東의 것이다.

18) 壬 壬 癸 壬
   子 午 丑 戌

이 명조는 사주 전체가 水氣로 표류하는 상인데 다행히 年支의 戌燥土가 制水하니 土가 用神이다.

19) 甲 丙 戊 庚
   午 寅 寅 辰

이 명조는 미국의 맥아더 元帥의 사주로서 時支에 羊刃殺을 놓고 寅午半火局하니 신강하다. 신왕하면 財나 食傷 중에서 取用하는데 庚金財星은 뿌리가 미약하여 쓸 수 없고, 寅中에 長生되고 투출한 戊土 식신이 용신이다.

20) 辛 壬 丙 丁
　　丑 辰 午 丑

壬水가 午月에 生하고 丙丁火가 年月干에 두출하니 財多身弱하다. 재다
신약일 때는 丑辰中에 암장된 癸水 比劫으로 用해야 하겠지만 丑辰中에 있
는 土氣가 극하므로 時上의 辛金으로 用神한다.

21) 己 甲 庚 戊
　　巳 申 申 子

甲木이 申月에 生하고 月日支와 月上에 庚金이 투출하여 坐祿하므로 七
殺이 太强해졌다. 巳火로 制殺하려고 하나 弱火이므로 제살키는 어렵다.
고로 殺을 化殺시켜 설기하니 子水가 用神이다.

22) 戊 丙 甲 戊
　　子 申 子 辰

丙火가 子月에 태어나 失令하였고 申子辰 合水하여 水旺하다. 甲木으로
用하려하나 범람한 물에 뜨므로 쓸 수 없고, 오직 戊土로서 왕한 水를 制殺
하니 戊土가 용신이다.

23) 丙 庚 庚 壬
　　子 申 戌 午

庚金이 戌月에 生하여 月令을 얻고 申金에 坐祿하고 庚戌魁罡이 가세하
니 身强하다. 故로 日干을 극하는 丙火가 용신이다.

24) 甲 癸 辛 乙
　　寅 巳 巳 酉

癸水가 巳月에 생하여 失令하였는데 干支에 木火가 왕하여 身弱하게 되
었다. 다행하게도 年支에 酉金이 月干에 투출되고, 巳酉合金하여 日主를

도우니 酉金이 용신이다.

25) 甲 甲 甲 己
　　戌 子 戌 未

甲木이 戌月에 生하여 失令하고 甲己合土하고 지지에 戌未土가 왕하여 身弱한데 子를 用神하려고 하나 많은 戌未土가 극하여 용신으로 쓸 수 없으니 土가 病이 되었다. 病인 土를 극하는 比肩 甲木으로 藥을 삼으니 甲木이 用神이다.

26) 庚 乙 丁 壬
　　辰 丑 未 申

乙木이 未月에 생하고 丑辰이 함께 임하니 財多身弱하다. 財官을 從하려 하나 未辰中 乙木에 通根하고 인수인 壬水가 申中에 長生을 얻고 丑辰中 癸水에 着根하였는데 未月은 炎熱의 氣가 있으니 年干 壬水로써 用神을 삼는다.

27) 丁 戊 壬 己
　　巳 辰 申 亥

戊土가 申月에 생하고, 年月日에 水氣가 强하니 신약하다. 日主가 時支 巳火에 建祿하니 火가 用神이다.

28) 甲 甲 癸 丙
　　子 午 巳 申

甲木이 火旺之節에 生하니 木火通明이요, 갈증을 느끼니 月上의 癸水로 用神을 삼는다.

29) 己 丙 庚 丙
   亥 寅 寅 申

丙火가 寅月에 생하고, 月日支에 長生하고 年干에 丙火가 투출하였으며
寅亥合木하여 丙을 生하니 身强하므로 己土로써 用神한다.

30) 壬 癸 癸 甲
   戌 卯 酉 申

癸水가 金旺節에 생하고, 지지에 申酉戌方局을 이루고 천간에 壬癸水가
투출하여 太强하므로 木을 用神한다. 卯酉가 相冲하여 用神이 破剋되었으
나 卯戌로 合이 되어 冲이 해소되었다.

31) 戊 辛 丙 壬
   戌 酉 午 申

辛金이 午月에 生하고 月上에 丙火가 투출하였는데 壬水가 制하였고 辛
金이 日支 酉에 坐祿하고 年時上에 土金이 生扶하니 身强하므로 火로써 用
神을 삼는다.

32) 戊 戊 庚 庚
   午 辰 辰 申

旺相한 것 같으나 兩庚金이 투출하고 申辰合을 이루어 日主를 지나치게
설기하니 弱으로 변하였다. 고로 午火로써 용신한다.

33) 庚 甲 壬 壬
   午 寅 寅 辰

身强하고 殺이 淺하다. 極旺하면 洩氣하는 것이 좋고 剋制하는 것은 좋
지 않으니 설기하는 時支 午火로써 용신한다.

34) 庚 戊 庚 丙
    申 申 子 申

食神이 강하여 生財하니 身弱이 되므로 丙火로써 용신을 삼는다.

35) 甲 己 丙 甲
    子 丑 寅 子

己土가 寅月에 生하여 寒濕하고 신약하니 月干에 투출한 丙火로써 용신한다.

36) 丁 乙 辛 癸
    亥 酉 酉 未

乙木이 酉月에 生하여 失令하고 身弱한데 辛金七殺이 得令하여 太强하니 殺을 制하는 丁火로써 用神을 한다.

37) 己 丁 丙 丁
    酉 酉 午 酉

丁火가 午月에 生하여 月令에 建祿하고 比劫이 太旺하여 身旺하니 火金이 대립하여 爭財가 심하니 時上 己土로써 用神을 삼는다.

38) 壬 壬 庚 癸
    寅 申 申 酉

壬水가 申月에 生하고 金水氣인 印星 比劫이 旺하니 泄氣시키는 寅木 食神이 用神이다.

39) 甲 丁 己 壬
    辰 丑 酉 申

丁火가 酉月에 生하여 地支에 일점의 뿌리가 없어 身弱하다. 고로 時上 甲木으로 用神한다.

40) 丁 甲 乙 庚
    卯 申 酉 戌

甲木이 酉月에 生하여 失令하고 官殺이 混雜하고 격이 탁하다. 傷官을 用하여 殺을 制하니 丁火가 用神이다.

41) 癸 丁 丁 乙
    卯 酉 亥 酉

丁火가 亥月에 生하고 金水가 강하고 日主가 약하므로 木의 生扶를 기뻐 한다. 다행히 乙木이 時支에 通根해 있으므로 乙木이 用神이다.

42) 乙 庚 壬 壬
    酉 辰 子 午

庚金이 子月에 태어나 寒冷하고 濕하므로 年支의 午火를 調候用神으로 삼는다.

● 用神에 依한 性格

比肩	의지가 견고하고 독립심이 왕성 용감하고 인내력이 있다. 고집이 세고 자수성가하는 사람이 많으나 比肩이 너무 많으면 반항아적인 기질이 있어 친구와 친족 간에 불화가 많다.
劫財	행동적이고 지기 싫어한다. 어떠한 일에도 정열을 기울이며 역경에도 분투하는 기개를 지닌다. 성격이 솔직하고 매사에 열성적이다. 劫財가 너무 많으면 사생활이 문란하여 가정이 원만치 못하고 부부 간에 불목이 심하다.
食神	도량이 넓고 선량하다. 온후 겸손하며 덕망을 갖추고 있다. 위인이 출중하여 만인의 추앙을 받으며 의식주에 곤란함이 없고 타인에게 이익을 주려는 마음이 있으며 수복을 누린다. 食神이 너무 많으면 사람이 게으르고 우유부단하다.
傷官	예민하고 총명하며 명랑하다. 목적을 위해서는 수단을 가리지 않는다. 천성의 재능을 살려 문화, 예술, 상공의 분야에서 성공한다. 傷官이 많으면 사람이 교만 방자하고 윗사람에게 반항하는 기질이 있다.
偏財	활동적이며 사람이 기민하고 민첩하여 기교가 있는가 하면 理財에 밝아 치부하는 사람이 많다. 남을 돌보기를 좋아하며 산뜻한 성미를 지닌다. 남과 거래를 곧잘 한다. 의리를 중히 여기고 재물을 가볍게 보는 데가 있다. 偏財가 많으면 안일과 쾌락을 즐기고 돈을 헤프게 쓰는 기질이 있다.
正財	성실하고 낭비를 싫어하며 규율적이다. 근면, 절약, 검소, 정직, 신용을 중히 여기며 理財와 상업을 경영하는데 재능이 있다. 시비를 제대로 가리는 정의파이다. 正財가 너무 많으면 오히려 무능하고 결단력과 분발심이 없어 자기 발전이 어렵고 이러다보니 염세를 느끼는 사람이 많다.
偏官	기세가 진취적이며 호방하고 의협심이 강하다. 매사를 처리하는데 속전 속결하는 시원스러운 기질이 있는가 하면 타에 의존하려는 기풍을 제일 싫어한다. 적극 과감하며 통솔력을 구비하고 있다. 偏官이 많으면 매사가 지지부진하며 경쟁력 같은 정신력이 부족하여 발전을 못한다.
正官	의기가 높으며 공정과 義를 숭상한다. 인격이 수려하여 정도를 좋아하고 곡해를 싫어하며 고지식한 면이 있다. 용모는 위엄이 있고 방정하다. 남으로부터는 환영을 받으며 존경도 받는다. 正官이 많으면 의지력이 약하고 우왕좌왕 심신이 불안하며 우울한 성격을 갖게 된다.
偏印	임기응변의 재능이 있으며 동시에 많은 것을 성취시킨다. 명랑하고 상하 소통을 잘 시키는 역할을 맡게 되며 논리에 밝다. 독창적이며 파격적인 발전을 기대할 수 있다. 偏印이 너무 많으면 인격이 떨어지는 하천한 사람이며 졸렬한 행동도 서슴지 않는다.
印綬	지성이 넘치고 자비심이 깊으며 침착하다. 인격이 높고 정직하며 곡해나 편법을 싫어하고 항상 몸매가 단정하여 보는 사람으로부터 존경을 받게 된다. 착실한 노력을 거듭 명예를 얻는다. 印綬가 많으면 활동력이 없는 공상가요, 게을러 가난한 사람이 된다.

第四章

1. 行運雜綴

1. 身旺하면서 사주에 傷官이 있고 官이 보이지 않으면 財運을 行하면 발복한다.
2. 用官하면서 傷官을 보면 財印의 運에 入하면 묘하다.
3. 用傷官하는데 많은 자는 印運이 宜하다.
4. 用傷官하는데 적은 자는 印運을 忌한다.
5. 用傷官하는데 官을 보는 자는 運이 官旺鄕에 入하면 禍를 말로할 수 없다. 비록 吉神의 解救가 있더라도 반드시 惡疾이 생기고 심지어는 殘驅에 이르거나 官事를 만난다.
6. 傷官이 원래 官星이 있으면 官運을 行去하면 발복한다.
7. 傷官이 印을 띠고 다시 財運을 行하는 것은 不宜하다.
8. 傷官이 用印하는데 官殺運을 行하면 宜하고 印運 또한 길하고 傷食은 不礙하나 財運은 흉하다.
9. 傷官이 印比가 많으면서 財가 淺한 자는 財運이나 傷官運을 行하는 것을 喜한다.
10. 傷官이 用財하는 자는 財 得地運을 行하면 발복하고 敗財運을 만나면 必死한다.
11. 傷官이 用財하면 比劫運은 不宜하다.

12. 傷官이 用財하면 財旺身輕運을 行하면 길하다.

13. 傷官이 殺印을 用하면 印運이 가장 利하고 또한 형통한다. 雜印은 길하지 않고 財를 만난, 즉 위험하다.

14. 時上偏官에 制伏이 없으면 制運을 行하면 또한 발복하게 된다.

15. 柱中七殺이 坐祿 乘旺하고 만일 自坐, 長生, 臨官, 帝旺 또는 比劫을 띠면 財는 능히 鬼가 되어 官이 되고 運이 印鄕에 入하면 必發한다.

16. 制殺太過하면 貧儒가 된다. 다만 財星運으로 行하면 또한 威權을 發한다.

17. 七殺이 乘旺하고 身이 또 刃을 만나면 貴라고 할 수 없다. 다만 財가 왕하여 殺을 生함을 꺼린다. 歲運에 加하고 身旺하면 또한 災가 많다. 身弱하면 더욱 심하다.

18. 殺强 身弱한데 印이 있으면 財運을 가장 꺼린다.

19. 殺旺 身弱한데 身弱運을 行하면 禍가 언제나 되풀이 된다.

20. 身强殺淺하면 殺運을 行하여도 무방하다.

21. 身殺이 俱旺한데 制伏이 없으면 또 殺旺運을 行하면 비록 귀하게 되나 오래 보전키 어렵다.

22. 殺重하면 制함이 마땅하고 만일 官殺運을 行하면 죽지 않으면 반드시 경제적으로 궁핍하다.

23. 七殺이 官殺混雜運이나 制伏太過運을 行하면 去官 퇴직이 많고 심지어는 흉사한다.

24. 殺이 食의 制를 用하고 殺重食輕하면 食을 돕는 運을 喜하고 殺輕食重하면 殺을 돕는 운을 喜한다.

25. 殺과 食이 平均하여 日主의 뿌리가 가벼우면 身을 助하는 運을 喜한다.

26. 殺이 正官을 띠면 去官留殺, 去官留官을 논하지 않는다. 身이 輕하면 身을 助하는 것을 喜한다. 食이 輕하면 食을 助함을 喜한다.

27. 身殺이 兩等하면 行運에 차라리 扶身하는게 可하다.

28. 원래 制伏이 있는데 殺이 나가면 복이 되고 원래 制伏이 없는데 殺이 나가면 禍가 된다.

29. 身強하고 官星이 純正하고 行運에 다시 官旺鄕이나 官星이 成局되는 運이나 財旺하여 生官之地는 다 作福之處이다.

30. 日干이 약하고 財官이 왕한데 또 殺混되고 行運에 다시 만나면 不宜하며 徒流之命이라 거처와 직업이 불안정하다.

31. 正官이 만일 月時에 重犯하고 天干에 多透하고 다시 官旺鄕을 行하면 官이 변하여 鬼가 된다. 旺處는 반드시 기울어지고 災夭에 많이 이르리라.

32. 正官格이 殺運을 行하면 殺이 와서 混官된다.

33. 正官格이 墓運에 行하면 官星入墓가 된다.

34. 財官이 強旺하고 日主가 쇠약한데 行運이 財殺旺鄕에 이르면 勞瘵, 즉 폐결핵 같은 악질에 걸린다.

35. 正官을 用하는데 傷官之地를 行運함을 大忌하고 刑 冲破害의 운도 꺼린다.

36. 正官이 財印을 用하고 身이 稍輕하면 身을 助하는 運을 喜하고 官이 稍輕하면 官을 助하는 運을 喜한다.

37. 正官이 用財하면 印綬身旺運을 行함을 喜하고 食傷을 꺼린다. 身旺하고 財輕官弱하면 財官運을 喜한다.

38. 正官이 傷食을 띠면서 印制를 用하면 官旺印旺運으로 行함을 喜한다. 正官으로서 殺을 띠면 그 命中에 比를 用하여 合殺하면 財運과 傷食運을 行하면 좋다. 다만 다시 七殺이 노출됨은 불가하다. 만약 命中에 傷官合殺하면 傷食과 財運을 行하는 것은 괜찮으나 印을 만나는 것은 마땅치 못하다.

39. 食神이 많은 자는 印運을 行함이 괜찮으나 食神이 적은 자는 印運으로 행함을 꺼린다.

40. 食神은 身旺地로 行함이 喜하다. 倒食이나 比肩運을 만남은 별로 좋지 않다.

41. 身旺하고 印이 많으면 財運이 무방하고, 身弱하고 印이 있으면 殺이 어찌 해롭겠는가 무방하다.

42. 印이 比肩이 있으면 財運을 行함이 喜하고 印이 比肩이 없으면 財運을 行함이 두렵다.

43. 貪財하고 壞印이면 比劫運으로 行함을 喜한다.

44. 印綬가 太過한데 다시 身旺地로 行함은 좋지 않다.

45. 財多하고 印을 用하면 比劫運을 喜한다.

46. 印이 너무 輕하면 官殺運의 생함이 마땅하고 印이 너무 많으면 모름지기 財運으로 制한다.

47. 財多하고 身弱이면 財鄕에 入함을 두려워한다.

48. 財多身弱하면 身旺運에 영화하고 身旺財衰하면 財旺鄕에 발복한다.

49. 柱中에 財가 없으면 만약 財運을 行하면 비록 아름다우나 유명무실하다.

50. 財多身弱하고 官鄕이나 財旺 運을 行하면 禍患이 百出한다.

51. 財多身弱하면 印의 扶身을 요하고 身旺財衰하면 劫의 分奪을 두려워한다.

52. 官을 用하면 官을 助하는 運을 喜하고 만약 命中에 官의 뿌리가 깊으면 印綬比劫이 도리어 아름다운 운이 된다. 刃이 殺을 用하고 殺이 심히 왕하지 않으면 殺을 助하는 運을 喜하고 殺이 만약 太重하면 身旺運을 喜한다.

53. 財多身弱은 劫을 만나면 복이 되고 財弱身旺은 劫을 보면 禍가 된다.

54. 많은 劫이 또 劫運을 만나면 窮途를 지키므로 悽惶하니 곤란한 일이 생긴다.

● 유년간법(流年看法)

① 流年干支, 利於用神爲善.

유년간지가 용신을 이롭게 하면 좋은 운이다.

② 流年干支, 不利於用神爲惡.

유년간지가 용신에 이롭지 않으면 나쁜 운이다.

③ 流年干支, 利於用神, 但爲局中他神剋去或合住, 善而不善, 然亦不惡, 平庸而已.

유년간지가 용신에 이롭다고 해도 命局中의 타신이 이를 극거하거나 합이 되어 있으면 좋으면서도 좋지 않고 나쁘면서도 나쁘지 않은 평용할 운세일 뿐이다.

④ 流年干支, 不利於用神, 但爲局中他神剋 去或合住, 惡而不惡, 然亦不善, 平庸而已.

유년간지가 용신에 이롭지 않다고 하더라도 命局中의 타신이 극거하거나 합이 되었을 때는 나쁘면서도 나쁘지 않고 좋으면서도 좋지 않은 평용한 운세일 따름이다.

● 유년과 운의 관계(流年與運之關係)

① 流年善, 運亦善, 則更妙.

유년이 좋고 대운이 좋으면 매우 양호한 일이다.

② 流年善, 運惡, 則善惡互見.

유년이 좋고 대운이 나쁘면 길흉이 상반한다.

③ 流年惡, 運亦惡, 則更惡.

유년이 나쁘고 대운도 나쁘면 매우 나쁜 운이다.

④ 流年惡, 運善, 則善惡互見.

유년이 나쁘고 대운이 좋으면 길흉이 상반한다.

⑤ 流年善, 惟被局中某神剋合, 若運來制住剋合之神, 則仍佳妙.

유년이 좋고 다만 命局中의 타신에서 극합되었을 때 대운이 극합하는 신을 제하고 있다면 매우 양호한 운세이다.

⑥ 流年惡, 惟被局中某神剋合, 若運來制住剋合之神, 則仍蹇劣.

유년이 나쁘고 命局中의 타신에서 극합이 되어 있을 때 대운이 극합하는 신을 제하고 있다면 곤란함이 많은 좋지 않은 운이다.

⑦ 流年善, 惟被局中某神剋合, 若運來生輔剋合之神, 則凶多吉少.

유년이 좋고 명국중의 타신에서 극합되어 있을 때 대운에 생보되거나 극합되어 있을 때는 흉은 많고 길함은 적은 운세이다.

⑧ 流年惡, 惟被局中某神剋合, 若運來生輔剋合之神, 則吉多凶少.

유년이 나쁘고 命局中의 타신에서 극합되어 있으나 만약 대운에서 생보되거나 극합되어 있으면 길함은 많고, 흉함은 적은 운세이다.

⑨ 流年善, 運若生助之則更善.

유년이 좋고 대운이 그것을 생조하면 더욱 좋은 운세이다.

⑩ 流年惡, 運若生助之則更惡.

유년이 나쁘고 대운이 그것을 생조하면 더욱 나쁜 운세이다.

⑪ 流年善, 運若剋挫之則善力減輕.

유년이 좋고 대운이 그것을 극하고 있을 때는 좋은 운세의 힘은 감하여 진다.

⑫ 流年惡, 運若剋挫之則惡力減輕.

유년이 나쁘고 대운이 그것을 극하고 있을 때는 나쁜 운세의 힘은 덜어진다.

● 유년의 간지(流年之干支)

① 流年干支, 皆利於用神, 乃大吉之年.
유년간지가 다 용신을 이롭게 한다면 대길한 年運이다.

② 流年干支, 皆不利於用神, 乃大凶之年.
유년간지가 다 용신에 불리한 것이면 대흉한 年運이다.

③ 流年天干, 利於用神, 地支不利於用神, 乃吉凶參半之年.
유년천간은 용신에 유리하고 지지는 용신에 불리하다면 길흉이 相半하는 年運이다.

④ 流年天干, 不利於用神, 地支益助用神, 亦吉凶互見之年.
유년천간이 용신에 불리하고 지지가 용신을 돕는 경우에는 길흉이 함께 나타나는 연운이다.

⑤ 流年天干, 利於用神, 而地支再輔助之, 大吉之年.
유년천간이 용신에 이롭고 지지가 다시 그것을 돕는다면 대길한 운세의 해다.

⑥ 流年天干, 不利於用神, 而地支再輔助之, 大凶之年.
유년천간이 용신에 불리한데 지지가 그것을 돕는다면 대흉한 운세의 해다.

⑦ 流年地支, 利於用神, 而天干再輔助之, 大吉之年.
유년지지가 용신에 이롭고 천간이 다시 그것을 돕는다면 대길한 년운이다.

⑧ 流年地支, 不利於用神, 而天干再輔助之, 大凶之年.

유년지지가 용신에 불리하고 천간이 다시 그것을 돕는다면 대흉의 연운이다.

⑨ 流年天干, 利於用神, 而地支剋挫之, 吉力減輕.
유년천간이 용신에 이롭고 지지가 그것을 극하면 길한 운세는 감소하게 된다.

⑩ 流年天干, 不利於用神, 而地支剋挫之, 凶力減輕.
유년천간이 용신에 이롭지 않으면서 지지가 그것을 극하면 흉한 운세는 경감하여진다.

⑪ 流年地支, 利於用神, 而天干剋挫之, 吉力減輕.
유년지지가 용신에 이로우면서 천간이 그것을 극한다면 길한 운세의 힘은 덜어진다.

⑫ 流年地支, 不利於用神, 而天干剋挫之, 凶力減輕.
유년지지가 용신에 불리하면서 천간이 이것을 극하고 있다면 흉한 운세의 힘은 감하여진다.

● 월건간법(月建看法)

① 月建干支, 利於用神爲善.
월건간지가 용신에 유리하면 매우 좋은 月運이다.

② 月建干支, 不利於用神爲惡.
월건간지가 용신에 불리하면 나쁜 월운이다.

③ 月建干支, 利於用神, 但爲局中他神剋去或合住, 善而不善, 然亦不惡, 平庸而已.
월건간지가 용신에 유리하나 命局中의 타신으로 부터 극이나 합이 될 때는 좋은 것 같으나 좋지 못하고 나빠 보이나 나쁘지 않은 평용한 운

세일 따름이다.

④ 月建干支, 不利於用神, 但爲局中他神剋去或合住, 惡而不惡, 然亦不善, 平庸而已.

월건간지가 용신에 불리하나 命局中의 타신으로부터 극이나 합이 될 때는 나쁜 것 같으나 나쁘지 않고, 좋아 보이나 좋지 아니한 평용한 운세일 따름이다.

● 월건(月建)과 유년(流年)의 관계

① 月建善, 流年亦善, 則更妙.

월건이 선하고 유년도 선하면 매우 좋은 운세이다.

② 月建善, 流年惡, 則善中有惡.

월건이 선하고 유년이 나쁘면 좋은 운세 중에 나쁜 상태가 나타난다.

③ 月建惡, 流年亦惡, 則更惡.

월건이 나쁘고 유년도 나쁘다면 매우 나쁜 운세이다.

④ 月建惡, 流年善, 則惡中有善.

월건이 나쁘고 유년이 좋으면 나쁜 운세 중에 좋은 상태가 나타난다.

⑤ 月建善, 惟被局中某神剋合, 若流年制住剋合之神, 則仍佳妙.

월건이 선하고 命局中의 타신에서 극합이 되어 있어도 유년이 다시 월건을 극하는 타신을 제하거나 극합하고 있으면 그 월은 양호한 운세이다.

⑥ 月建惡, 惟被局中某神剋合, 若流年制住剋合之神, 則仍蹇劣.

월건이 나쁘고 명국중의 타신에서 극합이 되어 있어도 유년이 다시 월건을 극하는 타신을 제하거나 극합하고 있으면 곤란이 많은 좋지 않은 운이다.

⑦ 月建善, 惟被局中某神剋合, 若流年生輔剋合之神, 則凶多吉少.

월건이 좋고 명국중의 타신에서 극합이 되고 유년이 다시 극합하는 신을 도우면 흉은 많고 길함이 적은 운세이다.

⑧ 月建惡, 惟被局中某神剋合, 若流年生輔剋合之神, 則吉多凶少.

월건이 나쁘고 명국중의 타신에서 극합되어 있고 유년에서 다시 극합하는 신을 도우면 길함이 많고 흉함이 적은 운세이다.

⑨ 月建善, 流年再生助之, 則更善.

월건이 선하고 유년이 다시 이를 생부한다면 매우 좋은 운세이다.

⑩ 月建惡, 流年再生助之, 則更惡.

월건이 나쁘고 유년이 다시 이를 돕는다면 매우 나쁜 운세이다.

⑪ 月建善, 流年若剋挫之, 則善力減善.

월건이 좋고 유년이 만약 이를 극한다면 좋은 운세의 길한 힘은 감하여진다.

⑫ 月建惡, 流年若剋挫之, 則惡力減輕.

월건이 나쁘고 유년이 이를 극좌한다면 나쁜 악운의 힘이 감소된다.

● 大運이 吉할 때 流年과의 關係

流年이 吉神이라도 傷官年이면, 그리고 流年支가 現出된 暗祿宮을 冲하거나 사주중 어느 支를 冲하면 관재 구설, 중상, 모략, 불목 질시, 명예훼손, 남을 믿고 편히 돈벌려면 그만큼의 손해를 보게 된다. 새로운 일을 도모하지 말라. 상상 외의 손해가 있다. 加臨 劫財月이면 노상횡액이 있고 傷身함을 많이 본다. 사업은 전진하여가나 중도에서 이로 인하여 좌절하는 수가 있다.

大運이 吉하고 流年支는 吉神이나 流年干이 忌神이면 사업이 중도부진, 건강불리, 가정 다사분주, 다된 일이 끝에 가서 구설이 따른다. 큰 패망은 없다. 年中 길함도 있고 불길함도 있다.

大運이 吉이고 流年干도 吉인데 流年支가 一支를 冲할 때 이때는 흉한 작용이 훨씬 감소되며 하는 사업 일단 중지, 직업변동, 사업부진, 방해자 출현, 근심발생, 전환기가 온다. 휴식할 시기이다.

大運이 吉이고 流年干은 日干과 冲하고 流年支는 祿宮을 現冲하거나 虛冲하면 가정에 대혼란이 생기고 이때 干이 財星이고 柱中에 肩劫이 강하면 처, 혹은 父가 사망, 상신, 재물의 파산, 강탈 금전, 강도, 겁탈, 도둑맞을 수가 있다.

大運이 吉이고 流年干이 日干과 相冲하는 年은 있던 직장에서 다른 곳으로 이전함이 있고 환경의 변화가 온다. 일마다 분주하고 애로가 많다. 돈벌이는 여의치 않다. 그러나 소기의 성과는 있다. 이것은 大運의 힘이다.

大運은 吉하고 流年干도 吉한데 流年支가 사주의 日支를 冲하면 가정에 화난이 발생, 부부의 이별수, 처외유정, 가정을 출타하는 자가 있다. 금전의 손해, 정신 불안, 돈벌이는 많이 감소하나 망하지는 않는다. 이때 冲이 아니고 刑이 와도 불길한 작용은 좀 약하게 나타난다.

大運支와 流年支가 冲하면 大厄이 발생한다. 예를 들어서 財星과 劫이 冲하면 부모의 喪을 당하지 않으면 재물이 파산이 되고 일단 가정이 영락하는 운수이다.

流年支가 日支를 冲할 때 流年支가 四支中 一支를 冲할 때, 流年支가 暗

祿宮을 沖할 때, 流年支가 日貴人을 沖할 때 流年支가 用貴人을 沖할 때, 流年支가 三災年을 만날 때, 流年支가 空亡年의 해, 流年支가 大運支를 沖할 때에는 사람이 소심해지는 경우가 많다. 大運이 吉한데 이렇게 沖하면 전환기의 해, 직업의 변동, 근심이 발생, 사고 수가 따른다. 관재 구설이 발생하는 수도 있다. 매사에 吉中에 막힘이 있다. 流年支가 吉貴人을 沖할 때, 流年支가 祿宮을 沖할 때도 마찬가지이다.

● 大運이 凶할 때 流年과의 關係

大運은 凶이고 流年 干支 둘다 凶神이고 凶殺이면 관재 구설, 囚獄, 감금, 구타, 군에 입대, 법률위반, 학업중단, 부모와 생사이별, 타향방랑, 기만성 발생, 부도사건, 형벌사건, 도망수, 금전거래 불능, 화재 발생, 주색으로 인한 가산탕진, 보증으로 인한 손재수 등이 발생한다.

大運은 凶이고 流年干은 吉神이고 流年支가 日支와 刑하고 流年干의 吉神을 他干支들이 剋할 때 건강에 이상이 발생, 용변불통, 사업에는 부도, 채무자 도망수, 손재수가 있다. 간혹 수족에 이상이 생긴다.

大運은 凶이고 流年干은 凶神이거나, 혹은 日干과 相沖하면 이때 支는 吉神이면 多事多難하고 일에 막힘이 많고 관재 구설이 조금 있고 타인의 주동 역할에 의지하여 보조하는 운밖에는 없어 자기가 하는 일은 심히 어려우니 가만히 현상유지나 하는 것이 상책이요, 욕심내면 후회할 일만 생긴다. 학생은 학업에 큰 진전이 없고 잡념이 많고 정신이 산만하여진다.

大運은 凶이고 流年干은 日干과 沖하고 또는 干支가 自坐沖하는데 이때

冲하고 剋하는 强旺者가 劫이고 당하는 자가 財라면 그의 父, 혹은 妻가 사망하지 않으면 大傷身의 禍를 입고 家産도 거덜나며 출생지를 떠나가는 사람이 많다.

大運은 凶이고 流年干은 凶神을 방조하고 支는 吉神이나 五行이 凶神을 방조할 때는 용두사미격이다. 재물손실, 상처, 관재 구설, 명예훼손, 오명, 오욕을 당하고 남을 믿으면 그로 인한 大敗를 겪는다.

大運이 凶해도 流年의 干支가 다 吉神이면 사업가는 불길중에 此年은 조금 덕이 있다. 금전의 유통이 조금 된다. 거래처의 연결이 조금 된다. 신용이 회복기미요, 건강도 조금 호전된다. 그러나 이것은 일시적이다. 大運이 흉하므로 옳은 발복은 하지 못하여 목마른 자가 물을 만난 격이다. 이해에는 학생은 학업에 취미가 붙고 성적이 오르며 건강도 증진됨이 있다. 上記의 모든 冲이 大運이 흉할 때 발생하면 더욱 더 불길함은 가중되어 囚獄, 투쟁, 구설, 멀리 떠나 방랑고생, 법률 문제로 사건 발생 수, 부모와 생사이별수, 자살소동이 발생, 연인과 이별, 수표부도, 재산손해, 돈을 떼임 보증사건이 발생하는 운수가 있다. 그러나 財가 喜神일 때는 財庫의 冲은 고려해야 한다.

2. 六神의 行運論

1. 比肩運

부부, 동료, 친구, 형제들의 도움이나 재산 명예를 分奪당하는 일이 생긴다. 부부 간에 불화하나 처의 질병이 있게 된다. 부친의 사업 실패 또는 부친과 별거하는 수가 있다. 남녀 간에 삼각 관계가 발생하기도 한다. 형제나 동료 등과 유산 분가 및 재산의 시비 문제가 일어난다. 동업자로 인하여 경쟁이나 협력 관계가 이뤄진다. 신규사업 계획이 지연이나 중단 실패한다. 금전거래 부도나 보증섰다가 피해 본다.

2. 劫財運

손재, 금전 나감, 재산상 손해, 재물 다툼, 배우자와의 이별, 돌발사고, 처의 질병, 이혼, 부모를 극함, 투쟁, 苦情, 인연의 깨어짐, 파가, 불안, 구설 등의 흉사가 있으나 사주상 또는 대운에 官殺이 있으면 면한다. 劫財가 吉神이 되면 형제, 친우, 부하직원, 사원 들의 도움으로 사업의 확장, 명예 선양, 성공하는 일이 있다. 겁재 운에서는 사기, 도난, 사업 중단 실패, 문서 불길, 투자 불길이다.

3. 食神運

이동, 이사, 재산, 건강, 유흥, 여색 등의 길흉사가 있다. 실직자는 직장을 얻고 사업 활동 활발, 신규사업을 개척, 득재, 진급, 도구, 이성교제 등의 대개 喜事가 있게 된다. 여자는 자식을 임신이나 출산하는 경사가 있다. 학생은 좋은 학교 진학, 급하면 실패요, 순리로 하면 성공된다.

4. 傷官運

이럴까 저럴까 망설이고 마음이 뜬다. 승진, 활동, 재산상의 길흉 외에는 고민, 병환, 재해, 타인의 중상, 신용 타락, 자녀의 해가 있고 반대 경쟁 구설 권리와 지위를 잃게 되고 소망사가 뜻대로 잘 안 되고 괴로움, 소송, 관재가 있다. 남편의 사별, 이별, 유고, 애기 임신, 폐업, 좌천, 강등, 실직, 명예의 추락, 시비, 쟁투, 필화, 설화 등이 있다. 사주 또는 대운에 인수가 있어 이를 억제하면 흉을 면한다. 길이 될 때는 우수한 재능을 인정받고 음악, 웅변, 저술, 학술, 기예, 중개업 등으로 크게 성공한다. 여자는 재산에 크게 성공한다. 손재, 실물, 사기, 상해, 부상, 풍파를 주의해야 한다.

5. 偏財運

목돈이 나가고 손재, 습이나 相生은 남녀가 애인 돈도 된다. 직장인이나 공직자는 월급 외에 부수입 문제가 있든가 증권투자, 부동산투자, 借金 등 일이 있다. 신왕자 財用者는 재산을 취득하고 신약자는 이로 인하여 해로움이 있다. 여자 관계, 술좌석이 잦거나 애인, 애첩이 생기거나 여자로 인한 처와의 불화 등이 있다. 특히 신약자는 손재, 분쟁 송사, 벌금 문제 등이 발생한다. 투기 사업은 재물 실패, 사기당하기 쉬움, 뇌물을 받지 말라.

6. 正財運

돈에 근심, 여자는 남자에 근심, 결혼, 공동재산의 손익에 대한 일, 신용, 사업 발달, 금전 관계, 이성 문제 등이 있다. 신왕 운에는 금전 취급을 통하여 재산의 축적이 이뤄진다. 처를 통하여 경사가 있다. 생활이 더욱 성실해진다. 신약 운은 금전 출입이 많은데 비하여 재산의 저축이 없고 오히려 재산의 손실이 많고 과로로 건강을 해친다. 형제나 동료로 인한 재산 거래로 이득을 보든가 그렇지 않은 경우 분쟁, 쟁송 등이 있다. 아버지의 사업상 성공 또는 실패, 건강상 질병 등의 일이 있다.

7. 正官運

남자는 직업 변동, 직업에 근심, 권리나 명예를 얻게 되며 상속이나 자녀에 대한 일이 있게 되고 권위와 명예가 상승 직무가 영전한다. 여자는 직업, 남편, 이성 문제가 있게 된다. 夫運이 좋아지고 사회적으로 발달한다.
금전적으로는 부족이 있고 건강면에는 조금 저하된다. 형제 간에 충돌이 있고 자식에게는 개운이 있고 즐거운 일이 있다. 일상 생활이 좋아지고 국가기관과 유관된 일이 있고 윗사람으로부터 추천을 받는다. 傷官格 사주나 상관을 用神으로 하는 경우 여자는 夫君 불화, 이혼, 사별이 있고 남자는 투옥, 형액, 불의의 사고 등 일이 있다.

8. 偏官運

뜻대로 되지 않는다. 질병, 손실, 명예훼손, 투쟁, 이별 등의 흉사가 있으나 사주 또는 대운에 食傷이 있으면 흉액을 감하거나 면한다. 자녀 운의 길흉과 여성은 이성 문제가 있게 된다. 신왕하면 직책이 실권부서로 나아가게 되고 사업이 급성장 한다. 명예가 상승하고 신변이 多忙하여 진다. 자녀 또는 남편의 경사가 있다. 身衰하면 비난, 시비, 官刑, 세금 과중 문제 등이 발생한다. 조난, 돌발사고, 손재수가 발생한다. 자녀 또는 남편의 신상에 유고가 있다. 형제 간에 의견이 맞지 않거나 혹은 사망하는 일이 있다. 기분이 과격, 전제적이 되어 타인과 불화한다. 여자는 말 못할 비밀이 탄로나는 수가 있다.

9. 偏印運

문서발동, 약속한다, 학술적 발전 외에는 명예손상, 질병 등의 불길한 일. 손실, 의식 문제의 착오로 苦情이 있다. 사주나 대운에 財星이 있으면 이를 면한다. 일반적으로 식소사번한 경향이 많다. 여성은 자녀의 액운이 있게 된다. 식신을 용신으로 할 때 偏印을 만나면 실직, 영업부진, 파산 등 일이 일어난다. 오락, 도박 등으로 가산 탕진한다. 육친골육에 연이 박하고 조부모 관계로 고생하거나 계모, 이모 등 일로 어려운 일을 당하게 된다. 殺旺하면 이같은 작용은 큰 것으로 부도 수표, 잡기 등 일로 입건, 구속되는 일이 발생한다. 편인운에 침술, 역술 기술 등을 배우려고 돌아다닌다. 편재가 편인을 제어하고 편인이 용신일 때는 기술, 기예, 임기응변 등으로 대발한다. 편인을 용신으로 하고 財가 有氣할 때는 大富가 된다. 殺印이 有氣할 때는 智將·權謀로 이름을 떨친다.

10. 印綬運

문서 발동, 약속한다, 학술, 명예, 사업 등의 길흉이 있다. 여성이 인수가 왕성한 해는 자식에게 불리한 일이 많다. 實業, 제조, 사업 등의 길흉사가 있고 종교, 예능 면의 일이 있게 되며 문서상의 기쁨이 있게 되고, 또는 진급, 계약상의 기쁨이 있다. 吉運이 될 때에는 어머니에게 경사가 있고 도움이 있다. 윗사람의 도움, 유산, 시험 합격, 학문의 향상 등 일이 있다. 財多印綬는 재산서류 유가증권 등 재산으로 즐거움이 있다. 凶運에는 이같은 일에 흉함이 있게 된다. 여자는 가정풍파 사정으로 친정으로 돌아가는 운이며 소박당하는 운이다.

● 比肩 喜神

1) 친구, 친척, 형제나 주위의 도움으로 모든 일이 잘 진전된다.
2) 대인 관계의 모든 일들이 잘 풀리어 진다.
3) 비견 희신이 三刑되면 분주다사하거나 수술수, 관재 구설, 차사고 등이 일어나는 수가 있다.
4) 친구, 친척 동업이나 도움으로 일을 성사시킨다.
5) 학생들은 친구나 선배의 도움으로 학업이 진전된다.
6) 건강이 좋아진다.
7) 승진, 승급, 취직, 합격이 된다.
8) 여성은 남편과 사이가 좋아지며 시집 식구들과의 유대 관계가 좋아진다.
9) 合作投資, 株式投資, 契運營 등이 길하다.
10) 자립하여 독립 사업을 펼치게 된다.

11) 사업이 확장되고 거래선이 늘어난다.

12) 強旺格은 개운 발달한다.

13) 결혼을 하게 되고 아기를 갖는다.

14) 日干이 약하고 官殺이 왕할 경우는 형제 동료 타인의 도움으로 취직, 승진 등의 기쁨이 있다.

15) 財旺한 사주가 比肩을 만나면 용이 물을 얻음과 같다.

16) 일간이 약하고 財星이 왕할 경우는 형제 동료의 도움으로 재물이 불어난다.

● 比肩 凶神

1) 경제적 사정이 급격히 나빠진다.

2) 우연찮은 병에 걸려 고생해본다.

3) 친구, 형제, 친척, 동료, 선후배, 동업자 등 남에게 재산상의 피해를 보거나 불화하여 소송, 암투 등 협력이 잘 안 되어 피해를 보는 수 있다.

4) 부부 간에 불화하여 별거, 이별해보는 수가 있다.

5) 부친과 이별, 사별하는 수가 있다.

6) 공무원, 직장인은 시기, 질투, 모함하는 자들이 많아 고민해본다.

7) 남편이 외정이 생겨 고민해본다.

8) 시부모, 시집, 동서 간과의 유대 관계에서 불화가 생겨 고민해본다.

9) 학생은 불량한 친구들과 어울려서 학업을 기피하고 성적이 떨어지거나 自退하는 경우가 생긴다.

10) 혼인적령기 남녀는 자존심 대립으로 성립이 안 된다.

11) 比肩이 相刑되면 친구, 형제, 친척, 혹은 주위와 재산 문제로 관재 구설, 소송의 다툼이 있거나 자신의 건강 관계로 수술수가 있거나 차 사고

등 불의의 사고수를 주의해야 한다.

12) 불량자나 강도, 혹은 취객에게 곤욕을 치르는 수도 있다.

13) 소송, 쟁투, 시비, 구설수가 있다.

14) 불의의 재난으로 파산하는 경우도 있다.

15) 수입보다 지출이 많다.

16) 부자는 많은 손실을 당하고 가난한 자는 돈 때문에 많은 어려움을 겪는다.

17) 손재수 생긴다.

18) 중상, 모략을 당한다.

19) 친구, 형제로부터 배신을 당한다.

20) 친구 간에 경쟁이 벌어지고 암투가 시작된다.

21) 아내가 불경, 불손, 부정, 부패 등의 일을 저질러 놓게 된다.

22) 부부 간에 생이별, 사별하는 경우도 있다.

23) 부친과 불화, 부친의 사업 실패, 부친과 별거 또는 사별한다.

24) 命造에 正財는 없고 偏財만 있으면 부부 이별하기 쉽다.

25) 비견이 희신인데 功名되면 忌神이 되는데 이럴 경우 합작 사업은 부진하고 支店 등은 폐쇄된다.

26) 남자는 아내에게 트집잡고 짜증을 부린다.

27) 남녀 모두 배우자가 두 마음을 가지게 되며 삼각 관계가 발생한다.

28) 比肩이 財星과 합이 되면 뻔히 알면서도 재물을 손해보거나 처의 操行上 문제가 발생한다.

● 劫財 喜神

1) 형제, 친척, 친구 등 주위의 협조를 얻어 일들이 잘 풀리어진다.

2) 재산이 증식되어 저축을 할 수 있다.

3) 안좋던 건강이 차차 좋아진다.

4) 혼인 적령기 남녀는 서로 이해하여 성립된다.

5) 공부하는 학생은 선배나 친구의 도움을 얻어 학교 성적이 올라간다.

6) 食神格이면 劫財運에서 크게 개운 발달된다. 단 명조에 식신이 강하지 않고 겁재도 二位미만일 경우에 한한다.

7) 正財가 있어 印綬格이 破格된 사람은 겁재운에서 개운 발복된다.

8) 財格의 사주가 겁재운을 만나면 개운 발복된다. 특히 財星格에 身弱한 경우는 개운 득재한다.

● 劫財 凶神

1) 형제, 친척 간에 재산 문제로 불화가 생겨 관재, 구설, 이별, 다툼이 일어나는 수가 있다.

2) 형제, 친척 간에 동업을 했다면 서로 반목하여 헤어지는 수가 있다.

3) 남자의 사주에 정재가 약한 사람은 겁재운에서 상처한다. 다만 정관이 있으면 면한다.

4) 타인으로부터 재산상에 피해를 입는 수가 있다.

5) 친구, 부하, 상사, 주위로부터 사기 모함을 당하는 수가 있다.

6) 재물로 인한 손재와 피해가 크게 발생한다.

7) 처의 질병이나 천재지변으로 놀라는 수 있다. 남편이 첩을 두거나 바람을 피워 재산을 탕진하여 부부 간 갈등이 심화되어 이별해보는 수가 있다.

8) 혼기 적령기 남녀는 서로 상대방에게 자존심 대립으로 혼인이 안 된다.

9) 학생은 못된 친구들과 어울려 다니면서 불량 청소년이 되는 수가 있거

나 성적이 오르지 못하여 고민 방황하는 수가 있다.

10) 건강이 나빠져서 질병에 시달려 보는 수가 있다.

● 食神 喜神

1) 식욕이 왕성해지고 몸이 비대해진다.

2) 남자는 처가로부터 도움을 받는다.

3) 학생은 기억력이 증진되고 성적이 향상된다.

4) 취직, 시험, 승진, 당선이 보장된다. 특히 陽日生으로 命造에 正官이 있는 사람은 틀림없다.

5) 여자는 자식을 얻는다.

6) 자녀가 큰 상을 받는다던가 각종 시험에 합격하는 등의 기쁨이 있다.

7) 사업가는 크게 사업이 번창된다.

8) 신규 주택 구입 또는 재산을 늘려 주택을 이전한다.

9) 병약자는 치료되어 건강을 회복한다.

10) 새로운 사업을 경영한다.

11) 채무자는 빚을 청산하고 채권자가 된다.

12) 직장에 있던 사람이 사업을 하여 성공할 수 있는 터전을 마련한다.

13) 대체로 재물이 불어나고 사업가는 자금 사정이 호전된다.

14) 직장인은 승진, 승급되거나 자리바꿈 등으로 길하여 진다.

15) 주택을 장만하거나 건축 신축하는 시기가 된다.

16) 여자는 가재도구나 車 등 살림 도구를 장만한다.

17) 창의, 창안, 발명, 연구 등이 잘 진척되어 성과를 거둔다.

● 食神 凶神

1) 직장인은 갑자기 직업을 바꾸거나 부하 직원들 때문에 직장에서 문제가 생겨 본의 아니게 고통을 당해보는 수가 있다.

2) 남녀 다 자손 문제로 인하여 고통을 당해보는 수가 있다. 심하면 자식을 잃는 수도 있다. 최악의 경우는 자녀가 불구 또는 사망하게 된다.

3) 어떤 일을 추진하려고 투자하였다가 실패하는 수가 있다. 적극적인 투자나 신규 사업은 금물이다.

4) 官星이 用神인 자는 생명에 위험도 있다.

5) 남편을 극하니 부부 이별수가 생길 수가 있다.

6) 학생은 퇴폐적인 음악 같은 것을 좋아하고 불량한 친구들과 어울려져서 학업 성적이 떨어진다.

8) 재난, 도난, 분실, 하자 발생 등 재산권의 손실이 크게 된다.

9) 남자는 처가와 여자는 시가와의 마찰이 발생한다.

10) 처갓집과 관계된 골치 아픈 일이 발생한다.

11) 여자 사주에 편관이 많으면 남편이 불구가 되거나 이별, 사망하는 경우도 있다.

12) 남자는 아내와의 불화가 심하고 바람이 난다.

13) 관재 구설, 송사, 시비, 쟁투가 발생한다.

14) 선한 일을 베풀고도 오히려 욕을 먹는다.

15) 건강상 문제가 발생한다.

16) 화재 등을 당하는 경우도 있다.

17) 금전 문제로 인하여 고통을 당하거나 식생활 문제로 걱정을 당하는 일도 있다.

● 傷官 喜神

1) 병약자는 건강이 회복된다. 질병에 시달리던 자는 양약을 구하여 병이 치유된다.
2) 여자는 자녀의 기쁨이 있다. 득남하게 되고 그 자녀에게도 경사로운 일 발생한다.
3) 사업에 투자하거나 확장하여 기반을 다진다.
4) 미혼 남자는 연담이 많아진다. 단 官星이 왕한 경우 상관이 희신이 될 경우다.
5) 남자는 부인에게 경사가 있거나 부인으로 인해 재물을 얻는다.
6) 포악한 성질을 잘 부리던 사람이 온순해진다.
7) 탁월한 재능이 발휘되어 주위로부터 크게 인정을 받는다. 특히 예체능, 기술, 학술, 언론 방면에서 크게 명성을 얻고 사업가는 중개업, 고물 및 재고품 취급에서 등으로 크게 성공한다.
8) 학생은 학업 성적이 올라간다.
9) 혼인 적령기 남녀는 혼인 성사가 된다.
10) 여성은 남편의 문제에 희비가 엇갈린다.
11) 재능을 인정받아 명예가 사해명진토록 진동한다.

● 傷官 凶神

1) 공무원, 직장인은 낙직 또는 퇴직을 당하는 수가 있다.
2) 직장인은 직장 다니기 싫어진다.
3) 타인과의 불화나 관재소송, 필화, 설화, 시비, 흉운이 일어나는 수가 있다. 명예가 실추되니 말조심해야 된다.

4) 유흥에 젖어 방탕하는 수가 있다.

5) 남편을 잃던가 자식 때문에 애를 태우는 수가 있으며 남자 역시 자식의 흉운을 당해보는 수가 있다.

6) 사업 투자나 확장을 하였다가 사기 당하는 수가 있다. 사업자는 휴·폐업을 하기도 한다.

7) 건강이 안좋아 고생해보는 수가 있다.

8) 학생은 퇴폐적인 행위에 젖어 불량 서클에 가담하여보든가 학업 성적이 오르지 않아 고민해보는 수가 있다.

9) 眞傷官格은 상관운이 오면 복력이 쇠퇴하여 빈한하지 않으면 질병으로 고생한다. 日干이 강하면 조금 덜하다.

10) 傷官格에 약한 正官이 命造에 있는데 상관운이 오면 큰 병에 걸리거나 죽는다. 거기에다 각종 구설이 겹친다.

11) 혼인 적령기 남녀는 다 불길하다.

12) 관재, 차 사고 주의하여야 한다.

13) 여자 사주에 상관이 凶神인데 大運, 혹 年運에서 상관을 만나고 三刑이 되면은 남편의 교통사고 수나 수술 수나 송사 수가 있던가 불행한 흉운을 당해 모두가 자식의 흉운을 당해보던가 본인의 흉운을 당해보는 수가 있다.

14) 남자는 아내가 싫어지고 여자는 남편이 미워져 이혼한다.

15) 소송, 시비, 쟁투가 발생한다.

16) 질병을 얻는다. 건강이 대체로 나빠진다.

17) 손재, 실물수가 있고 파산 및 도산되는 경우도 있다. 재산상의 손해를 본다.

18) 日支에 상관이 있고 상관운을 만나면 얼굴에 흉터 생기는 사고가 발생한다.

19) 직장인은 파직 또는 자의반 타의반으로 직업을 잃게 된다. 심하면 파면, 가벼우면 직위해제, 사표로 실직 또는 좌천, 강등, 감봉 등의 불이익이 초래된다.

20) 여자는 상관운에서 남편 및 애인과 사별 및 이별한다.

21) 대운에서는 官星運일 때 歲運에서는 상관운일 때 각종 재난이 발생한다.

22) 상관이 왕한데 상관운을 만나면 眼病이 발생한다.

23) 상관운에서 官이 沖을 맞거나 刑을 맞으면 실직 및 파직되거나 전직한다. 만약 이때 명조에 정관이 있으면 더욱 심하다.

● 偏財 吉神

1) 사업이나 상업을 하여 큰 돈을 번다. 횡재하는 수가 있다.

2) 공직자나 직장인은 승진 승급의 기쁨이 있다. 포상을 받기도 한다.

3) 남자는 결혼하고 그의 아내는 현모양처. 특히 명조에 재성이 없는 사람은 틀림없다.

4) 질병에 시달리는 사람들은 치료가 된다.

5) 명예 인기인은 명예나 인기가 상승한다.

6) 부동산이나 가옥 토지 등을 장만한다.

7) 여자도 사업 상업으로 성공한다.

8) 학생은 학업 성적이 오른다.

9) 사업이 확장되고 크게 발전한다.

10) 주식, 경마, 복권 등 당첨하는 경우도 있다. 목적 이상의 재물을 얻는다.

11) 身旺한 사람은 재물이 불어난다.

12) 여자도 官星이 약하면 편재운에서 결혼한다.

13) 좋은 일로 해외 출입하게 된다.

● 偏財 凶神

1) 재물과 권위에 욕심으로 일확천금만 꿈꾸다 실패한다.
2) 사기, 손재 등 재물로 손해를 본다. 돈으로 복잡한 문제가 발생한다.
3) 투기, 도박, 증권, 경마 같은 모험성 도박을 하다가 실패하여 고민해본다.
4) 신규 사업이나 사업 확장으로 인해 큰 손해를 본다.
5) 여색을 탐하다 실패한다.
6) 남자는 여자와의 삼각 관계 또는 염문을 일으킨다. 특히 정재가 명조에 있는 자는 틀림없다.
7) 공직자나 일반 회사 간부직에 있는 사람은 주위와 충돌이 자주 일어난다.
8) 실직, 파직의 우려가 있고 관재 시비가 분분하다.
9) 부모님의 건강이 나빠지거나 이별하는 수가 있다. 편재가 墓運이 되면 아버지가 죽는다.
10) 학생은 학업이 부진해진다. 학업을 포기하고 돈을 벌려고 하거나 이성 교제로 인하여 학업을 포기하는 수가 있다.
11) 여자 문제가 자주 일어나 재산상 피해를 보거나 본부인과 마찰 때문에 편안할 날이 없거나 재산상 피해 본다.
12) 신약 사주에 재운이 오면 돈에 대한 욕심이 강렬해지나 끝내는 손을 털고 물러선다. 돈으로 인해 구설 다툼 법적인 문제, 부도, 소송 등으로 구속까지 되는 수 있다.
13) 사업가는 부도가 나고 직장인은 친구나 형제로부터 돈을 뜯긴다.

● 正財 喜神

1) 직장인은 승진 승급 운이 있다.

2) 사업이나 상업이 잘되어 돈을 번다.

3) 당첨, 합격, 당선 등의 영광을 얻는다.

4) 취직, 승진, 승급 등의 좋은 기회를 맞게 된다.

5) 학생은 학업이 올라간다. 합격의 영광을 누리게 된다.

6) 친지, 동료, 친구의 도움을 받아 사업을 경영하게 된다.

7) 남녀노소를 불문하고 더욱 근검절약 성실한 생활을 하게 된다.

8) 改築, 新築하여 새로운 터전을 마련한다.

9) 금전의 융통이 잘 이뤄진다. 우연한 기회에 횡재하는 경우도 있다. 금
   전운이 좋아 돈으로 인한 실패가 없다.

10) 혼기에 있는 남녀는 좋은 배필을 만난다. 연인이 생기게 되며 나에게
    힘이 된다. 남자는 결혼하고 처의 도움이 크다. 여자는 결혼하고 남편
    의 덕이 크며 아기를 갖는다. 미혼여성은 내외적으로 기반을 착실히 다
    지는 가운데 역시 연인이 생기며 결혼을 할 가능성이 높다.

11) 여자는 契나 돈놀이 등으로 재산을 증식한다.

● 正財 凶神

1) 직장인은 직업에 변화를 가지려고 한다.

2) 투기성이나 도박 따위에 휘말리어 실패한다.

3) 재산으로 인한 다툼이 일어나는 수가 있다.

4) 가까운 사람과 돈 문제로 다투는 일 발생한다. 동료나 형제 간에 돈 문
   제로 적게 언행이요, 심하면 법적인 문제로까지 비화되어 원수가 되기

도 한다.

5) 여자로 인한 곤욕을 치르는 수가 있다.

6) 여자는 남편의 신상에 누가 되는 일을 본의든 본의가 아니든 저지르게 되며 바가지를 극성스럽게 긁고 투정을 부린다.

7) 명예를 손상하는 일 있게 된다. 특히 남자는 아내로 인하여서이다.

8) 명조에 인수가 희신인데 정재운이 와서 인수를 극함이 심하면 학생은 공부하기 싫어지고 성적이 급격히 떨어진다.

9) 학생은 학교에 다니기 싫어하고 돈을 벌려고 한다. 공부하기 싫고 돈 씀씀이가 헤퍼진다.

10) 여자는 자녀의 성적이 떨어지고 자녀 문제로 근심하는 일 있다. 남녀 다 자식 문제로 골치를 썩는 수가 있다.

11) 정재운이 명조의 관살을 충동질해서 忌神運이 되면 적게는 구설 크게 는 관재가 있게 된다.

12) 시기를 놓치는 수가 있다.

13) 부모님의 건강이 나빠 고생하거나 이별수가 있다. 정재가 지극히 忌神 이면 모친이 죽는다.

14) 수험생은 대부분 낙방의 고배를 들게 된다.

● 偏官 喜神

1) 직장인은 승진, 승급 등의 관운이 좋아지고 명예가 높아진다.

2) 상업인은 장사가 잘되고 사업이 급격히 성장 발달한다.

3) 인기를 얻거나 명예의 감투를 많이 쓰게 된다.

4) 각종 중책을 성공적으로 수행함으로써 표창 등을 받는다.

5) 질병에 있던 자는 좋아진다.

6) 막혔던 일이 풀리고 해결된다. 실업자는 취직된다.

7) 학생은 학업성적이 올라간다. 명조에 관살이 없고 인성이 있으면 수험생은 각종 시험에 합격한다.

8) 소송사건, 官과 관계되는 각종 인허가 사건 등이 쉽게 해결된다.

9) 여자는 남자의 도움을 받고 재기한다. 혼기 여자는 좋은 배필을 만나며 결혼을 하기도 한다. 기혼녀는 남편의 애정을 더 많이 받게 되거나 남편에게 경사가 있다.

10) 남자는 자손의 경사가 생긴다. 득남한다.

● 偏官 凶神

1) 건강 수명에 관계되는 사고 수에 주의해야 한다. 身弱하고 殺强한 사람은 생명이 위험하다.

2) 관재 구설, 언쟁, 시비, 손재, 필화, 사고가 따른다.

3) 형제 간에 불행 사가 일어나거나 마찰이 생기며 걱정되는 일이 발생한다.

4) 의협심, 영웅 심리가 발동하여 희생을 당하는 수가 있다.

5) 공무원이나 직장 근무자는 과다 업무에 시달리거나 동료, 상사와 불화하여 불명예 퇴직을 당하는 수가 있다.

6) 각종 질병 등의 발생으로 심신이 고달프다.

7) 직장인은 감봉, 좌천, 강등, 실직 등의 흉이 겹친다.

8) 좌천, 승진, 누락 등이 발생한다. 무직자는 계속 직장을 구하기가 힘이 든다.

9) 갑자기 금전에 곤란, 질병 등으로 고생해보는 수가 있다.

10) 사기, 도박 등에 말려들어 관재, 구설이 따른다.

11) 학생은 가정의 곤란이나 질병으로 학업을 계속 못하거나 시험에 낙방한다. 못된 친구들과 어울려 관재를 당해보는 수가 있다. 학생은 긴장감이 고조되어 노력한 만큼 성적이 향상되지 않는다.

12) 강도, 강탈, 겁탈 등의 수모와 봉변을 당해본다.

13) 마음이 흉포해지고 도적질하고 싶은 마음이 발생한다.

14) 사업 상업자는 재수가 부진하니 금전난으로 관재 소송 등에 말리는 수가 있다. 사업가는 사업 부진, 각종 재난, 과중한 세금, 자금 사정의 악화 등으로 고전한다.

15) 배신을 당해본다.

16) 경찰서 등에 출입해보는 흉사가 생긴다.

17) 혼인 적령기 남녀는 서로 고집으로 성사되지 않는다.

18) 여자는 남자를 잘못 사귀어 곤욕을 치르거나 질병에 걸려 고생해보는 수가 있다.

19) 주부는 남편과의 사이가 안좋던가 이혼하던가 질병에 걸려 고생해보는 수가 있다.

20) 각종 재난, 화재, 폭발 사고, 교통사고 등을 당하기도 한다.

21) 여자는 남자와 결별하고 후회한다. 남자의 유혹에 빠져 불명예를 얻는다. 탈선하기도 한다.

22) 남자는 속을 썩이는 자녀가 있게 된다.

23) 남편으로부터 구타도 당해보거나 남편이 술주정, 노름, 질병 등으로 어려움이 겹친다.

24) 모함, 배신 등을 당하거나 본의 아닌 실수로 문책을 당한다. 심하면 형사상의 처벌을 받는다.

● 正官 喜神

1) 직장인은 진급, 승진, 당선, 포상, 합격 등 명예가 높아진다.
2) 권익과 명예가 따르며 하고자 하는 일이 성취된다.
3) 여성은 남자나 남편운이 좋아 혜택을 받는 수가 있다. 기혼 여성은 남편에게 기쁜 일이 있다.
4) 남명은 자식을 얻거나 자식의 경사가 있고 가정이 화목해진다.
5) 사업자, 상업자는 장사가 잘되고 재수도 좋아진다. 관공서와 유대도 좋아진다.
6) 실직자, 무직자는 취직이 된다.
7) 건강이 나쁜 사람들은 건강이 좋아진다.
8) 혼인 적령기 여성은 좋은 신랑감을 얻는다.
9) 정부 기관이나 각종 단체로부터 포상을 받기도 하고 각종 매스컴을 타기도 한다.
10) 송사, 사건 등에서 이긴다.
11) 막힌 일이 뚫리고 관과 협조하는 일이 성사된다. 주위로부터 도움이 많다.
12) 학생은 학업 성적이 올라간다. 시험에도 합격한다.
13) 製品하는 사람은 특허품 같은 작품을 히트 쳐서 성공한다. 인허가, 등록 등의 일들이 쉽게 처리된다.

● 正官 凶神

1) 직장을 잃게 되고 좌천, 감봉, 승진 누락 등이 있다. 실직자는 계속 직장을 얻기 힘들다.

2) 몸을 다치거나 질병에 걸린다.

3) 관재, 구설이 발생한다. 재산상의 손해를 볼 수도 있다.

4) 명예, 의협심, 영웅 심리의 발동으로 희생을 당하는 수가 있다.

5) 지나치게 안전 제일주의로 흐르다가 주위에게 폐를 끼치는 수가 있다.

6) 자식 문제로 곤욕을 치르게 된다. 남명은 자식이 탈선하거나 사고를 당하거나 시험 낙방 등 속상하는 일이 생긴다.

7) 사업이나 상업하는 사람들은 재수 부진하여 관재 소송 등에 걸려오는 수가 있다.

8) 중상 모략이 겹친다.

9) 학생은 학업을 그만두고 돈을 벌려고 한다. 시험에 불합격되는 불운이 따른다.

10) 여명 편관격이면 강간, 외간 남자의 유혹에 빠져 일신을 망칠 수도 있다.

11) 혼인 적령기 남녀는 경제적인 관계로 성립이 안 되는 수가 있다.

12) 여성은 남자의 감언이설에 주의해야 한다. 남자를 잘못 사귀어 곤욕을 치르는 수가 있다.

13) 여자는 남자에게 배신당하고 강간과 겁탈을 당해본다. 남편과 다투는 일이 많다.

14) 주부는 시집 식구와의 불화가 생겨 근심해보는 수가 있다.

15) 형제 간에 불행사가 일어나 보는 수가 있다. 형제 간에 다툼이 발생되고 의절도 한다.

16) 명조에 관살이 중첩하여 신약한 자는 심신이 고달프고 최악의 경우 죽을 수도 있다.

17) 강탈, 강도, 소매치기 등의 불의의 사고를 당할 수도 있다.

18) 약한 財星格은 자금 사정상 어려움을 겪게 된다.

● 偏印 喜神

1) 승진, 인기, 문서상의 喜運이 있다. 손윗사람, 귀인, 다른 사람으로부터 도움이 크다. 매사가 순조롭고 승승장구한다.
2) 승진, 영전, 표창, 인허가 성립 등이 있게 된다.
3) 발명의 일에 종사하는 사람이나 인기인은 크게 상승하여 기쁜 일이 일어난다.
4) 가옥, 토지, 문서를 잡거나 신축, 개축하는 일이 일어나거나 가재도구 등을 사들이는 수가 있다.
5) 여행의 기쁨이 따르기도 한다.
6) 여러 가지 매매사가 비교적 쉽게 성사가 된다.
7) 사회적인 취미활동 등에 적극 참여하여 좋은 결과를 얻게 된다.
8) 학생은 학업 성적이 오르고, 시험 치면 합격한다.
9) 여성은 자녀의 일이 희비가 엇갈리는 수가 있다.
10) 새로운 분야로 진출하게 된다. 신규사업의 발판이 마련된다.
11) 학위, 논문, 연구, 발표, 기술 등 전문 분야에서 일이 쉽게 풀리며 명예로운 표창을 받는 일도 일어난다.

● 偏印 凶神

1) 명예 손상이나 질병 등의 불길사가 일어난다.
2) 문서, 인감, 보증 등의 부주의로 인한 손해나 곤란함을 당해보는 수가 있다.
3) 직장인은 권태증이 나서 직장 생활을 싫어하거나 불화로 인하여 퇴직하는 수도 있다.

4) 사업가, 상업자는 경영 부진과 종업원의 배신이나 사기, 도난, 부도수표 등으로 실패가 따른다.

5) 배신 등으로 인한 싸움과 쟁투가 극심하다.

6) 각종 재난으로 억울한 누명을 쓸 가능성도 있다.

7) 남녀 간 식신격인 사람은 각종 재난이 닥친다. 최악의 경우 죽을 수도 있다. 단 강한 편재가 있으면 면한다.

8) 범죄 조직에 가담하게 된다.

9) 자금을 투자하는 사업은 불의의 손해를 입기 쉬우니 기술 아이디어를 활용하는 게 좋다.

10) 격국이 불량한 사람은 사기, 도적행위 등의 범죄를 저지르게 된다.

11) 정신적 방황과 안정을 찾지 못한다.

12) 각종 매매사는 성사가 잘되지 않는다.

13) 직장인은 좌천, 감봉, 파면 등 불명예가 따른다.

14) 관재, 구설, 송사가 분분하다.

15) 대운이 편인이고 세운이 식신이면 관재 등의 재난과 건강상 이상이 생긴다. 女命일 경우는 자녀 문제로 고민 거리가 발생하거나 산액을 당한다.

16) 流動資産에서 크게 손재한다.

17) 혼인 적령기 남녀는 혼인이 안 되며 오해가 생긴다. 미혼녀는 사기 결혼을 당하는 수가 있다. 남자는 여자 문제로 이성 간에 불화가 극심하다.

18) 문서 건의 모든 일이 불리하다.

19) 사기, 도박, 협잡꾼에게 말려들어 봉변당한다.

20) 수험생은 고전하게 된다. 각종 시험, 면허, 인허가, 승진 등은 여의치 못하다. 학생은 마음의 변화로 학업이 부진하거나 불량한 선배들과 함

께 어울려 다니는 수가 있다.

21) 여성은 금전의 손실, 남편의 배신, 자녀를 미워하는 변태적 성질이 생겨 본의 아니게 정신불안 병에 시달려 보는 수가 있다.

22) 가옥이나 토지를 잘못 팔아 곤란을 겪는 수가 있다.

23) 여자는 하복부 질환 또는 유방에 질병을 얻는다.

24) 여성은 자식의 불행을 당하는 수가 있다.

25) 유산 낙태의 경험을 하게 된다. 자녀에 대한 근심 걱정이 발생된다.

● 印綬 喜神

1) 명예, 인기 등이 높아져 이름을 날린다.

2) 학위, 논문, 발표, 연구 등은 다 성과가 좋다. 논문에 패스하고 학위를 받는다.

3) 집을 새로 사거나 토지 문서를 잡을 수며 차나 가재도구를 장만하는 수가 있다. 주택 구입, 이사, 표창, 승진, 영전, 관인, 허가 사항, 각종 매매 계약의 체결 등이 이뤄진다.

4) 학생은 학업 성적이 점차 상승하여 좋아지며 시험도 합격하고 명예를 얻는다. 공부하기를 좋아한다.

5) 선조나 윗대의 재산을 상속받는 수가 있다. 부모나 스승의 도움을 받는다.

6) 직장인은 승진, 진급의 명예가 따른다.

7) 장래성이 유망한 신규 사업을 시작하게 된다.

8) 질병으로부터 해방되고 건강을 회복한다.

9) 가옥이나 토지를 매매하여 재산을 늘린다.

10) 혼인 적령기 남녀는 윗사람의 중매로 뜻을 이룬다. 미혼녀는 결혼하게

사주 명리학의 핵심

된다. 기혼녀는 여러 가지 방법으로 재산 증식에 힘쓰게 되며 이익이
크다.

11) 종교, 신앙을 성실하게 믿는다.

12) 은행에 담보 없이 융자의 혜택이나 보증인의 도움으로 은행 돈도 풀리
고 성사된다.

13) 막혔던 일이나 꼬였던 일이 풀리고 성사된다.

14) 사업가는 각종 계약사가 체결되어 이익됨이 많고 영업 활동이 순조롭
게 확장 발전된다.

15) 분묘, 이장, 분묘 개수, 족보 정리 등과 같은 일이 생긴다. 적극 참여함
이 좋다.

16) 귀인의 도움으로 뜻한 바 성취된다.

● 印綬 凶神

1) 신왕 사주에 인수운이 오면 교만 불손해지고 타로부터 질시와 질타를
받는다.

2) 문서, 부도수표, 도난, 사기 등의 흉운이 일어나 본다.

3) 직장에서 명예롭지 못한 일이 일어나 퇴직 당하는 수가 있다.

4) 문서 보증, 인감 등의 부주의로 곤란을 당해보는 수가 있다. 문서 관계
로 송사가 발생된다. 각종 보증을 서게 되면 크게 화를 당하므로 절대
로 피해야 한다.

5) 가옥이나 토지를 매도 매입할 경우 문서상의 하자로 곤란을 겪는 수가
있다.

6) 주택과 관계되는 각종 문제로 걱정이 있게 된다. 계약상 손해, 마음에
안듬, 전세 보증금을 못 받는 등 주택 문제가 발생된다.

7) 부모님의 질병 문제나 이별수가 일어나는 수가 있다. 남명은 어머니에
   대한 근심 걱정되는 일이 발생한다. 특히 인수운이 명조와 冲이나 刑되
   면 어머니가 사고, 수술 등의 재난을 당한다.
8) 학생은 불량한 선배들의 꼬임에 넘어가 학업을 중단하는 수가 있다. 시
   험운도 없어 각종 시험에 낙방의 고배를 마시게 된다.
9) 여성은 남편의 배신 등으로 곤란을 받아 보거나 남편의 건강이 안좋아
   곤란을 당해보는 수가 있다. 혹 이별하는 수도 있다. 명조에 관성이 약
   한 여자는 남편의 일에 막힘이 많다.
10) 파혼하는 경우도 있으며 자궁, 유방 질병, 사산, 낙태 또는 자식이 重病
    苦에 시달리는 경우도 있다. 여자는 하복부 질환에 문제가 발생한다.
11) 여성은 자식과 생사이별수도 있다.
12) 종교 문제로 갈등을 느껴보는 수도 있다.

● 流年 十二運星 吉凶

胞의 吉運에는 여태까지 미루고 부진했던 것이 청산되고 새로운 희망과
성공의 길로 걷는 옛것을 보내고 새로운 것을 맞이하는 해로서 부동산을
사들이면 대길하다. 모든 악몽과 흉액이 사라지고 소망이 이루어지는 새출
발의 관문이니 신규 사업이나 전직, 전업에 적합하다.

胞의 凶運에는 오름세가 내림세로 바뀌지고, 무모한 변동으로 곤두박질
하는 위험한 해다. 변덕이 심하고 갈팡질팡하며 들뜬 기분으로써 무계획적
인 변동을 감행한 결과 궁지에 빠지고 재기가 어려운 상태에 이른다. 옛것
을 버리고 새것을 맞는 변동기이나 거의 실패작으로 돌아가며 색정 관계로
공든 탑이 무너지기도 한다. 망신살이 따르니 주의하라.

胎의 吉運에는 대망의 전환과 변동이 성사되고 심기일전하는 새 기운의 태동기로 짝을 잃은 자는 재혼하고 정신적 향락을 즐기는 다정하고 안정된 태평 성세의 해다. 변화는 무엇이든 호전되니 진취 용기로 나아감이 좋다.

胎의 凶運에는 말을 함부로 지껄이다가 구설이 분분하고 남의 청탁을 쉽게 받아들이고는 실행 못하여 신용 타락이 되기 쉽다. 불평 불만이 가득 차고 아무에게나 털어놓으니 말썽 빚기가 쉽다. 덮어놓고 변동을 단행하여 큰 실패와 손재를 본다. 부부 간에 이변이 발생하고 무모한 전직, 전업, 이사 등을 하여 도리어 곤궁에 빠진다. 타의에 의한 변동도 손재하기 쉽다.

養의 吉運에는 시험에 합격하고 계획이 실현되며 온갖 꿈이 이뤄지는 성공의 해요, 기회이니 자신을 갖고 태연하게 전진하고 노력하면 성사하리라.

養의 凶運에는 공든 탑이 무너지고 선무공덕이니 소망이 허물어지고 만사가 무기력하며 되는 일이 없다. 여태껏 노력하고 기대한 것이 불발탄이 된다. 시험이나 승진, 사업, 계획 모두가 실패작으로 돌아가니 낙심이 대단하다. 근신하라.

長生의 吉運에는 천시와 지리 그리고 인화를 얻으며 진실한 후견인과 원호자를 만나서 의외로 성공을 거둔다. 인인 성사니 필히 기쁜 소식과 귀인의 도움으로 크게 성공 발전 출세한다.

長生의 凶運에는 배부른데 밥을 먹는 격이니 의욕을 잃고 억지와 무리를 하니 취미가 없다. 소극적이고 어리석으며 만사가 역겹고 순조롭지 못하다. 막히고 지체되며 겹친다.

沐浴의 吉運에는 정신적 기쁨이 있고 하는 일에 요령과 능률이 오르며 미혼자는 혼담이 들어오거나 연인이 생기어서 즐거운 사랑을 맞이한다.

沐浴의 凶運에는 공연히 마음이 들뜨고 변덕스러우며 이상한 꿈을 찾아서 천방지축 덮어놓고 미친 듯이 날뛰다가 크게 실패하며 청춘사업에 얼키고 설켜서 말못할 비밀이 탄로나 망신당하게 된다.

冠帶의 吉運에는 소원성취하는 희망의 해로써 미혼자는 혼인이 되고 실업자는 취직하고 휴업자는 개업하고 학생은 합격 진학한다.

冠帶의 凶運에는 용기만 갖고 경험 없는 일에 착수했다가 크게 골탕 먹고 기진맥진 끝에 실패한다. 조심성과 차근한 분석을 하지 않고 기분적인 패기만으로 돌진하기 때문에 모두가 중도에서 좌절된다. 너무 성급 당황히 결혼을 하고서는 크게 후회하는 해이니 이성 문제는 되도록 뒤로 미루는 게 좋을 것이다.

建祿의 吉運에는 벼슬하고 祿을 받으니 자립하고 득재하며 자율적인 개업이나 영전이 있고 분가와 새로운 계획이 성립되는 해이기도 하다.

建祿의 凶運에는 힘은 있으나 기회가 없으니 답답하다. 만사가 막히고 부진하며 처재가 불리하니 손처 손재하기 쉽다. 버는 것보다도 쓰는 게 많고 인간으로 인해 실패하기 쉬우니 대인 관계를 멀리하는 것이 좋다.

帝旺의 吉運에는 전성기의 정사에 오르는 好운으로써 명성을 떨치고 인기 상승하며 수완과 역량을 최대한 발휘하고 주도권을 잡는다. 만사가 순탄하고 호전되며 미결된 어려운 일이 일사천리로 해결되며 박력과 용기로써 전진하는 것이 성공의 열쇠이다.

帝旺의 凶運에는 너무 성급히 서둘고 과신하여 맹진 돌진하여 크게 실패한다. 너무 과격한 것이 탈이며 유명무실하니 손재가 심하고 극처하니 처의 건강이 크게 염려된다. 권리 다툼을 피하고 시비를 삼가야 한다. 쓸데없는 영웅심 때문에 도리어 일을 그르치고 불화와 반목을 초래하여 만사가 불성하게 된다.

衰의 吉運에는 과격했던 흥분과 격분이 자기 정신을 찾고 안정으로 돌아가듯이 어지러웠던 일이 차분히 가라앉으며 본연의 자세를 되찾는 안정기이자 정착기이다. 불안했던 정신이 안정과 냉정을 회복함으로 참된 생활을 되찾기 시작한다.

衰의 凶運에는 의기가 쇠퇴하고 꿈을 잃으니 모두가 자신 없는 패배 의식에 젖어 있다. 소극적이고 침체 상태에서 만사가 막히고 부진하다.

病의 吉運에는 다정다감하고 풍류적인 기분과 감정이 어느 때보다도 풍부히 샘솟으며 여행을 즐기고 사회적 봉사에 많은 공헌을 한다.

病의 凶運에는 지위와 직장이 불안하고 주소와 주택도 흔들린다. 비관적이고 감상적이며 신경질적이다. 무엇을 하든 침착치 못하고 흥분하고 오해하기 쉬우니 수양을 하는 게 좋다. 건강에 좋지 못해 질병이 발생하기 쉬우니 위장 건강에 유의하라. 직업 문제와 주택의 이동 등 타의적인 변화가 암시된다.

死의 吉運에는 오랜 연구와 노력이 결정체를 이루어서 유능한 실력을 과시함으로써 지위가 승진되고 명성이 널리 알려진다.

死의 凶運에는 무기력한 상태에서 의욕을 상실하니 만사가 난감하다. 피동적이요, 타의적이니 근심이 깃들고 종교적인 인생관에 눈을 뜨게 되나 현실은 타개되지는 않는다. 너무 소극적이고 현실을 도피하려 하나 뜻대로 되는 것이 없다.

葬의 吉運에는 십년 공이 이뤄지는 결실의 해로써 물질적인 성공과 성재가 있다. 알뜰한 보금자리가 이뤄지고 살림이 늘며 재산의 터전을 닦는 성공의 관문으로써 철이 나고 돈에 대한 관념을 갖게 된다.

葬의 凶運에는 물질적이고 경제 회전이 막히고 활동 무대가 닫히니 얼어버린 인생이다. 인색하기가 소금보다 짜지만 경제적 어려움은 더 심하다. 소견이 막히고 고집이 강하며 지나치게 세상 물정에 어두우니 처세가 원만치 못하고 만사가 침체와 부진하게 된다.

이상의 十二運星 流年을 보려면 만약 丁日生이 酉年을 대조하면 長生이라 長生項을 보되 流年이 用神이나 喜神인 해는 長生의 吉運을 보고 流年이 忌神이나 惡殺이 임한 해는 長生의 凶運을 보면 되니 用神法을 깊이 연구하도록 한다.

3. 行運 運勢訣

1. 劫殺年

라이벌이 생기고 시비와 구설이 많게 되며 하는 일마다 장애가 따른다. 실물, 도난, 강도, 투자 실패, 손재, 부부 이별, 질병, 교통사고, 여자는 官殺 合身하고 겁살년이면 강간 주의, 처녀 총각은 결혼 문제 발생, 자녀의 유괴 사건 발생, 철거, 차압 등 심신 불안전, 수표 부도, 수술, 사망.

2. 災殺年

관재 구설, 소송, 감금, 즉결 심판, 납치, 입원, 구설시비, 차 사고, 싸움하고 나면 함정에 빠짐. 운수는 답답하다. 여자는 결혼, 수술, 상해, 부상운, 상업자는 불여의 천재지변, 백사가 여의치 못함, 분쟁, 신경질 생긴다. 사주에 災殺이 있고 歲運에 오면 관재가 있던가 死喪孝服事가 있다.

3. 天殺年

불의의 재난, 하늘에서 노하여 운세를 막음, 운수는 막힘이 많다. 기도 불공을 하여야 길하다. 사주에 天殺이 있고 다시 歲運에서 만나면 관재가 있던가 死喪孝服事가 있다. 신분과 명예는 오르나 실속은 없다. 몸이 괴롭고 아프다. 동조자가 없고 괴롭고 고독하게 지냄. 여자는 남자를 멀리하고 남자는 맥을 못쓴다. 사업가는 대도시에 나가 사업한다.

4. 地殺年

이동, 이사, 변동, 분주 多事, 여행, 환경 변화, 三刑殺이 되거나 驛馬와 冲하면 교통사고 등에 조심하여야 하고 桃花殺, 亡神殺, 沐浴星과 같이 있으면 色情之難으로 실패한다. 출장이나 해외 나감, 취직, 취업, 승진, 승급, 영전, 문서, 금전운 호전, 새 집, 새 가구 장만 운. 부부 불화, 별거, 이별.

5. 年殺年

풍류好色, 주색잡기, 색정지난, 친구교제, 이성亡身, 人情손해, 활동적으로 사업이나 장사를 하기도 함. 겉치레 사치, 허영으로 낭비하기도 함. 남녀 모두 災害 또는 不幸, 喪服의 憂가 있다. 말못할 비밀 탄로나고 망신 오는 운. 다방업, 주점, 여관, 목욕탕 등의 직업에 종사, 부부 불화로 가정파탄, 별거 이별하게 된다.

6. 月殺年

근심 걱정, 매사에 갈등, 용기부진, 재수가 없음. 枯渴 실패의 운수, 질병에 걸리거나 용두사미의 운세다. 답답한 운세다. 발전 없다. 후퇴, 공직자는 좌천, 家宅, 가정 요란, 여자는 남편과 별거, 이혼하려 함. 남에게 이용을 잘

사주 명리학의 핵심

당한다.

7. 亡身(神)年

이성의 망신, 재물의 망신, 명예의 망신, 계획이 수포로 돌아감, 강건한 활동적인 운세, 색정난, 구설수, 실물, 투기, 노름, 투자 실패, 여자는 生男, 산부인과에 출입 많음, 망신 횡액수, 여성은 자궁병 조심, 불측의 災害가 일어난다.

8. 將星年

자기 주관, 명예 욕망, 번영, 승진, 강한 운기의 활동력 운세. 이동, 출장, 외국 출입, 나라와 민족, 혹은 가정과 가족을 위하여 전쟁이나 직업 전선에 나간다. 여자는 남자 대리 역할로 가정과 자식을 위해 직업 전선에 나간다.

9. 攀鞍年

취직, 승진, 번영, 출세, 문서 잡는 件 등의 길운이다. 大運, 歲運에 오면 지대한 복록을 받는다. 신규사업, 건축, 시험공부 시작하는 운, 웃어른의 우환, 질병 및 상복운, 장롱, 냉장고, 세탁기, 피아노 컴퓨터 등의 장만 운, 노력하면 소원성취.

10. 驛馬殺年

이동, 이사, 변동, 해외 여행, 이민, 분주다사, 환경변화, 地殺과 冲이나 三

刑殺이 되면 교통사고, 관재 구설, 부상, 수술, 이별, 별거, 이혼 등의 흉운이 따른다. 동분서주해도 별로 소득이 없다. 가족 위해 뛰다보니 身病, 객지 생활.

11. 六害殺年

화병 발생, 육친을 害한다. 병원 출입, 부모의 근심, 앞이 막힘, 답답한 운세. 긴 병을 얻는다. 요통, 희생 정신으로 노력하나 심신은 고달프다. 책임이 중하다. 取財코저 謀事한다. 多成多敗 분주다사, 석양길 나그네 격, 년운 월운에 오면 친족 또는 朋友 등과 불화가 생한다.

12. 華盖殺年

근면 성실하나 가끔 싫증을 느낀다. 사치 허영, 낭비주의, 신경성 질병, 신경통 주의, 고독함을 느낀다. 기술, 예술, 종교 등에 심취한다. 일확천금의 히트를 노리다가 함정에 빠진다. 여자는 음란 방탕한다. 남녀가 바람나며 춤바람 꽃바람 난다. 부부지간 생사이별 많이 한다. 남자는 사업 실패수.

13. 建祿年

歲運에서나 大運에서 祿을 刑冲破害하면 직장 변동이 있고 이사나 이변이 생기며 건강상의 질병을 초래하고 갖가지 손재의 형상이 일어난다.

14. 天羅·地網年

行運에 만나면 무슨 일이든지 지체됨이 많다. 惡殺을 帶同하며 五行이 無氣하면 必死한다.

15. 血刃年

각종 피를 보는 사고, 刺傷 등이나 각종 출혈과 관계되는 질병이 발생한다.

16. 急脚殺年

신경통, 척추 관계 질병, 뼈의 질병, 치아의 질병, 두통, 낙상 절골 등이 발생한다.

17. 斷橋關殺年

각종 사고로 팔다리의 부상, 소아마비, 신경병 등이 재발, 내지 발생한다.

18. 落井關殺年

절벽, 계단, 맨홀 등에 떨어질 염려가 있으므로 등산, 피서, 뱃놀이 등을 조심하는 것이 좋다. 또한 중상모략이나 모함을 당할 염려가 있다.

19. 湯火殺年

군인, 경찰, 데모대 등은 각종 파편으로 인한 부상을 당할 가능성이 많다. 화상 湯厄, 연탄가스, 식중독, 약물중독(음독자살 포함)을 당할 가능성이 많다. 비관과 같은 염세적인 생각으로 인한 각종 사고, 자살, 은거, 인질극, 정신 이상 등을 당할 가능성이 많다.

20. 羊刃年

타인 무시, 부부 이별, 身厄 수술, 자만 獨走, 구설, 落職, 破財, 羊刃이 歲君(流年)을 冲하거나 合하면 갑자기 禍를 당한다. 羊刃이 왕성하고 身弱한데 羊刃運을 만나면 반드시 아내를 극한다. 命中에 七殺과 羊刃을 대동하고 다시 殺과 羊刃의 운을 만나면 功業 이룩하여 명성이 높지만 다만 凶死할 수 있다. 命中에 원래 살과 양인이 있고 歲運에 또 만나면 그 화가 비상하지만 羊刃만 있고 殺이 없는데 歲運에서 殺旺한 운을 만나면 전화위복한다. 羊刃과 印綬가 있고 살이 없는데 歲運에 殺旺한 운을 만나면 도리어 厚福을 받는다. 身旺하면 羊刃運을 두려워하는 것은 재물의 손해와 禍患을 당하기 때문이다.

21. 喪門年

命造에 있는데 年運 月運에 재차 오게 되면 그 해 또는 그 월에 喪服事가 일어난다. 보통 年運 月運에 오면 친족 또는 朋友 등과 불화가 생한다. 輕하면 친척 또는 원친에 불행사가 있다.

22. 弔客年

命造에 있고 年運이나 月運에 재차 오게 되면 그 해 또는 그 월에 상복사가 일어난다. 喪門年과 같으니 상문년을 참조.

23. 孤神年

남자는 상처 또는 부부 이별하게 되며 그렇지 않으면 사업 실패한다. 여자는 남자에 근심이 발생하며 姦夫가 생기게 되는 망신의 운세이다. 陽禍가 일어난다.

24. 寡宿年

行年에 만나면 惆悵殺이라 하고 상하를 불문하고 災害를 면치 못한다. 되는 일 없고 남편과 생이별 아니면 사별하여 과부가 되는 운이며 재산에 실패도 있게 된다. 남자는 건강에 질병이 침범하고 부부 간에 언쟁사 많으며 가정이 온화하지 못한 운이 된다.

25. 鬼門關殺年

각종 신경계통 질환, 불면증, 쇠에 부딪친 듯이 땅함. 신경쇠약 노이로제 등에 주의를 요한다. 각종 비정상적인 행동을 하게 된다. 특히 변태적 애정 행각에 주의를 요한다. 번뇌망상 타인 보기에 미친 것. 혹자는 죽은 망령이 자주 보이고 신을 받아 무당, 박수가 되기도 한다. 凶殺이 겹치면 정신병이 염려된다.

26. 白虎大殺年

교통사고를 당한다. 白虎大殺年生이 백호대살년을 만나면 사회적으로 악흉한 운이 된다. 月柱가 백호대살인데 백호대살년을 만나면 부모가 惡死하거나 형제가 악사한다. 日柱가 백호대살인데 백호대살년을 만나면 부부, 첩 등이 악사한다. 時柱가 백호대살인데 백호대살년을 만나면 자손이 악사한다.

27. 天乙貴人年

개운 발달하여 명리가 향상되고 매사가 순조롭게 풀려나간다. 우연히 귀인을 만나서 어려운 난관이 해소되고 吉運이 되면 財運도 길하다. 특히 남녀 연정 관계사가 발생하기 쉬운데 吉緣이라고 볼 수 있다.

28. 太極貴人年

횡재가 있는 吉年이다. 沖破害가 되면 안 된다.

29. 天德貴人年

재운이 왕성하여 하는 일이 순조롭고 만사 형통하여지며 새로운 직업을 가져서 성공과 출세의 운이 된다. 특히 議員에 출마를 하면 당선될 가능이 많다.

30. 月德貴人年

귀인을 만나고, 혹은 貴子를 생남 잉태하게 되며 원행 간 친척이니 외국에 갔던 친척이 찾아오고 행방불명이 되었던 부모형제를 만나게 되는 수 많고 재수도 대길하다.

31. 多(天)轉殺年

직업에 敗多하여 만사 대흉하게 된다. 직업 실패 또는 변화한다.

32. 梟神年

分家 또는 同事業 시작되는데 필히 손재 및 사기를 당하게 되며, 혹은 부부 이별도 된다.

33. 金輿年

사회적으로 귀인을 만나고 대발전의 운세가 된다. 남자는 재산이 많은 여자가 나를 따라서 여자의 덕을 보게 된다. 여자는 재산이 많은 남자에게 사랑을 받으며 재물의 도움을 받게 된다.

34. 暗祿年

횡재운이 있고 귀인의 협조가 발생한다. 주택복권 당첨, 퀴즈 당첨 등이 되는 수 많다.

35. 交祿年

사업 직업의 변동이 되어서 실패 주의. 매매의 운이 좋아 이득이 많다. 그러나 여자는 불운하여 이별수가 있다. 日柱가 交祿年을 만나면 부부 언쟁이 심하며 다른 여자와 연정 관계가 있다.

36. 怨嗔年

재물이 바람에 날아가듯 하고 동요하여 불안정하고 內疾이 있지 아니하면 반드시 外難이 있고 관계에 있는 자는 좌천되며 평인은 흉화가 따르고 대운이 바뀌는 즈음에 年運이 원진이 되는 해는 수명이 위태롭다. 대운이 길하면 원지 여행, 관재 구설, 사고, 놀람, 傷官, 不睦疾視運, 대운이 흉이면 부모의 喪數, 重病數, 교통사고, 타향 고생, 직장 및 학교 중지수 재수가 없고 일마다 불성하고 병액이 있거나 대액이 생한다. 命中에 원진이 있고 재차 원진운이 오면 貧치 않으면 생명이 위태하다. 大運에 원진을 만나면 십년이 두렵다. 조정에 있으면 귀양을 가고 私家에 있어도 역시 화를 당한다. 비록 吉神이 扶持하더라도 화환을 면치 못하며 大運發旺하기 전후에는 더욱더 화를 피할 수 없다. 流年의 支와 月支의 원진이면 운이 길하면 전 애인과 이별수요, 새 애인과도 불성공, 운이 흉하면 죽으라 사업부진 각가지 몸부림이 소용없다. 命造의 日支나 年支를 기준하여 月支와 원진이면 운이 길하면 구설수, 계획 불성실, 실망이요, 운이 흉하면 奪財數, 관재 구설, 앞뒤가 막힘, 고생이 심하다.

사주 명리학의 핵심

37. 空亡年

계획의 불성, 친한 사람에게 배신당함, 길흉을 불구하고 계속성이 없다. 공망이 되는 해는 行運에 일을 시작해도 도중에서 그만두게 된다. 流年支가 年柱支를 공망하면 사회적으로 하는 일이 잘 되지 않는다. 流年支가 日柱를 공망하면 가정에 풍파와 부부 이별하게 된다. 형제 간에 언쟁사가 발생한다. 流年支가 時支를 공망하면 자손의 근심발생 또는 長子가 신병으로 앓거나 죽게 되며, 혹은 무단가출하는 수가 있다.

38. 勾神, 絞神年

歲運에 만나면 재해가 있고 傷身 또는 散財의 근심이 있고 凶害勾連事가 있게 된다. 재앙이 항상 체류하여 退財와 구속 납치 포로의 일이 있고 또 구신 교신에 三刑殺이 加하면 재혼이나 작첩하게 된다. 구설수와 刑獄의 액이 따른다.

39. 返吟, 伏吟年

歲運에 오면 悲事가 생긴다. 자기에 재해가 없으면 타인에게 폐를 끼친다. 혹은 처자를 극하지 않으면 생활상 근심이 있다.

40. 進神年

何事라도 노력만 하면 성공된다. 송사 문제 성공되며 결혼 및 재혼이 성공된다. 전에 실패했던 일이 성공되고 고등고시 및 각종 시험에 합격되는 년이다.

41. 呑陷年

사주 일시에 帶하고 大運 또는 歲運 月運에 오면 골육과 刑害不和 등이
일어난다.

42. 天厄年

歲運에 오면 재해가 생한다. 月運에 오면 불시의 액난이 있다.

43. 福德年

年運 月運에 오면 여행 轉宅 등의 생각이 생기던가 喜事가 있다.

44. 天喜年

歲運에 만나면 일년의 喜가 있고 月運에 만나면 그 月中의 喜가 있다.

45. 歲合年

大運에 오면 목적을 순조롭게 달한다. 歲運도 역시 길하다.

46. 隔角年

行運에 오면 원행한다.

47. 劍鋒年

行運에 오면 災害를 면치 못한다.

48. 太陽年

歲運 月運에 오면 모든 凶災가 풀린다.

49. 陰殺年

사주에 있고 年月運에 오면 暗으로 財貨를 잃는다.

50. 天刑年

이 살을 띠고 또 歲運에 오면 친족 골육의 刑角을 생한다.

51. 破碎年

사주에 띠고 刑冲이 되고 또 歲運에 오면 破財 또는 형사 문제가 일어난다.

52. 天哭年

行運에 오면 孝服의 근심이 일어난다.

53. 紅鸞年

歲運에 오면 가정에 기쁨이 있다.

54. 披頭年

大運, 歲運에 오면 死喪孝服의 근심이 생한다.

55. 飛符年

歲運, 月運에 오면 官事의 禍가 일어난다.

56. 天耗年

세운, 월운에 오면 관재 구설이 있다.

57. 地耗年

세운, 월운에 오면 관재 구설이 있다.

58. 豹尾年

行運에 오면 구설 가정에 불안이 일어난다.

59. 病符年

사주에 띠고 세운에 오면 두렵다.

60. 陰刃年

세운, 월운에 오면 緣談上 苦情이 있다.

61. 暗金殺年

喪故나 도적의 침범 또는 구설수 등이 따른다.

62. 丑戌未三刑

大運이나 流年運을 만나면 재물을 파산하고 관직에 있으면 동료와 불화한다. 常人은 투쟁하거나 시비가 紛紜하고 부인은 구설수를 만난다. 교통사고나 관재, 입원, 수술 등을 주의해야 한다.

63. 寅巳申三刑

大運이나 流年運에 만나면 관직이 불리하거나 집안의 하인이 사망한다.

常人은 구설이 형해하며 육친의 덕이 없다. 부인은 낙태하고 승려는 환속한다. 官人은 낙직, 商人은 파재, 평인은 손재, 교통사고나 관재 구설도 주의해야 한다.

64. 三刑 및 自刑年

대운이 吉이면 다사 분주하나 소득은 없다. 원지에 去行, 심하면 부부 이별, 傷身, 수술, 대운이 凶이면 수술, 상신, 관재, 낙직, 주거 이동, 하늘보고 원망, 辰辰, 午午, 酉酉, 亥亥 自刑이 대운이나, 유년운을 만나면 질병으로 수고롭고 불안하며 무엇을 어찌해야 할 바를 몰라 편안치 않다. 子卯刑卯子刑年에는 대운이나, 유년운을 만나면 인민이 소송을 일으켜 상관이 해를 당하고 부하들이 불목한다. 常人은 재물을 파산하고 부부 간에 불화하여 별거나 이혼하며 부인은 낙태한다.

65. 三災年

부부 多爭, 이별수, 가정 운수 나감, 자식액을 조심, 재물 손해, 여색을 조심, 관재 구설, 명예 손상, 직장 불길, 弔喪, 병고, 敗財, 파산, 사고, 三災란 화재, 수재, 풍재, 지진, 가뭄 등의 천재지변이요, 八難이란 손재, 주색, 질병, 부모, 형제, 부부, 관재, 자식, 학업 등을.말한다.

66. 大運과 年運과의 天沖地沖

身弱이고 흉이 되면 흉작용이 매우 심하고 생명이 위태롭기까지 하다. 身旺하면 각종 변동과 정신적인 동요는 있어도 흉이 가볍다.

67. 天冲地冲年

적을 만나게 되니 필사적 투쟁으로 자기 역량을 최대한 발휘하나 *身弱*한 *命造*는 관재 구설, 도난, 횡액, 교통사고, 질병, 이혼, 대수술, 비운 암시, 기진맥진 등의 대흉은 물론 심하면 생명까지 위태롭다. 심하면 자살, 부모 자녀 배우자의 비운을 암시도 하며 그렇지 않으면 크게 놀랄 일이 일어난다. 그러나 이사, 직장 옮김, 결혼을 하면 대액을 면한다. 관살을 *用神*으로 하거나 *身旺*하고 *偏官*이 미약하거나 없을 경우에는 변동에 의해 발복 발전한다.

68. 天地同

나와 동일한 자가 출현하니 주인이 둘이 됨과 같다. 신약한 경우나 비견이 용신인 자는 吉이 되지만 그렇지 않을 때는 일반적으로 다툼, 구설, 누명, 사기, 손재, 이동, 이사, 전직, 전업, 유혹, 의외의 재난이 발생하거나 부친에 불리하고 처의 신상에 재난이나 애정 문제가 발생한다. 집단행동에 참여하기 쉬우니 조심하라.

69. 月支伏吟年

환경의 변화, 짜증의 연속, 대운이 길하고 *喜神*이면 도리어 길하다. 부동산을 취득하기도 한다.

70. 日支伏吟年

매사가 막힘이 많다. 뜻한바 성취가 어렵다. 자신에 대한 회의감이 생기기도 한다. 자신에게 화가 미칠 일을 잘 저지르기도 한다. 자신에게 불리한 일들이 생긴다. 자기 혐오, 될 듯 하면서 미결, 喜運에는 무사, 구설, 누명, 유혹 손재, 변동, 사기, 신규사업 흉운 중에는 哭泣, 破財가 있다.

71. 時支伏吟年

자식이 말썽, 진로가 답답, 미래 不定, 다시 忌神이면 관재 문제, 재물 손해 당함.

72. 年支가 冲되는 해

매사에 막힘이 많고 노력에 비하여 소득이 적다. 소송사건 등이 있으면 패소하기 쉽다. 쓸데없는 일을 잘 만들어내고 수습을 못한다. 조상의 비석 건립, 분묘이장, 火葬 관계, 족보수단 등 조상에 관계되는 일을 하게 된다. 大運과 年支와의 冲은 생가 고국을 떠나던가 부모와의 의견을 달리한다.

73. 大運과 歲運과의 冲

불안, 동요, 건강, 사고, 被災, 失財 등 불행의 발생을 의미한다. 건강 면에 저해가 있기 쉽고, 타인과의 불화한다. 사업상 손실 변화가 있다. 부부 간에 별거 이혼의 禍가 있다. 가족의 병이나 불행한 일이 있다. 受驗의 실패가 있다. 꾀하는 일이 깨어지는 등 불의의 일로 고심 번민하는 일이 많다.

74. 年支에 歲運, 大運이 刑冲破害가 오면

조상의 일이나 족보, 선산의 산지 문제, 조상의 제사 문제, 비석좌판, 이장, 축대 등의 모든 흉한 일이 발생하며 또는 가옥이나 토지 문제도 일어날 수 있다.

75. 月支가 冲되는 해

환경 변화, 짜증 권태, 주위의 육친에 변동 및 사고가 혹 있다. 여자는 결혼하여 출가하는 수가 있다. 이사운이 발생된다. 직장인은 전직, 전보 등 직장 내에서 변화가 있게 된다. 직장인은 직장에 대해 불만을 느낀다. 그렇다고 변동을 하면 후회를 하게 된다. 부모형제와 불화가 발생된다.

76. 月支에 刑冲破害가 오면

직업이 변동 있고 이사, 이동이 있고, 家事에 어떤 변동이라도 반드시 발생한다.

77. 天同地冲年

同床異夢의 형상이므로 뜻대로 잘 되지 않고 배우자와의 다툼으로 문제가 발생하고 각종 변화가 있고 구설이 따른다. 특히 친밀한 사람을 조심해야 한다. 배우자나 본인이 가출하는 수도 있다. 본인의 좌불안석 심란하다. 자기의 예상이나 기대가 어긋나는 결과를 암시한다. 만사에 세심한 검토가 필요하다.

78. 天地合運

갖가지 유혹이 몰아치고 깨가 쏟아지듯 일확천금이나 달콤한 유혹에 빠져서 크나큰 일을 저지르고 크게 실패한다. 특히 애정 문제가 발생하기 쉽다. 후회막심이지만 눈뜨고 도둑맞는 격이나 어찌할 도리가 없다. 만사가 유혹과 오판 그리고 한눈을 팔다가 그르치고 손재하니 일체의 유혹이나 욕심을 물리치고 아무것도 하지 않는 게 현명한 방법이니 수분 안정하라. 만사불성이요, 실패하고 정리할 단계에 이르는 동시에 뜻하지 않는 갖가지 이변이 발생한다. 부모와 배우자의 이변도 암시하고 자칫하면 생명에 중대한 이변이 생길 수도 있는 일생 일대의 가장 큰 위기이니 신규나 확장 등은 일체 금물이며 무엇을 하든 결과는 실패하고 후회하게 되니 일체 하지 않는 것이 상책이다. 무엇인가 뜻하지 않은 재난으로 손재는 본다해도 신상은 안전하니 가장 현명한 처신이라 하겠다. 이 운에서 저지른 사태와 상처는 좀처럼 쉽게 아물기 어려우며 여파가 크고 오래가기 쉽다.

79. 年支에 歲運, 大運이 三合이나 六合이 오면

조상의 일이나 족보상 모든 일 묘지 산지의 일이나 가옥이나 전답 문서 등 좋은 변동이 있게 된다.

80. 月支에 歲運, 大運이 三合이나 六合이 오면

부모 형제 문제가 일어나는데 합이기 때문에 집을 사던가 전답을 사던가 반드시 가정이 합하는 문제가 발생한다. 공직자는 승진되던가 다른 데로 발령되던가 하며 기혼자는 집이나 가옥의 증진 문제가 일어나던가 사업가는 사업이 잘 되던가 하며 미혼자는 새로운 가정을 마련하게 되니 결혼을 하던가 한다.

81. 日支와 歲支가 三合뇌면

千載一遇의 좋은 기회요, 命에서 三合을 破하면 好機이지만 호사다마로 逸失한다.

82. 日支에 歲運, 大運이 三合이나 六合이 오면

처가 부정하거나 배우자와 사이가 좋아지던가 새로운 사랑을 하게 된다. 애인 만날 운이다.

83. 日干과 歲干이 合하면

대 재난과 질액이 발생하기도 한다. 甲과 己가 合하는 해는 나를 도와주는 사람을 만나게 되며 직장인은 승진을 하게 되고, 실업자는 직장을 얻는다. 乙과 庚이 합하는 해는 나를 도와주는 사람을 만나게 되며 새로 경영하는 일이 발생한다. 丙과 辛이 합하는 해는 관재 구설이 발생하고 직장인은 휴직 등이 있게 되며 직장 문제로 고통을 받게 된다. 丁과 壬이 합하는 해는 남녀 간에 바람이 난다. 戊와 癸가 합하는 해는 친구 또는 친척과 같은 근친자로부터 피해를 당하는 일이 발생한다.

84. 日支가 大運과 刑하면

제3자의 질투와 방해를 받는다.

85. 日干을 冲年

마음 산란, 직장 변동, 주거의 이동, 허욕이 발생. 甲庚冲年에는 직업의 변동 및 주거의 변동이 발생한다. 乙辛冲年에는 관재 구설과 휴직 등으로 인한 고통이 따른다. 丙壬冲年에는 금융과 재정의 악화로 경제적 고통이 따른다. 丁癸冲年에는 야간 관재 구설이 발생한다. 戊甲冲年에는 가족 중에 우환이 발생하게 되며 직업의 이동 및 좌천이 있게 된다. 己癸冲年에는 애인 및 배우자와의 불화가 심하고 또는 문서의 분실 등에 유의하여야 한다. 丙庚冲年에는 금전 손해가 있고 자기의 비행이 폭로되어 망신하게 된다. 丁辛冲年에는 손재가 있고 관재 구설이 따른다. 壬戊冲年에는 남과 다투는 일이 있고 학생은 휴학하는 일이 있으므로 교육에 피해가 있다. 乙己冲年에는 사기수가 있고 조직이 붕괴되므로 계 같은 금전놀이에 유의해야 한다.

86. 大運과 日支와의 冲

어려운 일과 장애가 생긴다. 신심 불안, 정신의 혼미가 많고 때로는 건강을 해하는 일이 있다. 또 가정 내에 안정하기 어렵고 夫妻相爭한다. 근친 건으로 번민 多忙하다.

87. 歲運이나 大運에서 日支를 沖해오면

부부지간에 우연히 불평이 생기며 마음이 불안전해진다. 자기 스스로 화가 나서 일을 저지르고 쓸데없이 자기가 불평불만을 하게 되며 이로 인하여 관재 송사까지 발생하게 된다. 처첩과 사별하기도 한다. 여성은 남편을 무시하며 가면 가고 오면 오는 식으로 한해를 이렇게 보내야 한다.

88. 日支가 沖되는 해

배우자와의 관계가 나빠진다. 건강이 나빠지고 정신적 동요가 심하다. 어떠한 일을 하더라도 만족감을 못 느낀다. 조그만 일에도 짜증이 나고 화를 잘낸다. 日支가 官星과 羊刃이 同柱일 경우는 관재 구설이 있다. 日支 沖刑年에는 범사가 위축되고 부부 간의 대립 충돌 심하면 이별수, 傷身手術, 심신이 산란, 원행.

89. 日支에 歲運, 大運이 刑沖破害가 되면

처와 별거하던가 부부가 이별하던가 죽던가 사랑하는 애인도 떨어진다. 日支가 大運과 破害가 되면 건강이 나쁘거나 가정불화가 발생한다.

90. 時支에 歲運, 大運에서 三合이나 六合이 오면

자식에 기쁨과 경사가 있게 되고 성장한 자식이 있으면 혼인 관계가 이루어진다.

91. 大運과 時支와의 冲

노년기이면 정신상 혼미와 불안정을 의미하고 생활상에도 안정을 못한다. 또 자녀와의 충돌 불화가 있고 자녀와 별거한다. 時支를 대운에서 충하건 流年에서 冲하건 간에 자손의 일로 걱정하는 일 있게 된다. 각종 사고, 반항, 가출 등으로 속썩이는 자식이 있게 된다.

92. 時支冲刑年

계획 중단, 미래불안, 진로를 바꿈, 자식에 근심 현재를 탈출한다.

93. 行運과 日支와의 支合

화합, 협조, 단결, 합작 등의 일이 있다. 타주와의 支合은 그 해당 통변성의 역량이 강해진다.

94. 天廚貴人年

行運에 만나면 진급 영전의 기쁨이 있다.

4. 流年訣

1. 父親運

① 년간이나 월간에 冲되는 운은 흉운.

② 재성이 약할 경우 冲刑이나 死絶墓가 되는 운은 흉운.

③ 비겁이 태왕한 명조는 재성운이 흉운.

④ 재성이 약한데 왕한 비겁운이 흉운.

⑤ 재성이 寒燥가 심한 行運이 흉운.

2. 父亡運

① 사주에 견겁이 강왕한데 유년의 간지가 동일 견겁이면 대운에서 재성운
이고 그 해에 陽胞胎로 財星入墓月에 사망하는 수가 있다.

② 사주에 견겁이 왕한데 대운도 견겁운이고 유년의 干은 재성이고 支는
견겁이고 干支 冲하거나 유년 干과 일간과 相冲하면 이 해에 父亡 아니
면 부친 심히 傷身함을 당한다. 반대로 주중에서 일주는 약하고 재성이
태과하면 加臨 재성운이거나 自坐 재성 入墓, 流年이면 혹 부친 사망수
가 있다.

③ 대운 支와 유년 支가 冲을 하는데 이때 대운 支가 재성일 때 父死亡.

3. 母親運

① 년지나 월지가 冲刑되는 행운은 흉운.
② 인수가 충형이 되면 손재, 사고, 질병, 수술 등의 흉운.
③ 인수가 死絶墓가 되는 해는 흉운.
④ 인수가 태왕해지는 운은 흉운.
⑤ 인수가 寒燥가 심한 운이 흉운

4. 母亡運

① 대운이 흉하고 原局과 運路에서도 財가 왕하고 印이 극제를 심히 받을 때와 반대로 전체에서 印이 도리어 너무 태왕하여질 때.
② 대운이 財운이고 유년의 干은 인수가 되고 支는 印綬入墓가 되면 이해에 母亡수이다.

5. 男便運

① 약한 정관격이나 명조에 정관이 약할 경우 상관운에 남편 극한다. 다만 관살 혼잡이 아니고 인수의 救神이 없을 경우.
② 약한 편관격이나 명조에 편관이 약할 경우 식신운에 남편 극함. 다만 관살 혼잡이 아니고 인수의 구신이 없을 경우.
③ 보통 이하의 역량을 가진 관성이 死絶墓나 冲刑이 될 경우는 남편의 질병, 사고, 사망 등이 있게 된다.

④ 관성이 태왕한 명조는 재성운이 흉운.

⑤ 일지가 충형이 되면 흉운.

⑥ 식상이 왕하고 관성이 없는 명조는 관성운에 남편을 극함.

⑦ 신약하고 재성이 왕한 명조는 관성운이 오면 남편으로 인해 각종 재난과 고난을 당한다.

⑧ 약한 정·편관격이나 명조에 정관이나 편관이 약할 경우 재성운이나 관성운이 오게 되면 남편은 개운발전 한다.

⑨ 관살 혼잡격이나 관살이 혼잡된 명조는 어느 하나를 거하는 운이 길운이다.

6. 妻 運

① 일지가 충형되는 행운은 질병으로 고생하거나 죽을 수도 있다.

② 신왕사주에 비겁 행운이 오면 처의 질환이나 고심이 있고 심하면 상처한다.

③ 명조에 재성이 왕한데 행운에서 또 재성운이 오면 금전과 자녀 문제로 고심, 재성이 아주 약할 때는 관성운이 흉운.

④ 재성의 干에서 행운 지지가 死墓絶이나 冲刑되면 재물과 여자 문제로 재난이 있다.

⑤ 명조에 재성이 행운과 합되면 처는 외정, 외간 남자와 사통하는 수 있다.

⑥ 인수격자는 재성운에 처로 인해 손재와 망신을 당하게 된다. 다만 인수격이 태왕하지 않을 경우와 비겁의 救神이 없을 경우이다.

⑦ 관성이 왕한 명조는 재성운이 오면 처로 인한 재산상의 손실이나 관재구설을 당하게 된다.

⑧ 官弱 사주에 재운을 만나면 처로 인하여 출세한다.

⑨ 약한 재성격이나 財弱사주에 財運을 만나면 처로 인해 재물을 모으게 된다.

⑩ 약한 관성격이나 官弱 사주에 財運을 만나면 처로 인해 직위나 명예를 얻고 매사가 잘 풀려나간다.

7. 子女運

① 남녀 간에 시지를 沖刑하는 운은 흉운.
② 남명은 식상운이 흉운이나 주위 환경에 따라 다르다.
③ 남명은 관성이 사, 묘, 절, 충, 형 되는 운은 흉운.
④ 남명은 관성이 약할 때 인성운도 흉운.
⑤ 남명은 官旺할 때 재성이나 관성운은 흉운.
⑥ 남명은 官弱할 때 재성이나 관성운이 길운이 된다.
⑦ 여명은 편인, 인수운이 흉운.
⑧ 여명은 인성이 태왕할 때 식상운이 오면 자식을 극한다.
⑨ 여명은 식상이 약한데 재성운이 오면 흉운이 됨
⑩ 여명은 식상에 사, 절, 묘나 충, 형이 되면 흉운이다.

8. 兄弟姉妹運

① 신약한 명조가 아닌 한 비겁운에 손재가 있다.
② 신강한 명조가 아닌 한 관성운이 흉운.
③ 비겁이 사, 묘, 절이 되는 운이 흉운.
④ 식상운에 여자 형제 중에서 결혼하거나 자식을 얻는다.
⑤ 관성과 비겁이 합이 되는 행운에 여자 형제 중에서 결혼이 있다. 흉작용

이 되면 실연 등의 상처를 입는다.

9. 試驗運

① 관성운이 喜神이 될 경우 길운.
② 인수년은 특별한 忌神이 아닌 한 길운.
③ 명조에 희신이 되는 운은 길운.
④ 식상이 忌神이 아닌 한 중길운.
⑤ 명조가 탁하게 되는 년은 흉운.
⑥ 재성은 희신이 되지 않는 한 흉운.
⑦ 기타 기신이 되는 년은 흉운.
⑧ 격국 용신과 혼잡이 되는 년은 흉운.
⑨ 인수가 忌神인 해는 불합격 한다.

10. 入試吉運

① 대운이 길하고 유년이 길하면 합격수 있다.
② 대운은 흉하고 유년이 길하면 平吉하니 평범한 학교면 합격수 있으나 욕심 내면 불합격.
③ 대운이 길해도 유년이 대흉하면 小吉하여 불합격되기 쉽다.

11. 學業中斷運

① 대운이 재운이고 유년이 忌神 印綬年이면서 印綬入墓의 년일 때.
② 사주에 재성이 많고 印이 미약하거나 運路에서 加臨財星하거나, 혹은

인수의 해를 만나면 학업이 중지하는 수이다.

12. 榮轉 및 昇進運

① 정관년 길운.
② 정재년 길운.
③ 명조의 희신운 길운.
④ 관성운이 희신될 경우.
⑤ 忌神이 아닌 한 인수년.

13. 移徙運

① 일지나 월지가 충이 되는 년.
② 일간이나 월간을 충하는 년운.
③ 일지와 년지가 支合, 半合, 三合되는 년.
④ 일주를 기준으로 해서 지살이나 역마가 되는 년.
⑤ 行運의 천간은 인수가 되고 지지는 일지와 합이 되는 년.

14. 海外運

① 일주는 합되고 월주는 충이 되는 년.
② 재성이나 관성이나 역마가 일주와 합되는 년.
③ 일지나 시지에 역마 또는 지살이 있으면서 충이 되는 년.
④ 行運의 인수가 일주와 합이 되는 년.
⑤ 월주에 역마나 지살이 있으면서 합이 되는 년.

⑥ 일지나 시지에 역마가 되는 년.

15. 女命姙娠年

① 관성이 合되는 년.
② 식상년.
③ 식상이 충형되는 년.
④ 인수년.
⑤ 인수가 충형되는 년.
⑥ 명조의 時柱와 대운 세운이 연결되어 三合이나 方合되는 운.
⑦ 日支를 포함하여 삼합이나 방합이 되는 年運..

16. 出生子하는 年

① 대운이 흉하고 유년이 흉이더라도 유년 支가 天喜神이거나 일지와 합하는 해가 되면 生子가 된다.
② 대운이 길하고 用貴人 喜貴人 日貴人과 虛空으로 六合하는 해, 혹은 金輿의 년에도 生子가 된다.
③ 남아는 대운이 길하고 유년도 吉年이면 出生子하게 된다.
④ 아들 딸 막론하고 금여년 祿해 암록해 用貴人과 虛로 六合하는 해에 出生子 많다.

17. 官災, 口舌, 訴訟年

① 수옥살년이 흉운.

② 관성이 태과되는 년이 흉운.

③ 관살혼잡되는 년이 흉운.

④ 日支가 三刑되는 년이 흉운.

⑤ 일주와 天冲地冲되는 년.

⑥ 상관운이 와서 정관을 극함이 심할 경우는 상관이 되는 년이 흉운.

⑦ 태왕한데 비겁이 되는 년.

⑧ 忌神이나 仇神이 되는 년.

18. 交通事故 당할 운

① 일지가 희신인데 충이 되는 년.

② 관살이 태왕한데 관살운이 되는 년.

③ 관살혼잡이 되는 년.

④ 일주에 역마나 지살이 동주해 있는데 충형이 되는 년.

⑤ 癸일생 甲寅時生者가 己, 巳, 申 3字 중 어느 한 자가 들어있는 년.

19. 疾病運

① 신약에 편관운은 흉운.

② 六害,刑,羊刃이 되는 운은 흉운.

③ 羊刃이 冲되는 운도 흉운.

④ 격국용신과 冲剋이 되는 운이 흉운.

⑤ 질병의 종류는 忌神이 되는 五行으로 논한다.

⑥ 日干이 流年, 天干과 干合이 되고 日支가 流年支와 刑이 되면 성병에
걸린다.

⑦ 명조에 桃花殺이 있는데 流年支가 刑冲하면 성병에 걸린다.

20. 損財運

① 겁살년.
② 겁재년.
③ 편관년.
④ 재성이 망신년.
⑤ 비겁이 왕한 명조에 재성이 되는 년.
⑥ 명조의 인수가 극을 받음이 심한 해는 각종 매매 건으로 사기를 당하기 쉽다.
⑦ 사주에 비겁이 많은데 또 비겁운을 만날 때.
⑧ 財를 冲破하는 운을 만날 때.

21. 財 運

① 신약하고 재성이 왕한 명조는 신강해지는 년.
② 신강하고 재성이 약한 명조는 재성이 왕해지는 식상이나 재성이 되는 년.
③ 신왕하고 정관이나 편관격이 약할 경우는 왕한 재성운이 오면 재물과 명예가 동시에 생긴다.
④ 신왕하고 재성격이 약한 명조는 재성이 왕해지는 년.
⑤ 體도 보통 이상인데 식신격이나 상관격이 더 왕하여 체보다 用이 더 강할 때는 재성운이 오면 재물이 불어난다.
⑥ 인성이 왕하여 신강하고 어느 격이든 用이 약하여 균형이 맞지 않을 때

는 강한 재성운에 재물이 생긴다.

22. 異性件으로 인한 口舌 亡身運

① 남녀 간에 일간과 합이 되는 년과 亡身이 되는 년.
② 여명은 관살혼잡에 도화가 되는 년.
③ 여명은 재성이 忌神이 되는 년.
④ 남녀 공히 상관이 되는 년.
⑤ 남명은 정재, 편재가 혼잡되는 년.
⑥ 남명은 재성이 망신되는 년이나 겁살년.

23. 貴人 상봉 및 合年

① 금여의 유년에 用貴人月에 연인이 발생하고 此月에 作合하는 일이 있다.
② 用貴人年, 喜貴人年에 연인을 만나면 금여월에 作合하게 된다. 그러나
   이때 금여와 일지가 相冲하면 인연이 좋다가도 此年에 인연이 파탄되
   고 만다.
③ 대운이 길하고 年運이 길하면 이때에도 연인이 생긴다.
④ 사주의 日時에 도화살이나 홍염살이 있는 자는 왕왕 엽색행각이 심하다.

24. 結婚運

① 남녀 간에 喜神이 일주와 합되는 년.
② 도화가 되는 년.
③ 일간만 합되거나 일지만 합되거나 天地德合이 되는 년.

④ 남명은 관성이 일주와 합되는 년.

⑤ 남명은 재성이 일주와 합되는 년.

⑥ 남명은 재성이 약할 경우 재성운이나 식상이 되는 년.

⑦ 남명은 관성이 왕한데 관운이 와서 일주와 합되면 구설이 많은 곡절이 있다.

⑧ 남명의 명조 중 재성, 관성, 식신, 상관이 충형되는 해는 혼사가 될듯 하면서도 잘 안 되는 경우가 많다.

⑨ 여명은 정관년운.

⑩ 여명은 관성이 태왕할 경우 식신 상관년.

⑪ 여명은 월지가 충되는 해.

⑫ 여명은 인수가 되는 해.

⑬ 여명은 관성이 약할 경우에 재성이 되는 년.

⑭ 여자가 乙日生이고 庚年, 丙日生이고 辛年을 만나는 年運일 때 본인의 의사와는 관계 없이 강압 강제적인 결혼을 하게 되거나 전 애인이 나타나서 망신을 당하는 경우가 있는 본의든 타의든 간에 몸을 버리는 경우가 있다. 단 명조가 불량할 경우에 한해서이다.

25. 賣買,文書,新規事業의 運

① 인수가 되는 년에 계약, 매매, 신규사업, 창건, 변동 등이 있게 된다. 길흉의 작용은 인수가 명조에 미치는 영향에 따라 달라진다.

② 역마나 인수가 충형되면 계약 매매사는 구설과 시비가 있게 되고 중요한 서류의 분실 학문상의 장애, 노상에서 각종 물건의 분실 등이 있다.

③ 재성운은 희신이 아닌 한 흉운.

④ 편관년운, 겁재년운, 상관년운에 매매하면 사기 당한다. 도난 분실 수.

26. 日干과 行運과의 爭合이나 鬪合이 될 경우

재물과 이성 문제와 명예 직장 등 신상 문제와 관련한 제반 문제가 일어
난다. 행운에서 정관이 옴으로써 쟁합이 되면 구설, 좌천, 감봉 등의 신상에
불이익이 초래된다. 행운에서 정재투합이 되면 평소에 원만하던 부부 사이
에 금이 가고 외도를 하게 된다. 재물도 나간다.

27. 格局用神과 行運과의 干合

吉神은 흉이 되고 凶神은 길이 된다. 이미 명조에 干合되어 있는데 행운
에서 또 간합운이 오는 것은 보지 않는다. 명조에 타 통변성이 忌神인 경우
행운과 간합되면 길로 변하고, 명조에 吉神이 되는 것이 행운과 간합되면
흉이 된다. 남녀 간에 배우자 통변성이 간합되면 미혼자는 혼사가 성립되
고 기혼자는 이성 문제 건이 발생한다.

28. 內沖과 外沖

干沖중 행운에서 日干을 충함을 外沖이라 하고 일간에서 행운을 충함을
內沖이라 한다. 이 경우 함부로 흉이 된다고 말할 수 없다. 가령 명조에 왕
한 正官格이 구성되어 있는데 外沖이 되어 偏官運이 오면 관살혼잡이 되어
관재 구설, 좌천, 실직, 건강 악화 등의 재난이 겹쳐 오지만 명조에 官星이
라고는 하나도 없을 경우는 미혼 여성은 혼사가 성립되는 즐거움이 있을
것이고, 男命은 취직, 승진, 명예 향상, 각종 출품작의 입선, 각종 선거에 당
선 등이 있게 된다. 內沖의 경우는 女命은 명조 중에 편인이라는 忌神이
있으면 흉을 제거하는 즐거움이 있고 신약한 경우는 돈 문제로 어려움을

겪게 된다.

29. 客死 屍體 집에 온다.

① 命造에 驛馬와 官殺이 있는데 鬼門關殺 歲運을 만나던지 喪門, 弔客殺
이 되면서 合이 되면 객사, 시체 집에 온다.
② 命造에 喪門殺이나 弔客殺,驛馬殺 官殺이 있고 歲運이 官殺運이 되면서
合이 될 때는 객사, 시체가 집에 온다.

十 進 法

數	卦 名	卦　　　　　　意
1	消 息	희소식, 기쁜 일, 기대, 희망, 계획, 가택, 가정, 기지, 생남, 결혼, 이사, 군인, 상복, 대인관계 손해
2	分 離	마음 산란, 남녀문제, 바람, 이혼, 불리, 정리, 청산, 변동, 이사, 부부 파동, 가출, 재산 손해
3	進 出	진취, 용기, 진척, 재물, 발전, 돌파구, 陽日柱 대길, 陰日柱 흉
4	絶 望	되는 일 없다. 암담, 곤경, 불성, 귀신, 관재, 구설, 사기, 도난, 망신, 매사 불길, 자살, 여자로 敗
5	發 動	신규사업, 움직임, 전환, 기회, 자기, 발전, 개업, 확장, 신축, 취직, 합격, 변동
6	財 物	횡재, 이윤, 여유, 조상, 여자는 남자, 관재, 재산권, 남자는 바람, 여자는 파동, 官運
7	貴 人	外華內虛, 협력자, 새로운 돈, 大運, 공명, 승진, 애인, 영전, 존장인, 好人, 노인은 病
8	官 門	관재, 구설, 시비, 취직, 시험, 진급, 영전, 시발, 발동, 산야, 농장, 광업 개발, 여자는 의부증
9	文 書	문서 계약, 서류, 이력서, 바람, 허송세월, 불이행, 가정불화, 형벌, 부동산 매매
0	空 虛	몸이 아픔, 절망, 헛수고, 중단, 달절, 敗, 허망, 무산, 자손 불길, 상복수, 투쟁, 타향, 변동

十進法으로써 年運, 月運, 日運을 볼 수 있다.

● 十進置算法

가령 금년에 37세가 된 사람이 11월 19일생이라면 67數가 年運數요, 7이 年運卦이다. 48數와 8을 참조하여 감평한다.

<table>
<tr><td></td><td>37 歲
+ 11 月
<hr>48</td><td></td><td>37 歲
11 月
+ 19 日
<hr>67……7 貴人卦</td></tr>
</table>

67이 年運數요. 7과 8이 年運卦다. 月運을 보고져 한다면 年運數 67에다 각 달수를 더하여 본다.

67 數 + 1 月 68 …… 8 官門卦	67 數 + 2 月 69 …… 9 文書	67 數 + 3 月 70 …… 0 空虛	67 數 + 4 月 71 …… 1 消息
67 數 + 5 月 72 …… 2 分離	67 數 + 6 月 73 …… 3 進出	67 數 + 7 月 74 …… 4 絶望	67 數 + 8 月 75 …… 5 發動
67 數 + 9 月 76 …… 6 財物	67 數 + 10 月 77 …… 7 貴人	67 數 + 11 月 78 …… 8 官門	67 數 + 12 月 79 …… 9 文書

日運을 보고자 한다면 月運數에다 각 날수를 더하여 본다. 만약 7月의 각 日運을 보려면 7月의 月運數 74를 기준으로 본다.

74 數 ＋ 1 日 75 …… 5 發動	74 數 ＋ 2 日 76 …… 6 財物	74 數 ＋ 3 日 77 …… 7 貴人	74 數 ＋ 4 日 78 …… 8 官門	74 數 ＋ 5 日 79 …… 9 文書
74 數 ＋ 6 日 80 …… 0 空虛	74 數 ＋ 7 日 81 …… 1 消息	74 數 ＋ 8 日 82 …… 2 分離	74 數 ＋ 9 日 83 …… 3 進出	74 數 ＋ 10 日 84 …… 4 絶望
74 數 ＋ 11 日 85 …… 5 發動	74 數 ＋ 12 日 86 …… 6 財物	74 數 ＋ 13 日 87 …… 7 貴人	74 數 ＋ 14 日 88 …… 8 官門	74 數 ＋ 15 日 89 …… 9 文書
74 數 ＋ 16 日 90 …… 0 空虛	74 數 ＋ 17 日 91 …… 1 消息	74 數 ＋ 18 日 92 …… 2 分離	74 數 ＋ 19 日 93 …… 3 進出	74 數 ＋ 20 日 94 …… 4 絶望
74 數 ＋ 21 日 95 …… 5 發動	74 數 ＋ 22 日 96 …… 6 財物	74 數 ＋ 23 日 97 …… 7 貴人	74 數 ＋ 24 日 98 …… 8 官門	74 數 ＋ 25 日 99 …… 9 文書
74 數 ＋ 26 日 100 …… 0 空虛	74 數 ＋ 27 日 101 …… 1 消息	74 數 ＋ 28 日 102 …… 2 分離	74 數 ＋ 29 日 103 …… 3 進出	74 數 ＋ 30 日 104 …… 4 絶望

5. 九宮運勢訣

九宮으로 매년운과 매월운을 보는 것이다.
해설에 앞서 九宮圖表를 잘 살펴보라.

3·4月 退 食	5月 五 鬼	6·7月 親 鬼	3·4月 天 祿	5月 合 食	6·7月 官 印 ●
2月 官 印	一. 天祿 男) 8, 17, 26, 35, 44, 53, 62, 71, 80, 89, 98 女) 9, 18, 27, 36, 45, 54, 63, 72, 81, 90, 99	8월 食 神	2月 退 食	二. 眼損 男) 9, 18, 27, 36, 45, 54, 63, 72, 81, 90, 99 女) 1, 10, 19, 28, 37, 46, 55, 64, 73, 82, 91, 100	8월 徵 破
1·12月 徵 破	11月 合 食 ●	9·10月 眼 損	1·12月 五 鬼	11月 親 鬼	9·10月 食 神

3·4月 眼 損	5月 親 鬼	6·7月 退 食	3·4月 食 神 ●	5月 官 印	6·7月 天 祿
2月 天 祿 ●	三. 食神 男) 1, 10, 19, 28, 37, 46, 55, 64, 73, 82, 91, 100 女) 2, 11, 20, 29, 38, 47, 56, 65, 74, 83, 92	8월 五 鬼	2月 眼 損	四. 徵破 男) 2, 11, 20, 29, 38, 47, 56, 65, 74, 83, 92, 101 女) 3, 12, 21, 30, 39, 48, 57, 66, 75, 84, 93	8월 合 食
1·12月 合 食	11月 官 印	9·10月 徵 破	1·12月 親 鬼	11月 退 食	9·10月 五 鬼

3·4月 徵 破	5月 退 食	6·7月 眼 損	3·4月 五 鬼	5月 天 祿	6·7月 食 神
2月 食 神	五. 五鬼 男) 3, 12, 21, 30, 39, 48, 57, 66, 75, 84, 93 女) 4, 13, 22, 31, 40, 49, 58, 67, 76, 85, 94	8월 親 鬼	2月 徵 破	六. 合食 男) 4, 13, 22, 31, 40, 49, 58, 67, 76, 85, 94 女) 5, 14, 23, 32, 41, 50, 59, 68, 77, 86, 95	8월 官 印
1·12月 官 印	11月 天 祿	9·10月 合 食	1·12月 退 食	11月 眼 損	9·10月 親 鬼 ●

3·4月 合 食	5月 眼 損	6·7月 徵 破	3·4月 親 鬼	5月 食 神	6·7月 五 鬼
2月 五 鬼	七. 親鬼 男) 5, 14, 23, 32, 41, 50, 59, 68, 77, 86, 95 女) 6, 15, 24, 33, 42, 51, 60, 69, 78, 87, 96	8월 退 食 ●	2月 合 食	八. 官印 男) 6, 15, 24, 33, 42, 51, 60, 69, 78, 87, 96 女) 7, 16, 25, 34, 43, 52, 61, 70, 79, 88, 97	8월 天 祿
1·12月 天 祿	11月 食 神	9·10月 官 印	● 1·12月 眼 損	11月 徵 破	9·10月 退 食

3·4月 官 印	5月 徵 破 ●	6·7月 合 食
2月 親 鬼	九. 退食 男) 7, 16, 25, 34, 43, 52, 61, 70, 79, 88, 97 女) 8, 17, 26, 35, 44, 53, 62, 71, 80, 89, 98	8월 眼 損
1·12月 食 神	11月 五 鬼	9·10月 天 祿

1. 天 祿

만사가 대길하여 사업가는 돈을 벌게 되고 직장인은 직위가 오르던지 진급이나 영전하게 되는 행운이 있게 되며 가정주부는 남편과 자녀에 대한 행운과 소망사가 달성되며 학생은 진학과 각종 시험에 기쁨이 있게 된다.

남녀 다같이 미혼자는 귀인을 만나 혼인하게 되든지 기쁨이 있게 된다. 자손액, 교통사고, 운이 들어올 수. 봄가을에 귀인의 도움을 받는다. 남으로 집수리는 하지 말아야 한다. 土工은 불가하다. 윗사람이 귀인이다. 상업상 그리 큰 실패는 없으나 그렇다고 큰 이익도 없다.

어떤 일이고 자기 직업을 가지고 신중하게 다루면 실패가 적다. 계획이나 사업확장은 실패를 보기 쉬우니 경솔한 행동은 삼가라. 병을 주의하지 않으면 오래 끌지도 모른다.

1월, 10월은 식구들의 질병 주의 2월, 11월은 뜻하지 않은 사고가 많은 달로 병이나 남과 다툼이리든가 도적을 당하는 달이니 주의. 3월, 12월은 뜻밖에 재난이나 투쟁 주의 4월은 만사형통 5월은 길한 징조가 있으나 화재 주의. 6월은 여의하다. 7월은 만사 순성 여의하다. 8월은 만사가 지체됨이 있고 금전 주의 9월은 손위 商人에 귀인이 와서 도운다. 대체로 順下한 운이다. 天祿年에는 山神祭 정성이 효험을 많이 준다.

2. 眼 損

대체로 평안한 수이나 몸수가 좀 불리하든지 컨디션이 좀 나쁜 수이다.

공연히 마음이 답답한 일이 있기도 한 수이다. 금전보증, 손재, 쓰리, 이사 불길, 안질, 돈과 재물이 나간다. 금년은 退氣의 해로서 질병과 운세에 변화가 많은 해이다.

1·2·3·6·8·10·11·12월은 다 편안하나 운세가 좀 막히니 새로운 사업은 그만둠이 있다. 직장을 그만두는 사람도 있다. 4·5·7월은 틀어짐이 많고 실패하기 쉬우며 남과 다투는 일이 있고 질병 재난을 조심해야 한다. 眼損年은 여자와 이별을 많이 하는 해. 이별수.

3. 食 神

재수가 좋은 수라 금전회전이 잘 되는 수요, 막혔던 금전 관계나 일에 대하여 서서이 풀리게 되는 좋은 운이 된다. 재수 대통, 대길이다.

연애, 사랑, 사기, 만남의 해, 이별의 해, 무엇이든지 시작을 하는 해, 죽는 해, 기운이 떨어지는 해, 목적이 틀어짐이 많고 고로 번민이 있게 쉽다. 재물과 이익을 얻는 일도 있으나 어떻든 좋지는 않다.

1·2·10·11월은 희망, 소망하는 일이 이루어지고 복과 재물운이 있어서 웃는 일이 있다. 3·4월은 운기가 막히어 예상이 모두 빗나가는 달이다.

5월은 길조가 비추었으니 이동, 개발운 이익이 있고 자리 변동해서 웃는 달. 개업하는 달. 6·7월은 운기가 막히어 희망이 중간에 끊어지니 매사에 주의할 것. 8월은 운이 있고 발전하는 달로 생각대로 진행을 하여도 길한 달이다. 9월은 만사가 좋지는 않으니 병을 주의하고 병문안과 상가집 출입을 주의. 12월은 준비하는 달로 귀인을 만나면서 좋은 소식을 듣는 달이다.

4. 徵 破

몸수가 불길하고 구설수가 있겠으니 조심하여야 할 운수이다. 현상 유지에 힘쓰고 절대로 타인과 다투지 말아야 한다. 백사 부진, 관재 구설, 삼재가 든자는 옥중 생활, 도둑 조심, 문서 변화, 금전 출납이 심하고 새로이 시작하는 해이다. 운기는 왕성하나 5·6·7·8월 하절기에는 운기가 불길하니 매사를 자로 재듯 차근함이 좋은 달이다. 식중독 생일 음식, 제사 음식 주의를 할 것. 1월은 생각지 못한 일 의외로 복과 운이 좋은 달로 희망을 갖는 달이다. 2월은 운기는 좋으나 생각대로 되나 그 반면에 흩어짐이 많고 도둑, 도난, 사기, 질병에 주의하고 노상 실물수를 특히 조심하라. 3월은 상서로운 징조가 보이니 귀인이 나타나서 희망을 주고 운기가 발전되는 달이다. 윗사람의 말을 잘 들어야 좋다. 4월은 십중팔구는 성공, 개업, 이전, 緣談, 사랑, 결혼하는 달로 증권에 손을 대도 무난하다.

5. 五 鬼

五鬼방향의 인간으로 손재나 괴로움을 당하게 되는 수요, 시비구설을 조심하여야 할 운수이다. 질병과 손재가 아니면 시비구설이 따르게 되는 나쁜 운이다. 사업 손해, 관재 조심, 병을 앓고 있는 사람은 사망률이 높은 해이니 주의, 범법 행위 말고 직분을 지키고 욕심내지 않으면 무사 평온한 해이다.

1·2·10·11월은 장애는 없으나 질병, 도난, 쟁투를 조심.

3·4·5·6월은 좋은 일이 있어 길조라 귀인이 나타나서 慶福을 얻어 만사가 성공하는 달이다. 7·8월은 만사가 출행함이 좋다. 타도, 타국, 왕래하며 큰 이익을 얻는 달이니 동서 팔방에 왕래함이 좋다. 받을 돈이 있는 사람은 찾아가서 받게 된다. 9월은 만사가 흉하니 구설, 쟁투, 실물 등을 주의해야 된다.

6. 合 食

문서에 빛을 얻을 수요, 재수에도 행운이 있을 수이다.

관리는 진급이나 영전수가 있고 사업가는 매매에 기쁨이 있게 되고 사업이 점점 발전하게 되겠다. 만사형통, 대길 生氣의 해이다. 운세 양호하니 길사 중중하고 혼담, 금담, 개업, 이전, 분가, 창업 사업을 확장하고 신축공사 하며 집짓는 해이다.

1·2·10·11월은 금전상 모든 일에 마음먹은 일이 뜻대로 되는 달이다. 3·12월은 만사가 불리 조심해야 한다. 4·5·6·7·8월은 하늘에서 귀인을 주는 달이니 운은 발전하는 달. 9월은 무슨 일이든지 서두르지 말것. 운을 받는 해다.

7. 親 鬼

사업에 투자하면 적자에 후회할 운이며 남녀를 막론하고 이성 관계를 조심할 수이며 타인과 동업을 하게 되면 손재나 실패수가 있다. 친구나 친척의 근심과 손재도 있을 수요, 입조심할 수이다. 질병, 재난, 선조 영혼, 풍파, 여자는 胎氣 위험, 몸이 아프다. 신경통, 월경불순, 관절염 등을 주의하는 해, 생기의 해, 귀인의 해, 힘차게 나아가면 승리 재판 승리.

1·2·10·11월은 운이 좋고 복도 좋고 식구도 늘린다. 3·12월은 운기 쇠약 만사 주의하고 집수리 하지 말것. 4·5월은 복록, 발전, 이익 있다. 6월은 몸조심, 교통사고, 병을 주의. 7·8월은 행복도 있고 재운도 발전, 만남과 횡재수 9월은 매사가 흉하니 개업, 이전, 변동 변화함이 안 좋다. 서두르지 말것.

8. 官 印

대개 상복수 질병수가 많고 官印方으로 출행하면 다친다던가 질병으로 한때 고생하는 수가 많고 문병이나 조문을 가게 되면 해로움이 있어 탈이 있게 된다. 깜짝 놀랄 수.

취직, 승진, 三災가 든 여자는 胎氣, 문서를 잡으라. 관록, 합격 등이 있고, 조상으로 돈을 쓴 일이 생기는 해. 팔방이 막히었다가 신변에 변화로써 차차 좋은 운으로 향한다. 신축, 사업, 개점, 혼담 등은 하지 말라.

1·2·3·4·5·6·10·11·12월은 운기가 평온, 평평, 생기가 있는 달이다. 이익과 이윤이 있으니 서두르지 말라. 7·8·9월은 운기가 약한 달이니 송사 문제, 부부 싸움, 자손에 환난 등을 주의 하는 달. 상문살을 잘 풀고 예방하라.

9. 退 食

금전거래나 사업 투자에 손해를 보게 되며 또는 이운에서는 이상스럽게

사주 명리학의 핵심

도 금전운에 액운이 있게 되며 교통사고를 조심할 운이다. 그리고 공연히 넘어져서도 손이나 발목을 삐는 수도 있다.

退食方으로 이사나 출행을 하게 되면 크게 불길하다. 이사, 직장 변동, 외국 원행, 사업 변동, 원 여행 금지, 임신, 자궁 수술, 종양 수술, 산후에 생기는 잡병, 만사가 退氣이다.

1·2·10·11월은 뜻대로 되지 않으니 실패수요, 부도를 당하는 달로 주의하라. 3월은 평온한 달이니 몸수는 주의하라. 4·5월은 서두르지 말고 굳은 의지로 기다리라. 6·7·8·9월은 가장 좋은 달이다. 자중하여 좋은 운수를 타고 이득, 명예를 얻기에는 노력함이 제일이다. 다만 질병을 조심하시라. 正月에 홍수 액막이를 해줌이 좋다.

生男生女見法

1. 生男生女預知訣

홀수면 陽이요, 짝수면 陰이라. 父母의 年齡 奇數 偶數의 여부와 入胎月의 奇數 偶數의 分別로써 본다.

父의 年齡	母의 年齡	胎月數	生男生女
陽	陰	陽	生男
陽	陽	陰	生男
陰	陽	陽	生男
陰	陰	陰	生男
陽	陰	陰	生女
陰	陰	陽	生女
陰	陽	陰	生女
陽	陽	陽	生女

2. 生男生女豫測法

$$49 + 受胎月數 - 母年齡 + 19 =$$

單數면 生男이요, 雙數면 生女한다. 만약 男이 변하여 女가 되면 三五에 入黃泉한다.

$$임산부\ 나이 + 1 + 入胎月 \div 3 =$$

1이면 生男하고 2면 生女한다. 3이면 男女間에 불길하고 男女가 바뀌어 生하면 不具거나 短命한다.

3. 淸宮珍藏生男育女豫算表

入胎月 女 性	正月	二月	三月	四月	五月	六月	七月	八月	九月	十月	十一月	十二月
18세	女	男	女	男	男	男	男	男	男	男	男	男
19세	男	女	男	女	女	男	男	男	男	男	女	女
20세	女	男	女	男	男	男	男	男	男	女	男	男
21세	男	女	女	女	女	女	女	女	女	女	女	女
22세	女	男	男	女	男	女	女	男	女	女	女	女
23세	男	男	女	男	男	女	男	女	男	男	男	女
24세	男	女	男	男	女	男	男	女	女	女	女	女
25세	女	男	男	女	女	男	女	男	男	男	男	男
26세	男	女	男	女	女	男	女	男	女	男	男	女
27세	女	男	女	男	女	女	男	男	男	男	女	男
28세	男	女	男	女	女	女	男	男	男	男	女	女
29세	女	男	女	女	男	男	男	男	男	女	女	女
30세	男	女	女	女	女	女	女	女	女	女	男	男
31세	男	女	男	女	女	女	女	女	女	女	女	男
32세	男	女	男	女	女	女	女	女	女	女	女	男
33세	女	男	女	男	女	女	女	男	女	女	男	男
34세	男	女	男	女	女	女	女	女	女	男	男	女
35세	男	男	女	男	女	女	男	女	女	男	男	女
36세	女	男	男	女	男	女	女	女	男	男	男	女
37세	男	女	男	男	女	男	女	女	男	女	男	男
38세	女	男	女	男	男	女	男	女	女	女	男	女
39세	男	女	男	男	男	女	女	男	女	男	女	女
40세	女	男	女	男	女	男	男	女	男	女	男	女
41세	男	女	男	女	男	女	男	男	女	男	女	男
42세	女	男	女	男	女	男	女	男	女	男	女	女
43세	男	女	男	女	男	女	男	女	男	男	男	女
44세	男	男	女	男	男	男	女	男	女	男	女	女
45세	女	男	男	女	女	女	男	女	男	女	男	男

第五章

1. 身測趨避法

● 육폐법(肉吠法)

살이 발발 떨리는데 증험하는 법이다.

子 時	웃어른이 옴에 만사가 길하다.
丑 時	뜻밖의 경사가 이른다.
寅 時	구설로 인하여 흉한 일이 이른다.
卯 時	재물을 얻으니 일마다 여의하다.
辰 時	내 말을 좋게 하면 도리어 흉함을 보리라.
巳 時	벗을 만나면 크게 길하리라.
午 時	마음을 실수하면 일마다 불길하다.
未 時	재물을 얻으니 몸과 일이 대길하다.
申 時	구설을 당하여 서로 풀면 길하다.
酉 時	재화가 이를 것이니 필경 손재하리라.
戌 時	멀리 행함에 길한 사람을 만나리라.
亥 時	성사의 징조는 필경 길하리라.

● 심경법(心驚法)

마음이 놀라는데 증험하는 법이다.

子 時	여자로 말미암아 대길하다.
丑 時	악하고 이롭지 못한 일이 있다.
寅 時	손이 와서 음식으로 크게 즐긴다.
卯 時	잔치를 함에 빈객이 오다.
辰 時	모여 의논함에 만사가 대길하다.
巳 時	부인이 어짐에 기쁜 일이 중하다.
午 時	주식(酒食)으로 크게 즐긴다.
未 時	부인이 어지니 대길하다.
申 時	재물이 오고 크게 기쁘니 걱정없다.
酉 時	경사의 일이 있어 크게 길하다. 소식이 오니 대길하다.
戌 時	높은 사람이 와서 크게 길하다. 귀인이 와서 길하다.
亥 時	악한 사람이 와서 크게 흉하다.

● 이명법(耳鳴法)

이명법은 귀가 윙윙 우는데 증험하는 법이다.

子 時	왼편은 여자 생각이니 외도를 삼가고, 오른편은 손재니 주의하라.
丑 時	왼편은 구설이니 말조심하고, 오른편은 송사수가 있다.
寅 時	왼편은 손재니 주의하고, 오른편은 마음이 급하다.
卯 時	왼편은 힘들고 불우하며, 오른편은 객(客)이 온다.
辰 時	왼편은 원행이요, 오른편은 객이 이른다.
巳 時	왼편은 흉사가 있고, 오른편은 대길하다.
午 時	왼편은 먼 소식 듣고, 오른편은 친한 사람이 온다.
未 時	왼편은 술과 밥이니 잔치에 참여하고 오른편은 사람이 온다.
申 時	왼편은 행인이요, 오른편은 기쁜 일이다.
酉 時	왼편은 실재(失財)요, 오른편은 대길하다.
戌 時	왼편은 술과 음식이요, 오른편은 손이 온다.
亥 時	왼편은 대길하고, 오른편은 주식(酒食)이다.

● 견폐법(犬吠法)

견폐법은 개가 짓는데 증험하는 법이다.

子 時	주부가 불시에 다툴 일이 생긴다.
丑 時	마음이 근심이 있으니 불길한 일이다.
寅 時	대개 득리(得利)하고 크게 길하다.
卯 時	큰 일을 경영함에 재물을 얻고 대길하다.
辰 時	재물의 기쁨이 크고 형통대길하다.
巳 時	친한 사람이 오거나 기다리는 사람의 소식이 온다.
午 時	술과 음식을 갖춘 연회니 길하다.
未 時	처자식이 죽거나 불길하니 흉하다.
申 時	집안에 소구(小口)의 흉함이 있다.
酉 時	벼슬에 오르거나 복록을 더하니 대길하다.
戌 時	구설이 있고 재앙을 부르니 흉하다.
亥 時	관재구설 시비가 있다.

● 오작조법(烏鵲噪法)

오작조법은 까마귀나 까치가 지저귀는데 증험하는 법이다.

子 時	의외에 사람이 와서 크게 길하리라.
丑 時	크게 기쁨에 허사도 또한 길하다.
寅 時	송사를 당하여도 반드시 득성(得成)하리라.
卯 時	재물을 얻어 날로 기뻐하리라.
辰 時	떠난 사람이 다시 옴에 집안이 기쁘다.
巳 時	기쁜 일이 날로 이르리라.
午 時	병세가 위중하나 신(神)이 와서 도우리라.
未 時	집안에 기르는 짐승을 잃으니 뜻밖에 흉하다.
申 時	길한 징조가 있으니 필경 기쁨을 보리라.
酉 時	북방으로부터 불안한 일이 있으리라.
戌 時	재물을 얻고 일도 길하리라.
亥 時	관사(官事)가 있으니 구설로 인함이라.

● 오작지음법(烏鵲知音法)

오작지음법은 烏鵲噪法과 같은 것이긴 하나 방위와 시간을 맞춰서 본
다는 점이 다르다. 우리들이 사는 주변에서는 까마귀나 까치가 운다. 자기
의 거처에서 백보 이내는 자신이나 식구들 문제요, 백보 이외는 타인의
문제니 볼 필요가 없다.

時 間 方 位	寅卯時	辰巳時	午 時	未申時	酉 時
東　方	膳 物	風 雨	是 非	不 吉	官 事
東南間	口 舌	女 人	客 來	凶 信	弔 問
南　方	吉 事	招 請	口 舌	遠 信	友 來
西南間	吉 事	招 請	不 安	風 雨	招 請
西　方	待 人	是 非	膳 物	吉 事	客 來
西北間	酒 食	貴 人	酒 食	客 來	尋 物
北　方	口 舌	客 來	家 畜	失 物	病 苦
東北間	病 苦	友 來	膳 物	客 來	病 苦

● 이열법(耳熱法)

이열법은 귀가 화끈화끈한데 증험하는 법이다.

子 時	중이 와서 일을 서로 의논하니 길하다.
丑 時	기쁜 일이 몸에 임함에 대길하다.
寅 時	주식(酒食)이 있어 서로 모여 즐긴다.
卯 時	먼데 사람이 옴에 대길하다.
辰 時	정신이 쾌락하여 옛일을 기록한다. 옛날 사람을 만날 수다.
巳 時	손재수가 있어 일에 이롭지 못하다.
午 時	기쁜 일이 있어 사업 대길하다.
未 時	손이 와서 내게 구함이 있다.
申 時	주식이 있어 서로 즐거움을 본다. 애인을 만날 수다.
酉 時	여자로 하여금 혼인을 맺게 한다.
戌 時	구설 송사를 겪는다.
亥 時	송사로 인한 구설을 듣는다.

● 안도법(眼跳法)

안도법은 눈이 발발 떨리는데 증험하는 법이다.

子 時	왼편은 귀인을 만나고, 오른편은 술과 음식이 있다.
丑 時	왼편은 술과 음식이 있거나 근심이 있고 오른편은 실물수나 인사(人思)가 있다.
寅 時	왼편은 귀인이나 먼 곳 사람이 오고 오른편은 기쁜 일이 있다.
卯 時	왼편은 귀인이 오고, 오른편은 화길(和吉)함이 있다.
辰 時	왼편은 손이나 먼 데 사람이 오고, 오른편은 손재한다.
巳 時	왼편은 음식이 있고, 오른편은 흉악함을 본다.
午 時	왼편은 먼곳에 볼 일이 생기거나 술과 음식이 있다. 오른편은 흉사가 있다.
未 時	왼편은 길창(吉昌)하고, 오른편은 좋은 일을 보거나 소손(小損)함이 있다.
申 時	왼편은 재물을 얻거나 시상(時相)함이 있고 오른편은 기쁜 일이 있다.
酉 時	왼편은 귀한 손님이 오고, 오른편은 연인을 만나거나 친한 사람이 온다.
戌 時	왼편은 술과 음식을 즐기거나 시상(時相)함이 있고, 오른편은 연인이나 벗과 즐긴다.
亥 時	왼쪽은 귀한 손님을 만나고, 오른편은 시비가 있다.

● 의류법(衣留法)

의류법은 누군가가 뒤에서 옷을 당기는 듯한 느낌일 때 증험

子 時	남자는 주식(酒食)이요, 여자는 부모의 일이다.
丑 時	주로 근심이 있으니 파재(破財)의 일이다.
寅 時	부모에 근심할 일이 있으니 흉하다.
卯 時	벗을 만나 술과 음식을 함께 하니 길하다.
辰 時	자신이 깨뜨리니 재물에 걱정이 있다.
巳 時	주로 여인이 바깥으로 마음이 있으니 흉한 일이다.
午 時	먼데 사람이 이르니 재물 취득에 길하다.
未 時	피를 볼 일이 있으니 사고를 주의하라.
申 時	재물을 크게 얻으니 길하도다.
酉 時	누군가가 오니 파재(破財)요, 대흉하다.
戌 時	송사를 함에 좋은 사람을 만나면 대길하다.
亥 時	주로 재물취득의 얘기를 나누니 크게 길하다.

● 체분법(嚔噴法)

체분법은 갑자기 재채기 할때 증험하는 법이다.

子 時	좋은 친구를 만나거나 잔치에 초대된다.
丑 時	집안 사람의 일을 성공시키니 부인과 함께 기뻐한다.
寅 時	여자의 술시중과 음식 대접을 받는다.
卯 時	재물을 얻고 물건을 얻으니 대길하다.
辰 時	종일토록 술과 음식이 있으니 대길하다.
巳 時	좋은 사람과 사업계획을 이야기하니 대길하다.
午 時	먼데 손님과 우연히 만나서 술과 음식을 즐긴다.
未 時	술과 음식이 있고 사업장을 들러보니 좋은 일이다.
申 時	꿈자리가 무섭고 음식의 맛이 없고 불안하다.
酉 時	부인이나 자손들과 일을 묻고 상의하면 좋다.
戌 時	부인이나 애인을 만날 생각하니 뜻이 화락하다.
亥 時	깜짝 놀랄 일도 도리어 좋게 되니 만사 대길하다.

● 부명법(釜鳴法)

부명법은 솥이 우는데 증험하는 법이다.

子 時	육축(六畜)을 기르는데 평안 대길하다.
丑 時	집이 편하고 부귀하니 크게 길하다.
寅 時	집안에 흉론(凶論)의 일이 있다.
卯 時	손님이 이르니 재화(災禍)와 흉하다.
辰 時	재물을 얻으니 대길하다.
巳 時	재물이 몸을 따르니 대길하다.
午 時	관재 시비가 있다. 도액하면 길하리라.
未 時	흉화(凶禍)의 일이 있으니 대흉하다.
申 時	원행하는 사람이 이르니 길하다.
酉 時	좋은 사람이 돌아오니 대길하다.
戌 時	주식 연회(酒食宴會)가 있으니 길하다.
亥 時	관재 시비가 있으나 정당한 이치만 있다면 길하리라.

사주 명리학의 핵심

● 화일법(火逸法)

화일법은 불을 피우는데 불이 펄펄 튀는데 증험하는 법

子 時	처가 외심(外心)이 있으니 불길한 일이다.
丑 時	여자의 심신이 님에게 향하니 불길한 징조다.
寅 時	재백(財帛)이 있으니 평안 대길하다.
卯 時	재백을 얻어 형통할 징조니 길하다.
辰 時	근심이 있으니 불길한 징조다.
巳 時	길한 징조니 주식(酒食)을 만나리라.
午 時	관사(官事)가 있으니 대재(大災)의 징조다.
未 時	재물이 있으니 서로 기쁨을 얻을 징조다.
申 時	재백이 있으니 서로 얻을 징조다.
酉 時	재앙이 있으나 흉이 변하여 갚음의 징조이다.
戌 時	근심하는 가운데 이치를 얻을 징조다.
亥 時	몸에 질병이 있으나 해롭지 않으니 길하리라.

● 면열법(面熱法)

면열법은 얼굴이 괜히 화끈화끈할 때 증험하는 법.

子 時	기쁘고 길하며 주로 재물에 길하다.
丑 時	주로 번거로운 생각이 있고, 근심할 일이 있다.
寅 時	먼데 손님이 찾아와 만나니 길하다.
卯 時	주식(酒食)이 있거나 벗이 오니 길하다.
辰 時	먼데 사람을 서로 만나니 길하다.
巳 時	중요한 일로 서로 만나니 대길하다.
午 時	인척인이 와서 서로 만나니 대길하다.
未 時	송사가 있으니 구설 시비로다.
申 時	높은 사람을 만나 얘기를 나눈다.
酉 時	높은 사람이 와서 얘기를 하니 길하다.
戌 時	주식(酒食)이 있고, 스스로 보내는 일이다.
亥 時	관재, 시비, 구설이 불길한 일이다.

2. 家宅 二十四方論

子方 : 하수구 기타 오물처가 있으면 집주인에게 위장병이 있거나 가족 중
에 정신병자가 생긴다. 神佛을 모시는 것은 길하고, 대문 점포는 불
길하다. 샘이 있으면 가내 도적, 실물수가 있고, 변소가 있으면 도적
이 난다. 마굿간이 있으면 실물수가 생긴다.

癸方 : 오물처가 있어도 괜찮고 장독대나 변소가 있어도 길하다.

丑方 : 부엌이 있으면 가정에 풍파가 끊이지 않고 오물처가 있으면 환자가
생긴다. 창고가 있어도 불길하다.

艮方 : 부속 건물이 있거나 달아나간 칸수가 있으면 병자가 생긴다. 神佛을
모시면 화재가 난다. 샘이 있으면 다리 불구자가 난다. 마굿간이 있
으면 질병이 끊이지 않는다.

寅方 : 변소나 오물처가 있으면 집주인이 중풍병에 걸리고 상속자에게도
재액이 있다. 창고가 있어도 불길하다.

甲方 : 달아나간 칸수가 있으면 귀한 자녀를 두어 가문에 영화가 있다. 대
문, 변소, 우물이 있어도 길하다.

卯方 : 본가보다 높은 집이 있으면 타인으로부터 박해와 손재수가 있다. 대
문, 창고, 변소가 있어도 불길하다. 샘이 있으면 가내 귀인이 난다.
변소가 있으면 귀머거리나 다리, 혹은 발 불구된다. 마굿간은 대길

하고 돼지우리나 개집이 있으면 크게 창성한다.

乙方 : 부엌이나 우물이 있으면 대길하고 들어간 칸수가 있으면 금전의 낭비가 많다. 대문 변소는 길하다.

辰方 : 신불을 모시면 대길하고 부엌이나 하수구가 있으면 가정이 불화하다. 변소는 부귀한다. 마굿간은 대길하고 돼지우리나 개집이 있으면 번창한다.

巽方 : 목욕실이 있으면 가내에 流産이 있고 변소가 있으면 화류병자가 생긴다. 신불을 모시면 길하다. 샘이 있으면 가내 부귀한다. 특히 변소가 있으면 자손이 많다. 마굿간은 우마가 대성한다.

巳方 : 부엌, 우물, 변소 등이 있어도 지장이 없다. 창고도 좋으나 본가보다 높아서는 안 된다. 대문도 길하다. 샘이 있으면 가내 자손이 많다. 변소가 있으면 장수한다. 돼지우리나 개집이 있으면 왕성한다.

丙方 : 정원이 있으면 길하고 수목은 본가보다 낮아야 좋다.

午方 : 변소, 오물처가 있으면 불량자가 나오고, 낮은 수목이 있으면 대길하다. 우물이나 하수구가 있으면 눈병이 생긴다. 대문도 불길하다. 샘이 있으면 가내 맹인이 난다. 변소가 있으면 맹인과 불효자가 난다. 마굿간은 부귀한다.

丁方 : 하수구가 있으면 주색으로 패가하는 자가 난다.

未方 : 신불을 모시면 대흉하고 오물처가 있으면 불구가 생긴다. 샘이 있으면 한쪽 눈이 보이지 않는다.

坤方 : 하수구나 변소가 있으면 주인이 위장병에 걸리고 주부가 자식을 낳지 못한다.

申方 : 들어간 칸수가 있으면 처자에게 불길하다. 샘이 있으면 귀인의 도움을 받는다. 변소가 있으면 관재가 끊이지 않는다. 마굿간이 있으면 손재가 끊이지 않는다.

庚方 : 하수구, 변소, 목욕실이 있어도 좋다. 신불을 모시면 가정이 번영한
　　　 다.

酉方 : 오물처가 있으면 딸이 가출한다. 대문, 변소도 불길하다. 변소가 있
　　　 으면 벙어리가 난다. 마굿간은 우마의 병이 끊이지 않는다.

辛方 : 들어간 칸수가 있으면 여자가 부정을 범한다. 변소는 길하다.

戌方 : 오물처가 있으면 주인이 병신이 되거나 남과 시비하는 일이 많다.
　　　 우물, 창고는 길하다.

乾方 : 신불을 모시면 대길하고 본가보다 높은 창고나 부속 건물이 있으면
　　　 만사가 형통한다.

亥方 : 우물, 목욕실, 변소 등이 있으면 길하고, 창고나 부속 건물이 있으면
　　　 가운이 왕성한다. 샘이 있으면 가내 관재가 끊이지 않는다.

壬方 : 부엌, 우물, 변소 등이 있으면 좋다. 기타 오물처가 있어도 무방하다.

● 便所의 吉凶

1. 東南에 있으면 활동력 감퇴 정신계통 병을 암시한다.

2. 東에 있으면 후계자의 혜택운 발전하는 상이다.

3. 南에 있으면 문서의 과실, 생각 차이, 실패를 암시한다.

4. 南西에 있으면 고독하며 과부되기 쉽고 역난 재화의 흉상이다.

5. 西에 있으면 자손운에 해가 있고, 불화 쟁론을 암시한다.

6. 西北에 있으면 가정을 이끄는 데 미약하고 심신이 불안정하며 뇌일혈
　　에 걸리기 쉽다.

7. 北에 있으면 가정적으로 좋지 않고, 자손운이 불량하며 부하의 운세가
　　끊어지고, 곤란하고 병약한 상이다.

8. 東北에 있으면 큰 변화 흉재 변란이 있고 여의치 않으며 쓸데없는 출입

사주 명리학의 핵심

이 많다.

9. 東西南北 四正을 중심 15°를 피하고 東南, 西北, 南西, 東北 四隅는 중심 30°를 피해야 길상이 된다.

10. 寅方에 있으면 가장이 중풍에 걸린다. 坤方에 있으면 주인이 위장병에 걸린다.

● 窓門의 吉凶

1. 東쪽에 있으면 원하는 일이 성취되는 길상이다. 화순하고 편안하고 고요함을 장악할 수 있다.

2. 東南方 구석에 창문을 내면 가업이 번창한다.

3. 南쪽 창문은 길상이다. 마음이 건전하며 지식이나 명예를 얻는 상이다.

4. 西南쪽 구석에 창문을 내면 질병 재난에 걸리고, 부인은 생리불순 등 산부인과 병에 걸린다. 유순하고 온화할 수 있다.

5. 西쪽에 창문을 내면 여자로 인한 구설로 재물이 흩어진다.

6. 西北의 구석에 창문을 내면 도둑, 화재를 만나고 윗사람의 걱정거리가 있다.

7. 북쪽으로 창문을 내면 눈병이 생긴다.

8. 東北 구석에 창문을 내면 가운이 쇠한다.

9. 창문은 지나치게 많아도 나쁘다.

10. 창문이 없는 방은 질병에 걸려 일찍 사망한다.

● 階段의 吉凶

1. 집 중앙에 있으면 가정 주인이 병에 걸리기 쉽다.

2. 西方에 있으면 구설, 쟁론 등 흉상을 암시한다.
3. 西北에 있으면 주인에게 두통병이 발생할 우려가 있으며, 기타는 일체 무난한 방위라 하겠다.

● 大門의 吉凶

1. 北西門은 수명이 길고 복을 초래하는 길상이니 소망성취 가운이 번창한다.
2. 東南門은 명랑하고 번영 발달을 암시하는 상이니 소망성취 가운 번창한다.
3. 東門은 東南에 다음 가는 상이다. 상속인에게 장애가 있으며 색정으로 패망하기 쉽다.
4. 南門은 영원히 창성하고 길한 상이며 안살림살이가 좀 고되다.
5. 北門은 병이 속출하고 실패가 많은 상이다. 北의 음기를 받아서 가운이 쇠해진다.
6. 西門은 여자가 주장하며 직업이 좋고 일반적으로 길상이다. 상속인에게 남자를 얻을 수 없음이 나쁜 점이다.
7. 南西門은 질병이 계속되는 좋지 못한 상이다.
8. 東北門은 변화의 암시가 있고, 좋고 나쁨이 교차함으로 피함이 좋다. 鬼門方이라 하여 악귀가 왕래하는 흉상이다.
9. 두 집 대문이 일선상에 똑바로 마주보면 어느 한쪽 집이 쇠하니 이런 대문은 흉하다.
10. 대문은 사방 네 구석을 비켜서 세우는 것이 길상이다.
11. 대문의 방위는 길상인데 길안이 막힌 곳은 흉하다.
12. 남쪽의 한쪽으로 붙은 문은 화난의 상이라 눈에 이상이 있다.

13. 동쪽 길을 마주보며 막힌 대문이면 상속인의 장애가 있다.

14. 흘러가는 냇물이나 성문, 절, 교회 등과 마주보고 있는 대문은 병색이 낳고 오래오래 서주하시 못한다.

15. 남쪽 길을 마주보며 막다른 길의 대문이면 재산이 흩어지며 윗사람의 장애가 있다.

16. 서쪽 길을 마주보며 막다른 길의 대문이면 처에 장애가 있고 구설 손재 하는 일이 있다.

17. 북쪽 길을 마주보며 막다른 길의 대문이면 水難이나 風災로 손실을 입는다.

18. 대청 마루를 중심해서 현관 중심선에 걸리는 방위에 대문이 있고, 방향 도 똑같으면 흉하다.

● 沐浴湯의 吉凶

1. 東에 있으면 길상이다.

2. 東南에 있으면 가장 이상적이다.

3. 南에 있으면 심장병에 걸리기 쉽고 눈병, 구역질병 등이 생기고 윗사람 의 근심이 많다.

4. 南西에 있으면 주부에게 좋지 않은 영향이 있다. 혈압증이나 위장병이 생긴다.

5. 西에 있으면 길하지도 않고 흉하지도 않는 상이며 여자로 인한 구설이 있다.

6. 西北에 있으면 재물을 흩는 상이니 금전의 손실이 많이 생긴다.

7. 北에 있으면 제일 흉하고, 자손에 영향이 있고, 정신 이상자가 나오는 상이며, 의부증 의처증으로 부부 간에 불화한다.

8. 東北에 있으면 불치병 요통 소화기 질환의 나쁜 상이며 습진 수족에
   병이 많이 생긴다.

● 울타리 · 담의 吉凶

1. 울타리나 담은 집보다 높으면 흉상이다.
2. 통풍이 잘 되는 수수깡, 싸리, 탱자나무 울타리나 담은 좋다.
3. 바람이 통하지 않는 담은 낮아야 한다.
4. 높은 담이라도 집터가 네모 반듯하고 넓은 경우에는 흉상이 아니다.
5. 요철이 심한 택지일수록 담은 낮은 편이 길상이다.
6. 담이 높으면 사람들의 성격이 명랑하지 못하며 항시 자기를 나타내기
   를 싫어하는 사람이 되며 비밀 유지를 위한 상이며 또 도난에 걸리기
   쉬운 경향이 있다.
7. 울타리나 담이 집벽과 일부가 붙어 있는 집의 담일수록 낮아야 한다.
8. 대산업적 건축시는 담이 높고 비밀적이어야 한다.
9. 은행이나 금고 건축시는 담이 견고하고 장중하게 의지할 수 있는 것이
   길한 상이다.
10. 음식점과 대합실은 담에 아치에 풍부한 것이 비교적 길상이다.

● 樹木의 吉凶

1. 집의 사방에 매화나무가 있으면 색정으로 재산을 없앤다. 뜰 안에 복숭
   아 나무가 있으면 자식이 바람난다.
2. 집 가까이에 東北이나 西南方에 거목이 있으면 흉하다.
3. 홰나무, 대추나무, 감나무, 대나무 등은 어디에 있든지 길하다. 특히 홰

나무는 그 집에 잡귀의 접근을 막아주는 수호목이다.

4. 우물가에 오동나무가 있으면 흉하고, 구기자 나무가 있는 것은 길하다.

5. 사철나무는 아무데나 심어도 길하다.

6. 집터가 넓고 담장이 낮을 경우 큰 나무는 北이나 西, 北西方에 있는 것이 길하다.

7. 향나무는 담장을 따라 심는 것이 길하다.

8. 파초나 소철 등은 적게 있는 것은 무방하나 많이 있으면 흉하다.

9. 라일락, 장미, 국화 등의 화초목은 어디든지 길하다.

10. 北西方에 있는 거목은 비록 집 가까이 있더라도 벌목해서는 안 된다. 주인에게 변괴가 생길 우려가 있다.

11. 北에 거목이 있으면 상속이 순조로운 길한 집이 된다. 홰나무가 北쪽 담장에 쭉 늘어진 집도 대길하다.

12. 北東에 매화를 많이 심은 집에서는 대 문장가가 나오기 쉽다.

13. 東에 벚꽃나무, 매화나무, 버드나무, 소나무 등은 한그루 정도 심으면 길상이다. 그러나 벚꽃나무, 버드나무를 너무 집 가까이 심은 데가 담장이 높고 집터가 좁으면 길한 나무 구실을 못한다.

14. 南東에 매화, 대추나무가 있으면 길하고 자양화를 심어도 좋고 오동나무, 뽕나무도 거리가 알맞으면 길하다.

15. 南에 소나무, 오동나무 한 그루 정도가 길상이다. 어떤 수종이든 남쪽에는 거목은 심지 않는 것이 좋다.

16. 南西에 구기자, 대추나무, 목단, 작약, 매화 등은 길하다.

17. 西에는 느릅나무, 소나무, 떡갈나무 등의 거목이 대길한 나무이고, 대추나무, 석류나무도 길하다.

18. 北西에는 소나무, 측백나무, 감나무, 밤나무, 은행나무, 느릅나무, 석류 등이 대길목이다.

사주 명리학의 핵심

● 부엌의 吉凶

1. 東南에 있으면 부귀 영달하고 발전하는 상이다.
2. 東에 있으면 가장 이상적이고 위생적이며 번영의 대길한 상이다.
3. 南에 있으면 급변 재화가 있을 상이며 다툼이 많다. 그러나 福祿壽의 三星이 모였으니 대흉은 면한다.
4. 南西에 있으면 흉하고 병약하며 흉한 변을 암시하는 상이며 재해가 많으며 가운데 아들에게 크게 흉하며 집과 가족이 망하고 모든 일에 불리하다.
5. 西에 있으면 별로 좋은 상은 못된다. 재물이 흩어지며 부녀자가 단명하고 불길하다.
6. 西北에 있으면 일에 능률이 없는 상이며 흉하다. 재물이 흩어지고, 아내가 상하고, 아이들과 상극이다.
7. 北에 있으면 냉으로 오는 질환에 걸리기 쉽고, 좋지 않는 상이다.
8. 東北에 있으면 우울증, 소심증, 질병 손실의 상이니 재해가 많다.
9. 中央에 있으면 흉상이다.

● 우물의 吉凶

1. 東에 있으면 장남이 성공할 수 있으며 활동하고 번영할 수 있다.
2. 東南은 가운이 능히 창성할 수 있고 자손이 부귀한다.
3. 南에 있으면 급변, 불구, 좌절을 암시하는 흉상이다. 장님, 귀머거리, 다리불구자, 벙어리가 태어나기 쉽다.
4. 南西는 산업이 쇠퇴되고 병약하며 고독하고 과부의 운명을 암시한다.
5. 西方은 급난하고, 재물을 흘게 되는 흉상이다.

6. 西北은 장수하고 총명하는 길상이며 가업이 번창하며 자손이 부귀한다.

7. 北은 환자가 끊이지 않는다.

8. 東西는 단명, 위장 질환을 암시한다.

9. 옛 샘을 매몰하여 그 위에 집을 지으면 흉하게 된다.

10. 우물은 부엌가에 있는 것은 가운이 날로 쇠해진다.

11. 艮方이나 坤方에 우물을 파면 가운이 쇠하여 후사가 나지 않는다. 출생하여 있으면 단명한다. 양자에게 상속하는 수.

● 東方 移徙

잘 했 을 경 우	주위 사람들한테서 인기가 높다. 언변솜씨가 늘어난다. 적극적인 성격으로 육성된다. 젊은 사람이나 아랫사람의 덕을 많이 본다. 원기가 왕성해진다. 매사에 발전적인 징조가 나타나게 된다.
잘 못 했 을 경 우	구설수가 생긴다. 사기에 걸리고 유혹에 빠진다. 젊은 사람이나 수하인으로 인해 피해를 보게 된다. 취직시험이나 청탁도 성립이 잘 안 된다. 골치아픈 얘기를 듣게 될 기회가 많아진다. 간장 계통 질환에 걸릴 확률이 높다. 화재나 화상, 가스중독 등을 당하기 쉽다. 신경통 증세가 악화되기 쉽다.

● 東南方 移徙

잘 했 을 경 우	주위 사람들로부터 신용을 얻게 된다. 먼곳으로 장사를 하면 거래가 잘되고, 기타 직업을 가진 사람도 평소에 소원했던 사이가 가까워진다. 교제 폭이 넓어지니 대인관계가 원만해진다. 사람들에게 인기가 높아진다. 대인관계가 부드러워져서 덕을 본다. 매사가 빈틈없이 잘 처리되고 잘 풀린다. 훌륭한 부하의 덕을 보게 된다. 미혼 남녀는 혼담의 기회가 비교적 많아진다.
잘 못 했 을 경 우	신용을 우연히 잃게 되어 앞 길이 꽉 막힌다. 부하나 손아랫사람으로 인하여 난처한 일을 당한다. 생업상 실수, 실패수가 잦아진다. 평소에 친하지 않았던 사람과의 관계로 손해를 본다. 감기가 오래되어 호흡기 질환 합병증에 걸리기 쉽다. 위장병에 걸리거나 위장병에 걸린 사람은 악화되기 쉽다.

● 南方 移徙

잘 했 을 경 우	지식을 넓힐 기회가 많아진다. 모든 면에 예지적 선견지명이 생긴다. 명예를 얻을 일이 생긴다. 관공서 상대로 하는 일은 성공이 잘 된다. 결단력이 강해지고, 결단력으로 이득을 보게 된다. 아이디어가 잘 떠오르고, 현실적으로 적응률이 높다. 몸에 혈색이 좋아진다.
잘 못 했 을 경 우	문서나 인감 관계 일을 잘못 처리하여 손해를 본다. 관재 구설, 소송이 생기기 쉽고, 만일 생겼다면 이쪽이 불리하다. 생이사별 등의 재액이 발생할 위험률이 높아진다. 가족이 헤어질 일이 생기기 쉽다. 알코올 중독자가 생기기 쉽다. 명예를 손상당하는 수가 있다. 눈병, 머릿병, 심장병 등에 걸리기 쉽고 치료가 어렵다.

● 南西方 移徙

잘 했 을 경 우	실업자는 취직을 하게 된다. 늙은이를 자주 상대할수록 이로운 일이 잘 생긴다 겸손한 성격으로 길러진다. 영업이 잘 되어간다. 부동산을 매매하면 이득을 보게 된다. 물건을 아끼고 일을 신중히 처리하는 습성이 된다. 친구나 동조자가 여느 때보다 잘 생긴다.
잘 못 했 을 경 우	생업에 충실치 못하고 게을러진다. 주부나 노파를 상대로 하는 일은 실패와 손해를 보게 된다. 부동산 관계에 손을 댔다간 손해를 보게 된다. 비만증에 걸리기 쉽다. 내장질환에 걸리기 쉽다.

● 西方 移徙

잘 했 을 경 우	젊은 여성으로 인해 이득을 보게 된다. 말솜씨가 좋아진다. 현금이 잘 융통되고 잘 들어오게 된다. 대인관계상 회식할 기회가 자주 생겨 인간관계가 원만해진다. 정력왕성으로 활동하게 된다. 중개에 나서면 일이 잘 되어 이득을 보게 된다.
잘 못 했 을 경 우	현금거래를 잘못하여 손해를 볼 일이 생긴다. 색정 사건으로 재난을 당하기 쉽다. 젊은 여자를 상대로 했다가 손해를 보게 된다. 식중독에 걸리기 쉽다. 쓸데없는 실언, 망언으로 인하여 오해와 불신을 당하기 쉽다. 입과 인후에 질환이 생기기 쉽다. 호흡기, 폐, 기관지 질환에 걸리기 쉽다. 칼이나 철물 연장을 잘못 사용하여 몸을 다치기 쉽다.

사주 명리학의 핵심

● 西北 移徙

잘 했 을 경 우	신앙심이 두터워진다. 윗사람의 도움을 톡톡히 받는다. 새로운 사업에 착수하여 성공하게 된다. 독립정신이 왕성해진다. 각종 내기 시합 경쟁에서 고지를 먼저 차지하게 된다. 발명, 발견에 성공하기 쉽다. 주변 사람의 정체를 투시, 간파하는 능력이 생긴다. 투자하는 일에 성공한다. 실천력이 왕성해진다. 근면한 사람이 된다. 실업자는 직장을 구하기 쉬워진다.
잘 못 했 을 경 우	새로운 일에 손댔다가 실패한다. 발명, 발견 관계 일에 손댔다가 손해만 보고 실패한다. 관재, 구설, 송사가 생기기 쉽다. 크게 상처를 입기 쉽다. 도박으로 잃기만 하고 파산하게 된다. 뇌신경에 이상이 생기기 쉽다. 교통사고로 다치거나 생명을 잃을 일이 생기기 쉽다. 남과 잘 다투게 된다.

● 北方 移徙

잘 했 을 경 우	건강이 좋아져 혈액순환이 잘 된다. 신규사업을 시작하게 된다. 교제가 넓어진다. 작은 장사로 시작하여 큰 장사로 번창한다. 중개를 잘 하여 이득을 본다. 정력이 왕성해지고 젊어진다. 자녀가 태어날 가능성이 높아진다.
잘 못 했 을 경 우	새로운 일을 시작했다간 실패하기 쉽다. 색정 사건을 일으키기 쉽다. 돈을 꿔 쓸 일이 자꾸 생긴다. 임신부는 유산이나 낙태하기 쉽다. 생식기 질환에 걸린 위험률이 높아진다. 사귀는 인물 중에는 반드시 악의를 품은 자가 있다.

● 北東方 移徙

잘 했 을 경 우	부동산 관계의 일로 이익을 얻게 된다. 친척 간에 화목이 이뤄지고 도움도 받는다. 저축심이 생겨 저축을 하게 된다. 재산이 늘어나게 된다. 꽉 막혔던 일이 술술 풀려나간다. 가정이 더욱 화기애애 해진다. 상속자가 없던 사람에겐 상속자가 생긴다.
잘 못 했 을 경 우	재산상에 뜻밖에 손실이 생긴다. 가운이 쇠해진다. 사업에 실패수나 휴·폐업하게 되고 직장인은 실직하게 된다. 친척과의 사이에 사소한 일로 불화가 생긴다. 상속자 문제로 괴로움이 있다. 헛된 욕심을 부렸다가 낭패를 당하기 쉽다. 가정불화가 일어난다. 대인 관계, 물건 매입, 사업이나 직업 전환 등을 하면 손해본다. 관절, 류머티즘 질환에 걸리기 쉽다. 척추나 요추병에 걸리기 쉽다.

● 五黃殺方으로 移徙하면

1. 만성 설사로 인하여 몸이 쇠약해지기 쉽다.
2. 원인불명의 질병에 걸리기 쉬우며, 의사들의 오진이 나오기도 한다.
3. 식중독에 걸릴 확률이 높고 화상을 당하기도 쉽다.
4. 과거에 앓았던 질병이 재발되기 쉽고 화농성 질병에 걸리기 쉽다.
5. 행동이 무기력해진다.
6. 마약류나 습관성 약물 등에 중독되기 쉽다.
7. 정신적으로 불안, 초조해지고 건전하지 못하기 쉽다.
8. 변태적인 행동을 하게 된다.
9. 궁상과 주책을 떨고, 실업자나 건달이 되기 쉽다.

● 男女 求子·求財 生氣方

出 生 年	求子·求財 生氣方	出 生 年	求子·求財 生氣方
1920. 庚申	西南	1942. 壬午	北
1921. 辛酉	西北	1943. 癸未	南
1922. 壬戌	西	1944. 甲申	東北
1923. 癸亥	東北	1945. 乙酉	東南
1924. 甲子	北	1946. 丙戌	東
1925. 乙丑	南	1947. 丁亥	西南
1926. 丙寅	東北	1948. 戊子	西北
1927. 丁卯	東南	1949. 己丑	西
1928. 戊辰	東	1950. 庚寅	東北
1929. 己巳	西南	1951. 辛卯	北
1930. 庚午	西北	1952. 壬辰	南
1931. 辛未	西	1953. 癸巳	東北
1932. 壬申	東北	1954. 甲午	東南
1933. 癸酉	北	1955. 乙未	東
1934. 甲戌	南	1956. 丙申	西南
1935. 乙亥	東北	1957. 丁酉	西北
1936. 丙子	東南	1958. 戊戌	西
1937. 丁丑	東	1959. 己亥	東北
1938. 戊寅	西南	1960. 庚子	北
1939. 己卯	西北	1961. 辛丑	南
1940. 庚辰	西	1962. 壬寅	東北
1941. 辛巳	東北	1963. 癸卯	東南

出 生 年	求子·求財生氣方	出 生 年	求子·求財生氣方
1964. 甲 辰	東	1982. 壬 戌	東
1965. 乙 巳	西 南	1983. 癸 亥	西 南
1966. 丙 午	西 北	1984. 甲 子	西 北
1967. 丁 未	西	1985. 乙 丑	西
1968. 戊 申	東 北	1986. 丙 寅	東 北
1969. 己 酉	北	1987. 丁 卯	北
1970. 庚 戌	南	1988. 戊 辰	南
1971. 辛 亥	東 北	1989. 己 巳	東 北
1972. 壬 子	東 南	1990. 庚 午	東 南
1973. 癸 丑	東	1991. 辛 未	東
1974. 甲 寅	西 南	1992. 壬 申	西 南
1975. 乙 卯	西 北	1993. 癸 酉	西 北
1976. 丙 辰	西	1994. 甲 戌	西
1977. 丁 巳	東 北	1995. 乙 亥	東 北
1978. 戊 午	北	1996. 丙 子	北
1979. 己 未	南	1997. 丁 丑	南
1980. 庚 申	東 北	1998. 戊 寅	東 北
1981. 辛 酉	東 南	1999. 己 卯	東 南

● 事務室冊床方位吉凶訣

生　年	財神方	盆利方	順利方
甲子	東南	東北	西南
乙丑	東南	西北	西南
丙寅	正西	西南	西北
丁卯	西南	正南	西北
戊辰	正北	東南	東北
己巳	正北	東北	西南
庚午	正東	西北	西南
辛未	正南	西南	西北
壬申	東南	東北	正東
癸酉	正南	東北	正北
甲戌	東南	東北	西北
乙亥	東南	西北	東北
丙子	正西	西南	西北
丁丑	正西	西北	正南
戊寅	正東	東南	東北
己卯	正北	東北	正南
庚辰	正東	西北	正北
辛巳	東南	西南	西北
壬午	正南	西南	東南
癸未	正南	東南	正東
甲申	東南	東北	西南
乙酉	東南	西北	西南
丙戌	正西	西南	西北
丁亥	西北	正南	東南
戊子	正北	東南	東北
己丑	正北	東北	西南
庚寅	正東	西北	西南

生　年	財神方	益利方	順利方
辛 卯	正 東	西 南	西 北
壬 辰	東 南	東 北	西 南
癸 巳	正 南	東 南	正 西
甲 午	東 南	東 北	西 北
乙 未	東 南	西 北	西 南
丙 申	正 西	西 北	西 南
丁 酉	正 西	正 南	西 北
戊 戌	西 北	東 南	正 北
己 亥	正 北	東 北	西 北
庚 子	正 東	西 北	正 北
辛 丑	東 北	西 南	西 北
壬 寅	正 南	東 北	西 南
癸 卯	正 南	東 南	正 東
甲 辰	東 南	東 北	正 北
乙 巳	東 南	西 北	正 北
丙 午	正 西	西 南	西 北
丁 未	西 北	正 南	東 南
戊 申	正 北	東 南	正 東
己 酉	正 北	東 北	西 南
庚 戌	東 南	西 北	正 南
辛 亥	正 東	西 南	西 北
壬 子	東 南	東 北	正 西
癸 丑	正 南	東 南	西 北
甲 寅	東 南	東 北	正 東
乙 卯	東 南	西 北	正 北
丙 辰	正 北	西 南	西 北
丁 巳	正 西	正 南	西 北
戊 午	正 北	東 南	東 北
己 未	正 北	東 北	西 北
庚 申	正 東	西 北	東 北
辛 酉	東 南	西 南	正 南
壬 戌	正 南	西 北	正 東
癸 亥	正 南	東 南	正 東

● 住宅의 吉凶方

生年支	吉　　方	凶　　方
子	東座 西向, 北座 南向, 西座 東向	南未山座 北向, 南午座 北向
丑	北座 南向, 西座 東向, 南座 北向	東辰山座 西向, 南未山座 北向
寅	東座 西向, 南座 北向, 西座 東向	北丑山座 南向, 西申山座 東向
卯	北座 南向, 南座 北向, 東座 西向	西酉山·戌山座 東向
辰	西座 東向, 北座 南向, 東座 西向	南未山座 北向
巳	南座 北向, 北座 南向	東辰山座 西向
午	東座 西向, 西座 東向, 南座 北向	北丑山·子山座 南向
未	東座 西向, 南座 北向, 北座 南向	西戌山座 東向
申	北座 南向, 西座 東向, 東座 西向	南未山座 北向
酉	北座 南向, 南座 北向, 西座 東向	東辰山座 西向
戌	南座 北向, 西座 東向, 東座 西向	北丑山座 南向
亥	北座 南向, 東座 西向, 南座 北向	西戌山座 東向

3. 開運秘方法

1. 남자가 맞선볼 때 將星 색상의 옷을 입으면 혼인이 깨어진다.

2. 여자가 맞선볼 때 六害殺 색상의 옷을 입으면 혼인이 깨어진다.

3. 장사하는 가게에서 손님이 딱 끊길 때는 六害殺 방향을 깨끗히 청소하고 술을 조금 뿌려두면 곧바로 손님이 찾아든다.

4. 학생은 책상을 天殺 방향에 놓고 天殺方을 바라보고 공부하면 우등생이 된다.

5. 학생은 책상을 攀鞍殺 방향에 놓고 攀鞍方을 바라보고 공부하면 열등생이 된다.

6. 地殺 방향으로 등교하는 학생은 우등생이고 성적이 오른다.

7. 驛馬殺 방향으로 등교버스를 타고 다니는 학생은 열등생이다.

8. 머리를 두고 자는 頭寢 방향은 攀鞍殺方으로 자야 된다.

9. 天殺方으로 頭寢하는 것은 흉하다.

10. 점포, 상가의 출입문이 將星殺方이면 흉하다.

11. 카운터 금고의 吉方은 攀鞍殺方이다.

12. 출입문이 將星殺方으로 나있는 약국, 병원, 의원은 凶方이니 이용하지 말라. 치유의 효과를 보지 못한다.

13. 색시를 구할 때는 攀鞍殺方이 吉方이다.

14. 신랑을 구할 때는 天殺方이 吉方이다.

15. 攀鞍殺 동물은 補身食이라고 吉하고, 天殺 동물은 害身식이라서 흉하다. 자기의 年支에 해당하는 고기도 흉하다.

16. 옷의 색상은 年殺, 災殺 색상은 길하고 將星殺 색상은 흉하다.

17. 판·검사, 박사학위 취득 시기는 攀鞍殺 年月에 가능하다.

18. 점포는 地殺이나 六害殺 방향으로 출입문이 있어야 黑資를 본다.

19. 天殺 방향으로 음식을 차려놓고 제사를 지내야 한다. 攀鞍殺方에다 음식을 차려놓고 제사를 지내면 암환자나 불치병환자가 생긴다.

20. 남자의 생년을 기준 將星殺 방향으로 방문이 나 있게 되고 頭寢 방향이 天殺方으로 되어 있거나 남자의 부인이 평소 將星殺 색상으로 복장을 하고 있었거나 또한 같이 사용하던 침구가 남자의 將星殺 색상으로 되어 있었을 때에만 가출사건이 발생하게 된다.

21. 天殺 방향에는 종교에 관한 물건을 놓아두지 말라. 조상신의 定座를 방해하기 때문에 조상의 음덕을 받기 어렵다.

22. 주식투자에서 고액투자는 天殺 방향 회사, 소액투자는 攀鞍殺方 회사로 투자해야 된다. 將星殺 방향으로 출입문이 난 회사를 절대 선정치 말아야 한다.

23. 도주한 채무자 가출한 자녀는 나간 사람의 生年 기준으로 六害殺方에 가있다. 피신이 아닌 경우에는 年殺 방향으로 가출하게 되는데 이 경우는 혼자서 도주한 것이 아니고 대부분 애인과 같이 있다. 귀가는 늦어지나 쉽사리 발각된다.

24. 商利를 높일려면 攀鞍殺 방향이나 天殺 방향으로 나가서 활동해야 한다. 天殺 방향으로는 高價品目, 攀鞍殺 방향으로는 低價品目 將星殺 방향이나 六害殺 방향으로 나가서 활동하면 질이 좋은 물건이라도 타박만 많이 당하고 빈 손으로 돌아온다.

25. 아들을 잉태하려면 남자의 生年 기준으로 攀鞍殺 방향으로 頭寢하고 딸을 잉태하려면 남자의 生年 기준으로 天殺 방향으로 頭寢한다.

26. 투기성 이익 提高는 당 日辰을 기준하여 亡身殺 방향을 등지고 앉거나 정면응시 자세를 취한다. 將星殺 방향을 등지거나 정면으로 보게 되는 자세는 온몸이 나른하고 무기력해져 컨디션이 나빠진다. 攀鞍方과 亡身方에 앉아서 승부를 다루면 백발백중 승리하게 된다. 劫殺方과 天殺方도 투기에는 괜찮다.

27. 유흥장에서 임시용 파트너를 구할 때는 당일 日辰 기준으로 將星殺 방향이나 災殺 방향에 앉아 있는 사람은 나의 파트너가 될 수 없다. 亡身殺 방향의 사람을 취해야 한다.

28. 나의 사정이 나빠 급히 돈이 필요할 때 어느 쪽으로 가야 돈을 빌릴 수 있겠는가, 하면 당일 日辰을 기준하여 未來 3, 4進에 대한 반대 방향으로 가야 한다.

29. 직업없이 놀고 있는 사람이 언제쯤 취직이 될까 하는 경우는 大運 첫 시작 五行月에 된다.

30. 직장을 옮길 때는 어느 방향으로 가야 될까 하는 경우는 太歲를 기준해서 3, 4進에 대한 반대 방향으로 가야 한다.

31. 어떤 투자를 하려면 자기의 生年을 기준으로 3, 4進에 대한 반대 방향으로 해야 한다.

32. 가출자나 숨은 사람을 찾고자 하면 알고 싶어 하는 당일 日辰을 기준으로 順行 3進에 대한 반대 방향에 있다.

33. 의술업을 하는 병원에는 선인도, 도원경, 산수화, 민화 등을 걸어둔다.

34. 병원, 한의원에는 호랑이 머리뼈나 가죽을 아무도 모르는 곳에 걸어 놓는다.

35. 양곡상을 하는 곳에는 고양이 그림을 붙여 두고 항아리에 쌀을 담아

선반이나 다락 같은 곳에 놓아둔다.

36. 농업, 농장, 토건, 부동산 중개업에는 황소그림, 말그림을 걸어두고 항아리에 황토흙을 담아 날계란 껍질에 대수대명이란 글을 써서 흙 속에 묻어서 아무도 모르는 곳에 놓아둔다.

37. 유흥업소, 서비스업체에는 꽃과 벌나비나 호랑이 그림을 붙여둔다. 단 식당업에는 호랑이 그림이 좋지 않다. 명태 3마리를 흰 실타래로 감아서 출입문 위에 붙여놓는다.

38. 술집, 룸싸롱에는 여우 박재나 암여우의 성기를 구하여 아무도 모르는 곳에 둔다.

39. 미용실, 의상실에는 미인도나 초상화 등으로 장식하고 흰 항아리에 흙을 담아 아무도 모르는 곳에 가위를 꽂아 둔다.

40. 금속업, 공장, 대장간, 전자업에는 황소 그림을 걸어두고 항아리에 황토흙을 담아 아무도 모르는 곳에 두면 된다.

41. 농산물사업, 야채상, 청과물, 조형, 화원에는 태양이나 불그림을 붙이고 말굽이나 칼퀴로 총채를 만들어 아무도 모르는 곳에 걸어둔다.

42. 축산업은 양계장에는 닭이나 까치 그림을 걸어두고, 돈사에는 돼지그림을 걸어두고, 우사에는 황소그림을 걸어둔다.

43. 언론, 출판, 관공서에는 호랑이, 대나무, 앵무새, 말의 그림을 걸어둔다. 그리고 그릇에 붓 여덟 자루를 한데 묶어 담아서 아무도 모르는 곳에 둔다.

44. 수산업, 양식업에는 청룡, 백호그림을 걸어둔다. 검은 항아리에 물을 붓고 거북이나 자라를 기른다. 아니면 거북이 박재를 비치한다.

45. 五行相制負法을 행할시는 지성스런 마음으로 호흡을 잠시 멈추고 東方의 生氣를 길게 들어마신 뒤에 손바닥에 후우 품어내고는 아래 해당되는 글자를 손바닥에 心書로 쓰고 즉시 앞으로 나아가되 뒤를 돌아보지

아니한다.

① 高官을 만나려 할 때는 「天」字

② 婚處를 구하려면 「合」字

③ 賣買에는 「利」字

④ 出行할 때는 「通」字

⑤ 장기, 바둑, 화투, 내기 등에는 「乾」字

⑥ 밤길을 걸을 때는 「魁」字

⑦ 여러 사람 있는 곳에 들어설 때는 「遯」字

⑧ 陣中이나 軍部隊에 들어설 때는 「强」字

⑨ 問病을 갈 때는 「鬼」字

⑩ 술을 마시게 될 때는 「少」字

⑪ 山에 들어서려면 「子」字

⑫ 물에 들어서려면 「土, 戊, 龍」字를 쓴다.

46 부동산 매매를 잘 되게 하는 방법

① 방문 위에 가위를 거꾸로 걸어 놓는다.

② 집 주위의 동서남북의 흙을 조금씩 파서 대문 앞에 뿌린다.

③ 돈 많은 부자의 명함을 구하여 집 네 구석에 끼워 놓는다.

④ 「馬」字를 써서 집 네 구석에 붙인다.

⑤ 부적을 써서 붙인다.

47. 三殺方이나 大將軍方으로 이사를 부득이 가야 할 때

① 부적을 써서 붙인다.

② 이사 가는 날 제일 먼저 솥 안에다 요강을 넣어서 갖다놓고 그날밤은 다른 곳에서 자고 들어가면 된다.

48. 眼損方으로 이사를 갔거나, 혹은 무단히 눈에 핏발이 서서 가시지 않을 때

① 병원에 가서 진료를 받는다.

② 병원에 가도 낫지 않을 때는 붕어를 주사로 그려서 동쪽 벽에다 붙이고 붕어 눈에다 바늘을 찔러두면 된다.

③ 부적을 써서 붙인다.

49. 집나간 사람이 자연히 들어오게 하는 법

① 東桃枝를 손가락 두 마디 정도로 잘라서 절반을 쪼개어 경면주사로 한쪽에는 가출인의 生年月日을 또 한쪽에는 姓名을 쓴 후 다시 합하여 붉은 실로 감아서 가출인의 양말 속에 넣은 후 양말 목을 묶어서 거꾸로 가출인의 방문 위에 걸어놓으면 된다.

② 東桃枝를 한 손가락 길이로 잘라서 절반을 쪼갠 후 집나간 사람의 生年月日과 姓名을 경면주사로 쓴 후 다시 합하여 붉은 실로 묶은 후 문 앞에 묻으면 된다.

③ 집나간 사람의 머리카락을 물레나 자전거, 오토바이, 리어커 수레바퀴 살에 감아두거나 역행으로 돌린다.

④ 종이에 가출인의 生年月日과 姓名을 주사로 써서 계란 속을 비운 후 그 속에 넣고 아궁이 솥 밑에 묻으면 된다.

⑤ 가출인의 生年月日과 姓名을 주사로 써서 가출인의 방문 위에 거꾸로 붙이거나 가출방지부를 주사로 써서 사용한다.

50. 무서운 상대나 대중 앞에 나설 때는 「王」字를 쓴다. 새로 이사 들어갈 집 대문이나 방문 앞에 「王」字를 써붙이고 "대왕님 들어가신다, 잡귀·잡신은 굴복하고 썩 물러가라"라고 세 번 외친다.

51. 필기시험이나 파티 연회장, 잔칫집, 여러 대중이 모인 장소에 갈 때는 「日」字를 쓴다.

52. 운동경기, 도박, 거래, 매매, 시험 등을 치르러 갈 때는 「勝」字를 쓴다.

53. 잔치, 파티장, 식사 초대, 사건이 생긴 장소 등에 갈 때는 「命」字를 쓴

다.

54. 등산, 원행, 밤 길을 갈 때는「虎」字를 쓴다.

55. 이사 탈이 생겨 우환이 끊이지 않거나 무슨 해괴한 소리가 들리고 뚝딱 소리가 들릴 때는 황소의 코뚜레를 구하여 출입문 위에 걸어놓고 부적도 써붙인다.

56. 아기가 밤만 되면 잘 울 때는 아기의 배꼽 밑에 검은 글씨로「田」字를 쓴다.

57. 집이 터가 세서 귀신의 장난이 있거나 이상한 일이 잘 일어나는 집을 다스릴 때는 엄나무를 한 뼘 정도씩 잘라서 집 네 귀퉁이에 묻고 하나는 방문 위에 걸어놓는다. 흰 개와 흰 닭을 기르면 귀신의 장난이 없어진다.

58. 습관적인 유산이 있는 임신부는 연잎에다「人」字를 써서 그 이슬을 마시면 된다.

59. 남녀 간에 질투가 많거나 의처증, 의부증이 있으면 꾀꼬리를 삶아서 먹는다. 漢藥材의 意莉仁 7枚로 雌雄像을 만들어 질투하는 장본인의 머리카락으로 꿰어 본인 모르게 그의 옷깃 속에 넣어두면 된다.

60. 눈에 다래끼가 났을 때는 눈 속 위꺼풀에 났으면 발바닥에「天平」이라고 쓰고 아래꺼풀에 났으면「地平」이라고 쓴다.

61. 아이가 커서도 밤에 오줌을 쌀 때,

① 녹각을 가루로 하여 노랗게 볶아서 더운 물에 복용하면 된다.

② 닭의 벼슬을 태워서 먹이면 된다.

62. 정신을 맑게 하는 법은 밤물에 계란을 타서 장복하면 된다.

63. 머리를 빠지지 않게 하는 법은 뽕나무 속껍질을 다려서 머리를 감으면 된다.

64. 태아의 남녀를 구별하는 법은 임신부를 뒤에서 여보, 여보 하고 불러서

부인이 무심코 왼쪽으로 돌아보면 아들이고, 오른쪽으로 돌아다 보면 딸이다.

65. 남편의 바람끼를 막는 법은 절간의 흙을 한 되 가량 퍼다가 출입문 앞에 깔고 남편이 밟고 다니게 하면 된다. 부적을 써서 사용한다.

66. 쥐를 쫓는 법은 쥐가 많이 다니는 곳에 「辰戌丑未馬羊鬼」라고 주사로 7번 써서 붙인다.

67. 뱀을 쫓는 법은 거꾸로 흐르는 물을 떠나 먹을 갈아서 「龍」字를 써서 집에 네 귀퉁이에 붙이면 된다.

68. 깊은 산에 들어갈 때는 「虎」字나 「儀康」과 「儀方」을 외우면 된다.

69. 불임으로 애를 먹을 때,

① 암조개 3개에다 구멍을 뚫어 여자가 허리끈에 매달고 다니면 임신이 된다.

② 석류나무 가지와 뿌리를 묶어 寢房에 매달아 두면 임신이 된다.

③ 수탉 꼬리깃털 3개를 부부가 함께 자는 요 속에 넣고 자면 임신이 되는데 아내가 모르게 남편이 해야 한다.

70. 연모하는 사람을 내 사람으로 만들고 싶으면 색동천 한 자를 구하여 연모하는 사람의 生年月日과 姓名을 붉은 글씨로 써서 둥그렇게 뭉쳐 연모하는 사람이 사는 대문 앞에 아무도 모르게 파묻는다.

71. 첩을 떼고자 할 때,

① 쥐꼬리 3개와 고양이 1마리의 수염 전부, 개의 꼬리털 1개를 구하여 붉은 종이에 싼 다음 겉에다 첩의 生年月日과 姓名을 쓰고 밑에다 「必離別」이라고 써서 첩의 베개 속에 모르게 넣는다.

② 암여우의 성기를 구하여 몸에 지니거나 除妾符를 써서 사용한다.

72. 모기에게 물리지 않는 법은 桂木가루와 苦練나무 잎과 蒲黃, 黃米를 같은 비율로 합쳐 곱게 갈아서 몸에 문지르면 모기가 덤벼들지 못한다.

73. 몸에 이가 생기지 않는 법은 蒲黃, 枳實, 牧丹皮를 같은 비율로 가루를 내어 반죽해서 밤톨만하게 만들어 먹으면 몸에 이가 생기지 않는다.

74. 바람을 불게 하려면 丁酉日이나 己酉日에 개가죽을 태워 그 재를 사방에 뿌리면 바람이 분다. 乙酉日에 세 집의 수탉 털을 태워 사방에 뿌리면 된다.

75. 아들을 낳으려면 음력 5월 5일에 머리를 푼 채 머리를 북쪽으로 향하고 남녀가 교접하면 된다. 평시에도 부부 관계를 될 수 있으면 새벽에 하라.

76. 산기도를 갔다가 밤중에 산 속에서 무서운 마음이 들 때는 「寅」字를 마음속으로 손바닥에 쓰면서 외우든가 「옴마니반메훔」을 반복해서 외우면 된다.

77. 집수리를 했거나 남의 쓰던 물건을 집에 들여오면 동토가 나는데 이때에 동토나지 않게 하는 법은 「王」字를 경면주사로 써서 고친데나 들여온 물건에 붙이면 된다.

4. 大定數作卦法

<先天數>

甲己子午 9. 乙庚丑未 8. 丙辛寅申 7
丁壬卯酉 6. 戊癸辰戌 5. 巳 亥 4

<後天數>

壬 子 1. 丁 巳 2. 甲 寅 3. 庚 申 9
戊辰戌 5. 己 100. 癸 亥 6. 丙 午 7
乙 卯 8. 辛 酉 4. 丑 未 10

<後天變數>

1	2	3	4	5	6	7	8	9
↓	↓	↓	↓	↓	↓	↓	↓	↓
7	2	6	3	4	5	7	8	1

옛날의 사주 대가들은 이 대정수를 많이 응용하였다. 그러나 오늘날 추명학자들은 대부분 응용하지 않는다. 이 대정수는 사주에 평생 동안 갖고 있는 운의 작용수이니 이 대정수로 周易卦象을 作卦하여 平生運과 流年運을 감정할 수 있다. 그러므로 평생운괘와 유년운괘 산출하는 방법을 밝히는 바이며 각자 早見表를 보시고 계산하면 편리할 것이다. 六爻에 관해 연구해야 이해하기가 빠르다.

● 大定數早見表

干支	年	月	日	時	干支	年	月	日	時	干支	年	月	日	時	干支	年	月	日	時	干支	年	月	日	時	干支	年	月	日	時
甲子	31	49	211	1831	甲戌	35	49	175	1435	甲申	39	55	199	1639	甲午	37	55	217	1837	甲辰	35	49	175	1435	甲寅	33	49	193	1633
乙丑	90	106	250	1690	乙亥	86	98	206	1286	乙酉	84	98	224	1484	乙未	90	106	250	1690	乙巳	82	94	202	1282	乙卯	88	102	228	1488
丙寅	73	87	213	1473	丙子	71	87	231	1671	丙戌	75	87	195	1275	丙申	79	93	219	1479	丙午	77	93	237	1677	丙辰	75	87	195	1275
丁卯	28	40	148	1228	丁丑	30	44	170	1430	丁亥	26	36	126	1026	丁酉	24	36	144	1224	丁未	30	44	170	1430	丁巳	22	32	122	1022
戊辰	55	65	155	1055	戊寅	53	65	173	1253	戊子	51	65	191	1451	戊戌	55	65	155	1055	戊申	59	71	179	1259	戊午	57	71	197	1457
己巳	102	115	232	1402	己卯	108	123	258	1608	己丑	110	127	280	1810	己亥	106	119	236	1406	己酉	104	119	254	1604	己未	110	127	280	1810
庚午	97	114	267	1797	庚辰	95	108	225	1395	庚寅	93	108	243	1593	庚子	91	108	261	1791	庚戌	95	108	225	1395	庚申	99	114	249	1599
辛未	50	65	200	1550	辛巳	42	53	152	1142	辛卯	48	61	178	1348	辛丑	50	65	200	1550	辛亥	46	57	156	1146	辛酉	44	57	174	1344
壬申	19	32	149	1319	壬午	17	32	167	1517	壬辰	15	26	125	1115	壬寅	13	26	143	1313	壬子	11	26	161	1511	壬戌	15	26	125	1115
癸酉	64	75	174	1164	癸未	70	83	200	1370	癸巳	62	71	152	962	癸卯	68	79	178	1168	癸丑	70	83	200	1370	癸亥	66	75	156	966

● 大定數算法

예>1

己丙丁戊
丑寅巳申

    戊 申 年
    ↓   ↓
後天 5 9 → 59(太歲數)

    丁 巳 月
    ↓   ↓
先天 6 4 → 6+4=10 先天數10+後天數22=32(月建數)
後天 2 2 → 22

    丙 寅 日
    ↓   ↓
先天 7 7 → 7+7=14(10단위로 변화시킴)
後天 7 3 → 73   140 先天數140+後天數73=213(日辰數)

    己 丑 時
    ↓   ↓
先天 9 8 → 9+8=17(100단위로 변화시킴)
後天 100 10 → 110 1,700 先天數 1,700+後天數110=1,810(生時數)

年59+月32+日213+時1,810=2,114   2,114÷6=2爻動
            ↓↓
         77 艮爲山卦

		時	日	月	年		
天干先天數	→	9	7	6		官寅 ———	靑·世·命
		己	丙	丁	戊	財子 —— —	玄
天干後天數	→	100	7	2	5	空·兄·戌 —— —	白
地支先天數	→	8	7	4		孫申 ———	巳·応·身
		丑	寅	巳	申	空·財亥·父午 —— —	勾
地支後天數	→	10	3	2	9	兄辰 —— —	朱

※ 年干支에는 先天數를 붙이지 않는다.

976+874+110+73+22+59=2,114

天干先天數	地支先天數	時柱干支後天數	日柱干支後天數	月柱干支後天數	年柱干支後年數

↓↓
77 艮爲山卦
2,114÷6=2爻動

本卦는 重艮山이요, 変卦는 山風蠱이다. 故로 艮之蠱卦이다. 六獸는 日主를 기준으로 하는데 丙日主이므로 初爻에 朱雀부터 붙여 나간다. 각자 판단하기 바란다.

예>2 | 壬丁戊丙
寅卯戌申

丙 申 年
↓ ↓
後天 7 9 → 79(太歲數)

戊 戌 月
↓ ↓
先天 5 5 → 5+5=10　　先天數10+後天數55=65(月建數)
後天 5 5 → 55

丁 卯 日
↓ ↓
先天 6 6 → 6+6=12(10단위로 변화시킴)
後天 2 8 → 28　　120　　先天數120+後天數28=148(日辰數)

壬 寅 時
↓ ↓
先天 6 7 → 6+7=13(100단위로 변화시킴)
後天 1 3 → 13　　1300　　先天數1,300+後天數13=1,313(生時數)

年79+月65+日148+時1,313=1,605　　　1,605÷6=3爻動
↓↓
後天變數　　54　　風雷益卦 3爻動

	時	日	月	年
天干先天數 →	6	6	5	
	壬	丁	戊	丙
天干後天數 →	1	2	5	7
地支先天數 →	7	6	5	
	寅	卯	戌	申
地支後天數 →	3	8	5	9

兄卯　———　　青·応
孫巳　———　　玄·身
財未　— —　　白
空·父亥·官酉·財辰　— —　巳·世
兄寅　— —　　勾·命
父子　———　　朱

665+765+13+28+55+79= 1,605

天干先天數	地支先天數	時柱干支後天數	日柱干支後天數	月柱干支後天數	年柱干支後天數	
						↓↓ 1,605÷6 = 3爻
						54 後天變數

本卦는 風雷益이요, 変卦는 風火家人이다. 故로 益之家人이다. 六獸는 日主를 기준으로 하는데 丁日主이므로 初爻에 朱雀을 붙인다.

大定總數에서 10단위와 100단위를 後天變數시키는데 +단위에 0이 놓였을 때는 單단위의 수를 당겨서 쓰는데 單단위에도 0이 놓였을 때는 百단위의 수를 당겨서 쓴다. 百단위에도 0이 놓였을 시는 千단위의 수를 당겨서 쓴다.

1,309	2,035	1,600	2,000	1,604	1,991	2,008
↓↓	↓↓	↓↓	↓↓	↓↓	↓↓	↓↓
61	26	55	22	53	11	28

예>3 壬丙壬辛
　　　辰寅辰酉

```
      辛 酉  年
      ↓ ↓
後天  4 4  →  44(太歲數)

      壬 辰  月
      ↓ ↓
先天  6 5  →  6+5=11    先天數11＋後天數15＝26(月建數)
後天  1 5  →  15

      丙 寅  日
      ↓ ↓
先天  7 7  →  7+7=14(10단위로 변화시킴)
後天  7 3  →  73    140    先天數140＋後天數73＝213(日辰數)

      壬 辰  時
      ↓ ↓
先天  6 5  →  6+5=11(100단위로 변화시킴)
後天  1 5  →  15    1,100    先天數 1,100＋後天數15＝1,115(生時數)
```

年44＋月26＋日213＋時1,115＝1,398　　　1,398÷6＝6爻動
　　　　　　　　　　　　　↓↓
　　　　　　　後天変數　61　水天需

```
              時 日 月 年
天干先天數 →  6  7  6
              壬  丙  壬  辛
天干後天數 →  1  7  1  4
地支先天數 →  5  7  5
              辰  寅  辰  酉
地支後天數 →  5  3  5  4
```

官卯·財子 ──　── 青·命
兄戌 ──────　玄
孫申 ──　── 白·世
兄辰 ──────　巳·身
父巳·官寅 ──────　句
財子 ──────　朱·応

676＋575＋15＋73＋15＋44＝ 1,398

```
天 地 時 日 月 年
干 支 柱 柱 柱 柱        ↓↓ 1,398÷6＝ 6爻動
先 先 干 干 干 干        61  水天需
天 天 支 支 支 年
數 數 後 後 後 數
      天 天 天
      數 數 數
```

本卦는 水天需요. 変卦는 風天小畜이요. 故로 需之小畜卦다. 互卦는 火澤暌이다.

● 流年運卦算法

乾　命 67　57　47　37　27　17　7　年90＋月123＋日254＋時1,055＝1,522
戊己己乙　壬　癸　甲　乙　丙　丁　戊　1,522÷6＝4爻動　↓↓
辰酉卯丑　申　酉　戌　亥　子　丑　寅　歸妹之臨　42

30歲　甲午年 丙子大運 1,522 37 ＋　71 1,630 ↓↓ 56 風水渙 1,630÷6＝4爻動 渙之訟卦	31歲　乙未年 丙子大運 1,522 90 ＋　71 1.683 ↓↓ 58 風地觀 1,683÷6＝3爻動 觀之漸卦	32歲　丙申年 丙子大運 1,522 79 ＋　71 1,672 ↓↓ 57 風山漸 1,672÷6＝4爻動 漸之遯卦	33歲　丁酉年 丙子大運 1,522 24 ＋　71 1,617 ↓↓ 57 風山漸 1,617÷6＝3爻動 漸之觀卦	34歲　戊戌年 丙子大運 1,522 55 ＋　71 1,648 ↓↓ 53 風火家人 1,648÷6＝4爻動 家人之同人卦
35歲　己亥年 丙子大運 1,522 106 ＋　71 1,699 ↓↓ 51 風天小畜 1,699÷6＝1爻動 小畜之巽	36歲　庚子年 丙子大運 1,522 91 ＋　71 1,684 ↓↓ 58 風地觀 1,684÷6＝4爻動 觀之否卦	37歲　辛丑年 乙亥大運 1,522 50 ＋　86 1,658 ↓↓ 54 風雷益 1,658÷6＝2爻動 益之中孚卦	38歲　壬寅年 乙亥大運 1,522 13 ＋　86 1,621 ↓↓ 52 風澤中孚 1,621÷6＝1爻動 中孚之渙卦	39歲　癸卯年 乙亥大運 1,522 68 ＋　86 1,676 ↓↓ 57 風山漸 1,676÷6＝2爻動 漸之巽卦
40歲　甲辰年 乙亥大運 1,522 35 ＋　86 1,643 ↓↓ 53 風火家人 1,643÷6＝5爻動 家人之賁卦	41歲　乙巳年 乙亥大運 1,522 82 ＋　86 1,690 ↓↓ 51 風天小畜 1,690÷6＝4爻動 小畜之乾卦	42歲　丙午年 乙亥大運 1,522 77 ＋　86 1,685 ↓↓ 58 風地觀 1,685÷6＝5爻動 觀之剝卦	43歲　丁未年 乙亥大運 1,522 30 ＋　86 1,638 ↓↓ 56 風水渙 1,638÷6＝6爻動 渙之坎卦	44歲　戊申年 乙亥大運 1,522 59 ＋　86 1,667 ↓↓ 55 巽爲風 1,667÷6＝5爻動 巽之蠱卦
45歲　己酉年 乙亥大運 1,522 104 ＋　86 1,712 ↓↓ 77 艮爲山 1,712÷6＝2爻動 艮之蠱卦	46歲　庚戌年 乙亥大運 1,522 95 ＋　86 1,703 ↓↓ 76 山水蒙 1,703÷6＝5爻動 蒙之渙卦	47歲　辛亥年 甲戌大運 1,522 46 ＋　35 1,603 ↓↓ 56 風水渙 1,603÷6＝1爻動 渙之中孚卦	48歲　壬子年 甲戌大運 1,522 11 ＋　35 1,568 ↓↓ 45 雷風恒 1,568÷6＝2爻動 恒之小過卦	49歲　癸丑年 甲戌大運 1,522 70 ＋　35 1,627 ↓↓ 52 風澤中孚 1,627÷6＝1爻動 中孚之渙卦

● 十二星法

子貴 : 귀인, 귀하다, 부귀, 명예, 재물, 장사꾼, 사업가, 현금, 돈놀이, 결백, 순결, 정숙, 사랑, 아름다움, 승진, 합격, 도움, 연인, 미남, 미녀, 여자, 색시의 방, 여색조심, 情婦, 용왕, 수살귀, 佛道, 자비

丑厄 : 액운, 악운, 슬픔, 곤액, 좌절, 중단, 불행, 불운, 일이 잘 안됨, 손재, 고독, 이별, 불의의 사고, 형액, 교통사고, 수술, 질병, 남편근심, 자식근심, 종교, 불공, 산신, 병원, 죽음, 장례, 이장, 묘지, 조상원귀, 객사귀, 중풍귀, 鬼道, 慳貪, 아내근심

寅權 : 권세, 지위, 관록, 관청, 직장, 명예, 승진, 영전, 합격, 문서, 취직, 관재 구설, 경찰서, 법원, 결혼, 연인, 남편, 미남, 情夫, 불명예, 고집, 미움, 다툼, 새로운 발전, 득남수, 산신, 성황신, 동자신, 총칼에 죽은 귀신, 산신에게 벌받은 귀신, 시집 장가 못가고 죽은 귀신, 人道, 지식, 권한

卯破 : 파산, 실패, 깨다, 깨치다, 파헤치다, 손재, 이루어짐이 없다. 매사 부진, 헤매다, 떠나다, 떠돌이, 이별, 이혼, 이사, 이민, 가출, 직업변동, 상인, 금이 간 유리컵이나 그릇, 불사대신, 목신, 부모, 동기간, 객사신, 청춘원한귀, 畜道, 貪味, 파괴

辰奸 : 지혜, 모사, 꾀, 영리하다, 간사하다, 웅변가, 화술, 아나운서, 공직자, 충신, 신하, 작가, 변호사, 의사, 간호원, 전도사, 목사, 종교인, 배우자, 마누라, 학생, 직장, 승진, 근면, 착함, 예절 바름, 이사, 수술, 구설조심, 타인과 다툼, 용왕, 용궁도사, 동자신, 대감신, 불도를 닦던 신, 의술이나 점술하던 신, 修羅, 교활하다, 중풍

巳文 : 시험, 문서, 공부, 문장가, 서예가, 작가, 예능인, 예술인, 텔런트, 배우, 변호사, 가수, 의사, 침술사, 웅변가, 부로커, 사기꾼, 화류계, 첩, 미인, 연인, 배우자, 목수, 도예가, 빈란, 데모, 칼이나 가위를 만지는 직업, 구설수, 금전이 들어올 수, 인물이 뛰어나다, 아름답다, 조상청춘귀, 조상원혼귀, 정신 이상으로 죽은 신, 무자신, 仙道, 안일, 총명, 중풍

午福 : 복이 많다, 복덕, 행운, 금전, 재물, 부동산, 명예, 정부, 관청, 관록, 부지런하다, 노력이 많다, 고집스럽다, 욕심이 많다, 합격, 취직, 혁명, 재벌, 승진, 불명예, 파산하다, 아들, 결혼, 情夫, 재수 있다, 천신, 산신줄, 도사줄, 애기혼신, 객사귀신, 佛道, 和厚, 영화

未驛 : 역마, 이사, 가출, 떠나다, 떠돌이, 여행, 나가다, 기차역전, 버스역전, 공항 대합실, 변동, 답답하다, 분주하다, 돌아다니다, 불의의 사고, 교통사고, 수술, 이별, 의지하다, 기대다, 바람끼, 불화, 투자, 종교, 직업변동, 조상대감, 불사대신, 의술신, 무당신, 객사귀, 동기일신 청춘귀, 鬼道, 陰暗, 艱辛

申孤 : 고독, 수심, 외로움, 고아, 과부, 홀아비, 악운, 질병, 신병, 불의의 사고, 불구자, 무자식, 불행, 떠나다, 이별, 교도소, 사형, 죽음, 혁명, 이혼, 원행, 용왕, 객사걸립신, 말명대신, 무자혼신, 해산여귀, 동자신, 몸이 곤곤함, 人道, 明達, 자립

酉刃 : 칼날, 상해, 폭력, 난폭, 횡포, 질병, 수술, 관재 구설, 다칠수, 감옥, 교도소, 사형수, 불운, 상해, 외로움, 이별, 이혼, 불화, 강하다, 고집, 재물, 파산, 무자, 종교, 스님, 무당, 역학자, 불공, 수녀, 신부, 전도사, 칼을 만지는 직업, 칠성, 장군, 신장, 미륵불, 애기혼신, 수술하다가 죽은신, 총칼에 죽은신, 畜道, 혼탁, 형해

戌藝 : 특기, 재능, 재주, 손재주, 예능, 기능공, 예술, 미용사, 발명가, 바쁘

다, 분주하다, 근면하다, 활달하다, 명예, 술, 주색, 관재 구설, 불의의
사고, 말조심, 스님, 역학자, 전도사, 대감신, 의술신, 점술가신, 지리
도사, 지관줄, 불도닦다 죽은신, 修羅, 能爲, 巧便, 天門

亥壽 : 건강, 수명, 수명이 길다, 수명이 짧다, 인연이 길다, 인연이 짧다, 복
이 많다, 복이 적다, 외롭다, 죽고싶다, 신병, 이별, 자살, 죽음, 상복
수, 산액수, 새로운 발전, 준비, 용왕신, 도사줄, 청춘귀, 해산여귀, 天
門, 仙道, 淸閑

● 乾 命

子	丑	寅	卯	辰	巳	午	未	申	酉	戌	亥
貴	厄	權	破	奸	文	福	驛	孤	刃	藝	壽
奸	文	福	驛	孤	刃	藝	壽	貴	厄	權	破
驛	孤	刃	藝	壽	貴	厄	權	破	奸	文	福

● 坤 命

子	丑	寅	卯	辰	巳	午	未	申	酉	戌	亥
貴	厄	權	破	奸	文	福	驛	孤	刃	藝	壽
孤	刃	藝	壽	貴	厄	權	破	奸	文	福	驛
文	福	驛	孤	刃	藝	壽	貴	厄	權	破	奸

● 十二星 附法例示

乾　命

庚	壬	戊	丙
戌	寅	戌	午
80	75	70	65
20	15	10	5
藝	權	藝	福
40	35	30	25
權	福	權	藝
60	55	50	45
文	刃	文	厄

乾　命

己	戊	甲	辛
未	戌	午	未
80	75	70	65
20	15	10	5
驛	藝	福	驛
40	35	30	25
壽	權	藝	壽
60	55	50	45
權	文	厄	權

坤　命

丙	乙	庚	乙
子	亥	辰	丑
80	75	70	65
20	15	10	5
貴	壽	奸	厄
40	35	30	25
孤	驛	貴	刃
60	55	50	45
文	奸	刃	福

5. 來情論

1) 當日支와 占時가 沖이 되면 이동, 변화, 이별 같은 동요건이나 타인으로부터 침해를 받는 일이다.

2) 當日支와 占時가 같으면 모든 일이 막히거나 타인으로 인하여 금전의 손실 또는 여인과의 관계된 일이다.

3) 占時가 當日支를 生하면 타인으로부터 은혜를 받는 일이다. 當日支가 占時를 生하면 내가 타인에게 은혜를 베푸는 일이다.

4) 占時가 當日干의 建祿이 되면 직위나 祿位를 구하는 입신상의 일이다.

5) 占時가 當日干의 天乙貴人이 되면 貴人事에 관여하거나 또는 손위 사람이 발탁하는 일이다. 占時가 當日干의 日德이 되면 賞을 받는 일이다.

6) 占時가 當日支와 元辰이나 鬼門關殺이 되면 질병이나 神氣에 관한 일이다.

7) 占時가 日柱의 空亡이 되면 하고자 하는 일은 모두 不成하거나 재물손실이나 失脫의 일이다.

8) 當日支와 占時가 三合이나 六合이 되면 화합의 일로써 동업건, 협동건, 애정, 사랑, 외부의 求財件, 施行件, 通信의 즐거움이 있다.

9) 當日支와 占時가 刑이 되면 官으로 인한 근심, 관재 구설, 교통사고, 질

병,수술수, 소송, 이별 관계가 있거나 急速件이 있다.

10) 當日支와 占時가 六害가 되면 이별, 신경성 질병 문제, 남에게 침해받 아 억울한 일 등 손해를 보는 일이 생기거나 불측의 일이다.

11) 當日支와 占時가 破가 되면 破財나 失走件, 사업부진, 타인에게 침해받 는 일, 이별, 神氣, 질병에 관한 일이다.

12) 當日干과 占時가 比劫이 되면 형제나 친구, 동료와 소송, 투쟁사요, 印 星이 되면 부모님, 각종 문서, 학문의 일이요, 食傷이면 자손, 부하, 종 업원, 수하인, 투자, 직업변동의 일이요, 偏官이면 여자는 남편, 애인 문 제요, 남자는 질병, 직업, 인기, 귀신 문제요, 正官이면 남자는 관직, 직 장, 인기, 명예의 일이요, 正財이면 금전, 재물 문제요, 남자는 부인, 애 인, 여자 문제요, 偏財이면 여자는 재물, 금전, 상업 문제이다.

13) 占時가 當日干의 墓가 되면 田土, 墳墓, 佛事의 件으로 旺相은 田土事 이고, 囚死는 墓事이다.

14) 當日支와 占時가 元辰이 되면 질병 관계이다.

15) 占時가 當日支의 驛馬가 되면 이동, 변동의 일이다.

16) 占時가 當日支의 桃花가 되면 남녀 문제다.

17) 占時가 當日支의 劫殺이 되면 도난, 분실의 일이다.

18) 白色上衣를 입은 여성은 남편을 갈아치우거나 업무 및 上親이별이다.

19) 黃色上衣를 입은 여성은 別男中이다.

20) 靑色上衣를 입은 여성은 남편이 사업으로 거금 횡재를 노리는 것이고, 靑色下衣를 입은 미혼 남자는 욕심스레 여성을 구하는 중이다.

21) 赤色원피스를 입은 가정부인은 주택과 부부지간에 내쫓긴 상태에 있거 나 남편을 내쫓을 입장에 있다.

22) 黑色上衣를 입은 여자는 썩은 냄새가 물씬 나는 남편과 上親을 갖고 있다는 표시인 바 배우자가 病中이거나 징그러운 남편이 있다.

23) 소꿈을 꾼 날 첫 문점객은 조상 관계와 가족 관계로 찾아온다.

24) 말꿈을 꾼 날 첫 문점객은 여행, 이동, 변동, 이사에 관하여 찾아온다.

25) 개꿈을 꾼 날 첫 문점객은 상문살이 들었거나 집안 식구에게 상문살이 들었다.

26) 돼지꿈을 꾼 날 첫 문점객은 사업, 변동, 재수에 관해서 찾아온다.

27) 군인, 경찰, 학생 꿈을 꾼 날 첫 문점객은 승진, 입학, 퇴직, 신규사업에 관하여 찾아온다.

28) 똥꿈을 꾼 날 첫 문점객은 재수에 관한 것을 묻고 물장사, 음식점, 선박 어업을 하는 자가 찾아와서 재수에 관한 얘기를 한다.

29) 맑은 물이 넘치거나 보이는 꿈을 꾼 날 첫 문점객은 목욕탕, 술집, 수산 업 종사자나 사업하는 자가 재수에 관해서 찾아온다.

30) 문점객의 동작으로 찾아온 뜻을 추단할 수 있다. 귀를 만지면 남녀 간 의 애정 문제요, 눈을 만지면 자손의 문제이거나 어떤 명예에 관계되는 일이요, 입을 만지면 실직자나 구직을 원하는 사람, 어떤 사업을 하면 좋을까, 먹는 것과 관계되는 일이요, 목을 만지면 부모와 재산 문제, 계 약 등에 관계되는 일이요, 손을 만지면 분실, 도난, 사기, 손재에 관한 일이요, 이마를 만지면 부모와의 재산 관계, 계약 관계, 관공서와 관계 되는 일이요, 코를 만지면 부동산 매매 관계요, 눈썹을 만지면 형제 또 는 집안에 관계된 일이요, 배를 만지면 부동산 취득이나 재물을 얻고자 하는 일이요, 발을 만지면 원행, 택일, 데이트에 관계된 일이요, 수염을 만지면 도난, 사기 등에 관계된 일이요, 등을 긁으면 권력중책, 선거 등 에 관계된 일이요, 다리를 만지면 은밀한 출국이나 도피, 도주에 관계 된 일이요, 사타구니와 생식기를 만지면 남녀의 애인, 첩, 정부 등 사통 에 관계된 일이다.

31) 문점객이 들어와서 앉는 방위를 보고 온 뜻을 알 수 있다. 봄에 손님이

찾아와 서쪽에 앉으면 재물 문제나 송사 관계요, 여름에 온 손님이 동쪽에 앉으면 문서 계약이나 부모와의 관계요, 가을에 온 손님이 남쪽에 앉으면 싸움 관계나 질병 관계요, 겨울에 온 손님이 북쪽에 앉으면 자녀 문제나 부하, 종업원, 손아랫사람 문제이다.

32) 來客이 入室하는 年, 月, 日, 時를 奇門數로 布局하여 추단한다. 父母가 中宮에 動하였으면 부모에 관한 일이요, 妻財가 中宮에 動하였으면 재물이나 처에 관한 일이요, 子孫이 中宮에 動하였으면 자손에 관한 일이요 官이 中宮에 動하였으면 관직이나 사업에 관한 일이요, 구설에 관한 일이요, 歲干이 中宮에 入하면 君父의 일이요, 歲支가 中宮에 入하면 慈母나 관작에 관한 일이요, 月干이 中宮에 入하면 형제나 친구에 관한 일이거나 方伯事요, 月支가 中宮에 入하면 자매, 幕府, 빈객에 관한 일이요, 日干이 中宮에 入하면 자신에 관한 일이요, 日支가 中宮에 入하면 처첩이나 가택에 관한 일이요. 時干이 中宮에 入하면 남아, 자손에 관한 일이요, 時支가 中宮에 入하면 여아, 하인, 종업원, 부하에 관한 일이요, 官事를 점칠 시에 子孫이 中宮에 入하면 官事가 불길하나 歲나 月이 官을 돕고 官이 居旺이면 도리어 길하다. 官事를 점칠 시에 官이 中宮에 入하면 官이 성사됨이 있다. 재물, 재수에 관한 점을 칠 시에 子孫이 中宮에 入하면 재물운이 길하며 財가 中宮에 入할 시에도 財事가 이루어진다. 그러나 歲月이 克伐하면 다 불성되고 무릇 用神과 歲가 서로 극하여도 불성된다. 一六水가 中宮에 入하면 음식에 관한 일이거나 외국 왕래 또는 원행의 일이요, 혹은 도적에 관한 일이거나 주색에 관한 일이다. 二·七火가 中宮에 入하면 문서구설이나 송사요. 三·八木이 中宮에 入하면 布匹事나 舟車事요, 四·九金이 中宮에 入하면 兵馬事나 금전, 재물의 일이요, 五·十土가 中宮에 入하면 山事, 田地事, 곡물이나 약에 관한 일이다.

● 아래는 六爻의 何知論이니 來情에 참고하기 바란다.

1) 二爻나 三爻에 玄武 火官鬼나 白虎 火官鬼가 임하면 연탄가스가 스며 든다.

2) 二爻나 三爻에 朱雀水나 白虎水 騰蛇水가 임하면 침수소동이다.

3) 四爻에 騰蛇, 白虎, 朱雀, 火官鬼가 임하면 인근에 火災가 있다.

4) 二爻에 辰戌丑未土가 空亡되거나 白虎父가 加하면 부엌 바람벽이 무 너진다.

5) 四爻 子孫에 空亡이나 白虎가 임하면 外家歸路에 路上孫厄이다.

6) 五爻에 子孫爻가 空亡이면 街頭孫厄이요, 白虎, 騰蛇가 五爻孫이고 空 亡이면 流血厄이다.

7) 五爻 申酉에 白虎 子孫 空亡이면 鐵路線上에서 송아지가 血傷된다.

8) 六爻에 空亡이면 식모가 傷하거나 도망한다.

9) 六爻에 空亡을 맞거나 六爻白虎, 文書, 空亡이면 축대, 담벽이 파괴되 었다.

10) 六爻가 動하거나 空亡을 맞으면 무덤을 옮기거나 沙草를 하는 운이 있다.

11) 六爻에 土文書가 動하면 상석, 비석, 족보, 문집하는 운이다.

12) 二爻에 官鬼가 임하면 內患이 있다.

13) 二爻, 三爻에 騰蛇官, 白虎官, 朱雀官이 임하면 집에 괴성이 들린다.

14) 五爻에 玄武官이나 玄武兄弟 또는 玄武財空이 있으면 길거리에서 재 물을 도난 분실한다.

15) 五爻 財에 空亡 또는 財에 騰蛇, 혹은 五爻 財에 白虎가 임하면 街頭 妻厄이다.

16) 三爻에 白虎, 騰蛇, 朱雀이 붙거나 三爻에 空亡이 임하면 돼지가 많다.

17) 外卦에 靑龍財나 白虎財가 임하면 외화 획득한다.

18) 外卦父爻에 空亡이 임하면 부모가 노상에서 액을 당한다.

19) 文爻에 空亡이나 玄武가 임하면 문서를 분실한다.

20) 文書가 動하여 財로 변하면 재산을 매각 처분하게 된다.

21) 二爻 官이 변하여 子孫으로 化하면 임신으로 인하여 앓는다.

22) 財爻가 動하여 文書로 化하면 재산 취득을 하게 된다.

23) 內卦財와 外卦財가 相沖되면 처와 첩이 싸우게 된다.

24) 外卦의 財를 持世하고 空亡을 맞으면 길거리에서 여자와 같이 가다가 봉변을 당한다.

25) 外卦에 子孫이 動하면 外房得子하게 된다.

26) 孫化爲官이 되고 白虎나 騰蛇가 임하면 임신이 流産된다. 孫化爲文에 白虎가 임하여도 유산된다.

27) 子孫爻가 動하면 자손이 생긴다.

28) 世에 子孫이 動하여 官으로 化하면 人工流産하게 된다.

29) 外卦子孫이 內卦持世와 生이나 합하면 객지에 나가 있는 자손이 돌아온다.

30) 子孫爻가 內卦와 外卦에서 각각 動하면 일년에 자식 둘이 생기게 된다.

31) 子孫爻에 朱雀이 임하여 動하면 출생하는 자손으로 인하여 구설이 생긴다.

32) 勾陳官이 持世되면 官災口舌이 있게 된다.

33) 朱雀이나 白虎에 官이 있으면 송사나 관재 구설이 있게 된다.

34) 初爻가 官鬼가 있거나 初爻空亡이면 양계 사업에 실패한다.

35) 二爻에 官鬼가 임하면 개가 죽거나 앓거나 집을 나간다. 二爻에 官鬼와 白虎가 붙으면 개가 죽고, 二爻에 官鬼와 朱雀이 임하면 개가 헛되이 짓거나 자주 울고, 玄武가 임하면 개를 잃어버리고, 勾陳이면 개가

시름시름 앓고, 靑龍이 空亡이면 개가 다치게 된다.

36) 三爻에 官鬼가 임하면 기르는 돼지가 잘 안 되거나 죽게 된다.

37) 四爻에 官鬼가 임하거나 空亡되면 양잠이나 牧羊이 잘 안 된다.

38) 五爻에 官鬼 또는 空亡을 맞으면 소가 길거리에서 상한다.

39) 三爻에 朱雀官이나 白虎官이 임하고 다시 亥子水가 임하면 주택에 물이 스며든다.

40) 二爻에 玄武水官이 임하면 부엌이 침수된다.

41) 四爻, 二爻의 火官鬼가 연결되면 근처 집에 불이나서 내 집까지 타게 된다.

42) 靑龍官에 持世되면 공무원이 승진하게 된다.

43) 爻中에 兄弟가 持世되면 재물을 얻지 못한다.

44) 外卦에 兄弟가 空亡되면 형제 간에 路上厄이 있게 된다.

45) 白虎에 兄弟가 임하여 持世와 슴이 되면 형제나 친구로 인하여 재물의 손재를 보게 된다.

46) 內卦가 動하면 집을 이사하거나 수리하게 된다.

47) 吉神이 動하여 凶神으로 化하면 이사하여 손해와 재앙이 일어나게 되고, 凶星이 動하여 吉星으로 化하면 이사 후에 재난이 사라지고 길조가 생기게 된다.

48) 子孫이 動하여 官이나 文書로 化하면 이사한 연후에 자손의 액이 생기게 된다.

49) 初爻, 二爻의 白虎水가 空亡을 맞으면 장독이 깨진다.

50) 六爻에 空亡이 임하면 고용인이 도주한다.

51) 內卦에 應과 弔客이 같이 들면 타인이 내 집에서 죽게 된다.

52) 外卦에 持世가 空亡을 맞으면 路上厄을 당한다.

53) 喪門, 弔客이 卦中에 있거나 喪門이 動하면 상복을 입게 된다.

54) 艮爲山卦가 나오면 한 집안이 둘로 나뉘이고 雷山小過卦가 나오면 피를 보는 사고가 발생한다.

55) 五爻世나 身에 官이 임하면 교통법규 위반하여 관재가 일어난다.

56) 勾陳爻에 空亡이 임하면 전답에 파종한 씨앗이 잘 안 나온다.

57) 五爻에 騰蛇官이 있으면 소가 여물통에 올라서거나 소리를 지른다.

58) 勾陳土에 財나 孫이 임하면 농사가 잘 된다.

59) 水隔殺이 動하여 持世를 극제하면 바다나 강물에 고기를 잡으로 나갔다가 厄을 당한다. 수격살은 1,7月에 戌. 2,8月에 申. 3,9月에 午. 4,10月에 辰. 5,11月에 寅. 6,12月에 子를 말한다.

60) 靑龍이 亥子水에 임하고 다시 財나 子孫이 임하면 물고기를 많이 잡게 된다.

61) 卦中에 있는 財가 世를 구제하면 큰 돈을 벌게 된다.

62) 五爻가 動하면 식구의 출입이 많다.

63) 財持世에 空亡이 임하면 술자리나 잔치석에서 시비하거나 망신을 당하게 된다.

64) 父母爻에 白虎가 임하고 日辰이나 動爻의 刑剋을 받으면 父母가 病患이다.

65) 靑龍子孫이 爻中 뚜렷이 있으면 집안에 자손이 태어난다.

66) 六爻中에 子孫이 없으면 자손이 없다.

67) 父母爻가 動하여 子孫을 극상하면 자손에 질병이 있다.

68) 子孫爻에 白虎가 임하면 자손에 재앙이 있다.

69) 子孫爻에 空亡이 붙고 白虎가 임하면 어린아이가 죽는다.

70) 兄弟爻에 空亡이 붙고 白虎가 임하면 형제가 죽는다.

71) 白虎에 兄弟爻가 임하여 動하면 처가 재앙을 당한다.

72) 靑龍財에 天喜神이 임하면 처가 임신한다.

73) 內卦와 外卦에 財가 있으면 妻妾이나 애인이 있다.

74) 財爻에 空亡이 되고 白虎나 鬼가 임하면 처가 죽는다.

75) 官鬼가 空亡 또는 休囚되면 소송과 관재 구설이 끝나게 된다.

76) 朱雀이나 白虎에 官鬼가 임하면 송사가 많다.

77) 六親에 空亡, 休囚, 破가 없고 吉神이 임하면 집안의 가족이 평안하다.

78) 靑龍이 寅卯亥子에 임하면 식구가 늘게 된다.

79) 財爻가 旺相 또는 庫에 임하면 부자가 된다.

80) 勾陳土에 子孫이 임하면 논밭이나 대지를 사게 된다.

81) 靑龍爻에 財가 旺相하면 축산이나 식품산업 등이 잘 된다.

82) 靑龍福德이 二, 三爻에 임하면 집에 기쁨이 생긴다.

83) 福德이 靑龍에 임하거나 靑龍에 財가 있으면 집안이 부자가 된다.

84) 財爻에 大耗殺이 있거나 休囚되면 집안이 가난하게 살게 된다.

85) 卦中에 福德孫이 空亡되면 자손이 없어 늙어서 의지할 곳이 없다.

86) 二爻에 玄武나 官鬼가 있으면 집에 부엌이 파손된다.

87) 玄武 亥子水에 官이 임하면 집에 냄비나 솥에 물이 샌다.

88) 靑龍文爻가 旺相하면 새집을 짓거나 회사, 업체를 설립한다.

89) 白虎文書가 休囚되면 집이 망한다.

90) 六爻에 辰, 巳가 白虎와 空亡을 놓으면 묘에 바람이 많으니 산바람이 분다.

91) 六爻에 白虎空亡과 亥子가 임하면 묘지에 물이 들어 있다.

92) 六爻中에 巳,午火가 없으면 집에 香火가 그치게 된다.

93) 卦中에 亥,子水가 없으면 집에 바람이 없어 온화하고 물이 없다.

94) 六爻中에 火가 둘이 있으면 집에 부엌 아궁이가 둘이 있다.

95) 金官鬼에 空亡을 놓으면 불공을 드리다가 안 한다.

96) 六爻中에 두 官鬼가 旺하여 있거나 卦中에 文書爻가 두 곳에 있으면

한 집안에 두세 대가 산다.

97) 騰蛇나 白虎가 酉爻에 임하면 집의 닭이 밤중에 울거나 암탉이 우는
   등 소란을 부리게 된다.

98) 戌爻에 騰蛇나 白虎가 임하면 집의 개가 마구 짖어댄다.

99) 朱雀持世에 官鬼가 있으면 집에 관재와 구설이 있다.

100) 六爻中에 木爻에 朱雀이 임하면 집에 구설이 있다.

101) 朱雀이 兄에 붙거나 應이 임하면 집에 시비나 싸움이 많다.

102) 玄武나 官鬼가 世나 身에 임하면 집안에 도적이 든다.

103) 內卦騰蛇爻에 火官이 임하면 집에 홍역, 마마, 종기병 등이 들게 된다.

104) 用神이 入墓하거나 用神이 구출되지 못하면 집안 사람이 일찍 죽는다.

105) 官持世에 騰蛇가 임하면 꿈이 어지럽다.

106) 水爻에 玄武나 官이 임하면 사람이 물에 빠진다.

107) 木世爻에 騰蛇가 임하면 집안에 木鬼가 있다.

108) 白虎官鬼가 交重排되면 집안에 상복입을 수가 있다.

109) 玄武官鬼에 應하면 집안에 실물수가 있다.

110) 玄武나 勾陳이 財에 임하면 집의 의복을 도난당한다.

111) 初爻에 玄武官이 임하면 집의 닭을 잃어버리게 된다.

112) 丑,亥爻에 모두 空亡이면 농촌에 소, 돼지가 없는 집이다.

113) 酉戌爻에 모두 空亡이면 농촌에 닭과 개가 없는 집이다.

114) 世應에 空亡이 있으면 집에 손님이 안 온다.

115) 卦中에 六爻가 모두 亂動하면 집안이 편안치 못하다.

116) 卦中에 財가 없으면 홀아비이고, 卦中에 官이 없으면 과부이다.

117) 用神이 休囚되고 眞空되면 실업자이다.

118) 世爻에 驛馬가 임하여 動하면 원행을 하려고 한다.

119) 財가 孫으로 化하거나 孫이 財로 化하고 靑龍을 띠면 결혼을 하려고

한다.

120) 五爻丑土가 白虎를 띠고 父爻를 破克하면 부친이 소에 받쳐 다친다.

121) 外卦財가 世爻에 임하고 白虎를 띠고 空亡되면 바람피우다가 봉변당한다.

122) 玄武財가 動하여 世를 극하면 처가 나를 속인다.

123) 白虎官이 動하여 世를 극하면 남편의 학대가 심하다.

124) 財爻가 命位에 임하거나 玄武財가 動하여 應과 合되면 처첩이 부정하다.

6. 鐵版神數論

鐵版神數는 傳奇性의 祿命書로서 宋代의 邵康節선생께서 지으셨다. 邵康節선생은 上通天文하고 下達地理하였으며 人事命理에 두루 통달하신 巨儒로서 皇極經世書, 皇極策數, 梅花易數, 五條訣, 擊壤集 등의 명저를 남긴 卜筮學에 있어서는 전무후무한 대석학이다.

鐵版神數는 象數易에 의한 命學의 최고봉이라고 할 수 있겠으나 아쉽게도 假令章이 없어서 후학들이 공부하기에 많은 어려움이 있다.

鐵版神數는 宋代에는 없던 관직명이 기록되어 있는 것으로 보아 明淸兩代에 걸쳐 완성된 것으로 추측된다. 淸代 말엽에 鐵卜子라는 학자가 鐵版神數를 編著하였다. 철판신수는 淸代 嘉慶年間에 많이 성행하였으나 淸代 말엽에는 급격히 감소했다.

淸代에 사용하던 版本은 3종이 있었는데 첫째는 中州派, 둘째는 江浙派, 셋째는 南派가 있었으며 각파가 사용하던 條文의 수는 달랐는데 그 중에서 南派가 가장 많으며 여기에 소개하는 것은 南派의 版本에 의한 것임을 밝힌다. 뜻있는 분의 연구를 기대하는 바이다.

<例 式 1>

4	8	8	3
辛	丙	丙	庚
卯	午	戌	子
3,8	2,7	5,10	1,6

天干爲納甲數

地支爲河圖數

奇數加奇數減二十五

偶數加偶數減三十

餘數合而取卦此例式屬坤卦

<十天干奇偶序位排列>

甲	丙	戊	庚	壬	乙	丁	己	辛	月	(癸)
一	二	三	四	五	六	七	八	九	0	

<例 式 2>

9	4	9	3
己	辛	己	庚
亥	巳	丑	辰
1,6	2,7	5,10	5,10

<八卦加則>

爻從三十起, 乾卦六爲頭, 兌爲後少女,

隻中一網收, 變知六八止, 應世兩同傳, 遇十須不用,

玄玄妙法周, 當看多寡數, 及止乘囚由

<天干配卦>

壬甲從乾數, 乙癸向坤求, 丙來艮上立, 辛在巽方留,
庚以震爲門, 己以離爲頭, 戊須坎處出, 丁向兌家收

<地支配卦>

一數坎兮二數坤, 三震四巽數中分, 五寄中宮六乾是, 八艮七兌九離門

<日支配卦>

亥子坎宮寅卯木, 巳午離門丑在坤, 申酉乾金辰是巽, 未坤原來戌巽眞

<河洛配數(太玄數)>

甲己子午九, 乙庚丑未八, 丙辛寅申七, 丁壬卯酉六, 戊癸辰戌五, 巳亥
單四數

<地支取數>

亥子一六水, 寅卯三八眞, 巳午二七火, 申酉四九金, 中宮辰戌是, 丑未
五同歸

● 納乾坤屯卦 例示

乾은 父親을 말하고 坤은 母親을 말하며 屯은 混合論을 가르치는 것이
다. ※月은 癸와 同

天干과 數理	死 亡 之 年
庚丁庚乙 4 7 4 6	父母同死於水年及火年方合
庚壬戊乙 4 5 3 6	父死於水年, 母死於火年, 方合此卦
戊壬辛丁 3 5 9 7	父母死於水土之年, 此刻生人不差
戊庚甲戊 3 4 1 3	父母故於馬年羊年, 方合
甲甲丙丙丁 1 1 2 2 7	父母死於土木之年, 方合此卦
甲月丙戊乙 1 0 2 3 6	父故於金水之年, 母死於木火之年, 方合此卦

● 納月屯卦 例示

納月屯卦는 母親의 高壽를 지칭하는 뜻이며 月은 어머니를 말한다.

甲甲己甲丁 1 1 8 1 7	母親高壽

● 納單屯卦 例示

納單屯卦는 단독으로 父亡의 年을 논하기나 단독으로 母亡의 年을 論함을 가르친다.

天干과 數理	死 亡 之 年
乙壬丁庚 6 5 7 4	父故於水年方合
己乙乙己 8 6 6 8	土年父命先終, 方合此卦
甲辛壬己 1 9 5 8	此刻生人, 父亡於木年, 方合此卦
丁丁庚甲 7 7 4 1	火年父命先終
庚庚戊丁 4 4 3 7	此刻生人, 父先亡於金年
戊丁辛己 3 7 9 8	父故於水年, 母尙猶茂方合
丙甲丁丙 2 1 7 2	金年母先終, 方合此刻
丙甲庚戊 2 1 4 3	木年母先終, 方合此卦
戊丁己己 3 7 8 8	水年母先終, 方合此卦

● 納后天乾坤卦 例示

納后天乾坤卦는 後天性의 過房繼養과 偏母側室所生 등등의 歸納사항을 말한다.

戊丙丙壬 3 2 2 5	命當過房, 繼育成人, 方合此卦
己己丁丙 8 8 7 2	初年承繼, 數該兩處雙親
己乙己辛 8 6 8 9	分有前定, 生我後母
壬乙庚丁 5 6 4 7	此命出于偏房, 合此刻數
乙辛辛戊 6 9 9 3	擇賢無方, 出身偏房
戊丙乙丙 3 2 6 2	當有二母之稱

● 日月並明卦 例示

日月並明卦는 父母俱在의 歸類이다. ※日은 아버지요, 月은 어머니다. 卦에서 月은 癸와 같음.

戊己月辛 3 8 0 9	此刻生人, 双親俱全
壬己壬乙 5 8 5 6	此刻生人, 堂前双親並茂
壬戊乙甲 5 3 6 1	招得父有壽, 在堂是也
壬壬丙甲 5 5 2 1	此刻生人, 萱花獨茂

● 納木卦 例示

納木卦는 妻命소속의 五行을 말하고, 여기에서 木이란 妻를 가르친다.

庚戊乙丁 4 3 6 7	妻命屬金, 方合此卦
戊丙乙甲 3 2 6 1	妻命本屬木
甲月己丁庚 1 0 8 7 4	此刻生人, 妻命屬水
戊庚庚月 3 4 4 0	妻命屬火方合
戊戊庚庚 3 3 4 4	妻命本屬土, 方合此刻

● 匹木卦 例示

匹木卦는 娶妻의 年이나 妻命 소속의 五行을 가르치는 것이다.

丙己甲庚 2 8 1 4	妻命屬火, 娶妻之年屬土
乙己甲辛 6 8 1 9	水土之命宜配妻, 方合此卦
戊戊辛甲 3 3 9 1	妻命納音水, 娶妻之年 納音金
壬戊戊辛 5 3 3 9	招妻在木年

1. 兄弟人數

數　理	兄弟 人數	數　　理	兄弟 人數
9 8 7 3	2 人	9 9 8 3	13 人
9 8 8 3	3 人	9 9 9 3	14 人
9 8 9 3	4 人	1 1 6 0 3	2 人
9 9 0 3	5 人	1 1 6 1 3	3 人
9 9 1 3	6 人	1 1 6 2 3	4 人
9 9 2 3	7 人	1 1 6 3 3	5 人
9 9 3 3	8 人	1 1 6 4 3	6 人
9 9 4 3	9 人	1 1 6 5 3	7 人
9 9 5 3	10 人	1 1 6 6 3	8 人
9 9 6 3	11 人	1 1 6 7 3	9 人
9 9 7 3	12 人		

2. 夫妻年齡 相同

數　理	夫妻 生年	數　理	夫妻 生年
1 1 0 0 3	甲 子	1 1 1 0 3	甲 寅
1 1 0 1 3	丙 子	1 1 1 1 3	丙 寅
1 1 0 2 3	戊 子	1 1 1 2 3	戊 寅
1 1 0 3 3	庚 子	1 1 1 3 3	庚 寅
1 1 0 4 3	壬 子	1 1 1 4 3	壬 寅
1 1 0 5 3	乙 丑	1 1 1 5 3	乙 卯
1 1 0 6 3	丁 丑	1 1 1 6 3	丁 卯
1 1 0 7 3	己 丑	1 1 1 7 3	己 卯
1 1 0 8 3	辛 丑	1 1 1 8 3	辛 卯
1 1 0 9 3	癸 丑	1 1 1 9 3	癸 卯

數　理	夫妻 生年	數　理	夫妻 生年
1 1 2 0 3	甲 辰	1 1 4 0 3	甲 申
1 1 2 1 3	丙 辰	1 1 4 1 3	丙 申
1 1 2 2 3	戊 辰	1 1 4 2 3	戊 申
1 1 2 3 3	庚 辰	1 1 4 3 3	庚 申
1 1 2 4 3	壬 辰	1 1 4 4 3	壬 申
1 1 2 5 3	乙 巳	1 1 4 5 3	乙 酉
1 1 2 6 3	丁 巳	1 1 4 6 3	丁 酉
1 1 2 7 3	己 巳	1 1 4 7 3	己 酉
1 1 2 8 3	辛 巳	1 1 4 8 3	辛 酉
1 1 2 9 3	癸 巳	1 1 4 9 3	癸 酉
1 1 3 0 3	甲 午	1 1 5 0 3	甲 戌
1 1 3 1 3	丙 午	1 1 5 1 3	丙 戌
1 1 3 2 3	戊 午	1 1 5 2 3	戊 戌
1 1 3 3 3	庚 午	1 1 5 3 3	庚 戌
1 1 3 4 3	壬 午	1 1 5 4 3	壬 戌
1 1 3 5 3	乙 未	1 1 5 5 3	乙 亥
1 1 3 6 3	丁 未	1 1 5 6 3	丁 亥
1 1 3 7 3	己 未	1 1 5 7 3	己 亥
1 1 3 8 3	辛 未	1 1 5 8 3	辛 亥
1 1 3 9 3	癸 未	1 1 5 9 3	癸 亥

3. 原配妻命甲子

數 理	妻生年	數 理	妻生年
9767	甲子	10067	甲午
9777	丙子	10077	丙午
9787	戊子	10087	戊午
9797	庚子	10097	庚午
9807	壬子	10107	壬午
9817	乙丑	10117	乙未
9827	丁丑	10127	丁未
9837	己丑	10137	己未
9847	辛丑	10147	辛未
9857	癸丑	10157	癸未
9867	甲寅	10167	甲申
9877	丙寅	10177	丙申
9887	戊寅	10187	戊申
9897	庚寅	10197	庚申
9907	壬寅	10207	壬申
9917	乙卯	10217	乙酉
9927	丁卯	10227	丁酉
9937	己卯	10237	己酉
9947	辛卯	10247	辛酉
9957	癸卯	10257	癸酉
9967	甲辰	10267	甲戌
9977	丙辰	10277	丙戌
9987	戊辰	10287	戊戌
9997	庚辰	10297	庚戌
10007	壬辰	10307	壬戌
10017	乙巳	10317	乙亥
10027	丁巳	10327	丁亥
10037	己巳	10337	己亥
10047	辛巳	10347	辛亥
10057	癸巳	10357	癸亥

4. 再娶妻命甲子

數　理	再娶妻生年	數　理	再娶妻生年
9 8 1 8	甲 子	1 0 1 1 8	甲 午
9 8 2 8	丙 子	1 0 1 2 8	丙 午
9 8 3 8	戊 子	1 0 1 3 8	戊 午
9 8 4 8	庚 子	1 0 1 4 8	庚 午
9 8 5 8	壬 子	1 0 1 5 8	壬 午
9 8 6 8	乙 丑	1 0 1 6 8	乙 未
9 8 7 8	丁 丑	1 0 1 7 8	丁 未
9 8 8 8	己 丑	1 0 1 8 8	己 未
9 8 9 8	辛 丑	1 0 1 9 8	辛 未
9 9 0 8	癸 丑	1 0 2 0 8	癸 未
9 9 1 8	甲 寅	1 0 2 1 8	甲 申
9 9 2 8	丙 寅	1 0 2 2 8	丙 申
9 9 3 8	戊 寅	1 0 2 3 8	戊 申
9 9 4 8	庚 寅	1 0 2 4 8	庚 申
9 9 5 8	壬 寅	1 0 2 5 8	壬 申
9 9 6 8	乙 卯	1 0 2 6 8	乙 酉
9 9 7 8	丁 卯	1 0 2 7 8	丁 酉
9 9 8 8	己 卯	1 0 2 8 8	己 酉
9 9 9 8	辛 卯	1 0 2 9 8	辛 酉
1 0 0 0 8	癸 卯	1 0 3 0 8	癸 酉
1 0 0 1 8	甲 辰	1 0 3 1 8	甲 戌
1 0 0 2 8	丙 辰	1 0 3 2 8	丙 戌
1 0 0 3 8	戊 辰	1 0 3 3 8	戊 戌
1 0 0 4 8	庚 辰	1 0 3 4 8	庚 戌
1 0 0 5 8	壬 辰	1 0 3 5 8	壬 戌
1 0 0 6 8	乙 巳	1 0 3 6 8	乙 亥
1 0 0 7 8	丁 巳	1 0 3 7 8	丁 亥
1 0 0 8 8	己 巳	1 0 3 8 8	己 亥
1 0 0 9 8	辛 巳	1 0 3 9 8	辛 亥
1 0 1 0 8	癸 巳	1 0 4 0 8	癸 亥

5. 三娶妻命生肖所屬

數　理	三娶妻生年
1 0 6 2 2	子
1 0 6 3 2	丑
1 0 6 4 2	寅
1 0 6 5 2	卯
1 0 6 6 2	辰
1 0 6 7 2	巳
1 0 6 8 2	午
1 0 6 9 2	未
1 0 7 0 2	甲
1 0 7 1 2	酉
1 0 7 2 2	戌
1 0 7 3 2	亥

6. 四娶妻命甲子

數 理	四娶妻生年	數 理	四娶妻生年
1 2 0 0 2	甲 子	1 2 3 0 2	甲 午
1 2 0 1 2	丙 子	1 2 3 1 2	丙 午
1 2 0 2 2	戊 子	1 2 3 2 2	戊 午
1 2 0 3 2	庚 子	1 2 3 3 2	庚 午
1 2 0 4 2	壬 子	1 2 3 4 2	壬 午
1 2 0 5 2	乙 丑	1 2 3 5 2	乙 未
1 2 0 6 2	丁 丑	1 2 3 6 2	丁 未
1 2 0 7 2	己 丑	1 2 3 7 2	己 未
1 2 0 8 2	辛 丑	1 2 3 8 2	辛 未
1 2 0 9 2	癸 丑	1 2 3 9 2	癸 未
1 2 1 0 2	甲 寅	1 2 4 0 2	甲 申
1 2 1 1 2	丙 寅	1 2 4 1 2	丙 申
1 2 1 2 2	戊 寅	1 2 4 2 2	戊 申
1 2 1 3 2	庚 寅	1 2 4 3 2	庚 申
1 2 1 4 2	壬 寅	1 2 4 4 2	壬 申
1 2 1 5 2	乙 卯	1 2 4 5 2	乙 酉
1 2 1 6 2	丁 卯	1 2 4 6 2	丁 酉
1 2 1 7 2	己 卯	1 2 4 7 2	己 酉
1 2 1 8 2	辛 卯	1 2 4 8 2	辛 酉
1 2 1 9 2	癸 卯	1 2 4 9 2	癸 酉
1 2 2 0 2	甲 辰	1 2 5 0 2	甲 戌
1 2 2 1 2	丙 辰	1 2 5 1 2	丙 戌
1 2 2 2 2	戊 辰	1 2 5 2 2	戊 戌
1 2 2 3 2	庚 辰	1 2 5 3 2	庚 戌
1 2 2 4 2	壬 辰	1 2 5 4 2	壬 戌
1 2 2 5 2	乙 巳	1 2 5 5 2	乙 亥
1 2 2 6 2	丁 巳	1 2 5 6 2	丁 亥
1 2 2 7 2	己 巳	1 2 5 7 2	己 亥
1 2 2 8 2	辛 巳	1 2 5 8 2	辛 亥
1 2 2 9 2	癸 巳	1 2 5 9 2	癸 亥

7. 元配의 喪妻之歲

數　理	喪妻之歲	數　理	喪妻之歲
1 2 7 2 1	1 9 歲	1 2 8 6 1	3 3 歲
1 2 7 3 1	2 0 歲	1 2 8 7 1	3 4 歲
1 2 7 4 1	2 1 歲	1 2 8 8 1	3 5 勢
1 2 7 5 1	2 2 歲	1 2 8 9 1	3 6 歲
1 2 7 6 1	2 3 歲	1 2 9 0 1	3 7 歲
1 2 7 7 1	2 4 歲	1 2 9 1 1	3 8 歲
1 2 7 8 1	2 5 歲	1 2 9 2 1	3 9 歲
1 2 7 9 1	2 6 歲	1 2 9 3 1	4 0 歲
1 2 8 0 1	2 7 歲	1 2 9 4 1	4 1 歲
1 2 8 1 1	2 8 歲	1 2 9 5 1	4 2 歲
1 2 8 2 1	2 9 歲	1 2 9 6 1	4 3 歲
1 2 8 3 1	3 0 歲	1 2 9 7 1	4 4 歲
1 2 8 4 1	3 1 歲	1 2 9 8 1	4 5 歲
1 2 8 5 1	3 2 歲	1 2 9 9 1	4 6 歲

사주 명리학의 핵심

8. 再配의 喪妻之歲

數 理	再娶妻의 喪妻之歲	數 理	再娶妻의 喪妻之歲
1 1 0 3 2	2 1 - 2 2 歲	1 1 1 6 2	4 7 - 4 8 歲
1 1 0 4 2	2 3 - 2 4 歲	1 1 1 7 2	4 9 - 5 0 歲
1 1 0 5 2	2 5 - 2 6 歲	1 1 1 8 2	5 1 - 5 2 歲
1 1 0 6 2	2 7 - 2 8 歲	1 1 1 9 2	5 3 - 5 4 歲
1 1 0 7 2	2 9 - 3 0 歲	1 1 2 0 2	5 5 - 5 6 歲
1 1 0 8 2	3 1 - 3 2 歲	1 1 2 1 2	5 7 - 5 8 歲
1 1 0 9 2	3 3 - 3 4 歲	1 1 2 2 2	5 9 - 6 0 歲
1 1 1 0 2	3 5 - 3 6 歲	1 1 2 3 2	6 1 - 6 2 歲
1 1 1 1 2	3 7 - 3 8 歲	1 1 2 4 2	6 3 - 6 4 歲
1 1 1 2 2	3 9 - 4 0 歲	1 1 2 5 2	6 5 - 6 6 歲
1 1 1 3 2	4 1 - 4 2 歲	1 1 2 6 2	6 7 - 6 8 歲
1 1 1 4 2	4 3 - 4 4 歲	1 1 2 7 2	6 9 - 7 0 歲
1 1 1 5 2	4 5 - 4 6 歲		

사주 명리학의 핵심

9. 再婚之歲

數　理	再　婚　之　歲
1 1 2 8 2	2 1 - 2 2 歲
1 1 2 9 2	2 3 - 2 4 歲
1 1 3 0 2	2 5 - 2 6 歲
1 1 3 1 2	2 7 - 2 8 歲
1 1 3 2 2	2 9 - 3 0 歲
1 1 3 3 2	3 1 - 3 2 歲
1 1 3 4 2	3 3 - 3 4 歲
1 1 3 5 2	3 5 - 3 6 歲
1 1 3 6 2	3 7 - 3 8 歲
1 1 3 7 2	3 9 - 4 0 歲
1 1 3 8 2	4 1 - 4 2 歲
1 1 3 9 2	4 3 - 4 4 歲

10. 原配夫命甲子

數 理	夫君生年	數 理	夫君生年
10363	甲 子	10663	甲 午
10373	丙 子	10673	丙 午
10383	戊 子	10683	戊 午
10393	庚 子	10693	庚 午
10403	壬 子	10703	壬 午
10413	乙 丑	10713	乙 未
10423	丁 丑	10723	丁 未
10433	己 丑	10733	己 未
10443	辛 丑	10743	辛 未
10453	癸 丑	10753	癸 未
10463	甲 寅	10763	甲 申
10473	丙 寅	10773	丙 申
10483	戊 寅	10783	戊 申
10493	庚 寅	10793	庚 申
10503	壬 寅	10803	壬 申
10513	乙 卯	10813	乙 酉
10523	丁 卯	10823	丁 酉
10533	己 卯	10833	己 酉
10543	辛 卯	10843	辛 酉
10553	癸 卯	10853	癸 酉
10563	甲 辰	10863	甲 戌
10573	丙 辰	10873	丙 戌
10583	戊 辰	10883	戊 戌
10593	庚 辰	10893	庚 戌
10603	壬 辰	10903	壬 戌
10613	乙 巳	10913	乙 亥
10623	丁 巳	10923	丁 亥
10633	己 巳	10933	己 亥
10643	辛 巳	10943	辛 亥
10653	癸 巳	10953	癸 亥

11. 再嫁夫命甲子

數　理	再嫁夫生年	數　理	再嫁夫生年
1 1 1 2 6	甲　子	1 1 4 2 6	甲　午
1 1 1 3 6	丙　子	1 1 4 3 6	丙　午
1 1 1 4 6	戊　子	1 1 4 4 6	戊　午
1 1 1 5 6	庚　子	1 1 4 5 6	庚　午
1 1 1 6 6	壬　子	1 1 4 6 6	壬　午
1 1 1 7 6	乙　丑	1 1 4 7 6	乙　未
1 1 1 8 6	丁　丑	1 1 4 8 6	丁　未
1 1 1 9 6	己　丑	1 1 4 9 6	己　未
1 1 2 0 6	辛　丑	1 1 5 0 6	辛　未
1 1 2 1 6	癸　丑	1 1 5 1 6	癸　未
1 1 2 2 6	甲　寅	1 1 5 2 6	甲　申
1 1 2 3 6	丙　寅	1 1 5 3 6	丙　申
1 1 2 4 6	戊　寅	1 1 5 4 6	戊　申
1 1 2 5 6	庚　寅	1 1 5 5 6	庚　申
1 1 2 6 6	壬　寅	1 1 5 6 6	壬　申
1 1 2 7 6	乙　卯	1 1 5 7 6	乙　酉
1 1 2 8 6	丁　卯	1 1 5 8 6	丁　酉
1 1 2 9 6	己　卯	1 1 5 9 6	己　酉
1 1 3 0 6	辛　卯	1 1 6 0 6	辛　酉
1 1 3 1 6	癸　卯	1 1 6 1 6	癸　酉
1 1 3 2 6	甲　辰	1 1 6 2 6	甲　戌
1 1 3 3 6	丙　辰	1 1 6 3 6	丙　戌
1 1 3 4 6	戊　辰	1 1 6 4 6	戊　戌
1 1 3 5 6	庚　辰	1 1 6 5 6	庚　戌
1 1 3 6 6	壬　辰	1 1 6 6 6	壬　戌
1 1 3 7 6	乙　巳	1 1 6 7 6	乙　亥
1 1 3 8 6	丁　巳	1 1 6 8 6	丁　亥
1 1 3 9 6	己　巳	1 1 6 9 6	己　亥
1 1 4 0 6	辛　巳	1 1 7 0 6	辛　亥
1 1 4 1 6	癸　巳	1 1 7 1 6	癸　亥

12. 再嫁夫命甲子

數　理	再嫁夫生年	數　理	再嫁夫生年
1 2 4 0 6	甲 子	1 2 7 0 6	甲 午
1 2 4 1 6	丙 子	1 2 7 1 6	丙 午
1 2 4 2 6	戊 子	1 2 7 2 6	戊 午
1 2 4 3 6	庚 子	1 2 7 3 6	庚 午
1 2 4 4 6	壬 子	1 2 7 4 6	壬 午
1 2 4 5 6	乙 丑	1 2 7 5 6	乙 未
1 2 4 6 6	丁 丑	1 2 7 6 6	丁 未
1 2 4 7 6	己 丑	1 2 7 7 6	己 未
1 2 4 8 6	辛 丑	1 2 7 8 6	辛 未
1 2 4 9 6	癸 丑	1 2 7 9 6	癸 未
1 2 5 0 6	甲 寅	1 2 8 0 6	甲 申
1 2 5 1 6	丙 寅	1 2 8 1 6	丙 申
1 2 5 2 6	戊 寅	1 2 8 2 6	戊 申
1 2 5 3 6	庚 寅	1 2 8 3 6	庚 申
1 2 5 4 6	壬 寅	1 2 8 4 6	壬 申
1 2 5 5 6	乙 卯	1 2 8 5 6	乙 酉
1 2 5 6 6	丁 卯	1 2 8 6 6	丁 酉
1 2 5 7 6	己 卯	1 2 8 7 6	己 酉
1 2 5 8 6	辛 卯	1 2 8 8 6	辛 酉
1 2 5 9 6	癸 卯	1 2 8 9 6	癸 酉
1 2 6 0 6	甲 辰	1 2 9 0 6	甲 戌
1 2 6 1 6	丙 辰	1 2 9 1 6	丙 戌
1 2 6 2 6	戊 辰	1 2 9 2 6	戊 戌
1 2 6 3 6	庚 辰	1 2 9 3 6	庚 戌
1 2 6 4 6	壬 辰	1 2 9 4 6	壬 戌
1 2 6 5 6	乙 巳	1 2 9 5 6	乙 亥
1 2 6 6 6	丁 巳	1 2 9 6 6	丁 亥
1 2 6 7 6	己 巳	1 2 9 7 6	己 亥
1 2 6 8 6	辛 巳	1 2 9 8 6	辛 亥
1 2 6 9 6	癸 巳	1 2 9 9 6	癸 亥

13. 三嫁夫命甲子

數 理	三嫁夫生年	數 理	三嫁夫生年
1 1 1 2 6	甲 子	1 1 4 2 6	甲 午
1 1 1 3 6	丙 子	1 1 4 3 6	丙 午
1 1 1 4 6	戊 子	1 1 4 4 6	戊 午
1 1 1 5 6	庚 子	1 1 4 5 6	庚 午
1 1 1 6 6	壬 子	1 1 4 6 6	壬 午
1 1 1 7 6	乙 丑	1 1 4 7 6	乙 未
1 1 1 8 6	丁 丑	1 1 4 8 6	丁 未
1 1 1 9 6	己 丑	1 1 4 9 6	己 未
1 1 2 0 6	辛 丑	1 1 5 0 6	辛 未
1 1 2 1 6	癸 丑	1 1 5 1 6	癸 未
1 1 2 2 6	甲 寅	1 1 5 2 6	甲 申
1 1 2 3 6	丙 寅	1 1 5 3 6	丙 申
1 1 2 4 6	戊 寅	1 1 5 4 6	戊 申
1 1 2 5 6	庚 寅	1 1 5 5 6	庚 申
1 1 2 6 6	壬 寅	1 1 5 6 6	壬 申
1 1 2 7 6	乙 卯	1 1 5 7 6	乙 酉
1 1 2 8 6	丁 卯	1 1 5 8 6	丁 酉
1 1 2 9 6	己 卯	1 1 5 9 6	己 酉
1 1 3 0 6	辛 卯	1 1 6 0 6	辛 酉
1 1 3 1 6	癸 卯	1 1 6 1 6	癸 酉
1 1 3 2 6	甲 辰	1 1 6 2 6	甲 戌
1 1 3 3 6	丙 辰	1 1 6 3 6	丙 戌
1 1 3 4 6	戊 辰	1 1 6 4 6	戊 戌
1 1 3 5 6	庚 辰	1 1 6 5 6	庚 戌
1 1 3 6 6	壬 辰	1 1 6 6 6	壬 戌
1 1 3 7 6	乙 巳	1 1 6 7 6	乙 亥
1 1 3 8 6	丁 巳	1 1 6 8 6	丁 亥
1 1 3 9 6	己 巳	1 1 6 9 6	己 亥
1 1 4 0 6	辛 巳	1 1 7 0 6	辛 亥
1 1 4 1 6	癸 巳	1 1 7 1 6	癸 亥

14. 喪夫之年

數　理	喪夫之歲	數　理	喪夫之歲
1 1 7 8 9	3 1 歲	1 2 7 9 9	3 2 歲
1 1 7 9 9	3 2 歲	1 2 8 0 9	3 3 歲
1 1 8 0 9	3 3 歲	1 2 8 1 9	3 4 歲
1 1 8 1 9	3 4 歲	1 2 8 2 9	3 5 歲
1 1 8 2 9	3 5 歲	1 2 8 3 9	3 6 歲
1 1 8 3 9	3 6 歲	1 2 8 4 9	3 7 歲
1 2 6 4 9	1 7 歲	1 2 8 5 9	3 8 歲
1 2 6 5 9	1 8 歲	1 2 8 6 9	3 9 歲
1 2 6 6 9	1 9 歲	1 2 8 7 9	4 0 歲
1 2 6 7 9	2 0 歲	1 2 8 8 9	4 1 歲
1 2 6 8 9	2 1 歲	1 2 8 9 9	4 2 歲
1 2 6 9 9	2 2 歲	1 2 9 0 9	4 3 歲
1 2 7 0 9	2 3 歲	1 2 9 1 9	4 4 歲
1 2 7 1 9	2 4 歲	1 2 9 2 9	4 5 歲
1 2 7 2 9	2 5 歲	1 2 9 3 9	4 6 歲
1 2 7 3 9	2 6 歲	1 2 9 4 9	4 7 歲
1 2 7 4 9	2 7 歲	1 2 9 5 9	4 8 歲
1 2 7 5 9	2 8 歲	1 2 9 6 9	4 9 歲
1 2 7 6 9	2 9 歲	1 2 9 7 9	5 0 歲
1 2 7 7 9	3 0 歲	1 2 9 8 9	5 1 歲
1 2 7 8 9	3 1 歲	1 2 9 9 9	5 2 歲

15. 喪父之年

數　理	喪父之歲	數　理	喪父之歲
1 2 0 0 1	1 歲	1 2 2 6 1	2 7 歲
1 2 0 1 1	2 歲	1 2 2 7 1	2 8 歲
1 2 0 2 1	3 歲	1 2 2 8 1	2 9 歲
1 2 0 3 1	4 歲	1 2 2 9 1	3 0 歲
1 2 0 4 1	5 歲	1 2 3 0 1	3 1 歲
1 2 0 5 1	6 歲	1 2 3 1 1	3 2 歲
1 2 0 6 1	7 歲	1 2 3 2 1	3 3 歲
1 2 0 7 1	8 歲	1 2 3 3 1	3 4 歲
1 2 0 8 1	9 歲	1 2 3 4 1	3 5 歲
1 2 0 9 1	1 0 歲	1 2 3 5 1	3 6 歲
1 2 1 0 1	1 1 歲	1 2 3 6 1	3 7 歲
1 2 1 1 1	1 2 歲	1 2 3 7 1	3 8 歲
1 2 1 2 1	1 3 歲	1 2 3 8 1	3 9 歲
1 2 1 3 1	1 4 歲	1 2 3 9 1	4 0 歲
1 2 1 4 1	1 5 歲	1 2 4 0 1	4 1 歲
1 2 1 5 1	1 6 歲	1 2 4 1 1	4 2 歲
1 2 1 6 1	1 7 歲	1 2 4 2 1	4 3 歲
1 2 1 7 1	1 8 歲	1 2 4 3 1	4 4 歲
1 2 1 8 1	1 9 歲	1 2 4 4 1	4 5 歲
1 2 1 9 1	2 0 歲	1 2 4 5 1	4 6 歲
1 2 2 0 1	2 1 歲	1 2 4 6 1	4 7 歲
1 2 2 1 1	2 2 歲	1 2 4 7 1	4 8 歲
1 2 2 2 1	2 3 歲	1 2 4 8 1	4 9 歲
1 2 2 3 1	2 4 歲	1 2 4 9 1	5 0 歲
1 2 2 4 1	2 5 歲		
1 2 2 5 1	2 6 歲		

16. 喪母之年

數　理	喪母之歲	數　理	喪母之歲
1 2 0 7 0	1 歲	1 2 3 7 0	3 1 歲
1 2 0 8 0	2 歲	1 2 3 8 0	3 2 歲
1 2 0 9 0	3 歲	1 2 3 9 0	3 3 歲
1 2 1 0 0	4 歲	1 2 4 0 0	3 4 歲
1 2 1 1 0	5 歲	1 2 4 1 0	3 5 歲
1 2 1 2 0	6 歲	1 2 4 2 0	3 6 歲
1 2 1 3 0	7 歲	1 2 4 3 0	3 7 歲
1 2 1 4 0	8 歲	1 2 4 4 0	3 8 歲
1 2 1 5 0	9 歲	1 2 4 5 0	3 9 歲
1 2 1 6 0	1 0 歲	1 2 4 6 0	4 0 歲
1 2 1 7 0	1 1 歲	1 2 4 7 0	4 1 歲
1 2 1 8 0	1 2 歲	1 2 4 8 0	4 2 歲
1 2 1 9 0	1 3 歲	1 2 4 9 0	4 3 歲
1 2 2 0 0	1 4 歲	1 2 5 0 0	4 4 歲
1 2 2 1 0	1 5 歲	1 2 5 1 0	4 5 歲
1 2 2 2 0	1 6 歲	1 2 5 2 0	4 6 歲
1 2 2 3 0	1 7 歲	1 2 5 3 0	4 7 歲
1 2 2 4 0	1 8 歲	1 2 5 4 0	4 8 歲
1 2 2 5 0	1 9 歲	1 2 5 5 0	4 9 歲
1 2 2 6 0	2 0 歲	1 2 5 6 0	5 0 歲
1 2 2 7 0	2 1 歲	1 2 5 7 0	5 1 歲
1 2 2 8 0	2 2 歲	1 2 5 8 0	5 2 歲
1 2 2 9 0	2 3 歲	1 2 5 9 0	5 3 歲
1 2 3 0 0	2 4 歲	1 2 6 0 0	5 4 歲
1 2 3 1 0	2 5 歲	1 2 6 1 0	5 5 歲
1 2 3 2 0	2 6 歲	1 2 6 2 0	5 6 歲
1 2 3 3 0	2 7 歲	1 2 6 3 0	5 7 歲
1 2 3 4 0	2 8 歲	1 2 6 4 0	5 8 歲
1 2 3 5 0	2 9 歲	1 2 6 5 0	5 9 歲
1 2 3 6 0	3 0 歲	1 2 6 6 0	6 0 歲

17. 孝服

數　理	父母雙亡之歲	數　理	父母雙亡之歲
1 0 0 0 1	幼　年	1 0 3 4 1	3 7 歲
1 0 0 1 1	4 歲	1 0 3 5 1	3 8 歲
1 0 0 2 1	5 歲	1 0 3 6 1	3 9 歲
1 0 0 3 1	6 歲	1 0 3 7 1	4 0 歲
1 0 0 4 1	7 歲	1 0 3 8 1	4 1 歲
1 0 0 5 1	8 歲	1 0 3 9 1	4 2 歲
1 0 0 6 1	9 歲	1 0 4 0 1	4 3 歲
1 0 0 7 1	1 0 歲	1 0 4 1 1	4 4 歲
1 0 0 8 1	1 1 歲	1 0 4 2 1	4 5 歲
1 0 0 9 1	1 2 歲	1 0 4 3 1	4 6 歲
1 0 1 0 1	1 3 歲	1 0 4 4 1	4 7 歲
1 0 1 1 1	1 4 歲	1 0 4 5 1	4 8 歲
1 0 1 2 1	1 5 歲	1 0 4 6 1	4 9 歲
1 0 1 3 1	1 6 歲	1 0 4 7 1	5 0 歲
1 0 1 4 1	1 7 歲	1 0 4 8 1	5 1 歲
1 0 1 5 1	1 8 歲	1 0 4 9 1	5 2 歲
1 0 1 6 1	1 9 歲	1 0 5 0 1	5 3 歲
1 0 1 7 1	2 0 歲	1 0 5 1 1	5 4 歲
1 0 1 8 1	2 1 歲	1 0 5 2 1	5 5 歲
1 0 1 9 1	2 2 歲	1 0 5 3 1	5 6 歲
1 0 2 0 1	2 3 歲	1 0 5 4 1	5 7 歲
1 0 2 1 1	2 4 歲	1 0 5 5 1	5 8 歲
1 0 2 2 1	2 5 歲	1 0 5 6 1	5 9 歲
1 0 2 3 1	2 6 歲	1 0 5 7 1	6 0 歲
1 0 2 4 1	2 7 歲	1 0 5 8 1	6 1 歲
1 0 2 5 1	2 8 歲	1 0 5 9 1	6 2 歲
1 0 2 6 1	2 9 歲	1 0 6 0 1	6 3 歲
1 0 2 7 1	3 0 歲	1 0 6 1 1	6 4 歲
1 0 2 8 1	3 1 歲	1 0 6 2 1	6 5 歲
1 0 2 9 1	3 2 歲	1 0 6 3 1	6 6 歲
1 0 3 0 1	3 3 歲	1 0 6 4 1	6 7 歲
1 0 3 1 1	3 4 歲	1 0 6 5 1	6 8 歲
1 0 3 2 1	3 5 歲	1 0 6 6 1	6 9 歲
1 0 3 3 1	3 6 歲	1 0 6 7 1	7 0 歲

18. 父母生肖

數 理	父母生年	數 理	父母生年
9 0 2 4	父子生,母子生	9 3 8 4	父卯生,母卯生
9 0 3 4	父子生,母丑生	9 3 9 4	父卯生,母子生
9 0 4 4	父子生,母寅生	9 4 0 4	父卯生,母丑生
9 0 5 4	父子生,母卯生	9 4 1 4	父卯生,母寅生
9 0 6 4	父子生,母辰生	9 4 2 4	父卯生,母辰生
9 0 7 4	父子生,母巳生	9 4 3 4	父卯生,母巳生
9 0 8 4	父子生,母午生	9 4 4 4	父卯生,母午生
9 0 9 4	父子生,母未生	9 4 5 4	父卯生,母未生
9 1 0 4	父子生,母甲生	9 4 6 4	父卯生,母申生
9 1 1 4	父子生,母酉生	9 4 7 4	父卯生,母酉生
9 1 2 4	父子生,母戌生	9 4 8 4	父卯生,母戌生
9 1 3 4	父子生,母亥生	9 4 9 4	父卯生,母亥生
9 1 4 4	父丑生,母丑生	9 5 0 4	父辰生,母辰生
9 1 5 4	父丑生,母子生	9 5 1 4	父辰生,母子生
9 1 6 4	父丑生,母寅生	9 5 2 4	父辰生,母丑生
9 1 7 4	父丑生,母卯生	9 5 3 4	父辰生,母寅生
9 1 8 4	父丑生,母辰生	9 5 4 4	父辰生,母卯生
9 1 9 4	父丑生,母巳生	9 5 5 4	父辰生,母巳生
9 2 0 4	父丑生,母午生	9 5 6 4	父辰生,母午生
9 2 1 4	父丑生,母未生	9 5 7 4	父辰生,母未生
9 2 2 4	父丑生,母申生	9 5 8 4	父辰生,母申生
9 2 3 4	父丑生,母酉生	9 5 9 4	父辰生,母酉生
9 2 4 4	父丑生,母戌生	9 6 0 4	父辰生,母戌生
9 2 5 4	父丑生,母亥生	9 6 1 4	父辰生,母亥生
9 2 6 4	父寅生,母寅生	9 6 2 4	父巳生,母巳生
9 2 7 4	父寅生,母子生	9 6 3 4	父巳生,母子生
9 2 8 4	父寅生,母丑生	9 6 4 4	父巳生,母丑生
9 2 9 4	父寅生,母卯生	9 6 5 4	父巳生,母寅生
9 3 0 4	父寅生,母辰生	9 6 6 4	父巳生,母卯生
9 3 1 4	父寅生,母巳生	9 6 7 4	父巳生,母辰生
9 3 2 4	父寅生,母午生	9 6 8 4	父巳生,母午生
9 3 3 4	父寅生,母未生	9 6 9 4	父巳生,母未生
9 3 4 4	父寅生,母申生	9 7 0 4	父巳生,母申生
9 3 5 4	父寅生,母酉生	9 7 1 4	父巳生,母酉生
9 3 6 4	父寅生,母戌生	9 7 2 4	父巳生,母戌生
9 3 7 4	父寅生,母亥生	9 7 3 4	父巳生,母亥生

數　理	父母生年	數　理	父母生年
9 7 4 4	父午生,母午生	1 0 1 0 4	父酉生,母酉生
9 7 5 4	父午生,母子生	1 0 1 1 4	父酉生,母子生
9 7 6 4	父午生,母丑生	1 0 1 2 4	父酉生,母丑生
9 7 7 4	父午生,母寅生	1 0 1 3 4	父酉生,母寅生
9 7 8 4	父午生,母卯生	1 0 1 4 4	父酉生,母卯生
9 7 9 4	父午生,母辰生	1 0 1 5 4	父酉生,母辰生
9 8 0 4	父午生,母巳生	1 0 1 6 4	父酉生,母巳生
9 8 1 4	父午生,母未生	1 0 1 7 4	父酉生,母午生
9 8 2 4	父午生,母申生	1 0 1 8 4	父酉生,母未生
9 8 3 4	父午生,母酉生	1 0 1 9 4	父酉生,母申生
9 8 4 4	父午生,母戌生	1 0 2 0 4	父酉生,母戌生
9 8 5 4	父午生,母亥生	1 0 2 1 4	父酉生,母亥生
9 8 6 4	父未生,母未生	1 0 2 2 4	父戌生,母戌生
9 8 7 4	父未生,母子生	1 0 2 3 4	父戌生,母子生
9 8 8 4	父未生,母丑生	1 0 2 4 4	父戌生,母丑生
9 8 9 4	父未生,母寅生	1 0 2 5 4	父戌生,母寅生
9 9 0 4	父未生,母卯生	1 0 2 6 4	父戌生,母卯生
9 9 1 4	父未生,母辰生	1 0 2 7 4	父戌生,母辰生
9 9 2 4	父未生,母巳生	1 0 2 8 4	父戌生,母巳生
9 9 3 4	父未生,母午生	1 0 2 9 4	父戌生,母午生
9 9 4 4	父未生,母申生	1 0 3 0 4	父戌生,母未生
9 9 5 4	父未生,母酉生	1 0 3 1 4	父戌生,母申生
9 9 6 4	父未生,母戌生	1 0 3 2 4	父戌生,母酉生
9 9 7 4	父未生,母亥生	1 0 3 3 4	父戌生,母亥生
9 9 8 4	父申生,母申生	1 0 3 4 4	父亥生,母亥生
9 9 9 4	父申生,母子生	1 0 3 5 4	父亥生,母子生
1 0 0 0 4	父申生,母丑生	1 0 3 6 4	父亥生,母丑生
1 0 0 1 4	父申生,母寅生	1 0 3 7 4	父亥生,母寅生
1 0 0 2 4	父申生,母卯生	1 0 3 8 4	父亥生,母卯生
1 0 0 3 4	父申生,母辰生	1 0 3 9 4	父亥生,母辰生
1 0 0 4 4	父申生,母巳生	1 0 4 0 4	父亥生,母巳生
1 0 0 5 4	父申生,母午生	1 0 4 1 4	父亥生,母午生
1 0 0 6 4	父申生,母未生	1 0 4 2 4	父亥生,母未生
1 0 0 7 4	父申生,母酉生	1 0 4 3 4	父亥生,母申生
1 0 0 8 4	父申生,母戌生	1 0 4 4 4	父亥生,母酉生
1 0 0 9 4	父申生,母亥生	1 0 4 5 4	父亥生,母戌生

삼한출판사의
신비한 동양철학 시리즈

적천수 정설
유백온 선생의 적천수 원본을 정석으로 해설
원래 유백온 선생이 저술한 적천수의 원문은 그렇게 많지가 않으나 후학들이 각각 자신의 주장으로 해설하여 많아졌다. 이 책은 적천수 원문을 보고 30년 역학의 경험을 총동원하여 해설했다. 물론 백퍼센트 정확하다고 주장할 수는 없다. 다만 한국과 일본을 오가면서 실제의 경험담을 함께 실었다. 공부하는 사람들에게는 많은 도움이 될 것이라 믿는다.
신비한 동양철학 82 │ 역산 김찬동 편역 │ 692면 │ 34,000원 │ 신국판

궁통보감 정설
궁통보감 원문을 쉽고 자세하게 해설
「궁통보감(窮通寶鑑)」은 5대원서 중에서 가장 이론적이며 사리에 맞는 책이며, 조후(調候)를 중심으로 설명하며 간명한 것이 특징이다. 역학을 공부하는 학도들에게 도움을 주려고 먼저 원문에 음독을 단 다음 해설하였다. 그리고 예문은 서낙오(徐樂吾) 선생이 해설한 것을 그대로 번역하였고, 저자가 상담한 사람들의 사주와 점서에 있는 사주들을 실었다.
신비한 동양철학 83 │ 역산 김찬동 편역 │ 768면 │ 39,000원 │ 신국판

연해자평 정설(1·2권)
연해자평의 완결판
연해자평의 저자 서자평은 중국 송대의 대음양 학자로 명리학의 비조일 뿐만 아니라 천문점성에도 밝았다. 이전에는 년(年)을 기준으로 추명했는데 적중률이 낮아 서자평이 일간(日干)을 기준으로 하고, 일지(日支)를 배우자로 보는 이론을 발표하면서 명리학은 크게 발전해 오늘에 이르렀다. 때문에 연해자평은 5대 원서 중에서도 필독하지 않으면 안 되는 책이다.
신비한 동양철학 101 │ 김찬동 편역 │1권 559면, 2권 309면 │ 1권 33,000원, 2권 20,000원 │ 신국판

명리입문
명리학의 정통교본
이 책은 옛부터 있었던 글들이나 너무 여기 저기 산만하게 흩어져 있어 공부하는 사람들에게는 많은 시간과 인내를 필요로 하였다. 그래서 한 군데 묶어 좀더 보기 쉽고 알기 쉽도록 엮은 것이다.
신비한 동양철학 41 │ 동하 정지호 저 │ 678면 │ 29,000원 │ 신국판 양장

조화원약 평주
명리학의 정통교본
자평진전, 난강망, 명리정종, 적천수 등과 함께 명리학의 교본에 해당하는 것으로 중국 청나라 때 나온 난강망이라는 책을 서낙오 선생께서 자세하게 설명을 붙인 것이다. 기존의 많은 책들이 오직 격국과 용신을 중심으로 감정하는 것과는 달리 십간 십이지와 음양오행을 각각 자연의 이치와 춘하추동의 사계절의 흐름에 대입하여 인간의 길흉화복을 알 수 있게 했다.
신비한 동양철학 35 │ 동하 정지호 편역 │ 888면 │ 46,000원 │ 신국판

사주대성
초보에서 완성까지
이 책은 과거 현재 미래를 모두 알 수 있는 비결을 실었다. 그러나 모두 터득한다는 것은 어려울 것이다.역학은 수천 년간 동방의 석학들에 의해 갈고 닦은 철학이요 학문이며, 정신문화로서 영과학적인 상수문화로서 자랑할만한 위대한 학문이다.
신비한 동양철학 33 │ 도관 박흥식 저 │ 986면 │ 49,000원 │ 신국판 양장

쉽게 푼 역학(개정판)
쉽게 배워 적용할 수 있는 생활역학서 !
이 책에서는 좀더 많은 사람들이 역학의 근본인 우주의 오묘한 진리와 법칙을 깨달아 보다 나은 삶을 영위하는데 도움이 될 수 있도록 가장 쉬운 언어와 가장 쉬운 방법으로 풀이했다. 역학계의 대가 김봉준 선생의 역작이다.
신비한 동양철학 71 │ 백우 김봉준 저 │ 568면 │ 30,000원 │ 신국판

사주명리학 핵심
맥을 잡아야 모든 것이 보인다
이 책은 잡다한 설명을 배제하고 명리학자에게 도움이 될 비법들만을 모아 엮었기 때문에 초심자가 이해하기에는 다소 어려운 부분도 있겠지만 기초를 튼튼히 한 다음 정독한다면 충분히 이해할 것이다. 신살만 늘어놓으며 감정하는 사이비가 되지말기를 바란다.
신비한 동양철학 19 │ 도관 박흥식 저 │ 502면 │ 20,000원 │ 신국판

물상활용비법
물상을 활용하여 오행의 흐름을 파악한다
이 책은 물상을 통하여 오행의 흐름을 파악하고 운명을 감정하는 방법을 연구한 책이다. 추명학의 해법을 연구하고 운명을 추리하여 오행에서 분류되는 물질의 운명 줄거리를 물상의 기물로 나들이 하는 활용법을 주제로 했다. 팔자풀이 및 운명해설에 관한 명리감정법의 체계를 세우는데 목적을 두고 초점을 맞추었다.
신비한 동양철학 31 │ 해주 이학성 저 │ 446면 │ 34,000원 │ 신국판

신수대전
흉함을 피하고 길함을 부르는 방법
신수는 대부분 주역과 사주추명학에 근거한다. 수많은 학설 중 몇 가지를 보면 사주명리, 자미두수, 관상, 점성학, 구성학, 육효, 토정비결, 매화역수, 대정수, 초씨역림, 황극책수, 하락리수, 범위수, 월영도, 현무발서, 철판신수, 육임신과, 기문둔갑, 태을신수 등이다. 역학에 정통한 고사가 아니면 추단하기 어려우므로 누구나 신수를 볼 수 있도록 몇 가지를 정리했다.
신비한 동양철학 62 │ 도관 박흥식 편저 │ 528면 │ 36,000원 │ 신국판 양장

정법사주
운명판단의 첩경을 이루는 책
이 책은 사주추명학을 연구하고자 하는 분들에게 심오한 주역의 이해를 돕고자 하는 의도에서 시작되었다. 음양오행의 상생상극에서부터 육친법과 신살법을 기초로 하여 격국과 용신 그리고 유년판단법법을 활용하여 운명판단에 첩경이 될 수 있도록 했고 추리응용과 운명감정의 실례를 하나하나 들어가면서 독학과 강의용 겸용으로 엮었다.
신비한 동양철학 49 │ 원각 김구현 저 │ 424면 │ 26,000원 │ 신국판 양장

내가 보고 내가 바꾸는 DIY사주
내가 보고 내가 바꾸는 사주비결
기존의 책들과는 달리 한 사람의 사주를 체계적으로 도표화시켜 한 눈에 파악할 수 있고, DIY라는 책 제목에서 말하듯이 개운하는 방법을 제시한다. 초심자는 물론 전문가도 자신의 이론을 새롭게 재조명해 볼 수 있는 케이스 스터디 북이다.
신비한 동양철학 39 │ 석오 전광 저 │ 338면 │ 16,000원 │ 신국판

인터뷰 사주학
쉽고 재미있는 인터뷰 사주학
얼마전만 해도 사주학을 취급하면 미신을 다루는 부류로 취급되었다. 그러나 지금은 하루가 다르게 이 학문을 공부하는 사람들이 폭증하고 있는 것으로 보인다. 젊은 층에서 사주카페니 사주방이니 사주동아리니 하는 것들이 만들어지고 그 모임이 활발하게 움직이고 있다는 점이 그것을 증명해준다. 그뿐 아니라 대학원에는 역학교수들이 점차로 증가하고 있다.
신비한 동양철학 70 │ 글갈 정대엽 편저 │ 426면 │ 16,000원 │ 신국판

사주특강
지평진전과 적천수의 재해석
이 책은 『자평진전』과 『적천수』를 근간으로 명리학의 쑥넓은 가치를 인식하고, 실전에서 유용한 기반을 다지는데 중점을 두고 썼다. 일찍이 『자평진전』을 교과서로 삼고, 『적천수』로 보완하라는 서낙오의 말에 깊이 공감한다.
신비한 동양철학 68 | 청월 박상의 편저 | 440면 | 25,000원 | 신국판

참역학은 이렇게 쉬운 것이다
음양오행의 이론으로 이루어진 참역학서
수학공식이 아무리 어렵다고 해도 1, 2, 3, 4, 5, 6, 7, 8, 9, 0의 10개의 숫자로 이루어졌듯이 사주도 음양과 오행으로 이루어졌을 뿐이다. 그러니 용신과 격국이라는 무거운 짐을 벗어버리고 음양오행의 법칙과 진리만 정확하게 파악하면 된다. 사주는 음양오행의 변화일 뿐이고 용신과 격국은 사주를 감정하는 한 가지 방법에 지나지 않는다.
신비한 동양철학 24 | 청암 박재현 저 | 328면 | 16,000원 | 신국판

사주에 모든 길이 있다
사주를 알면 운명이 보인다!
사주를 간명하는데 조금이라도 도움이 됐으면 하는 바람에서 이 책을 썼다. 간명의 근간인 오행의 왕쇠강약을 세분하고, 대운과 세운, 세운과 월운의 연관성과, 십신과 여러 살이 미치는 암시와, 십이운성으로 세운을 판단하는 법을 설명했다.
신비한 동양철학 65 | 정담 선사 편저 | 294면 | 26,000원 | 신국판 양장

왕초보 내 사주
초보 입문용 역학서
이 책은 역학을 너무 어렵게 생각하는 초보자들에게 조금이나마 도움을 주고자 쉽게 엮으려고 노력했다. 이 책을 숙지한 후 역학(易學)의 5대 원서인 『적천수(滴天髓)』, 『궁통보감(窮通寶鑑)』, 『명리정종(命理正宗)』, 『연해자평(淵海子平)』, 『삼명통회(三命通會)』에 접근한다면 훨씬 쉽게 터득할 수 있을 것이다. 이 책들은 저자가 이미 편역하여 삼한출판사에서 출간한 것도 있고, 앞으로 모두 갖출 것이니 많이 활용하기 바란다.
신비한 동양철학 84 | 역산 김찬동 편저 | 278면 | 19,000원 | 신국판

명리학연구
체계적인 명확한 이론
이 책은 명리학 연구에 핵심적인 내용만을 모아 하나의 독립된 장을 만들었다. 명리학은 분야가 넓어 공부를 하다보면 주변에 머무르는 경우가 많아, 주요 내용을 잊고 헤매는 경우가 많다. 그러므로 뼈대를 잡는 것이 중요한데, 여기서는 「17장. 명리대요」에 핵심 내용만을 모아 학문의 체계를 잡는데 용이하게 하였다.
신비한 동양철학 59 | 권중주 저 | 562면 | 29,000원 | 신국판 양장

말하는 역학
신수를 묻는 사람 앞에서 술술 말문이 열린다
그토록 어렵다는 사주통변술을 쉽고 흥미롭게 고담과 덕담을 곁들여 사실적으로 생동감 있게 통변했다. 길흉을 어떻게 표현하느냐에 따라 상담자의 정곡을 찔러 핵심을 끌어내 정답을 내리는 것이 통변술이다.역학계의 대가 김봉준 선생의 역작.
신비한 동양철학 11 | 백우 김봉준 저 | 576면 | 26,000원 | 신국판 양장

통변술해법
가닥가닥 풀어내는 역학의 비법
이 책은 역학과 상대에 대해 머리는 다 알면서도 밖으로 표출되지 않아 어려움을 겪는 사람들을 위한 실습서다. 특히 실명감정과 이론강의로 나누어 역학의 진리를 설명하여 초보자도 쉽게 이해할 수 있다. 역학계의 대가 김봉준 선생의 역서인 『알기쉬운 해설·말하는 역학』이 나온 후 후편을 써달라는 열화같은 요구에 못이겨 내놓은 바로 그 책이다.
신비한 동양철학 21 | 백우 김봉준 저 | 392면 | 36,000원 | 신국판

술술 읽다보면 통달하는 사주학
술술 읽다보면 나도 어느새 도사
당신은 당신 마음대로 모든 일이 이루어지던가. 지금까지 누구의 명령을 받지 않고 내 맘대로 살아왔다고, 운명 따위는 믿지 않는다고, 운명에 매달리지 않는다고 말하는 사람들이 많다. 그러나 우주법칙을 모르기 때문에 하는 소리다.
신비한 동양철학 28 | 조철현 저 | 368면 | 16,000원 | 신국판

사주학
5대 원서의 핵심과 실용
이 책은 사주학을 체계적으로 공부하려는 학도들을 위해서 꼭 알아두어야 할 내용들과 용어들을 수록하는데 중점을 두었다. 이 학문을 공부하려고 많은 사람들이 필자를 찾아왔을 깨 여러 가지 질문을 던져보면 거의 기초지식이 시원치 않음을 보았다. 따라서 용어를 포함한 제반지식을 끌고루 습득해야 빠른 시일 내에 소기의 목적을 달성할 수 있을 것이다.
신비한 동양철학 66 | 글갈 정대엽 저 | 778면 | 46,000원 | 신국판 양장

명인재
신기한 사주판단 비법
이 책은 오행보다는 주로 살을 이용하는 비법을 담았다. 시중에 나온 책들을 보면 살에 대해 설명은 많이 하면서도 실제 응용에서는 무시하고 있다. 이것은 살을 알면서도 응용할 줄 모르기 때문이다. 그러나 이 책에서는 살의 활용방법을 완전히 터득해, 어떤 살과 어떤 살이 합하면 어떻게 작용하는지를 자세하게 설명하였다.
신비한 동양철학 43 | 원공선사 저 | 332면 | 19,000원 | 신국판 양장

명리학 | 재미있는 우리사주
사주 세우는 방법부터 용어해설 까지!!
몇 년 전 『사주에 모든 길이 있다』가 나온 후 선배 제현들께서 알찬 내용의 책다운 책을 접했다는 찬사를 받았다. 그러나 사주의 작성법을 설명하지 않아 독자들에게 많은 질타를 받고 뒤늦게 이 책 을 출판하기로 결심했다. 이 책은 한글만 알면 누구나 역학과 가까워질 수 있도록 사주 세우는 방법부터 실제간명, 용어해설에 이르기까지 분야별로 엮었다.
신비한 동양철학 74 | 정담 선사 편저 | 368면 | 19,000원 | 신국판

사주비기
역학으로 보는 역대 대통령들이 나오는 이치!!
이 책에서는 고서의 이론을 근간으로 하여 근대의 사주들을 임상하여, 적중도에 의구심이 가는 이론들은 과감하게 탈피하고 통용될 수 있는 이론만을 수용했다. 따라서 기존 역학서의 아쉬운 부분들을 충족시키며 일반인도 열정만 있으면 누구나 자신의 운명을 감정하고 피흉취길할 수 있는 생활지침서로 활용할 수 있을 것이다.
신비한 동양철학 79 | 청월 박상의 편저 | 456면 | 19,000원 | 신국판

사주학의 활용법
가장 실질적인 역학서
우리가 생소한 지방을 여행할 때 제대로 된 지도가 있다면 편리하고 큰 도움이 되듯이 역학이란 이와같은 인생의 길잡이다. 예측불허의 인생을 살아가는데 올바른 안내자나 그 무엇이 있다면 그 이상 마음 든든하고 큰 재산은 없을 것이다.
신비한 동양철학 17 | 학선 류래웅 저 | 358면 | 15,000원 | 신국판

명리실무
명리학의 총 정리서
명리학(命理學)은 오랜 세월 많은 철인(哲人)들에 의하여 전승 발전되어 왔고, 지금도 수많은 사람이 임상과 연구에 임하고 있으며, 몇몇 대학에 학과도 개설되어 체계적인 교육을 하고 있다. 그러나 아직도 실무에서 활용할 수 있는 책이 부족한 상황이기 때문에 나름대로 현장에서 필요한 이론들을 정리해 보았다. 초학자는 물론 역학계에 종사하는 사람들에게 큰 도움이 될 것이라고 믿는다.
신비한 동양철학 94 | 박흥식 편저 | 920면 | 39,000원 | 신국판

사주 속으로
역학서의 고전들로 입증하며 쉽고 자세하게 푼 책
십 년 동안 역학계에 종사하면서 나름대로는 실전과 이론에서 최선을 다했다고 자부한다. 역학원의 비좁은 공간에서도 항상 후학을 생각하는 마음으로 역학에 대한 배움의 장을 마련하고자 노력한 것도 사실이다. 이 책을 역학으로 이름을 알리고 역학으로 생활하면서 조금이나마 역학계에 이바지할 것이 없을까라는 고민의 산물이라 생각해주기 바란다.
신비한 동양철학 95 │ 김상회 편저 │ 429면 │ 15,000원 │ 신국판

사주학의 방정식
알기 쉽게 풀어놓은 가장 실질적인 역서
이 책은 종전의 어려웠던 사주풀이의 응용과 한문을 쉬운 방법으로 터득하는데 목적을 두었고, 역학이 무엇인가를 알리고자 하는데 있다. 세인들은 역학자를 남의 운명이나 풀이하는 점쟁이로 알지만 잘못된 생각이다. 역학은 우주의 근본이며 기의 학문이기 때문에 역학을 이해하지 못하고서는 우리 인생살이 또한 정확하게 해석할 수 없는 고차원의 학문이다.
신비한 동양철학 18 │ 김용오 저 │ 192면 │ 16,000원 │ 신국판

오행상극설과 진화론
인간과 인생을 떠난 천리란 있을 수 없다
과학이 현대를 설정하여 설명하고 있으나 원리는 동양철학에도 있기에 그 양면을 밝히고자 노력했다. 우주에서 일어나는 모든 일을 과학으로 설명될 수는 없다. 비과학적이라고 하기보다는 과학이 따라오지 못한다고 설명하는 것이 더 솔직하고 옳은 표현일 것이다. 특히 과학분야에 종사하는 신의사가 저술했는데 더 큰 화제가 되고 있다.
신비한 동양철학 5 │ 김태진 저 │ 222면 │ 15,000원 │ 신국판

스스로 공부하게 하는 방법과 천부적 적성
내 아이를 성공시키고 싶은 부모들에게
자녀를 성공시키고 싶은 마음은 누구나 같겠지만 가난한 집 아이가 좋은 성적을 내기는 매우 어렵고, 원하는 학교에 들어가기도 어렵다. 그러나 실망하기에는 아직 이르다. 내 아이가 훌륭하게 성장해 아름답고 멋진 삶을 살아가는 방법을 소개한다.
신비한 동양철학 85 │ 청암 박재현 지음 │ 176면 │ 14,000원 │ 신국판

진짜부적 가짜부적
부적의 실체와 정확한 제작방법
인쇄부적에서 가짜부적에 이르기까지 많게는 몇백만원에 팔리고 있다는 보도를 종종 듣는다. 그러나 부적은 정확한 제작방법에 따라 자신의 용도에 맞게 스스로 만들어 사용하면 훨씬 더 좋은 효과를 얻을 수 있다. 이 책은 중국에서 정통부적을 연구한 국내유일의 동양오술학자가 밝힌 부적의 실체와 정확한 제작방법을 소개하고 있다.
신비한 동양철학 7 │ 오상익 저 │ 322면 │ 20,000원 │ 신국판

수명비결
주민등록번호 13자로 숙명의 정체를 밝힌다
우리는 지금 무수히 많은 숫자의 거미줄에 매달려 허우적거리며 살아가고 있다. 1분 ·1초가 생사를 가름하고, 1등·2등이 인생을 좌우하며, 1급·2급이 신분을 구분하는 세상이다. 이 책은 수명리학으로 13자의 주민등록번호로 명예, 재산, 건강, 수명, 애정, 자녀운 등을 미리 읽어본다.
신비한 동양철학 14 │ 장충한 저 │ 308면 │ 15,000원 │ 신국판

진짜궁합 가짜궁합
남녀궁합의 새로운 충격
중국에서 연구한 국내유일의 동양오술학자가 우리나라 역술가들의 궁합법이 잘못되었다는 것을 학술적으로 분석·비평하고, 전적과 사례연구를 통하여 궁합의 실체와 타당성을 분석했다. 합리적인 「자미두수궁합법」과 「남녀궁합」 및 출생시간을 몰라 궁합을 못보는 사람들을 위하여 「지문으로 보는 궁합법」 등을 공개하고 있다.
신비한 동양철학 8 │ 오상익 저 │ 414면 │ 15,000원 │ 신국판

주역육효 해설방법(상·하)
한 번만 읽으면 주역을 활용할 수 있는 책
이 책은 주역을 해설한 것으로, 될 수 있는 한 여러 가지 사설을 덧붙이지 않고, 주역을 공부하고 활용하는데 필요한 요건만을 기록했다. 따라서 주역의 근원이나 하도낙서, 음양오행에 대해서도 많은 설명을 자제했다. 다만 누구나 이 책을 한 번 읽어서 주역을 이해하고 활용할 수 있도록 하는데 중점을 두었다.
신비한 동양철학 38 │ 원공선사 저 │ 상 810면·하 798면 │ 각 29,000원 │ 신국판

쉽게 푼 주역
귀신도 탄복한다는 주역을 쉽고 재미있게 풀어놓은 책
주역이라는 말 한마디면 귀신도 기겁을 하고 놀라 자빠진다는데, 운수와 일진이 문제가 될까. 8×8=64괘라는 주역을 한 괘에 23개씩의 회답으로 해설하여 1472괘의 신비한 해답을 수록했다. 당신이 당면한 문제라면 무엇이든 해결할 수 있는 열쇠가 이 한 권의 책 속에 있다.
신비한 동양철학 10 │ 정도명 저 │ 284면 │ 16,000원 │ 신국판

나침반 │ 어디로 갈까요
주역의 기본원리를 통달할 수 있는 책
이 책에서는 기본괘와 변화와 기본괘가 어떤 괘로 변했을 경우 일어날 수 있는 내용들을 설명하여 주역의 변화에 대한 이해를 돕는데 주력하였다. 그러나 그런 내용을 구분할 수 있는 방법을 전부 다 설명할 수는 없기에 뒷장에 간단하게설명하였고, 다른 책들과 설명의 차이점도 기록하였으니 참작하여 본다면 조금이나마 도움이 될 것이다.
신비한 동양철학 67 │ 원공선사 편저 │ 800면 │ 39,000원 │ 신국판

완성 주역비결 │ 주역 토정비결
반쪽으로 전해오는 토정비결을 완전하게 해설
지금 시중에 나와 있는 토정비결에 대한 책들은 옛날부터 내려오는 완전한 비결이 아니라 반쪽의 책이다. 그러나 반쪽이라고 말하는 사람은 없다. 그것은 주역의 원리를 모르기 때문이다. 그래서 늦은 감이 없지 않으나 앞으로 수많은 세월을 생각해서 완전한 해설판을 내놓기로 했다.
신비한 동양철학 92 │ 원공선사 편저 │ 396면 │ 16,000원 │ 신국판

육효대전
정확한 해설과 다양한 활용법
동양고전 중에서도 가장 대표적인 것이 주역이다. 주역은 옛사람들이 자연을 거울삼아 생활을 영위해 나가는 처세에 관한 지혜를 무한히 내포하고, 피흉추길하는 얼과 슬기가 함축된 점서인 동시에 수양·과학서요 철학·종교서라고 할 수 있다.
신비한 동양철학 37 │ 도관 박흥식 편저 │ 608면 │ 26,000원 │ 신국판

육효점 정론
육효학의 정수
이 책은 주역의 원전소개와 상수역법의 꽃으로 발전한 경방학을 같이 실어 독자들의 호기심을 충족시키는데 중점을 두었습니다. 주역의 원전으로 인화의 처세술을 터득하고, 어떤 사안의 답은 육효법을 탐독하여 찾으시기 바랍니다.
신비한 동양철학 80 │ 효명 최인영 편역 │ 396면 │ 29,000원 │ 신국판

육효학 총론
육효학의 핵심만을 정확하고 알기 쉽게 정리
육효는 갑자기 문제가 생겨 난감한 경우에 명쾌한 답을 찾을 수 있는 학문이다. 그러나 시중에 나와 있는 책들이 대부분 원서를 그대로 번역해 놓은 것이라 전문가인 필자가 보기에도 지루하며 어렵다는 느낌이 들었다. 그래서 보다 쉽게 공부할 수 있도록 이 책을 출간하게 되었다.
신비한 동양철학 89 │ 김도희 편저 │ 174쪽 │ 26,000원 │ 신국판

기문둔갑 비급대성
기문의 정수
기문둔갑은 천문지리·인사명리·법술병법 등에 영험한 술수로 예로부터 은밀하게 특권층에만 전승되었다. 그러나 아쉽게도 기문을 공부하려는 이들에게 도움이 될만한 책이 거의 없다. 필자는 이 점이 안타까워 천견박식함을 돌아보시 않고 감이 책을 내게 되었다. 한 권에 기문학을 다 표현할 수는 없지만 이 책을 사다리 삼아 저 높은 경지로 올라간다면 제갈공명과 같은 지혜를 발휘할 수 있을 것이다.
신비한 동양철학 86 | 도관 박흥식 편저 | 725면 | 39,000원 | 신국판

기문둔갑옥경
가장 권위있고 우수한 학문
우리나라의 기문역사는 장구하나 상세라 문헌은 전무한 상태라 이 책을 발간하였다. 기문둔갑은 천문지리는 물론 인사명리 등 제반사에 관한 길흉을 판단함에 있어서 가장 우수한 학문이며 병법과 법술방면으로도 특징과 장점이 있다. 초학자는 포국편을 염심히 익혀 설국을 자유자재로 할 수 있도록 하고, 개인의 이익보다는 보국안민에 일조하기 바란다.
신비한 동양철학 32 | 도관 박흥식 저 | 674면 | 46,000원 | 사륙배판

오늘의 토정비결
일년 신수와 죽느냐 사느냐를 알려주는 예언서
역산비결은 일년신수를 보는 역학서이다. 당년의 신수만 본다는 것은 토정비결과 비슷하나 토정비결은 토정 선생께서 사람들에게 용기와 희망을 주기 위함이 목적이어서 다소 허황되고 과장된 부분이 많다. 그러나 역산비결은 재미로 보는 신수가 아니라, 죽느냐 사느냐를 알려주는 예언서이이니 재미로 보는 토정비결과는 차원이 다르다.
신비한 동양철학 72 | 역산 김찬동 편저 | 304면 | 16,000원 | 신국판

國運 | 나라의 운세
역으로 풀어본 우리나라의 운명과 방향
아무리 서구사상의 파고가 높다기로 오천 년을 한결같이 가꾸며 살아온 백두의 혼이 와르르 무너지는 지경에 왔어도 누구하나 입을 열어 말하는 사람이 없으니 답답하다. 불확실한 내일에 대한 해답을 이 책은 명쾌하게 제시하고 있다.
신비한 동양철학 22 | 백우 김봉준 저 | 290면 | 16,000원 | 신국판

남사고의 마지막 예언
이 책으로 격암유록에 대한 논란이 끝나기 바란다
감히 이 책을 21세기의 성경이라고 말한다. 〈격암유록〉은 섭리가 우리민족에게 준 위대한 복음서이며, 선물이며, 꿈이며, 인류의 희망이다. 이 책에서는 〈격암유록〉이 전하고자 하는 바를 주제별로 정리하여 문답식으로 풀어갔다. 이 책으로 〈격암유록〉에 대한 논란은 끝나기 바란다.
신비한 동양철학 29 | 석정 박순용 저 | 276면 | 19,000원 | 신국판

원토정비결
반쪽으로만 전해오는 토정비결의 완전한 해설판
지금 시중에 나와 있는 토정비결에 대한 책들을 보면 옛날부터 내려오는 완전한 비결이 아니라 반면의 책이다. 그러나 반면이라고 말하는 사람이 없다. 그것은 주역의 원리를 모르기 때문이다. 따라서 늦은 감이 없지 않으나 앞으로의 수많은 세월을 생각하면서 완전한 해설본을 내놓았다.
신비한 동양철학 53 | 원공선사 저 | 396면 | 24,000원 | 신국판 양장

나의 천운 | 운세찾기
몽골정통 토정비결
이 책은 역학계의 대가 김봉준 선생이 몽공토정비결을 우리의 인습과 체질에 맞게 엮은 것이다. 운의 흐름을 알리고자 호운과 쇠운을 강조하고, 현재의 나를 조명하고 판단할 수 있도록 했다. 모쪼록 생활서나 안내서로 활용하기 바란다.
신비한 동양철학 12 | 백우 김봉준 저 | 308면 | 11,000원 | 신국판

역점 | 우리나라 전통 행운찾기
쉽게 쓴 64괘 역점 보는 법

주역이 점치는 책에만 불과했다면 벌써 그 존재가 없어졌을 것이다. 그러나 오랫동안 많은 학자가 연구를 계속해왔고, 그 속에서 자연과학과 형이상학적인 우주론과 인생론을 밝혀, 정치·경제·사회 등 여러 방면에서 인간의 생활에 응용해왔고, 삶의 지침서로써 그 역할을 했다. 이 책은 한 번만 읽으면 누구나 역점가가 될 수 있으니 생활에 도움이 되길 바란다.

신비한 동양철학 57 | 문명상 편저 | 382면 | 26,000원 | 신국판 양장

이렇게 하면 좋은 운이 온다
한 가정에 한 권씩 놓아두고 볼만한 책

좋은 운을 부르는 방법은 방위·색상·수리·년운·월운·날짜·시간·궁합·이름·직업·물건·보석·맛·과일·기운·마을·가축·성격 등을 정확하게 파악하여 자신에게 길한 것은 취하고 흉한 것은 피하면 된다. 이 책의 저자는 신학대학을 졸업하고 역학계에 입문했다는 특별한 이력을 갖고 있기 때문에 더 많은 화제가 되고 있다.

신비한 동양철학 27 | 역산 김찬동 저 | 434면 | 16,000원 | 신국판

운을 잡으세요 | 改運秘法
염력강화로 삶의 문제를 해결한다!

행복과 불행은 누가 주는 것이 아니라 자기 자신이 만든다고 할 수 있다. 한 마디로 말해 의지의 힘, 즉 염력이 운명을 바꾸는 것이다. 이 책에서는 이러한 염력을 강화시켜 삶에서 일어나는 문제를 해결하는 방법을 알려준다. 누구나 가벼운 마음으로 읽고 실천한다면 반드시 목적을 이룰 수 있을 것이다.

신비한 동양철학 76 | 역산 김찬동 편저 | 272면 | 10,000원 | 신국판

복을 부르는방법
나쁜 운을 좋은 운으로 바꾸는 비결

개운하는 방법은 여러 가지가 있으나, 이 책의 비법은 축원문을 독송하는 것이다. 독송이란 소리내 읽는다는 뜻이다. 사람의 말에는 기운이 있는데, 이 기운은 자신에게 돌아온다. 좋은 말을 하면 좋은 기운이 돌아오고, 나쁜 말을 하면 나쁜 기운이 돌아온다. 이 책은 누구나 어디서나 쉽게 비용을 들이지 않고 좋은 운을 부를 수 있는 방법을 실었다.

신비한 동양철학 69 | 역산 김찬동 편저 | 194면 | 11,000원 | 신국판

천직 | 사주팔자로 찾은 나의 직업
천직을 찾으면 역경없이 탄탄하게 성공할 수 있다

잘 되겠지 하는 막연한 생각으로 의욕만 갖고 도전하는 것과 나에게 맞는 직종은 무엇이고 때는 언제인가를 알고 도전하는 것은 근본적으로 다르고, 결과도 다르다. 만일 의욕만으로 팔자에도 없는 사업을 시작했다고 하자, 결과는 불을 보듯 뻔하다. 그러므로 이런 때일수록 침착과 냉정을 찾아 내 그릇부터 알고, 생활에 대처하는 지혜로움을 발휘해야 한다.

신비한 동양철학 34 | 백우 김봉준 저 | 376면 | 19,000원 | 신국판

운세십진법 | 本大路
운명을 알고 대처하는 것은 현대인의 지혜다

타고난 운명은 분명히 있다. 그러니 자신의 운명을 알고 대처한다면 비록 운명을 바꿀 수는 없지만 향상시킬 수 있다. 이것이 사주학을 알아야 하는 이유다. 이 책에서는 자신이 타고난 숙명과 앞으로 펼쳐질 운명행로를 찾을 수 있도록 운명의 기초를 초연하게 설명하고 있다.

신비한 동양철학 1 | 백우 김봉준 저 | 364면 | 16,000원 | 신국판

성명학 | 바로 이 이름
사주의 운기와 조화를 고려한 이름짓기

사람은 누구나 타고난 운명이 있다. 숙명인 사주팔자는 선천운이고, 성명은 후천운이 되는 것으로 이름을 지을 때는 타고난 운기와의 조화를 고려해야 한다. 따라서 역학에 대한 깊은 이해가 선행함은 지극히 당연하다. 부언하면 작명의 근본은 타고난 사주에 운기를 종합적으로 분석하여 부족한 점을 보강하고 결점을 개선한다는 큰 뜻이 있다고 할 수 있다.

신비한 동양철학 75 | 정담 선사 편저 | 488면 | 24,000원 | 신국판

작명 백과사전
36가지 이름짓는 방법과 선후천 역상법 수록
이름은 나를 대표하는 생명체이므로 몸은 세상을 떠날지라도 영원히 남는다. 성명운의 유도력은 후천적으로 가공 인수되는 후존적 수기로써 조성 운화되는 작용력이 있다. 선천수기의 운기력이 50%이면 후천수기도의 운기력노50%이다. 이와 같이 성명운의 작용은 운로에 불가결한소건일 뿐 이니라, 선천명운의 범위에서 기능을 충분히 할 수 있다.
신비한 동양철학 81 | 임삼업 편저 | 송충석 감수 | 730면 | 36,000원 | 사륙배판

작명해명
누구나 쉽게 활용할 수 있는 체계적인 작명법
일반적인 성명학으로는 알 수 없는 한자이름, 한글이름, 영문이름, 예명, 회사명, 상호, 상품명 등의 작명방법을 여러 사례를 들어 체계적으로 분석하여 누구나 쉽게 배워서 활용할 수 있도록 서술했다.
신비한 동양철학 26 | 도관 박흥식 저 | 518면 | 19,000원 | 신국판

역산성명학
이름은 제2의 자신이다
이름에는 각각 고유의 뜻과 기운이 있어 그 기운이 성격을 만들고 그 성격이 운명을 만든다. 나쁜 이름은 부르면 부를수록 불행을 부르고 좋은 이름은 부르면 부를수록 행복을 부른다. 만일 이름이 거지같다면 아무리 운세를 잘 만나도 밥을 좀더 많이 얻어 먹을 수 있을 뿐이다. 저자는 신학대학을 졸업하고 역학계에 입문한 특별한 이력으로 많은 화제가 된다.
신비한 동양철학 25 | 역산 김찬동 저 | 456면 | 26,000원 | 신국판

작명정론
이름으로 보는 역대 대통령이 나오는 이치
사주팔자가 네 기둥으로 세워진 집이라면 이름은 그 집을 대표하는 문패라고 할 수 있다. 따라서 이름을 지을 때는 사주의 격에 맞추어야 한다. 사주 그릇이 작은 사람이 원대한 뜻의 이름을 쓰면 감당하지 못할 시련을 자초하게 되고 오히려 이름값을 못할 수 있다. 즉 분수에 맞는 이름으로 작명해야 하기 때문에 사주의 올바른 분석이 필요하다.
신비한 동양철학 77 | 청월 박상의 편저 | 430면 | 19,000원 | 신국판

음파메세지 (氣)성명학
새로운 시대에 맞는 새로운 성명학
지금까지의 모든 성명학은 모순의 극치를 이룬다. 그러나 이제 새 시대에 맞는 음파메세지(氣) 성명학이 나왔으니 복을 계속 부르는 이름을 지어 사랑하는 자녀가 행복하고 아름다운 삶을 살아갈 수 있도록 하는데 도움이 되었으면 한다.
신비한 동양철학 51 | 청암 박재현 저 | 626면 | 39,000원 | 신국판 양장

아호연구
여러 가지 작호법과 실제 예 모음
필자는 오래 전부터 작명을 연구했다. 그러나 시중에 나와 있는 책에는 대부분 아호에 관해서는 전혀 언급하지 않았다. 그래서 아호에 관심이 있어도 자료를 구하지 못하는 분들을 위해 이 책을 내게 되었다. 아호를 짓는 것은 그리 대단하거나 복잡하지 않으니 이 책을 처음부터 끝까지 착실히 공부한다면 누구나 좋은 아호를 지어 쓸 수 있을 것이라고 생각한다.
신비한 동양철학 87 | 임삼업 편저 | 308면 | 26,000원 | 신국판

한글이미지 성명학
이름감정서
이 책은 본인의 이름은 물론 사랑하는 가족 그리고 가까운 친척이나 친구들의 이름까지도 좋은지 나쁜지 알아볼 수 있도록 지금까지 나와 있는 모든 성명학을 토대로 하여 썼다. 감언이설이나 협박성 감명에 흔들리지 않고 확실한 이름풀이를 볼 수 있을 것이다. 그리고 아름답고 멋진 삶을 살아갈 수 있는 이름을 짓는 방법도 상세하게 제시하였다.
신비한 동양철학 93 | 청암 박재현 지음 | 287면 | 10,000원 | 신국판

비법 작명기술
복과 성공을 함께 하려면
이 책은 성명의 발음오행이나 이름의 획수를 근간으로 하는 실제 이용이 가장 많은 기본 작명법을 서술하고, 주역의 괘상으로 풀어 길흉을 판단하는 역상법 5가지와 그외 중요한 작명법 5가지를 합하여 「보배로운 10가지 이름 짓는 방법」을 실었다. 특히 작명비법인 선후천역상법은 성명의 원획에 의존하는 작명법과 달리 정획과 곡획을 사용해 주역 상수학을 대표하는 하락수를 쓰고, 육효가 들어가 응험률을 높였다.
신비한 동양철학 96 | 임삼업 편저 | 370면 | 30,000원 | 사륙배판

올바른 작명법
소중한 이름, 알고 짓자!
세상 부모들에게 가장 소중한 것이 뭐냐고 물으면 자녀라고 할 것이다. 그런데 왜 평생을 좌우할 이름을 함부로 짓는가. 이름이 얼마나 소중한지, 이름의 오행작용이 일생을 어떻게 좌우하는지 모르기 때문이다.
신비한 동양철학 61 | 이정재 저 | 352면 | 19,000원 | 신국판

호(雅號)책
아호 짓는 방법과 역대 유명인사의 아호, 인명용 한자 수록
필자는 오래 전부터 작명연구에 열중했으나 대부분의 작명책에는 아호에 관해서는 전혀 언급하지 않고, 간혹 거론했어도 몇 줄 정도의 뜻풀이에 불과하거나 일반작명법에 준한다는 암시만 풍기며 끝을 맺었다. 따라서 필자가 참고한 문헌도 적었음을 인정한다. 아호에 관심이 있어도 자료를 구하지 못하는 현실에 착안하여 필자 나름대로 각고 끝에 본서를 펴냈다.
신비한 동양철학 97 | 임삼업 편저 | 390면 | 20,000원 | 신국판

관상오행
한국인의 특성에 맞는 관상법
좋은 관상인 것 같으나 실제로는 나쁘거나 좋은 관상이 아닌데도 잘 사는 사람이 왕왕있어 관상법 연구에 흥미를 잃는 경우가 있다. 이것은 중국의 관상법만을 익히고 우리의 독특한 환경적인 특징을 소홀히 다루었기 때문이다. 이에 우리 한국인에게 알맞는 관상법을 연구하여 누구나 관상을 쉽게 알아보고 해석할 수 있도록 자세하게 풀어놓았다.
신비한 동양철학 20 | 송파 정상기 저 | 284면 | 12,000원 | 신국판

정본 관상과 손금
바로 알고 사람을 사귑시다
이 책은 관상과 손금은 인생을 행복하게 만든다는 관점에서 다루었다. 그야말로 관상과 손금의 혁명이라고 할 수 있다. 여러분도 관상과 손금을 통한 예지력으로 인생의 참주인이 되기 바란다. 용기를 불어넣어 주고 행복을 찾게 하는 것이 참다운 관상과 손금술이다. 이 책이 일상사에 고민하는 분들에게 해결방법을 제시해 줄 것이다.
신비한 동양철학 42 | 지창룡 감수 | 332면 | 16,000원 | 신국판

이런 사원이 좋습니다
사원선발 면접지침
사회가 다양해지면서 인력관리의 전문화와 인력수급이 기업주의 애로사항이 되었다. 필자는 그동안 많은 기업의 사원선발 면접시험에 참여했는데 기업주들이 모두 면접지침에 관한 책이 있으면 좋겠다는 것이다. 그래서 경험한 사례를 참작해 이 책을 내니 좋은 사원을 선발하는데 많은 도움이 될 것이라고 믿는다.
신비한 동양철학 90 | 정도명 지음 | 274면 | 19,000원 | 신국판

핵심 관상과 손금
사람을 볼 줄 아는 안목과 지혜를 알려주는 책
오늘과 내일을 예측할 수 없을만큼 복잡하게 펼쳐지는 현실에서 살아남기 위해서는 사람을 볼줄 아는 안목과 지혜가 필요하다. 시중에 관상학에 대한 책들이 많이 나와있지만 너무 형이상학적이라 전문가도 이해하기 어렵다. 이 책에서는 누구라도 쉽게 보고 이해할 수 있도록 핵심만을 파악해서 설명했다.
신비한 동양철학 54 | 백우 김봉준 저 | 188면 | 14,000원 | 사륙판 양장

완벽 사주와 관상
우리의 삶과 관계 있는 사실적 관계로만 설명한 책

이 책은 우리의 삶과 관계 있는 사실적 관계로만 역을 설명하고, 역에 대한 관심과 흥미를 갖게 하고자 관상학을 추록했다. 여기에 추록된 관상학은 시중에서 흔하게 볼 수 있는 상법이 아니라 생활상법, 즉 삶의 지식과 상식을 드리고자 했다.

신비한 동양철학 55 | 김봉준·유오준 공저 | 530면 | 36,000원 | 신국판 양장

사람을 보는 지혜
관상학의 초보에서 실용까지

현자는 하늘이 준 명을 알고 있기에 부귀에 연연하지 않는다. 사람은 마음을 다스리는 심명이 있다. 마음의 명은 자신만이 소통하는 유일한 우주의 무형의 에너지이기 때문에 잠시도 잊으면 안된다. 관상학은 사람의 상으로 이런 마음을 살피는 학문이니 잘 이해하여 보다 나은 삶을 삶을 영위할 수 있도록 노력해야 한다.

신비한 동양철학 73 | 이부길 편저 | 510면 | 20,000원 | 신국판

한눈에 보는 손금
논리정연하며 바로미터적인 지침서

이 책은 수상학의 연원을 초월해서 동서합일의 이론으로 집필했다. 그야말로 논리정연한 수상학을 정리하였다. 그래서 운명적, 철학적, 동양적, 심리학적인 면을 예증과 방편에 이르기까지 상세하게 기술했다. 이 책은 수상학이라기 보다 바로미터적인 지침서 역할을 해줄 것이다. 독자 여러분의 꾸준한 연구와 더불어 인생성공의 지침서가 될 수 있을 것이다.

신비한 동양철학 52 | 정도명 저 | 432면 | 24,000원 | 신국판 양장

이런 집에 살아야 잘 풀린다
운이 트이는 좋은 집 알아보는 비결

한마디로 운이 트이는 집을 갖고 싶은 것은 모두의 꿈일 것이다. 50평이니 60평이니 하며 평수에 구애받지 않고 가족이 평온하게 생활할 수 있고 나날이 발전할 수 있는 그런 집이 있다면 얼마나 좋을까? 그런 소망에 한 걸음이라도 가까워지려면 막연하게 운만 기대하고 있어서는 안 된다. 좋은 집을 가지려면 그만한 노력이 있어야 한다.

신비한 동양철학 64 | 강현술·박흥식 감수 | 270면 | 16,000원 | 신국판

점포, 이렇게 하면 부자됩니다
부자되는 점포, 보는 방법과 만드는 방법

사업의 성공과 실패는 어떤 사업장에서 어떤 품목으로 어떤 사람들과 거래하느냐에 따라 판가름난다. 그리고 사업을 성공시키려면 반드시 몇 가지 문제를 살펴야 하는데 무작정 사업을 시작하여 실패하는 사람들이 많다. 그래서 이 책에서는 이러한 문제와 방법들을 조목조목 기술하여 누구나 성공하도록 도움을 주는데 주력하였다.

신비한 동양철학 88 | 김도희 편저 | 177면 | 26,000원 | 신국판

쉽게 푼 풍수
현장에서 활용하는 풍수지리법

산도는 매우 광범위하고, 현장에서 알아보기 힘들다. 더구나 지금은 수목이 울창해 소조산 정상에 올라가도 나무에 가려 국세를 파악하는데 애를 먹는다. 따라서 사진을 첨부하니 많은 활용이 바란다. 물론 결록에 있고 산도가 눈에 익은 것은 혈 사진과 함께 소개하였다. 이 책을 열심히 정독하면서 답산하면 혈을 알아보고 용산도 할 수 있을 것이다.

신비한 동양철학 60 | 전항수·주장관 편저 | 378면 | 26,000원 | 신국판

음택양택
현세의 운·내세의 운

이 책에서는 음양택명당의 조건이나 기타 여러 가지를 설명하여 산 자와 죽은 자의 행복한 집을 만들 수 있도록 했다. 특히 죽은 자의 집인 음택명당은 자리를 옳게 잡으면 꾸준히 생기를 발하여 흥하나, 그렇지 않으면 큰 피해를 당하니 돈보다도 행·불행의 근원인 음양택명당에 관심을 기울여야 한다.

신비한 동양철학 63 | 전항수·주장관 지음 | 392면 | 29,000원 | 신국판

용의 혈 | 풍수지리 실기 100선
실전에서 실감나게 적용하는 풍수의 길잡이
이 책은 풍수지리 문헌인 만두산법서, 명산론, 금랑경 등을 이해하기 쉽도록 주제별로 간추려 설명했으며, 풍수지리학을 쉽게 접근하여 공부하고, 실전에 활용하여 실감나게 적용할 수 있도록 하는데 역점을 두었다.
신비한 동양철학 30 | 호산 윤재우 저 | 534면 | 29,000원 | 신국판

현장 지리풍수
현장감을 살린 지리풍수법
풍수를 업으로 삼는 사람들이 진가를 분별할 줄 모르면서 많은 법을 알았다고 자부하며 뽐낸다. 그리고는 재물에 눈이 어두워 불길한 산을 길하다 하고, 선하지 못한 물을 선하다 한다. 이는 분수 밖의 것을 바라기 때문이다. 마음가짐을 바로 하고 고대 원전에 공력을 바치면서 산간을 실사하며 적공을 쏟으면 정교롭고 세밀한 경지를 얻을 수 있을 것이다.
신비한 동양철학 48 | 전항수·주관장 편저 | 434면 | 36,000원 | 신국판 양장

찾기 쉬운 명당
실전에서 활용할 수 있는 책
가능하면 쉽게 풀어 실전에 도움이 되도록 했다. 특히 풍수지리에서 방향측정에 필수인 패철 사용과 나경 9층을 각 층별로 설명했다. 그리고 이 책에 수록된 도설, 즉 오성도, 명산도, 명당 형세도 내거수 명당도, 지각형세도, 용의 과협출맥도, 사대혈형 와겸유돌 형세도 등은 국립중앙도서관에 소장된 문헌자료인 만산도단, 만산영도, 이석당 은민산도의 원본을 참조했다.
신비한 동양철학 44 | 호산 윤재우 저 | 386면 | 19,000원 | 신국판 양장

해몽정본
꿈의 모든 것
시중에 꿈해몽에 관한 책은 많지만 막상 내가 꾼 꿈을 해몽을 하려고 하면 어디다 대입시켜야 할지 모르는 경우가 많았을 것이다. 그러나 최대한으로 많은 예를 들었고, 찾기 쉽고 명료하게 만들었기 때문에 해몽을 하는데 어려움이 없을 것이다. 한집에 한권씩 두고 보면서 나쁜 꿈은 예방하고 좋은 꿈을 좋은 일로 연결시킨다면 생활에 많은 도움이 될 것이다.
신비한 동양철학 36 | 청암 박재현 저 | 766면 | 19,000원 | 신국판

해몽 | 해몽법
해몽법을 알기 쉽게 설명한 책
인생은 꿈이 예지한 시간적 한계에서 점점 소멸되어 가는 현존물이기 때문에 반드시 꿈의 뜻을 따라야 한다. 이것은 꿈을 먹고 살아가는 인간 즉 태몽의 끝장면인 죽음을 향해 달려가고 있는 인간이기 때문이다. 꿈은 우리의 삶을 이끌어가는 이정표와도 같기에 똑바로 가도록 노력해야 한다.
신비한 동양철학 50 | 김종일 저 | 552면 | 26,000원 | 신국판 양장

명리용어와 시결음미
명리학의 어려운 용어와 숙어를 쉽게 풀이한 책
명리학을 연구하는 이들은 기초공부가 끝나면 자연스럽게 훌륭하다고 평가하는 고전의 이론을 접하게 된다. 그러나 시결과 용어와 숙어는 어려운 한자로만 되어 있어 대다수가 선뜻 탐독과 음미에 취미를 잃는다. 그래서 누구나 어려움 없이 쉽게 읽고 깊이 있게 음미할 수 있도록 원문에 한글로 발음을 달고 어려운 용어와 숙어에 해석을 달아 이 책을 내게 되었다.
신비한 동양철학 103 | 원각 김구현 편저 |300면 | 25,000원 | 신국판

완벽 만세력
착각하기 쉬운 서머타임 2도 인쇄
시중에 많은 종류의 만세력이 나와있지만 이 책은 단순한 만세력이 아니라 완벽한 만세경전으로 만세력 보는 법 등을 실었기 때문에 처음 대하는 사람이라도 쉽게 볼 수 있도록 편집되었다. 또한 부록편에는 사주명리학, 신살종합해설, 결혼과 이사택일 및 이사방향, 길흉보는 법, 우주천기와 한국의 역사 등을 수록했다.
신비한 동양철학 99 | 백우 김봉준 저 | 316면 | 24,000원 | 사륙배판

정본 | 완벽 만세력
착각하기 쉬운 서머타임 2도인쇄

시중에 많은 종류의 만세력이 있지만 이 책은 단순한 만세력이 아니라 완벽한 만세경전이다. 그리고 만세력 보는 법 등을 실었기 때문에 처음 대하는 사람이라도 쉽게 볼 수 있다. 또 부록편에는 사주명리학, 신살 종합해설, 결혼과 이사 택일, 이사 방향, 길흉보는 법, 우주의 천기와 우리나라 역사 등을 수록하였다.

신비한 동양철학 99 │ 김봉준 편저 │ 316면 │ 20,000원 │ 사륙배판

원심수기 통증예방 관리비법
쉽게 배워 적용할 수 있는 통증관리법

『원심수기 통증예방 관리비법』은 4차원의 건강관리법으로 질병이 악화되는 것을 예방하여 건강한 몸을 유지하는데 그 목적이 있다. 시중의 수기요법과 비슷하나 특장점은 힘이 들지 않아 어린아이부터 노인까지 누구나 시술할 수 있고, 배우고 적용하는 과정이 쉽고 간단하며, 시술 장소나 도구가 필요 없으니 언제 어디서나 시술할 수 있다.

신비한 동양철학 78 │ 원공 선사 저 │ 288면 │ 16,000원 │ 신국판

운명으로 본 나의 질병과 건강
타고난 건강상태와 질병에 대한 대비책

이 책은 국내 유일의 동양오술학자가 사주학과 정통명리학의 양대산맥을 이루는 자미두수 이론으로 임상실험을 거쳐 작성한 자료다. 따라서 명리학을 응용한 최초의 완벽한 의학서로 질병을 예방하고 치료하는데 활용하면 최고의 의사가 될 것이다. 또한 예방의학적인 차원에서 건강을 유지하는데 훌륭한 지침서로 현대의학의 새로운 장을 여는 계기가 될 것이다.

신비한 동양철학 9 │ 오상익 저 │ 474면 │ 26,000원 │ 신국판

서체자전
해서를 기본으로 전서, 예서, 행서, 초서를 연습할 수 있는 책

한자는 오랜 옛날부터 우리 생활과 뗄 수 없음에도 잘 몰라 불편을 겪는 사람들이 많아 이 책을 내게 되었다. 이 책에서는 해서를 기본으로 각 글자마다 전서, 예서, 행서, 초서 순으로 배열하여 독자가 필요한 것을 찾아 연습하기 쉽도록 하였다.

신비한 동양철학 98 │ 편집부 편 │ 273면 │ 16,000원 │ 사륙배판

모든 질병에서 해방을 1·2
건강실용서

우리나라는 아주 오랜 옛날부터 건강과 관련한 약재들이 산천에 널려 있었고, 우리 민족은 그 약재들을 슬기롭게 이용하며 나름대로 건강하게 살아왔다. 그러나 오늘날 현대의학에 밀려 외면당하며 사라지게 되었다. 이에 옛날부터 내려오는 의학서적인 『기사회생』과 『단방심편』을 바탕으로 민가에서 활용했던 민간요법들을 정리하고, 현대에 개발된 약재들이나 시술방법들을 정리했다.

신비한 동양철학 102 │ 원공 선사 편저 │ 1권 448면·2권 416면 │ 각 29,000원 │ 신국판

참역학은 이렇게 쉬운 것이다② ─ 완결편
역학을 활용하는 방법을 정리한 책

『참역학은 이렇게 쉬운 것이다』에서 미처 쓰지 못한 사주를 활용하는 방법을 정리한다는 의미에서 다시 이 책을 내게 되었다. 전문가든 비전문가든 이 책이 사주라는 학문을 이해하는 데 도움이 되고, 사주에 있는 가장 좋은 길을 찾아 행복하게 살았으면 합니다. 특히 사주상담을 업으로 하는 분들도 참고해서 상담자들이 행복하게 살도록 도와주었으면 한다.

신비한 동양철학 104 │ 청암 박재현 편저 │ 330면 │ 23,000원 │ 신국판

인명용 한자사전
한권으로 작명까지 OK

이 책은 인명용 한자의 사전적 쓰임이 본분이지만 일반적으로 통용되는 기본적인 것 외에 7가지를 간추려 여러 권의 작명책을 대신했기에 이 한 권만으로 작명에 관한 모든 것을 충족하고도 남을 것이다. 그리고 작명하는데 한자에 관해서는 다양하게 활용할 수 있도록 하였고, 일반적인 한자자전의 용도까지 충분히 겸비하도록 하였다.

신비한 동양철학 105 │ 임삼업 편저 │ 336면 │ 24,000원 │ 신국판

바로 내 사주
행복한 인생을 만들어 갈 수 있는 방법을 소개하는 책
역학이란 본래 어려운 학문이다. 수십 년을 공부해도 터득하기 어려운 학문이라 많은 사람이 중간에 포기하는 일이 많다. 기존의 당사주 책도 수백 년 동안 그 명맥을 유지해왔으나 적중률이 매우 낮아 일반인들에게 신뢰를 많이 받지 못했다. 그래서 지금까지 30여 년 동안 공부하며 터득한 비법을 토대로 이 책을 내게 되었다. 물론 어느 역학책도 백 퍼센트 정확하다고 장담할 수는 없다. 이 책도 백 퍼센트 적중률을 목표로 했으나 적어도 80% 이상은 적중할 것이라고 자부한다.
신비한 동양철학 106 │ 김찬동 편저 │ 242면 │ 20,000원 │ 신국판

주역타로64
인간사 주역괘 풀이
타로카드는 서양 상류사회의 생활상을 담은 그림으로 되어 있다. 그 속에는 자연과 인간이 겪을 수 있는 경험과 역사가 압축되어 있다. 이러한 타로카드를 점(占) 목적으로 사용하는 것인데, 주역타로64점은 주역의 64괘를 64매의 타로카드에 담아 점 도구로 사용한다. 64괘는 우주의 모든 형상과 형태의 끊임없는 변화의 원리로 나타난 것이다. 그리고 주역타로는 일반 타로의 공통적인 스토리와는 다른 점이 많으나 그 기본 이론은 같다. 주역타로의 추상적이며 미진한 정보에 더해 인간사에 대한 주역 괘풀이를 보탰으니 주역타로64를 점 도구로 활용하는 데 도움이 되었으면 한다.
신비한 동양철학 107 │ 임삼업 편저 │ 387면 │ 39,000원 │ 사륙배판

주역 평생운 비록
상수역의 하락이수를 활용한 비결
하락이수의 평생운, 대상운, 유년운, 월운은 주역의 표상인 괘효의 숫자로 기록했고, 그 해석 설명은 원문에 50,000여 한자 사언시구로 구성되어 간혹 어려운 글자, 흔히 쓰지 않는 낯선 글자, 주역의 괘효사를 인용한 것도 있어 한문 문장의 해석은 녹녹치 않은 것이어서 원문 한자 부분은 제외시키고 한글 해석만을 수록했다.
신비한 동양철학 109 │ 경의제 임삼업 편저 │ 872면 │ 49,000원 │ 사륙배판

사주 감정요결
세운을 판단하는 방법
사주를 간명하는 데 조금이라도 도움이 되었으면 하는 마음에서 『정법사주』에 이어 이 책을 내게 되었다. 여기서는 사주를 간명하는 데 근간이 되는 오행의 왕쇠강약을 세분해서 설명하고, 대운과 세운, 세운과 월운의 연관성과 십신과 여러 살이 운명에 미치는 암시와 십이운성으로 세운을 판단하는 방법을 설명했다.
신비한 동양철학 110 │ 원각 김구현 편저 │ 338면 │ 36,000원 │ 신국판

명리정종 정설(1·2)
명리정종의 완결판
이 책의 원서인 명리정종(命理正宗)은 중국 명대의 신봉(神峰) 장남(張楠) 선생이 저술한 명리서(命理書)다. 명리학(命理學)의 5대 원서는 어느 것 하나 귀하지 않은 것이 없지만 명리정종(命理正宗)은 연해자평(淵海子平)을 깊이 분석하며 비판한 것이 특징이다. 따라서 초학자는 연해자평(淵海子平)을 공부한 후 이 책을 공부하는 것이 좋다.
신비한 동양철학 108 │ 역산 김찬동 편역 │ 648/400면 │ 49,000/39,000원 │ 신국판

팔자소관
역학의 대조인 하락(河洛)에서 우주와 사람의 운명이 변하는 원리를 정리한 책
이 책은 역학의 대조인 하락(河洛)에서 우주가 변화는 원리를 정리한 것으로, 이는 만물의 근본과 인간의 운명은 한 치의 오차도 없이 맞물려 돌아간다는 내용을 담았다. 이는 즉 우리가 생활 속에서 흔하게 쓰는 "팔자 못 고친다", "팔자소관이다", "팔자 탓이다" 등등 많은 말로 팔자를 뛰어넘을 수 없다고 하는데, 이는 마지막 체념의 말인가 하여 이 책의 제목도 『팔자소관』으로 했으며, 이를 증명하는 데 주력했다. 운(運)은 시간이요 명(命)은 공간이다. 이를 주제로 누구나 알기 쉽고 이해하기 쉽도록 쓴 글이니 필독을 권하는 바다.
신비한 동양철학 111 │ 김봉준·안남걸 공저 │ 292면 │ 30,000원 │ 신국판

실용 인명한자 작명
수준높은 작명과 간명에 손색이 없는 국내 유일의 실용 인명한자 작명

이 책은 이름에 부적당(不適當) 부적정(不適正) 부적절(不適切) 불부합(不符合) 부적격(不適格)한 한자는 한곁에 두고, 작명상 실용적인 한자 4,250자를 인명 한자로 삼았다. 인명 한자마다 구체적인 명세[明細], 음령·천간오행·동속자·한사 부수·세 종류(원획·실획·곡획)의 획수 자원오행]를 붙였다. 인명 한지 외의 한자를 포함한 8,142자는 음별로 작성한 인명용 한자표에 한 자마다 원획(原劃)을 넣어 음가(音價)와 성명에 사용하는 원획을 한눈에 볼 수 있게 하여 성명 한자의 길수리를 구성하는 데 편리하게 하였다.

신비한 동양철학 112 | 임삼업 편저 | 448면 | 49,000원 | 사륙배판

사주는 믿어도 사주쟁이는 믿지마라
최고 적중률 70%를 100%로 끌어올리는 방법

사람이 살아가는 데 가장 필요한 것이 음식이고, 그 음식을 사려면 돈이 필요하고, 그 돈을 벌려면 직업이 있어야 합니다. 그 래서 사람이 살아가는 데 가장 중요한 직업을 아는 것이 바로 사주이고, 그 직업을 하루라도 빨리 알면 그 직업을 선택하는 데 유리할 것이며, 사주에서 원하는 직성대로 직업을 선택해서 그 길로 가면 한평생 어려움이 없습니다.

신비한 동양철학 113 | 박재현·최지윤 공저 | 300면 | 30,000원 | 신국판

역학교과서 | 신통한 역학
명리학을 교과서처럼 정리한 책

이 책은 목화토금수 속에는 천지인의 심성이 들어 있고, 오행으로 조립된 사주팔자 속에는 인생의 길흉화복과 영고성쇠의 이 치가 들어 있음을 설명하는 데 주력했다. 역학을 공부하는 사람들은 물론 누구에게라도 필독을 권하는 바다. 왜냐하면 명리학 은 자연의 이치를 근본으로 쓰여진 것으로, 노자의 도덕경처럼 삶의 지침서로 삼게 하고자 쓴 것이다. 특히 명리학을 공부하 는 사람들에게는 교과서처럼 읽을 수 있도록 요점을 정리하는 데 주력했다.

신비한 동양철학 114 | 김봉준 편저 | 336면 | 36,000원 | 신국판